KB273633

비밀의집회

줄리오 레오니 Giulio Leoni

중세 최고의 시인 단테를 개성만점의 탐정으로 부활시켜 이제는 이탈리아 최고의 역사추리소설 작가로 우뚝 선 줄리오 레오니.
로마에서 태어나 줄곧 그곳에서 살고 있으며, 역사를 좋아하고 마술에도 능통한 재주를 지녔다. 고등학교에서 문학을 가르치는 교사였던 그는 2000년 《단테의 메두사 살인》이란 작품으로 추리소설상인 데데스키 상을 받으며 등단하였다.
이후 《죽음에 초대 받은 31명》 《달 위의 여인》 두 권의 추리소설을 발표하였고, 2004년 발표한 《단테의 모자이크 살인》, 2005년 《단테의 빛의 살인》으로 움베르트 에코를 잇는 이탈리아의 대표적 역사추리소설 작가로 자리하게 된다.
그리고 2008년, 신작 《단테의 비밀의 집회》로 《단테의 메두사 살인》으로 시작된 8년간의 단테 시리즈는 막을 내리며 역사추리소설의 한 획을 긋게 된다.

La crociata delle tenebre

LA CROCIATA DELLE TENEBRE

단테의
비밀의 집회

줄리오 레오니 지음 | 김효정·최병진 옮김

황매 BOOKS

단테 알리기에리 Dante Alighieri, 1265~1321

단테 알리기에리

단테는 1265년 이탈리아 중부의 피렌체에서 태어났다. 두란테의 약칭인 단테Dante로 널리 알려진 이탈리아의 시인이다. 두란테 알리기에리는 '장수하는 날개가 달린 자'라는 뜻이다. 단테는 피렌체의 겔프당(교황파)의 귀족 가문의 출신으로, 그의 조부는 신성로마 황제를 섬겨 십자군에 참가하여 전몰한 피렌체의 기사 카치아귀다.

단테는 9살 때 베아트리체를 처음으로 멀리서 보고 애정을 느꼈다. 그녀에 대한 사랑의 감정은 그의 시의 형성 과정에 커다란 영향을 끼쳤다. 1290년 젊음과 아름다움의 절정기에 있던 베아트리체가 요절하자, 단테가 찬미하는 여성의 이상화가 급속도로 진전되었다. 베아트리체는 《신생》에서는 신성한 존재로, 《향연》에 나오는 칸초네에서는 세속적 여인으로 나오며, 《신곡》에서 더욱 깊은 이해력을 지니고 등장하여 단테를 '속된 무리'로부터 인도해 준다. 베아트리체는 〈지옥편〉에서 그의 중재자가 되고, 〈연옥편〉을 통해서는 그가 닿고자 하는 목표가 되며, 〈천국편〉에서 그를 이끌어 주는 안내자로 등장한다. 〈연옥편〉에서 단테가 베아트리체를 처음 본 순간 9세 때와 같이 압도당하게 되고, 연옥을 여행하는 동안 베아트리체의 존재는 줄곧 눈부시게 그를 비추다가 천국으로 올라간다. 정신적으로 승화한 이러한 사랑의 표현은 단테가 완전히 영적인 존재에 몰입하는 것으로 끝난다.

피렌체 아르노 강 베키오 다리에서 만난 단테와 베아트리체

단테는 피렌체에서 1275년에서 1294년에 걸쳐 신학을 비롯하여 다방면에 걸쳐 교육을 받았다. 단테는 특히 브루네토 라티니 밑에서 많은 것을 배웠다. 라티니는 단테를 포함한 귀도 카발칸티, 포레세 도나티 등 우수한 인재들에게 새로운 민중의식을 일깨워 주었고, 그들의 지식과 작가로서의 역량을 조국 피렌체를 위해 쓰라고 격려했다. 라티니의 유산에서 또 하나의 로마적 요소는 영광에 대한 사랑, 즉 전력을 다해 남보다 뛰어나려는 노력을 하면서 명성을 추구하는 일이었다. 그리고 성서, 아리스토텔레스, 키케로, 세네카의 글들이 초년의 단테에게 문화적 지주가 되었다. 인간은 사회적(정치적) 존재라는 아리스토텔레스의 명제를 단테는 기꺼이 받아들였다. 아리스토텔레스와 함께 키케로를 숭배하였고, 키케로는 시민으로서의 지식인의 존재를 역설했을 뿐만 아니라 지식인의 좋은 본보기가 되는 인물로 인식되었다. 그리고 그의 정신적 스승인 고대 로마의 베르길리우스를 탐독하면서 문체를 탐구하였다.

베르길리우스

단테에게는 뛰어난 지적·미적 자신감이 있었다. 《신생》에서 그는 18세가 되었을 때 이미 혼자 시작詩作 기술을 터득한 상태였다고 말하고 있다. 《신생》의 첫 시가 된 초기 소네트 1편을 당대의 유명한 시인들에게 보냈는데 여러 답장 가운데 가장 중요한 것은 카발칸티에게서 온 것이었다. 이로 인해 두 사람의 우정이 시작되었다. 위대한 정신들의 만남이 모두 그렇듯이 단테와 카발칸티의 관계도 복잡한 것이었다. 《신생》의 제3장에서 단테는, 그가 첫 번째 책을 라틴어가 아닌 이탈리아어로 쓴 것은 카발칸티의 권유에 따른 것이었다고 말한다. 뒤에 이탈리아어로 쓴 《향연》과 라틴어로 쓴 《속어론》으로 단테는 라틴어가 아닌 현지 토속어를 변호하는 첫 번째의 위대한 르네상스 학자 가운데 한 사람이 될 수 있었는데, 이 문제에 대한 생각은 그에게 현지 토속어로만 글을 쓰라고 설득하였던 카발칸티와의 논의에서 점차 무르익은 것이었다. 그러나 뒤에 단테가 피렌체의 6인 통령統領 가운데 한 사람이 되었을 때 카발칸티를 추방하려는 결정에 동의하지 않을 수 없었고, 결국 카발칸티는 망명생활 동안 말라리아에 걸려 1300년 8월에 사망했다.

카발칸티와 단테

단테의 인생은 황제파인 기벨린당 Ghibelline과 교황파인 겔프당 Guelf 사이에 벌어진 오랜 대립의 역사에 의해 좌우되었다. 당시 피렌체는 겔프당의 두 분파인 백당(교황지지파)과 흑당(비교황파)으로 나뉘어져 치열하게 대립하고 있었다. 13세기 중반 이후 그들의 대립관계는 잔인하고 치명적이었다. 두 파는 번갈아가며 우선권을 획득했는데 그때마다 상대에게 무서운 형벌을 가했고 유형을 내렸다. 단테는 1287년 볼로냐로 가서 1289년에 기병대의 일원으로 칸바르디노에서 아레초의 기벨린당의 군대와 전투를 하기도 하며 청년시절에는 갖가지 경험을 쌓았다. 1293년의 사회개혁법에 의하여 귀족의 공직금지가 선포되어 조합組合의 가입자만이 특례를 인정받게 되자 단테도 '의사 및 약종업 조합'에 등록하여 1295년 11월부터 피렌체 도시국가에 참여하여 통령統領선거를 위한 자문기관의 위원, 재정을 결정하는 100인 위원회 위원, 생 제미냐노의 특파대사를 거쳐, 마침내 통령의 한 사람으로 선출되어 1300년 6월 15일부터 8월 15일까지 재임하였다. 1301년 11월 피렌체에서 추방되었던 흑당이 다시 정권를 탈취하자 당시 로마에 머무르던 단테는 피렌체 시로 돌아갈 뜻을 포기하고 유랑생활을 하게 된다.

1302년 1월에는 독직죄로 고소당하여 무거운 벌금과 2년간의 유형流刑을 선고받았으며, 다시 2개월 후에는 영구유형을 선고받고, 시정부에 체포될 경우 화형에 처한다는 통고를 받았다. 그로서는 이 부당한 단죄에 대한 반항은 백당의 잔당에 가담하여 피렌체를 다시 탈환하는 일뿐이었다. 그러나 백당은 1303년과 그 이듬해에도 패배하였고 그러는 사이에 단테만이 일인일당一人一黨으로 남았다. 백당의 최후의 일인으로 남은 단테는 유랑의 길에서 베로나의 스칼라가家의 외교사절이 되기도 하고, 마라스피나의 식객이 되기도 하면서 여러 곳을 떠돌아다녔다. 1310년 신성로마 황제가 되기 위하여 하인리히 7세가 이탈리아로 내려왔을 때 단테는 모든 악에서 이탈리아가 풀려날 것으로 믿고 열렬한 서한을 보냈다. 그러나 피렌체를 비롯한 이탈리아의 모든 겔프당의 도시는 맹렬히 하인리히 7세에게 반항하였고, 1313년 그의 죽음으로 말미암아 단테의 피렌체 귀환의 꿈은 여지없이 깨어지고 말았다. 1315년 《피렌체의 친구에게 보내는 서간》에서는 모욕적 대특사를 거부하였다. 이 해에 피렌체 정부는 단테 및 그의 아들에게 사형을 선고하였다.

　그러나 1318년 이후 라벤나의 영주 폴렌타는 유랑시인 단테에게 안식할 땅을 제공하여 세 아들은 성직자가 되고, 단테는 《신곡》을 완성하였다. 최대의 걸작 《신곡》은 단테의 문학적·종교적 사상의 결정으로, 〈지옥편〉은 1304～1308년에, 〈연옥편〉은 1308～1313년에, 〈천국편〉은 그의 생애의 마지막 7년 동안에 완성하였다.
　그는 35세에 추방돼 이곳저곳 유랑생활을 하면서 피렌체 시민들이 자신을 계관시인으로 맞이해 줄 것을 소원했지만 결국 그 꿈을 이루지 못하고 1321년 세상을 떴다. 단테는 그토록 사랑했던 고향 피렌체에 묻히지 못하고 라벤나의 성 프란체스코 사원에 잠들어 있다.

단테의 무덤

《신곡 La divina commedia》

단테의 《신곡》은 기독교 문학 중 최고로 평가되고 있는 신앙의 찬가이며 기독교적 세계관을 잘 드러낸 걸작이다.

괴테는 《신곡》을 두고 '인간이 손으로 만든 최고의 것'이라는 헌사를 바쳤으며, 영국의 문예 비평가 토머스 칼라일은 '중세 1000년의 침묵의 소리'라고 격찬했다.

《신곡》은 죄와 벌의 세계를 다룬 〈지옥편Inferno〉, 전생의 죄를 말끔히 씻어 내는 정화의 〈연옥편Purgatorio〉, 환희와 은총, 그리고 하느님의 축복만이 존재하는 천상의 세계 〈천국편Paradiso〉 등 세 부분으로 구성되어 있다.

고통을 받는 죄인들의 장소인 지옥과 연옥은 고뇌의 상징이며, 유혹과 본능의 세계를 묘사한 것이다. 인간이라면 누구나 그러한 유혹과 죄악에 물들기 쉽다는 의미도 내포되어 있는 셈이다. 단테가 이런 과정을 거쳐 천국에 이르게 된다는 것은, 진정한 고뇌를 통하여 인간이 고결하게 영혼을 정화할 수 있다는 그의 인생관이 반영된 것이다. 《신곡》의 주제는 인간의 현실적인 삶에서의 온갖 죄를 없애고 인간을 행복한 공간으로 끌어올리는 데 있다.

단테와 지옥도

🌼 《단테의 비밀의 집회》의 배경

시간적 배경_

《단테의 비밀의 집회》는 1301년 10월 21일부터 11월 16일까지 일어난 사건으로 구성되어 있다.

이 시기는 단테가 피렌체 코무네의 최고 행정위원 중 한 명인 통령의 임기를 마친 날로부터 일 년이 조금 지난 시점이다.

보니파키우스 8세가 교황으로 재위에 있던 시기로 당시 이탈리아는 모든 도시들이 교황을 지지하는 파와 황제를 지지하는 파로 나뉘어져 대립하고, 도시마다 독립적 도시국가를 위해 애쓰던 정치적, 경제적, 문화적으로 혼란한 시기였다. 그리고 로마에서는 교황의 세력에 저항하는 가문들, 특히 교황이 콜론나 가문을 거칠게 대하면서 콜론나가家가 거세게 반항하던 때이다.

공간적 배경_

단테 시리즈의 전작들의 공간적 배경은 꽃의 도시라 불리는 피렌체였다. 그러나 《단테의 비밀의 집회》의 배경은 로마이다.

테베르 강을 중심으로 산타젤로 성과 캄피돌리오 광장, 산조바니 성당 캄피돌리오 광장, 판테온, 포로로마노, 팔라티노 언덕 등 고대 로마의 신전, 성당, 광장 등을 배경으로 소설은 전개된다.

† 보니파키우스 8세

† 필립 4세

교황(1294~1303 재위). 재위 기간 동안 〈교회법 대전〉 제6장을 발행했으며 1300년을 희년으로 선포했다. 서유럽, 특히 프랑스 필립 4세를 비롯한 강력한 신흥 군주들은 그의 권한이 미치는 범위를 둘러싸고 그에게 거세게 도전했다.

† 조토

이탈리아의 피렌체 출신의 화가. 관념적인 평면 회화를 극복하여 화면에 입체감과 실제감을 표현하는 기법을 창시하였다. 미술사에서 새로운 장章을 연 미술가로 평가된다.

단테의 《신곡》에서 치마부에와 대비, 찬양되고, 페트라르카나 보카치오 등의 저작에서도 나온다.

† 산타젤로 성 Castel Sant'Angelo

로마제국의 황제 하드리아누스가 자신과 가족을 위해 세운 무덤(하드리아누스의 영묘)이었다. 로마제국이 멸망한 이후에는 로마 교황청의 성곽 겸 요새로 사용되었고 현재는 군사박물관으로 사용되고 있다.

† 포로로마노 Foro Romano

베네치아 광장과 콜로세움 사이에 위치하고 있으며 고대 로마의 중심부인 포룸 로마눔의 유적지이다. 수도 로마에 개설된 최초의 포룸(정치와 종교의 중심지 역할을 하는 광장)이다. 동쪽으로 가면 콜로세움에, 서쪽으로 가면 테베레 강에, 남쪽으로 가면 팔라티노 언덕에, 북쪽으로 가면 캄피돌리오 언덕에 이른다.

✝ 판테온 Pantheon

BC 27년 올림포스의 모든 신들에게 제사를 지내기 위해 아그리파가 만들었다. 판Pan은 모든 것, 테온Theon은 신이란 뜻. 고대 로마 유적 중에서 가장 잘 보존된 신전으로, 일찍이 미켈란젤로가 '천사의 설계'라고 극찬할 정도로 아름답다.

✝ 아피아 고대 도로 Via Appia Antica

✝ 산조바니 대성당

Basilica di San Giovanni

로마의 4대 바실리카 가운데 하나로 꼽힌다. 라테라노 궁전과 인접해 있다.

✝ 성 베드로 성당 Basilica di San Pietro

Piazza San Pietro as it was in 1630, painted by Viviano Codazzi.

지옥의 문을 지나 사람은 슬픔의 도시로,
지옥의 문을 지나 사람은 영원한 비탄으로,
지옥의 문을 지나 사람은 망자에 다다른다.

PER ME SI VA NELLA CITTÀ DILENTE,
PER ME SI VA NELLA 'ETTERNO DOLORE,
PER ME SI VA TRA LA PERDUTA GENTE.

-알리기에리 단테, 〈신곡·지옥편〉에서

| 차 례 |

Ⅰ 한밤중의 방문자

1301년 10월 21일, 피렌체, 자정 이후

빌어먹을 피렌체 놈들. 시기심이 바람 든 방광처럼 부풀어, 제국의 정원으로 기어 들어간 뱀 같은 놈들. 비겁하기 이를 데 없는 인간들아, 지혜와 정직을 거부하라. 고아와 과부를 학대하고 사탄을 위해서나 최선을 다 하라. 칠죄종† 앞에 문을 열고 정의의 얼굴 위에서는 그 문을 잠가라. 이탈리아의 모든 땅으로 귀양을 떠나 방황하라. 거드름쟁이, 대식가, 뻥쟁이…….

지금 그들은 그가 자신들을 이렇게 묘사해 주기를 바라고 있었다.

---

† 七罪宗. 가톨릭에서 본죄의 일곱 가지 근원. 교만, 인색, 음란, 분노, 질투, 탐욕, 태만 따위를 이른다.

그가 성난 몸짓으로 책상을 주먹으로 내리치자 작은 촛불이 파르르 움직이더니 이내 꺼졌다. 갑자기 방이 어두워지자 그가 대화를 나누고 있던 과거 위인들의 혼령이 더욱 가까이 다가왔다. 파리나타[†], 테기아이오 알도브란디[††], 모스카 람베르티[‡]가 더러운 늪에서 나온 듯 음산한 목소리로 그의 귀에 대고 속삭이면서 단단한 자신들의 두 손으로 그의 어깨를 짓눌렀다.

그는 조심스럽게 책상 위에 펼쳐놓은 서류를 응시했다. 도시 전역을 감싼 누르스름한 안개가 이제는 그의 집 주변의 골목까지 밀려드는 가을밤, 그는 혼자 있었다. 유령들의 목소리가 머릿속에서 메아리쳤다. 어쩌면 야행성 벌레가 웅웅거리며 우는 소리일지도 몰랐다. 그러나 유령들은 속삭임으로 자신의 존재를 알린다고 하지 않던가.

그는 자신의 머리를 거칠게 감쌌다. 잠시 후면 눈 밑으로 칼날처럼 예리한 통증이 찾아올 터였다. 밤이면 늘 찾아오는 친구 같았다. 멀리서 발자국 소리가 다가오자 관자놀이가 더욱 세게 두근거렸다. 그는 마비된 목 근육을 주무르며 어깨를 펴고는 앞에 놓인 서류를 움켜잡았다.

'내가 남으면 누가 가지? 또, 내가 가면 누가 남을까?' 자신이 썼던 짤막한 시행을 속으로 되뇌었다. 보니파키우스 8세[‡]의 궁에 대사를 파견하겠다는 위원회의 결정 때문이었다. 단테 알

---

† 피렌체의 귀족으로 단테가 속한 겔프당과 정적 관계였던 기벨린 당의 우두머리였다. 「지옥편」10곡에 등장한다.
†† 피렌체 가문 아디마리 가 출신이며 유명한 무인이다. 「지옥편」16곡에 등장한다.
‡ 피렌체의 정치가로서 기벨린당에 속했다. 피렌체를 겔프당과 기벨린당으로 분열시킨 장본인이다. 「지옥편」28곡에 등장한다.

리기에리, 그가 관여된 칙령이었다.

그는 머리를 흔들었다. 며칠, 몇 주가 걸릴 수도 있었다. 어쩌면 집을 떠나 몇 달을 보내야 할 수도 있었다. 그들이 요구하는 것은 바로 그것이었다. 이 운명을 거역하면 그의 가문이 붕괴될 수도 있었다. 적들의 아가리 속으로 들어가야 했다.

그렇다면 그 이유는? 부유하고 소심하며 무슨 일이든 일단 굽실거리고 보는 장사치들의 이익을 위해? 무엇 때문에 그는 이 서류에 도장을 찍어야 하는가?

그는 사납게 종이를 구겨서 바닥에 던졌다. 책상 위에 놓아둔 나무판자 위로 코무네†의 납 인장이 둔탁한 소리를 내며 튀어오르더니 이내 굴러떨어졌다.

촛불이 흔들리면서 갑자기 등 뒤로 인기척이 느껴졌다. 하인이 말없이 들어왔던 것이다. 불안한 표정이었다. 그는 몸을 숙여 기름 램프를 들더니 다른 한 손의 촛불로 불을 붙였다.

"주인님, 누가 찾아왔습니다요. 자꾸 주인님 방에 올라가겠다고 고집을 부려서…… 시간이 늦었다고 하는데도……."

열린 문을 바라보며 하인이 말했다.

단테는 망토에 둘러싸인 키가 크고 마른 형체가 문을 통해 미끄러지듯 들어오는 것을 보았다. 그렇게 망토를 감싸고 있으니

벽 그림자와 혼동되었다. 얼굴에도 먼지와 거리의 오물을 막아
주는 여행용 마스크를 쓰고 있었는데, 그것 때문에 표정이 기괴
하면서도 불안해 보였다.

손님은 문가에서 걸음을 멈추었다. 하인과 몸이 부딪치는 것
이 두려운 듯 한쪽으로 비켜선 채 그는 하인이 나가기를 기다렸
다. 잠시 후 입술을 가리고 있던 천 뒤에서 목소리가 흘러나왔
다.

"당신이 피렌체 사람 단테입니까?"

젊고 단호했지만 다소 다른 느낌의 억양을 가진 여인의 목소
리였다. 시골여인이거나 어쩌면 카피타나타[†]에서 온 여인인 듯
했다. 머리에 주홍색 보닛을 쓰고 목까지 내려온 끈을 금색 핀
으로 고정했는데, 초록빛을 반사하는 보석으로 인해 그 핀이 반
짝거렸다. 그의 대답을 기다리지도 않고 미지의 여인은 앞으로
한 발자국 다가섰고, 그리하여 마침내 불빛의 테두리 안으로 들
어섰다.

"알리기에로[††] 님의 아드님이시죠? 도시 조합장님이셨던 그
분의?"

그건 질문이라기보다는 확인이나 다름없었다. 그러나 아직도
어리둥절한 단테가 미처 대답을 하지 못하자 잠시 침묵하다가
그녀가 다시 되뇌었다.

"당신이 메세르[†††] 단테 맞죠?"

묻고 있다기보다는 확인하는 듯한 담담한 목소리로, 그의 대
답에는 거의 관심이 없는 듯이 그녀는 물었다.

마침내 단테는 정신을 차리고 대답했다.

"여인이여, 그렇소이다. 내가 바로 피렌체 사람 단테라오. 무슨 일이신지?"

그는 의자에서 벌떡 일어나며 대답했다. 좀 더 가까이 다가가 그녀의 손을 다정하게 잡으며 방금 전 자신이 한 말을 되새기듯 서둘러 이렇게 덧붙였다.

"태생은 피렌체 사람이지만 품행 또한 그 도시에 걸맞을지는 불확실하오, 여인이여."

"시인이신 단테께서는 이렇게 쓰셨지요."

사랑이여, 내 가슴에 안겨 울며 그냥 거기 머물기를.
내 영혼은 왜 이다지도 어쩔 줄 몰라 하는가.
나는 한숨을 쉬며 마음속으로 말한다.
'내 여인은 죽어야만 하는가?'

그리고 그녀는 그가 대답할 틈도 주지 않고 이렇게 말했다.

"이 시를 보면 당신은 죽음과 매우 친숙한 분이신 것 같은데, 그런가요?"

여인이 운율에 맞춰 암송하는 자신의 시를 시인은 꿈인 듯 듣고 있었다. 다시 들어도 심장이 뜨거워지며 추억이 눈사태처럼 밀려들었다. 그 시를 지은 게 자신이라고 새삼 큰 소리로 외치

---

† Capitanata. 나폴리 왕국의 옛 구역.
†† 단테의 아버지 이름은 알리기에로 디 벨린치오네 알리기에리이다.
‡‡ 귀족 남성의 이름 앞에 붙이는 존칭.

고 싶을 정도였다. 그러나 모든 음절이 사랑의 눈물로 변하여 그를 마비시키는 독이 된 양 몸이 얼어붙어 그는 한마디도 입 밖에 낼 수가 없었다. 마법을 일으킨 것은 바로 그 감미로운 목소리였다.

여인은 대답을 기다리고 있었다. 머리를 어깨 쪽으로 살짝 기울인 채 똑바로 그를 응시하는 것이 그의 반응을 살피는 것 같았다. 그러나 얇은 마스크 틈새로는 아무것도 볼 수가 없었다. 오직 이해할 수 없는 두 개의 검은 점만 보였다. 잠시 후 그녀가 가볍게 몸을 떠는 것이 보였다.

"그러니까 당신은 죽음과 친숙하신가요?"

그녀는 다시 되물었다.

"사람들이 당신은 사물의 존재 이유를 안다고 하더군요. 존재하는 사물은 왜 존재하는지, 존재하지 않는 사물은 왜 존재하지 않는지 말이에요. 당신은 파리 학예원에 간 적도 있고 그곳에서 강의도 했으며, 어둠 속에서 방황하는 당신의 적들에게 논문도 여러 편 남겨 주었다고 하더군요. 또 당신은 점성학도 알고 있다고요."

단테는 망토에 숨겨진 육체에 매료되어 계속 말이 없었다. 이제 그 육체는 그의 상상 속에서 구체적인 형태를 띠고 있었다. 로마인들이 상아 제품에 새겨 두었던 그것처럼, 젊으면서도 선이 또렷하고 선명한 그 얼굴을 상상했다. 눈부시게 밝은 곱슬머리가 왕관처럼 얼굴을 감싸고 있을 것이고, 천 아래에서 말을 하는 도톰한 입술과 함께 그것은 강렬하게 빛나고 있을 터였다. 키가 단테만한 그녀는 수치심도 부끄러움도 없이 등을 꼿꼿이 세우고 있었는데, 남성과 동등하게 협상하는 일이 몸에 밴 듯했다. 그러나 꼭 쥔 두 손을 무릎 위에 다소곳이 올려 놓은 모습으로 보아 단테에게 존경심을 가지고 있는 것 같기도 했다.

"그래요, 나는…… 사실. 아, 사람들이 그렇게 말하던가요?"

그는 얼굴을 붉히며 더듬거렸다.

"누가 그런 말을 하던가요?"

그녀의 찬사로 갑자기 화끈 달아오른 감정을 누그러뜨리기 위해 그는 그렇게 덧붙였다.

"어떤 사람이 당신의 무한한 창작 활동에 대해 말해 주었지요. 그리고 당신의 능력을 필요로 하는 작품 때문에 이렇게 제가 당신께 왔습니다. 로마에 출장을 가라는 요구를 받으셨지요?"

단테는 놀라서 입술을 살짝 깨물며 책상 위에 놓인 서류로 눈길을 던졌다. 저 여인이 어떻게 그 일을 알았을까? 도대체 누구길래? 그제야 그는 이 시간에 여자 혼자서 유부남의 집에 있는 게 얼마나 이상한 일인지, 그로 인해 자신이 감당해야 할 위험이 얼마나 큰지 깨달았다. 순간 자신에게 해를 입히려는 음모가 있을 수도 있으며, 당장이라도 이 현장을 덮쳐 공개적인 스캔들로 만들어 버리고 싶어 할 적들이 그녀의 그림자 뒤에 매복해 있을지도 모른다는 생각이 떠올랐다.

"야심한 시간이오. 양갓집 규수가 집을 나와 있기에 적당한 시간이 아니란 말이지요. 여자가 다니기엔 위험한 시간이오. 그리고 장소 또한."

그는 신중하게 입을 떼었다. 그러나 미지의 여인은 그의 말을

가로막고 싶은 듯 오른손을 들어 자신의 숨겨진 입술에 집게손
가락을 갖다 댔다. 그래서 그는 이 말만 덧붙였다.

"당신이 원하는 게 뭔지 말해 보시오."

"당신께서 가셔야 합니다."

그녀가 말했다. 그리고 반박할 시간도 주지 않고 이렇게 말했
다.

"당신을 기다리고 있어요."

"누가 말이오?"

시인이 중얼거렸다.

그녀는 대답 대신 망토에서 물건을 하나 꺼냈다. 길이가 두
뼘 정도 되는, 나무 원통같이 생긴 물건이었다.

"당신을 위해 선물을 가져왔어요. 당신만이 이것을 받을 자
격이 있어요. 하지만 이건 일부예요. 나머지는 우르베†에 숨겨
져 있어요. 당신을 기다리고 있지요."

당황한 단테는 여인이 주는 물건을 받았다. 일종의 상자였는
데 올리브 나뭇가지를 파내 만든 것이었다. 손가락으로 매끄러
운 표면을 만져 보았다. 손끝으로 얇은 틈새가 느껴졌다. 열리
도록 장치가 되어 있는 모양이었다. 나무의 표면에는 일련의 미
세한 조각이 새겨져 있었는데, 장인의 둥근 끌로 능숙하게 새긴
사람들의 형상이 가득했다. 그는 더 자세히 보려고 촛불에 물건
을 비춰 보았다.

흔들리는 불빛에 보니 그 형상들은 마치 살아 있는 듯했다.

---

† 영원의 도시, 로마를 가리킨다.

옛날 옷을 입은 사내와 여인이 작은 하천의 제방 위에 서 있었다. 하천 건너편에는 모호한 군중의 형상이 운집해 있었다. 두 사람이 다가오기를 기다리고 있는 것처럼 보였다. 그러나 뭔가가 그들의 진로를 방해하고 있었는데, 그들을 가로막고 있는 단조롭고 조용한 물살과는 다른 것이었다. 풍경도 달랐다. 두 사람의 등 뒤로는 숲의 나뭇가지가 뻗어 있는데 반해 군중들 뒤로는 황폐한 사막만이 펼쳐져 있었다. 그 모든 장면 위에 불안한 저주의 그림자가 드리운 듯했다. 마치 강물이 두 왕국을 가르는 국경선이라도 되는 양…….

사내는 손에 뭔가를 들고 있었는데, 잎이 많은 작은 가지 모양을 하고 있었다. 단테는 갑자기 비명을 지르며 여인을 올려다보았다. 그게 뭔지 알 것 같았다. 지옥으로 가는 길을 여는 신들의 징표, 황금가지였다.

두 인물은 스틱스 강가[†]에 서 있는 아이네이아스[††]와 쿠마이의 무녀 시빌라[‡]였다. 반대편에 몰려와 있는 그림자들은 산 자들의 방문을 광적으로 기다리는 망자들이었다. 바로 눈앞에 있는 책을 읽듯 그의 입에서 시구가 흘러나왔다.

그곳에는 창백한 병과 슬픈 노년과 공포와

[†] 스틱스 강은 그리스 신화에서 저승을 일곱 번 돌아 흐르는 강을 말한다.
[††] 트로이 왕족인 안키세스와 여신 아프로디테의 아들.
[‡] 시빌 또는 시빌레라고도 한다. 원래는 트로이 부근 마르페소스에 살면서 아폴론한테서 예언 능력을 물려받은 한 여인의 이름이었으나 후대로 내려오면서 무녀의 총칭으로 사용되었다. 나폴리 서쪽에 있는 쿠마이의 시빌레가 가장 유명한데, 그녀가 살던 동굴이 아직도 남아 있다고 한다.

죄를 짓도록 유혹하는 기아와 누추한 가난과
―이들은 보기에도 끔찍한 형상들이다―
죽음과 고통이 살고 있다.

〈아이네이스〉† 6권을 몇 번이나 읽었던가? 그는 원통의 윗부
분을 움켜잡았다. 뚜껑은 잠시 저항하는가 싶더니 이내 열렸다.
안에 뭔가 들어 있었다. 두루마리 같았다. 더욱 흥분한 그는 그
것이 밖으로 미끄러져 나오도록 원통을 흔들었다.
　"천천히 하세요."
　여인의 목소리가 들렸다. 그녀가 부드럽게 그의 손목을 잡았
다.
　"침착하게."
　여인은 통을 가져가더니 우아하게 길고 가느다란 손가락으로
구멍 속의 두루마리를 꺼냈다. 단테는 그것의 끝을 잡고 신중하
게 책상 위에 펼쳤다. 안에는 질서정연하게 배열된 문자들이 좁
고 평행한 기둥 모양으로 쓰여 있었다.
　"저자가 쓰기를 마친 뒤로 그것을 만진 사람은 몇 안 됩니다.
12세기도 더 된 일이지요."
　단테는 숨이 막히는 느낌이었다. 겨우 책상에 기대, 가슴을
내리누르는 답답함을 이기기 위해 깊이 숨을 내쉬었다.
　파피루스 두루마리는 그야말로 세월의 뜨거운 열기를 이기지

---

† 아이네아스의 이야기라는 뜻. 기원전 20년 무렵에 로마의 시인 베르길리우스가 쓴 장편
서사시. 트로이의 영웅 아이네아스가 트로이를 함락한 후, 이탈리아에서 로마의 기초를 이
룰 때까지의 고투(苦鬪)를 읊었다.

못해 금방이라도 바스러질 듯했고, 그나마 몇 군데는 찢겨져 있었다. 뿐만 아니라 나무좀이 만들어 놓은 망각의 구멍들 때문에 본문 여러 곳을 제대로 해독할 수 없었다. 그러나 단테의 탐욕스러운 마음은 마르지 않는 우물에서 끌어올리듯 그의 경이로운 기억 속에서 말들을 퍼내 모든 구멍을 정확히 채워 나갔다.

단테는 파피루스를 향해 손을 뻗었다가 감히 그것을 만지지 못하고 동작을 멈추었다. 정말로 저 얇은 종이 위에 베르길리우스의 깃촉이 흔적을 남겼단 말인가? 정말 그의 신성한 손길이 저것을 스쳤으며, 그의 신성한 단어가 잉크 방울이 되어 저 종이 위에 떨어졌단 말인가? 세월에 씻겨 나간, 저렇듯 아득한 기호들에서 진실로 그의 목소리를 감지할 수 있을까? 두루마리에서 새어나오는 메아리 소리를 포착하기라도 하려는 듯 그는 유심히 귀를 기울였다. 무덤에서 나온 혼령처럼 말이다.

서서히 그의 감각이 안정을 찾았고, 더불어 지력도 밝아졌다. 그러자 의심이 들었으며, 그것은 불꽃이 되어 그의 생각을 활활 타오르게 했다. 속임수라는 비열한 망령이 다시 그의 마음을 헤집고 들어왔다.

"당신이 어떻게 이것을……."

여인을 향해 그가 중얼거렸다. 여인은 손가락으로 다시 자신의 입술을 가렸다.

"거장이 손수 쓰신 작품이에요."

"그런데 왜? 왜 나요?"

"당신을 기다리고 있는 숙제가 있답니다. 당신이 그것을 풀어야 해요. 이것은 그에 대한 보상이랍니다. 약속에 대한 담보로 미리 드리는 것입니다."

그러더니 그녀는 민첩하게 문지방을 넘어 어둠 속으로 사라졌다.

어쩌면 단테는 큰 소리로 집안 사람들을 부르고 싶었는지도, 그녀의 사뿐한 발걸음 소리가 사라져 가는 계단을 향해 달려가고 싶었는지도 모른다. 그러나 그는 돌처럼 굳어 눈을 동그랗게 뜬 채 책상에 놓인 두루마리만 계속 읽고 있었다. 이제 그보다 중요한 건 아무것도 없는 듯했다. 이윽고 그는 그것의 한 귀퉁이를 잡았다. 손가락 사이에서 고대의 파피루스가 미세하게 바삭거리는 소리를 냈다. 그가 손을 대자 그 안에 숨겨진 목소리가 금방이라도 깨어날 것 같았다.

관자놀이를 누르는 통증은 더욱 심해져, 마치 신들이 그가 좀 전에 느낀 기쁨을 벌하고 싶어하는 듯했다. 그는 세심하게 보물을 잡고 있었다. 여인의 말은 과연 진실일까? 이 두루마리에서 그에 대한 일말의 가능성을 기대할 수 있을까? 이 두루마리에 정말 위대한 베르길리우스의 흔적이 담겨 있단 말인가? 로마에 나머지 작품이 숨겨져 있을까? 그를 기다리고 있을까?

아까 책상에서 굴러 떨어졌던 인장이 묵직하게 밟혔다. 오만한 권력자가 숨겨 두고 있을지도 모를 로마의 나머지 작품들의 상태는 또 얼마나 비참할 것인가.

그렇다 하더라도 그 작품들이 얼마나 귀중한 것들인지 단테는 바닥에 떨어져 있던 인장을 주우며 상상해 보았다.

Ⅱ 로마로 가는 길

11월 5일, 해질 무렵 로마로 가는 길에서

우르릉 쾅쾅 요란한 소리와 함께 천둥번개가 주변에 내리치면서 또 다시 거센 비가 지붕을 때렸다. 빗물이 밀짚에 덮인 낡은 대들보를 타고 안으로 흘러내리기 시작했다. 사내는 빗물이 떨어질까 봐 앉아 있던 등받이 없는 긴 의자를 들어 자리를 옮기느라 옆 사람과 어깨가 살짝 스쳤다. 옆 사람은 사내의 육중한 체구가 밀고 들어오는 바람에 짜증스럽게 몸을 움직였다.

"콜론나 가문† 사람들이 반란을 일으켰어요. 모를루포의 요새를 공격했고, 피아노에 있는 환승역에 불을 질렀대요. 로마에 군대가 도착했을 텐데도 그 흔적이 전혀 없답니다."

---

† 로마의 전통적인 보수귀족 가문으로 반교황파였다.

사내는 큰 소리로 소식을 전하기는 했지만 공연히 더 짜증을 북돋울까 봐 옆 사람의 귀에 대고 다시 소곤거렸다.

"어떻게 하시겠소?"

옆 사람은 벽난로 불꽃에 좀 더 다가가 젖은 옷을 말리고 있었다. 이틀 동안 쉬지 않고 여행하면서 입었던 옷이었다. 해질 무렵이었다. 그는 벌써 오늘밤이 얼마나 끔찍할지를 직감적으로 느끼고 있었다. 그는 진저리를 치듯 몸을 떨었다. 열로 인해 이마가 뜨거웠다. 그는 열을 내리려고 노력하는 대신, 뭐라고 대답하면 좋을지 생각하느라 불꽃을 응시하는 한편 몇 시간 전부터 목덜미를 누르는 통증을 없애기 위해 턱을 닫고 있었다.

"모르겠소. 생각해 봐야지요."

"아마 기다리는 편이 나을 텐데요……."

세 번째 사내가 그들의 등 뒤에서 속삭였다.

"혹시라도…… 돌아갈까요?"

"이 길로는 돌아가지 못합니다, 메세르 마조. 코무네의 해방은 우리에게 달렸어요. 우리를 막을 것은 아무것도 없어야 합니다. 아무것도 우리를 막지 못할 겁니다."

그는 애써 대답했다.

"로마로 가는 또 다른 길이 있는지 주인에게 물어보시지요. 코라차, 당신은 노새들이 밤에 쉴 수 있는지 확인을 하시고. 그리고 요기를 좀 하죠. 나는…… 난 쉴 수가 없어요. 당분간은."

그는 망토를 잡아당기며 다시 말했다.

그는 혼자 남았다. 미동도 않은 채 눈꺼풀을 닫고는 온몸에 감도는 현기증과 구역질이 완화되기를 기다렸다. 갑자기 등 뒤로 인기척이 느껴졌다. 그는 눈을 반쯤 뜨면서 간신히 고개를 돌렸다.

"실례합니다, 메세르."

옆으로 다가온 불확실한 그림자가 말하는 소리였다.

"당신들이 피렌체에서 온 대사입니까?"

타닥 소리를 내며 벽난로 안의 통나무가 두 조각으로 갈라지더니 난로 끝으로 떼구르르 굴러가면서 주위에 불꽃을 튀겼다. 그 말을 하는 사내는 소박한 평민의 옷을 입고 있었다. 위에 두건이 달려서 머리를 일부 감출 수 있는 회색 코트였다. 대답할 시간도 주지 않고 사내가 다시 말했다.

"메세르 단테, 당신이 대장이시죠. 시인이시고요. 로마로 가는 다른 길을 찾으신다는 말을 들었습니다. 제가 돕겠습니다."

단테는 빈틈없는 사람이었다. 화가 치밀어 올랐지만, 순간적으로 언짢은 기색을 물리쳤다. 이번 파견에 관해서는 철저히 비밀에 부쳐야 했을 터였다. 그러나 이 사내를 비롯한 많은 사람들이 그들의 이름과 임무에 대해 알고 있는 듯했다. 마조 미네르베티에게 눈길을 던졌다. 그는 아직도 술집 주인과 담소를 나누고 싶은 모양이었다. 저 멍청이가 틀림없었다. 선술집 하녀들에게 잘난 척하려고 그랬을 것이다. 아니면 코라차 우발디니 다시냐가 그랬을 것이다. 길동무로 붙여진 두 사람은 그를 돕기보다는 감시하기 위한 자들임에 틀림없었다.

"다른 길은 어디지?"

사내가 두건을 벗었다. 숱 많은 곱슬머리의 소년이었다. 단테는 활발하면서도 진실해 보이는 소년의 눈과 마주쳤다. 아직 순진해 보였다. 소년에게는 마음을 털어놓게 하는 뭔가가 있었다.

"여기서 몇 마일 안 돼요. 투리타 암벽 근처에 나루터가 있어요. 저희 친척이 뱃사공인데 보수만 조금 주시면 로마까지 데려다 줄 수 있어요."

단테는 잠깐 동안 소년의 제안을 숙고했다. 물론 그럴듯했다. 폭동을 피하기 위해 카시아 길을 포기했을 때부터 그들은 멀리 구불구불 흐르는 테베레 강을 수차례 지나친 적이 있었다.

"우리에겐 노새 몇 마리와 짐이 있다."

소년은 고개를 저었다.

"나룻배는 작아요. 한 사람밖에 못 탑니다. 어쨌든 타시려면 바로 출발해야 해요."

단테는 벌떡 일어났다. 그는 현기증을 이기기 위해 눈을 질끈 감았다. 동료들로부터 해방되어 먼저 로마에 당도할 수 있는, 어쩌면 그가 기다렸던 기회일 수도 있었다. 그를 기다리는 것을 혼자 볼 수 있을지도 모르고, 그리하여 모든 계획을 혼자 세울 수도 있을 것이다. 그에게 맡겨진 고향의 운명에 대해 타인에게 대답할 의무도 없었다. 불현듯 그 편이 더 나을 듯싶었다. 그는 옆 테이블에 놓여 있던 포도주 병을 움켜잡더니 길게 한 모금을 들이켰다. 술이 목구멍을 타고 내려가 그의 몸을 따뜻하게 데워주자 새로운 기회에 대한 예상치 못한 행복감으로 가득해졌다.

동료들은 그가 혼자 출발한다는 소식에 미심쩍어하면서도 안도의 표정이 역력했다. 그들은 짐과 식량을 가지고 안전한 곳에서 빗줄기가 약해지기를 기다릴 것이다. 그리고 단테가 혼자 무슨 일을 할 수 있겠느냐고 생각할 것이다. 가을 소나기로 불어난 강물에 변을 당할지도 모를 일이었다.

작별의 순간에 동료들의 얼굴에서 단테가 읽은 것은 행운을 비는 마음이 아니었다.

소년은 그가 빨리 준비하도록 한쪽에서 조용히 도왔다.

"새벽까지 기다리는 편이 낫지 않을까?"

불현듯 의심에 사로잡힌 단테가 물었다.

"이곳에서 강까지 가는 길은 안전하지 않아요. 게다가 나루터에서 자정 무렵부터 우리를 기다리고 있습니다."

"우리를 기다린다니? 우리가 갈 줄 어떻게 알고?"

그러나 소년은 대답도 없이 벌써 문 쪽으로 향하고 있었다.

밖으로 나오니 폭풍우는 진정되어 차가운 가랑비로 변해 있었다. 단테는 여행용 망토 자락을 꼭 쥐어 등에 메고 있는 가방이 빗물에 젖지 않도록 했다. 나머지 짐은 남은 두 사람과 함께 뒤따라올 터였다. 그러나 그는 걱정하지 않았다. 귀중품들은 모두 자신의 가방 안에 넣어두었기 때문이다. 가방 안에는 교황청 대사로 그를 임명한다는 피렌체 코무네의 신임장이 들어 있었다. 더불어 여행 경비에서 남은 약간의 플로린 금화†와 항상 몸에 지니고 다녔던 최근에 쓴 작품들, 그리고 무엇보다도 베르길리우스의 파피루스가 들어 있었다.

집을 나선 후부터 소년은 간간히 비치는 번개의 불빛에 의지

---

† 피렌체를 상징하는 백합꽃이 새겨진 은화 및 금화를 말한다.

하여 풀밭 사이의 오솔길을 따라 걸었다. 잰 걸음으로 앞서 걷다가 가끔 그가 잘 따라오는지 뒤돌아보고는 어서 오라고 손짓을 했다. 몇 걸음 걷고 나니 사람의 흔적은 모두 사라지고 황량한 자연만이 남았다. 인상적인 검은 딸기 덤불이 오솔길 가장자리를 따라 있었고, 그 오솔길 끝에는 키 큰 나무들이 즐비한 숲이 있었다. 숲을 통과하는 동안 울퉁불퉁한 땅이 내내 그들을 괴롭혔다. 소년이 앞서 가면서 밟은 나뭇가지가 단테의 뺨을 수시로 때렸다.

소년이 갑자기 걸음을 멈추면 그 역시 아픔으로 인한 비명도 꾹 참고 신중하게 앞을 주시했다. 소년은 어둠 속에 뭐가 있는지 보려고 애썼으며, 무슨 소리가 들리는지 귀를 기울였다. 그리고 그에게 조용히 하라는 뜻으로 손가락을 입술에 댔다. 시인도 눈을 가늘게 뜨고 앞을 살폈지만, 그 앞에 어떤 위협적인 것이 있는지 전혀 알아차릴 수가 없었다. 빗줄기가 채찍처럼 나뭇잎을 때리는 소리만 들릴 뿐이었다.

소년이 다시 신호를 보내왔고 두 사람은 가파른 내리막길을 걷기 시작했다. 주변의 초목은 진흙이 찐득찐득 붙어 있는 빽빽한 갈대숲으로 변해 있었다. 갈대가 그들의 머리 위까지 올라와 주위를 볼 수가 없었다.

이제 또 다른 소리가 빗소리와 뒤섞여 들려왔다. 짐승의 울음처럼 둔탁하게 으르렁대는 물소리였다. 강에 가까이 온 모양이었다. 아래로 미끄러지지 않으려면 갈대를 움켜잡아야만 했다. 발이 푹푹 빠지는 진창 때문에 걸음에 속도가 붙지 않았다.

"아직도 많이 남았나?"

단테가 소년에게 물었다. 그러나 소년은 대답 대신 앞을 가리키기만 했다. 갈대숲 사이로 샛길이 열려 있었다. 이윽고 몇 걸음 걷다가 그는 걸음을 멈추었다.

단테는 소년의 어깨 뒤에 있었다. 그들 앞 어둠 속에서 폭우 때문에 불어난 거대한 구렁이 같은 강물이 해안선을 따라 구불구불 펼쳐져 있었다. 반대편 기슭은 보이지 않았다.

"다 왔습니다."

소년이 말했다.

"테베레 강입니다. 나룻배는 멀지 않은 곳에 있어요. 그래도 서둘러야 해요. 자정이 다 됐어요!"

그 순간 바람이 불어 구름을 가르고 나온 초승달의 흐린 빛이 진흙 바닥을 비추었다. 갈대숲에 몸통을 반쯤 숨기고 있는 배 한 척이 눈에 들어왔다. 그는 소년의 뒤를 따랐고, 소년은 가파른 비탈길을 미끄러져 내려갔다. 걸을 때마다 얼음처럼 차가운 물속에 신발이 빠졌다. 철퍽거리는 물소리 때문에 순간적으로 거센 강물의 소음이 들리지 않을 정도였다.

한 사내가 강물에 잠긴 기다란 장대에 기대어 뱃고물에 서 있었다.

"오르시지요, 메세르."

사내와 자신들만의 신호를 교환한 뒤 소년이 말했다. 사내는 즉시 진흙 바닥에서 장대를 빼서 기슭을 찌르며 배를 출발시켰다. 불안하게 흔들리는 배 위로 단테는 간신히 뛰어 올랐다.

"너는 분명……."

불현듯 의심에 사로잡힌 그가 그렇게 중얼거렸다. 함정에 빠졌으리란 생각 때문에 그는 다시 혼란스러워졌다. 그러나 자신의 행동을 돌이켜보기도 전에 사내가 또 다시 장대를 강하게 밀자 배는 기슭에서 몇 미터나 떨어지고 말았다. 배의 용골 밑을 물결이 감싸는 것을 느끼는 순간, 선체는 이미 힘차게 강의 한복판으로 나아가고 있었다.

"메세르 알리기에리, 당신은 로마에 가셔야 합니다. 사람들이 기다리고 있습니다."

"너는 누군가?"

강가에 서서 점차 어둠 속으로 사라지는 소년을 향해 시인은 소리쳤다.

"누구냔 말이야?"

그는 다시 소리쳤다.

"누가 나를 기다리나? 너를 보낸 자가 누구야?"

"당신을 믿는 자들입니다."

소년의 모습이 사라지는 동안 멀리서 그런 말이 들려왔다. 단테는 뱃고물에 서 있는 사내를 쳐다보았다. 사내는 그의 머리 위를 응시하면서 단호하게 노를 저어 진로를 변경했다. 배는 강의 중심에 도달하자 달빛에 드러난 물길을 따라 일련의 잔물결과 소용돌이가 치는 곳으로 향했다.

"저 소년을 아나?"

단테가 물었다.

사내는 그의 말을 무시한 채 줄곧 노를 탁탁 신경질적으로 쳐대고 있었다. 단테는 더 큰 소리로 질문을 반복했다. 이번에는 사내의 주의를 끈 듯했다. 뱃사공은 귀 높이로 손가락을 올리면서 고개를 흔들었다.

"자네, 귀머거리인가?"

또 다시 아무 대답도 없었다. 사내는 다시 쏟아지기 시작하는 굵은 빗방울도 아랑곳하지 않고 머리까지 푹 뒤집어 쓴 수도복 너머로 그를 응시할 뿐이었다.

배 밑에는 꺼칠꺼칠한 펠트 이불이 돌돌 말려 있었다. 단테는 그 이불을 덮어 추위로부터 몸을 보호했다.

임시방편으로 비를 피하고 나자 비로소 멀리 있는 강기슭을 볼 수 있었다. 배가 강의 중심부에 도달한 지금 강기슭은 더욱 빠른 속도로 지나치고 있었다. 강한 돌풍을 동반한 빗속에서 단테는 금방이라도 날아갈 것 같은 이불을 꼭 부여잡았다. 갈대밭 여기저기에 펼쳐져 있는 숲 끄트머리의 나뭇가지들은 물에 잠겨 사방으로 아무렇게나 뻗쳐 있었다. 파도에 밀려온 진흙이 작은 모래섬을 만들어 놓은 어느 지점은 나뭇가지들이 양쪽에서 강을 사이에 두고 서로 이어져 있어서 마치 개선문처럼 보이기도 했다.

라치오 지방의 해안에 도달했을 때, 아이네이아스도 이와 똑같은 광경을 보지 않았을까 하고 단테는 생각했다. 그는 상상력의 불을 밝혀 베르길리우스의 시구를 상상했다.

별안간 울부짖는 소리가 합창을 하듯 멀리서 들려왔고, 그 소리는 강기슭을 따라 이동하고 있었다. 험악한 날씨 때문에 그 소리는 더욱 포악하게 느껴졌는데 아마도 잠에서 깬 늑대들의 울음소리 같았다. 무슨 이유에선지 짐승들은 보이지 않는 발걸음으로 하류를 향해 흘러가는 배와 동행하고 있었다.

단테는 성호를 그었다. 그의 머리 위로 바람이 불어 구름 사이에 틈을 만들었다. 그는 혹시 동이 트는가 싶어 동쪽 하늘을 살폈다. 그러나 여행에 대한 근심과 흥분이 그의 시간 감각을 혼란스럽게 만든 모양이었다. 밤은 여전히 깊은 상태였다.머리털자리 산개성단[†]이 차갑게 빛나고 있었다. 처녀자리가 먼 수평선 위로 올라가는 동안 쌍둥이자리는 노랗게 빛나는 커다란 목성의 빛에 자극을 받아 하늘 한가운데서 밝게 빛나고 있었다. 단테는 별자리에서 길조를 읽고 싶었지만 무거운 마음이 그것을 방해했다. 그 별자리들은 차가운 항성인데다가, 그는 뼛속까지 열이 났기 때문에 별자리를 보자 몸이 얼어 버렸던 것이다.

별자리들은 말이 없었다. 마치 인간의 운명에 흔적을 새길 수 있는 그들의 힘이 어떤 식으로든 중단된 듯했다. 게다가 그의 여행을 더욱 불길하게 만들고, 앞으로도 그를 도와줄 것은 아무것도 없다는 듯 짐승들은 지칠 줄 모르고 짖어 대고 있었다. 그는 혼자였다. 이렇게 완벽하게 혼자라고 느낀 적은 한 번도 없었다.

그때 격렬한 충격이 배를 덮쳐왔다. 그의 느낌을 확인시켜 주기라도 하듯 섬뜩한 모습으로 하늘을 향해 다리를 뻗은, 불어터진 말의 시체가 지나가는 게 보였다. 물 여기저기에 찢겨진 파편덩어리가 그와 함께 동일한 목적지를 향해 떠내려가고 있었다.

[†] 천구 위에 수십에서 수백 개의 항성이 한 지역에 불규칙하게 모여있는 별의 집단.

Ⅲ 내장이 사라진 여인의 시체

11월 6일, 폰테 밀비오를 지나

　새벽이 밝았다. 자신도 모르는 사이에 잠깐 졸았던 단테는 정신을 차린 후 임시방편으로 마련한 은신처에서 나와 상쾌한 아침 공기를 힘껏 들이마셨다. 비가 그치면서 희끄무레한 기운이 대지를 감싸고 있었으므로 주변 풍경이 잘 구분되지 않았다. 노를 잡고 있던 사내는 여전히 그 자세를 유지하고 있었는데, 그래서 마치 그도 배와 동일한 재질로 만들어진 듯했다. 노를 잡은 손을 놓지 않은 채 그는 바닥에 놓여 있던 가죽 자루를 발로 밀었다. 단테는 코르크 마개를 이빨로 빼낸 뒤에 자루를 입으로 가져갔다. 그리고 주둥이에서 풍기는 냄새를 맡았다. 포도주군, 하고 생각하면서 사내에게 고맙다는 눈길을 보냈다. 그리고 길게 한 모금을 삼켰다.

시큼하고 미지근한 술이 목을 타고 내려가는 것을 느꼈다. 발열로 인해 욱신거렸던 뼈마디의 통증과 근육의 무감각을 이겨내고 그의 육신도 깨어났다.

그는 이마에 손을 짚었다. 어젯밤보다 열이 내린 듯했고, 입술의 타는 열기도 가라앉았다. 그를 괴롭혔던 구토증을 없애기 위해 포도주를 한 모금 더 마셨다. 오한 때문에 계속 몸이 떨렸다. 그는 비틀거리지 않으려고 주의하며 자리에서 일어나, 감각이 무뎌진 근육을 펴려고 애를 썼다. 그러는 한편 강가 쪽으로 시선을 돌렸다. 배의 양쪽에 있던 어둑한 숲은 더욱 멀리 있었다. 강의 폭이 점차 넓어지면서 강은 진정 티베리누스 신의 웅대한 거주지로 변모해 있었다. 엉켜 있는 나뭇가지와 강가에 떨어져 물결을 따라 흘러가는 나뭇잎이 한 순간 티베리누스 신의 물에 잠긴 머리카락처럼 보였다. 물에서 몸을 일으킨 신이 아이네이아스에게 그렇게 보였던 것처럼 말이다.

갑자기 거대한 석교石橋가 마치 마법처럼 강의 만곡부에 나타나더니 그들의 머리 위로 미끄러져 갔다.

이제 사람이 살고 있는 흔적이 뚜렷이 나타났다. 초록의 숲 사이로 드넓은 공간이 펼쳐지더니 제방 위까지 이어져 있던 갈대밭 대신 경작지와 포도밭이 나타났다. 멀리서 커다란 오두막과 벽돌로 지은 농가 몇 채가 언덕에 가려서 잘 보이지는 않았지만 지붕 위로 피어오르는 가는 연기로 그 존재를 드러냈다.

그들 앞에서 강이 U자형으로 갑자기 휘어지면서 시야에서 강물이 사라졌다. 배는 만곡부로 진입했고, 물살은 더욱 빨라졌다.

"로마는 아직 멀었나?"

단테가 물었다.

노를 잡은 사내는 손을 뻗어 앞을 가리켰다. 바로 그 순간 배는 만곡부에서 빠져나왔다. 단테는 일어나 눈을 크게 떴다.

그 지점에서 강이 급류를 만나 요동쳤다. 물속에 잠긴 신이 배를 움켜잡고 맹렬히 흔드는 동안 배는 진로를 방해하는 여러 개의 소용돌이를 넘었다. 흔들림 따위는 아랑곳하지 않고 단테는 일어선 상태 그대로 눈앞에 나타난 눈부신 광경에 눈을 빼앗겼다. 새벽빛에 밝게 드러난 거대한 성벽의 테두리가 눈길이 미치는 곳까지 강의 만곡부를 따라 뻗어 있었으며, 성벽 사이사이에 웅대한 탑과 성문의 대리석 아치가 있었다. 자신들의 힘으로 도시 하나가 아닌 왕국 전체를 지배하기 위해 거인족들의 백성이 세상의 모든 돌과 대리석을 일렬로 세워놓은 듯했다. 수많은 깃발과 장식이 바람이 불 때마다 흔들리는 불꽃처럼 언덕 위에서 펄럭였다.

배는 강을 따라 계속 미끄러져갔다. 순간적으로 풍경이 또 다른 만곡부 뒤로 사라졌으며, 다시 도시의 모습이 보이기 시작했을 때 그것은 완전히 새롭고 특별한 형태를 보여 주고 있었다.

그들은 계속 전진하여 마침내 성벽의 연안을 따라가고 있었다. 머리 바로 위로는 성벽, 밑으로는 강물이 물결쳤다. 오른쪽 제방 위로 안젤로 성의, 검은 돌로 만든 거대한 호박주춧돌†이

---

† 원추형으로 다듬어 만든 주추.

나타났다. 성은 거대한 수평선을 반으로 가르며, 마치 둥근 하늘을 받치고 있는 네 기둥 중의 하나처럼 보였다.

그러나 그것은 왠지 정상적으로 보이지 않았다. 옆에서 보니 성벽은 전체적으로 부서져 있었고, 군데군데 금이 가거나 간혹 복구 재료를 덧붙여 재건한 곳도 있었다. 물결에 부딪혀 특별히 더 허물어진 곳에는 대리석 조각과 황급히 쌓아 둔 흙더미가 눈에 띄었다. 강물 때문에 성벽의 토대가 침식되었을 것이다. 어느 잊혀진 신의 사원에서 훔친 것인지는 알 수 없으나, 조각난 농부상農婦像의 몸통이 계단식 언덕 위에 쌓여 있었다. 섬세하게 조각된 상인방† 유물이 임시 방파제 역할을 하고 있었다. 무성한 덩굴식물이 상인방을 꽉 붙들어 안으며 위로 오르고 있었는데, 마치 이교도들이 폭력을 행사하자 이제는 주변의 시골도 도시를 향해 마지막 공격을 하는 것 같았다.

탑 위에서 펄럭이는 깃발들도 황량한 교통호 위에 세워놓은 닳아빠진 천 조각에 지나지 않았다. 성벽을 감시하는 사람은 아무도 없었다.

한 순간 그는 자신이 향하고 있는 도시가 죽은 도시처럼 느껴졌다. 오직 강물만 살아 있는 듯했다.

주변에 갑자기 배들이 많아졌다. 그래서 그의 뱃사공은 다른 배와 충돌을 피하기 위해 계속 노를 저어야 했다. 나지막하면서도 넓은 거룻배 하나에는 농산물이 가득 실려 있었고, 또 어떤 배들에는 건축용 돌이나 통나무가 잔뜩 실려 있었는데, 아마도

---

† 창이나 문틀 윗부분 벽의 하중을 받쳐 주는 부재.

짐을 하역하기 위해 대기 중인 듯했다. 단테가 항구라고 짐작한 그 한편에서는 괄괄한 사내들과 강가의 수레들이 오갔고, 성벽 사이에 만들어진 아치로 향하는 큼직한 두 갈래 곡선의 오르막 길이 보였다.

단테는 육지로 껑충 뛰어내렸다. 그리고 다시 손을 뻗어 자신의 짐을 내리자마자, 사공은 낮은 강바닥을 노로 힘껏 밀어내며 재빨리 배를 육지에서 떼어냈다.
"얼마를 주면 되겠나?"
단테가 소리쳤다. 그러나 사공은 들은 척도 않고 몸을 돌린 후 순식간에 수많은 다른 배들 사이로 섞여 버렸다.
그의 이상한 태도에 당황한 단테는 그 뒷모습을 하염없이 바라보다가 무섭게 다가오던 수레에 하마터면 치일 뻔했다. 침묵의 밤을 지샌 데다가 멀리서 볼 때는 죽음의 도시처럼 보였던 이곳이 사실 분주하게 움직이는 사람들 때문에 혼잡하기 그지없는 도시였다는 사실을 깨닫자 단테는 어리둥절할 뿐이었다.
그는 새삼 주위를 둘러보았다. 이 혼잡한 분위기는 왠지 정상이 아닌 듯했다. 활기찬 시장이 보여 주는 혼란과는 달랐다. 고함 소리와 절규가 잇따랐다. 그리고 공포가 있었다. 전쟁터에서 감지할 수 있는 것과 동일한 냄새, 즉 코로 맡기도 전에 마음을 자극하는 알 수 없는 냄새였다. 그 냄새를 맡으면 동물의 이빨은 무엇이든 깨물고 사람의 두 다리는 도망치게 된다.
모든 사람들이 그의 등 뒤에 있는 무엇인가를 가리키며 고함을 지르고 있었다. 그는 그가 왔던 강을 다시 돌아보았다. 기슭에서 그리 멀지 않은 곳에서 배 한 척이 노에 뭔가를 매달고 다가오고 있었다. 수면 바로 아래에 있는 끈적끈적하고 하얀 그 덩어리는 흔히 깊은 물속에서 산다고 하는 괴물처럼 형체가 없었다.

제방에 있던 어떤 사람이 흰 덩어리를 들어 올리기 위해 몸을 숙였다. 그리고 다른 사람들의 도움을 받아 그것을 제방으로 끌어냈다. 덩어리는 제방에 맥없이 놓였다. 단테도 불길한 예감이 들어 앞으로 나가 보았다.

여인의 시신이었다. 오랫동안 물속에 빠져 있었던 모양이었다. 물고기가 뜯어 먹기 시작한 지 한참 지났는지 얼굴을 알아볼 수가 없었다. 강물에 불어 뼈 없는 덩어리처럼 변해 버린 그 시신은 잔뜩 부풀어 오른 포도주 부대자루 같기도 했다. 오직 검고 긴 머리카락만이 시신이 여성임을 적나라하게 보여 주고 있었다. 사람들이 너나 할 것 없이 몰려들었다. 단테는 겨우 걸음을 옮겨 시신 가까이 도착했다. 주변의 동요는 아랑곳하지 않고 더 자세히 살펴보기 위해 무릎을 꿇었다.

"익사자는 어디 있나?"

어깨 너머로 고함 소리가 들렸다. 무장한 남자들이 호기심에 모인 사람들의 등짝을 무례하게 내려치며 길을 내고는 빠른 걸음으로 다가왔다.

"붉은 옷 형제회 수사들에게 보내거라."

"익사한 게 아니오."

단테가 조용히 말했다.

"보시지요." 하고 덧붙이며 그는 여인의 몸통을 가리켰다.

몸 위에 누군가가 십자가를 그려 놓은 듯했다. 물 때문에 핏자국이 모두 씻겨나갔지만, 복부에 가느다란 선이 간신히 표시되어 있었다. 이상하게도 손과 발은 잘 보전되어 있었다. 마치 가련한 시체의 그 부위에만 익사의 영향이 없는 것 같았다.

단테는 비밀 주머니에 감추고 다니던 단검을 망토 밑에서 꺼내, 칼에 베인 듯한 시신의 상처 가장자리를 조심스럽게 들어올렸다. 주변에서 겁에 질린 탄성이 터져 나왔지만 그는 신경 쓰지 않았다. 가슴 부분은 텅 비어 갈빗대 몇 개만이 부패한 회색 피부 속에 파묻혀 있었다. 그는 계속해서 칼끝으로 불행한 여인의 시신을 헤집어 나갔다. 마찬가지로 비어 있는 복부 안에는 작은 물고기들이 가득했다. 살인자는 살인하는 것만으로 그치지 않았다. 마치 동물을 도살하듯 불쌍한 여인의 시체를 도착적으로 훼손했던 것이다.

주변 사람들이 성호를 긋기 시작했다. 몇몇 사람들은 무릎을 꿇고 앉아 큰 소리로 기도를 하고 있었다. 감시병들의 대장이 단테의 동작을 주의 깊게 살피고 있었다. 어리둥절한 그의 시선은 시체와 단테를 번갈아 향했는데, 어느 쪽에 더 관심을 보여야할지 정하지 못한 듯했다.

"자넨 누군가?"

마지막으로 시신을 본 다음 그가 물었다.

단테는 벌떡 일어나서 그를 단호히 응시했다.

"나는 피렌체 사람, 단테 알리기에리요. 교황청으로 가는 사절단의 대장이오."

사내는 한순간 믿지 못하는 듯했다. 그는 키가 크고 몸이 육중한 사람이었는데, 사라센 사람처럼 보일 정도로 피부색이 검었으며, 금테로 장식한 커다란 두 귀 사이의 눈은 새까맣고 작았다.

그는 단테를 위아래로 훑어보다 진흙이 묻은 옷과 어깨에 멘 소박한 여행 가방에서 눈길을 멈추었다. 그리고 손을 뻗어 시인의 옷자락을 손가락으로 만졌다.

"대사에다 피렌체 사람이라고? 이런 싸구려 옷을 걸치고? 만약 그곳을 대표하기 위해 수행원도 없이 도보로 당신을 보냈다면, 당신의 도시는 참 가난하군. 허나 당신네 교만한 장사치들은 자신들이 아주 부자라고 말할 테지."

"겉모습이 어떻게 보이든 그것은 장사와는 관계가 없습니다."

단테는 차갑게 대답했다.

"그렇다고 법률과 관습이 금으로 만든 옷을 걸치게 하는 것도 아니지요. 그런 쓸데없는 생각을 하느니 차라리 이 불쌍한 여인의 복수나 생각하십시오. 아마도 살인자는 칼을 능숙하게 다루는 사내인 것 같습니다. 그러나 군인은 아닙니다. 군인의 검으로는 이렇게 예리한 절단을 할 수가 없습니다. 외과 의사나 푸줏간 주인을 찾아보는 게 더 나을 것입니다."

"둘 다 같은 일을 하는 경우가 흔하지."

장교는 상처를 더 잘 살피기 위해 몸을 다시 숙이며 투덜거렸다.

"당신은 이런 일에 대해 잘도 알고 있군. 혹시 고향에서 외과 의사나 치과 의사를 하고 있나?"

단테는 입 밖으로 튀어 나오려는 대답을 억지로 참으며 입을 다물었다. 그리고 조용히 고개를 저었다.

"관심이 있다면 알려 드리지요. 난 약제사 조합의 회원입니다. 당신은 통행세 징수 책임자입니까?"

단테는 악의를 담아 덧붙였다.

단테를 응시하는 그의 얼굴에 그늘이 스쳤다. 그리고 뜻하지 않게 폭소를 터뜨렸는데, 그것은 금세 다른 군인들에게도 전염되었다. 구경꾼들 몇 명도 덩달아 웃었다. 불행한 여인의 시체 앞에서 그렇듯 추잡하게 웃는 꼴을 보고 단테는 갑자기 수치심을 느꼈다. 그녀가 또 다른 모욕을 당한 것 같았다. 어쩌면 그것은 그녀의 살을 찢어 냈던 것보다 더 심한 모욕일 터였다. 살인자는 그녀의 생명을 제거했지만, 그들은 그녀의 추억까지 무시하고 있었다.

"나는 산타젤로 성†의 경호 기병장교, 안토니오 카나파라고 한다. 내가 징수하는 통행료는 밧줄과 비누라네, 대사 나리."

그는 호기심 때문에 너무 가까이 다가온 사람들을 발길질로 쫓아내면서 말했다.

"누군가는 나를 '춤의 대가' 라고 부르지. 산타젤로 성의 내성 內城에서 나 때문에 마치 춤을 추듯 벌벌 떤 사람들이 꽤 되거든. 교황 성하의 법을 어기려는 불순한 생각을 품었던 자들 말이야."

"당신은 망나니군요!"

---

† 로마에 있는 원통 모양의 건축물로 원래는 로마제국의 황제 하드리아누스가 자신과 가족을 위해 세운 무덤이었다. 로마제국이 몰락한 뒤에는 로마 교황청의 성곽 겸 요새로 사용되었고, 현재는 군사 박물관으로 이용되고 있다.

"사형집행인이지. 평민들은 악당 카나파라고 부른다네. 물론 내가 없을 때 말이야."

장교는 또 다시 폭소를 터뜨렸다. 그 웃음이 마치 신호가 된 듯 군인들이 무례하게 구경꾼들을 밀치며 그를 따라 창을 잡았다. 그리고 자루 천으로 시체를 최대한 잘 싼 다음 그것을 들고 계단으로 향했다. 강기슭을 따라 나 있는, 부두에서 올라가는 계단이었다.

홀로 남은 단테는 주변을 다시 살폈다. 부두는 거룻배의 짐을 싣고 내리려는 짐꾼들과, 선적을 하기 위해 부두 가장자리에 세워 놓은 이상한 장치의 바퀴에 묶인 짐승들과 상품 더미들로 가득했다. 어디든 쇠사슬로 묶인 사람들의 줄이 있었는데, 이들은 계단 옆의 가파른 경사로를 따라 줄지어 서서 감시인들의 채찍을 맞았으며, 오르막길에서는 오르고, 내리막길에서는 느릿느릿 끌려가고 있었다. 간혹 채찍질에 살점이 떨어져 나가는 이도 있었지만, 고통을 주기 위해서 그러는 것일 뿐 다른 이유는 없는 듯했다.

"저들은 누구지요?"

단테는 옆에 서 있는 사람에게 물었다.

"프레네스테† 사람들입니다. 교황님께 반역해서 지금은 사슬에 묶여 있어요. 저들은 학살되지 않은 자들이지요."

단테는 길게 늘어서 있는 그들을 다시 살펴보았다. 그 중에는

---

† 로마 근교에 위치하며, 현재의 팔레스트리나를 가리킨다. 이곳은 교황권에 대항하던 콜론나 가의 굳건한 방어지였다.

머리가 희끗희끗한 노인들도 몇 명 있었다. 프레네스테는 얼마 전 보니파키우스 군대에 의해 파괴되었다. 콜론나 가문에 충실했던 대가를 그렇게 치렀던 것이다. 그곳은 고대의 카르타지네[†]처럼 완전히 파괴되어 소금이 뿌려졌다. 세월이 흘러 그 도시에 대한 기억이 점차 사라지도록 하기 위해서 말이다.

오한을 느낀 단테는 다시 그 사람을 쳐다보았다.

"이 도시에서 숙소는 어디에서 찾을 수 있지요?"

"순례자이신가요? 산타 마리아 델 포폴로 성당의 수사님들께 가 보세요."

아직도 진흙이 덕지덕지 붙어 있는 그의 신발과 젖은 옷을 재빨리 훑어본 다른 사내가 대답했다.

"아닙니다. 난 하숙을 원해요."

단테는 대답했지만, 자존심 때문에 짜증을 감추지 못했다.

"그럼 캄포 마르초에 가 보시지요."

그 사내는 어깨를 으쓱 하면서 말했다.

계단을 올라간 단테는 석조 제방 꼭대기까지 올라갔다. 길고 좁은 길은 양쪽의 수평선까지 펼쳐져 있었고, 그 옆으로 벽돌 건물들이 늘어서 있었다. 테베레 강 근처의 성벽이 끝난 지점에서 두 번째 성벽을 이루는 건물이었다. 그는 몸을 돌려 반대편 강기슭을 또 다시 쳐다보았다. 멀리 산타젤로 성이 거대한 황토색 몸체로 바티칸 대성당 및 그 궁전들을 가리고 있었지만, 수

[†] 튀니지 호수 극단에 위치한, 북아프리카의 한 도시.

많은 타일 지붕들 위로 그것들의 모습이 언뜻 보이기도 했다. 그는 길고 좁은 다리의 모퉁이도 볼 수 있었다. 다리의 끝은 정확히 산타젤로 성 근처에 있었다.

그는 마음속으로 자신이 서 있는 위치를 어림짐작해 보았다. 피렌체에서 떠나기 전에 산타 크로체 성당의 프란체스코 수도회 도서관에서 로마 지도를 살펴보았다. 그러나 성벽에 둘러싸여 아무렇게나 산재해 있던 그 지도의 단순한 원들은 지금 전혀 쓸모가 없었고, 현실과도 거리가 멀었다. 그는 비아 라타†와 나란히 위치한 길에 있었을 것이다. 교황들은 현재의 비아 플라미니아를 당시에 그렇게 불렀다. 그 길을 따라가면 로마의 시내에 도착할 터였다.

단테는 걸었다. 돌연 따스하고 눈부신 햇살이 밤새 쉼 없이 비를 쏟아냈던 두꺼운 구름 사이를 비집고 나왔다. 그것이 마치 길조인 듯이 그는 원기를 회복했다. 옷도 거의 말랐고 발열로 인한 오한도 많이 가라앉았다. 몸이 나른하여 졸음이 몰려왔다. 조금 더 앞으로 가니 마침내 길이 넓어져 작은 성당의 아케이드로 뻗어 있었다. 반쯤 허물어진 로마 시대의 조각상이 열주 옆에 엎드려 있었다. 머리에 투구를 쓴 여인상이었다.

'미네르바 여신이로군.' 하고 생각하면서 그는 회랑 밑으로 가서 땅바닥에 주저앉았다. 그늘에 있으니 햇빛과 수레와 보행자들이 지나는 소리가 마치 먼 바다에서 들려오는 파도소리처럼 어수선하게 윙윙거렸다. 그가 잠에 빠져드는 동안 그를 주목

---

† 고대 로마의 거리 중 하나.

하는 사람은 아무도 없었다.

　고대의 여신만이 자애로운 얼굴로 그를 바라보는 듯했다. 유배된 땅에서 고향을 떠난 시인에게 여신이 보호의 손길을 펼치게 될지 그 누가 알겠는가?

　열이 날 때마다 단테는 악몽을 꾸곤 했다. 꿈속에서 그는 돌이 깨진 길을 따라 계속 걸었다. 주변의 집들이 사라지자 그 자리에 핏빛 모래 언덕이 나타났고, 그는 그 언덕을 온 힘을 다해 힘겹게 오르고 있었다. 그는 녹초가 되었고, 폭풍우처럼 밀려드는 타오르는 불꽃 때문에 눈이 뜨거웠다. 주변의 모래바다에는 독사들이 우글거렸다. 독사들은 바람에 밀려온 나무딸기 덤불처럼 뒤엉켜서 원을 그리며 꿈틀거리고 있었다.

　좀 더 앞을 보니 거대한 소용돌이가 사막을 파헤치고 있는 듯했다. 소용돌이 때문에 그는 앞으로 나아가지 못했고, 반대편을 볼 수도 없었다. 해독할 수 없는 모호한 소음이 심연에서 올라오는 듯했다. 폭풍우에 잠긴 바다의 파도 소리와 비슷했다.

　가장자리에 도착해 그는 깊은 소용돌이 속에 무엇이 숨어 있는지 보기 위해 몸을 앞으로 내밀었지만 바로 두려움에 휩싸여 뒷걸음질 쳤다. 거대한 군중이 마치 벌레처럼 소용돌이 내벽에 있는 송장 하나에 들러붙어서 그를 향해 갈고리 같은 손을 뻗으며, 의미를 알 수 없는 고함과 함께 허공으로 뛰어오르고 있었다.

　두려움으로 몸이 얼어붙은 그는 손으로 눈을 가려 그것을 보지 않으려 했다. 그러나 불가능한 구원을 찾는 그 시체들의 모습을 도저히 지울 수가 없었다. 어떤 이유인지 설명할 수는 없었지만, 그들은 모두 자신의 이름을 외치는 게 틀림없었다. 절망에 빠진 그 존재들은 모두 거리에서 만난 적이 있는 여성과 남성들이었으며, 자신들을 알아봐 주기를 원했다.

사실 그는 끝없는 동정심이 솟구치는 것을 느꼈다. 맡은 임무가 중대하긴 했지만 그들을 돕기 위해 무슨 행동이라도 해야 했다. 그는 다시 소용돌이 속으로 몸을 내밀어 가장 가까운 사람을 향해 몸을 뻗었다. 창백한 얼굴들은 더러운 상처 때문에 보기 흉했고, 점점 가까워지자 그의 피부에 차가운 손가락의 냉기가 흘렀다. 굶주려서 해골처럼 앙상한 기형적인 육신들이 마치 뱀처럼 자기들끼리 휘감고 있었다.

동정심 때문에 진정되었던 공포가 다시 그를 사로잡았다. 갑자기 그는 자신을 향해 올라오는 끝없는 고함소리의 내용을 알아들었다. 그 인간들은 구원 받기를 원한 게 아니었다. 그들은 그를 기다리고 있었고, 자신들과 함께 하도록 그를 불렀던 것이다. 그의 몸을 받치고 있던 바위가 부서지는 바람에 절망적으로 붙들고 있던 버팀대마저 가루가 되어 그의 무게를 지탱하지 못할 것만 같았다. 절망한 그는 고함을 질렀지만 거대한 입구로 미끄러지기 시작했다.

바로 그때 누군가의 손이 뒤에서 그를 붙잡는 걸 느꼈다. 그는 전력으로 그 손을 움켜잡았다. 고대로부터 온 강한 손이었다. 아버지의 손길처럼 따뜻한.

그는 고함을 내지르며 눈을 떴다. 고함 소리 때문에 아직도 머리가 흔들렸다. 해는 이미 길가의 높은 건물 뒤로 숨어 안 보였지만 주위 사람들은 여전히 분주하게 길을 오갈 뿐 그에게는 전혀 관심을 두지 않았다. 로마인들은 노숙하는 순례자들을 보는 일에 익숙해져 있었다. 돌연 그는 자는 동안 베고 있던 자루를 점검했다. 모든 것이 그대로 있는 듯하여 안도의 한숨을 쉬었다. 배가 고프긴 했지만 통증과 열은 진정된 상태였다. 그는 주위를 둘러보며 갈 곳을 찾았다.

피렌체 사절단에 속한 다른 사람들을 만날 수도 있었다. 그러나 그들과 떨어져 지내는 편이 더 나을 것이라고 생각했다. 그들이 동행한 이유가 자신을 감시하기 위함이라는 생각이 여행을 시작할 때부터 떠나지 않았기 때문이다.

강기슭에서 한 사내가 캄포 마르초로 가 보라고 말했었다. 그곳에 묵을 수도 있었다. 그러나 로마 시대의 유적에 붙어 있는 수많은 탑과 석조 건물과 함께 골목길의, 빗장을 지른 문과 입구를 봉쇄한 사슬을 보노라니 특별히 손님을 환영할 것 같지는 않았다. 그는 주위를 흥미롭게 계속 살피면서 밀려오는 사람들 사이로 들어갔다. 탑들은 계속 이어졌는데, 때로는 하늘을 잡기 위해 땅에서 튀어나온 거인들의 손처럼 자기들끼리 무리를 지어 있기도 했다.

잠시 걸어가니 갑자기 그의 눈앞으로 광장이 펼쳐졌다. 그곳에는 고대시대의 웅장한 열주가 있었고 그 위에 팀파눔†이 올려져 있었다. 팀파눔에는 청동으로 조각된 저부조의 유물이 아

---

† 건축에서 상인방 위의 아치 안에 있는 삼각형 또는 반원형 부분.

직도 보존되어 있었다. 웅대한 비율로 조각된 인체의 머리와 팔과 다리는 아직도 신의 입김에 흔들리는 듯한 주름진 옷을 입고 있었다.

그는 감탄스런 표정으로 꼼짝도 않고 위를 쳐다보았다. 사원 뒤에는 고향 피렌체의 산 조반니 세례당을 네다섯 개 수용할 수 있을 정도로 큰 둥근 지붕이 하늘을 향해 뻗어 있었다. 누군가 말을 걸어와 단테는 몸을 돌렸다. 커다란 채소 바구니를 겨드랑이에 긴 농부였다. 단테가 놀라워하는 모습에 흐뭇해하는 눈치였다. 그도 그 기적에 어떤 식으로든 기여했다고 느끼는 듯했다.

"저게 뭐요?"

단테가 질식할 것 같아 숨을 몰아쉬며 물었다.

"산타마리아 아이 마르티리 성당이요. 하지만 학자들은 판테온이라고도 부르지요. 마음에 들어요?"

단테는 갑자기 비참한 기분이 들었다. 무기력한 슬픔이었다. 계시와는 거리가 먼, 신의 은총을 모르는 사람들이 저 같은 기적을 어떻게 실현할 수 있었을까? 폭력적이며 악덕과 탐욕에 눈 멀고, 오직 세속적인 영광만을 추구하고, 성경의 감미로운 노래도 모르는 자들인데. 하지만 저렇게 웅장하고, 저렇게 한없이 거대하다니.

황당해하는 농부의 눈길을 받으며 단테는 자루에서 베르길리우스의 글이 들어 있는 원통을 꺼내 입을 맞추었다. 저 거대한 둥근 지붕을 위해 그랬듯이 오늘날 누가 유동적인 무형의 언어

를 구부려 시가 밝히는 힘으로 망치질을 하여 언어의 모퉁이에
까지 특별한 영광을 새겨 넣을 수 있을까?

단테는 원통을 다시 조심스럽게 집어넣으며 몸을 떨었다.

"이 근처에 여관이 있습니까?"

단테가 물었다.

사내는 광장의 왼쪽 끝에 있는 건물을 가리켰다. 거대한 목조
지붕이 있는 3층 저택이었다.

"저기, 아나스타시오 교황의 궁에 가 보시오. 솔레 여관이 있
소. 외지인들 사이에는 꽤 유명한 곳이지요. 술도 좋고, 음식도
좋아요. 한 침대에 세 사람 이상을 재우기도 하지요."

단테는 고개를 흔들었다.

"나는 독방을 원합니다."

사내는 조롱하는 표정으로 단테를 머리끝에서 발끝까지 훑어
보았다.

"그렇다면 나리를 위한 여관은 이곳에 없소이다. 게다가 여
기 사는 어떤 가정집도 자기 집에 거렁뱅이를 들이진 않지요."

사내는 곳곳에 튀어나온 탑을 가리키며 이렇게 덧붙였다.

"하지만 강을 건너서 찾아본다면 또 모르지요."

"어디에서 강을 건너지요?"

"바로 당신 앞에 있소. 섬†의 다리를 지나세요. 아마 그쪽에
서 산타젤로 성의 초원으로 가면 당신을 맞이할 마음이 있는 농
부가 몇 있을 겁니다."

---

† 테베레 강의 중앙에 있는 배 모양을 한 티베리나 섬을 가리킨다.

단테는 가르쳐준 길을 따라 걷기 시작했다. 판테온의 호박주
춧돌을 따라 걸으니 광장 뒤에서 시작된 무수히 많은 오솔길이
다시 나오기 시작했다. 그는 여러 번 오던 길을 되돌아가야 했
다. 쇠사슬 때문에 길이 봉쇄되거나 유물과 대리석 조각들이 아
무렇게나 쌓여 있어서 통행을 가로막는 일이 계속 반복되었기
때문이다. 단테는 거대한 석회암 판이 아직도 깔려 있는 넓은
공터를 통과했다. 그 위로 허물어진 무수히 많은 사원의 주춧돌
들이 튀어나와 있었다. 그 중 한 곳에 올라간 그는 자신이 어느
지점에 있는지 알아내려고 애썼다. 아마 이곳은 카이사르의 추
종자들과 초기 순교자들이 걸었던 포로로마노†일 것이다. 그러
나 이때 그는 탑과 유적 등 새로운 건축물들이 꼬리에 꼬리를
물고 등장했더라도 자신이 서 있는 곳이 팔라티노 언덕††임을
알아챘어야 했다.

　낯익은 잘린 기둥을 보고 그는 자신이 아까 지나쳤던 지점으
로 다시 돌아온 것을 알았다. 길을 잃었다고 생각했다. 그러다
뜻밖에도 강둑에 도착했다. 그 지점에서 테베레 강은 폭이 넓어
졌고, 급류 때문에 물살이 거세지면서 작은 섬을 지나게 되어
있었다. 섬의 모양은 얕은 물에 좌초된 배 같았다. 섬 중앙의 기
울어진 오벨리스크 때문에 고대의 선박과 유난히 더 비슷해 보
였다. 그는 계곡의 끝 지점과 근접한 곳에서 물 밖으로 튀어나
온 거대한 다리를 보았다.

---

† 고대 로마시대의 유적지로, 이탈리아 로마에 있으며 현재는 관광지로 매우 유명하다.
†† 고대 로마 유적지인 포로로마노의 계곡을 끼고 동쪽의 콜로세움과 마주보는 위치에 있
다.

단테는 첫 번째 다리를 건넜다. 무지개 모양의 다리인지라 섬을 향해 다리가 휘어져 있었다. 그리고 탑 하나와 요새를 쌓은 수도원처럼 보이는 건물 사이의 골짜기를 통과한 다음, 다른 쪽 제방으로 갈 수 있는 두 번째 다리를 마주했다. 아치 위에서 세 남자가 석조 난간에 나른하게 기대어 있었다. 처음에는 선명한 컬러였을 테지만 이제는 빛바랜, 더구나 상당한 기간 동안 빨지 않아 낡아빠진 의복을 걸치고 있었다.

단테는 그들끼리 주고받는 시선을 눈치 챘다. 그래서 본능적으로 경계를 했다. 망토 속주머니에 넣어 둔 단검을 재빨리 손으로 확인했다.

어쩌면 할 일 없이 빈둥거리는 사람들일지도 모른다. 무관심한 몸짓으로 그들을 향해 다시 걸어가면서 단테는 생각했다. 그들이 있는 곳에 도착하자, 셋 중 한 사내가 다리를 내밀어 통행을 막았다.

"외지 사람은 정지. 통행료를 내셔야지."

거칠고 버릇없는 말투로 목소리를 깔며 그 사내가 말했다.

"통행료? 그게 얼마인가?"

단테는 조심스럽게 물었다. 다리를 건너기 위해서는 통행세를 내야 할 수도 있었다. 경사로 끝에 세워진 보초탑에서 다른 쪽 기슭으로 접근하는 사람들을 감시하고 있는 모양이었다. 강 건너 마을로 들어가기 위한 일종의 경계선 같은 것인지도 몰랐다. 단지 이들의 의복 때문에 세금징수원인지 의심스러웠을 따름이었다.

"경우에 따라 다르지."

"어떤 경우?"

"어디 한 번 당신이 메고 있는 자루 좀 볼까?"

다른 두 사내도 가까이 다가왔다. 단테는 거리를 유지하기 위해 뒤로 한 걸음 물러섰지만, 그들은 다시 앞으로 왔다.

"그건 안 돼."

단테는 냉담하게 말했다.

말을 걸었던 사내가 한 걸음 더 앞으로 다가오는 바람에 거의 몸이 닿을 것 같았다. 단테는 그의 지저분한 입에서 나는 역한 냄새를 정확히 맡을 수 있었다. 그리고 그의 등 뒤에서 재빠른 몸놀림을 느꼈다. 순간 고개를 돌려 시선의 한 끝으로 간신히 네 번째 사내의 등장을 포착했다. 그 사내는 마치 허공에서 튀어나온 듯했다. 자신의 그림자 속에 몸을 숨기는 개처럼 그는 단테 뒤로 쪼그려 앉았다.

그 이상한 행동을 왜 하는지 이해하기도 전에 단테는 가슴이 세게 밀쳐지는 걸 느끼며 뒤로 나자빠졌다. 자신의 등 뒤에서 무릎을 끌어안고 몸을 웅크린 사내에게 걸려 두 다리를 하늘로 향한 채 벌렁 나동그라졌던 것이다.

몸을 웅크렸던 사내가 날렵하게 일어나 단테의 다리를 붙잡았고, 다른 두 사내는 그의 팔을 잡아 움직이지 못하게 했다.

방어용 단검을 잡을 틈도 없었기 때문에 단테는 포기했다. 대신 두목인 듯 보이는 사내의 손에서 칼날이 나타났다. 목을 스치는 차가운 금속의 기운을 느끼는 동안, 아까 그 목소리가 참을 수 없는 입 냄새를 동반하며 다시 들려왔다.

"이곳 수비대에 반항하면 어떻게 되는지 보여주지."

그렇게 무방비 자세로 잡혀 있던 단테는 한 사내가 자신의 가방 속을 뒤지는 모습을 곁눈질로 보았다. 그는 먼저 파피루스 종이가 든 원통을 꺼내더니 뚜껑을 열고 신속하게 안을 살펴본 뒤 무심히 던져 버렸다. 원통 용기가 도로에 튕겨서 난간으로 굴러 떨어지자 단테는 절망적으로 고함을 질렀다. 용기는 난간벽의 금 간 다리 가장자리에 멈추어 선 채 흔들리고 있었다. 1인치만 더 갔으면, 강물이 그의 보물을 훌쩍 삼켜 버렸을 것이다.

자신의 목을 겨눈 칼날도 개의치 않고 단테는 있는 힘을 다해 몸을 비틀었지만 움직이지 못하게 꽉 붙들고 있어서 빠져나갈 수가 없었다. 오히려 그들은 더욱 세게 그를 붙잡았으며, 그동안 사내는 돈이 든 작은 자루를 꺼내며 승리의 함성을 질렀다.

모두 틀렸다고 포기하려는 그 순간 단테는 갑자기 상황이 바뀐 것을 느꼈다. 칼을 들고 있던 사내가 일어서더니 두 걸음 정도 떨어졌다. 팔을 잡고 있던 힘도 사라졌다. 그의 다리를 잡고 있던 사내만 아직 뒤에 있었는데 그 역시 불편한 자세에서 벗어나 다시 일어서려는 듯 몸을 움직이고 있었다.

몸을 세게 잡아 당겨 풀려난 단테는 재빨리 원통 용기만 집어 들었을 뿐 나머지 것에는 관심을 두지 않았다. 원통에 새긴 조각이 손가락에 느껴지자 비로소 그는 적들을 향해 몸을 돌렸고, 남은 한 손으로 단검을 잡았다.

상황이 갑자기 역전되었다. 그를 공격하던 적들은 창을 든 무장병들의 위협 앞에 다리 난간까지 몰려가 있었다. 난간에 나태

하게 기대어 있는 몸집이 크고 피부색이 검은 사내가 그 장면을
지켜보고 있었다.

카나파도 단테를 알아본 모양이었다.

"피렌체 대사, 정말 운이 좋군. 뭐 꼭 본인을 만나서 그렇다는
건 아니지만."

그는 엄지손가락으로 자신의 가슴을 가리키면서 놀리듯 말했
다.

그리고 그는 공포에 질려 자신을 보고 있던 포로 네 명을 가
리키며 병사들에게 신호를 보냈다. 병사들은 창의 방향을 바꾸
어 자루 부분으로 포로들에게 잔인한 몽둥이질을 하기 시작했
다. 단테는 먼저 합창하듯 울려 퍼지는 고통과 애원의 소리를
들었다. 그 소리는 점차 흐느끼는 소리로 변했고, 마침내 네 사
내는 피투성이로 울부짖는 하나의 덩어리로 전락하고 말았다.

보초병들은 무기력한 육체를 계속 구타했다. 단테는 정의의
처벌을 흐뭇하게 바라보고 있었다. 몽둥이질이 계속되는 동안
칼로 그를 위협했던 사내가 자신의 발치로 굴러오자 단테는 그
틈을 이용해 그에게 발길질을 했으며, 그놈 때문에 베르길리우
스의 파피루스를 잃어버릴 뻔한 일이 새삼 떠오르자 치가 떨렸
다.

그러나 한편으로 병사들의 광포함이 그들을 죽일 것만 같아
두려운 마음이 들기 시작했다. 단테는 기병장교의 팔을 잡았다.

"병사들에게 멈추라고 하십시오. 안 그러면 감옥에 시체들이
들어가겠소."

"감옥이라고 했나? 성에 머물 수 있는 자들은 다른 부류라네,

피렌체 대사. 부유한 당신네 고향의 코무네는 도둑에게도 빵을 선물할 정도로 부자인 모양이군. 하지만 이곳에서는 다른 규율을 따르지."

그는 병사들을 향해 손가락을 우두둑 꺾어 보였다.

그의 신호를 받은 병사들은 창을 내려놓고 여전히 신음하고 있는 포로들에게 달려들었다. 병사들은 박장대소하면서 그들을 높이 들어 올려 한 명씩 강물에 던졌다. 그나마 간신히 소리를 낼 수 있는 자가 덜덜 떨면서 애원했지만 신경도 쓰지 않았다.

단테는 끔찍한 그 장면을 지켜보다가 서둘러 난간으로 달려갔다. 포로들의 몸이 강에 떨어지는 순간 생긴 물결이 넓게 원을 그리며 퍼져나갔다. 잠시 후 강 아래에서 두 개의 검은 점이 다시 나타났지만 그만 물살에 휩쓸리고 말았다.

장교도 난간 너머로 몸을 내밀고 있었다. 예상치 못했던 단테의 동정심에 놀랐다는 듯 조롱의 눈빛을 던졌다.

"놈들은 강에 사는 쥐새끼들이지. 무쇠처럼 단단해. 아울러 두 놈은 벌써 두 번째라네. 운이 좋으면 세 번째도 볼 수 있을 걸."

병사 한 명이 가방과 돈 자루를 주운 다음 그것을 장교에게 주었다. 장교는 그것을 받아 들고는 끈을 풀어서 안을 세심하게 살펴보았다.

"금화가 꽤 되는군, 메세르. 호위병도 없이 로마의 거리를 돌아다니는 건 신중하지 못한 처사라네."

"그 돈은 고귀한 도시 피렌체의 것입니다. 업무 때문에 내게 맡긴 것이지요. 돈을 찾아 주어 고맙습니다. 당신이 우리 고향에 오신다면 우리의 코무네가 마땅한 보답을 해 줄 것입니다.”

장교는 그의 말에 말없이 고개를 끄덕였다. 그러나 돈 자루를 돌려주는 대신 내용물을 손바닥에 쏟았다. 그는 재빨리 플로린 금화를 세더니 3분의 1을 챙겨서 벨트에 차고 있던 자루에 집어넣었다. 그리고 나머지만 단테에게 돌려주었다.

“당신은 그저 햇빛을 쬐는 대가를 지불한 거라네, 메세르. 햇빛은 계속 당신의 머리 위를 비출 테니 말이야.”

“그게 무슨 말입니까? 이게 위대한 도시 로마의 법이란 말입니까? 태양이 우리 모두를 비추는 게 당신 덕분은 아니란 말이오!”

사내는 낄낄거리며 웃었다.

“그렇긴 하지만 나는 아침마다 해가 뜨도록 하느님께 빌었다네. 그리고 성인이신 보니파키우스에게도 빌었지.”

“나는 숙소를 찾고 있습니다.”

장교는 그에게 미심쩍은 눈빛을 던졌다.

“당신도 나름대로 이유가 있겠지만 생쥐들이나 쉴 곳을 찾지 못해 안달하는 법이네. 어쨌든 저기 탑 옆에 있는 도메니카 노파의 집에 가서 물어보게.”

그는 거대한 탑 옆에 세워진 목재와 석재가 섞인 건물을 가리키며 말했다. 그 집은 다리가 테베레 강의 바닥까지 굽어 있는 지점을 통과하자마자 있었다.

“노파가 방을 빌려주고 딸은 순례자들의 시중을 들지. 빈 방이 하나쯤은 있을 거네.”

그는 조롱하는 투로 덧붙이며 윙크를 했다.

"서두르게. 곧 해가 지겠어. 캄피돌리오[†]의 종이 만종을 알리기 직전이야. 또 도둑놈들을 만날지도 모르고. 아니면 나를 만날 수도 있겠지."

그는 특유의 잔인한 목소리로 웃으며 덧붙였다.

단테는 비탈길을 내려갔다. 건너편 둑에 있는 다리의 상단을 높은 벽돌 탑이 내려다보고 있었고, 흉벽胸壁이 탑 주위를 둘러싸고 있었다. 그러나 주변에는 길게 늘어선 외양간 외에 목조 헛간과 오두막들이 마치 거지들처럼 몰려 있었다. 강의 이쪽 기슭에는 사람들의 활력이 넘치는데, 그쪽 길에는 사람이 없었다. 재앙이나 페스트가 그쪽에 몰려 있을 것만 같았다. 단테는 빠른 걸음으로 지목해 준 집에 다가가 마당으로 난 작은 문을 두드렸다. 그 옆의 나뭇가지를 덮어 만든 헛간에서 커다란 암퇘지 한 마리가 한 떼의 새끼들에게 젖을 먹이면서 주둥이로 땅을 헤집고 있었다. 지독한 거름 냄새가 대기에 퍼져 있었다.

아무 대답이 없었다. 돌아가려고 하는데 문이 조금 열렸다. 한 소년이 슬쩍 얼굴을 내밀었다. 창백한 얼굴의 눈에 눈물이 고여 있었다.

"여기가 도메니카 노파의 집이냐?"

당황한 단테가 중얼거리듯 말했다.

"이곳에 숙박할 곳이 있다는 말을 들었는데……. 나는 방이

---

† 로마의 일곱 언덕 중의 한 곳. 고대 로마의 가장 신성한 언덕으로 생각되었으며, 원래는 언덕 위에 있었던 유피테르 신전을 가리켰으나 언덕 전체를 가리켜 말하기도 한다.

하나 필요하다. 내 이름은 단테 알리기에리, 피렌체에서 온 순례자란다."

그는 자신의 신분을 알리고 싶지 않았다. 적어도 지금 당장은 말이다. 늘 조심하는 편이 좋았다. 소년은 계속 눈물을 흘리면서 코를 훌쩍거렸다. 소년은 일언반구도 없이 옆으로 비켜서며 그를 들어오도록 했다.

집안은 어두웠다. 밖에서 단테는 모든 창문의 나무 덧문이 어떻게 닫혀 있는지 주시했었다. 덧문의 틈새로 몇 줄기 햇빛만 간간이 들어올 뿐이었다. 그는 문을 닫자마자 첫 번째 방을 지나는 소년을 따라갔다. 안으로 깊이 들어가니 돌계단으로 만든 비좁은 층계가 보였다. 위층으로 올라가는 계단인 모양이었다. 계단 옆에 문이 하나 있었다. 그 문에서 흔들리는 촛불의 빛이 새어나오고 있었다.

소년은 그에게 따라오라는 신호를 보내면서 다른 방으로 향했다. 입구에서 단테는 놀라서 걸음을 멈추었다.

방 안에는 거칠고 투박한 나무 탁자가 있었고, 그 주위를 네 개의 촛불이 둘러싸고 있었다. 그리고 흰색 보가 깔린 탁자 위에 길고 검은 머리를 창백한 얼굴 주위로 풀어헤친 아가씨가 있었다.

반쯤 벌린 눈꺼풀 틈새로 각막의 가는 실핏줄이 얼핏 보였다. 입도 벌리고 있었는데, 벌린 입술 안으로 작고 고른 치아들이 보였다. 마치 어떤 말이나 노래 한 곡을 막 끝낸 것 같았다. 아니면 죽음이 소녀의 목구멍에서 마지막 숨을 붙잡으며 그렇게 소녀를 얼어붙게 한 것 같기도 했다. 고통으로 경직되긴 했어도 고운 얼굴을 보니 갑자기 그는 한 소녀가 떠올랐다. 고향 성당에서 미사를 볼 때 합창단에서 천상의 목소리로 합창을 하던 많은 소녀들 사이에 있던 소녀였다.

단테는 성호를 그었다. 베드로의 도시에 온 지 하루도 지나지 않아 그는 벌써 두 번째로 시체를 본 것이다. 그는 소녀의 얼굴을 계속 관찰했다. 사후강직 때문에 소녀의 얼굴선이 굳어지기 전에 왜 아무도 시체를 입관할 생각을 하지 않았는지 우울하게 생각하면서 말이다. 그는 가까이 다가가 죽은 소녀의 얼굴 위에서 퍼덕거리는 벌레 한 마리를 쫓았다.

몇몇 사람들이 벽에 나란히 붙어서 장례 기도를 하고 있었다.

"우리 누나예요."

뒤에 있던 소년이 갑자기 말했다. 그 말을 들은 노부인이 관을 덮은 보에 반쯤 가려진 얼굴을 들어 단테를 올려다보면서 기도를 중단했다. 그러나 그녀는 곧 다시 기도문을 외우면서 자신만의 고통 속으로 빠져들었다. 다른 사람들도 새로 온 사람에게 잠시 관심을 보이는가 싶더니 다시 장례기도를 했다.

"우리 누나예요."

소년은 훌쩍이며 되뇌었다.

"살해됐어요."

단테는 놀라서 소년을 응시했다가, 다시 소녀의 시체를 쳐다보았다. 손상된 이목구비는 시신을 부주의하게 취급했기 때문이 아니라 순수하고 가련한 육체에 가한 폭력으로 손상된 것이었다. 그리고 다물지 못한 입은 노래하다 정지한 상태가 아니라 절망적인 고함을 지르다가 그렇게 된 것이었다.

"누가 죽였지?"

그는 나지막이 소년에게 물었다.

"악마예요. 손톱으로 살을 파낸 후 쓰레기처럼 던져 버렸어요. 불쌍한 닌파."

소년은 슬픔에 잠겨 계속 흐느꼈다.

단테는 대충 보았던 인상적인 표정의 시신을 다시 주의 깊게 살폈다. 얇은 천이 경건한 수의처럼 시체를 덮어 흉하게 망가진 몸을 가리고 있었다. 그는 뭔가 비이성적인 것을 감지했다. 그것은 마치……. 참을 수 없는 충동에 사로잡힌 그는 탁자에 다가가서 손을 뻗었다. 한 순간 멈칫 하긴 했지만 이내 마지막 망설임을 물리치고 단호한 몸짓으로 천을 들어올렸다.

입술은 공포심 때문에 일그러져 있었다. 불행한 소녀의 왼쪽 몸 전체가 뜯겨나간 것 같았다. 다리는 샅 바로 아래에서 잘려져 나갔으며, 외과의사의 칼날을 사용한 듯 선명하게 절단된 대퇴골이 잘린 살점 사이로 아직 튀어나와 있었다. 너덜너덜해진 천에 감싸인 팔 역시 피가 엉겨 붙은 팔꿈치에 간신히 매달려 있었다. 칼은 옆구리에도 광포한 폭력을 가했는데, 겨드랑이에서 골반의 시작 부위까지 길게 벤 상처를 만들어 놓았다. 요컨대 왼쪽 부위 전체가 으깨져 있었는데, 마치 폐와 심장 쪽의 내장 기관이 아예 없는 것 같았다.

단테는 수의를 다시 덮었다. 호기심 때문에 한 행동이 시신에 또 다른 모욕을 가한 게 아닌지 조심스러웠다. 그저 잠시 처참한 상처를 드러냈을 뿐인데도 그 학살의 원흉이 어떤 면에서는 자신인 것 같아서 그는 격심한 고통을 느꼈다.

그 자리에 참석한 사람들은 반발하지 않았다. 그 시체의 모습을 보기만 해도 공포로 몸이 마비될 지경인 듯했다. 혹은 무례한 권력자들에게 익숙하거나, 아니면 귀족처럼 보이는 사내의 행동에 감히 반대할 수 없어서 그러는 것 같기도 했다. 오직 소년만이 가까이 다가와 시체를 덮은 수의를 다시 잘 정돈했다.

"정말 악마의 소행 같구나."

단테가 중얼거렸다.

"언제 이 일을 당했지?"

"누나가 사라진 밤으로부터 석 달이 지났어요. 누나가 밖에 나간 건…… 그건……."

소년은 갑자기 얼굴을 붉히며 말을 중단했다. 단테는 주위를 살펴보았다. 곤궁한 살림살이와 초라한 장례식으로 미루어 보아 그 불행한 소녀를 죽음으로 이끈 직업이 무엇인지 명확히 알 수 있었다.

그러나 소녀는 몇 달 전에 살해된 게 아니었다. 찢겨 나가긴 했어도 부패의 흔적은 보이지 않았다. 남아 있는 살은 시퍼렇게 창백하긴 했지만 뼈 주위에 단단하게 붙어 있었다. 그럴 수는 없었다.

그러므로 누군가 그녀를 납치하여 오랫동안 학대한 뒤에 마지막으로 잔인한 짓을 했던 것이다.

"시체를 어디서 찾았니?"

"코치산 너머 성문 밖에 있는 강기슭에서요. 개처럼 발가벗겨져서 웅덩이에 던져져 있었어요. 마침 아는 사람이 그곳을 지나지 않았다면 붉은 옷 형제회 수사들이 무연고자들의 무덤으로 옮겼을 거예요.”

옆에서는 사람들이 규칙적인 리듬의 장송곡을 쉼 없이 부르고 있었다. 그러나 단테는 소년이 말한 세부 사항을 하나의 그림 속에 묶어 연결하느라 열심이었다. 위대한 아리스토텔레스의 가르침에 따라 삼단논법을 이끌어내려고 애썼다.

그러나 단테는 갑자기 생각을 중단했다. 그리고 냉정하게 손을 흔들어 환영을 쫓았다. 그가 로마에 온 것은 인간의 사악함을 보여주는 또 다른 표현에 대해 연구하기 위해서가 아니라 전혀 다른 이유 때문이었다. 하지만 그러기에는 임무보다 강한 뭔가가 그를 그곳에 붙들어 두고 있었다.

그때 문에서 기도 소리를 압도하는 육중한 발자국 소리가 들리는가 싶더니 이내 무장한 병사들이 몰려와 멈춰 섰다. 기병장교도 있었다. 그는 단테에게 빈정대는 눈길을 보낸 다음 아무 말도 하지 않고 들것이 있는 곳으로까지 걸어갔다. 시신을 향해 경멸 섞인 눈길을 던지며 그가 소년의 어머니에게 말했다.

“점검을 위해 들렀네. 감히 법을 어길 수는 없기 때문이지. 밤중에 불을 켜서는 안 된다는 법 말이야. 그리고 새벽까지는 깨끗이 치우도록 해. 명심해. 내게 준 돈이 있어서 무로 토르토가 아니라 이곳에 딸을 묻는 걸 허락하는 거야! 알겠나?”

단테는 자신도 모르게 앞으로 나섰다. 그리고 마치 또 다른 신성모독으로부터 시체를 보호하고 싶은 듯, 시체와 들것 사이로 끼어들었다. 그의 손이 부들부들 떨렸다. 그러나 장교는 당황하지 않았다.

"대사 나리, 일러준 대로 왔군. 청소를 한번 하고 나면 그런대로 지낼 수 있을거야."

"이런 고통을 준 놈을 찾아 마땅히 복수를 하지 않는 이유가 뭡니까? 범죄 때문에 고통받는 이 사람들을 모욕하는 이유는요? 당신이야말로 그런 범죄를 막았어야 하지 않나요?"

단테는 넌더리를 치며 물었다.

"산토 스피리토 병원의 지하실에는 밤에 순찰을 돌 때마다 길에서 발견한 시체들로 가득하지. 이 아가씨라고 별 수 있나?"

"순진한 소녀라오. 그리고 이번 사건은."

단테는 수의 끝을 잡고 두려운 마음으로 그것을 들어 올리며 말했다.

"강에서 살해된 여인과 관련이 있다는 걸 모르십니까?"

장교는 시체에 무심한 시선을 던졌다.

"알고 있는데. 그래서?"

단테는 어깨를 움츠렸다.

"이상한 점을 발견하지 못했나요?"

"이런 창녀들은 손님들을 끌기 위해 새로운 유행을 만들어 내야 한다고. 프랑스에서 흘러 들어온 유행 같은 것 말이야. 옴과 이교도의 페스트와 더불어 순례자들을 이곳으로 끌어들이는 수많은 한심한 것들처럼. 살인도 마찬가지야. 붉은 옷 형제회가 이번 성년†만큼 일을 많이 했던 해도 없을 것이네. 다행히 그 희년禧年도 끝났으니, 살인자들도 신성한 축복을 받으며 자기들

---

† 聖年. 로마 가톨릭에서 특별한 사면을 베푸는 해. 25년마다 성탄절에 교황이 산 피에트로 대성당의 문을 열고 특별한 대사를 베푼다. 희년이라고도 한다.

집으로 돌아가겠지."

장교는 실없이 웃으며 말을 맺었다.

"살해된 창녀들이 많은가요?"

"그야 모르지. 성령의 빛을 받으신 보니파키우스께서 성관계를 맺을 때마다 세금을 내라고 했을 때부터, 이 여인들이 쥐도 새도 모르게 사라졌지. 감금된 창녀가 있는지 혹은 납치된 창녀가 있는지 우리에게 와서 말하는 사람은 아무도 없네. 이런 이야기는 그만두지. 안 그러면 당신이 로마에 온 게 정치 협상 때문이 아니라 다른 속셈 때문이라고 생각할 테니."

장교는 위협적인 눈빛으로 다시 한번 주위를 둘러보았다. 그리고 호위대에게 고갯짓을 한 번 하고 나서 출구로 향했고, 그 뒤를 부하들이 따랐다.

갑자기 조용해진 방 안에서 단테는 화가 치밀어 올랐다. 오만한 장교에게 반발할 수 없었기 때문에 치욕스러웠다. 뿐만 아니라 새로운 사실을 알게 됨으로써 찾아온 두려움 때문에 마음이 어지러웠다.

한편 다른 사람들은 그 같은 탄압에 익숙한 듯 꼼짝도 않고 고개를 숙인 채 방금 전의 광경을 지켜보았다. 아무튼 그들은 장교의 경고를 받아들인 듯했다. 한 여인이 시체 옆으로 가서 수의로 얼굴을 덮었다. 그리고 두꺼운 뜨개바늘로 올이 풀려 있는 천의 가장자리를 꿰매기 시작했다. 천이 처녀의 시체를 감싸며 서서히 닫히기 시작하자, 하느님께서 그녀에게 주신 형태에 가한 모욕이 더욱 분명히 드러났다. 사악한 손이 하느님께서 만드신 것을 산산조각 내어 그 질서를 침해한 것이다.

머리카락을 보자기에 넣은 여인은 머리 주변의 헝겊조각을 마지막 바느질로 봉했다. 그러자 소녀의 어머니는 놀라서 고함을 질렀다. 그녀는 마치 개처럼, 강에서 야간 여행을 함께 했던 늑대들보다 더 격렬하게 울부짖었다. 살면서 들었던 어떤 고함소리보다 격한 울음이었다. 캄팔디노 전투†에서 칼날에 쓰러진 병사들의 신음 소리도 들었지만, 이토록 순수하고 절대적인 고통의 소리는 처음 들었다.

다른 여인들이 어머니를 위로하려고 했지만 헛된 일이었다. 여인들에게 둘러싸인 어머니는 두 팔을 위로 올리고 일어서더니 마지막 포옹을 하기 위해 시체 위로 몸을 던졌다.

그 자리에 참석한 유일한 남자들이었던 소년과 노인이 가까이 다가가 즉석에서 만든 자루의 끝을 잡고 들어 올렸다. 그러나 그 비참한 시신을 드는 일이 두 사람에게는 버거워 보였다. 노인이 금방이라도 넘어질 듯 다리가 휘청이는 것을 단테는 보았다. 단테는 자신도 모르게 앞으로 나가서 천의 귀퉁이를 붙잡았으며 한쪽 팔로 노인을 붙잡아 균형을 유지하도록 도왔다.

"제발 우리를 도와주세요, 메세르."

소년이 간청했다.

"공동묘지는 멀지 않아요. 문을 나가자마자 있어요."

단테는 잠시 머뭇거리다가 이내 고개를 끄덕이며 시체의 다리 부분을 잡았다.

---

† 교황을 지지하는 겔프파와 황제를 지지하는 기벨린파가 캄팔디노 평야에서 1289년 전투를 벌였는데, 단테는 겔프파의 일원으로 전쟁에 참가했다.

소규모 행렬이 오솔길을 따라 말없이 걸었다. 육중한 탑을 지난 오솔길은 강기슭과 나란한 채소밭과 허름한 농가 사이로 이어지다가 먼발치로 언뜻 보이는 성벽까지 이어졌다.

양초를 든 사람도, 램프를 든 사람도 없었다. 높이 떠 있는 초승달이 간신히 길을 알아볼 수 있을 정도만 빛을 발하고 있었다. 램프도 켜지 않은 슬픈 장례식에서 사람들은 빨리 걷는 일에만 신경을 쓰는 듯했다. 최후의 휴식을 취하는 시신과 동행하는 사제도 없었고, 사제들이 쓸데없는 라틴어로 대충 외우는 기도조차 없었다. 육욕의 죄로 죽은 그런 부류의 여인들에게는 더욱 강화된 기존의 낡고 찌든 관습만이 강요될 뿐이었다. 숨죽인 흐느낌과 자갈길을 걷는 빠른 발걸음 소리가 이따금 정적을 깨뜨렸다.

성벽은 가까이 있었다. 그러나 이제는 시야에서 수평선을 가리는 어두운 장벽에 불과해 보였다. 그들은 봉쇄된 성문에 도착했다. 그 지역의 운명 따위는 관심 없다는 듯, 성문을 지키는 사람도 없었다.

그러나 커다란 성문 옆의 출구 하나가 열려 있었다. 고개를 숙이고 간신히 통과할 만한 작은 통로였다. 온 힘을 다해 반대편으로 시체를 옮기며 좁은 통로를 지나간 그들은 고대 로마의 거리를 통과했다.

포르투엔세 거리에 도착했으리라 단테는 생각했다. 아직도 비에 젖어 있는 해가 축축하고 차가웠지만, 그의 이마에는 땀방울이 맺혔다. 천을 꽉 잡은 손가락에 경련이 생겨 고통스럽기 그지없었다. 손가락에서 천이 자꾸 빠질 것 같아 계속 천을 되잡아야 했다. 더 이상 버티지 못할 것 같아서 숨을 헐떡이며 잠시 멈추자고 말할 생각이었다. 그러나 절뚝거리며 절망적으로 버티고 있는 노인과 소년을 보고 그는 이를 앙다물며 견뎠다. 과거 조합장으로 있을 때, 그는 친구들인 동료군인들을 무덤까지 동행했었다. 그러니 지금도 굴복하지 않을 것이다.

신발에 밟히는 자갈들이 더욱 거칠어진 느낌이 들었다. 성문에서 멀어질수록 길의 상태가 더욱 악화되고 있었다. 길 양쪽에 경계석이 뽑혀 내동댕이쳐져 있었다. 아무렇게나 흩어져 있는 몇 개의 비석이 그곳이 한때 고대의 유물이 매장된 곳이었다는 사실을 말해 주고 있었다. 아피아 가도† 옆에 있다고 들었던 장엄한 유물과 전혀 다른 소박한 유물이었다. 이윽고 길은 낮은 돌벽으로 둘러싸인 공터 옆으로 이어졌다. 아무렇게나 솟아 있는 작은 흙더미들 탓에 그곳이 어떤 땅인지 알 수가 없었다. 십자가도 몇 개 없었고, 조각된 돌 조각도 없었으며, 어떠한 연민의 흔적도 없었다. 빈자들의 묘지는 땅이 무無를 가리기 위해 쓴 베일에 지나지 않았다.

묘지의 귀퉁이에 도착하자 그들은 걸음을 멈추고 가져온 시신을 바닥에 내려놓았다. 한 여인이 커다란 나무 주걱을 가져왔다. 주걱을 건네 받은 소년은 있는 힘을 다해 구덩이를 파기 시작했다. 누나의 시신이 햇빛에 간신히 가려질 만큼 작은 구덩이였다. 최후의 심판의 날을 향해 긴 여행을 해야 할 시신으로서

---

† 기원전 312년 군사적 목적으로 만든 최초의 로마 가도이며, 로마 영토의 등뼈를 이루었다.

는 너무 작은 것 같다고 단테는 생각했다.

그들은 시신을 작은 구덩이에 내려놓았다. 소년은 파냈던 흙으로 다시 시체를 덮었고, 단테와 노인은 발로 다른 흙을 밀어서 그 위에 쌓았다.

"그대가 흙에서 가벼웠던 것처럼 흙이 그대에게 가볍기를."

단테는 이를 악물고 중얼거리며 성호를 그었다.

그때 누군가 그들에게 다가오는 게 보였다. 마치 유령처럼 어둠에서 나타났다. 검은 망토로 몸을 감싸고 뻣뻣한 모자를 이마까지 내려 쓴, 몸이 마른 사내였다. 가슴에 수를 놓은 노란 바퀴 모양이 있는 걸로 보아 유대 백성의 후손인 듯했다.

사내는 돌 하나를 꼭 쥐고 있었다. 그는 시체 옆으로 다가가 시체의 머리맡에 정중하게 돌을 놓은 다음 한 발자국 떨어졌다. 단테는 그의 작은 노랫소리를 들었다.

작았지만 하이톤의 목소리여서 야행성 새가 불행한 여인을 모욕하기 위해 웅덩이로 내려올 것만 같았다. 그러나 곧 노래는 일정한 음정을 유지했는데 비록 내용은 알 수 없었지만 과거의 고통을 떠올리게 만드는 듯한 곡조로 인해 사람들은 연신 아멘을 외치고 있었다.

노래는 더 이상 야만의 시구가 아니었다. 이제는 천사가 그들 사이로 내려와 어둠의 세력과 아가씨의 영혼에 대해 논쟁을 하는 듯했다. 노래는 속삭임과 비탄의 소리, 승리의 소리로 변했다. 노래는 자갈길과 웅덩이로 미끄러지면서 절망에 빠진 그곳을 동정심으로 감싸 안았다.

"저분은 마노엘로 로마노예요."

단테의 놀란 기색을 본 소년이 나지막이 말했다.

"카디시†를 불러주기로 약속을 했어요. 비록 신자는 아니지만 기도 소리가 최후의 거처까지 누나와 함께 가 주기를 바랐거든요."

단테는 고개를 끄덕였다. 저 사내는 어떤 하느님께 기도를 했을지 궁금했다. 그는 흙 아래 누워 있는 조각난 시체를 생각했다. 저 노래 소리가 그녀의 영혼이 하늘로 올라가는 걸 도와줄까, 아니면 반대로 다시 한 번 더 유린하여 그녀의 영혼을 무無와 결합시킬까?

그 순간 노래가 마지막 도약을 하며 끝났다. 마노엘로는 두 팔을 벌려 꼼짝도 하지 않고 기도를 하면서 하늘을 올려다보았다. 그리고 한참 뒤에 몸을 돌려 단테에게 존경을 표하기에 적당한 거리에서 걸음을 멈추었다. 그는 고개를 숙이더니 공손한 목소리로 말했다.

"시인들의 왕께 인사를 올려도 되겠습니까, 위대하신 알리기에리 님?"

자신이 누군지 알고 있는 것에 당황해 단테는 가슴이 두근거렸다. 저 사람이 어떻게 나를 알았을까? 그러나 미처 대답도 하기 전에 그가 말을 이었다.

"피렌체에 사는 우리 민족의 노인들이 당신께서 로마에 올 거라는 소식을 전해 주셨습니다. 당신께서 조합장이셨을 때 저

---

† 죽은 이를 위해 읽는 유대교의 기도.

희 백성들을 방어해 주신 적이 있지요? 나는 초조하게 당신을 기다렸습니다. 저 소년에게서 당신의 성함을 들었을 때, 나는 이게 신의 뜻이라고 생각했습니다."

단테는 대꾸하지 않았다. 기분이 좋긴 했지만, 동시에 당황스럽기도 했다.

"완고한 당신네 종족과 신앙 때문에 당신들은 외롭게 살며, 사람들의 의심을 사고 있습니다. 나는 법과 양심에 따라 진실을 찾아냈을 뿐입니다."

마노엘로가 대답을 하려고 했을 때, 망자의 어머니가 고통스러운 표정으로 그들에게 다가왔다. 노파는 무기력한 상태라 온몸을 덜덜 떨고 있었다. 눈에 눈물을 가득 담고 노파는 마치 처음 본다는 듯 단테를 쳐다보았다.

"메세르, 우리를 도와주세요."

그녀는 갑자기 그렇게 말했다.

"당신은 공정한 분이라고 들었어요. 살인자를 벌해 주세요."

단테의 몸이 얼어붙었다.

"나는 피렌체에서 온 대사라오. 당신들을 보살펴 줄 수가 없소. 그보다 내 어깨를 짓누르는 다른 일이 더 중요하오."

단테는 그렇게 소리쳤다. 그리고 그 자리를 떠나려고 했지만 묘지 입구에서 뭔가가 그를 붙잡았다.

"높은 자리에 계신 분이 우리 편에 있어 주지 않으면 누가 정의를 이뤄 주나요?"

노파는 그의 등 뒤에서 훌쩍이며 또 다시 애원했다. 베일 귀퉁이로 눈물을 닦으며 그녀는 가련하게 물 웅덩이를 응시했다.

옆에 있는 남자들보다는 차라리 그곳에서 해답을 구하는 게 더 낫다는 듯이.

단테는 입장이 곤란했다. 만약 거절하면 그는 조금 전 만났던 탐욕스러운 군인 나부랭이들과 다를 바가 없었고, 그들처럼 무용한 사람이 되는 것이었다. 그의 등 뒤에서 노파는 눈물을 흘리고 있었고 합창을 하던 사람들도 서 있었다. 이런 모습을 어디서 봤던가? 어디에서 이 장면을 읽었던가?

단테는 트라야누스 황제의 전설이 떠올랐다. 황제는 도움을 청하는 미망인을 돕기 위해 군대를 멈추게 했었다. 제국의 계획이, 제국의 운명이 단지 정의로운 행동을 위해 적지敵地의 숲 속에서 중단되었던 것이다. 금 독수리 깃발이 내려졌고, 모든 것이 멈춰 기다리고 있었다.

"좋소. 딸의 원수를 갚아 주겠소."

단테는 충동적으로 말했다. 어떻게 해야 할지 아무것도 모른 채 말이다.

소년이 그의 손을 잡았다.

"숙소를 찾고 계셨지요. 우리 집에 머무세요. 지금 빈 방이 하나 있어요."

돌아오는 길에 단테가 생각을 바꿀까 봐 초조해하면서 소년은 앞장서서 걸었다. 그리고 집에 들어가자 계단을 올라가서 단테를 위층으로 안내했다. 위는 아래보다 더 어두웠다. 소년은 방문을 열어 그에게 작은 방을 보여 주었다. 벽감을 파서 만든, 곳간보다 조금 넓은 정도였다. 그러나 침대와 물 항아리가 있었고, 좁은 창문 옆에는 커다란 상자가 있었다. 필요할 때 상자를 책상으로 쓸 수도 있을 터였다. 다른 건 필요하지 않았다.

　단테는 상자 속에 자루를 넣은 뒤 아무 생각도 하지 않고 옷을 입은 채로 침대에 몸을 던졌다. 그는 우선 나무 원통을 꺼냈다. 파피루스 종이를 꺼내 조심스럽게 펼쳤다. 그는 흐릿해진 글씨를 다시 보았지만 소리 내어 읽을 필요는 없었다. 모두 외우고 있었기 때문이다. 옛 언어의 소리가 그의 머릿속에서 사이렌의 노래처럼 감미롭게 한 줄씩 흘러나왔다. 사원의 회랑 아래에 있을 때처럼 다시 졸음이 밀려왔다. 그러나 이번에는 꿈을 꾸지 않았다.

Ⅳ 불타오르는 유리 항아리

11월 7일, 도메니카 노파의 집

단테가 잠을 깼을 때는 이미 날이 환하게 밝은 뒤였다. 그는 바닥에 떨어진 파피루스를 불안한 마음으로 주워서 통에 넣었다. 그런데 그만 배를 찌르는 통증 때문에 무릎을 꿇었다. 스물네 시간도 넘게 아무것도 먹지 않았다는 사실을 몸이 준엄하게 상기시켜 주었던 것이다. 그러나 그는 시간이 없었다. 교황청에 가서 신임장을 제시하고 교황의 알현을 요청해야 했다. 다른 두 동료가 도착하기 전에 혼자서 말이다. 그는 늑대의 굴에 올라가기로 결심했다. 이제는 실패하든 승리하든 모든 책임은 그에게 있었다.

단테는 다른 종이들은 상자 안에 잘 넣어둔 다음, 임명장만 들고 방을 나왔다. 그보다 먼저 가죽 끈으로 파피루스가 든 원통을 묶어서 목에 걸었으며, 그것을 옷 밑에 감추었다. 발코니로 간 그는 바티칸 궁으로 가는 길을 가르쳐 줄 사람을 찾았다.

단테는 계단에서 물병과 빵 한 조각을 들고 올라오는 소년을 만났다.

"나리께서 배고프실 것 같아서요."

소년이 말했다.

단테는 그에게 고맙다고 말한 후 빵 한 덩어리를 잘라서 계단에 선 채로 얼른 삼켰다. 마지막 빵조각까지 얼마나 재빨리 삼키나 궁금했던지 소년은 그의 행동을 유심히 살폈다. 보통 활기차게 시작하는 아침 풍경이 전혀 느껴지지 않아서인지 집 안은 황량했다. 아마 여자들은 방문을 잠그고 고통을 다스리고 있으리라.

"바티칸으로 가려면 가장 빠른 길이 어디지?"

물을 길게 한 모금 마신 뒤에 마침내 단테가 말했다.

"산 쪽으로 흐르는 강을 따라가세요. 성문에서 강둑 옆으로 이어지는 룽가라 길로 나가서 밭을 지나면 산타젤로 성이 나와요. 거기서 1마일 가면 레오의 도시를 둘러싼 성벽과 산 피에트로 성당의 지붕이 보이실 거예요. 못 찾진 않으실 거예요."

"레오의 도시라니?'

"교황 레오 4세가 건축한 성벽을 말해요. 보니파키우스가 살고 있는 요새인데, 창병槍兵들이 지키고 있어요."

소년은 찌푸린 얼굴로 침을 뱉으며 말했다.

"잠긴 성 피에트로 성당과 산타젤로 성의 탑 사이에 보니파키우스의 궁과 정원이 있어요. 반란이 일어나면 라테라노 대성당†을 떠나 그곳으로 피신하지요."

단테는 소년이 가르쳐 준 방향으로 빠르게 걸어갔다. 아직도 트라스테베레 지역을 지키고 있는, 아우렐리아누스 성벽††의 문에 도착해서는 문을 통과할 차례가 될 때까지 끈기 있게 기다려야 했다. 밭을 가는 농부들의 작은 무리 속에서 말이다. 세금징수원들이 세금을 징수할 물건을 찾기 위해 모든 사람들의 옹구와 자루를 면밀히 살폈다.

마침내 단테는 문을 통과할 수 있었다. 강바닥에 말뚝을 받고 그 위에 세운, 빽빽이 늘어선 수력 방적기 및 제분소와 인접한 하얀 길이 테베레 강 기슭을 따라 나 있었다. 강 앞에는 짐을 실은 배들이 벌떼처럼 복잡하게 움직이며 오가고 있었다. 석회석판으로 덮인 커다란 피라미드가 보였는데, 일부 빠진 석판 파편이 대좌에 널브러져 있었다. 도시에 있는 두 개의 피라미드 중 하나인 로물루스의 고대 무덤일 터였다. 과거 순례자들이 그것에 얽힌 옛날이야기를 지어내고는 했다. 그밖에 산타젤로 성의 육중한 건물과 방어력이 우수한 길고 높은 성벽이 눈에 띄었다. 성벽은 동쪽으로 뻗어 있어서 멀리 있는 언덕까지 감싸고 있었다. 가까이 다가갈수록 단테는 트라스테베레 지역을 둘러싸고 있는 고대 로마의 성벽보다 훨씬 튼튼한, 높다랗고 견고한 성벽을 위시하여 언덕의 자잘한 것까지 볼 수 있었다.

잠시 걷다가 단테는 걸음을 멈추고 사색에 잠겼다. 정말로 알

---

† 로마의 라테라노 궁에 인접한 최초의 바실리카식 대성당이며 성 조반니 대성당이라고도 한다.
†† 280년 경에 완성된, 로마를 둘러싼 12.5마일 길이의 방벽.

수 없는 요새였다. 언제라도 적군의 머리 위로 돌멩이를 쏟아 부을 수 있는 십여 개의 투석 익벽이 계단 좌석 위로 얼핏 보였다. 밑에서 무엇이 날아와도 방어자들의 보행을 보호해 줄 수 있는 흉벽이 있고 흉벽의 통로를 통해 십여 개의 투석기가 튀어나와 있었다. 강 쪽에서 공격하는 것은 불가능할 것이다. 아무리 공격을 해도 산타젤로 성의 계단 좌석에서 사납게 휘몰아칠 지옥 같은 공격 때문에 끝장날 테니 말이다. 그리고 농지 쪽에서 보면 성벽 옆의 땅에 커다란 구덩이들과 토루†가 어지럽게 얽혀 있어서 어떤 공격 도구도 사용할 수 없게 했다.

단테는 우울한 마음에 머리를 절레절레 흔들었다. 동등한 자격으로 보니파키우스 앞에 설 수 있기를 꿈에서나마 원했다 해도 저렇듯 넘을 수 없는 장벽을 보니 모든 희망이 사라지고 말았다. 안 될 일이지, 그는 다시 걸으면서 생각했다. 뱀의 소굴에서 뱀의 머리통을 으깰 수는 없는 법이지. 머리를 밖으로 유인해야 해. 침착하고 영리하게 말이야.

높은 성벽은 석조 부벽扶壁으로 보강한 문에서 중단되었다. 열린 문을 통해 요새 내부와 보초병들의 숙소, 끓는 물을 쏟아 붓는 구멍이 보였다. 구멍 뒤로는 혹시 있을 침략자에게 부을 기름 항아리가 준비되어 있었다. 앞에는 카나파와 동행했던 병사들처럼 다채로운 제복을 화려하게 입은 창병들이 정렬해 있었다. 제복의 가슴에는 금색의 들판에 두 겹의 파란색 물결을 새

---

† 土壘, 흙으로 만든 보루.

긴 교황 가문의 문장이 있었다.

단테는 계급이 가장 높아 보이는 군인에게 다가갔다.

"나는 피렌체 사람 단테 알리기에리요. 코무네의 대사라오. 교황청에 신임장을 제출하러 왔소."

장교는 미심쩍은 표정으로 단테를 위 아래로 훑어보았다. 장교 역시 검소하게 차려입은 이 남자에게서 뭔가 이상한 점을 발견한 게 틀림없었다. 신분을 나타내는 훈장과 호위자도 없거니와 걸어서 왔으니 말이다. 그러나 단테의 단호한 태도에는 그에게 신중하게 대할 것을 충고하는 뭔가가 있었다.

"좋습니다. 문을 통과할 수 있습니다. 교황청으로 가세요. 인장을 찍는 방이 거기에 있습니다. 성당을 통과해서 가십시오."

장교는 높고 비좁은 두 오두막 사이로 난, 오른쪽의 좁은 골목을 가리켰다. 그곳에서 보니 레오의 도시는 여느 마을과 다르지 않은 듯했다. 응회암 건물이 복잡하게 얽힌 길이었다. 건물들은 겉보기에 별 규칙도 없이 서로 기대어 있었고, 공중의 작은 다리로 연결되어 있었으며, 그 위로 창문이나 작은 로지아†가 보였다. 벽 위로는 높지는 않으나 견고해 보이는 탑이 솟아 있었는데, 마치 그곳 전체가 성지를 둘러싼 성벽이 아니라 무장한 광장 같았다.

넓게 뻗은 길로 나오자마자 단테는 기다란 직선 회랑 아래에 있게 되었다. 회랑의 둥근 대리석 천장을 줄지어 늘어선 귀중한 대리석 기둥이 받치고 있었다. 기둥 몇 개는 세월이 지나면서

---

† 이탈리아 건축에서, 한쪽 벽이 없이 트인 방이나 홀을 이르는 말.

새로운 벽돌 기둥으로 대체되었으며 어느 지점에서는 천장도 무너져 있었지만, 아무리 복구를 해도 소용이 없었다. 그래도 단테는 갑자기 고대의 개선 가도를 통과하는 기분이 들었다.

단테는 걷기 시작했다. 기둥 때문에 시야가 가려 제법 큰 건물 뒤에 직선 가도가 있으리라 짐작만 할 수 있었다. 당당한 종탑이 우뚝 솟은 건물의 일부만 눈에 들어왔다.

성당의 광장에 도착한 그는 잠시 걸음을 멈추고 위를 올려다보았다. 회색 돌로 덮인 커다란 직사각형 너머로 거대한 건물이 솟아 있었는데, 높다기보다는 차라리 넓다고 할 이 건물은 나란한 두 본체가 하나의 회랑으로 연결되어 있었으며, 그 회랑에 가려면 긴 계단을 통과해야 했다. 건물 너머로 성당 신랑[†]의 지붕이 돌출해 있었다.

입구를 통과하니 안뜰이 보였다. 오른쪽으로 높이가 다른 이중 예첨창[††]들이 벽에 파여 있었고, 그곳으로부터 당당한 종탑이 솟아 있었다. 또한 그 너머 회랑의 경계선 위로 직각의 벽돌 건물이 성당 옆에 솟아 있었다. 그 건물이 교황청이니, 회랑을 따라 가면 그곳에 도달하리라 상상했다. 통로로 몰려드는 수많은 순례자들 사이를 헤치면서 그는 뜰을 통과했다. 광활한 정사각형 공간의 중앙에 거대한 벽감이 있었고, 평신도와 성직자들이 계속 이동하는 수많은 사람들 주위를 돌아다니고 있었다. 순례자들은 입구와 출구가 분리된 문을 차례로 줄을 서서 들락거

[†] 身廊. 교회 건축에서 좌우 측랑 사이에 끼인 중심부로서, 성당 내에서 가장 넓은 부분이며 보통 예배자를 위한 공간이다.
[††] 위가 뾰족하고 높고 좁은 창.

렸다.

　현관은 업무에 한창 열중해 있었다. 문이 세 개가 있는 성당 정면은 비계† 때문에 모습이 보이지 않았다. 비계 위에는 대략 여섯 명 정도의 인부들이 일을 하고 있었다. 커다란 천 조각이 건물과 연결되어 있어서, 뒤에서 하는 일이 보이지 않았다. 그러나 색이 선명한 얼룩이 천을 연결한 사이로 얼핏 보이기도 했다. 호기심이 생긴 단테는 가까이 다가가서 그것이 어떤 형체를 하고 있는지 알아보려고 애썼다. 땅딸막한 사내가 다른 인부들을 향해 뭔가를 소리치려고 했다. 사내는 석회 바구니를 꼭 쥐고 있었다.

　단테는 비계 밑으로 갔다.

　"조토, 베드로의 집에서도 그렇게 고함칠 일이 많은가?"

　사내가 건물에서 얼굴을 내밀었다. 무슨 소리인지 아래쪽을 살피던, 선이 또렷한 사내의 얼굴에 미소가 번졌다.

　"이게 누구야, 단테 아닌가! 늙은 불량배 같으니! 이리 올라오게. 내 그림을 보면 눈이 번쩍 뜨일 걸세."

　단테는 버팀목에 박아 놓은 나무못에 신속하게 달라붙어 위로 힘겹게 오르기 시작했다. 오르는 동안 벽에 제작하고 있는 모자이크의 색 조각들이 눈앞을 물 흐르듯 지나갔다. 도시의 탑과 폭풍우 치는 파도, 격동하는 바다의 부서지는 파도 사이를 항해하는 배의 용골, 바람 때문에 얼굴과 몸을 숙인 모습 등이 보였다.

---

† 고층 건물을 지을 때 디디고 서도록 긴나무나 쇠파이프를 얽어서 널을 걸쳐 놓은 시설.

네모난 대리석이 비계 뒤에서 비치는 햇빛에 반짝였다. 그가 오르는 동안 위험하게 흔들리는 비계가 금방이라도 주저앉을 것만 같았다.

인부들이 있는 곳까지 도착한 단테는 균형을 유지하기 위해 버팀목 하나를 잡았다. 그리고 나머지 한 손으로 그를 향해 달려오는 사내를 안았다.

몸이 세게 흔들리는가 싶더니 비계가 다시 무섭게 흔들렸다.

"이보게, 자네의 작품을 위해 목재를 너무 아끼지 말게. 이젠 보니파키우스의 주머니에서 돈이 나오니 더 좋은 걸 쓸 수 있잖나, 추잡한 구두쇠 양반!"

단테는 꼭 안기는 친구를 밀어내며 다시 버팀목을 잡았다.

"보니파키우스는 암탉의 엉덩짝만큼이나 관대한 사람이지. 그렇다고 이곳 로마에서 내 사정이 더 나아졌다는 말은 아니야. 대신 지출이 늘었단 말일세."

비계 위에 흩어져 있는 인부들을 가리키며 그가 말했다.

"그래도 자네가 그토록 그리고 싶어 했던 미인을 그려도 아무 말 안 하잖나."

조토는 천둥 같은 소리로 웃었다.

"무슨 소리야! 여기도 오직 성자들과 사도들만 그려야 한다고! 저 위 북부에서는 이브의 누드화까지 그렸다고 들었는데."

조토는 목소리를 낮추며 덧붙였다.

"단테, 상상이 가나? 그들은 나막신을 신고 돌아다닌다네. 우리보다 앞선 자들이지!"

"아니면 우리가 더 뒤떨어졌거나. 어쩌면 고대 로마인들의 교훈을 다시 되새기고 있을 테지."

"그래……. 최소한 가나에서의 결혼식만이라도 그려도 좋다고 허락한다면! 그러면 아름다운 미인들을 가득 그려 넣을 텐데 말이야. 하지만 여기를 보게! 성 베드로가 물 위를 걷고 있다네! 그럴듯하게 보이나?"

단테는 몸을 내밀어 거대한 벽화를 응시했다.

"이보게, 교황의 무덤에 돌조각을 붙이고 있군 그래. 원래는 어떤 그림을 만들고 싶었나? 자네가 수염에 붙인 흰색을 보니 나이가 있는 인물을 그린 모양인데. 하긴 자네는 귀부인들이 그를 둘러싼 모습을 그리고 싶었겠지만 말이야……."

"그래, 성 히에로니무스의 유혹을 일감으로 준다면 좋겠어……. 다행히 로마에는 여자에게 관심이 있는 사람이 제법 있다네! 그래도 미녀는 거의 못 그리지!"

"이상해. 보니파키우스가 희년에 생긴 수입으로 자기 금고를 가득 채웠다고 피렌체에서는 생각하고 있네. 1년 전부터 피렌체의 상인들이 모두 이곳으로 달려와 사업을 했어."

"돈을 많이 번 건 사실이야. 그런데 그 깡패 같은 놈이 돈을 잘 숨겨두고 있어. 아나니의 친척들을 부자로 만들고 싶은 모양이야. 아니면 딴 속셈이 있든가. 확실한 건 그 막대한 금화를 여기서는 단 한 닢도 구경하지 못한다는 거네. 그런데 자넨 여기 웬일인가?"

"친애하는 우리 백성의 대사 자격으로 보니파키우스와 화해를 하려고 왔지. 교황 알현을 신청하러 교황청에 가는 길이네. 저게 교황궁인가?"

단테는 성당 옆의 건물을 가리키며 물었다. 붉은 벽돌로 지은 육중한 건물이 회랑 위로 우뚝 솟아 있었다.

조토는 갑자기 심각한 표정을 지으며 고개를 끄덕였다.

"교황청에? 지금 경비가 삼엄해."

"왜?"

조토는 애매한 몸짓을 했다.

"엊그제 자네의 이름을 들었어. 자네를 기다리고 있더군."

단테는 주먹을 꼭 쥐었다.

"저들의 스파이가 피렌체에 있군! 우리 다시 만날 수 있을 까?"

"캄포 마르초 근처에 내 숙소가 있네. 안젤로 여인숙 위에 있 어. 포도주 맛이 좋아. 주인이 알바니 언덕에서 백포도주를 주 문하면서 아름다운 시골 아가씨도 데려오거든. 밤에 한번 찾아 오게. 나는 늘 거기 있을 테니. 그런 데 말고 내가 갈 데가 어디 있겠나."

그 순간 찬송가를 부르며 줄지어 성당에서 나오는 성직자들 을 찌푸린 얼굴로 가리키며 그가 덧붙였다.

"해가 지면 망나니들과 교황의 경호원들, 무장한 정찰병들이 순시를 한다네."

"자기들끼리 어떻게 알아보지?"

단테는 조롱하는 투로 말했다. 그리고 친구와 포옹을 한 후 버팀목을 꼭 잡고 다시 내려왔다.

교황청 현관은 무장한 또 다른 군인들이 지키고 있었다. 그들은 금색과 파란색이 들어간 제복을 입고 있었다. 이들은 성문을 감시하는 병사들보다 모습이 단정하고 능률적으로 보였다. 창날과 금속 투구가 햇빛에 반사되어 번뜩였고, 벨트와 장화는 깨끗하고 깔끔했다. 단테는 여러 번 자신의 이름을 반복해야 했고, 코무네의 신임장을 보여 주어야 했으며, 방문한 이유를 자세하게 설명해야 했다. 그리하여 마침내 두 병사가 위층으로 가는 계단까지 그를 동행해 주었다.

한 병사는 단테 앞에서 계단을 올라갔고, 다른 병사는 그의 어깨에 닿을락말락하게 창을 들고 뒤를 따랐다. 손님이라기보다는 포로가 된 기분이었다. 천장이 높은 어느 방에 안내되었을 때 그 기분은 더욱 심해졌다. 방 끝에 유일하게 하나 있는 좁은 창에서만 빛이 들어왔다.

단 위에 놓인 나무 책상이 안쪽 벽 전체를 차지하고 있었다. 도미니크 수도회의 흑백 수도복으로 몸을 감싼 성직자가 등받이가 넓은 의자에 앉아서 말없이 그를 쳐다보았다. 단테가 가까이 가는 동안, 두 병사는 문의 양쪽에 서 있었다.

"무슨 일이십니까?"

성직자는 침묵을 깨고 물었다.

"나는 자유 도시 피렌체의 대사; 단테 알리기에리입니다. 여기 신임장이 있습니다."

단테는 이번이 벌써 몇 번째인지도 모른 채 다시 서류를 보여 주면서 말했다. 그가 양피지 문서를 내밀었지만 상대는 그것을 받으려는 시늉도 하지 않았다. 그는 수도복의 넓은 주머니에 두 손을 감추고 미동도 하지 않았다. 단테는 잠시 기다린 다음 서류를 책상 위에 놓았다. 냉담하게 납 인장을 찍는 소리만이 침묵을 깨뜨렸다.

"교황님과의 개인 알현을 신청합니다."

수사는 계속 태연한 자세로 있었다. 그는 목만 살짝 빼고 서류에 눈길을 줄 뿐이었다.

"당신들이 올 줄 알고 있었습니다. 다른 사람들은 어디 있습니까?"

단테는 갑자기 부아가 치밀었다. 순간 그는 자신이 서 있는 곳과 문에 선 무장한 병사들, 궁의 벽돌 하나하나에서 새어 나오는 보니파키우스의 사악한 권력까지 모두 잊었다. 그는 앞으로 한 걸음 나아가 단호하게 단 위로 올라갔다. 이제야 수사와 눈높이가 맞았다.

"다른 사람들이요? 그들은 조만간 올 것입니다. 그러나 피렌체의 의지를 전하는 사람은 바로 나고, 수용을 할지 거부할지도 내가 결정합니다. 그러니 알현 시간을 정해 주십시오. 가능한 빨리."

대답 대신 수사는 위협적인 눈빛으로 자리에서 일어났다. 그는 무슨 말을 하려고 입을 달싹거렸지만 참는 것 같았다. 그러다가 문득 그는 단테의 어깨 너머를 쳐다보았다. 단테는 문에 선 병사들이 자신을 잡으러 올까 싶어 뒤를 돌아보았다. 그러나 병사들은 그대로 있었다. 대신 병사들 사이로 새로운 인물이 등장했다. 키가 크고 당당한 사내였는데, 가장자리를 자주색으로 장식한 화려한 의복을 입고 있었다.

넓은 이마에 가는 주름이 패인 평신도였다. 희끗희끗한 짧은 머리카락이, 묵직한 코가 우뚝 솟은 뚜렷한 윤곽의 얼굴을 액자처럼 감싸고 있었다. 새로 도착한 사람은 석조 바닥을 망토로 휩쓸면서 빠르게 방을 가로질렀다. 단테 앞에 선 그는 검은 눈으로 단테를 응시하다가 이내 예의 바르게 미소를 지었다. 그는 단테를 껴안으려는 듯 두 팔을 벌렸다.

"메세르 알리기에리! 보초병 말이 정말이었군요! 라이몬도 형제를 용서하시죠. 신앙심이 깊은 사람인지라 시보다는 성서와 더 친하답니다."

수사는 당황한 얼굴로 이 장면을 지켜보았다. 새로 나타난 자는 다시 한 번 단테의 얼굴에 눈길을 주더니 마침내 양피지 서류를 잡았다.

"형제님, 증서를 문서보관소에 양도하세요. 알현에 대해서는 제가 직접 맡겠습니다."

새로 온 자가 말했다.

"5일 뒤에 교황궁으로 오십시오. 교황 성하를 만나실 겁니다. 그분도 교회와 피렌체 사이의 관계 개선에 노심초사하고 계십니다."

"가셔도 됩니다."

수사는 새로 온 사람 앞에서 시선을 낮추며 냉담하게 말했다. 사내는 서류가 서랍에 들어가는 걸 주시하더니 곧 상냥한 태도로 단테에게 몸을 돌렸다.

"정치적인 업무는 잠시 접어 두시고 잠시 당신과 함께 있는 걸 허락해 주십시오. 다른 일이 없다면 로마의 원로원 의원인 이 사투르니아노 스파다가 잠시 당신을 동행하겠습니다."

단테는 인사의 표시로 가볍게 목례를 했다.

"인사와 더불어 지식도 나누기 위해서랍니다. 제 지식은 당신의 넓은 지식에 비해 보잘 것 없습니다만."

원로원 의원은 다시 덧붙여 말했다.

"당신은 시인 중의 왕이시니 말입니다."

단테는 애매하게 방어적인 자세를 취했다.

"제 지식을 너무 과대평가하십니다. 전 단지……."

"아닙니다, 아니에요!"

그가 단테의 말을 가로막았다.

"당신이 누구신지 저는 잘 알고 있습니다. 저보다 교황청에서 더 잘 알지요. 지난 시절 당신에 대한 이야기가 많았습니다. 그때 당신이 피렌체의 대표자인 걸 알았습니다."

단테는 그 말의 의미를 헤아려 보느라 얼른 대답하지 못했다. 상대는 그 틈을 이용해 다시 이야기를 시작했다.

"피렌체에 친구들이 몇 명 있습니다. 당신의 고향 사람들이 당신을 어떻게 생각하고 평가하는지 제게 알려 주었지요. 당신의 시처럼 정신에 빵을 주고 마음에 기쁨을 주는 시는 별로 없습니다. '마음속으로 나를 판단하는 사랑이여!' 정말 뛰어난 시구예요."

원로원 의원은 말을 중단하고 단테의 눈을 강하게 응시했다. 마치 그의 눈동자에서 다음 시구를 읽었으면 하는 눈치였다.

"마음속으로 사고하는 사랑이여! 이것이야말로 사랑의 신성한 일관성이지요. 하느님께서 우리의 영혼을 즐겁게 해 주는 대화인 셈이지요. 그 대화에서 모든 말은 탄식이 되고……."

"저를 너무 띄워 주시는군요."

단테는 신중하게 불평을 했다. 그러나 상대는 냉담한 반응에 대해 신경 쓰지 않았다. 그는 계속 단테를 경탄의 눈길로 응시했다.

"시간이 좀 더 많았다면 정사에서 벗어나 당신의 작품을 완벽히 외웠을 텐데. 이렇게 소박하게 경의를 표하는 대신 말입니다."

"정사라뇨? 보니파키우스 교황께서 이곳의 지배권을 손아귀에 쥐고 있지 않습니까?"

단테가 말했다.

"성령의 빛을 직접 받는 그분은 첫 번째 과업에 몰두하고 계십니다. 왕권이 교황에게 보편적으로 종속되어 있음을 재확인하는 일이지요. 수많은 군주들이 그분의 말씀 앞에서 오만한 이마를 앞다퉈 숙이기 때문에 정말 전력을 기울여야 하고 신의 보호를 받아야 하는 과업이랍니다. 그런데 통치를 하는 왕조들뿐만 아니라 때로는 파렴치한 자치도시까지 그분의 권력에 감히 대항을 한답니다. 자신을 축복하는 손을 물어 버리는 미친개처럼 무조건적인 불신을 보이면서 말입니다."

"프레네스테도 미친개들 중의 하나였을 테죠?"

리페타 항구에서 쇠사슬에 묶인 자들의 슬픈 장면을 갑자기 눈앞에 떠올린 단테가 나지막이 말했다.

원로원 의원은 당황해서 어깨를 움츠렸다.

"때로는 측근의 늑대가 두려운 나머지 선량한 목자도 손에 무기를 들지요."

단테는 대답하지 않았다. 그는 경계심을 늦추지 않았다. 앞에 서는 친절한 어조로 말하고 찬양을 보내지만 이자는 보니파키우스의 신하였던 것이다. 또한 그들의 만남이 정말 우연이었는지도 확실하지 않았다.

"당신은 영광스러운 로마 원로원에서 일하십니까?"

단테는 온화한 어조로 물었다.

"그렇습니다. 우리 가문은 늘 원로원에 소속되어 있었지요. 자비로운 교황께서 저를 원로원 의원들 중 일인자의 자리인 행정관으로 임명해 주셨습니다. 막중한 임무이다 보니 할 일이 너무 많습니다. 다른 어느 곳보다 로마의 안전과 질서를 지켜야 하지요. 죄악과 범죄를 저지르는 자들을 선도하는 게 제 일입니다. 한때 우리 로마의 총사령관 자리였지요."

"그럼 제가 보았던 순찰대도 당신의 명령을 받겠군요."

단테가 의견을 말했다.

"당연히 당신의 백성을 해치는 경악을 금치 못할 범죄에 대해 아시겠군요."

원로원 의원은 그의 말을 이해하지 못하겠다는 듯 단테에게 애매한 시선을 던졌다.

"최근 살해된 여인들 말입니다."

단테가 고집스럽게 말했다.

"아, 네. 기병장교가 그 사건을 보고했습니다. 베드로의 도시에 아직도 매춘이 있다니 참으로 부끄러운 노릇입니다. 불행히도 인간의 힘으로는 그런 결점을 근절할 수 없습니다. 간음은 또 다른 종류의 타락을 가져오고, 심지어는 범죄까지 유발합니

다."

원로원 의원은 이 정도로 이야기를 마무리하고 싶은 모양이었다.

"매춘부이긴 하지만 그 여자들이 그런 변을 당할 이유는 없습니다."

단테가 주장했다.

"법이 희생자들을 보상해 주어야 할 것입니다. 허약한 우리에게 주어진 유일한 방법을 찾아서 말입니다. 죄인을 재판하고 벌하기 위해서죠."

"메세르 알리기에르, 법을 중요하게 생각하시는군요. 하지만 법은 하느님 앞에서 우리의 결함을 보여 주는 수많은 것들 중의 하나일 뿐입니다."

"법은 공동체가 가진 최고의 선이며, 모든 인간이 추구해야 할 목적입니다. 법의 저울과 칼로 조절하지 않으면 영광과 부와 지식이 다 무슨 소용이 있을까요?"

"법이 목적이라 생각하십니까, 메세르 단테? 그러나 동일한 권력에 복종하는 사람들끼리 조화로운 공생을 하기 위한 수단에 지나지 않는 것 아닐까요? 그것도 말을 때리는 채찍처럼 지나침을 피하기 위해 현명하게 균형을 잡아야 하지 않을까요? 이제 이런 논쟁은 그만 하시지요."

원로원 의원이 상냥하게 말했다.

"사람들이 당신에 대해 하는 말이 사실입니까? 산 자와 죽은 자의 왕국에 대한 시를 쓰기 시작하셨다고요?"

"네."

단테가 대답했다. 그는 살인에 대해 더 말하고 싶었지만 상대
방이 화제를 돌리는 바람에 어쩔 수 없이 대답해야만 했다.

"아직은 시작 단계입니다. 시의 형식은 아직 정하지 못했습
니다."

"그 시를 가지고 계신가요?"

원로원 의원이 초조하게 물었다.

"몇 페이지만 있습니다."

단테는 애매하게 대답했다. 낙담하는 빛이 상대의 눈을 스치
더니 이내 지워졌다.

"물론 내키지 않아 하시는 당신의 마음을 이해합니다. 어떤
작가도 미완성 작품에 대해서는 말을 하지 않는 법이니 말입니
다. 그럼 산 자와 죽은 자는……. 어쩌면 당신의 관심을 끌 만
한 것이 있을지도 모르겠습니다."

갑자기 얼굴빛이 밝아지면서 그가 말했다.

"혹시 시간이 되시면 저와 함께 가시겠어요? 보여 드릴 게 있
습니다. 우리 조상들의 유물에 관심이 있다면 말입니다."

"물론입니다."

단테가 대답했다.

"그분들의 교훈이 우리의 사상보다 늘 탁월합니다. 우리 통
치자들이 옛사람들의 가르침을 더 많이 수용한다면, 자유와 정
의가 우리의 교회에서 최고의 안식처를 찾을 겁니다."

원로원 의원은 주의 깊게 단테를 쳐다보았다.

"당신 말에는 자비심이 결여되어 있습니다, 메세르 단테. 고
대 로마인들은 확실히 위대했습니다. 그러나 그들에게는 관용

이 없었습니다. 그들은 인간 이성의 결과물인 질서를 세계에 부여했습니다. 그건 야만인들의 포악한 질서보다는 확실히 우수하지만 냉정하고 타인을 경멸하지요. 선량한 사람이라면 그 점을 꼭 알아야 합니다. 그들은 완벽으로 가는 입구에서 멈추고 말았습니다."

그는 느리지만 또박또박 말했다.

단테는 시선을 돌렸다. 상대의 목소리에서 모호한 어조를 느꼈던 것이다. 마치 어떤 암시나 도전이 숨어 있는 것 같았다. 그는 일종의 시험을 치르는 기분이 들었다.

"그렇지 않습니까?"

원로원 의원이 단테를 재촉했다.

"로마인들이 구원의 신앙을 몰랐던 건 사실입니다."

마침내 단테가 대답했다.

"그러나 그들의 제국은 우수한 사업의 결과이며, 보편적인 구원의 신앙을 준비하고 그것에 동의했습니다."

"그럼 로마제국은 하느님이 이 땅에 세우신 왕국의 통로인 셈입니까?"

원로원 의원이 다시 물었다. 단테의 말에 만족하는 듯했다.

"그런 말이 아닙니다. 하지만 그 문을 활짝 열어 놓긴 했습니다."

"당신의 말이 옳습니다. 하지만 저는 제가 찾는 것에 대해 말씀드리겠습니다. 여기서 멀지 않은 산타젤로 성의 보루†에서

---

† 성벽의 돌출부.

말입니다. 오래 전부터 저는 베드로 사도의 진짜 무덤의 유물을 찾기 위해 발굴 작업을 하고 있습니다."

"베드로 사도라고요? 허나 그분의 무덤은 성당의 지하에 있지 않습니까? 순례자들이 그분의 축복을 탄원하기 위해 가는 곳이 바로 거기 아닙니까?"

원로원 의원은 고개를 끄덕였다.

"그건 전통입니다. 어쩌면 그 부근에서 고대 성당의 예배를 거행했을 겁니다. 그 당시에 고분이 있었는데, 바티칸 언덕 전체를 차지하고 있었지요. 우리의 조상들은 미사를 드리기 위해 자주 무덤 사이로 도피했습니다."

"구원의 신앙과 제2의 삶에서 신앙을 본 그들은 무덤을 두려워하지 않았습니다."

"그렇습니다. 그러나 가이오 장로에 따르면, 베드로가 사망했을 때 그의 시신이 로물루스 무덤 부근의 비아 코르넬리아에 매장되었답니다. 로물루스 무덤은 보르고 문 옆에서 보셨던 커다란 피라미드 모양입니다. 바로 그 자리에 나중에 하드리아누스 황제가 그의 영묘인 산타젤로 성을 세웠습니다."

"그럼 베드로의 진짜 무덤이 거기에 있다고 생각하십니까?"

"확실합니다. 저는 진짜 유물을 찾기 위해 교황 성하로부터 그곳을 발굴해도 좋다는 허가를 받았습니다. 위대한 희년을 맞아 뭔가를 찾기를 바랐지요. 정말 성공적인 발굴 작업이 될 수 있었지만, 작업은 예상보다 어려웠고, 길었습니다."

이야기를 하면서 그들은 교황청 계단을 내려와 다시 성당의 중정中庭을 통과했다. 정면의 광장으로 나오자, 원로원 의원이 단테를 왼쪽으로 안내했다. 그들은 보르고 대★성벽을 따라 잠시 함께 걷다가 마침내 테베레 강가에 다시 도착했다. 그러고는 강기슭에서 성벽 옆까지 무성히 자란 갈대밭과 검은 딸기나무 숲을 헤치면서 산타젤로 성의 보루를 향해 걸었다.

"여기입니다."

원로원 의원이 말했다. 보루 옆에 커다란 웅덩이가 있었으며 그 웅덩이 주변을 무장한 병사들이 바리케이드를 치고 지키고 있었다. 그리고 네 개의 튼튼한 장대가 입구에서 받치고 있는 도르래의 줄이 아래 깊은 곳으로 늘어져 있었다. 밑에서 사람의 목소리와 발굴 도구의 요란한 소음이 올라왔다.

"도르래를 올려라!"

원로원 의원이 명령했다. 밑에서 누군가 숨겨진 기계 장치를 작동하자, 도르래가 회전하기 시작했다. 잠시 후 깊은 구멍에서 날림으로 만든 나무 단이 밧줄에 매달려 나타났다.

"올라오시지요, 메세르 단테."

능숙하게 먼저 올라탄 원로원 의원이 소리쳤다. 그가 또 다시 고함을 치자 단이 어둠 속으로 내려가기 시작했다. 그 전에 그는 한 손으로는 보초병을 붙잡고, 다른 손으로는 불 켜진 램프를 들었다.

수백 년 동안 강의 자갈 바닥에 쌓인 옛터의 빽빽한 성층成層을 훤히 드러내기 위해 수많은 사람들을 동원하여 땅을 파내며 발굴을 했을 것이다. 여기저기에서 벽돌로 만들어진 유물과 영광스러운 대리석 조각상들이 나타났으며 으깨진 돌멩이와 거대한 나무뿌리가 간간이 드러났다. 내려가는 동안 번뜩이는 램프의 불빛이 그 어두운 공간에 생명을 불어넣어 잠을 깨우면서 그 곳을 섬뜩한 그림자 극장으로 변형시켰다.

한쪽에 유해가 쌓여 있는 게 보였다. 이윽고 승강기가 흔들리며 멈췄다. 그들 앞에 강바닥을 향해 굽은 듯이 보이는 지하 교차로가 펼쳐졌다. 원로원 의원은 일종의 작은 원형 동굴 안으로 앞장서 들어갔다. 동굴의 고르지 못한 벽에 발굴 도구가 남긴 흔적이 눈에 들어왔다. 모든 공간에서 어수선한 고함 소리가 울리는가 싶더니 이내 일군의 일꾼들이 그들을 에워쌌다. 흥분한 일꾼들이 앞에 있는 것을 가리켰다. 원로원 의원은 권위적인 몸짓으로 일꾼들을 조용히 시킨 다음, 무리를 헤치고 앞으로 나아갔다. 단테도 궁금하여 그를 따라갔다. 그러다 문득 놀라운 광경을 목격하고는 서둘러 달려갔다.

파낸 구멍의 중앙에 복잡한 고부조로 사면이 장식된 대리석 석관이 솟아 있었다.

그 흰 대리석 석관은 가까이서 보니 더욱 광채가 났다. 기다란 측면에 새겨진 고부조 두 개는 축제와 전쟁의 장면을 나타내고 있었다. 포승줄에 묶인 십여 명의 작은 사람들이 춤과 전쟁의 장면 속에 한데 섞여 있었다. 그리고 귀퉁이마다 제식용 가면을 새긴, 급경사 지붕 모양의 뚜껑이 간신히 옆으로 밀려 있었다.

원로원 의원이 기쁜 표정으로 단테를 쳐다보는 동안, 단테도 걸음을 재촉하여 석관 옆으로 갔다. 단테는 조각 장식을 맹인의 손가락처럼 세심하게 쓰다듬었다.

원로원 의원이 옆으로 왔다. 그가 뚜껑의 가장자리를 잡고 밀어보았지만 허사였다.

"하느님께서 우리의 염원에 응답하셨습니다! 사도들의 왕에게 걸맞는 무덤 같지 않습니까? 드디어 우리는 그분의 진짜 유골을 마주하고 절을 올릴 수 있게 되었습니다."

그의 목소리가 그간의 노력과 감동 때문인지 가늘게 떨렸다. 단테는 장식을 살펴보는 일을 잠시 멈추고 그에게 의혹의 눈길을 보냈다. 원로원 의원인 사투르니아노 스파다는 뚜껑을 여느라 진땀을 빼다 말고 단테를 정면으로 보면서 말했다.

"이 돌이 당신에게도 말을 걸지 않습니까? 당신은 망자들의 소리를 읽을 줄 안다고 하던데요!"

단테는 그 말을 듣고 움찔했다. 미지의 여인이 피렌체에서 그에게 했던 말이 떠올랐기 때문이다.

"이 대리석에서는 죽음의 소리가 아닌 영광의 외침이 들려옵니다."

당황스러운 마음을 물리치며 단테가 말했다.

"어떤 위대한 분의 유골이 이 안에서 휴식을 취하고 있겠지요. 고대 로마인들은 무덤을 제국의 도로를 따라 배치하는 관습이 있었습니다. 그래도 길모퉁이에서 도둑처럼 사형을 당한, 박해받은 종교의 우두머리가 이렇게 화려하게 매장되었을 것 같진 않습니다. 게다가…… 나는 피렌체에서 이렇게 아름다운 무덤을 본 적이 있습니다. 때때로 이런 무덤들은 나중에 또 다른 사람의 무덤으로 사용되기도 했습니다."

"그렇군요! 어쩌면 로마의 어느 귀족이 몰래 개종을 하여 사도에게 자신을 위해 준비해 두었던 석관을 선물했을지도 모르지요. 아리마데 요셉이 그리스도께 자신의 가족 무덤을 주었던 것처럼 말입니다. 안을 보자!"

그는 일꾼들에게 외쳤다.

"관을 열어라!"

단테는 불현듯 그의 팔을 잡았다.

"잠시 기다리세요. 무덤의 주인이 생전에 누구였든 우리가 그의 휴식을 방해해서는 안 됩니다. 여기서 베드로가 육신의 부활을 초조하게 기다리고 있기를 하느님께서 원하셨을지라도 그가 살지 않았던 시기에 그를 끌어내는 것은 잘못일 겁니다."

그러나 사투르니아노 스파다는 억제할 수 없는 흥분에 사로잡힌 듯했다. 그는 팔을 홱 잡아당겨 뺐고, 그 사이 일꾼들은 석관 주위로 몰려들었다. 한 인부가 쇠막대 끝을 뚜껑 아래 틈새에 삽입한 다음 다른 인부들의 도움을 받아 전력을 다해 밀기 시작했다. 삐걱이는 소리와 함께 무거운 석판이 미끄러지면서 한 뼘 정도의 틈이 생겼다. 갑자기 인부가 비명과 함께 쇠막대를 떨어뜨렸다. 그의 동료들도 무서워서 소리를 지르며 서둘러 동작을 멈추었다.

틈에서 부드럽게 반짝이는 섬광이 새어나오고 있었다. 마치 바람에 흔들리는 작은 불꽃이 무덤 내부에서 타고 있는 듯했다. 소동을 보고 궁금해진 단테는 더 잘 보기 위해 사람들을 헤치면서 앞으로 나갔다. 그는 열려진 틈으로 몸을 숙였지만, 아무것도 볼 수가 없었다. 빛나는 안개처럼 구멍에 가득한 차가운 푸른 빛 때문에 눈이 부셨다. 빛을 계속 응시하면서 그는 석관 아래에 떨어진 막대를 더듬어 찾았다. 손가락에 금속성 막대가 느꺼지자 그것을 집어 다시 틈에 밀어넣은 후 돌을 밀기 시작했다.

단테는 혼자 온 힘을 다해 무릎을 지렛대 삼아 정신 나간 사람처럼 밀기 시작했다. 그 동안에도 섬광은 계속 번져 이제는 그의 얼굴까지 뒤덮었는데 그 모습이 마치 인광성 조각상 같았다. 마침내 석판이 바닥으로 떨어져 깨졌고, 그 바람에 귀퉁이의 가면 조각 하나가 부서졌다.

이제 보니 석관의 내부에는 또 다른 목관이 있었다. 또한 그 옆에 입구를 막은, 목이 잘록한 유리 항아리가 있었다. 빛은 거기서 나오고 있었다. 이제 그 빛은 더욱 밝아져 있었다. 단테는 그 항아리를 잡아 꺼냈다.

그는 정신없이 그 물건을 관찰했다. 높이가 대략 30센티미터 되는 원형의 유리 항아리였는데, 오랜 세월에 부식되어 불투명했다. 항아리 표면에는 흥미로운 조각이 새겨져 있었다. 그리고 마개는 일종의 삼각 두건으로 몸을 감싼 개의 주둥이를 연상시켰다. 항아리 속에 농밀한 액체가 반 이상 채워져 있는 게 보였다. 바로 그 기름 덩어리에서 불꽃 없는 빛이 불처럼 타오르고 있었다.

항아리를 들어 올릴 때 불빛이 목관 위를 비추었는데, 그때 관의 하단을 장식한 그림이 드러났다. 비록 먼지로 가려지긴 했지만 단테는 갸름한 여인의 경이로운 얼굴을 재빨리 알아보았다. 오똑한 콧날은 뾰족하나 단호히 자리를 잡고 있었고, 파란 두 눈을 반쯤 뜨고 있었다. 두려움도 희망도 없이 오랜 잠을 자다가 막 깨어난 양 평온하게 앞을 바라보고 있었다. 죽음을 살펴보는 자의 시선 같기도 하고 죽음에서 돌아온 자의 시선 같기도 했다.

　순간적으로 단테는 먼 과거나 꿈속에서 그 얼굴을 이미 본 것 같았다. 그러나 그 자신이 과거에 관심이 많아서 그럴 수도 있었다. 어떻게 그 빛은 계속 타오르면서 시간의 심연을 고스란히 건널 수 있었을까? 망자를 위해 기도할 때 사용되었다는 영원한 빛이 정말 존재했단 말인가? 옆으로 바싹 다가온 원로원 의원은 얼굴 그림과 단테가 계속 쥐고 있던 유리 항아리를 번갈아 쳐다보았다. 얼굴 아래 조각해 놓은 종이에는 이런 말이 쓰여 있었다. 매우 아름다운 처녀, 앙글리아 요한나 폰티펙스 막시무스.
　"요한나…… 여교황……."
　원로원 의원이 더듬거리며 말했다. 단테도 믿을 수 없다는 표정으로 글귀를 응시했다.
　"이럴 수가……."
　그들 뒤에 있던 인부들이 두려움을 이겨냈는지 흥분해서 몰려들었다. 라틴어를 아는 사람은 아무도 없었지만, 그들은 원로원 의원의 말을 들었고 그녀와 관련된 전설을 모두 알고 있었다. 그들은 서로 불안한 눈길을 주고받으며 모호한 낯빛으로 그 자리에 있었다. 누군가 무릎을 꿇었고, 다른 인부들은 마치 악마가 그들 사이에 나타난 듯 겁을 집어먹고 성호를 그었다. 사실 맨처음 동요를 일으키게 한 물건은 단테가 여전히 들고 있는 빛나는 유리 항아리였지만, 이제 그런 사실쯤은 아무 상관이 없는 듯했다.

"관 속에 누가 있는지 알아야 합니다."

감동에 겨워하며 단테가 갑자기 말했다. 망자의 휴식을 방해하고 있다는 망설임도, 당혹감도 모두 사라졌다.

"관을 열라고 명령하십시오!"

이제는 원로원 의원이 주저하는 기색이었다. 그는 당황한 모양이었다. 조금 전에 보여 주었던 자신감과 열정은 이미 모두 사라지고 없었다.

"이단심문소에 사실을 알려야 하는데……."

그가 무슨 말을 덧붙이려는 순간 단테는 더 이상 기다리지 못하고 앞으로 나섰다. 단테는 도움을 청하기 위해 일꾼들에게 눈길을 던졌다. 그러나 일꾼들은 자기들끼리 이야기를 하면서 멍하니 제자리에 서 있었다.

"그럼 나를 도와주시죠."

단테는 빛나는 항아리를 관 밑에 두고 관의 이음매에 손가락을 넣으면서 원로원 의원에게 차갑게 명했다.

그 말에 원로원 의원은 놀라서 몸을 움찔했다. 그의 얼굴이 굳어졌다.

"부탁합니다."

단테는 얼른 덧붙였다. 너무 흥분한 나머지 이곳이 피렌체가 아니며, 자신에겐 어떤 권한도 없음을 간과했던 것이다.

"좋습니다. 어쩌면 교황 성하께서 먼저 소문으로 이 사건을 아는 편이 더 나을지도 모르겠군요."

원로원 의원은 쇠막대를 잡으며 부드러운 목소리로 말했다. 그는 막대의 끝을 목관과 뚜껑 사이의 접합부에 넣어 지렛대처럼 활용했다.

관이 요란한 소리를 내기 시작하더니 힘을 가한 그 지점에서 갈라졌지만 여전히 완전히 열리는 것을 거부하고 있었다. 단테도 쇠막대를 잡고 밀면서 원로원 의원과 힘을 합했다. 삐걱거리는 소리와 함께 뚜껑이 천천히 올라가기 시작했다. 그리고 뚜껑을 고정시키고 있던, 숨어 있던 나무못이 둔탁한 소리를 내며 옆으로 휘어졌고, 판 전체가 갑자기 부서지면서 바닥으로 떨어졌다.

횃불에 반사되는 흰색 옷의 시신이 누워 있었다. 순백의 삼중관†을 쓴 머리와 가슴에 십자로 포개진 섬세한 작은 손은 기도를 하기 위해 막 포갠 듯이 보였다. 피부는 탄력이 있었고 손가락의 섬세한 근육도 부드러웠다. 잘 정리된 손톱도 여전히 장밋빛 색조를 띠고 있었는데, 그녀가 생전에 얼마나 부드럽게 물건을 만졌을지 상상할 수 있을 정도였다. 여인의 시체가 들어 있었기 때문에 단테는 당황하여 그 이유를 확인하고자 했다.

머리에 쓴 삼중관 아래로 여전히 부드러운 금발머리가 드리워져 있었으며 꽃받침이 꽃을 받치듯이 두건 밖으로 나온 얼굴은 관 위에 그려진 이미지와 흡사했다. 관자놀이의 피부와 광대뼈를 누르고 있는 얼굴선의 냉담한 느낌이 화려한 삶을 살았던 여인임을 알려 주고 있었다.

인부들 사이에서 수군거리는 소리가 들리기 시작했다. 원로원 의원은 점점 신경이 예민해지는 듯했다.

---

† 교황이 머리에 착용하는 교황 전용 장식관으로 교황의 직권을 상징한다.

"정말 여교황이군……."

자기도 모르게 그 말이 새어나오자, 그는 별안간 모두에게 뒤로 물러서라고 명했다. 그리고 흥분이 가라앉은 듯 한 인부에게 말했다.

"마스트로 피에트로, 어서 이단심문소에 달려가 사람을 보내라고 하게. 오늘 발견한 물건에 대해 교회는 관심과 신중함을 보여야 하네. 그리고 우리는 이 유물을 다시 덮어야 하네, 메세르 단테. 당신은 이미 너무 많은 것을 보았습니다."

관 뚜껑을 다시 덮고 원로원 의원은 사람이 오길 기다렸다. 그 옆에서 단테는 무덤을 계속 조사했다. 조사하는 내내 단테는 감탄을 금치 못했다. 땅에서 솟은 벽은 매우 오래된 것이었는데, 하드리아누스의 고대 영묘가 건축된 시기까지 거슬러 올라가야 했다. 그보다 오래된 시기까지는 올라가지 않더라도 어쨌든 그 벽은 어떤 방식으로든 장례용 거대 주춧돌의 토대에 속했겠지만, 나중에 세월이 지나면서 자연스레 산타젤로 성의 건물에 포함되었을 것이다. 머리 위를 압박하는 거대한 돌무더기를 생각하자 그는 불안한 마음이 들었다. 하지만 저것이 여교황 요한나의 장례 유물이라면 그야말로 교황의 권위에 타격을 주는 가장 큰 스캔들이었다. 왜 하필 이곳에 매장되었을까?

"여교황 요한나……."

원로원 의원도 자신의 눈을 믿지 못하겠다는 듯 그 말을 되뇌었다.

"이분에 대해 아시오? 이런 일이 가능하다고 생각합니까, 메세르 단테?"

단테도 수없이 인구에 회자되어 온 그 이야기를 알고 있었다. 원래 이야기에 새로운 사실들이 계속 첨삭되었는데, 민중의 기괴한 상상력은 결국 그 이야기를 이례적인 전설로 변형시키고 말았다. 과연 이야기의 내용대로 미모와 학식을 겸비한, 멀고 먼 앵글로족 땅에 살던 한 아가씨가 불손하게도 젊은 나이에 신학의 일인자가 되고 싶었을까? 그리고 여성이라는 자연의 질서에 수긍하지 않고 남자인 척 거짓 의상에 몸을 숨긴 채 프란체스코회 수사들의 환영을 받았단 말인가? 게다가 거기서 자신의 여성성을 계속 숨기면서 지식과는 또다른 숨겨진 능력을 통해 영광의 자리에 오르고 심지어는 로마까지 와서 교황이 되었던 것일까?

"설령 그렇다 치더라도,"

단테는 대답했다.

"어떻게 이곳에서 사망했을까요? 그녀는 1년 이상 기독교인으로서의 운명을 견뎠지만, 결국 연약한 여성성 때문에 자신의 욕망을 극복하지 못했습니다. 그래서 그녀의 정체를 밝힌 어느 귀족과 사랑하게 되었고, 그 금지된 사랑을 통해 아기를 잉태했지요. 그리하여 콜로세움과 성 조반니 성당 사이를 행진하는 동안 그녀는 어리둥절해 하는 군중과 고위 성직자들이 있는 길 한복판에서 산통을 느끼게 됩니다. 배신감을 느낀 군중은 현장에서 그녀에게 돌을 던지고 분노한 나머지 잔인하게 그녀를 살해합니다. 제가 알기론 그녀의 시신은 행방불명되었거나 살해된 그 자리에서 밤중에 등불도 켜지 않고 매장되었습니다. 그런데 산 피에트로 성당과 멀지 않은 이곳에서 어떻게 최고의 예우를 갖추어 매장된 시신으로 발견될 수 있을까요? 그런 예우는 순교자들에게도 허용되지 않는, 오직 고대 귀족들에게만 허락되는 것 아닙니까?"

"어쩌면 전설이 틀릴 수도 있겠지요……."

"그리고 어떻게 시신이 분노한 군중에 의해 훼손되지 않았으며, 자연의 질서에 따라 부패하지 않았을까요?"

원로원 의원은 눈을 내리깔았다.

"어쩌면 군중이 그녀에게 분노했다는 얘기가 잘못된 것일 수도 있고……, 하느님께서 그녀의 유해를 성자들의 그것처럼 부패하지 않도록 하셨다면 여교황이 정말로 매우 덕성이 높았을 수도……. 어쩌면 그녀의 욕망에 관한 전설이 지속적으로 유포된 중상모략에 불과할 수도 있어요. 여자가 합법적으로 베드로를 계승했다는 사실을 없애고 싶었던 자가 그랬을 테죠."

단테는 머리를 흔들었다.

"그렇다면 베드로의 성당 자체가 뿌리부터 흔들릴 수도 있어요."

"맞습니다, 메세르 단테. 그러니 모든 걸 비밀로 하는 게 좋겠습니다."

발굴 현장 입구에서 사람들의 소리가 떠들썩하게 다시 들려왔다. 멀리서 도미니크 수도회의 외투를 입은 사람들이 창으로 무장한 병사들과 함께 나타났다.

"이젠 이단심문소가 판결을 내릴 겁니다."

새로 도착한 자들을 만나러 가면서 원로원 의원이 걱정스러운 투로 말했다.

마치 유령처럼 보일 만큼 창백한 얼굴에 뼈만 앙상하고 키 큰 사내가 수사 무리를 이끌고 있었다. 원로원 의원은 그를 따로 불러 사건에 대해 보고했고, 그는 고개를 숙인 채 보고를 들었다. 이윽고 단테에게 재빨리 한번 눈길을 준 그는 수행원들에게 냉담한 어조로 명령을 내렸다. 수사들은 곧 목관으로 다가가서 가져온 밧줄로 관을 다시 묶었다. 작업을 끝낸 그들은 관을 어깨에 메고 신속하게 입구로 향했으며, 그들 중 한 사람은 계속 기이한 빛을 발산하는 항아리를 들어서 수도복 속에 숨겼다. 한편 폭동이 일어날지도 모른다는 흥분에 휩싸인 병사들이 인부들의 접근을 막았다.

원로원 의원은 몰려 있는 인부들에게 냉담하게 명했다.

"너희들은 발굴을 계속하라. 지하도 안으로 더 들어가 보라. 또 다른 고대 증거물이 있다면, 꼭 찾아야 해!"

그리고 그는 단테에게 나지막이 덧붙였다.

"이것만은 명심하십시오. 전설에 따르면 요한나는 아이를 출산했습니다. 즉 그 아기가 그녀 옆에 매장되어 있다면 저는 그게 또 다른 스캔들이 되는 걸 원치 않습니다."

사람들은 관을 승강기의 밧줄에 감아 올려 밖으로 꺼냈다. 여기서 다시 소규모 행렬이 만들어졌다. 수사들은 다시 관을 어깨에 짊어지고 레오의 도시의 성벽과 근처의 산 피에트로 성당을 향해 행진을 시작했다.

제방과 안젤로 다리의 경사면을 따라 몰려든 사람들 속에 섞여 단테는 그 이상한 광경을 흥미롭게 지켜보았다. 군중의 수는 빠르게 늘어났다. 주변의 도로를 따라 놀라운 유물이 발견되었다는 소문이 퍼진 모양이었다. 달려온 사람들은 저마다 사건의 전모를 다 알고 있다는 듯 제멋대로 이야기에 살과 뼈를 붙였고, 그리하여 이 사건은 더욱 놀라운 것으로 부풀려지고 있었다.

"이건 기적이야! 기적이고말고!"

도처에서 사람들은 그렇게 외쳐댔다. 많은 사람들이 관이 지나갈 때 황급히 무릎을 꿇었으며 마치 그리스도의 공현公現을 목격한 듯 땅에 누웠다. 뒷사람들은 그들 위로 거리낌없이 올라서면서 앞으로 가기 위해 그들을 짓밟았고, 은총을 애원하며 관을 조금이라도 만져 보려고 애썼다.

원로원 의원은 근심스러운 표정으로 군중을 쳐다보았다. 그들은 점차 무질서해지기 시작했다. 좀 더 잘 보이는 자리를 차지하기 위해서였다. 창기병들은 보다 대담하게 나오는 자들의 머리와 다리를 때리면서 거리를 유지하도록 했다.

"보니파키우스 교황이 드디어 신부를 찾았구나!"

무리지은 사람들 뒤에 숨어 있던 누군가가 갑자기 소리쳤다.

"신성한 로마의 교회보다 요한나가 더 좋은가 봐."

"곧 있으면 모든 로마 시민이 이 일을 알겠군."

원로원 의원이 중얼거렸다. 그 말을 하던 그의 얼굴에 불현듯 미소가 번졌다. 그는 더욱 가까이 다가서며 열광하는 사람들의 얼굴을 응시했다.

"우리 백성은 관대합니다, 메세르 단테. 조상들의 흔적이 아직도 그들에게 희미하게 남아 있죠. 그러니 전설을 따르거나 이단 지도자에 열광하기 쉽지요."

"허나 재치 있게 과거를 재발견하는 사람도 있습니다."

단테가 말했다.

보니파키우스의 성적인 탐욕을 암시하는, 예의 그 냉소적인 목소리가 다시 들렸다. 그 말은 사람들 사이에서 호응을 얻는 듯했다. 지지를 하며 관 주위로 몰려드는 사람들이 있는가 하면, 혼자 냉소했던 사람의 말을 흉내 내면서 거기다 자신의 악담을 덧붙이는 사람들도 있었다.

미소 짓던 원로원 의원의 얼굴이 심각한 표정이 되었다.

"옛 사람들을 기억하십시오. 모든 백성이 카이사르의 모든 위업을 따르지 않았던가요? 그의 깃발 아래 무장하여 달려가서 세상 절반의 영토에 자신의 피를 흘렸습니다. 하지만 그가 지나갈 때, 간음한 대머리라며 그를 모욕했던 자들도 바로 그 백성이었습니다!"

"대머리, 동성애자."

단테는 고개를 끄덕였다.

"바로 그렇습니다, 메세르 알리기에리. 농담과 조롱을 만들어 내는 것도 백성입니다. 그들에겐 지나치게 하찮은 것도 지나치게 고귀한 것도 없습니다. 그게 바로 신들이 세상을 지배했던 시대에 살던 자에게 백성이 요구하는 것입니다."

"세상은 그때와 많이 달라졌습니다. 북부에는 다른 민족이 나타났고, 그들은 당신들이 버렸던 검을 모았습니다. 프랑크족, 튜턴족이 그들입니다. 이젠 제국의 독수리가 그들의 어깨를 누르고 있지요."

원로원 의원은 고개를 흔들었다.

"제 말을 믿으세요, 메세르 단테. 황폐해진 기독교 영토를 한 사람에게 되돌려 줄 백성은 오직 한 종족입니다. 수백 년 동안 평화와 정의를 상징했던 암늑대의 깃발을 다시 세우기 위해서 말이죠. 그 동안 이런 도시는 결코 없었고 앞으로도 없을 겁니다. 이 도시의 광채가 잠시 어두워졌지만 그렇다고 그 재능을 일깨울 수 있는 안내자가 없는 것은 아닙니다. 그런 재능은 사라지지 않습니다.”

“베드로의 옥좌로 충분하지 않습니까? 베드로 사도가 옥좌에 오른 뒤, 그 옥좌가 로마의 성벽을 이탈한 적은 한 번도 없었습니다. 고대의 후계자인 새로운 왕국이 로마에 나타난 것입니다. 옛날부터 사람들이 기다렸던 표시를 이곳의 서민에게 남긴 것이죠……”

소란이 더욱 커지는 가운데 이단심문소 행렬은 더 많이 늘어난 군중에게 둘러싸인 채 힘겹게 멀어지고 있었다.

원로원 의원은 서둘러 작별인사를 했다.

“또 만납시다, 메세르 단테.”

그는 그렇게 외치면서 운구 행렬을 따라가기 위해 산토 스피리토 병원을 향해 멀어졌다. 단테는 혼자 남았다. 무질서하게 계속 달려가는 백성들 탓에 마음이 혼란스러웠다. 지금까지 왔던 길을 되돌아서 집으로 가는 수밖에 없었다.

이번에는 제분소 지역을 피하기로 마음먹고, 두 줄로 서 있는 성벽 사이의 밭을 가로질렀다. 하지만 여러 개의 소 지구로 나뉜, 거미줄처럼 엉킨 골목길은 예상보다 복잡했다. 그는 자주 길을 잃었고, 해질녘이 되어서야 트라스테베레를 둘러싼, 삼각형 모양의 성벽으로 들어가는 문에 도착했다.

등화관제 때문에 입구가 봉쇄되기 직전 단테는 겨우 성문을 통과했다. 노파의 집에 거의 도착했을 때 골목에서 장례기도를 외웠던 유대인을 만났다. 그는 전날 밤의 그 소박한 의상을 입고 있지 않았다. 수를 놓은 기다란 튜닉을 걸치고 모서리를 술로 장식한 망토를 입었는데 바람이 불 때마다 술이 흔들렸다. 머리에는 주교관처럼 높은 흰 모자를 썼다. 가슴께에 있는 노란색 원이 특히 눈에 들어왔다.

사내는 무늬가 있는 나무 원통을 들고 있었다. 순간 단테는 베르길리우스의 파피루스가 들어 있는 용기를 떠올렸다.

"당신에게 경의를 표합니다, 메세르 마노엘로."

그의 모습에 눈길을 주면서 단테는 말했다.

"전 당신이 무슨 임무를 맡았는지 몰랐습니다."

마노엘로는 공손히 머리를 숙이며 인사를 했다.

"저는 이 지역의 랍비입니다."

그는 주변의 여러 지붕들 위로 가까스로 튀어나온 예배당을 가리키며 말했다.

"당신의 교구민들이 추방된 곳이 이곳입니까?"

"황제들이 통치를 했던 시절부터 우리들은 테베레 강 너머에서 피난처를 발견했습니다. 당시 우리는 격리되어 살아야 했고 지금도 마찬가지입니다. 라테라노 공의회에서 이런 부호를 새긴 옷을 입어야 한다는 법률이 제정되었습니다."

랍비는 가슴의 노란 기호를 가리키며 투덜거렸다.

"그리고 밤에는 집을 떠나지 말라는 법도 있습니다. 다른 금지

조항들도 있지만 모든 게 너무 엄격해서 참기 힘드네요……."

그는 슬픈 목소리로 덧붙였다.

"우리에겐 서로 가까이 살아야 한다는 신념과 관습이 있습니다. 그래서 로마의 모퉁이에 자리잡은 이곳은 늘 우리를 환영하지요. 혹시 산타젤로 성에서 오시는 길입니까?"

랍비는 단테의 어깨를 쳐다보며 물었다.

"네, 거기서 오는 길입니다."

"그럼 기이한 유물이 발견된 걸 아시겠네요?"

"마치 소도시처럼 로마에서는 소문도 빠르군요."

단테는 놀라서 말했다.

"우연히 저도 현장을 목격했습니다."

"그럼 떠도는 얘기를 아십니까? 정말 여교황 요한나의 시신이 발견되었습니까?"

이상하게도 흥분한 랍비가 단테를 재촉했다.

"마치 어제 무덤에 묻힌 것처럼 시신이 깨끗했나요?"

"제 눈엔 그렇게 보였습니다. 제 눈을 믿어야 할지 아직도 모르겠지만."

"정말 시체의 모든 부분이 원래 그대로인가요?"

"네."

단테는 대답했다.

"아니, 적어도 그렇게 보였습니다."

그는 호기심을 보이는 단테보다 더욱 놀랐다. 어쩌면 그건 로마 전체의 특징일지도 몰랐다. 게다가 유대인들도 다른 모든 주민들처럼 로마에 속해 있지 않은가. 그러나 단테는 불안해 하는 마노엘로에게서 그 이상의 어떤 것을 읽었다.

"내장도 그런가요? 내장기관도 근육처럼 생생하게 살아 있었나요?"

유대인 랍비는 계속 단테를 다그쳤다. 이윽고 자신의 질문 때문에 당황스러워하는 단테의 표정을 보고 그는 사과를 했다.

"용서하십시오, 메세르 단테. 제가 직업이 의사인지라 삶과 죽음을 관장하는 자연의 법칙을 침해하는 모든 것을 알고 싶어 안달이 납니다. 제 종교는 당신처럼 육신의 부활을 확실히 인정하지 않거니와, 육신의 보존을 신성의 증거로 생각하지도 않습니다. 그렇기 때문에 제 주장으로 당신의 신념을 침해하고 싶지는 않습니다."

"그렇지 않습니다, 메세르 마노엘로. 저도 마음이 복잡합니다. 기적을 밝히던 빛 때문에 더욱 그렇습니다."

"빛이요? 어떤 빛이죠?"

랍비는 다시 집요한 태도를 보이며 물었다.

"빛에 대해 말한 사람은 아무도 없었는데……."

단테는 그가 보았던 기이한 현상을 간단히 설명했다.

"그 항아리는 지금 어디에 있습니까?"

랍비가 또 물었다.

"이단심문소의 수사들이 가져갔습니다. 시신을 가져간 것처럼 말입니다. 믿을 수 없는 일이지만, 시신이 매장되었을 때부터 그 불꽃은 계속 불을 밝힌 듯합니다."

마노엘로는 갑자기 말이 없었다.

"수백 년 전부터 불타던…… 빛이라니……."

랍비가 중얼거리는 소리가 들렸다.

"그게 무엇일지 생각해 보셨습니까?"

불현듯 무슨 생각이 떠오른 단테가 물었다. 랍비는 잠시 말없이 있다가 고개를 저었다. 그리고 랍비는 급히 가야 할 곳이 생각나기라도 했는지 예배당을 한번 쳐다본 후 서둘러 인사를 하고는 나무 원통을 가슴에 꼭 안은 채 그 자리에서 떠나갔다. 단테는 그에게 뭔가 물어보기 위해 입을 떼려고 했지만, 그는 벌써 골목 교차로를 지나 어둠 속으로 사라지고 없었다.

랍비의 말이 아직도 단테의 마음속에 울려 퍼지고 있었다. 그는 저주받은 족속에 관하여 늘 떠돌던 숨겨진 지혜에 대한 소문이 사실인지 궁금했다. 어쩌면 믿을 수 없는 지식을 담은 그들의 의식이 단지 불가해하고 은밀한 느낌을 주는 것일지도 몰랐다.

단테는 머리를 흔들었다. 저들이 정말 하느님과 계약을 맺었다 해도, 그들 또한 하느님을 배반하지 않았던가. 그분의 아들을 메시아로 인정하지 않았기 때문이다. 하느님께서는 추방된 자들에게는 지혜의 선물을 허락하시지 않았을 듯싶었다. 그 선물 덕분에 인간은 그들의 창조주와 닮은 것인데 말이다. 그런데도 많은 사람들이 그것을 믿고 있었다. 젊은 시절 피렌체에서 스승으로 모셨던 브루네토 라티니가 다시 생각났다. 스승은 톨레도 학파†의 유대인 현자들과 함께 알폰소 왕의 궁정에 대사로 있던 시절 카스티야에서 겪었던 일을 열성적으로 말하곤 했

---

† 스페인의 톨레도는 아랍문학을 유럽에 전파했다. 11세기에 그곳에 번역기관도 설립되어 번역학파를 이루었으며, 이슬람권과 유럽의 많은 지식인들을 불러들였다.

었다. 또한 그들을 통해 알 수 있었던 경이로운 고대 사상에 대해서도 말이다.

단테의 입가에 자연스레 미소가 번졌다. 세밀화로 곱게 장식된 필사본에 고개를 숙인 청년들의 올리브색 피부와 곱슬머리와 초췌한 시선이 그분의 판단에 어떤 영향을 주었을까. 책장을 넘기는 척하면서 손으로 스쳤던, 강가의 갈대처럼 야윈 청년들의 등과 억센 어깨는 또 어땠을까. 그분이 섬세한 지식인이 되지 않았다면, 겔프당과 기벨린당†의 평화를 꾀하는 위대한 조직자가 되지 않았다면, 산타 마리아 마조레 성당††에 명예롭게 묻히는 대신 화형대에서 죽음을 맞이했을 것이다.

이제 그분의 영혼은 어디쯤 있을까? 그분의 열정처럼 뜨겁게 타오르는 불꽃이 빗발치는 곳에 있을 터였다. 그렇다. 어쩌면 브루네토는 그의 작품에서 끔찍한 남색男色을 설명하기에 가장 적합한 인물일 터였다. 그건 자신의 몸에서 자연의 질서를 곡해하고, 그 대가로 다른 사람의 몸에서도 그것을 왜곡하는 자의 절망이자 사랑이며, 미묘하면서도 폭력적인 실수인 것이다. 독자들은, 탁월한 이성은 혼자 힘으로는 죄에서 보호받을 수 없다는 교훈을 그의 책에서 얻어야 할 것이다. 그러므로 단테는 피렌체의 선술집에서 떼 지어 몰려다니는 수많은 불결한 남색가

---

† 중세 말기 로마의 교황과 신성로마제국의 황제와의 대립 때 황제를 지지한 당파를 기벨린당이라고 하고 교황을 지지한 당파를 겔프당이라고 한다. 단테의 고향인 피렌체는 겔프당이 지배했는데 이 당파는 다시 단테가 속해 있던, 교황 지지파인 백당과 교황 반대파인 흑당으로 나뉘어졌다.
†† 로마의 4대 바실리카식 성당의 하나로, 정면은 바로크 양식으로 종탑은 로마네스크 양식으로 건축되었다.

들중 한 사람이 아니라 바로 자신의 스승을 지옥에 둘 터였다.

단테는 몸에 지니고 있던 종이를 떠올렸다. 피곤해서 머리가 무거웠지만, 또 다시 초조한 마음이 들었다. 불멸의 영광을 줄 작품을 간과하고 있었던 것이다. 하늘과 땅에 형식을 부여할 작품이었다. 사람들을 편력하고 싶은 마음, 그 충격적인 뜀박질은 죽음의 세계로 달려가 있었다.

단테는 흥분해서 침대 밑에 둔 상자를 열어 껍질이 벗겨진 양피지 꾸러미를 꺼냈다. 그 양피지는 코무네의 과거 서류를 재활용한 것인데, 새로 쓰기 위해 석회로 닦아냈다. 위원회 사무실에서 몰래 훔치다시피 한 양피지였다. 단테는 그 싸구려 양피지에 시를 펼쳐 낼 수밖에 없는 자신의 재력을 저주했다. 그리고 밀랍판†을 꺼냈다. 사랑과 정의 혹은 분개의 감정이 들 때마다 떠오르는 시를 메모하기 위해 사용하던 것이었다.

양피지가 원래 두었던 순서대로 정리되지 않은 듯했다. 마치 최근에 경험했던 이야기가 그의 작품에 뒤섞여 있는 듯이 느껴졌다. 그러나 너무 피곤한 탓에 잘못 생각한 것일지도 몰랐다. 그는 아직 소용돌이처럼 빙글거리는 여러 영상에 넋이 빠져 있었다. 그날 있었던 일들이 자기들끼리 뒤섞여 다른 상황과 다른 얼굴, 다른 목소리를 만들어 냈던 것이다. 창을 통해 스며드는 희미한 달빛이 모든 것을 서늘하게 비추었다. 하늘색으로 반사된 달빛이 양피지와 그의 손을 물들이며 사방으로 퍼져나갔다.

---

† 목제 필기판에 밀랍을 바르고 첨필尖筆로 기재함.

Ⅴ 아름다운 피암마

11월 8일, 새벽 무렵

뺨으로 쏟아지는 환한 빛에 화들짝 놀라 단테는 눈을 떴다. 그는 벌떡 몸을 세웠지만, 등을 엄습하는 강한 통증 때문에 더 이상 움직일 수가 없었다. 그래서 꼬박 밤을 새운 책상에서 일어날 수가 없었다. 고통으로 몸이 저려 그는 30분 가량 꼼짝않고 있었다.

그는 호흡을 가다듬기 위해 애쓰면서 온 힘을 다해 버티었다. 조금씩 움직인 덕에 마침내 일어날 수 있었다. 방 한 귀퉁이에 대야와 물주전자가 있었다. 그는 물을 따른 다음 손을 담그고 눈과 얼굴을 활기차게 씻었다.

차가운 물이 나쁘지 않은 듯했다. 계속 씻고 있는데 문 너머에서 시끄러운 소리가 들려 왔다. 어떤 사람이 무거운 발걸음으로 계단을 올라오면서 뭐라고 소리를 지르고 있었다. 발소리와 목소리가 문 앞에서 멈추더니 잠시 후 황급한 노크 소리가 들렸다.

"메세르 알리기에리, 문을 열어라!"

단테는 걸쇠를 풀었다. 기병장교가 옆구리에 주먹을 짚고 서 있었다.

"스파다 의원님께서 당신의 출석을 요구했네. 지금 의식 때문에 캄피돌리오에서 당신을 기다리고 있지. 난 당신과 동행하라는 명령을 받았네."

"의식이라뇨?"

단테는 당황해서 물었다.

"내가 호출을 받았다니요?"

"사투르니아노 스파다께서 당신을 데려 오라고 했단 말이네."

장교는 자신의 임무를 확신하지 못하겠다는 듯 난처한 어조로 말했다.

단테는 등을 꼿꼿이 세우며 평정을 되찾았다. 대야 옆에 놓인 천으로 재빨리 얼굴을 닦은 후 그는 밤사이 구겨진 옷을 최대한 단정하게 매만졌다. 그의 출석을 원하는 의식이었다. 바로 캄피돌리오에서. 그는 흥분해서 숨을 깊이 내쉬었다.

원로원 의원이 그를 위해 공식적인 환영식을 준비한 것이 틀림없었다. 그 언덕은 군인의 영광뿐만 아니라 예술과 지식의 영광도 찬양하는 곳이 아니었던가? 아마도 그를 위해 월계관을 준비했을 것이다. 빌어먹을 피렌체 사람들이 아직 한 번도 주지 않았던 그 월계관 말이다. 치졸한 사람들. 하지만 이처럼 그의 공적을 알아주는 다른 도시도 있지 않은가. 그는 악의 소굴이 아니라 세상의 중심에서 파르나소스 산†의 영광에 오를 터였다.

"갑시다."

단테는 결연한 목소리로 말했다. 입고 있는 옷이 궁색하고 손톱으로 잡아 뜯은 수염이 볼품이 없어서 유감일 뿐이었다. 그러나 위대한 사람들은 수수한 순례자를 이해하고 용서할 줄 알 터였다. 그리고 월계관을 쓰면 빛이 나기 때문에 육신의 가난함을 감출 수 있을 것이다.

문 앞에는 갈색 말 두 필이 끄는 이륜마차가 대기하고 있었다. 겨우 따라붙는 데 급급한 단테는 아랑곳하지 않고 기병장교는 마부석으로 펄쩍 뛰어올라 말에게 채찍을 휘둘렀다. 그러자 말은 히히잉하며 고통에 찬 신음 소리를 내뱉었다.

마차가 앞으로 튀어나갔기 때문에 단테는 있는 힘을 다해 모서리의 손잡이를 꽉 잡아야 했다. 마치 고대의 전차 기수처럼 능숙하게 고삐를 잡아당기며 장교는 마차를 거의 제자리에서 돌리더니 테베레 강기슭을 향해 돌진했다. 가는 동안 테베레의 섬으로 연결되는 비좁은 급경사의 장애물 따위는 애초부터 무시했다.

단테는 마차가 너무 흔들려 땅으로 고꾸라질 것만 같은 상황

---

† 그리스 중부 핀도스 산맥에 있는 산. 남쪽 기슭에 델포이 신전의 유적이 있으며 그리스 신화의 아폴로와 뮤즈가 살았다고 한다.

을 견디며 한껏 몸을 웅크리고 앉았다. 기병장교는 대담하게 말에게 채찍질을 계속하면서 격려의 고함 소리를 크게 질러댔다. 그는 정말 능수능란해 보였는데, 가끔 마부석에서 단테를 흘끗 쳐다보는 조롱 섞인 눈빛에는 즐기는 기색이 역력했다.

결국 단테는 그의 솜씨에 반해 몇 번이나 탄성을 지르지 않을 수 없었다. 트로이 성벽 밑에서 싸웠던 전차 기수들이나 로마 황제들의 거대한 원형극장을 달리던 전사들도 그와 그리 다르지 않았을 것이다.

어쨌든 장교와 동행을 해야 했으므로 단테는 그 기회를 이용하기로 했다.

"범죄에 대한 새로운 소식은 없습니까?"

"어떤 범죄 말인가?"

장교는 돌아보지도 않고 말했다.

"살해된 여성들 말입니다. 항구에서, 그리고 트라스테베레에 사는 노파의 딸이 당했지요. 범인이 죗값을 치를 수 있도록 단서를 발견했습니까?"

"아, 그 사건……. 그게 당신과 무슨 상관이지? 두 여자도 마찬가지야. 생쥐들을 위한 식사나 다름없지. 다른 여자들처럼."

"다른 여자들이라뇨?"

단테가 물었다.

길을 따라 늘어선 건물에서 튀어나온 부서진 두 개의 기둥 사이로 병목 구간이 있자, 장교는 그 안으로 마차를 몰고 들어가기 위해 신경 쓰느라 잠시 말이 없었다. 굴대를 돌에 여러 번 부딪히면서 벽에 세워진 마차를 끌어낸 뒤, 다시 달리기 시작한 그는 서둘러 계산을 하는 듯했다.

"글쎄. 노파의 딸까지 합치면 아마 열 명쯤 될 거네. 지난 몇 달 만에 다섯 명이 희생되었지. 첫 번째 희생자는 희년이 끝날 무렵인 작년 크리스마스였어. 놈들은 대규모 행렬의 대미를 그렇게 축하하고 싶었나 보네."

장교는 천박하게 웃으며 말을 맺었다.

"열 명을 살해하다니……. 겨우 1년 동안? 정말 극악무도한 놈들이군!"

단테가 소리쳤다.

"극악무도한 놈들일 수도 있고, 그렇지 않을 수도 있지. 창녀들은 모두 똑같은 방식으로 복부를 절단당했네."

"그런데 당신은 아무것도 하지 않았습니까?"

충격을 받은 단테가 고집스럽게 물었다.

"어떻게 그럴 수가, 성도聖都의 법이……."

"이건 법의 문제가 아니야, 피렌체 양반. 법은 집에 도둑이 침입했을 때, 혹은 포도주 한 병 때문에 칼싸움이 일어났을 때 개입하는 거야. 또는 성직자가 모욕을 당하거나 상인이 몽둥이질을 당해 빈털터리가 되었을 때 법은 필요하다네. 하지만 창녀들은 그 일을 시작하는 순간 이미 죽은 목숨이지. 포주들이나 만족하지 못한 손님의 손에 조만간 살해당할 운명이야. 혹은 자기들끼리 서로 살인을 하거나. 버림받은 영혼들이기 때문에 아무도 신경 쓰지 않지. 어디에선가 왔다가 어느 날 사라지는 존재들인 셈이지. 붉은 옷 형제회 수사들이 강에서 창녀의 시체를 발견했지만 그게 익사체이건 토막 난 시체이건 무슨 상관이겠나?"

마차가 또 다시 격렬하게 흔들리는 바람에 단테는 땅에 고꾸라질 뻔했고, 그래서 하고 싶었던 말을 하지 못했다. 게다가 그는 기병장교의 어떤 말에 주의를 집중하고 있었다.

"모든 시체의 복부가 절단되었다고 말씀하셨나요? 내가 항구에서 목격했던 시체처럼?"

"그런 것 같아. 자세한 건 붉은 옷 형제회에 가서 물어봐야 알겠지만. 시체의 옷을 벗기는 일은 그들 소관이니 말이네."

광란의 질주는 마치 마법처럼 중단되었다. 조금 전부터 단테는 모든 것에 무감각해진 채 아직도 모호한 어떤 일을 되돌아보고 있었지만, 겨우 기억의 경계선을 간신히 넘은 느낌이었다.

갑자기 또 폭소를 터뜨리며 악담을 퍼붓는 장교의 목소리 때문에 단테는 생각을 중단했다.

"들어보게, 피렌체 양반! 창녀들의 뱃속을 마치 수탉의 그것처럼 고기로 가득 채워 요리로 제공하고 싶어 하던, 선술집 주인들 중의 하나가 범인이 아닐까? 아프리카에서는 축제일에 이교도들이 사람 고기를 먹는다고 하던데. 로마에는 나 같은 아프리카 사람들이 득실거린다 이 말이야! 윤기가 자르르 흐르는 내 얼굴 같은 사람들이."

장교는 단테를 돌아보고 귀고리를 흔들면서 냉소적으로 말했다.

"사실 당신은 아프리카인을 닮긴 했어요. 갤리선에서 노를 저었나요?"

"그게 무슨 뜻이지, 피렌체 양반?"

장교는 위협적인 눈빛으로 단테를 위아래로 훑어보면서 말했다.

"피렌체에도 붙잡힌 아프리카인들이 있습니다. 그들은 종교를 버리고 자유를 얻었지요."

"우리 조상은 이곳 로마 토박이야. 보니파키우스 교황의 조상보다 오래 됐다고!"

화가 난 장교가 소리를 질렀다.

또 다른 장애물이 등장했기 때문에, 기병장교는 다시 말을 모는 일에 열중했다. 단테는 아까 하던 생각을 계속 했다. 물론 장교의 가정은 터무니없었지만, 그 끔찍한 상처는 단순한 사악함 이상을 의미했다.

살인자는 자신의 작업이 단서를 남길 위험이 있는데도 왜 시간을 낭비하면서까지 그렇게 끔찍하고 세밀한 짓을 했을까? 그는 성적 도착에 빠진 사람일까? 아니면 그렇게 행동할 만한 이유가 있었을까?

어쩌면 어떤 의식이 관련된 것일까? 하나의 규칙이 적용된 연속 범죄일까?

마지막으로 맹렬히 고삐를 잡아당기면서 장교는 말을 멈추었고, 말은 큰 소리로 울면서 멈춰 섰다. 달리던 힘 때문에 마차는 좀 더 앞으로 나아갔고 땀을 흘리던 말도 앞으로 밀렸다. 마차는 위로 뻗어 있는 돌계단 아래에서 먼지 구름을 일으키며 정지했다.

단테는 달리는 마차를 타느라 피곤해진 몸으로 마차에서 내렸다. 그는 언덕 아래에 있었다. 언덕 옆에는 작은 건물들이 몰려 있었다. 작은 성당도 눈에 들어왔다. 위쪽에 있는 그 성당은 붕괴 직전의 건물 지붕에 몸을 기댄 듯이 보였다. 그러나 다른 건물들은 생기가 넘쳤다. 개미집처럼 다닥다닥 붙어 있는 창문에서 여인들과 아이들의 고함 소리가 들려왔고 온갖 크기의 천 조각들이 마치 깃발처럼 집집마다 매달려 있었다. 단테는 그런 광경을 딱 한 번 본 적이 있었다. 피사의 함대가 성지聖地에서 돌아오는 피렌체 궁수들을 조국에 데려다 주기 위해 깃발로 장식하고 아르노 강을 거슬러 올라갔을 때였다.

아마 그것은 새로운 승리를 축하하는 로마 백성의 방식이었을 것이다. 계단 꼭대기에 거대한 성당의 정면 모퉁이가 보였다. 기병장교가 데려가는 곳이 아마 거기일 듯싶었다. 그러나 장교는 계단을 오르지 않고 왼편으로 가서 두 집 사이에 난 골목으로 들어갔으며, 언덕의 측면으로 올라가는 오솔길을 따라 성큼성큼 걷기 시작했다.

"힘을 내게, 피렌체 양반!"

단테가 계속 뒤를 따라오는지 확인하기 위해 이따금 뒤를 돌아보면서 기병장교는 소리쳤다. 더욱 가파른 이 두 번째 오르막길도 급경사의 돌층계였는데, 종전의 것보다 심하지는 않았다. 마침내 구릉으로 나왔을 때 단테는 숨을 헐떡거렸다. 앞에는 경계가 고르지 못한 광장이 펼쳐져 있었고, 아래에는 응회암 벽돌로 만든 육중한 건물이 있었는데 건물 모퉁이마다 견고한 탑으로 막혀 있었다. 꼭대기에 작은 종을 매단 탑이 기와지붕 위로 우뚝 솟아 있었다.

단테는 걸음을 멈추고 눈앞의 광경을 눈에 가득 담았다. 캄피돌리오다! 그곳은 어느 날 세상의 정점이 되었으며, 그곳에서 인간이 결코 알지 못했던 장엄한 권력이 생겨났다. 왼쪽으로 보이는 기둥이 그곳의 옛 주인이 누구였는지 아직도 증명하고 있었다. 밑에서 보았던 거대한 성당도 지금 보니 그 육중한 덩치로 광장의 측면을 모두 가리고 있었는데, 울퉁불퉁한 벽돌담 속에 고대의 사원들과 다른 엄숙함을 옛날 그대로 간직하고 있었다.

광장에서 올라가는 짧은 계단 위에 위치한, 탑이 있는 건물의 정문 앞에서 누군가 그들을 기다리고 있었다. 단테는 스파다 의원을 알아보았다. 그는 가장자리에 붉은 천을 댄 기다란 흰색 옷을 입고, 수많은 주름으로 감싼 화려한 망토를 어깨에 걸치고 있었다.

그들을 발견하자마자 의원은 계단을 몇 개 내려왔다. 그는 단테에게 손을 내밀며 친근하게 인사를 했고, 그동안 용의주도한 기병장교는 한쪽 구석으로 물러나 있었다.

"어서 오세요, 메세르 알리기에리! 알현이 연기되어 제가 당신께 로마의 아름다운 것과 이곳의 의식을 소개할까 합니다. 바로 지금 원로원 청사에서 의식이 진행 중인데, 분명 당신도 흥미를 느끼실 겁니다."

"옷이 너무 초라해서 송구합니다. 제게 주신 영광에 어울리지 않아서……."

"오, 걱정하지 마세요, 메세르 알리기에리."

원로원 의원은 그를 슬쩍 처다보기만 하면서 대답했다.

"당신은 제 손님이라 아무것도 필요하지 않습니다. 게다가 몰래 참관할 것이니, 보는 사람은 아무도 없을 겁니다."

단테는 실망의 기색을 서둘러 숨겼다. 김칫국부터 마신 격이었다. 그럼 다른 일이었구나, 하고 그는 씁쓸한 마음으로 생각했다. 그러나 놀라운 유물을 발견한 것 때문에 사람들이 모였을 것이라고 얼른 자신을 위로했다. 어쩌면 그가 특별 증인으로 출석하는 것일지도 몰랐다. 그래, 아마 그럴 거야.

정문을 지난 단테는 거대한 석조 기둥이 늘어서고 천장이 있는 긴 복도를 통과했다. 복도 끝에 마지막 아치가 보였고, 좀 더 넓은 장소가 나타났다. 그쪽에서 함성 소리가 들리는 듯했는데, 가까이 갈수록 소리가 더 커졌다. 단테는 이따금 원로원 의원에게 눈길을 주었다. 그는 넓은 방을 향해 단호히 걸어가고 있었다. 걱정이 된 단테는 자신을 기다리는 게 무엇인지 궁금했다.

원로원 의원은 의식이라고 말했다. 그래서 단테는 월계관에 대한 희망을 버리지 못했다. 그것 때문에 그를 불렀다면 원로원 의원의 설명을 들어야 할 터였다. 그러나 의원은 말없이 계속 걷기만 했으며 가끔 단테를 보고 황급히 미소를 지을 뿐이었기에 궁금증이 풀리지 않았다.

입구와 불과 몇 발자국 떨어지지 않은 곳까지 오자 사람들의 웅성거림이 더욱 커졌고, 마침내 단테는 호기심을 참지 못하고 물어보기로 했다.

"무슨 의식이지요?"

단테는 단호하게 물었다.

"어쩌면 제가 아는 편이 더 나을 텐데요. 그래야……"

"오, 메세르 알리기에리, 저를 믿으세요. 저와 함께 보낸 시간을 후회하지 않을 겁니다. 게다가 이미 어제 당신은 예측할 수 없는 어떤 일을 목격하셨습니다. 어제와는 사뭇 다른 광경이지만, 오늘도 어제보다 재미가 덜 하진 않을 겁니다!"

캄피돌리오 광장의 광대한 직사각형 방에는 사람들이 가득 차 있었다. 긴 의자에 몰려 있는 도시 유력인사들의 태도는 이상하게도 유쾌해 보였다. 아래의 빈 공간에는 모자를 쓴 사람들이 한 줄로 길게 서 있었는데, 저마다 포장한 물건을 들고 있었다. 단테는 그들을 보고 감동을 받았다. 소규모로 모여 있는 그들은 복장이 이상하긴 했지만 위엄이 있었다. 그들은 거지도 가난뱅이도 아닌 듯했다. 하지만 그들의 조심스러운 어조와 불안한 표정은 근심을 암시하고 있었으므로 처음에 단테는 그게 무엇인지 알 수가 없었다. 잠시 후 그들의 가슴에 새긴 노란 수레바퀴를 보고 나서야 이해할 수 있었다.

"저들은 유대인입니까?"

단테는 원로원 의원에게 물었다. 그가 그렇다고 인정하기 전에, 그때까지 첫 줄에서 등을 보이고 있다가 몸을 돌린 남자가 단테를 아는 척했다. 예복을 갖춰 입은 마노엘로였다. 단테는 이미 그 옷을 입은 그를 본 적이 있었다.

원로원 의원은 고개를 끄덕일 뿐이었다.

"저를 따라오시죠, 메세르 알리기에리. 유력인사들 사이에 앉으시지요. 로마가 이 종족과 어떻게 마지막 담판을 짓는지 보시지요."

원로원 의원의 안내를 받아 단테는 비어 있는 긴 의자에 혼자

앉았다. 의원은 중앙의 특별석으로 올라가더니 그룹의 우두머리인 듯이 보이는 자에게 몸을 돌렸다.

"랍비, 담보를 가져오셨습니까?"

그는 근엄한 어조로 말하려고 했지만, 유쾌한 기분을 감출 수 없는 듯했다.

무리를 이끌고 있는 남자는 말 없이 들고 있던 포장물을 긴 의자를 향해 내밀었다. 다른 사람들도 그를 따라 가져온 물건을 내밀었다.

"보시지요."

우두머리 랍비는 포장의 모서리를 풀었다. 그가 가져온 물건이 햇빛에 반사되었다. 은으로 만든 컵과 술잔이었다.

"이게 전부입니까? 이렇게 헌금이 적으면 당신네 백성의 탐욕만 인정하는 꼴입니다."

랍비는 어깨를 움츠렸다.

"올해는 장사가 잘 되지 않았습니다. 우리가 감당했던 전쟁 경비도……."

그는 변명하는 어조로 말을 하려고 했다. 원로원 의원은 냉담하게 손짓을 하며 그의 말을 가로 막았다.

"좋소. 우리가 1년 더 참아 보지요."

단테는 우두머리 랍비가 눈을 감고 등을 가볍게 숙이면서 몸을 돌리는 것을 보았다. 그때 원로원 의원이 다리를 치켜들더니 엉덩이를 거세게 걷어찼다. 그가 나뒹구는 모습을 신호로 유대인 대표단은 줄을 서기 시작했고, 원로원 의원들은 폭소를 터뜨리며 함부로 그들을 발로 걷어찼다.

마노엘로가 단테 앞에 도착했다. 단테는 잠시 주저하다가, 원로원 의원의 단호한 눈길에 못 이겨 마노엘로의 둔부를 살짝 걸어찼다.

"메세르 알리기에리, 당신마저?"

마노엘로는 너무하다는 듯이 중얼거렸다.

"내가 인정하는 건 당신들의 교리가 아닙니다. 복음을 거부하는 당신네 종족의 끈기와 고집입니다. 저는 그 점을 벌하고 싶습니다."

단테는 머리를 치켜들고 당황함을 이겨내며 말했다.

우두머리 랍비는 한숨을 쉬더니 다시 일어났으며, 맞느라 기울어진 모자를 정돈했다.

원로원 의원은 입가에 조롱 섞인 미소를 지으며 그 장면을 지켜보았다. 그는 계단으로 향해 가다가 잠시 후 뒤를 돌아 단테를 응시하는 마노엘로의 모습을 눈여겨보았다.

"나 또한 저 사람의 지혜가 놀랍습니다, 메세르 단테. 놀랍기도 하지만 어쩌면 위험하기도 하지요."

"위험하다니요? 왜지요? 과학과 교리는 인간을 명예롭게 합니다. 심판 때에 하느님께서는 초기 주교들뿐만 아니라, 그분의 비밀을 끝까지 파헤쳤던 고대의 모든 현자들까지 지옥 불에서 구하실 겁니다."

"그럼 당신은 믿지 않으십니까? 하느님이 자신의 포도밭을 침입한 하인들을 불신하는, 질투심 강한 주인이라는 걸?"

"반대로 하느님께서는 수확을 얻을 수 있도록 그분의 하인들에게 재능을 주시지 않으셨습니까? 그래서 수확이 있으면 칭찬

하고 없으면 벌하시지 않겠습니까?"

생각에 잠긴 원로원 의원이 입술을 물어뜯었다.

"어쩌면 당신의 말이 옳겠군요."

잠시 후 그가 말했다.

"그렇다면, 하느님을 믿지 않는 자들이 죽은 뒤의 상황을 생각해 보십시오. 당신은 지식을 구하려고 했던 그자들을 불꽃에서 구하겠습니까? 자신의 무지를 의심조차 해본 적이 없는 소박한 사람들보다 그들이 더 죄가 크지 않나요?"

단테가 말을 하려고 했지만, 그가 먼저 앞질러 말했다.

"어쨌든 그 일은 나중에 얘기하기로 하지요. 저와 함께 가 주시겠어요? 이곳보다 영광스러운 자리는 아니지만 여기보다 적당한 곳입니다."

"어디지요?"

"핀초에 있는 제 집입니다. 당신께 소개하고 싶은 사람이 있습니다. 먼 곳에서 온 제 손님인데, 유명한 사람입니다."

단테의 당황하는 기색을 본 원로원 의원은 사양하는 그를 만류하기 위한 듯 손사래를 쳤다.

"제가 얘기하는 그분은 당신도 보시면 알겠지만 학자이십니다. 그것 때문에 그분을 로마에 부른 것은 아니지만요. 아무튼 그래서 당신을 만나게 해 드리려고 합니다. 부탁이니 함께 가시지요."

단테는 동의의 표시로 예의 바르게 머리를 숙였다. 원로원 의원이 특별히 자신과 동행하고 싶은 듯, 목소리에서 흥분이 느껴졌기 때문이다. 단테는 그와 함께 문으로 가는 긴 복도를 되돌아갔다. 가는 동안 원로원 의원은 수많은 사람들과 줄곧 친절한 인사를 나누었다. 그들은 때때로 두려움이 깃든 존경을 표하며 그에게 보행을 양보했으며, 궁금한 표정으로 단테를 응시했다. 단테는 가끔 의원의 고상한 차림에 재빨리 눈길을 주기도 하면서 말없이 조심스럽게 걸었다. 단테는 인간이지만 용의 몸을 가진 괴물 게리온을 떠올렸다.

또 다시 나른 자리에 잠식해 주기를 바라는 보니파키우스의 이 신하가 아직 밝히지 않은 어떤 이유가 있으리라 단테는 생각했다. 그들이 처음 만났던 특이한 상황을 다시 생각했다. 그는 마치 우연인 양 뒤에서 나타났다. 하지만 보니파키우스의 도시에서 정말 우연이 있기나 한 걸까? 아마 기병장교가 자신에 대해 미리 보고했을 것이다. 로마에서는 10년 전부터 행정관 선출 선거가 없어졌다. 교황이 믿는 사람을 직접 지명하기 때문이었다. 의원은 앞에서는 화려한 감탄사를 늘어놓지만 그 이면에는 어떤 식으로든 교황과 관련된 계획이 숨어 있을 터였다. 보니파키우스 자신이 만들어 낸 계획 말이다.

기병장교는 다른 보초병들과 함께 큰 소리로 꽥꽥거리며 광장에서 기다리고 있었다. 그들을 보자 장교는 얼른 그들을 향해 걸어왔다.

"마차는 밑에서 기다리고 있습니다, 의원님."

그는 공손하게 말했다.

잠시 후 단테는 마차에 다시 앉았다. 장교는 한쪽으로 물러나면서 사투르니아노 스파다에게 공손하게 고삐를 내밀었다. 마차는 언덕의 비탈을 따라가면서 아라 파치스 계단 앞을 지났으며, 다음에는 거대한 사원의 유물 사이로 난 샛길로 들어갔다. 이윽고 마차는 오르막길로 나왔는데, 북쪽으로 향하는 직선길이 길게 뻗어 있었다. 그 지역에는 사람들이 거의 없었다. 그러나 대략 1마일쯤 가니 복잡한 모양의 거대한 건물이 눈에 들어왔다. 태양이 그 벽돌 구조물을 뜨겁게 달구고 있었다.

마침내 마차는 반원형 모양의 엑세드라† 앞에 멈췄다. 당시 피렌체에서 새로 건축 중이던 프리오리 궁전††을 모두 담을 수 있을 정도로 넓었다.

"당신에게 위대한 과거의 발자취를 바로 옆에서 보여 드리고 싶었습니다. 이곳은 디오클레티아누스 황제✝의 공중목욕탕입니다."

단테는 걸음을 멈추지 않고 장대한 유적을 눈으로 훑으면서 조용히 주위를 둘러보았다.

"딴 생각을 하시는 것 같습니다, 메세르."

그를 주의 깊게 바라보던 원로원 의원이 말했다. 단테는 아랫입술을 깨물기를 그만두고는 긴 여행에서 돌아온 사람처럼 상대를 돌아보았다.

"지금 이 순간 피렌체에서는 무슨 일이 벌어지고 있을까 생각했습니다. 무엇에 대해 말할지, 무엇을 협의할지, 성전에서는

---

† 고대 그리스-로마의 한쪽 벽이 개방된 담화실.
†† 프리오리는 길드에서 추첨으로 뽑힌 최고위원을 의미한다. 이들의 집무실로 쓰기 위해 1310년 경 완공되었으며, 이후에는 베키오 궁으로 불렸다.
✝ 로마의 황제. 재위 284~308로 오리엔트식 전제군주정을 수립하였다.

어떤 기도를 할지."

"우리 조상들의 가장 장엄한 유물을 보고도 고향을 생각하십니까? 당신의 성전과 더불어 다리, 탑 그리고 아르노 강 한 줄기도 생각나지 않아야 마땅합니다!"

상대방이 씩씩대며 말했다.

단테는 공중목욕탕의 당당한 유적을 보며 걸음을 멈추었다. 그는 한눈에 엑세드라의 아치를 전부 볼 수 있도록 옆으로 비켜섰다. 그리고 거대한 벽돌 기둥 위로 본래의 모습을 간직하고 있는 열탕의 둥근 지붕을 향해 눈을 치켜떴다.

"또 무슨 생각을 하십니까, 메세르 알리기에리?"

단테에게서 한 번도 눈을 떼지 않고 있던 원로원 의원이 물었다. 그는 단테가 고대 로마의 유적을 관찰했던 것과 똑같이 뜨거운 관심을 보이며 그를 탐색했다. 마치 그에겐 단테가 고대 유물처럼 호기심과 경이의 원천인 듯했다.

"세상이 변하는 것처럼 운명의 여신도 처음에는 이 나라의 백성을, 다음에는 또 다른 나라의 백성을 일으켜 세웠다가 이내 몰락하게 만듭니다. 그녀가 계획에 따라 움직이는지, 아니면 그저 우연히 세상의 대장을 바꿔가며 영광을 주는지 저는 그게 궁금하군요."

"백성들에게는 가정을 다스리는 규칙이 효과가 있습니다. 세대가 이어지면서 자식이 아버지보다 더 현명하고 덕이 높아집니다. 그러면 가문의 영광과 부는 높아지고, 그들의 명성이 세

---

† 로마의 장군이며, 기원전 202년 카르타고와의 전쟁에서 한니발 장군을 물리쳤다.

상에 자자하겠지요. 카이사르와 시피오네†가 그들의 아버지보다 위대했던 것처럼 말입니다. 그러나 때때로 가문이 기울어지기도 합니다. 다음 세대는 전 세대가 몇 년 만에 따라잡았던 것에 간신히 도달합니다. 아우구스투스와 티베리우스가 그랬고, 클라우디우스와 네로도 마찬가지였습니다."

단테는 말없이 생각에 잠겼다. 그러다 갑자기 고개를 돌려 의원을 보았다.

"혹은 첼레스티노 5세†에 비교해서 보니파키우스 교황이 그랬던 것처럼 말이죠."

단테는 냉정한 목소리로 나지막이 말했다.

원로원 의원은 곧바로 대꾸하지 못했다. 단테가 그런 화제를 꺼낸 것에 대해 당황한 듯했다. 원로원 의원은 이를 악물고 말했다.

"경건한 수도자셨던 그분을 애도하는 사람들이 많습니다. 당신도 그렇습니까?"

"가에타니에게 길을 터주지 않는 편이 더 나았을 텐데, 그분이 그렇게 사퇴를 했으니."

단테는 냉담하게 대답했다.

"물론 믿기 힘든 것은 이런 일을 실현할 수 있는 사람들이,"

단테는 잠시 뜸을 들인 후에 말했다.

"한밤중에 사라진다는 것이지요. 그 뒤에는 시인들의 영원한

---

† 보니파키우스 8세 이전에 등극했던 교황. 나폴리의 왕 카를로 2세에게 의지하였으며 아라곤과 나폴리, 프랑스와 잉글랜드 사이의 평화 정착을 위해 노력했지만 큰 성과는 거두지 못했다. 교황직을 스스로 사임했다.

시와 유적만 남을 뿐이죠."

"다른 곳에서도 그런 일이 있었지요. 이집트의 테베 혹은 바빌로니아, 메디아의 페르세폴리스의 유적도 마찬가지로 대단하다고 합니다. 피차일반으로 그곳의 백성들도 땅 끝까지 검을 밀고 가서 발에 걸리는 모든 사람들을 짓밟았습니다. 그러나 이후 그들은 후손들의 노래에서 기억될 뿐입니다. 적어도 고대 로마인들은 다른 백성들보다 오래 견뎠습니다. 비참한 상황에서 벗어나기 위해 이 땅에서 발버둥쳤습니다."

"에덴 시절 우리의 조상들이 하느님의 의지에 감히 도전했던 그날 인간이 찾은 비참함이지요. 인류가 물려받은 모든 한계와 모든 고통은 바로 이 최초로 저지른 모욕의 산물일 뿐입니다."

"그러나 그 고통 덕분에 우리는 허약함을 되찾았습니다, 메세르 단테. 그리고 우리를 행동하게 하는 것도, 우리를 살아 있게 하는 것도 고통이지요. 불안에서 벗어나 자신의 성과물을 의기양양하게 쳐다보는 자는 불행합니다. 그는 이렇게 말합니다. 자, 내가 씨를 잘 뿌렸으니 풍요로운 수확물이 나를 기다릴걸. 그거면 앞으로 몇 년은 거뜬히 견딜 수 있지. 바로 이런 꿈이 백성들의 힘을 허약하게 만듭니다. 그리하여 그들은 한 사람씩 차례로 사라지는 허무를 향해 천천히 걸어갑니다."

"그게 무슨 말씀입니까?"

단테가 당황해서 물었다.

"태만, 음탕, 탐욕. 이 세 마리 짐승은 인간을 집어 삼킵니다. 백성들이 비록 위대하긴 하나 고작 인간일 뿐이지요. 백성은 태어나고, 성장하고, 새로운 길을 열기 위해 싸우고, 영광을 찾아

주의를 기울입니다. 그리고 날이 기울어 저녁이 되면 꿈에 열중합니다. 그리하여 자신들에게 아직 없는 모든 것을 소유하기를 꿈꿉니다. 메세르 알리기에리, 왕국의 역사를 잠시 살펴보시지요. 충만한 문명이 가장 위대한 꿈에 열중하여 삶에서 고통과 노력을 제거합니다. 바로 그때 그 나라 백성들은 패배의 길로 나아갑니다. 연약한 클레오파트라가 카이사르와의 사랑에 열중했을 때 이집트인들이 그랬고, 알렉산드로스 왕국이 음란한 동양과 결합했을 때, 위대한 그리스인들이 그랬습니다."

"그러나 그것은 은총의 빛을 받지 못한 백성들의 운명이었습니다. 인간에게 맡겨진 일에는 당연히 위험한 실수가 따릅니다. 하지만 무엇 때문에 하느님께서 직접 세우신 베드로의 옥좌가 무너지기 쉬운 이교도들의 건물과 동일한 규칙을 따라야 합니까? 나뭇가지 위에 불안하게 놓인 둥지처럼 돌풍 한 번에 부서질 텐데 말입니다."

단테는 슬프게 말을 이었다.

"하느님께서 새로운 동맹국의 검이자 사자使者로 선택하신 로마는 기독교를 전파할 때 방패막이가 되어 막강하고 굳센 탑으로 남지 않았습니까? 로마의 군단이 지금도 국경선을 지켰다면, 아라비아의 모래에서 솟아난 약탈자들이 최고의 성도聖都, 예루살렘을 점령할 수는 없었을 겁니다."

"로마는 그 허약함에 대한 벌을 받았습니다. 당신께서도 그 후손들이 서로 잡아뜯어대는 비참한 상황을 보셨군요. 그러나 모든 걸 잃지는 않았습니다. 로마의 운명을 개선할 위대한 계획을 실행하고 있지요."

원로원 의원은 모호한 어조로 덧붙였다.

"우리 도시의 독수리를 갈리아와 아프리카로 가져갈 열정이 곧 깨어날 겁니다. 그 점에 대해서는 때가 되면 얘기하지요. 디오클레티아누스의 위대한 업적을 더 보시지 않겠습니까? 가십시다, 당신이 미처 예상하지 못했던 것을 보여 드릴 테니!"

계속 걸으면서 단테와 원로원 의원은 거대한 반원형 엑세드라의 바깥쪽을 지나 출입벽의 문 하나를 통과했다. 그들은 벽이 매우 높고 거대한 색색의 대리석을 깐 복도로 들어섰다. 기둥으로 장식된 여러 개의 통로가 규칙적인 간격으로 펼쳐졌다.

"이리 오시지요, 메세르 알리기에리."

원로원 의원은 단테에게 어느 문을 가리켰다.

담 너머로 거대한 공간이 펼쳐졌다. 반원형의 천장을 강력한 벽이 둘러싸고 있었으며, 그 벽에는 반원형의 벽감을 파놓았다. 벽감마다 거대한 조각상이 고대 신과 영웅의 화려함을 찬양하고 있었다. 조각상은 대부분 파손되었는데, 어떤 것은 전투하는 티탄족의 소름끼치는 유물처럼 툭 튀어나온 다리만 대좌 위에 남아 있었다. 단테는 그렇게 정형화된 아름다움을, 그런 장중함을 결코 본 적이 없었다.

단테는 피렌체를 장식하는 성상聖像과 산 조반니 세례당 주변의 석관들 사이에 아직도 솟아 있는 로마 시대 조각상들을 다시 생각했다. 피렌체 조각가들이 연구에 쏟았던 애정에 대해, 고트족이 다스리던 야만의 시기가 지난 뒤 고대의 미美를 복원하기 위한 노력에 대해 생각했다. 예술가들이 이와 같은 형식을 다시 연구한다면 그때는 무엇이 나올까? 새로 다가오는 시기에 예술은 어떤 정점으로 돌아갈까?

단테는 경탄을 금치 못하며 조각상에 온 정신을 집중했다. 잠시 후에야 그는 그 조각상들이 무엇을 지키고 있는지 알게 되었다. 길이가 150걸음 이상이나 되는 거대한 욕조였다. 대리석 포장 때문에 아직도 빛이 나는 그 욕조의 바닥은 화려한 계단을 통해 들어가게 되어 있었다.

"이건 목욕탕입니다, 메세르 알리기에리. 갤리선 열 척을 넣을 수 있을 정도로 크지요. 아, 테베레 강의 배들을 옮길 수 있다면 함대 전체도 넣을 수 있을 텐데……. 저 아래를 보시지요. 저를 따라오십시오."

단테는 고개를 위로 쭉 뻗으며 원로원 의원 옆으로 갔다. 그들은 거대한 물통 가장자리를 지나 또 다른 열주를 통과하여 다른 쪽으로 나갔다. 여기서 새로운 분위기가, 팔각형 공간이 펼쳐졌다. 그들의 머리 위로 밖에서 이미 단테의 관심을 끌었던 둥근 지붕이 떠 있었다. 거대한 건물이 또 다른 욕조를 덮고 있었다.

"이 구조물을 연구했던 사람은 이곳에 고대의 온탕이 있었다고 했답니다. 로마 사람들이 열탕에 들어가기 전에 이곳에서 따뜻한 물을 즐길 수 있었지요. 이 장소는 저 아치 너머까지 이어져 있습니다. 지하실의 증기 가마에서 물을 끓이면 저기 바닥의 벌어진 틈에서 수증기가 나왔는데, 그 수증기를 쐬면 피곤한 사지가 활기를 얻고 새로운 일을 추진하고 싶은 마음이 생겼지요."

원로원 의원은 걸음을 멈추었다. 자신의 설명에 대해 단테가 평가할 시간을 주기 위해서였다.

"우리 선조들의 지혜를 잘 보시지요."

그는 다시 말을 이었다.

"도시가 최고의 균형을 유지하며 시민들을 생각했던 거지요. 먼저 원형경기장의 잔인한 공연으로 그들의 마음을 흥분시킨 뒤에, 상쾌한 물로 부드럽게 평정을 찾도록 했습니다."

"그래요. 하지만 그 균형의 기준은 피였습니다. 처음에는 인간을 야수적으로 변하게 하고 그 다음에는 평정을 되찾도록 한 것이 정말 현명한 처사였을까요? 인간의 본성을 유린한 비극적인 놀이가 아니었을까요? 수많은 나태한 자들에게 인생의 풍요를 주기 위해 수천 명의 희생자들이 목숨을 잃었어요. 은총의 신이 도달하여 그들의 관습을 순화하기 전에 말입니다."

그들은 출구로 돌아갔다. 원로원 의원은 수레로 다시 갔지만, 올라탈 것 같지는 않았다. 뭔가를 기다리고 있는 듯했다. 그는 이따금 고개를 빼서 동쪽으로 뻗어 있는 숲을 쳐다보며 신경질적으로 발을 굴렀다.

"드디어!"

멀리서 말발굽 소리가 들려오자 그는 그렇게 소리쳤다. 숲에서 기병 분대가 불쑥 튀어나왔다. 무장한 여섯 명의 병사가 앞으로 걸어왔다.

"집까지 우리를 호위해 줄 수하들입니다. 여기서부터 퀴리날

---

† 로마의 일곱 언덕 중 가장 높은 곳에 위치한 언덕.

146

레 언덕† 너머까지 혼자 다니는 건 신중하지 못한 처사입니다."

원로원 의원이 단테에게 마차에 오르라는 신호를 보냈다. 경의를 표한 병사들은 위치를 바꾸어 마차 양쪽에 섰다.

그리하여 소규모 행렬은 공중목욕탕 유적지를 떠났다. 그들은 자생하는 수목과 나무딸기 숲을 가로지르는 오솔길을 따라 올라갔으며, 때때로 사람의 손길이 느껴지는 광장을 가로지르기도 했다. 석탄 상인들이 사용하는, 외딴 오두막 몇 채 덕분에 황무지가 그나마 덜 황폐해 보였다.

갑자기 단테는 마차의 바퀴가 포장도로 위에서 덜커덩거리는 걸 느꼈다. 마차 밖으로 몸을 내밀어 보니 현무암 석판이 북쪽 방향으로 길게 깔려 있었다. 북쪽 지평선 가까이 거대한 성벽이 언뜻 보였다.

"우리는 노멘타나 가도†를 통과했습니다."

단테의 동작을 주시하던 원로원 의원이 말했다.

"이제는 계곡으로 내려갈 것입니다."

마차는 언덕을 올라가는 U자형 도로를 따라 내려가기 시작했다. 주변에 협곡과 늪지대 식물이 더욱 많아졌다. 좀 더 아래쪽에는 작은 급류가 빠르게 흘러내렸다. 누군가 지나가기 편하도록 개울에 무거운 석판을 던져놓았다. 마차는 그 위를 흔들거리며 통과했다.

개울을 지나니 가파른 오르막길이 나왔다.

---

† 로마와 노멘툼을 연결하는 고대 로마의 중요한 가도.
†† 기원전 118-56년 로마 공화정의 군인이자 정치가. 이후 빌라 보르게세가 그곳에 세워졌다.

"거의 다 왔습니다."

원로원 의원이 말했다.

"성벽까지 뻗어 있는 이 평지에 한때 루쿨루스[†]의 정원이 있었습니다. 그가 소유했던 별장 중의 한 곳을 우리 가문이 쭉 소유하고 있었지요."

그 지점에서 언덕은 점차 평평해졌다. 멀리 아우렐리아누스 성벽의 만곡부가 규칙적으로 늘어선 사각의 탑들과 함께 지평선을 가리고 있었다.

오솔길 끝에는 엑세드라가 있었고 엑세드라 중앙에는 석조 목욕탕이, 그 위로는 물줄기를 뿜어내는 분수가 있었다. 새하얀 조각상들이 기둥 사이에 세워져 있었다. 옛 주인이 자신의 재산을 감시하도록 그곳에 세운 돌로 된 백성인 셈이었다. 그 근엄한 입구 뒤로 건물이 이어졌다. 벽돌을 깐 드넓은 광장이 있었고 가파른 기와지붕이 그 위를 덮고 있었다.

멀리서부터 원로원 의원의 이 마차가 눈에 띄었을 것이다. 그들이 다가가자 입구의 아치 양쪽에 두 줄로 서 있던 하인들이 그들을 향해 고개를 돌렸다. 집안의 제복을 입은 한 사내가 맨 먼저 나와 말을 멈추기 위해 고삐를 잡았다.

"모두 준비됐나?"

원로원 의원이 마차에서 내리며 물었다. 그리고 정중하게 단테를 맞이하려 했다. 그러나 벌써 땅으로 내려온 단테는 주변을 둘러보면서 그곳의 화려함에 매료되었다.

"명령하신 대로 준비했습니다. 터키인이 적실赤室에서 의원님을 기다리고 있습니다."

"좋아. 이리 오시지요, 메세르 알리기에리. 정말 특별한 손님을 만나게 해 드리겠습니다."

원로원 의원이 건물 안으로 향하며 말했다.

담을 통과하자마자 드넓은 페리스타일†이 나왔다. 그 주변을 가는 대리석 기둥이 늘어선 회랑이 감싸고 있었다. 두 회랑 사이의 공간에는 화려한 오렌지 나무가 심어져 있었고, 그 나뭇가지를 장미의 가시덤불이 감고 올랐으며, 다채로운 꽃들이 핀 좁은 골목에서 장미와 오렌지 나무가 서로 엉겨 붙어 있었다. 공기에서 부드러운 향기가 났다. 로마 길거리에서 풍기던 마구간과 먼지 냄새와는 사뭇 달랐다. 단테는 원로원 의원을 따라 벽 끝에 있는 문을 통과하여 붉고 누르스름한 대리석으로 뒤덮인 넓은 방으로 들어갔다. 대리석의 색깔은 건물 바깥의 색조와 잘 어울렸다.

여기서도 수많은 가족들이 예의 바르게 가장을 맞이했다. 한 여인이 물이 가득 담긴 은 그릇을 들고 왔다. 원로원 의원이 단테에게 손을 씻으라는 신호를 보냈다. 그리고 그는 더 안쪽으로 단테를 데려갔다. 첫 번째 방을 지나자 두 번째 뜰이 시작되었는데, 이곳 역시 회랑으로 둘러싸여 있었고 회랑의 좀 더 낮은 천장 밑으로 셀 수 없을 정도로 많은 방문이 열려 있었다. 원로원 의원은 그중 한 방으로 단테를 이끌었다.

"이리 오시지요, 메세르 단테. 다 왔습니다."

---

† 로마 건축에서 기둥이 나란히 늘어선 회랑.

그들은 문지방을 넘었다. 안에는 쿠션을 댄 나지막한 의자가 여러 개 있었다. 그중 한 의자에 한 사내가 앉아서 책을 읽고 있었다.

단테는 사내를 유심히 쳐다보았다. 동양풍의 화려한 옷에 머리에는 폭이 넓은 비단을 터번처럼 감쌌는데, 꼭 둥근 지붕 모양이었다. 원로원 의원을 보고 그는 예의 바르게 미소를 지었으며, 일어나서 단테에게 공손히 머리를 숙였다.

단테는 인사를 나눈 후 사내의 독특한 차림새에서 낮은 탁자로 관심의 눈길을 보냈다. 탁자 위에는 책 몇 권과 파피루스 두루마리 여섯 개가 아무렇게나 놓여 있었다.

"이분은 칸스바르 이븐 탈리브입니다."

원로원 의원이 사내를 가리키며 말했다. 그러고는 저작에 대한 단테의 호기심을 끌기 위한 듯 무관심한 척하며 이렇게 덧붙였다.

"지난 몇 년간 모은 책이 몇 권 안 됩니다. 그러나 모두 내 집을 장식하는 귀중품이지요."

단테는 사내와 책을 번갈아가며 계속 쳐다보았다. 어느 쪽부터 먼저 호기심을 충족시켜야 할지 정말 모르겠다는 표정이었다. 그는 자기도 모르게 앞으로 나아가 책을 하나 집어 들려다가 이내 손을 거둬들였는데, 남의 보물을 함부로 만져서는 안 될 것 같았기 때문이다. 하려던 행위를 그만 둔 그는 뒤로 돌아 동양인을 다시 응시했다.

호감을 담은 표정으로 그는 단테의 행동을 지켜보고 있었다. 얇은 입술 양쪽으로 내려온 검은 수염이 옷에 꽂아둔 단검을 스칠 정도로 길었다.

"메세르 알리기에리, 원로원 의원께서 영광스럽게도 당신을 만날 수 있을 거라고 말씀하셨답니다."

그는 리드미컬한 목소리로 천천히 말했다. 외국어를 정확하게 말하려는 노력이 엿보였다. 독특한 남부의 억양으로 발음하는 걸로 보아 나폴리 왕국에서 말을 배운 모양이었다.

"당신은 칸스바르를 잘 모르시겠지요."

원로원 의원이 다시 말했다.

"하지만 곧 이분의 장점을 발견하실 겁니다."

단테는 공손하게 동양인을 다시 보았다. 동양인은 책을 탁자 위에 두었다.

"의원님의 과찬이십니다. 저는 그저 저보다 훨씬 훌륭한 다른 분의 비천한 대리자일 뿐입니다."

"칸스바르는 고귀한 페르시아의 주인이신 몽골 가잔칸의 대사입니다. 대對 터키 동맹을 맺기 위해 보니파키우스 교황님의 궁에 오셨지요. 터키는 오만하게도 우리의 성지聖地를 약하게 만들거니와, 몽골의 페르시아 소유권도 위협하고 있습니다."

"이슬람에 대항하기 위해 타타르족†과 동맹을 맺는단 말씀입니까?"

단테는 미심쩍은 목소리로 말했다.

"우리 시대의 역사를 바꿀 수도 있는 위대한 계획입니다. 보십시오."

---

† 몽골계 유목민족으로 북동 몽골 등지에 있던 몽골계 북방 그룹의 명칭이었으나 후에는 몽골고원으로 들어간 튀르크(돌궐계) 민족들까지 포함한 유목 기마민족을 총칭하게 되었다.

원로원 의원은 책꽂이에 놓아둔 두루마리를 향해 손을 뻗으며 말했다.

그는 양피지 종이를 탁자 위에 펼쳐 놓았다. 수많은 기호와 다양한 색이 책상 위에서 빛나고 있었다. 강과 산, 나무와 꽃, 난생 처음 보는 동물들과 파란 바다, 순백의 눈이 노란색과 황토색의 육지와 성벽으로 둘러싸여 있었고, 작은 탑이 세워진 회색 담과 번갈아 보였다. 단테는 매혹된 표정으로 몸을 숙여 관찰했다. 그곳에서 그는 위대한 콘스탄티노플의 상징물과 함께 유럽 대륙의 끄트머리를 본 듯했다. 그것은 아시아의 침략을 방어하는 미약한 방어벽이었던 좁은 해협 위에 그려져 있었다. 그 너머로 아크리, 티레, 시돈의 성벽과 함께 팔레스티나 해안이 있었다. 그리고 중앙에는 백 개의 탑의 도시, 성도聖都 예루살렘이 있었다. 그 다음에는 사막의 모래를 뜻하는 노란색과 오만한 다마스쿠스, 적도의 뜨거운 태양 속에 잠긴 바그다드, 백 개의 문이 있는 바빌로니아가 보였다. 그리고 종이 가장자리에는 거대한 돌 사자상과 함께 페르세폴리스†가 있었다.

단테는 경이로움으로 가득한 눈을 들었다. 무슨 말이라도 하려고 했지만, 그 전에 원로원 의원이 다시 말을 이었다.

"그렇습니다, 메세르 알리기에리. 프톨레마이오스††의 위대한 지도입니다. 알렉산드리아의 지리학자들이 작성한 것이지요. 그러나 내 집의 보물을 자랑하기 위해 당신께 보여 드린 것은 아닙니다. 몽골인의 제안을 확실하게 보여 드리기 위해서랍니

---

† 고대 페르시아 아케메네스 왕조의 수도.
†† 알렉산드리아에서 활동한 고대 그리스의 천문학자, 지리학자, 수학자.

다."

그러면서 그는 동양인을 가리키며 말했다.

"가잔칸은 아라비아의 침입으로부터 자신의 영토를 지키기 위해 페르시아 국경선에서 전투를 하고 있습니다. 그는 페르세폴리스 유적지 주변에 강력한 군대를 배치했답니다. 그리고 이곳의 거사에 참여하기 위해 북부 러시아 스텝지대에서 내려오는 황금 부대를 그 군대에 병합시키고 있습니다."

유프라테스강의 흐름을 표시하는, 푸르스름한 가는 선을 손가락으로 가리키며 칸스바르가 말했다.

"그분은 서양의 프랑크 민족에게 예루살렘에서 터키를 공격할 준비를 미리 하자고 제안하셨습니다. 또, 지금 이 순간 그분의 다른 밀사들이 콘스탄티노플에 있습니다. 보스포루스 해협을 넘어 북쪽에서 그분이 남하하는 것을 동로마 황제와 협상하기 위해서입니다."

칸스바르는 앞으로 행동으로 옮길 전선을 지도에서 짚어가고 있었다.

"세 방향에서 두 번 정도 공격해 들어가면, 터키군의 세력이 약해질 겁니다. 그리고 그 광적인 탐욕은 영원히 분쇄될 것입니다. 그리하여 세계의 4분의 1이 평화를 찾을 겁니다."

"메세르 알리기에리, 당신께 온 큰 기회를 아시겠습니까? 결국은 십자군입니다. 예루살렘을 재탈환하자는 단순한 전망에서

---

† 1189~1199년 재위. 필리프 2세와 신성로마 황제 프리드리히 1세와 제휴하여 제3회 십자군을 편성, 출정하여 용맹을 떨쳤으나 막대한 전비의 지출로 국민들에게 무거운 세금을 징수하였고 정치에 무능하였다.

나온 단순한 군대 파견이 아닙니다. 이미 왕과 황제들이 이 일을 시도한 바 있습니다. 영국의 위대한 리처드 1세[†]와 슈반벤의 페데리코 2세[††]께서 영웅심을 발휘하였으나 정해진 목표에 도달하지는 못했습니다. 분열된 그들의 힘이 너무 미약했기 때문입니다. 하지만 지금은……."

"지금 프랑스 왕이 보니파키우스 교황님께 군대를 허락할 용의가 있을지 모르겠군요."

단테가 그의 말을 가로막았다.

"물론입니다. 한치 앞도 못 보는 탐욕스러운, 미남왕 필립 4세[#]는 처음에는 거절하겠지요. 하지만 스파이를 통해 위대한 군대가 파견되었다는 소식을 들으면, 전장에서 나리꽃 문장을 새긴 무기들이 십자군에 힘을 합치는 걸 보게 될 것입니다. 그리고 영국의 사자와 제국의 검은 독수리도 가담할 겁니다. 그러나 이번 거사를 앞서서 지휘할 나라는 바로 로마입니다. 이제 운명과 정의가 그 일을 로마에 맡길 것입니다. 로마에서 십자군이 떠나 캄피돌리오 광장으로 돌아오면 승리를 거둔 대장에게 월계관을 수여할 겁니다. 마차와 말을 타고 오신 영광의 하느님께서 로마의 언덕을 환히 밝히실 겁니다."

단테는 거사가 진행될 장소를 유의하며 계속 지도를 보았다. 그리고 원로원 의원을 쳐다보았다.

---

†† 슈타우펜 왕조의 독일 황제 겸 시칠리아 국왕.《멜피 법전》을 편찬하고, 나폴리대학교를 창설. 이탈리아어로 써진 최초의 시 '시칠리아 시파'를 주재하여 그의 궁정은 한때 유럽 시詩의 중심이 되었다.
# 프랑스카페 왕조의 제11대 왕.

"보니파키우스께서 새로운 십자군을 구상 중이라는 소문이
피렌체에서도 들리던데, 그럼 그게 사실이었군요."

단테는 불현듯 눈살을 찌푸렸다.

"지금까지 교황께서는 로마냐 지방에 울분을 쏟아내고, 라치
오 지방을 황폐화시키고, 토스카나 지방에 대해 음모를 꾸미는
줄만 알았습니다. 그런데 이제는 모든 기독교 영토를, 당신께서
말씀하시는 먼 곳의 영토를 목표로 삼고 계시군요."

원로원 의원이 어깨를 으쓱 했다.

"진정 위대한 거사에 비하면 아무것도 아닙니다. 황제들이 다
스렸던 시대에도 로마는 백성들의 응석을 받아 주지 않았습니
다. 원형경기장의 챔피언도 도약을 하기 전에 온 힘을 다 모아
야 하고, 그가 발을 내딛는 땅이 함몰되지 않을 만큼 단단한지
확인해야 합니다. 성 베드로의 유산을 합리적으로 존중하는 것
이 보다 원대한 계획을 실행할 때 꼭 필요한 선행 조건입니다."

그가 말했다.

"수천 명의 사람들이 필요할 텐데……."

"배가 돛을 올리면 로마 백성은 저마다 달려와 입대할 겁니
다."

의원이 감개무량한 어조로 소리쳤다.

"그러나 백성들은 당신이 준비하는 원대한 계획을 알지도 못
할 겁니다. 도시는 폭력과 무지에 빠져 있습니다."

단테가 반박했다.

원로원 의원의 입 언저리가 희미한 미소로 살짝 일그러졌다.

"그 따분한 자들과 더불어 제국이 건설될 겁니다. 카르타고

에 대항하여 자마에서 전투를 한 병사들은 아카데미 출신이 아니었습니다. 두고 보십시오, 메세르 알리기에리. 그들이 고귀한 임무를 완수하는지 못하는지!"

"그러나 이 계획은 막대한 자금을 필요로 할 겁니다."

단테는 여전히 반박했다.

"수백 척의 군함을 무장하고, 기사들에게 줄 보상금과 보병에게 줄 돈이 필요합니다. 군수물자를 운반하기 위한 전차, 막사와 무기, 말과 물건을 운반할 당나귀가 있어야 하지요. 통행료와 군대가 지나는 영토의 백성들을 위한 경비 등…… 거대한 왕국의 국고도 이 모든 것을 다 충당할 수는 없을 겁니다."

원로원 의원은 칸스바르와 재빨리 시선을 교환했다.

"막 끝난 희년禧年을 잊지 마십시오. 로마에 물밀듯이 들어온 관대한 순례자들이 제국의 네 모퉁이에서 가져온 금화로 왕국의 국고를 가득 채워 주었습니다. 종교 사업에 필요한 돈을 일부 꺼낸 뒤에 나머지는 산타젤로 성의 금고에 넣어 지키고 있습니다. 이 고귀한 목적을 위해 전액을 쓸 수 있도록 준비했지요. 하지만 메세르 알리기에리, 섭리의 바람이 우리를 위해 분다면, 돈은 절대 부족하지 않을 겁니다."

옳거니, 조토가 말하던 돈이 여기로 들어갔구나. 단테는 친구의 말을 떠올렸다. 그는 수천 가지의 질문을 생각하느라 잠시 머뭇거렸다.

원로원 의원은 단테를 주의 깊게 관찰했다. 마치 그의 주름진 얼굴에 담긴 생각을 읽어내기라도 하겠다는 듯이.

"거사와 관련하여 또 무슨 의혹이 있습니까?"

단테는 입술을 깨물었다.

"초기 십자군 기사를 지탱하던 힘은 정복욕만은 아니었습니다. 이교도들에 대한 분노나 성지를 해방하고픈 바람도 아니었습니다. 그들을 움직였던 것은 심오한 신앙이었습니다. 그것이 바로 승리를 보장하는 양식이었습니다. 당신네 동맹군이 지지해야 하는 신은 어떤 신이지요?"

칸스바르는 얼굴 가득 미소를 지었다.

"몽골은 바람의 신과 물의 신을 경배합니다. 그러나 백성들의 믿음에 신경 쓰지는 않습니다. 저는 고향의 많은 사람들처럼 조로아스터의 말씀에 마음을 열었습니다. 그 말씀을 믿고 의지합니다. 그리고 시간의 끝에서 존재의 무게로부터 우리를 해방시켜 주기를 빛의 신께 기도합니다. "

"칸스바르는 강력한 아후라마즈다†를 숭배합니다. 천 년 전부터 그곳 사람들을 지켜 준 신이지요."

"마치 그것이 삼위일체의 본질인 것처럼 말씀하시는군요."

단테는 우울하게 말했다.

"그러나 세상과 육신이 어둠의 창조물이라고 믿는 조로아스터교는 수많은 신비주의 이단 및 보고밀파††와 같은 종류입니다! 어떻게 보니파키우스 교황께서는 몇 년 전 프로방스에서 가장 끔찍하게 소멸된 교의를 믿는 자와 손을 잡을 수가 있습니까?"

---

† 조로아스터 교에 나오는 최고의 신.
†† 10~15세기에 발칸반도에서 융성했던 이원론적인 종파.

갑자기 현관 쪽에서 인기척이 나자 단테는 무슨 일인지 궁금했다. 원로원 의원의 식솔들이 달려가 문을 활짝 열었다. 그리고 전속력으로 달려 들어와 뜰 중앙에서 고삐를 세게 잡아당겨 말을 멈춘 기사 주위로 몰려들었다.

하인이 말의 재갈을 붙잡아 여전히 달리려는 말을 멈추려고 애를 썼으나, 기사는 기사대로 계속 박차를 가하여 말을 흥분시켰다. 그들이 있는 곳까지 기사의 웃음소리가 들리는 걸로 보아 그가 그 위험한 놀이를 얼마나 즐기고 있는지 알 법했다. 재수가 없으면 말발굽 아래로 고꾸라질 수도 있었다. 마침내 기사는 충분히 자신의 용맹을 과시했다고 생각했는지 능숙하게 몸을 돌려 안장 아래로 뛰어내리더니 그들을 향해 달려왔다.

또 다시 유쾌하게 웃으면서 원로원 의원의 품으로 달려드는 그를 단테는 보았다. 포옹을 푼 그는 다른 두 사람을 향해 몸을 돌렸다. 그제야 그들의 존재를 깨달은 것처럼 말이다. 갈색으로 그을린, 방금 말에서 내린 터라 아직도 상기된 얼굴이었다. 여행용 두건에 덮인 이마에는 작은 땀방울이 구슬처럼 맺혀 있었다. 두건은 그의 볼을 가리고 턱 아래에서 매듭을 짓게 되어 있었다. 가늘게 활처럼 구부러진 눈썹 아래 새카만 두 개의 웅덩이 같은 눈이 호기심을 담아 손님들을 쳐다보았다.

"아버지, 손님이 계시군요."

그는 균형 잡힌 목소리로 말했다. 사냥복에 안감을 털로 채운 몸에 꼭 맞는 조끼를 입었는데, 넓은 벨트를 하고 있어서인지 가는 허리가 더욱 강조되었다. 길고 날씬한 다리에는 역시 가죽으로 만든 바지를 입었고 특이하게도 끝이 뾰족한 무거운 장화를 신고 있었다. 그는 귀를 잡아 들고 있던, 피 묻은 토끼 두 마리를 아무렇지도 않게 돌 의자 위로 던진 다음, 어깨에 차고 있던 짧은 활을 빼냈다. 활을 빼다가 머리를 묶은 두건 안으로 줄이 휘말려 들어가는 바람에 두건이 옆으로 밀려 떨어졌다.

보라색으로 보일 정도로 새카만 머리칼이 그의 어깨와 목 주위로 흘러내렸다. 땀 때문에 윤기가 도는 머리칼이 한데 얽힌 뱀처럼 나선형으로 엉켜 있었다. 마치 살아 있는 듯한 머리칼을 힘차게 흔들며 낭랑한 목소리로 소리내어 웃었다. 그러자 새하얀 이가 가지런히 드러났다.

"여러분께 제 딸 피암마를 소개하겠습니다."

원로원 의원이 소녀의 손을 잡고 두 남자에게 데려오면서 말했다.

단테는 동양인을 힐끗 보았다. 그도 자기처럼 놀란 것인지 보기 위해서였다. 그리고 동양인을 재빨리 살펴본 뒤 궁금한 표정으로 자기 앞에 서 있는 아가씨를 쳐다보았다. 얼굴을 상당 부분 가리고 있던 모자를 벗자 청년인 줄 알았던 아가씨의 얼굴이 실체를 드러냈다. 갓 스무 살을 넘긴 여인의 한창 피어오르는 얼굴이었다. 검은 눈과 머리카락이 얼굴 아래의 크고 도톰한 붉은 입술과 조화를 이루었다. 굳게 다문 아랫입술 밑의 보조개 덕분에 두드러져 보이는 둥근 턱 선은 그녀를 만든 신의 마지막 손길이 남긴 흔적이었다. 단테는 그렇게 생각했다.

그녀는 계속 단테를 응시하면서 조끼를 잠갔던 목 주위의 끈을 풀기 시작했다. 남자의 옷 속에 가두어 두었던 부드러운 가슴이 답답하게 조인 상태에서 빨리 풀려나기를 바라는 듯했다.

부친의 손님들이 공손하게 절을 하며 보내는 경의를 그녀는 꼿꼿이 서서 받았다. 그리고 그들에게 오른손을 내밀었다. 특별히 누구에게 내민 것은 아니었지만 단테는 자신에게 내민 것이라 생각했다. 순간적으로 그는 그 손을 잡고 입을 맞추고 싶은 유혹을 느꼈지만 무례한 행동이 될지도 몰라 자제했다. 결국 그는 로마의 풍습을 잘 알지 못했던 것이다. 피렌체에서는 결혼한 여자만 거리낌 없이 성인 남자를 대할 수 있었다. 반면 젊은 처녀는 머리에 신분을 표시하는 두건을 두른 채 남자들의 시선을 멀리해야 했다. 그리고 저런 옷을 입고 남자 앞에 나서면 절대 안 되었다. 단테는 꼭 끼는 가죽 승마바지 속의 단단하고 풍만한 다리의 각선미를 무의식적으로 쳐다보았다가 다시 짧은 조끼 가장자리가 간신히 덮고 있는 허리를 보았다. 겉모습에 속아 그의 지성이 빠져 있던 함정에서 벗어난 지금에야 어떻게 첫눈에 여자임을 못 알아보았는지 이해할 수가 없었다. 여성적인 특징이 이렇게 뚜렷하고 매혹적인데 말이다.

단테는 얼굴이 화끈 달아오르는 것을 느끼며, 서둘러 시선을 거두고 얼른 그녀의 얼굴을 다시 보았다. 새까만 그녀의 눈동자에서 조롱의 빛을 본 듯했다. 그녀는 상대의 생각을 간파한 상태에서 놀라기보다는 오히려 즐기는 듯했다.

"용서하십시오."

그녀는 뒤로 한 걸음 물러나더니 반쯤 열린 문으로 향했다. 회랑으로 통하는 문이었다.

"제 신분에 어울리는 옷으로 갈아입고 오겠습니다. 아버님께서 여러분과 함께 있을 수 있는 기쁨을 허락해 주신다면 말입니

다."

그녀는 활과 화살통을 집어 들고 재빨리 문을 통과하여 이내 사라졌다. 원로원 의원은 사랑과 질책이 담긴 눈빛으로 그녀의 행동을 지켜보았다.

"변덕이 심하고 고집이 센 어린애랍니다. 허황된 꿈을 자주 꾸지요."

그는 부드럽게 말했다.

"그렇다면 당신은 매우 현명하여 겉모습을 꿰뚫을 수 있을 정도로 시각이 날카로운 겁니다. 당신보다 조야한 제 눈은 오로지 경이로운 아름다움만을 본답니다. 어떤 남자라도 사랑에 빠지겠더군요."

단테가 작은 소리로 말했다.

원로원 의원은 깊은 한숨을 내쉬었다.

"눈에 넣어도 안 아픈 자식입니다."

그는 더 이상 자부심을 감추지 못하고 그렇게 말했다.

"참, 이리 오시지요. 딸아이가 다시 돌아올 동안 여러분께 드릴 말씀이 아직 더 있습니다. 전혀 다른 종교를 믿는 백성들이 제가 말씀드린 거사를 어떻게 행할 수 있느냐고 물으셨지요."

그녀에 대한 생각에 빠져 있던 단테는 상념을 깨고 다시 페르시아인을 쳐다보았다.

"메세르 칸스바르, 당신은 당신의 종교에 대해 말씀하셨습니다. 저는 콘스탄티노플 동쪽의 모든 지역은 이제 종파분리론자인 마호메트의 종교를 신봉하는 줄 알았습니다."

페르시아인은 단호히 고개를 흔들었다.

"그들의 군대가 메소포타미아에 이슬람교를 가져왔습니다. 철과 불로써 그것을 강요했지요. 그러나 바스라해海 너머에서 공격을 멈췄습니다. 칸께서 페르시아를 다스리고 있기 때문이죠. 그래서 바빌론은 침략자와 예언자에 대항할 준비를 하고 있으며 그분의 깃발의 비호 하에 제 종교가 번성하고 있습니다."

"그러나 십자군도 당신들의 신념과 정반대의 길을 갑니다. 그렇데 어떻게……."

단테는 등 뒤로 들리는 가벼운 발자국 소리에 마음이 빼앗겨 갑자기 하던 말을 중단했다. 방으로 들어온 피암마를 보자 단테는 더 많이 눈을 깜박였다. 그녀는 승마복을 벗고 가장자리에 진홍색 자수를 놓은 흰색 튜닉을 입었으며 월계수 잎을 꼬아서 만든 화관 모양의 금색 벨트로 허리를 꼭 조이고 있었다. 머리에 쓴 가벼운 비단 보닛이 부드러운 턱 선을 귀엽게 둘러쌌고, 목에는 우아함과 더불어 강인함을 강조하는 띠를 두르고 있었다. 탑처럼 생긴 옷깃이 머리를 당당하게 받치고 있었다. 그녀는 진하고 검은 눈동자를 이리저리 돌리며 그들을 바라보았다. 머리칼 또한 이제는 정열적으로 말을 타고 달리느라 헝클어진 상태가 아니라 한 가닥으로 가지런히 땋아 금색 망으로 묶었다. 망에서 풀려나온 몇 가닥의 올이 우아하게 어깨 위로 흘러내려 머리를 움직일 때마다 빛이 났다.

그녀는 그곳에 있는 사람들이 자신의 등장에 모두 감탄하고 있다는 것을 알고 있었다.

"손님들의 원기를 돋울 음식을 준비하라고 명했어요, 아버지."

　그녀는 원로원 의원을 돌아보며 말했다. 그리고 손뼉을 치자 하인 몇 명이 커다란 청동 접시를 들고 들어왔다. 하인들은 접시를 방 중앙에 있는 낮은 탁자에 조용히 올려놓았다. 다른 하인들이 모두 나가고 난 뒤에도 커다란 항아리를 들고 있던 하인만은 뒤에 서 있었는데, 포도주를 따르기 위해서였다.

　피암마는 트리클리니움[†]에 자리를 잡고 우아하게 앉았다. 아버지도 그녀를 따라 앉더니 손님들도 같이 하자며 손짓으로 불렀다.

　단테는 더욱 멍한 표정으로 그녀의 행동을 계속 관찰했다. 피암마는 피렌체에서라면 결혼한 귀부인들만이 취할 수 있을 태도를 취했다. 그녀는 남자들을 기다리지도 않고 먼저 자리에 앉았는데 예절을 생각한다면 상상할 수도 없는 일이었다. 그녀는 마치 안주인처럼 보였다. 그녀를 계속 쓰다듬듯이 쳐다보고 있는 원로원 의원의 인자한 시선이 그런 느낌이 틀리지 않음을 증명하고 있었다.

　그녀는 하인에게 앞에 놓인 잔에 포도주를 따르라고 명했다. 그리고 기다리지도 않은 채 잔을 들고 입술로 가져갔다. 그녀는 길게 한 모금 마신 다음 환하게 미소를 지은 후 혀끝으로 입술을 핥았다.

　단테는 매혹된 눈으로 계속 그녀를 응시했다. 그렇듯 천진한 행동이 예상외로 사랑스러웠다. 어른스러운 몸에 소녀의 간사한 마음을 숨긴 듯했으며 언제라도 장난을 치고 사람을 놀려댈

[†] 의자가 3면에 달린 식탁.

것만 같았다. 하지만 그런 느낌과는 사뭇 대조적으로 수년 전 피렌체에서 너무나도 친절하고 정직한 듯 보였던 베아트리체에게 바친 시가 떠올랐다. 그는 피암마가 친절함을 표상한다고 말할 생각은 없었다. 고대의 덕과 관련된 예절을 표상한다고도 말하기 어려웠다. 시대와 관습이 타락하여 세상 또한 타락하기 전까지는 말이다.

그런데 왜 그녀에게서 사랑에 빠진 듯한 미묘한 매력을 느끼는 것일까. 단테는 당황스러운 심정으로 그 느낌을 떨쳐 버리면서 몰래 원로원 의원을 보았다. 자신의 얼굴을 보고 그 감정을 읽어 낼까 봐 두려웠던 것이다. 그러나 그는 계속 딸을 응시할 뿐 주위에서 일어나는 일에는 관심을 두지 않았다.

그녀의 이목구비에는 뭔가 익숙한 것이 있었다. 그의 기억을 깨우는 어떤 것이었다. 별안간 그는 그것이 무엇인지 깨달았다. 훌쩍 큰 키에 두 팔을 무릎 앞이 아닌 옆구리에 가지런히 늘어뜨린 모습, 그리고 그 목소리는 언젠가 그가 들었던 가면 속의 목소리와 똑같았다. 베르길리우스에 대한 망상을 품게 만들어 그를 로마로 이끌었던 바로 그 여인 말이다.

"멀리서 오신 손님이신가 봐요, 아버지."

피암마는 칸스바르의 이국적인 의상을 스스럼없이 가리키며 말했다.

"드디어 이국땅의 이야기를 들을 수 있겠네요. 메세르, 무엇이든 보거나 들은 얘기가 있으면 해보세요. 미지의 땅에 대한 재미난 이야기와 신비로운 동물들에 관해 이야기 말이에요."

페르시아인은 당황해서 목소리를 가다듬었다.

"여행에서 겪은 모험에 대한 이야기를 해 드릴 수도 있겠지요. 하지만 그 이야기가 아가씨의 연약한 귀에 적당하지 않을까 두렵습니다. 모래사막을 파서 만든 길은 소설에서 상상하는 것보다 훨씬 비참합니다. 허나 이야기로 향연의 흥을 돋우고 싶다면, 제 고향의 위대한 항해사의 모험을 이야기하겠습니다. 구세주이신 위대한 칼리프 하룬이 통치하던 시절에 살았던 전설적인 사내입니다. 사내의 이름은 신드바드였습니다. 그는 인도양을 일곱 번 항해했고, 또 일곱 번 바다에서 돌아왔습니다. 가장 가난하면서도 가장 부자였고, 가장 젊으면서도 가장 늙은 사람이었습니다. 가장 현명하면서도 가장 무지했습니다."

"이야기를 수수께끼처럼 말씀하시기로 하셨나요, 칸스바르 선생님?"

"그냥 말씀하시게 하세요, 아버지."

피암마가 작은 손으로 조용히 하라는 시늉을 하며 끼어들었다.

"위대한 아리스토텔레스께서는 사물은 존재하기도 하고 존재하지 않기도 한다고 하셨습니다. 먼 동양에 사는 사람들의 마음은 중간의 상태를 알고 있나 봐요. 그러니 우리 서양의 지적 원칙은 그곳에서는 가치가 없을 거예요."

"몇 권 안 되는 책에 그가 마지막으로 한 여행의 이야기가 기록되어 있습니다."

페르시아인은 고개를 숙여 그녀의 관찰력에 경의를 보낸 뒤, 말을 이었다.

"그 여행에서 그는 고향으로 돌아오지 않았습니다."

"도중에 사망했나요?"

페르시아인은 고개를 흔들었다.

"여행을 할 때마다 그는 늘 권태에 시달렸습니다. 그는 고향의 집안일에는 전혀 가치를 두지 않았습니다. 그와 함께 살았던 여섯 명의 여인도 마찬가지였습니다. 그래서 그는 또 다시 바스라에 갔습니다. 그곳에서 배 한 척을 무장하여, 우리가 적도라 칭하는 대권大圈을 넘어 남쪽 바다로 항해를 떠났습니다. 며칠 동안이나 파도와 맞선 그는 난생 처음 보는 별이 떴던 밤에 거대한 아프리카 해안을 따라 가다가 두 대양의 경계선을 의미하는 절벽까지 갔습니다. 그곳에서 그는 자유롭게 떠다니는 빙도冰島와 태초부터 그곳에서 헤엄을 치던 큰 물고기를 보았습니다. 해안에서 낯선 백성들의 흔적과 경이로운 동물들을 보기도 했습니다. 초조해진 그는 키를 서쪽으로 돌렸을 때 마침내 파도가 치는 가운데 외롭게 떠 있는 섬을 보았습니다."

"서쪽 대양 한가운데에 섬이 있다고요?"

피암마는 호기심을 담아 더 물었다.

"네. 멀리 보이던 그 섬은 다채로운 깃털의 새들이 감미롭게 노래하는 울창한 숲과 물로 빛나고 있었습니다. 그곳에 닻을 던진 다음 부하들에게 배를 지키라고 한 신드바드는 혼자 상륙했습니다. 그는 숲으로 들어가 걷다가 행복한 사람들을 만납니다. 그들은 모르는 언어로 말하면서 그를 식당으로 데려갔습니다. 여독을 풀어 주기 위해서였지요. 그는 우유와 꿀을 마시면서 그곳이야말로 축복 받은 섬이라는 걸 알았습니다. 인생의 폭풍우와 고통이 영원히 진정되는 곳이었고, 인류의 위대한 정신이 죽은 뒤에 쉴 수 있는 곳이었습니다. 요염한 소녀가 그에게 세상 만사를 잊도록 로터스 열매†를 주었습니다. 그러자 평생 그를 따라다녔던 불안한 모든 그림자가 마치 마법처럼 사라졌습니다.”

페르시아인은 그 마지막 말로 이야기를 끝냈다. 단테는 이야기가 계속되기를 잠시 기다렸지만, 칸스바르는 말없이 그들을 응시할 뿐이었다. 그들의 반응을 기다리는 듯했다. 단테가 나중에 무슨 일이 생겼는지 물어보기 위해 막 입을 열려는데 피암마의 낭랑한 목소리가 먼저 선수를 쳤다.

“그래서요? 어떻게 됐죠?”

“섬을 통치하는 왕이 보물이 든 방을 열어 마음껏 보물을 가지라고 했습니다. 신드바드는 한 번도 꿈꿔 본 적도 없는 엄청난 보물을 가지고 바그다드로 갔습니다.”

“그래서요? 그 다음에는요?”

그녀는 어린애처럼 기뻐서 손뼉을 치며 소리쳤다.

“그는 욕망에서 벗어나 존재의 완벽함에 도달했습니다. 그는 황금과 자식에게 둘러싸여 행복하게 살았습니다. 그게 끝입니다.”

“알리기에리 님, 어떻게 생각하십니까? 우리 서양인들도 경탄할 만한 옛 영웅의 모습 아닙니까?”

원로원 의원이 말했다.

“자신을 둘러싼 땅을 알고 싶은 그의 고집은 자신의 국경선

---

† 먹으면 이 세상의 괴로움을 잊고 즐거운 꿈을 꾼다고 생각되었던 상상의 식물.

을 찾아 전 세계를 돌아다닌 알렉산드로스 대왕 못지않군요. 세상을 모두 자신들 손아귀에 넣기 위해 무기를 들고 돌아다니던 고대 로마인들 못지 않아요."

단테는 입을 꼭 다물고 손을 모아 턱을 괸 채 이야기를 다시 생각했다. 그러다 주인의 노골적인 질문에 정신을 차렸다.

"그 경이로운 사건에 대해 듣는 동안 그리스의 영웅인, 가혹한 이타카의 율리시즈를 생각하고 있었습니다. 먼 옛날 그분의 무훈에 대한 이야기가 대사님의 고향에까지 퍼졌던 것은 아닐까 하고 생각했지요."

"그렇습니다, 메세르 알리기에리."

피암마가 그의 말을 가로막았다.

"저도 들으면서 똑같은 생각을 하지 않을 수가 없었습니다. 바다가 있는 모든 나라의 국민은 똑같은 영웅을 알고 있나 봐요."

"아니면 모든 국민이 동일한 꿈을 꿀 수도 있지."

원로원 의원이 또 다시 말했다.

"성경에서도 요나를 집어삼킨 큰 물고기 얘기가 나오지요."

"어쩌면 그 남자가 만났던 물고기였을지도 몰라요!"

피암마는 단테를 놀라게 했던 그 유쾌한 어조로 소리쳤다. 순간 단테는, 그녀가 될 수 있는 한 가장 순수한 모습을 보이며 모두를 조롱하려는 게 아닐까 하는 의구심이 들었다.

"그러니 이 세상 국민들의 모든 이야기는 다 똑같지 않습니까?"

원로원 의원이 고집을 부렸다.

단테는 머리를 흔들었다.

"그렇지 않습니다. 심오한 차이가 있습니다. 부에 대한 열망 때문에 그는 동양으로 갔습니다. 그리고 모험에 대한 집착은 황금에 대한 지독한 갈망 때문이었지만, 그것은 사내에게 고통을 주었을 뿐이지요. 그의 모든 행동은 탐욕으로 점철되었습니다. 그리고 오직 고리대금업자의 저울 위에서 선과 악을 판단했습니다. 그리스 영웅의 본성과는 아주 다르지요."

"혹시 이건 아십니까, 메세르 알리기에리? 율리시즈도 전리품이 탐나서 트로이로 향했습니다."

"그가 모시는 왕에게 복종하여 그곳에 간 것입니다. 그러나 어떤 기회가 왔을 때 그 명령을 변경할 수도 있었습니다. 특히 그들의 운명은 매우 차이가 납니다. 신드바드는 결국 모든 화려함의 요람이라 할 바그다드에서 자신이 축적한 부를 평화롭게 즐기길 원했습니다. 정신적으로는 한 번도 패배하지 않은 율리시즈는 자신의 초라한 왕궁의 돼지와 개들 사이로 돌아갔다가 결국 바다에서 죽음을 찾았습니다."

"그걸 어떻게 아셨습니까?"

"그런 생각이 들었습니다. 그는 충실한 아내의 믿음과 아들이 없었다면, 부유한 사람도 아니었습니다. 하지만 밤마다 그는 이루지 못한 과업을 맹렬히 열망했습니다. 그가 전설에서 말한 대로 바다에서 멀리 떨어진, 항해술이 뭔지도 모르는 땅에서 죽었다고 저는 생각하지 않습니다. 맞습니다. 율리시즈는 마지막으로 바다에 다시 나가 망자들의 바다 너머에 있는 땅을 향해 간 것입니다."

"그러나 현기증 나는 바다 외에는 아무것도 없었습니다! 위대한 프톨레마이오스도 그의 지도에서 헤라클레스 기둥의 서쪽에는 물만 그려놓았단 말입니다!"

단테는 잠시 주저했다.

"사실이 아닙니다. 바다 너머 매우 높은 산이 나타납니다. 죄를 짓지 않은 우리 조상들의 본거지였습니다. 태초에 큰 모욕을 당하기 전에 그곳에 머물렀습니다. 아직도 죄짓지 않은 사람들이 그곳에 살고 있을 겁니다."

단테는 그렇게 말하면서 의자에서 일어나 신경질적으로 몇 걸음 걸었다.

"당신은 신성을 모독하고 있습니다, 메세르 알리기에리."

원로원 의원은 손가락을 들어 빈정거리는 투로 그를 위협하면서 작게 말했다.

"하지만 다행히 내 집에는 이단심문소 사람은 아무도 없습니다. 죄짓지 않은 사람들이라뇨! 그렇다면 원죄를 짓지 않은 사람들이 있겠군요. 예수님의 희생과 구원이 그들에겐 소용이 없는 건가요?"

사투르니아노는 화가 난 것처럼 말했다. 그러나 단테는 결국 그가 얼마나 자신의 의견에 만족하고 있는지 간파하고 있었다. 그의 딸도 단테의 등에서 눈을 떼지 않았다. 원로원 의원 또한 흥미를 보이는 딸의 시선을 놓치지 않았다.

"제 딸이 당신에게 궁금한 게 많은가 봅니다. 당신과 얘기를 나누고 싶을 겁니다. 그래서 드리는 말씀인데, 칸스바르 씨와 저는 다른 방에 가서 일을 보려고 합니다. 그가 가져온 다른 지도들도 자세히 살펴보고 싶습니다. 특히 곡선을 지도에 투영하는 방식을 보고 싶습니다. 바빌론의 기하학자들이 재발견한 방식이지요."

딸에게 미소를 지으며 그는 동양인 대사와 함께 문으로 향했다.

단테는 피암마와 단둘이 남았다. 그는 계속 자신을 탐색하는 그녀의 눈길을 느꼈다.

"당신은 이상한 사람이에요, 메세르 알리기에리. 제 옆으로 와서 앉으세요."

오랜 침묵 후에 그녀는 그에게 가녀린 손을 뻗으며 말했다.

단테는 그녀가 내미는 손에 몸을 숙여 경건하게 입을 맞추었다. 그리고 당황한 그는 얼른 일어났다. 피렌체 정부의 대표자라면 숙녀로서 마땅히 품위를 보여야 함에도 지나치게 자유로운, 청년기를 갓 넘긴 여자 앞에서 더 위엄 있게 행동해야 했을 것이다.

그러나 그녀에게는 그를 무장해제시키는 뭔가가 있었다.

그녀의 자태를 고스란히 보여주는 얇은 튜닉 아래 새벽별처럼 빛나는 아름다움 때문만은 아니었다. 은밀하고 신비로운 음악을 연주하는 듯 들리는 그녀의 말투 때문이었다. 그러나 무엇보다도 공간을 가로지를 때, 주위의 공기를 흔들면서 마치 그곳에 없는 사람처럼 움직이는 신비스러움 때문이었다. 그렇게 눈부신 여인을 오래 전 고향에서 한번 만난 적이 있는 것 같았다.

"무슨 생각을 하세요, 메세르 알리기에리?"

그녀가 짓궂은 미소를 지으며 갑자기 물었다. 당황하는 그의 모습을 보는 게 흐뭇한 모양이었다. 자기보다 연장자에게 감동을 주었다는 것을 알았을 때, 모든 젊은이들이 그렇듯이 그녀는 오만한 태도를 보였다.

"아닙니다."

단테는 서둘러 대답했다.

"당신을 보니 순간적으로 내가 젊었을 때 알았던 어떤 사람이 떠올랐습니다."

"저와 닮은 사람이요?"

"그게 아니라…… 어쩌면……."

단테는 애매하게 중얼거리듯 말했다. 그녀는 알 수 없다는 듯한 표정을 지으며 그를 계속 응시했다. 그녀는 잠시 아무 말도 하지 않고 있다가 노래하듯 음절의 운율을 맞추면서 입을 뗐다.

내 모든 생각이 사랑을 이야기하네.
그 생각이 어찌나 다양한지
사랑의 힘 말고 다른 무엇을 원하리오
때로는 미친 듯이 사랑의 가치를 추론하고
때로는 사랑을 희망하여 심오한 기쁨을 느끼고
때로는 눈물을 흘리며 두터운 한숨을 내뱉나니
그러다 조용한 연민의 감정과 통할 때면
마음속의 두려움으로 몸을 떠나니.

그녀는 4행시 두 절을 노련한 배우처럼 단숨에 외웠다. 마지막 시구詩句에 이르러서는 점차 목소리가 잦아들었고, 마지막 단어는 한숨으로 마무리했다. 암송하는 내내 시가 전하려는 느낌을 고스란히 감지하고 있었다.

단테는 입을 벌린 채 암송을 듣고 있었다. 듣는 동안 기억이 봇물처럼 밀려들어 마음이 터질 것 같았다. 자신의 시에 이렇듯 찬사를 보내는 그녀에게 고맙다고 말하고 싶었다.

"당신의 여인을 위해 위대한 시를 쓰셨나요, 메세르 알리기에리?"

그녀가 그보다 먼저 말을 했다.

"무슨 말씀이신지……."

"당신의 책에서 암시했던 작품 말이에요."

그녀는 탁자로 손을 뻗어 어떤 작은 책을 고르면서 말했다. 그녀는 『새로운 인생』이라는 책의 표지를 보여 주었다. 그녀는 내용을 잘 알고 있는 듯 필사한 시를 손으로 훑으면서 빠르게 책장을 넘겼다. 이윽고 후반부의 어느 지점에서 멈추었다.

"여기 있네……. '다른 어떤 여인에게도 표현하지 않았던 것을 그녀에게는 말하고 싶도다'. 당신은 당신의 베아트리체에 대해 이밖에 또 어떤 말을 하고 싶었나요?"

"모르겠어요. 그때는 여러 생각이 있었지요. 하지만 세월이 너무 많이 지났어요. 운명은 내가 탄 배를 다른 기슭으로 밀어 넣었답니다."

단테가 대답했다.

"코무네의 운명에 신경 쓰느라 내가 할 일을 못했지요."

그는 애매하게 단정지었다. 그는 자신의 마음을 먼 시절로 데려가는 그런 질문이 몹시 성가셨다. 그가 스스로 거부했던 시절이었으나 회피하면서도 마음 한구석에 걸리곤 했었다.

그녀가 작은 의자에 앉았다. 그녀는 언제라도 다시 펼칠 듯이 책을 계속 들고 있었다.

"이후에는 이렇듯 경이로운 시를 쓰지 않으셨나요?"

"시를 몇 편 쓰긴 했지요. 시시한 것이지요."

"그럴 줄 알았어요. 한 번 파르나소스 산의 샘물을 마셨던 자는 평생 시 쓰기를 그만 둘 수가 없지요. 난 그것을 잘 압니다. 나도 시를 쓰거든요."

"당신이?"

단테가 물었다. 궁금하기도 했지만 한편으로 미심쩍기도 했다. 시는 남자들의 예술이었기 때문이었다. 가끔 귀부인들이 아키텐의 마리아†처럼 시를 지으며 소일하기도 했다. 혹은 고대의 사포††처럼 말이다. 그러나 그들은 특별히 예외적인 경우였다. 시는 감각이 강렬하게 감동을 느꼈을 때 나오는 게 아니라, 상승하려는 욕망에서, 우월감을 느끼고 싶은 마음의 열망에서 나오는 것이다. 우리의 영혼은 하느님의 우월한 세계로 돌아가고 싶어 한다고 말한 사람은 바로 플라톤이었다. 그렇기 때문에 시는 영혼이 그렇게 상승하려고 할 때 필요한 형식인 것이다. 남자에게 변화의 욕망을 불어넣는 여인을 통해서 말이다. 그런데 여성이 그것을 열망하지 않고 사랑을 열망한다면 밑으로 추락하는 불꽃처럼 되고 말 것이다. 그건 정말 바보 같은 짓이다.

"네, 오래 전부터. 제가 쓴 시를 들어 보시겠어요?"

---

† 프랑스 최초 여류 시인.
†† 기원전 610-589년 경 소아시아 레스보스 섬에서 활동하던 서정시인.

그런 생각에 빠져 있던 단테의 귀에 그녀의 목소리가 들어왔다. 그제야 단테는 그늘진 구석에 앉아서 그녀가 매우 강렬하게 자신을 응시하고 있다는 사실을 깨달았다. 그녀의 얼굴이 달라진 듯이, 갑작스레 성숙한 듯이 보였다. 소돔에서 남자들 사이에서 걷고 있던 천사 같다고 단테는 미세하게 몸을 떨면서 생각했다. 이윽고 노래하듯 아름다운 목소리가 그의 귀에 들려왔다.

그녀가 시를 읊기 시작했다. 그녀의 입에서 음절이 박자에 맞추어 나왔다. 단테는 곧 라틴어의 육보격 시와 비슷한 리듬을 인식했다. 오비디우스의 감미로운 관능성을 모방한 그 시는 멀리 있는 사랑과 그 사랑이 돌아오기를 기다리는 고통을 노래하고 있었다. 단테는 난처한 표정으로 시에서 확장되고 있는 주제를 쫓고 있었다. 아들을 향한 여인의 사랑을 노래한 것 같기도 했는데, 이상하게도 그 아들은 남편이 되기도 했다. 단테는 첫눈에 불합리한 듯이, 혹은 괴이한 듯이 보이는 그 시를 정확하게 이해하려고 애쓰면서 귀를 기울였다.

그러나 곧 언어가 바뀌었고, 이제는 프로방스어로 시를 읊고 있었다. 단테는 즉시 새로운 시를 쫓아갔다. 그가 잘 아는 언어였다. 그러나 듣고 있던 시의 내용을 확신하기도 전에 언어가 또 다시 바뀌었다. 리듬이 다시 육보격 시로 되돌아간 듯했지만, 내용은 전혀 이해하지 못했다. 그리하여 의미는 파악하지 못한 채 그냥 그 소리만 듣고 있었다. 언젠가 산타 크로체 성당의 프란체스코 수도회에서 공부할 때 그는 어떤 학생의 말을 들은 적이 있었다. 그리스어를 공부했던 그 학생은 자기가 속한 그룹의 논지를 주장하기 위해 몇 개의 문장을 인용한 적이 있었다.

운율이 이상해서 혼란스럽긴 했지만, 단테는 그리스어를 알고 있는 듯한 그녀에게 더욱 감탄하지 않을 수 없었다. 몸짓을 통해서라도 감탄의 마음을 표현하려고 했는데, 그러기도 전에 다시 시의 언어가 바뀌었다는 것을 알아차렸다.

이번에 여인의 입술에서 샘물처럼 솟아나는 소리는 도저히 분간할 수 없었다. 제국에 속한 여러 나라의 언어도 아니었거니와 피렌체 시장에서 가끔 들어 본 적이 있는 앵글로족의 거친 언어도 아니었다. 시리아의 불충한 이교도들이 말하는 끔찍하고 야만적인 구어도 아니었고 유대인들의 분절된 구어도 아니었다. 어쩌면 태초 인간들이 사용하던 언어와 매우 유사한, 부동의 하늘에 떠 있는 차가운 별처럼 우리와 너무 먼 언어일지도 몰랐다.

단테는 어리둥절한 표정으로 계속 그녀의 목소리를 듣고 있었다. 이해할 수 없는 의미를 조화로운 목소리로 감싸면서 그녀는 꾸밈없이 자신의 시를 계속 암송했다. 불현듯 단테는 천상의 언어가 환생한 것이라고 생각했다. 오만한 바벨탑 때문에 분노한 하느님께서 칼을 내려쳐서 조각조각 파괴하기 전에 있었던 그 언어 같았다.

이제 단테는 시의 내용을 이해할 수 있으리란 바람을 포기했다. 그러나 크게 뜬 그녀의 눈과 그 눈에서 반짝이는 눈물을 보니 시의 주제는 아직도 사랑인 것이 틀림없었다. 무언가 도달할 수 없는 절망에 빠진 사랑이었다.

그러다 마지막 운율을 타던 애끊는 목소리가 갑자기 중단되었다.

"무엇에 대해 암송한 것입니까?"

단테는 당황하여 조용히 물었다.

그녀는 대답하지 않았다. 그늘진 눈빛을 보니 그가 자신의 대답을 제대로 이해할 수 있을지 가늠해 보고 있는 듯했다.

"찬가입니다."

그녀가 마침내 말했다.

"만인의 어머니를 찬양하는 노래입니다."

"성모 마리아를 찬미하는 시입니까?"

"아니에요. 그분은 우주의 어머니이시죠. 모든 영역을 통치하는 여제이시고, 태초의 기원이시며, 정신을 다스리는 여왕이십니다."

피암마는 감동에 겨운 목소리로 대답했다.

"빛나는 창공의 끝과 유익한 바닷바람과 지옥의 황폐한 침묵을 고갯짓으로 통치하시는 분입니다."

단테는 그녀가 암송한 것이 여러 요소가 혼합된 탄원 기도임을 알아차렸다.

"바다의 여왕이라면 세 왕국을 다스렸다는 여왕을 가리키는 건가?"

단테는 당황한 얼굴로 중얼거렸다.

단테는 그녀의 설명을 기다렸다. 그러나 피암마는 갑자기 감정이 고조되어 미친 듯 웃음을 터뜨렸다. 그녀는 단테 뒤의 벽에 있는 뭔가를 쳐다보았다. 그리고 기발한 생각이 난 듯, 벌떡 일어나 필기도구들이 놓여 있는 작은 탁자로 다가갔다. 그녀는 뾰족한 청동 막대기를 들고 돌아왔다.

단테는 어리둥절한 표정으로 그녀의 행동을 주시했다. 그녀는 거의 그를 스칠 듯이 다가오더니 막대기 끝을 그의 얼굴에 위험스럽게 갖다 댔다.

"움직이지 마세요. 가만 있어요!"

그녀가 소리쳤다.

단테는 놀라서 주위를 둘러보았다.

"안 돼요, 머리를 움직이지 말아요."

피암마는 막대기를 든 채 벽으로 갔다. 그리고 뾰족한 날로 벽의 석회층을 파내기 시작했다.

"지금 당신의 그림자를 고정시키고 있는 겁니다."

그녀는 막대기 끝으로 단테의 윤곽을 따라 그리면서 말했다.

"마치 그림자가 벽을 자르는 것 같아요."

신속하게 작업을 마친 피암마는 몇 걸음 떨어지더니 자신이 그려놓은 선을 응시했다. 벽 위에 명확한 남성의 윤곽을 그린, 하얗게 파낸 선이 나타났다. 그녀는 막 그린 얼굴의 선에 대해 생각하는 듯했다.

"나는 이렇게 당신 앞에 있는데 내 그림자가 뭐가 그리 흥미롭지요?"

단테가 물었다.

"플라톤의 동굴처럼 진실한 이데아를 왜곡한 이미지가 더 좋은가 보군요!"

피암마가 단테를 홱 돌아보았다.

"그 이상한 책을 읽었나요? 이상한 언어로 쓰인 그 책을?"

단테는 어찌할 바를 몰라 순간적으로 망설였다.

"아닙니다. 나는 그리스어를 모릅니다. 그러나 다른 책에서 그 내용을 읽었지요."

단테는 애매한 투로 말했다. 그러나 피암마는 그 말을 듣지 못한 것 같았다. 그녀는 다시 막대기 끝으로 기호를 빠르게 그렸다.

"정말 이상한 언어랍니다! 원래 하느님께서 태초의 위대한 인간들과 대화를 하셨던 언어가 바로 유대어라고 우리 신부님들께서는 말씀하시지요. 아마 그럴 겁니다. 하지만 나중에 그 위대한 인간들이 그들끼리 말을 할 때, 자연의 비밀을 통찰할 때, 자신들이 쫓겨난 하늘에 데려다 줄 층계의 계단을 놓을 때 사용했던 언어는 바로 그리스어입니다."

벽에 그려놓은 기다랗게 긁힌 자국을 응시하느라 동작을 멈춘 그녀가 말마저 중단했다. 강인하고 오똑한 콧날, 넓고 고귀한 이마, 또렷한 턱선.

"그건 단지 윤곽입니다. 모호한 그림자일 뿐이지요."

단테가 고집스럽게 말했다.

"그렇지 않아요, 메세르 알리기에리. 당신 신체의 모습은 세월이 조각해 놓은 변화무쌍하고 불확실한 형태랍니다. 물 위에 쓰는 수많은 표현법과 같아요. 그러나 빛과 그림자의 대립을 보여주는 기하학의 본질에서 볼 때, 당신의 영혼을 담고 있는 광범위한 책은 요점으로 축소되고 맙니다. 지금 그린 윤곽은 당신을 내게 보여 줍니다. 변할 수 있는 당신의 능력은 모두 배제한 채 말입니다."

"보통 페르세우스에 대해 말할 때, 그런 말을 하지요. 그는 빛나는 방패로 고르곤을 감시하다가 물리쳤지요. 내 시선이 당신을 얼어붙게 할까 봐 두렵나요? 당신도 그림으로 그린 내 모습만 쳐다보고 있으니 말입니다."

"그것은 두려움이 아니라 당신의 비밀을 꿰뚫어 볼지도 모른다는 걱정 때문입니다."

단테는 순간 입을 다물었다. 잠시 후 그는 고개를 흔들었다.

"내 비밀이라. 누구도 사람의 마음을 그렇게 깊이 들여다 볼 수는 없습니다."

"정말 그렇게 생각하세요?"

피암마가 사악한 미소를 지었다.

"여인이 도달할 수 없을 정도로 깊은 심연을 지닌 남자가 있을까요?"

정말 경솔하게도 스파다 의원이 얼마 전부터 방에 있다는 사실을 그제야 단테는 깨달았다. 그는 꼼짝도 않고 대화를 듣고 있었는데, 그 역시 매우 감동한 표정을 얼굴에 담고 있었다. 그는 호흡을 가다듬기 위해 입을 다물고 있는 딸에게 다가와 축복을 내리는 사람처럼 딸의 머리에 손을 얹었다. 그리고 그는 단테를 쳐다보았다.

"제 딸의 이야기를 들으셨나요, 메세르 알리기에리? 우리가 자리를 비운 사이, 다소 교만한 제 딸이 당신을 귀찮게 하지 않았기를 바랍니다. 젊은 나이인지라 충동적인 구석이 있습니다. 여자 아이에겐 그런 충동이 있기 때문에 쉼없이 이야기할 수 있는 법이죠."

원로원 의원이 말했다.

단테는 피암마를 향해 공손하게 인사를 했고, 그녀는 아버지의 너그러운 말에 미소로 화답했다.

"제 눈으로 보지 않고, 제 귀로 듣지 않았다면, 저도 당신과 같은 의견이었을 겁니다, 의원님. 별들은 하나의 피조물이 창조의 기적을 보여 줄 수 있도록 할 뿐입니다. 허나 자연의 은총과 하느님의 호의가 하나의 피조물 속에 결합되는 경우는 아주 드물지요. 제가 보기에 따님이 이런 경우입니다. 따님에게는 여성의 약점이 보이지 않습니다."

단테는 자신의 칭찬을 듣고 그녀가 어떤 반응을 보이는지 곁눈질하며 말했다. 그러나 그녀가 자신의 말을 듣지도 않은 채 멀리 있는 어떤 것에 관심을 보이는 것 같아 낙담했다.

"그러면 딸아이의 시를 인정해 주시는 겁니까?"

단테는 대답하기 전에 잠시 머뭇거렸다.

"따님께서 제게 들려 준 것은 기독교 전체를 통틀어 알고 있는 사람이 몇 안 됩니다. 어쩌면 아무도 없을 수도 있습니다. 그것은 수많은 언어로 말하는 다언어 담화입니다. 하지만 제 학식이 모자라서 많은 부분을 이해하지 못했습니다. 특히 마지막 부분은 천사들만 이해하는 언어인 것 같았습니다."

원로원 의원은 감사의 표시로 가볍게 목례를 했다.

"마지막 언어는 천사의 언어가 아니라 어떤 언어의 구어와 매우 유사합니다. 바로 콥트어입니다."

"콥트어?"

단테는 당혹한 표정으로 되뇌었다.

"고대 이집트인들이 말하던 언어입니다. 성난 마호메트 교도들이 근절시키기 전까지 나일 강 유역에 잔존했었지요. 몇 년 전 그 땅에서 살아남은 수도승 몇 명이 제 집에서 잠시 머물렀습니다. 비잔틴 제국으로 행진을 계속하기 위해서였지요. 그때 그들의 고대 언어와 대대로 내려온 풍습, 그리고 그들이 지켜온 오래된 지식을 조금 배웠답니다. 그렇게 배운 것을 제 딸에게 가르쳐 주었지요. 최고의 스승이신 당신이 들은 대로 제 딸은 최고의 학생이랍니다."

"따님이 암송한 내용이 무엇입니까?"

단테는 그가 들었던 것에 대한 의심이 풀리지 않아 물었다.

원로원 의원은 설명을 해보라는 의미로 잠시 딸에게 눈길을 주었다. 그러나 딸이 미소만 짓고 있었으므로 그가 말했다.

"오래된 이야기입니다. 아마 태초의 이야기일 겁니다. 그런데 제가 말씀드렸던 것에 대해서는 생각해 보셨습니까? 최종적인 또 다른 십자군 말입니다. 그것에 직접 참여하고 싶은 마음은 들지 않았습니까?"

단테는 단도직입적인 그 질문에 깜짝 놀랐다.

"그렇다면 제 고향 사람들에게 가담을 호소하라는 말씀이신가요? 피렌체 코무네는……."

"당신은 늘 그 도시만 말합니다!"

원로원 의원이 그의 말을 가로막았다.

"당신의 천재성을 발휘할 방법은 다른 곳에도 많습니다. 토스카나 영토를 위해 플로린 금화 한 줌을 모금하는 일 외에도 말입니다!"

단테는 무슨 소리인지 이해하지 못했다. 그는 부녀끼리 재빨리 시선을 교환하는 것을 보았다.

"아버지, 그분의 약속을 받아낼 거예요. 틀림없이, 전부 다요."

피암마가 모호하게 말했다.

"그래. 나도 확신한다."

원로원 의원은 그렇게 나지막이 말하면서 단테를 응시했다.

"그분이 모든 것을 보고 알게 되면 말이다."

"십자군 말씀이십니까?"

단테가 물었다.

"마치 곧 만들어질 듯이 말씀하시는군요. 하지만 곤란한 점은……."

"당신의 생각보다 훨씬 이전부터 준비 작업은 진행되어 왔습니다. 그러나 산 피에트로 성당의 유산분쟁이 조정되어야 교황께서 출발 명령을 내리실 수 있습니다."

"팔레스티나에서 일어났던 일은 예루살렘으로 가는 도중에 벌어진 것입니까?"

"그곳은 기벨린당과 악당들의 소굴이었습니다, 메세르 알리기에리. 콜론나 가문이 방위태세를 갖추어 그곳의 성문까지 지배하였지요. 보니파키우스께서 그곳을 고려한 것은 아주 잘한 일입니다. 불행히도 몇몇 중대한 가문들이 반목을 보인 것은 교황 성하를 전혀 두려워하지 않았기 때문입니다. 하지만 그들의 요새도 공격을 받아 조금씩 굴복하고 있습니다. 그중 가장 강하고 규모가 큰 요새가 남아 있긴 합니다만, 그곳도 곧 굴복할 겁니다. 그러니 당신도 참여하시길 바랍니다, 메세르 알리기에리. 위대한 도시 피렌체가 가장 유명한 시민을 통해 로마가 어떤 교단의 지배를 받는지 알도록 말입니다. 그 시민이야말로 성 안에서 선과 악을 가장 잘 판단할 수 있는 사람이지요."

보니파키우스의 이 종복은 어떤 일에 그를 끌어들이고 싶은 것일까? 선과 악이라니. 단테는 그의 요청을 들으며 계속 외면하고 있었던 어떤 음모의 기색을 본능적으로 예감했다. 단테는 그 계획이 감추고 있는 꾸러미를 풀어놓기를 기대하며 고개를 끄덕였다.

소심한 걸음으로 앞에 나온 한 성직자가 머리가 땅에 닿도록 고개를 숙였다. 보니파키우스는 테베레 강을 향한 평원으로 난 창문을 보면서 옥좌에 앉아 있었다. 오른쪽에는 육중한 산탄젤로 궁의 성벽이 동쪽의 풍경을 가로막고 있었다. 일몰이 멀리 있는 퀴리날레 언덕을 금색으로 물들이고 있었다.

"성하, 이단재판관이 알현을 원합니다."

냉담한 허락의 신호를 보내며 교황은 벌떡 일어났다. 성직자는 신속히 무릎을 굽힌 후 뒤로 물러났다. 잠시 후 도미니크 수도복을 입은 자가 들어왔다.

"그 남자에 대해 무슨 소식을 가져왔소?"

보니파키우스는 이단재판관이 들고 있는 종이 꾸러미를 응시하면서 탐욕스럽게 물었다.

"시를 갖고 있었습니다. 주의를 기울여 시를 숨기고, 이동할 때마다 몸에 지니고 다니는 걸로 보아 그 피렌체 남자가 자기 영혼보다 중요하게 생각하는 것 같습니다."

"시라고?"

교황은 미심쩍은 표정으로 말했다. 교황은 실망한 모양이었다.

"뭔가 다른 게 있는 줄 알았는데……. 피렌체는 나의 의지에 맹렬히 반대하고 있소. 그래서 우리의 계획에 반대하는 음모를 꾸미는 줄 알았지. 이 땅의 왕국들에 대한 우리의 권위를 거부하는 파렴치한 황제의 교리를 주장하기 위해서 말이오. 그런데 시라니! 시인 나부랭이가 우리의 거리를 활보하다니!"

화가 난 교황의 얼굴이 일그러졌다.

"허나 놈은 우리 수중에 들어왔소. 절대 빠져나가지 못하게 해야지!"

이단재판관이 손을 내밀었다.

"정말 시입니다. 하지만 놈은 그의 동료들처럼 멍청이가 아닙니다. 속에 뭔가를 감추고 있습니다."

보니파키우스가 초조하게 그를 응시했다.

"그게 뭔가?"

"아직 못 찾았습니다. 하지만 분명 꿍꿍이속이 있습니다."

교황은 그가 들고 있던 종이를 잡아채서 눈에 가까이 가져갔다.

"이제는 그만 두겠지." 라고 말한 그는 근시인지라 초점을 맞추려고 애쓰면서 시의 처음 몇 줄을 읽어내려갔다.

"그건 복사본일 뿐입니다, 성하. 하룻밤 만에 필사하도록 우리의 필사가들에게 일을 맡겼습니다. 다행히 그자는 우리가 자기 시를 필사했는지 모르고 있습니다. 그는 우리가 그것을 빼냈어도 언제라도 원문을 다시 쓸 수 있을 정도로 기억력이 뛰어난 자입니다. 하지만 우리가 그의 행동을 감시한다는 사실을 모르고 있으니 그가 무슨 생각을 하는지 꿰뚫어 볼 수 있을 겁니다."

"단지 시와 관계된 것이라면 왜 그리 신경을 쓰는 것이오?"

"제 얘기를 들어 보시지요. 하느님의 빛을 환히 받는 지혜로운 성하께서는 제가 근심하는 이유를 아실 수 있을 겁니다. 그 시는 지옥으로의 여행에 관한 이야기입니다."

"저쪽 세상 말이오?"

보니파키우스가 돌연 소리를 질렀다. 성난 몸짓으로 종이를 바닥에 던진 그는 다시 창가로 다가가다가 갑자기 돌아보았다.

"왜 세상 사람들은 미래와 이 땅의 모양, 사물이 존재하는 이유와 의미를 아는 척하는 미친놈들에게 빠지는 것일까? 모든 것을 명하고 이해하는 교회의 넓은 품에 경건하게 의지하지 않고."

그는 소리쳤다. 마치 바티칸 대성당의 지붕 연판鉛板에서 대답을 구하는 듯했다.

"이제는 헛소리로 저승에까지 진출하고 싶은 것인가? 성경에 이미 빛이 환한 하늘의 왕국과 불꽃이 날름거리는 지옥의 동굴이 쓰여 있는데 말이오. 다른 건 알아낼 필요도 없소. 이렇게 밝혀진 것만 보더라도 그 피렌체 사내는 교수형 감이오. 그래서 그의 몸에 그가 타인을 위해 상상하는 불꽃을 새겨 넣어야 하오."

　이단재판관은 인내심을 가지고 몸을 숙여 종이를 주워 모았으며, 다시 순서대로 정리했다. 그리고 처음부터 읽기 시작했다. 여봐란 듯이 계속 등을 돌리고 있던 보니파키우스는 곤혹스러운 표정으로 천천히 몸을 돌렸다. 잠시 창가에 서 있던 그는 옥좌로 돌아와 말없이 털썩 주저앉았다. 그리고 눈을 반쯤 감고 있는 동안 적의 시가 방안의 빈 공간을 가득 채웠다.

　이단재판관은 무미건조한 목소리로 시의 운율을 맞추면서 한 시간 이상 낭독을 했으며, 마침내 마지막 장에 이르렀다.

…그리하여 우리는 더러운 웅덩이와 물기 없는 기슭 사이를
커다란 아치를 그리며 돌면서
진흙을 꾸역꾸역 입에 처넣고 있는 자를 쳐다보았다네.
우리는 마지막으로 탑 아래로 갔다네.

　이단재판관은 읽기를 중단했다. 침묵하는 밤이 마지막 시구의 울림을 오랫동안 집어 삼키고 있는 듯했다. 보니파키우스는 갑자기 눈을 떴다.

　"그 다음은?"

　"시는 여기서 끝납니다, 성하. 매우 광범위한 시의 일부인 것이 틀림없습니다. 로마에서 우리를 둘러싸고 있는 고대인들의 유적처럼 고대인에게 뽑아낸 부스러기와 파편에서 위험해 보이는 뭔가가 드러나고 있습니다."

　"뭐라고? 신앙에 대한 모욕은 별도로 하게. 그자는 그런 일에

능수능란하지만 말이야."

"그보다 잘못된 것이 있습니다. 이렇게 악마에게 하강하는 것은 우리 사이에 악마를 소집하고자 하는 그의 은밀한 욕망을 감추는 가면에 불과합니다!"

보니파키우스는 주먹을 불끈 쥐었다.

"그자의 탁자에 마법책†의 원본이 펼쳐져 있으리라 생각하는 것이오? 여행을 가장하여 무서운 강신降神 의식이라도 치른단 말이오?"

"확실합니다. 그의 안내자가 누군지 아시지 않습니까? 바로 마술사 베르길리우스랍니다. 소생이 그의 손을 잘라야 합니까?"

보니파키우스는 확신이 없는 듯 잠시 주저했다. 그러다 그의 눈이 사악한 빛으로 빛났다.

"아니요. 그냥 내버려 두시오. 그자가 정말로 악마를 불러내는 방법을 안다면, 그 기술이 그렇게 사라지는 건 원하지 않으니 말이오."

당황한 이단재판관은 교황을 올려다보았다. 그러나 교황은 창밖으로 멀리 있는 언덕을 쳐다보고 있었다.

"어떤 상황에서는 마법도 하느님과 교회의 최고의 영광을 추구하겠지."

보니파키우스가 나지막이 말했다.

---

† 마법의 책이라는 뜻으로 대부분 중세 말에서 18세기 초엽까지 저술되었다. 주로 점성술, 천사와 악마의 목록, 마술을 부리는 방법, 약품 제조, 초자연적인 존재에 대한 기원, 부적 제조 등을 다룸.

"특히 나의 도시가 이단의 공격에 흔들리는 지금 말이오. 혼탁한 집회가 은밀한 장소에서 거행되기는 하지만, 악마의 발톱이 바로 내 방까지 침투할 줄이야!"

이단재판관은 고개를 끄덕였다.

"성하, 교황청에서 일하는 몇몇 사람들도 사탄의 말에 귀를 기울이고 있습니다. 아마 원로원 의원들 중에 있을 겁니다. 신분이 아직 밝혀지진 않았지만, 스파다 의원이 빈틈없이 감시하고 있으니 조만간 밝혀낼 겁니다."

"사투르니아노 말이군. 안타깝게도 그런 자가 몇 명 없으니……."

Ⅵ 어둠의 집회

11월 9일, 해질녘

원로원 의원과 해질녘 섬의 탑에서 만나기로 했다. 단테는 베르길리우스의 소중한 글을 여러 번 되읽으면서 약속 시간을 기다렸다. 그는 시를 읽었다. 하지만 그의 눈이 파피루스 위의 빛바랜 글자를 알아보기도 전에 말이 입 밖으로 정확하게 나왔기 때문에 누군가 그 모습을 봤다면 맹인이라고 생각했을 것이다.

위대한 시인의 모든 시구가 대리석 판에 새겨지듯 그의 마음 속에 새겨졌다. 그리하여 단테는 스승이 쓴 똑같은 단어로 생각을 하고 글을 쓸 수도 있을 것 같았다. 하지만 언제나 다음 시구에서 읽기를 중단했다.

그들은 황량한 왕국과 디스[†]의 황폐한 가옥을 지나
외로운 밤 어둠 속을 남몰래 통과했다.

그렇다. 이보다 더 잘 시를 옮겨 놓을 수는 없었다. 그리스도가 이 땅에 와 고통받는 인간들에게 구원의 희망을 심어 주기 전, 고대인들의 지옥은, 황폐하고 텅 빈 왕국과 같은 그런 모습이었다. 황량한 땅에서 죽음은 어떤 의미나 보상도 얻지 못했다. 수많은 망령들이 모인 숲에서 육신을 벗어던진 영혼들은 순수함으로 빛을 내는 것이 아니라 어둠 속에서 우왕좌왕하며 막연한 기대감을 품고 방황하고 있었다.

단테는 시를 내려놓고 허공을 응시했다. 그것이 바로 이교도들의 고통이었다. 생명을 잃은 고통 말이다. 그러나 그의 지옥은 그보다 더욱 끔찍할 것이었다.

악의 형상을 독자들에게 보여 주어야 해! 창조주의 교훈이 망치를 내려치듯 사람들의 마음속에 새겨지길 원한다면 자신을 냉소적인 고문기술자의 영역으로 추락시키는 수밖에 없었다. 그는 다시 페르시아의 대사를 떠올렸다. 그가 만약 모든 극악한 행위에 책임을 질 사악한 신의 존재를 인정했다면, 저승의 기이한 형상에 대한 책임도, 가장 끔찍한 형벌에 대한 책임도 그 신의 어깨에 얹어놓기가 쉬울 터였다. 피렌체에서 아라비아 사람이 쓴 『마호메트의 계시』에서 읽은 불꽃 분수, 불타는 오솔길처럼 말이다.

[†] 디스는 저승의 신 플루토의 다른 이름이다.

단테는 창밖을 보며 어깨를 움츠렸다. 오후 4시가 한참 지난 뒤라 황혼의 그림자가 담벼락 위로 미끄러지고 있었다. 바로 그 무렵 멀리서 종이 울렸고, 이내 다른 종들도 울리기 시작했다. 캄피돌리오 광장의 탑 위, 파타리나 종탑이 소등령을 알리고 있었고 다른 종탑들도 그것에 보조를 맞추었다.

곧 밤이 될 터였고, 그러면 외출할 시간이었다. 원로원 의원이 보여 주겠다고 약속한 심판 장면이란 도대체 어떤 것일까.

체스티오 다리†를 건너 내려간 단테는 섬에 우뚝 솟은 탑에 도착했다. 다리의 탑과 성당 맞은편의 수도원 사이에 있는 비좁은 광장에 무장한 병사들이 떼 지어 몰려 있었다. 작은 피라미드 모양 주변에 무리를 지어 모여 있었다. 광장의 불빛이라고는 희미한 달빛뿐이었지만 맞은편 다리 위에 줄지어 세워진, 황소 한 쌍이 끄는 육중한 수레들 정도는 육안으로 확인할 수 있었다.

병사들이 적어도 백 명은 될 성싶군, 하고 단테는 그 장면을 눈여겨보며 생각했다. 원로원 의원이 말한, 단순한 경찰 업무 때문이라고 하기엔 인원이 너무 많았다. 그들은 모두 행동을 개시하기 전 마지막 준비에 몰두하고 있는 듯했다. 그들은 귓속말로 하달된 명령을 또 다른 무리에게 전달하고 있었고 장교들은 강 저편의 보이지 않는, 어둠 속에 잠긴 팔라티노 언덕 너머의 무언가를 향해 검을 흔들면서 부하들에게 열변을 토하고 있었다. 수도원 앞에 육중하게 솟아 있는 카에타니†† 가문의 탑이 광

---

† 티베리나 섬과 테베레 강 연안을 연결하는 다리.
†† 로마와 교황청에서 주역을 담당하던 라치오 지방의 귀족의 가문.

적인 행동에 사로잡힌 것처럼 보였다. 탑의 틈새로 쉴 새 없이 빛이 새어 나오는 것으로 보아, 상당히 많은 사람들이 횃불을 들고 내부 계단을 오르락내리락 하는 것 같았다.

다리의 난간을 지나자마자 보초 두 명이 가슴 앞으로 창을 교차하며 단테를 막았다. 이어서 무례한 목소리로 멈추라고 명령했다. 아연실색한 단테는 더욱 조여 오는 병사들의 압박 때문에 무슨 말이라도 할 참이었다. 바로 그때 귀에 익은 목소리가 그를 구원해 주었다.

"메세르 알리기에리! 이번 거사를 진행하기 위해 오직 당신만을 기다렸습니다. 저와 함께 명령을 내리시지요."

원로원 의원이 앞에 나타났다. 그는 자신의 예복을 벗어 던지더니 갑옷을 걸쳤다. 무릎까지 내려오는 금속 편물 갑옷 위로 금속 견장을 양 어깨에 붙인 철판 갑옷이었다. 그는 고대식 투구를 겨드랑이에 끼고 있었다. 눈높이에 맞게 좁은 구멍이 뚫린 일종의 견고한 철제 원통 같았다. 그리고 그는 검을 두 손으로 들고 있었다. 교황 군대의 장교가 옆에서 그를 따르고 있었다. 장교 역시 머리끝에서 발끝까지 온통 철로 덮고 있었고, 사방이 막힌 등(燈)을 들고 있었다. 그는 시인의 얼굴을 비추기 위해 등의 작은 문을 들어올렸다. 원로원 의원이 기다렸던 미지의 사람이 누군지 확인하고 싶은 듯했다.

사투르니아노는 거친 몸짓으로 보초병들을 물러나게 한 뒤에, 자신도 램프의 좁은 빛 안으로 들어왔다. 그는 무기를 부하에게 넘기고 단테의 어깨를 잡더니 세게 눌렀다.

"오늘밤 보니파키우스 교황께서 로마의 싸움꾼들을 어떻게 다루는지 보실 겁니다. 당신의 고향 피렌체를 조각조각 찢어내는 당파의 문제를 해결하기 위한 교훈이 될 수도 있습니다."

"로마는 늘 여러 나라 백성들의 스승이었으니 지금도 그렇겠지요."

단테는 냉담한 목소리로 말했다.

한 걸음 정도 뒤에 서 있던 장교가 투구를 벗으며 다가왔다. 단테의 신분 확인이 끝나자 그는 자신의 얼굴을 비추기 위해 램프를 잠깐 들어 올렸다. 단테는 카나파의 왼쪽 얼굴선을 알아보았고, 카나파는 그에 대한 답례로 누런 이를 드러냈는데 그것은 미소를 의미했다.

"원로원 의원님의 말씀에 귀를 기울이게, 피렌체 양반! 세상에 대해 알고자 한다면 당신이 가지고 있는 책보다는 하룻밤 유혈 전투에서 배울 게 더 많을 것이니!"

"그래서 당신은 그 세상을 배우러 가는 겁니까?"

단테는 조롱 투로 말하면서 주변에 정렬해 있는 군대를 좀 더 세심하게 관찰했다. 희미한 달빛 아래에서 보니 질서정연한 군대라기보다는 사납게 날뛰는 살인마들 같았다. 원로원 의원이 그의 생각을 간파한 듯했다. 왜냐하면 차가운 눈빛으로 기병장교의 입을 막은 뒤 온화한 어조로 그에게 이렇게 말했기 때문이다.

"성급한 저희 부하들은 신경 쓰지 마세요, 메세르 알리기에리. 가장 비열한 인간들을 처리하기 위해 부른 이들입니다. 사나운 사람들이니 학자들이 보면 당황할 수도 있습니다. 하지만 이런 일들이 제국을 떠받치고 있습니다. 심판의 칼도 비열한 촌

놈의 낫 못지 않게 날카롭답니다. 독수리의 낮이 지나면 늑대의 밤이 옵니다. 오늘밤이 그런 밤이지요."

"늑대들은 어디로 갑니까?"

"페스트로 죽은 시체의 몸에 난 혹처럼 보니파키우스의 신성한 의지를 반대하는 곳입니다. 고대의 포로로마노 유적지 너머에 있는 프란지파네† 가문의 요새입니다. 콜로세움의 아치 사이에 정착하여 가족과 무기로 방어태세를 갖추었지요. 그들은 합리적인 우리의 권유를 모두 거부했습니다. 난공불락을 자랑하는 그들의 성벽은 작은 요새이며 강하답니다. 우리는 오랫동안 그들과 협상을 했습니다. 보니파키우스의 병사로 구성된 감시군을 그들의 요새 안에 받아 준다면, 그들이 요새를 관리해도 좋다는 약속도 걸었지요. 그들은 교만하게도 그것을 거절했습니다. 콜론나 가문과의 동맹이 자신들을 지켜 주리라 믿고 있습니다. 먼 곳에 있는 그들이 보호해 주리라 철석같이 확신하고 있는 것이죠. 하지만 오늘밤 정의의 처벌을 받게 될 것입니다. 자신들의 무례함 때문에 죽게 될 것입니다. 요새는 로마 원로원에 반환될 것이고, 우리 로마가 얻은 대리석 조각은 다른 도시의 평화를 만드는 깔끔한 모자이크에 다시 보태지게 되겠지요."

"그게 보니파키우스 교황의 평화입니까?"

단테는 빈정거림을 완전히 감추지 못하고 물었다.

"로마의 치안입니다. 과거에 그러했듯이 또 다시 그렇게 될

---

† 로마의 막강한 귀족 가문. 테베레 강이 범람했을 때, 가난한 자들에게 빵을 나누어 준 것을 계기로 그와 같은 가문의 명칭이 생겼다. 파네는 빵이라는 뜻.

겁니다."

단테는 어깨를 움츠렸다. 주위에서 원로원 의원의 병사들이 무기를 모으며 무리 지어 정렬해 있었다. 그동안 종대의 선두 그룹은 난간을 장식한 사면四面의 헤르메스 주상柱像 사이로 줄을 지어 행진했고 이미 파브리초 다리를 건너기 시작한 상태였다. 우차牛車도 움직이기 시작했는데 기사가 채찍을 내리치자 아닌 밤중에 일을 하는 것이 짜증이 난 소들은 기다란 뿔이 달린 머리를 흔들면서 힘을 다해 끌기 시작했다.

단테는 거대한 투석기 두 개와 단단한 떡갈나무 판자 위에 올려놓은, 키가 작고 무거운 파벽차를 알아보았다. 그의 시선을 쫓던 원로원 의원이 말했다.

"말씀드린 것처럼 요새는 수비가 잘 되어 있습니다. 건물의 크기가 광대하여, 산타젤로 성에 필적할 정도랍니다. 다만 산타젤로 성과 달리 그곳에는 누벽이 없습니다. 담이 에워싸고 있긴 하지만 구멍이 아주 많아서 정복할 가능성이 높지요. 파벽차의 머리로 문 하나를 무너뜨린 다음 원형극장 내부로 습격할 것입니다. 일단 안으로 들어가기만 하면 군대가 반역자들을 올바르게 처리할 겁니다. 그리 많지는 않겠지만 문제는 그들과 함께 사는 여자와 아이들입니다."

"요새 안에 여자들과 아이들이 있습니까? 공격하기 전에 그들에게 자비를 베풀지 않으실 겁니까?"

충격을 받은 단테가 물었다.

횃불을 밝힌 가운데 여러 무리가 이동을 시작하여 다리를 건너고 있었다. 단테와 원로원 의원은 마르첼로 극장†의 아케이드 옆 오솔길을 따라 걷고 있는 선두 그룹에 있었다. 극장 건물을 지난 행렬은 우선 캄피돌리오 언덕으로 향했다. 원로원 본거지를 지키고 있는 보초병들의 횃불로 인해 언덕 위는 환했다. 이윽고 길 위에 수직으로 솟은 타르페아 절벽 아래에 다다르자 군대는 캄피돌리오로 이어진 계단을 넘어서 포로로마노로 접어들었다. 아직도 우뚝 솟아 있는 수많은 기둥들이 멀리 얼핏 보였다. 폭풍우가 쓸고 지나간 숲의 잔해 같았다.

좁은 포장도로가 기념비들을 둘로 가르며 더 아래쪽으로 이어졌다. 대부분의 고대 건축물은 누적된 폐허로 전락하고 말았으며 그 가운데 작은 마구간과 오두막이 세워져 있었다. 안에 감금된 짐승들이 이동하는 사람들 때문에 놀라 잠에서 깼는지 갑자기 울어대기 시작했고, 그 소리는 삐걱이며 굴러가는 우차의 바퀴 소리와 군인들의 규칙적인 발소리에 뒤섞였다.

그들은 행진을 계속했다. 한 걸음씩 걸을 때마다 거대한 대리석 묘지 안으로 점점 빠져들고 있었다. 오른쪽에는 팔라티노 언덕이 막고 있었고, 왼쪽에는 천장만으로도 이미 하늘을 가릴 정도인 마센치오 대성당이 여전히 육중하게 서 있었다.

높은 곳에 도착해서 단테는 성벽 너머 비미날레 언덕†† 위로 거대한 모닥불을 보았다. 마치 하늘에서 직접 불타고 있는 것처럼 보였다. 놀라 멈춰 선 그는 입을 쩍 벌리고 믿기 어려운 광경

---

† 콜로세움과 혼동하기 쉬운 이 건축물은 로마시대 축조된 극장 중 현재까지 전해 내려오는 유일한 극장이다. 각 층당 41개의 아치로 장식되어진 2층 건물로서 내부는 약 15,000명을 수용하도록 만들어졌다고 한다.
†† 로마의 일곱 언덕 중의 하나.

을 계속 응시했다. 마치 천사가 그들의 머리 위를 건너서 밤하늘에 광대한 횃불을 밝히러 가는 것 같았다. 별은 그보다 아래에서 희미하게 반짝였다. 그 별빛은 지평선에서 불타고 있는 횃불보다 훨씬 약하게 보였다.

"보십시오, 메세르 알리기에리. 밀리치에 탑에서 공격 신호를 보내고 있습니다!"

단테가 놀라는 모습을 본 원로원 의원이 말했다.

"교황께서 얼마 전 그 탑을 소유하고 있던 안니발디 가문과 협상하여 그것을 얻어냈습니다. 이젠 그 요새가 교황군의 수중에 들어왔으니, 그곳에서 우리에게 힘을 보태기 위한 군대가 올 것입니다. 아니, 그들이 벌써 공격을 감행했습니다. 보십시오!"

단테는 어둠 속으로 시선을 집중했다. 불꽃 아래로 거대한 탑의 검은 형상을 볼 수 있었다. 거대한 정사각형 건물 위로 육중한 두 개의 탑이 있고 그 꼭대기에서 불이 활활 타오르고 있었다. 정말 어마어마한 크기인지라 그 순간 하늘과 땅이 결합한 것 같았다. 그가 책에서 읽은 적이 있는 세계 7대 기적 중 하나인 알렉산드리아의 유명한 등대가 그것과 다르지 않을 듯싶었다. 탑 주위에는 견고한 성벽이 솟아 있었고 성벽의 계단 좌석에서는 불꽃이 탁탁 소리를 내며 계속 튀어 올랐다. 불꽃은 그들의 머리 위를 통과하여 마센치오 공회당†을 지나 다시 떨어졌다.

"요새의 석궁이 콜로세움을 무너뜨리고 있습니다."

---

† 막센티우스 황제가 4세기 초에 짓기 시작하여 콘스탄티누스 1세 때 완공됨.

"그 역사적 기념물을 파괴한답니까?"

"이 나라의 모든 대포를 동원한다 해도 콜로세움은 상처 하나 나지 않을 것입니다, 메세르 알리기에리."

원로원 의원은 손을 크게 저어 부하들의 진군을 계속 재촉하면서 말했다.

"방어하는 자들에게 혼란을 주기 위해 투석기가 불타는 기름 항아리를 아케이드에 던지고 있습니다. 그들이 화재에 신경쓰는 동안 우리는 파벽차를 가지고 밑으로 갈 것입니다. 우리 병사들이 이미 티투스의 아치† 에 잠복해 있고, 우리가 도착하면 발사를 중지하라는 신호를 보낼 것입니다."

그 순간 차례로 운집한 병사들의 물결과 더불어 종대가 멈춰섰다.

단테는 그들을 향해 달려오는 카나파를 보았다.

"저 저주받을 놈들이 사슬로 길을 봉쇄했습니다. 우차가 지나가지 못합니다!"

"그럴 줄 알았다."

원로원 의원이 침착하게 말했다.

"가서 봅시다. 대장장이들은 어디 있나?"

원로원 의원은 종대의 선두를 향해 빠르게 걸어갔고, 그 뒤를 단테가 따라갔다. 두 건물 사이의 병목 구간에 거대한 금속 사슬이 매여 있었다. 건물 너머로 콜로세움의 만곡부가 보였다. 투석기가 그쪽을 향해 맹렬히 돌을 쏟아 붓고 있었다. 불꽃이

---

† 티투스의 문은 도미티아누스 황제가 그의 형 티투스와 아버지가 유대전투에서 거둔 승리를 기념하여 81년에 세운 것이다. 현존하는 로마 개선문 가운데 가장 오래됨.

계속 떨어지면서 여러 개의 아치에 불길이 번졌고 바람 때문에 불꽃은 더 높이 일었다.

단테는 뒤에서 기다란 쇠지렛대를 든 두 사내를 보았다. 그들은 서둘러 철봉을 사슬의 연결 부위에 쑤셔 넣으며 지레질을 했다. 쇠가 서서히 비틀리다가 마침내 고리 하나가 와지끈 소리를 내며 부서졌고 사슬이 땅바닥으로 무너졌다. 마침내 우차가 지나갈 수 있게 되었다.

"이제 전진하라!"

원로원 의원은 고대 줄리아 공회당†의 평지를 가리키며 소리쳤다. 공회당은 마치 테라스처럼 콜로세움과 면해 있었다.

"투석기를 밑에 배치하여 성벽을 공격하기 시작하라."

수행원들이 공격 무기의 방향을 잡는 동안 나머지 종대는 계속 행진하며, 파벽차를 끌고 있는 황소들 뒤로 몰려들었다. 소들을 묶은 끈을 풀고 병사들은 떡갈나무 문으로 봉쇄된 거대한 아치를 향해 계속 전진했다. 위에서 우차의 덮개 위로 굉음을 울리며 쏟아지는 다른 발사체와 돌멩이는 신경도 쓰지 않았다. 선두에 선 카나파는 채찍으로 부하들의 등짝을 내리치면서 고함을 질렀다.

문 근처에 도착한 병사들은 청동 머리가 달린 무거운 몸통을 그물 위에서 흔들기 시작했다. 파벽차가 속력을 내면서 그것의 머리가 점점 문 가까이로 다가가더니 마침내 둔탁한 타격이 문에 가해지고 순간 구조물 전체가 흔들렸다. 두 번째 타격이 곧

---

† 1세기에 세워진 로마 시민의 공회당으로 포로로마노와 인접해 있다.

이어졌고, 우지끈 하는 소리와 함께 문이 부서지면서 봉쇄가 풀렸다.

줄리아 공회당 위에서 보니 잘린 기둥들 사이에 있던 병사들은 조만간 적이 항복하리라 확신하여 적군을 향해 맹렬히 고함을 질러댔다. 원로원 의원이 명령을 내리자 그들은 공회당을 둘러싸고 있는, 축축한 침하沈下 구역으로 거대한 횃불에 의지하여 이동했다.

단테는 전투의 열기에 이끌려 다른 사람들과 함께 이동했다. 그는 습지로 된 경사면을 따라 내려가고 있었다. 발이 푹푹 들어가서 잘못하면 크게 넘어질 수도 있었다. 그는 균형을 잡기 위해 애를 썼다. 나중에는 썩은 물이 무릎까지 올라오는 길에서 십여 명의 병사들에게 둘러싸이게 되었다. 병사들은 무거운 무기를 들고 흙탕물을 튀기면서 파벽차를 향해 몰려들었다. 진흙과 물에 잠긴 기둥 하나가 몇 걸음 떨어진 곳에서 솟아 있었다. 콜로세움의 계단석에서 튀어나온 육중한 돌덩이가 받치고 있는 그 기둥 뒤로 수많은 다른 기둥들이 이어졌다. 고통에 찬 비명 소리가 합창하듯 귓전을 울렸다. 재수 없이 아군의 공격에 당한 병사들의 시체가 흙탕물 속에 곤두박질쳤다.

습지에서 온 몸에 진흙을 뒤집어 쓴 병사 하나가 단테 앞에서 몸을 일으켰다. 그는 삼켰던 진흙을 뱉어내며 간신히 숨을 쉬고 있었다. 그러나 정신을 차리기도 전에 두 번째 돌멩이가 그를 또다시 무너뜨리고 말았다. 단테는 신속히 옆으로 피하면서 다음에 이어질 타격으로부터 몸을 보호하려고 애썼다. 그 사이 오른쪽에서 비명 소리가 울려 퍼졌다.

　단테는 시끄러운 소리가 나는 위쪽으로 시선을 향했다. 첼리오 언덕[†]에서 검을 든 일군의 기사들이 말을 타고 그들을 향해 내려오고 있었다. 두려움이 파도처럼 밀려와 병사들 사이로 퍼졌다. 종대의 대열에서 벗어난 병사들이 갈대밭을 넘어 왼쪽을 향해 뿔뿔이 흩어지면서 습지에서 출구를 찾았다.

　단테도 본능적으로 몸을 피하며 이 습지가 기사들의 장애물이 될 수 있기를 바랐다.

　"흩어지지 말도록 하라!"

　단테는 바로 근처에 있는 병사들에게 소리쳤다. 그리고 비밀 주머니에서 단검을 꺼내 꽉 쥐었다.

　"말이 다가오기를 기다려서 그 밑으로 들어가라! 말의 배에 타격을 가하라!"

　병사들이 사라진 어둠에 대고 단테는 다시 소리쳤다.

　"말 밑에 있으라고, 멍청이들아!"

　그가 혼자 남은 사이 기사들이 갈대밭 가장자리까지 다가와 적군을 찾기 위해 부채꼴 모양으로 흩어졌다. 한 기사가 단호하게 단테 쪽으로 이동하는 걸로 보아 단테를 발견한 모양이었다. 단테는 그를 막기 위해 혹시라도 주변에 남아 있을지도 모를 병사를 절망적으로 찾았지만 아무도 보이지 않았다. 그는 몸이 보이지 않도록 갈대밭 사이에 웅크리고 기다렸다. 말이 직선으로 다가온다면 옆으로 슬쩍 몸을 비켰다가 재빨리 공격할 생각이었다.

[†] 로마의 일곱 언덕 중의 하나.

물에 젖은 옷 때문에 제대로 움직일 수도 없어 두려움은 더욱 커져 갔다. 그런데 등 뒤로 말발굽 소리가 더욱 커지더니 갑자기 말의 몸뚱이가 위로 달려들었다.

단테는 몸을 돌렸지만 머리 위로 돌진하는 번쩍이는 말발굽만을 간신히 알아보았을 뿐이다. 신속하게 허리를 움직여 충돌은 피했지만, 어깨에 통증이 느껴졌다. 날카로운 것이 살갗을 찢어놓았던 것이다. 그는 말의 옆구리를 향해 미끄러지듯 몸을 던져 등자를 움켜잡았다. 그를 쫓던 말 위의 추격자는 공격이 깔끔하게 성공하지 못한 탓에 균형을 잃고 다른 쪽을 향하고 있었다.

채찍을 맞아 흥분한 말은 발굽으로 계속해서 땅을 긁었다. 말을 타고 있던 기사는 말을 강제로 반 바퀴 돌리기 위해 고삐를 잡아당겨야 했다. 그래야 단테를 다시 한 번 공격할 수 있었다. 말은 미친 듯이 울부짖으며 날뛰다가 습지에서 넘어졌고, 그 바람에 진흙탕이 파도처럼 튀어 올랐다. 위험천만하게도 말발굽이 단테의 머리 옆을 스쳤다. 그러나 자신의 무게에 밀린 말은 잠시 가느다란 다리를 움직이지 못하는 듯했다. 다리가 진흙 속에 깊이 박혔을 터였다.

넘어지지 않기 위해 신속히 몸을 피한 단테는 칼을 들고 뛰어올라 안장의 가죽 끈 뒷부위를 칼로 찔렀다. 상처가 커지도록 손목을 세게 비틀어서 칼을 뺀 그는 또 다시 뛰어올라 이번엔 무방비 상태의 기사의 넓적다리를 찌르려고 했다. 그는 전력을 다해 몸을 기울였지만, 두 번째 찌르기는 다소 빗나갔다. 칼은 넓적다리 대신 기사의 종아리를 찌르고 이어 말의 등자를 스쳤

다. 울부짖는 말 울음소리와 고통에 신음하는 기사를 보자 단테
는 자신의 공격이 적중했음을 확신했다. 하지만 적은 다시 일어
섰으며, 미친 듯 말고삐를 잡아당겨 그를 향해 말을 돌리려고
애쓰는 한편 곤봉으로 그를 내려치려고 했다.

그 틈을 타 단테는 말의 옆구리를 다시 찔렀고, 뒷다리 관절
과 복부 사이의 어느 지점까지 칼을 밀어 넣었다. 그러자 뜨거
운 피가 분수처럼 솟아올라 단테를 덮었다. 말의 동맥을 찌른
것이었다.

말은 고통으로 울부짖으며 뒷다리를 곧추 세웠다가 이내 허
공에 대고 디딜 곳을 찾는 듯 앞다리를 들어 올렸다.

단테는 말의 복부 바로 밑에 있었다. 그 지리적 이점을 이용
해 그는 단검을 뒷다리 복사뼈 관절에 찔렀고, 말은 또 다시 고
통스럽게 울부짖었다. 그 사이 기사는 곤봉을 들고 그에게 다가
오려고 했다. 뾰족한 강철이 그의 이마를 스치며 다시 번쩍였
다. 눈 위에서 피가 샘물처럼 흘러내려 왼쪽 시야를 가렸다. 거
대한 덩어리가 다시 그를 향해 활 모양으로 덮치는 게 언뜻 보
였다. 그래서 그는 혼신을 다해 옆으로 몸을 피하며, 뒤로 죽을
힘을 다해 말을 잡아당겼다.

말은 또 다시 넘어졌다. 그러나 칼에 아킬레스건을 베인지라
이번에는 뒷발로 버티지 못하고 옆으로 엎어지고 말았다. 고개
를 쳐든 말은 울부짖으며 최후의 순간을 맞이하고 있었다.

안장에서 떨어진 기사는 한쪽 다리가 말에 깔리고 말았다. 그
는 무기를 놓친 두 손으로 애타게 땅을 짚으면서 절망적으로 빠
져나오려고 발버둥 쳤다. 무장해제된 그를 보자 단테는 그를 죽

이고자 벌떡 일어섰다. 그에게 몸을 날려 등 뒤에서 그를 잡고 는 칼로 목을 찌르기 위해 목가리개를 벗겨냈다.

두려움으로 눈을 크게 뜬 청년의 갈색 얼굴이 나타났다. 청년 은 자신을 꼼짝달싹 못하게 짓누르고 있는 말과 가슴을 타고 앉 아 무릎으로 역시 자신을 누르고 있는 단테에게서 빠져나오기 위해 발버둥 쳤다. 청년의 손톱이 자신의 뺨을 할퀴는 바람에 뺨이 얼얼해진 단테는 버둥거리는 청년의 목을 더욱 세게 조이 며 그대로 숨통을 끊으려 했다. 그리고 팔꿈치로 청년의 코를 세게 내려치자 청년은 고통으로 비명을 질렀다. 이윽고 단테는 칼로 그의 목을 겨누었다.

그 순간 단테는 몸이 얼어버린 듯 동작을 멈추었다. 갑자기 캄팔디노 평야에서 지금과 똑같은 장면을 본 듯한 생각이 들었 다. 미친 듯이 날뛰는 말, 공포, 입가에 감도는 들척지근한 피 맛, 처음에는 두려운 빛이었다가 나중에는 놀라움을 담은 적군 의 눈빛 등 모두 똑같았다.

자신이 방금 하려고 했던 짓 때문에 공포에 질린 단테는 손의 힘을 풀었다. 청년의 눈빛에서 놀란 기색을 본 그는 청년이 빠 져나가기 위해 발버둥치는 것을 느꼈다. 청년이 말에서 벗어나 기 위해 씨름한 끝에 결국 진흙탕 속에서 빠져나와 도망치는 것 을 그냥 내버려두었다.

단테는 아연실색하여 주위를 둘러보았다. 어떤 동기도 없이 끼어들게 된 이 정신 나간 전투에서 도망쳐야 했다. 그와는 상 관없는 맹목적인 충돌이었다. 그는 갈대밭 한복판에서 방향을 찾기 위해 가능한 한 발끝으로 서려고 했다. 그러나 아무것도 볼 수가 없었다. 그런데 갑자기 땅이 흔들리는 듯했다. 또 다른 검은 덩어리가 등 뒤로 백 걸음 정도 떨어진 곳에서 나타났다. 단테는 절망적으로 달리기 시작했다.

등 뒤에서 두 번째 말이 미친 듯이 울어대는 동안 단테는 길을 잃고 말았다. 그 동안 넘어져서 두 번이나 다시 일어섰지만, 물에 젖은 옷 무게를 더 이상 견디지 못할 것 같았다. 땅속에서 튀어나온 수천의 유령들이 그를 붙잡고 있는 것 같았다. 맹목적인 두려움에 사로잡힌 그는 정신이 혼미해졌다. 목 언저리에서 말의 거친 숨소리가 들리는 것 같았으며, 병사들의 고함 소리와 쾅쾅 울려대는 말발굽 소리 때문에 귀청이 찢어질 듯했다.

단테는 다시 미끄러져서 물속으로 곤두박질쳤다. 숨을 헐떡이며 다시 떠오른 그는 입 안 가득 들어간 진흙을 뱉어냈다. 순간 말이 그를 덮쳤고, 번쩍이는 말발굽에 머리가 부딪혀 깨질 것만 같았다. 그러나 적이 창으로 그를 찌르기 전에 갑자기 어떤 그림자가 끼어들었다.

허공을 가로지르며 칼날이 번쩍였나 싶더니 곧이어 고통에 겨운 고함 소리가 뒤따랐다. 옆구리에 칼을 맞은 기사가 말 안장에서 떨어져 진흙을 튀기며 옆으로 곤두박질쳤다. 그리고 단테를 구해 준 자가 거칠게 뛰어올라 그 기사를 덮치더니 목가리개를 잡아 뜯어낸 후 단칼에 목을 베었다. 이윽고 미지의 사내는 단테에게 몸을 숙였다. 마치 돌을 조각해 놓은 듯이 차가운 얼굴이었다. 사내는 단테의 팔을 잡고 그도 베어 버리겠다고 결심한 듯 검을 높이 쳐들었다. 그러나 경멸이 담긴 표정으로 찌푸리더니 그를 놓아 주었다. 단테는 그가 콜로세움으로 향해 가

다가 다시 어둠 속으로 사라지는 것을 보았다.

　단테는 억지로 몸을 일으켜 무조건 달렸다. 그는 완전히 방향 감각을 상실했다는 것을 깨달았다. 앞을 보기 위해 얼굴에 덮힌 진흙을 소맷자락으로 맹렬하게 닦아냈다. 캄캄하던 눈앞이 갑자기 환해졌다. 구름이 걷힌 뒤 별이 나타나듯이 말이다. 밑을 보니 콜로세움의 아케이드가 환했다. 마치 누군가가 내부의 불꽃을 보여 주기 위해 화로의 문을 활짝 열어둔 것처럼.
　"저쪽이다!"
　갈대밭 옆에 있던 보이지 않는 누군가가 고함을 쳤다.
　"프란지파네가 사람들이 요새에서 나온다. 우리와 대적하러 오고 있다!"
　단테는 올바른 선택이기를 바라면서 빛이 환한 쪽으로 향했다. 방어군들의 무수히 많은 횃불이 아케이드에서부터 흔들리며 가까이 다가왔다. 그와 더불어 위에서 공격군들을 향해 석궁을 쏘아대는 소리도 들렸다.
　갑자기 주위가 텅 비었다. 단테는 흙탕물을 튀기며 콘스탄티누스 개선문을 향해 도망갈 길을 찾는 그림자들에 둘러싸여 있었다. 개선문 뒤에는 줄리아 공회당 대좌臺座의 넓은 단이 솟아 있었다. 공회당에는 아직도 원로원 의원의 부하들이 잠복해 있었다. 그러나 콜로세움의 아케이드에서 나오고 있는 적의 군대가 바로 그쪽으로 이동하고 있었다. 언뜻 보기에도 구조의 손길을 끊어 버릴 작정인 듯했다.
　다른 쪽으로 가는 수밖에 없었다. 골짜기를 따라가면 습지는 팔라티노 언덕과 첼리오 언덕 사이에 흐르는 작은 하천으로 점차 바뀌는 모양이었다. 단테는 그쪽을 향해 내달렸다. 진흙탕에 빠지면서 발걸음을 옮길 때마다 뾰족한 나뭇잎에 손이 찔려 상처가 났지만 그는 무작정 갈대밭 사이를 헤치고 나갔다.

그렇게 얼마 동안 걸으니 숨이 막힐 듯했고 옆구리 통증이 견딜 수 없을 지경이 되었다. 그래서 그는 호흡을 가다듬기 위해 무릎을 꿇으며 걸음을 멈춰야 했다. 그는 이를 앙다물고 그 모든 짐을 짊어지고 달려왔던 세월을 저주했다. 벌써 인생의 반고비를 넘어 서른여섯 살이었다. 칼을 쥐고 싸우기에는 너무 많은 나이라는 생각이 들었다.

숨 쉬는 것이 힘겨웠지만 점차 원기가 회복되는 느낌이었다. 그는 다시 일어나 갈대밭을 통과하여 다시 도망치기 시작했다. 습지 위에 위치한, 오른쪽 언덕의 첫 번째 벼랑 쪽으로 가면 도망치기가 더 쉬울 것 같았다. 드문드문 자라 있는 갈대의 덤불을 움켜잡으며 그는 언덕의 중턱까지 힘겹게 계속 올라갔다. 머리 위로 탑이 있는 건물의 돌출부를 언뜻 본 듯했다. 수도원이나 성당일 터였다. 그곳에 사람이 사는지, 살더라도 누가 사는지도 모른 채 계속 그곳으로 다가가야 할지 순간 확신이 서지 않았다. 성당의 뒤편이거나 절단된 탑을 받치는 대좌일 수도 있을 그 돌출부는 어느 정도 거리를 둔 채 지나치려고 마음먹었다. 일단 다 올라와 주변을 둘러보니 그곳은 지지대로 받쳐진 빽빽한 포도나무밭 안에 나 있는 통로였다.

비스듬한 내리막길 위로 희미한 반달의 빛이 비치고 있었지만 여전히 땅은 어둠 속에 묻혀 있었다. 단테는 다시 걸음을 멈추고 귀를 기울였다. 혹시라도 추격자들이 뒤를 쫓는지 알기 위해서였다. 그러나 침묵을 깨는 것은 아무것도 없었다. 대신 야행성 새들이 멀리서 날아가는 소리만 들려왔다.

단테는 정신을 집중하여 로마와 관련된 모든 것을 떠올리려고 애썼다. 그는 지금 어디에 있는가? 숙소에 돌아가고 싶다면 일단 사람들이 모여 사는 거주지를 찾아야만 했다. 로마에서 보았던 것을 생각해 보니 로마의 대부분의 건물은 강을 따라 밀집해 있었다. 그러니 그는 테베레 강을 향해 움직여야 했다. 그런데 도대체 그 강은 어디에 있단 말인가?

단테는 물 흐르는 소리가 들리지 않을까 하는 희망으로 다시 귀를 기울였지만 사방엔 고요한 침묵만 감돌았다. 어디로 가야 할지 정말 막막했다. 콜로세움 쪽으로 되돌아가면 섬과 연결된 길을 기억해낼 수 있을지도 몰랐다. 그러나 그는 전투가 어떻게 되었는지 전혀 알지 못했다. 콜로세움으로 돌아간다면 또 다시 전투에 휘말릴 위험이 있었다. 그리하여 그는 무턱대고 전진하기로 결심했다. 지금 그가 유일하게 확신하는 것은 자기가 아우렐리아누스 성벽† 안에 있다는 것이었다. 비록 멀긴 하지만 계속 직진을 하다 보면 조만간 성벽이나 강을 찾을 수 있을지도 몰랐다. 성벽이 나타나면 그 성벽을 따라 걸어가야만 했다. 아는 곳이 나올 때까지 여러 개의 문을 지나 로마의 포메리움을 통과하면서 말이다. 로마에 입성한 그 순간부터 앞에 나타났던 성벽의 거대한 둘레를 생각해 보니 하룻밤을 꼬박 걸어도 모자

---

† 로마의 성소.

랄 듯했다.

걷고 있던 땅이 다시 험해졌다. 걷다가 보면 비가 내린 축축한 땅에 여러 번 발이 푹푹 꺼졌는데, 그럴 때마다 앞으로 고꾸라질 것만 같았다. 그는 끈질기게 계속 전진하면서 직선 코스를 유지하려고 애를 썼다. 그러나 내심 불안한 기분이 들기 시작했다. 주위가 점점 황량해 보였기 때문이다. 곡물을 재배한 흔적도 모두 사라졌고, 대신 황폐한 덤불이 나타났다. 그 속에서 키큰 나무들이 자라고 있었으며, 잎이 무성한 소나무는 마치 검은 구름처럼 하늘에 표류하는 듯이 보였다.

그는 오솔길처럼 보이는 길을 통과했는데, 보도블록을 깔아 놓은 길이었다. 마침내 언덕 아래의 평지에 윤곽이 고른 거대한 건물 같은 것이 보였다.

깜짝 놀라 단테는 멈춰 섰다. 벽의 높이로 보건대 그곳이 요새라면, 산타젤로 성만큼 중요한 요새일 것 같았다. 그러나 피렌체에서 그런 요새에 대한 얘기는 한 번도 들은 적이 없었다. 게다가 그 성채를 소유한 사람이 누구든 로마의 통치권을 놓고 보니파키우스에 필적할 수도 있을 터였다.

이상하게도 불빛이 전혀 보이지 않았거니와 외벽의 발코니라고 해야 할 곳에도 사람이 살고 있는 흔적이 없었다. 사람이 있는 흔적도, 들어갈 수 있는 문도 없어서 성 전체가 버려진 듯했다. 단테는 잠시 주저하다가 그쪽으로 단호하게 걸음을 옮겼다. 누구라도 찾아서 길을 물어볼 요량이었다.

어느 정도 걸으니 지난 밤 보루堡壘인 줄 알았던 것 옆에 있게 되었다. 그것은 실은 일종의 장엄한 울타리, 즉 벽감이 사이에 들어가 있는 기다란 벽이었다. 그 위로 얇은 대리석 기둥들이 받치고 있는 회랑이 있었다.

오직 아름다움을 숭배하는 신이 아니면 도저히 우아한 성으로 만들 수 없는, 그야말로 요새였다. 성벽의 일부가 함몰된 곳에 통로가 있었다. 단테는 그곳을 지나 안으로 들어갔다.

울타리 너머로 또 다른 황량한 공간이 나타났고 그 끝에 둥근 지붕을 올린 새 건물이 있었다. 단테는 어디로 가야 할지 몰라 다시 걸음을 멈추었다. 주변의 땅에는 백색의 비석과 십자가가 세워져 있었는데, 대부분 옆으로 기울었거나 완전히 뽑혀져 있었다. 단테는 뜻밖에 나타난 묘지를 조심스럽게 걸어갔으며, 이제는 거의 분간할 수가 없게 허물어진 오래된 부식토 더미를 뛰어넘었다. 앞뜰에 무덤이 많은 것으로 보아 그곳은 성당일 터였다. 눈길이 닿는 곳이면 어디든 널려 있는 비석들은 내부의 건물까지 이어졌다. 하지만 이렇게 웅장한 사원이 왜 버려졌으며, 어떻게 해서 무덤들과 함께 허물어져가고 있는 것일까?

호기심이 생긴 단테는 황폐한 무덤을 통과하여 거대한 아치 앞에 이르렀다. 아치의 빛이 건물 내부로 통하는 높은 기둥들 사이로 분산되고 있었다.

단테는 대리석을 깐 넓은 중정中庭에 들어가 있었다. 끝에는 어둠 속에 잠긴, 내부의 큰 방들로 가는 일련의 입구들이 바퀴살 모양으로 열려 있었다. 단테는 계속 나아갔다. 고대 모자이크에서 떨어진 네모난 대리석들이 구두에 밟히면서 이상한 소리를 냈으며 그가 걸을 때마다 부서졌다. 지금까지와는 분위기가 다른 장소로 들어갔다. 공회당인 듯했다. 단테는 고개를 들었다. 지붕의 일부가 떨어져 내렸고 벽의 파편들이 바닥에 부서져 있었다. 달빛이 마치 칼날처럼 입구를 통해 들어와 한때 천장을 지탱했던 거대한 원주圓柱의 형태를 굳이 드러내고 있었다. 오른쪽을 쳐다보니 새로운 방으로 들어가는 입구가 있었다. 그곳은 마치 항구에 갓 정박한 배가 갑작스런 폭풍으로 인해 좌초된 느낌의 방이었다. 단테는 더욱 가까이 다가갔다. 처음에 작은 배인 줄 알았던 것이 실은 거대한 화성암 덩어리였다는 사실을 깨달았다. 커다란 수반水盤을 만들기 위해 파낸 것이었다. 단테는 피렌체의 산 조반니 세례당의 성수반†을 떠올렸다. 늘 장대하다고 생각했었다. 그러나 이것은 성수 우물 같았으며 오직 거인만이 그것을 조각할 수 있고 오직 신만이 그것을 감히 사용할 수 있을 것 같았다.

숨죽인 그의 발소리만이 주위의 침묵을 깨고 있었다. 그러는 동안 먼 곳에서 희미한 음악 소리와 더불어 사람들이 중얼거리는 소리가 들려왔다. 아울러 작은 금속들이 부딪치는 소리에 피리의 멜로디가 섞인 듯한 소음도 들려왔다. 단테는 귀를 기울여 그 소리가 어디에서 들려오는 것인지 확인하고자 했다. 그러나 그 소리는 단테를 맴돌면서 확산되고 있었다. 그 소리를 내는 것이 바로 공회당의 벽인 것처럼 말이다.

순간 단테는 자신이 들어옴으로써 어두운 마법의 고리가 끊어진 게 아닐까 하고 생각했다. 어쩌면 그곳에서 행해지던 고대의 의식이 재현되는 것일 수도 있었다. 나그네가 한밤중에 피로

---

† 聖水盤, 성당 입구 등에 놓아두는 물그릇.

물든 전장과 마주쳤을 때 간혹 그런 일이 벌어진다는 이야기를 들었다. 단테는 본능적으로 성호를 그으면서 하느님의 기적이 악마의 외침을 몰아낼 수 있기를 바랐다. 이마에 식은땀이 맺히는 게 느껴졌다. 조금 전 칼의 위협에서 도망쳤던 것처럼 이곳의 감지할 수 없는 위협에서 얼른 달아나고 싶은 생각이 들었다.

성호가 정말 그 소리를 사라지게 할 것 같은 안도감이 느껴졌다. 그러나 곧 도무지 이해할 수 없는 말과 노래가 더욱 강하게 들리기 시작했다. 금속이 짤랑거리는 소리도 더욱 커졌다. 마치 그리스도에게 도움을 간청한 일이 오히려 그것의 화를 더 돋운 것 같았다.

두려움에 사로잡혀 다시 주위를 살펴보는 동안 더욱 또렷해진 그 소리가 이번에는 사방에서 나는 것이 아니라 다른 방으로 들어가는 거대한 출입문 중 하나에서 들려 오고 있다는 사실을 알았다. 입구가 환했다. 마치 그 안쪽에서 불이 활활 타오르고 있는 듯했다. 용기를 낸 그는 그쪽으로 걸음을 옮겼다. 분위기가 또 다른 방에 들어가니 중앙에 두 번째 수반이 솟아 있었다. 아까 봤던 것과 동일한 것이었다.

단테는 갑자기 걸음을 멈추고 벽감의 그림자 속을 말없이 들여다 보았다. 그는 너무 놀라 자기도 모르게 입을 벌렸다. 옥좌에 앉은 여인의 좌상이 벽을 파낸 원형의 벽감 안에 꽉 들어차 있었다. 그 주위에 밝혀진 십여 개의 횃불이 대리석 표면에 반사되어 눈이 부셨다.

조각상의 여인은 망토를 몸에 두르고 어린아이를 무릎에 앉힌 채 꼿꼿이 앉아 있었다. 비범한 장인의 끌이 망토 위에 미세한 기호를 끝없이 새겨 놓아 돌이 비단처럼 섬세한 주름이 되어 있었다.

단테는 조각상의 얼굴을 보기 위해 눈을 들었다. 그러나 머리를 덮은 검은 천이 어깨까지 내려와 있었다.

그가 알고 있는, 성모 마리아에 대한 갖가지 숭배 형식과는 거리가 멀었다. 조각상 앞에는 정말 살아 있는 여인이 서 있었다. 그녀 역시 베일을 두르고 꼼짝 않고 서 있었으며 기도의 표시로 두 팔을 위로 올리고 있었다. 그리고 그녀 밑에서는 십여 명의 남녀가 무릎을 꿇고 엎드려 있었다. 그들은 주먹을 꼭 쥐고 주기적으로 가슴을 치면서 다른 한 손으로는 작은 도구를 쥐고 흔들었다. 그 도구 때문에 짤랑거리는 금속 소리가 들렸던 것이다. 피리 연주자들이 벽을 등지고 서서 감미로운 멜로디를 끌어내기 위해 열중하고 있었다. 그가 멀리서 들었던 멜로디였다. 그들은 시스트럼†의 달그락거리는 소리에 맞춰 가장 고상한 하모니를 이끌어내어 베일을 쓴 여인의 침묵의 기원에 힘을 실어 주려는 듯했다.

단테는 계속 어둠 속에 웅크리고 있었다. 사람들의 태도가 위협적이지는 않았지만, 길을 묻기 전에 좀 더 보아 두고 싶었다.

그 순간 베일을 쓴 여인이 조각상 앞에서 등을 돌렸다. 그리고 노래를 부르기 시작했다. 단테는 노래의 의미를 파악할 수가 없었다. 그가 모르는 언어였기 때문이다. 여인은 동일한 문장을

---

† 고대 이집트의 타악기.

강박적으로 반복했다. 그녀는 모음의 소리를 반복적으로 강조하며 강렬하게 소리를 냈다. 가장 어두운 고통과 함께 최고의 기쁨을 동시에 표현하고 싶은 듯했는데, 그게 이상한 느낌을 자아냈다. 그러다 갑자기 이해할 수 없는 말이 이어졌다. 이제 여인은 라틴어로 말을 했다.

"사람들이 모르는 아버지의 이름으로! 진실의 이름으로! 죄를 정화하고 부활하는 만인의 어머니여! 생명에 생명을 더하는 그분의 이름으로! 나와서 정화될지어다!"

그렇게 명하자 무릎을 꿇고 있던 사람들은 채찍에 맞은 듯 동요했다. 그들이 악기를 계속 흔들자 매우 빠른 리듬이 방안을 가득 채웠다. 그렇게 악기를 흔들면서 일어나 그들은 고함을 쳤던 여인의 주위로 몰려들었다. 여인은 수반으로 달려가 두 손바닥을 합쳐 물을 가득 채워 꺼냈다. 그리고 몰려드는 사람들의 이마에 물을 뿌리기 시작했다. 그러자 사람들은 황홀경에 빠져 기쁨의 소리를 지르며 환호했다.

여사제와 멀리 떨어져 있던 자들도 사람들을 헤치고 달려갔다. 그들 역시 기적 같은 힘을 발휘할 게 틀림없는 그 액체를 받으려 했다. 몇몇 사람들은 여인의 손가락에 달려들어 개처럼 그것을 핥더니 얻은 물을 온 얼굴에 바르느라 여념이 없었다. 미처 앞으로 나아가지 못한 자들은 이미 행운을 얻은 동료들의 얼굴에 입을 맞추기 시작했다. 그들의 입술에서 기적의 물을 한 방울이라도 더 얻어내려는듯 말이다.

숨어 있던 단테는 예기치 않았던 그 의식을 당혹스럽게 지켜보았다. 겉으로 보기엔 일종의 세례 의식이었고 참가자들은 무분별한 신념으로 그것을 받아들였다. 과거에 제국의 영토를 관통하며 수많은 광신자 단체를 열광시킨 의식과 비슷했다. 전설과 미신이 난무하던 서기 천 년이 지난 이듬해부터 새로운 부활과 새로운 세례를 예언하는 단체와 결사結社가 무수히 많아졌다. 거의 모든 사람들이 이단으로 넘어갔다가 교회의 거대한 품 속에 돌아와 회개를 했다. 하지만 어떤 결사가 여사제까지 수용했단 말인가? 저렇게 왜곡된 의식이 어떻게 베드로의 도시에 뿌리를 내릴 수 있단 말인가? 단테는 화가 나서 생각했다. 이것이야말로 성직 매매로 이익을 취하는 부패한 보니파키우스의 실책을 증명하는 가장 좋은 증거가 아닌가? 로마를 시궁창으로 만든 사악한 목동 같으니!

단테는 어찌해야 할지 알 수가 없었다. 한편 성수 의식은 끝이 난 듯했다. 세례식을 받은 신자들은 수반 앞의 빈 공간에 돌아와 정렬해 있었는데, 뭔가를 기다리는 듯했다. 마치 마지막 행동인 듯이 여사제는 손을 다시 수반에 담궜다가 자신의 머리 위로 높이 올렸다. 손가락을 벌리자 물방울이 베일에 뚝뚝 떨어졌다.

여사제가 그렇게 움직이지 않고 있는 동안, 젖은 천이 마치 가면처럼 얼굴을 가리게 되었다. 단테는 그녀가 입을 벌린 것을 달빛 아래 똑똑히 보았다. 그녀도 천으로 스며드는 액체를 기꺼이 마시려고 하는 것 같았다. 이윽고 그녀는 사람들을 쳐다보았다.

"성모 마리아시여, 당신의 아들의 따님이시여!"
여사제는 갑자기 다시 고함을 질렀다.

"이제 진정한 하느님의 정신은 우리 사이에 있다. 너희들 머리 위로 님폰†이 내려오면, 너희들의 영혼은 진정한 하느님의 식탁에 앉아 있는 천사의 영혼과 결합할 것이다!"

여사제는 제단으로 삼은 돌 위의 컵을 수반에 넣어 물을 떠서 들어올렸다. 한편 옆에서 작은 횃불을 들고 있던 단원 두 명이 한 줄로 늘어놓은 접시에 담긴 내용물을 비췄다. 그들은 또 작은 화로에서 푸른 연기를 내는 가는 실을 들어올리기 시작했다. 시큼한 냄새가 실에 배어 있어 그 향기가 단테가 숨어 있는 곳까지 풍겼다.

그러자 미리 정한 신호인 듯 참가자들은 또 다시 흥분하기 시작했다. 우선 천천히 반응을 보이다가 나중에는 점점 열광적인 태도를 보였다. 남녀가 서로 달라붙어 이상한 춤을 추면서 손으로 서로의 몸을 만졌으며, 이내 난잡하게 뒤엉켜 바닥으로 미끄러졌다. 신음 소리와 한숨 소리, 황홀한 탄성과 고함 소리가 그들의 몸뚱이 위로 올라왔다. 그들은 이어 맨바닥에서 교접하기 위해 옷을 훌훌 벗어던졌다. 그동안 시스트럼은 마치 폭풍우에 흔들리는 듯 더욱 리드미컬한 소리를 내며 짤랑거렸다.

단테는 경악한 표정으로 눈앞에서 벌어지는 장면을 지켜보았다. 남녀가 에로틱한 춤을 추기 시작했을 때 그의 마음에 가득했던 죄스러운 흥분은 점차 역겨움에 그 자리를 내어주었다.

그것은 더 이상 감각과 자유의 찬양이 아니었다. 이제 이 난

---

† Nymphon, 그노시스파에서 이루어지는 의식으로, 신부의 방에서 이루어지는 의식을 말한다.

장판은 굴욕을 상징할 뿐이었다. 영혼에 대한 인식과 그것의 보증을 뜻하는 최후의 요소로 하느님께서 제시하신 성교 행위가 창조와 그 질서에 대한 외설적인 거부로 변형되고 말았다. 애초에 아름다운 육체가 나타났을 때 느꼈던 매력도 공포와 도망가고 싶은 욕망으로 변하고 말았다. 인간의 타락한 처지를 탐험하고 찬양하며 서로 엉켜 있는 저 팔과 저 다리는 육체의 구석구석에서 단지 쾌락만을 사악하게 탐닉하는 것 같았다. 하느님께서 영혼의 신전에 세워두었던 그 육체인데 말이다.

그 순간까지 그를 그 자리에 붙들고 있었던 무기력을 이겨내고 단테는 뒤로 돌아서 옆방으로 들어간 다음 서둘러 왔던 길을 되돌아갔다.

도망치면서도 올바른 길로 가고 있는지 확신할 수가 없었다. 단테는 처음에 들어갔던 장소가 아닌, 다른 곳에 위치한 거대한 뜰로 나왔다. 다른 쪽에서는 수많은 무덤들이 하얗게 보였으며, 그가 들어갈 수 있었던 담의 출입구에도 무덤이 있었다. 방금 전 경험한, 지옥의 바람 같은 육욕에 떠밀려 단테는 대리석 표석標石을 향해 달리기 시작했다. 아직도 옷에서는 그곳에서 보았던 육체들의 냄새가 배어 있었으며, 머리카락과 손에서도 그 방에서 태웠던 이상한 혼합물의 냄새가 났다.

공동묘지의 맨 끝에 도착했을 때, 단테는 갑자기 무덤 사이에서 나타난 어두운 형상을 달빛 아래 얼핏 보았다. 흠칫 놀라서 달리기를 멈추고 보니 그림자에서 열 걸음 정도 떨어져 있었다. 달을 등지고 있는 사내의 모습이 전혀 보이지 않았다. 마치 머리끝에서 발끝까지 검은 망토를 뒤집어 쓴 것 같았다.

"누구냐?"

단테는 놀라서 고함을 질렀다.

"죽음을 넘어온 유령이라면 하느님의 이름으로 명하노니 썩 물러가라!"

어둠 속의 형상은 대답 대신 단테를 향해 한 걸음 또 한 걸음 다가왔다.

"악마야, 멈추어라!"

공포를 간신히 억누른 목소리로 단테는 또 다시 소리쳤다. 비밀 주머니에서 단검을 꺼내 간신히 용기를 쥐어짜내며 가까이 다가오는 존재를 향해 겨누었다. 그러나 상대는 말없이 계속 다가오기만 했다.

단테는 뒤로 돌아 달리기 시작했다. 앞쪽에 무덤을 벗어난 오솔길이 보였다. 그곳으로 가면 더 쉽게 도망칠 수 있을 듯싶었다. 그는 그쪽의 희끄무레한 땅을 향해 돌진했다. 지금까지 고스란히 남아 있는 고대 도로의 유물일 터였다. 그쪽에서 소용돌이 모양의 안개가 올라와 주변의 땅을 일부 가리고 있었다. 단테는 도망칠 수 있도록 도와준 자연을 축복하며 단숨에 그곳에 도착했다. 그러나 정작 그곳은 기대했던 단단한 땅이 아니라 축축하고 물컹한 땅이었다.

"가만 있어요, 메세르 알리기에리!"

귀에 익은 목소리가 소리쳤다. 그러나 너무 흥분한 터라 누군지 알아낼 수가 없었다.

"가만 있어요! 제발!"

그림자가 여전히 소리쳤다. 단테는 뭔가 끈적한 것에 발이 빠

진 걸 느꼈다. 그는 걸음을 멈추고 희끄무레한 늪지에서 빠져나
오려고 애썼다. 어디로 가야 할지 알 수 없었으나 억지로 발을
빼내려고 애쓰는 동안 누군가 그의 팔을 세게 잡아 잡아당기는
걸 느꼈다. 빠져나오려고 버둥거려 보았지만, 강철처럼 단단하
게 그의 팔을 누르고 있었다.

"너무 늦기 전에 돌아오십시오!"

그를 끌어당기던 사내가 또 다시 소리쳤다. 그의 팔을 강하게
붙잡고 있는 것은 살아 있는 생명체였다. 감지할 수 없는 유령
은 결코 아니었다. 용기를 회복한 단테는 사내를 향해 몸을 돌
렸으며, 거의 아무것도 보이지 않는 수사복 속의 얼굴을 들여다
보려고 했다.

"메세르 마르티노!"

마침내 그를 알아본 단테가 놀라서 소리쳤다. 그러고 보니 뒤
로 돌아오라고 계속 재촉했던 그 저음의 목소리도 너무나 익숙
한 것이었다. 검은 수도복으로 온 몸을 덮은 마르티노 다 비네
지아가 걱정스런 눈빛으로 그를 계속 잡아당겼다.

"생석회 웅덩이에 빠졌어요!"

사내는 단테의 팔을 다시 움켜잡으며 소리쳤다. 소름끼치는
감각을 느끼며 단테는 아직도 밟고 있는 땅을 내려다보았다. 멀
리서 길바닥인 줄 알았던 회색의 땅이 무서운 정체를 드러냈다.
그것은 다름 아닌 생석회가 가득 들어 있는 웅덩이였다. 수화水化
를 시키려고 그곳에 둔 것이었다. 좀 더 앞에서는 소용돌이 모
양의 수증기를 발산하면서 석회가 보글보글 끓고 있었다. 멀어
서 수증기를 안개로 착각했던 것이다. 석회가 끓고 있는 웅덩이

에는 비석도 몇 개 보였는데, 꼭 난파된 배의 파편이 물에 둥둥 떠 있는 것처럼 보였다.

어리벙벙해진 단테는 계속하여 뒷걸음질 쳤고 마리티노도 계속 그의 팔을 잡아당겼다.

"서두르세요, 메세르 알리기에리! 이젠 물로 몸을 씻어야 합니다!"

마르티노는 물이 가득 들어 있는 대야 옆으로 단테를 밀었다. 그는 얼른 통에 물을 담아 단테의 발에 쏟아 부었으며 서둘러 그 행동을 반복했다. 발끝이 갑자기 얼어붙자 단테는 채찍을 맞은 기분이었다. 좀전의 흥분이 가시면서 정신이 돌아왔다.

단테는 이제 그들의 이상한 만남이 훨씬 더 궁금해졌다. 마르티노 다 비네지아는 지혜로운 노인이자 베네치아 공화국의 대사였다. 혼란스러웠던 시절 피렌체에서 조합장으로 있을 때 만났던 사람이었다. 그는 젊은 시절 위대한 황제 페데리코의 친구였으며, 동서양의 비밀을 알고 있었다. 그의 기억대로 풍채가 당당한 마르티노는 어깨 위의 긴 머리칼이 양 갈래로 나뉘어 있었다. 그 머리는 무력하면서도 무례한 세월을 경멸이라도 하듯 아직도 검은색이었다.

"여기서 뭐하십니까, 마르티노?"

단테가 활기차게 물었다.

"배우기 위해 돌아다니고 있지요."

상대는 애매한 어조로 대답했다.

"우선 여기서 벗어납시다. 멀지 않은 곳에 선술집이 있습니다. 주인을 깨웁시다. 당신에겐 휴식이 필요해요. 이렇게 물을 뒤집어썼으니, 몸도 말려야 합니다. 정말 큰일날 뻔했어요."

단테는 가자고 하는 마르티노를 단호히 붙잡았다.

"당신을 이곳으로 이끈 것은 바로 당신의 연구에 대한 열망이군요! 당신은 그렇게 말하고 싶지 않겠지만."

"여기는 안토니누스 피우스†의 온천입니다. 로마인들은 석회를 얻기 위해 거대한 화덕을 이곳에 설치했어요. 벽을 덮고 있는 얇은 판을 벗겨내고, 벽을 장식한 조각상들을 산산조각 낸 다음에 대리석 유물들을 끓여대고 있어요. 그리고 석회를 거대한 통에 넣어 수화시키고 있지요. 제가 막 당신을 구한 그 통이 그런 것입니다. 아마 그 통은 로마제국이 무너지기 전에 마지막 원로원 의원들이 수영을 했던 수영장일 겁니다. 베네치아에서는 여기서 얻은 석회의 재질이 특별하다는 소문이 있습니다. 커다란 둥근 지붕의 막대한 무게를 견딜 수 있을 정도로 단단하다고 말이지요. 그리고 우리 공화국은 유용한 모든 것을 알고 싶어 하니……."

마르티노는 태연한 모습이었다. 단테는 반론을 제기하고 싶었지만 몸이 마비되는 것 같아 기다리기로 결심했다.

"그럼, 말씀하신 곳으로 갑시다."

마르티노는 어둠 속에서도 길을 알고 있는 양 단호히 걷기 시작했다. 단테가 뒤따라오는지 확인하기 위해 이따금 뒤를 돌아보며 황량한 땅을 통과했다.

거리가 멀고 어둠 속이라 완전히는 보이지 않았지만 끊긴 곳

---

† 온화한 성품과 능력을 겸비한 인물로 84년간 96~180 로마 제국에 평화와 번영을 가져온 5현제 중 네 번째 황제였다.

이 있는 매우 기다란 성벽이 땅에서 솟아 있었고 그 아래로 사슬처럼 이어진 아치가 있었다. 그 위에 기둥들로 장식한, 앞이 꽉 막힌 성벽이 하늘을 향하고 있었다. 많은 경간†들이 부서졌고 버려진 듯이 보이는 건물로 넓은 출구가 열려 있었다. 처음 경간들을 보았을 때는 거대한 하수도의 유물이라고 생각했는데, 출구로 가까이 가 보니 성벽 너머로 일종의 계단이 잔존해 있었다. 또 그 너머에는 양쪽 끝에 석조 기둥을 세워 표시를 한, 넓고 잡초가 무성한 원형의 공터가 있었다.

'원형 경기장이구나…….'

단테는 속으로 생각했다. 그리고 다시 걸음을 재촉하여 건물 옆을 따라 올라가면서 정확하게 길을 걷는 마르티노를 뒤쫓았다. 가옥들이 세워져 있는 건물 끄트머리에서 작은 탑이 보였다.

단테는 기운이 빠졌다. 선술집에 도착했을 때는 거의 쓰러질 지경이었다. 마르티노는 빗장을 지른 문을 연속해서 두드렸는데, 정해진 신호 같았다. 잠시 후 문이 활짝 열리며 촛불을 든 한 사내가 나타났다. 사내는 마르티노를 흘끗 본 다음 의혹의 눈빛으로 단테의 얼굴을 살폈다. 그러나 마르티노가 신호를 보내자 얼른 한 쪽으로 물러났다.

"여긴 베르길리우스 여관입니다, 메세르 알리기에리. 제 고향 사람이 운영하지요. 그는 로마의 성벽에서 발산되는 신성함에 이끌려 몇 년 전 이곳에 왔답니다. 특별히 신앙이 깊은 사람

---

† 徑間. 다리, 건물, 전주 따위의 기둥과 기둥 사이. 또는 그 사이의 거리.

이죠.”

그는 냉소를 지으며 그렇게 말했다.

사내는 그들을 벽난로 앞으로 데려갔다. 녹초가 된 단테가 의자에 털썩 주저앉는 동안, 사내는 촛불에 의지해 깜부기숯을 쿡쿡 찔렀다. 검은 돌에서 순식간에 불이 피어올랐다. 단테는 긴장을 풀었다. 뜨거운 불이 언짢은 기분을 조금씩 풀어 주었다. 몸이 회복되면서 정신도 힘을 되찾은 것 같았다.

단테는 마르티노를 쳐다보았다. 그는 주인 남자의 아내가 가져온 술잔에 포도주를 따라 홀짝이면서 말없이 단테를 응시하고 있었다. 그가 단테에게 술병을 내밀었다.

“베르길리우스 여관이라고요?”

단테는 한 모금을 길게 꿀꺽하고 마신 뒤에 물었다.

“그게 주인장의 이름인가요? 소박한 직업에 걸맞지 않게 이름은 고상하군요.”

“아니요, 메세르 알리기에리. 그의 이름은 니콜레토이지요. 하지만 가게의 이름을 위대한 시인의 이름을 따서 지었답니다. 그가 시를 썼다고 전해지는 탑 옆에 가게가 있기 때문이지요. 바로 이 근처랍니다.”

마르티노는 엄지손가락 끝을 등 뒤로 가리키면서 대답했다.

“그 탑에 베르길리우스가 미치도록 사랑했던, 황제의 딸이 살았다고 합니다. 베르길리우스는 그녀에게 가기 위해 탑에 오르다가 탑에 매달려 하룻밤을 꼴딱 세웠다고 합니다. 새벽에 발견된 그는 많은 사람들의 조롱을 받았다지요. 적어도 로마에서는 그렇게 말하고 있습니다.”

"로마 전체가 마치 무례함으로 빚은 항아리 같습니다. 소박한 평민들과 현인들을 상대로 말입니다."

단테는 마르티노의 눈을 단호히 응시하면서 나지막이 말했다.

"그리고 하느님을 상대로."

노인이 자신의 생각을 말해 주기를 단테는 기다렸다. 석회에 관한 비밀 얘기는 중요한 이야기가 아닌 것이 틀림없었다. 그 또한 틀림없이 음란한 집회를 목격했을 것이다. 그가 그곳에 간 이유가 진정 무엇이었는지 단테는 궁금했다. 그러나 노인은 그가 보낸 암시에 대응하기를 원치 않는 듯했다.

"로마는 아직도 세상의 중심입니다. 비록 유물의 집적지로 전락했지만 위대한 시대의 정신은 아직도 남아 있습니다. 인간들이 신들과 동등하게 이야기를 했던 그 시대 말입니다. 당신이 알고 있는 십자군 원정이 성공한다면 그 시대가 정말 다시 돌아올 수 있습니다."

"십자군이요? 당신도 그걸 알고 계십니까?"

"최근 당신이 여기에 온 것은 당신 인생에서 일어나는 중대한 사건을 증언해야 하는 운명 때문입니다."

"나를 보낸 건 운명이 아니라 피렌체 코무네입니다. 제가 염두에 두어야 할 것은 바로 그것이지요."

마르티노는 깊은 한숨을 내쉬었다.

"시대의 변화를 알아채지 못하신 듯하군요, 메세르 알리기에리. 프랑스에서 필립왕은 추기경들을 꽉 잡고 있습니다. 알프스 너머의 모든 교회는 그를 지지하고 그에게 공물을 바칩니다. 필립왕은 성전의 재산에 눈독을 들이고 있습니다. 그래서 곧 성전을 향해 돛을 올릴 겁니다. 아시아에서는 터키가 세력을 확장하고 있습니다. 예루살렘과 아크리를 정복한 뒤, 터키군은 비잔티움을 노리고 있습니다. 독일은 허영에 빠진 알베르트 황제와 교만에 빠진 남작들에게 굴복했습니다. 황제는 자기 가문의 영토와 재산에만 관심이 있지요. 이탈리아에서 레냐노를 정복하고 얻은 과거의 자유는 보니파키우스 때문에 산산이 부서졌습니다. 그리고 당신이 여기에 온 것은 체르키 가문이나 도나티 가문이 피렌체를 지배해야 하는지 걱정이 되었기 때문이지요."

그는 비꼬는 투로 나지막이 말했다.

"당신은 새로운 시대에 휩쓸릴 것입니다. 당신이 제2의 로마라고 믿는 피렌체는 과거의 그 모습으로 돌아갈 것입니다. 바로 도둑들의 소굴인 것이지요. 당신네 도시에서 짓기 시작했던 커다란 성벽 안에는 명예로운 백성이 살지 않고, 덤불에 둘러싸인 오두막들만 몰려 있을 겁니다. 스페인, 영국, 프랑스의 새 왕들은 나팔을 불고 있습니다. 그 소리를 들은 막강한 군대가 거사를 위해 달려와 협력하겠지요. 하지만 피렌체에서 종을 울린다면 누가 달려올까요? 피난처를 찾은 살찐 상인들과 노인들을 빼고 말입니다."

단테의 얼굴이 벌겋게 달아올랐다.

"코무네의 자유가 가장 먼저입니다!"

단테가 소리쳤다.

"우리가 하느님의 축복을 받도록 하고, 또한 우리를 해방시키는 것은 바로 본능입니다! 모든 것은 개인의 자유로부터 시작합니다!"

마르티노는 고개를 흔들었다.

"두고 보면 알겠지요."

그는 잠시 침묵을 지키다가 다시 말을 이었다.

"당신도 세상 경험이 많을 겁니다. 지금 보니 당신은 아프리카를 여행하는 사람들이 지어낸 경이로운 인물들 같습니다. 그들은 태어나면서부터 머리를 뒤로 돌린 채 산다더군요. 등 뒤에서 일어나는 일은 아주 잘 알지만, 걸어갈 때 만나는 일은 전혀 모르죠. 교활한 뱀을 피할 수는 있겠지만 길을 막고 있는, 자만에 빠진 사자의 공격을 받을 수밖에 없습니다. 덕성과 교리가 다 무슨 소용입니까? 미래를 예언하기 위해 그것을 이용하지 못한다면 말입니다. 섭리는 곧 예언입니다! 이곳의 교만한 유적들을 살펴보십시오. 당신은 교리와 덕성을 세울 수 있었던 저 거대한 건물이 왜 바람에 날리는 먼지처럼 사라진다고 생각합니까?"

단테는 주위를 살펴보았다. 그리고 불쑥 머리를 들었다.

"나의 작은 도시 피렌체에서 사람들은 열심히 일하고 있습니다. 그들은 이런 건물을 전혀 부러워하지 않습니다."

단테는 당당하게 말했다.

"위대한 아르놀포†가 설계한 산타마리아 델 피오레 대성당의 설계도를 저는 보았습니다. 토스카나 지방의 모든 성당을 뛰어넘는 성당이 될 겁니다!"

---

† 이탈리아 건축가 겸 조각가. 피사노의 제자로서 시에나 대성당의 설교단, 페루자의 분수 조각 등의 건축에 참여했다. 피렌체의 고딕식 궁전 팔라초 베키오도 그의 작품이다.

"그럴 수도 있겠지요. 하지만 판테온의 둥근 지붕을 보십시오. 당신네 건축가들 중 누가 그것과 똑같은 것을 만들 수 있을까요? 수백 년 동안 바닥으로 떨어지지 않고 하늘과 땅 사이에 매달려 있는 그 거대한 건물의 비밀을 알아낸 사람이라도 있습니까?"

"모르겠습니다."

단테는 작게 말했다.

"아르놀포는 작품을 완성하기 위해 둥근 지붕을 설계했습니다. 물론 그것만큼 웅장하진 않겠지만……."

"물론 그리스인들이 비잔티움에 세웠던 것과도 전혀 비슷하지 않겠지요. 하지만 당신의 도시가 이교도의 수중에 들어간다면 그들의 학문도 사라질 것입니다. 저는 운이 좋게도 여행을 하는 동안 그리스인들이 세운 둥근 지붕을 보았습니다, 메세르 알리기에리. 우리 생전에 그런 건물은 더 이상 못 볼 겁니다."

"그래서 그렇게 생석회에 관심이 많으십니까? 둥근 지붕을 세우기 위해서요? 하지만 당신은 이건 모르십니까? 보니파키우스가 사라져야만 다시 자유를 얻을 수 있다는 것을? 그런데 당신은 십자군에 협력하고 있군요. 그것이 진정 원로원 의원 스파다의 머리에서 나왔다면 보니파키우스를 더욱 강하게 만들 뿐입니다. 보니파키우스를 교황의 자리에서 끌어내야 합니다!"

단테가 그렇게 솔직하게 이야기를 한 것은 머리끝까지 오르기 시작한 술기운 덕분이었을 것이다. 더욱 신중했어야 했다고 그는 생각했다. 그러나 마르티노는 분개하지 않는 듯했다.

"보니파키우스는 늙은 암노새 같아요. 튼튼한 발굽으로 버티고 선, 강인한 암노새 말입니다. 그의 네 발이 지탱하고 있는 권력은 산타젤로 성의 소유권, 추기경회에 대한 절대적인 통제권, 아나니에 있는 그의 영지, 성전기사단의 은밀한 지지입니다. 성전기사단은 미남왕 필립의 탐욕을 그가 막을 수 있다고 생각합니다. 그중 한 가지에만 타격을 가해도 그는 격렬하게 저항을 할 것입니다. 그 네 가지를 동시에 절단해 버려야 그를 파멸시킬 수 있을 겁니다."

"그건 마치 하느님의 손길만이 이탈리아를 재앙에서 구할 수 있다는 말 같군요. 그의 권력 기반을 다 무시한다 해도 산타젤로 성만으로 모든 공격에 저항할 것입니다. 제가 옆에서 그것을 검토했지요. 마르코 폴로와 베이컨 수사가 말한 중국의 검은 마법 가루도 그의 권력에 충격을 주지 못할 겁니다. 하지만 교황은 늙었으니 자연이 자신의 일을 수행해 주기를 기다리는 수밖에 없겠지요. 어쩌면 그의 후임자는 정의로운 사람이 될 수도 있겠지요. 하느님께서 당신의 교회가 위기에 처하는 걸 용인하지 않을 테니 말입니다."

노인은 머리를 흔들었다.

"프랑스 왕은 자기 편 인물이 새 교황에 선출되도록 벌써 계략을 꾸미고 있습니다. 그의 충복이겠지요. 벌써 교회를 위한 새로운 본거지가 이탈리아 국경선 너머 북부에 준비되었답니다. 그는 지금 추기경회의 통제권을 얻기 위해 일을 진행하고 있습니다. 몇 사람은 이미 돈으로 매수했고, 또 다른 사람들에 겐 탄압을 가하고 있습니다. 그리고 또 다른 사람들을 살해할 것입니다. 시간은 그의 편입니다."

"로마에서 교회를 없앤단 말씀입니까? 베드로 사도가 교회를 건설하기 위해 왔던 이곳에서? 당신 미쳤군요. 그런데 어떻게 이런 일을 알고 계시죠?"

돌연 의혹에 빠진 단테가 물었다.

노인이 미소를 지었다.

"베네치아 공화국은 해전과 함대 건조에만 능한 게 아닙니다. 배신자에게 강력히 대처하는 게 강대국의 안전한 살 길이지요. 하지만 육지에서는 취약하기 때문에 경쟁국의 행동을 미리 예견해야 안전이 보장됩니다."

"제국이 넘치도록 스파이를 심어두셨군요!"

"밀정들이지요. 매우 유능합니다."

"당신도 밀정입니까? 그래서 로마에 온 것입니까?

마르티노는 또 다시 미소를 지었다.

"그렇기도 합니다. 베네치아 공화국에서 알고 있는 공식적인 이유는 그것입니다. 허나 사람은 저마다 자신의 행동을 설명하기 위한 많은 이유를 마음속에 감추고 있지요. 메세르 알리기에리, 당신도 마찬가지입니다. 당신은 피렌체 대사 자격으로 이곳에 왔습니다."

그는 단테를 노려보면서 말했다.

"그러나 당신의 마음을 움직인 것은 그것이 아닙니다. 당신은 무언가를 찾고 있어요. 고향의 운명보다 더 당신을 짓누르는 무언가를. 나도 당신처럼 무언가를 찾는 중입니다."

"그게 뭐죠?"

"지식입니다, 메세르 알리기에리. 당신처럼 말이죠. 그것이

바로 우리를 태우는 불꽃이지요. 어서 가십시다. 니콜레토에게
방을 주라고 명하겠습니다. 남은 시간엔 잠을 잡시다. 내일 그
가 마차로 데려다 줄 겁니다."
　단테는 무슨 말을 덧붙이고 싶었지만 노인의 단호한 눈빛이
더 이상 아무 말도 하지 않겠노라고 말하고 있었다.
　"가서 쉽시다."
　마르티노가 말했다. 술집 주인이 그들 옆에서 양초를 들고 기
다리고 있었다.

Ⅶ 솔로몬의 램프

11월 10일, 늦은 아침

이미 날이 훤히 밝고 나서야 단테는 잠을 깼다. 원기를 회복한 기분이 들었지만, 격렬한 전투와 그 이후에 뒤따랐던 일 때문에 아직도 마음이 어지러웠다. 그는 마르티노가 누워 있던 쪽으로 몸을 돌렸지만 아무도 보이지 않았다. 방을 나가다가 계단 끝에서 주인 남자를 만났다. 술통에서 포도주를 따르고 있었다.

"메세르 마르티노는 벌써 일어나셨소?"

"한참 됐습니다. 메세르 마르티노는 절대 두 시간 이상 잠을 자는 법이 없습니다. 대신 인사를 전해 달라고 제게 부탁하셨습니다. 또 만날 거라고 하시더군요."

"그는 언제 떠났습니까?"

단테가 놀라서 물었다.

"새벽에요. 뭐 좀 드시겠어요?"

사내는 하던 일을 중단하고 대답했다. 그가 빵과 달걀을 주자, 단테는 그것을 얼른 집어 삼켰다. 허기가 진정되자 단테는 자신의 거처로 돌아가는 길을 물었다.

"간단합니다, 메세르. 원형 경기장 벽을 따라 강기슭으로 내려가십시오. 계속 왼쪽 길로 가십시오. 어젯밤에 콜로세움 부근에서 전투가 있었습니다. 그러니 그쪽으로는 가까이 가지 마십시오. 그 부근을 배회하는 낙오병들이 있습니다."

갑자기 전날 밤의 사건이 떠올라 단테는 괴로웠다.

"전투는 어떻게 끝났는지 아시오?"

그는 불안한 마음으로 물었다.

"프란지파네 가문이 보니파키우스에게 항복했다고 하더군요. 요새가 카에타니 가문으로 넘어갔답니다."

"방어를 하던 자들은 어떻게 되었나요?"

주인은 아무 대답도 하지 않고 어깨를 으쓱 했다. 불행한 사람들이 몇 명이나 더 리페타 항구에서 사슬에 묶여 줄을 서게 될지 관심없다는 표정이었다.

단테는 돈을 내고 싶었지만 사내는 이상하게도 그가 내미는 돈을 받지 않았다. 그래서 단테는 그에게 인사를 하고 문으로 향했다.

문설주 위에 걸린 성화가 단테의 눈에 들어왔다. 그리스도를 무릎에 안고 옥좌에 앉아 있는 성모 마리아를 그린 작은 나무판이었다. 고향의 비천한 농가에서 보았던 수많은 성화들처럼 예술적인 매력은 전혀 없었다.

온천에서 보았던 조각상과, 그 조각상에 바쳐졌던 음란한 의식이 떠올랐다. 그런데 베일이 조각상의 눈을 가렸던 것처럼 이 처음 보는 그림에도 뭔가 이상한 것이, 기독교적 전통에 비추어 볼 때 뭔가 왜곡된 것이 있었다. 성모 마리아의 머리에 전통적인 하늘의 여왕 왕관이 씌워져 있지 않았던 것이다. 이상하게도 뿔처럼 생긴 낫 두 개가 달린 원반을 이마에 붙이고 있었다.

"이 그림을 어디에서 구했습니까?"

단테가 물었다. 니콜레토는 단테가 가리킨 것에 눈길을 주더니 이내 대수롭지 않은 듯이 시선을 거두었다.

"성모 마리아 말씀입니까? 숙박비를 내지 못한 어떤 사람이 주었습니다. 대략 2년쯤 되었을 겁니다."

단테는 자세히 살펴보기 위해 좀 더 다가갔다. 나무판이 오래돼서 곳곳의 색이 지워져 밑의 나무를 드러내고 있었다. 그러나 솜씨만은 탁월한 데가 있었다. 가까이서 보니 얼굴 윤곽이 매우 섬세하고 암시적이었으며, 토스카나 지방의 성당을 장식하는 대형 제단화와 비교해도 손색이 없었다. 단지 의상과 이상한 머리 모양 때문에 신비롭고 모호해 보였다.

단테는 다시 니콜레토를 쳐다보았다. 이 선술집은 집회를 하던 장소에서 그리 멀지 않았다. 만약 그 의식이 정기적으로 반복돼 온 것이라면 주인도 그것을 알고 있을 터였다. 어쩌면 벽에 걸린 저 성화도 우연한 선물이 아니라 어떤 식으로든 그도 관련되었다는 증거일 수 있었다. 그러나 사내의 태도가 폐쇄적이라 다른 비밀을 털어놓을 성싶지 않았다.

피렌체였다면 그가 알고 있는 것을 자백받기 위한 방법이 있었을 것이다. 그러나 여기서는 병아리처럼 힘이 없는 자신을 생각하자 쓸쓸해졌다. 그는 주먹을 꽉 쥐면서 머리를 흔들었다. 전날 목격한 사건이 그와 무슨 상관이란 말인가? 하지만 또 다른 치욕이 그 유적들 사이에 숨겨져 있을지도 몰랐다. 벽이 부서져 흙이 되면서 선과 악의 경계선도 함께 끌려나온 것처럼 말이다.

단테는 문지방을 넘어 그가 가르쳐 준 방향으로 걸어갔다.

강까지 이어지는 길은 이상하게도 한적했다. 가끔 무장한 군인들을 만나기는 했지만 다행히 그들은 단테에게 관심을 두지 않았다. 노파의 집이 보였을 때, 그는 놀라서 걸음을 멈추었다. 대문 앞에 무장한 군인들 무리가 있었는데, 그를 기다리는 듯했기 때문이다. 그는 신중하게 앞으로 걸어갔다. 그들 틈에 있는 원로원 의원을 알아본 그는 안도의 한숨을 쉬었다. 사투르니아노 스파다도 그를 알아보았다. 그는 기쁨의 탄성을 지르며 앞으로 나와 두 팔을 벌렸다.

"메세르 알리기에리! 전투 중에 당신이 없어져서 정말 걱정 많이 했습니다! 나의 부하들이 당신이 사라지는 것을 보았지만 어디로 갔는지 알 수가 없었습니다. 그래서 당신의 거처에 와서 기다리기로 했지요."

"어젯밤 난 죽을 뻔했습니다. 작전이 그렇게 살벌할 줄은 몰랐어요. 저를 구해 준 사람이 없었다면……."

"네, 저도 보고를 들었습니다. 그러나 이제는 그 괴로운 사건을 잊읍시다. 제가 당신에게 온 것은 그 일 때문이 아닙니다. 교황께서 무덤에서 발견한 시체를 검시하라고 명하셨습니다. 수사들뿐만 아니라 현자賢者들도 협력할 수 있게 해달라고 제가 요청했습니다. 아주 미묘한 작업인지라 당신의 지혜가 필요합니다. 발굴 현장을 지켜보셨으니 이미 모든 사실을 알고 계시잖습니까. 물론 다른 사람들도 참여합니다. 의사인 유대인 마노엘로, 그리고 점성술과 신비과학의 전문가인 칸의 대사도 있습니다.”

원로원 의원은 군인들 사이에서 기다리고 있던 두 사람을 가리키며 말했다.

“교황청이 늘 유대 종족을 멸시하는 건 아니군요.”

단테는 마노엘로와 눈을 마주치면서 피곤한 목소리로 말했다.

“의술에 있어서 그의 능력을 의심하는 사람은 아무도 없지요. 그 점에 있어서는 추기경보다 더 낫지요. 단지 비난 받는 신앙을 어리석게도 고집하기 때문에 조롱을 받는 겁니다. 페르시아 사람도 다른 신을 섬기지만 필요하리라 생각했습니다. 종교재판관들에게 동양의 지혜를 보태 줄 수 있을 겁니다.”

원로원 의원은 냉소적으로 얼굴을 찡그리며 대답했다.

그들은 룬가라 길을 올라 산토 스피리토 병원†까지 걸어갔다. 병원 문을 통과한 그들은 건물 내부에서 계속 이어지는 열주列柱와 둥근 지붕 위의 팔각형 탑, 그리고 건물의 첫 번째 익벽翼壁을 구성하는 기다란 측랑††을 통과했다. 벽에 가까이 다가

---

† 120년 교황 인노켄티우스 3세에 의해 설립됨.

가니 벽의 둘레를 표시하는 커다란 아치 사이에 병자들의 침대가 다닥다닥 붙어 있었고, 고통 속에서 절망하는 사람들이 가득했다.

단테는 신속히 걸음을 옮겼다. 주위를 무겁게 짓누르는 악취를 맡지 않으려고 애쓰면서 성직자들이 쓰는 모자의 베일로 얼굴을 가렸다. 모든 공간에 사람들의 육신이 빼곡히 들어차 있었다. 그들 사이로 산토 스피리토 소속 수사들이 그림자처럼 움직이고 있었다. 애당초 병원의 주인은 튜튼 제국 사람들이었지만, 그들이 떠난 뒤에 산토 스피리토 성당의 수사들에게 운영이 맡겨졌다. 탄식과 신음 소리가 병자들 위에 아무렇게나 덮어둔 남루한 옷 속에서 새어나왔다. 진흙 웅덩이 속의 끓는 거품처럼 꾸르륵거렸다. 어떤 병자들은 마비된 몸으로 앉아 있었는데, 팔로 무릎을 꼭 안고 있었다. 그렇게 해서라도 자신이 아직 육신을 가지고 있다고 확신하려는 듯했다. 꼼짝도 않고 창백한 얼굴로 누워 있는, 수염이 덥수룩한 또 다른 병자들의 얼굴에는 이미 죽음의 기운이 드리워 있었다.

수사들은 길게 늘어선 침대 사이에 말없이 운집한 채, 아직 반응을 보이는 자들을 될 수 있는 한 회복시키려고 애쓰고 있었다. 주위를 둘러본 단테는 더러운 시트의 네 귀퉁이를 잡고 있는 수사들을 보았다. 안에 든 시체를 들어 밖으로 끌어내고 있었다. 단테는 조용히 고개를 흔들었다.

"비참한 사람들을 생각하고 계십니까, 메세르 알리기에리?"

---

†† 側廊. 일반 교회나 바실리카의 한 부분으로 네이브, 성가대석처럼 주요공간과 평행하거나 또는 이들을 둘러싼 통로.

단테의 행동을 놓치지 않고 있던 원로원 의원이 물었다.

"네. 우리의 정신을 담고 있는 작은 배가 얼마나 허약한지 생각했습니다. 작은 폭풍우만 불어도 그 배는 산산이 부서져서 우리를 표류자로 만들지요."

"우리 시대에는 뭔가 불건전한 것이 있습니다. 몸과 마음의 신성한 조화를 잃어버린 것 같아요. 옛날에는 그 조화 덕분에 몸과 마음이 즐거웠는데 말입니다. 초기의 주교들은 충만한 힘으로 오래도록 살았다고 하지 않습니까? 하지만 오늘날에는 인간의 몸이 영혼보다 먼저 죽는 일이 더욱 잦아지고 있어요. 그래서 몸이 고통의 감옥으로 변하고 만 것이지요. 우리는 빛이 아니라 감동과 열광에 빠질 때 신성과 재결합합니다. 저들은 차라리 태어나지 않는 게 나을 뻔했어요!"

단테는 무력한 분노에 사로잡혀 소리쳤다.

"우리 모두가 그러는 편이 더 나았겠지요!"

원로원 의원은 단테를 노려보았다.

"조심하세요, 메세르 알리기에리! 지금 가고 있는 이단심문소에서 이런 삼단논법은 다시 말하지 마세요. 이단자 마르시온†의 논리와 비슷해서 위험하기 짝이 없군요! 교회에서 추방된 배신자 주교 말입니다."

---

† 85-160년. 140년 경 기독교로 개종했으나, 144년경 파문 당한다. 마르시온은 기독교는 유대교와 분명하게 단절되고 구약성경의 창조주 하나님은 예수께서 사랑하시던 아버지와는 다르다고 주장했다. 마르시온은 구약성경을 하나님의 말씀으로 인정하지 않았으며, 누가복음과 바울의 서신들로 자신의 경전을 만들면서 하나님이 창조주로 언급된 구절들을 삭제했다.

그들은 건물의 두 익벽翼壁을 분리하는 팔각형 공간을 넘어갔
다. 중앙에는 작은 석조 제단이 솟아 있었고 그 앞에서 한 수사
가 동료 두 명의 도움을 받아 대좌 주위에 몰려든 한 무리의 사
람들을 위해 성스러운 미사를 올리고 있었다. 모인 사람들은 다
른 사람들보다는 덜 비참해 보였다. 찢긴 옷에 핏기 없는 얼굴
을 하고 있었지만 적어도 두 발로 설 수는 있는 것 같았다.

"이들은 병자가 아닙니다."

원로원 의원은 단테의 질문에 앞서 말했다.

"성지로 가기를 기다리는 순례자들이지요. 병원에서는 잘 곳
이 없는 가난한 여행자들도 돕고 있습니다. 서원을 하러 가는
길에 원기를 회복시켜 주면서 말입니다."

주위에는 잘 묶은 수하물과 보따리들이 쌓여 있었다. 한쪽 모
퉁이에는 무거운 짐을 진 나귀가 귀를 내리고 온순하게 기다리
고 있었다. 그때 수사가 술잔을 들어 올렸고, 그의 행동에 호응
하는 기도 소리가 중얼중얼 이어졌다. 단테는 잠시 걸음을 멈추
고 성호를 그었다. 그리고 동정을 가득 담은 강렬한 눈빛으로
그들을 쳐다보았다.

"무슨 생각을 하십니까, 메세르 알리기에리?"

원로원 의원이 그를 다그쳤다.

"저들에게 생기를 불어넣는 힘에 대해 생각하고 있습니다.
저들은 자신의 집과 조국을 떠났습니다. 불확실한 운명 때문입
니다. 저들 중 많은 사람들이 모세 왕처럼 멀리서만 보이는 목
적지를 봅니다. 차가운 돌 위에서 잠을 자고, 다시 길을 걷기 위
한 빵 한 조각을 얻기 위해 남의 집 계단을 오르내리지요. 정말

최고로 불행한 사람들이지요. 그들은 그렇게 자신들의 영혼에 생기를 불어넣는 믿음보다 더한 대가를 치르면서 운명을 찾습니다. 순교만큼 위대하고 고통스러운 것은 별로 없을 겁니다."

단테는 측랑을 따라 다시 걷기 시작했다. 여기는 악취가 더욱 심했다. 병자들이 누운 침대는 다른 익벽에 비해 좀 더 멀리 떨어져 있었고, 몇 명 안 되는 수사들이 이들 사이를 돌아다니고 있었다. 어떤 병자들은 방치된 채 이불을 덮고 누워 있었지만, 대부분이 온몸에 붕대를 감고 앉아 있었다. 심판의 날에 막 다시 깨어난 송장 같았다.

몸서리를 치며 단테는 동행한 사람들에게 바싹 붙어서 계속 걸었다.

"이들은 누구입니까?"

병자가 두 명씩 누워 있는 침대를 가리키며 단테는 물었다. 그들이 가까이 다가가자 둘 중 한 병자가 팔꿈치를 위로 들어올렸다. 얼굴을 가린 붕대 사이로 그들을 응시하는 듯했다.

"나병 의혹이 있는 환자들입니다. 성벽 밖으로 추방되기를 기다리며 여기서 치료를 받고 있습니다."

단테가 침대를 지나가자, 그 병자가 또렷한 목소리로 외쳤다.

"토스카나 사람! 내가 아는 사람이군!"

단테는 놀라서 걸음을 멈추었다. 흥분해서 몸을 움직이는 바람에 그 사내를 덮고 있던 붕대가 얼굴에서 흘러내리면서 얼굴이 드러났다. 그의 무서운 모습 때문에 단테는 몸이 얼어붙는 것 같았다. 병 때문에 그의 입술은 완전히 부식되어 있었으며 입은 어둡고 구불구불한 동굴처럼 변하고 말았다. 부서진 이 몇 개가 누런 구더기처럼 밖으로 튀어나와 있었다. 또 부어오른 눈꺼풀이 한 쪽 눈을 완전히 덮고 있었지만, 겨우 뜨고 있는 다른 쪽 눈에서는 흑단처럼 검은 동공이 튀어나와 있었다.

"당신은 알리기에리 가문의 단테로군! 내가 누군지 알 것이다!"

그는 그르렁거리는 목소리로 말했다.

멀리서 걸음을 멈춘 단테는 그에게 한 걸음 다가갔다. 사내의 망가진 얼굴에는 옛 기억을 되살리는 어떤 것이 있었다. 그러나 그의 가면 같은 얼굴에서 아는 사람을 떠올리기는 힘들었다. 그러다 불현듯 기억이 났다. 단테는 주먹을 꽉 쥐었고, 또 다시 부아가 치밀었다.

"반니 푸치†!"

단테는 소리쳤다.

"격분하여 카프로나를 공격할 때와 지금의 모습은 사뭇 다르군."

옛 전투의 무시무시한 장면이 순식간에 눈앞을 스치고 지나갔다. 피렌체 군대가 동맹군인 피스토이아의 겔프 당파와 함께 카프로나의 기벨린 당파의 요새를 공격했었다. 공격을 받은 자들은 살려준다는 조건을 받아들여 항복했으며, 그 뒤에 패자들은 피렌체의 두 진영 사이에서 공포에 떨고 있었다. 피렌체인들은 맹세를 지켰다. 그러나 그보다 앞서 반니가 이끄는 피스토이

---

† 피스토이아의 귀족. 1291년 두 공모자와 함께 성 세노네 성당에 있는 성 야코보 제의실에 들어가 보석과 성모상을 훔쳐 지인의 집에 맡겼는데, 라누치오란 자가 억울한 누명을 쓰고 처형당한 걸 알고 양심의 가책을 느껴 자수했다.

아 군대가 그들을 모두 살육했다. 겔프 당파 전체에 수치심을 안겨 주면서 말이다. 피스토이아는 개와 도둑, 악당들의 고향이나 다름없었다.

사내는 특유의 눈빛으로 대담하게 단테를 응시했다. 과거의 오만함을 그대로 담고 있는 듯했다.

"당신은 도둑이야."

단테가 차갑게 말했다.

"당신은 성 야곱의 성물실을 털었지. 그런데 당신 대신 다른 사람이 벌을 받았어."

상대는 썩은 입에서 꾸르륵 소리를 내며 웃음을 터뜨렸다.

"피스토이아에서 사람들은 아직도 그 성물을 찾고 있지. 잠시 동안은 나도 그것 덕분에 잘 살았어. 하지만 황금은 오래 가지 못하더군."

"당신은 지옥에 갈 거야. 가서 짐승 같은 욕망을 부린 대가를 치러야 해."

반니 푸치는 또 다시 킬킬거리며 웃었다.

"난 벌써 지옥에 있다네, 친구. 자네의 예언은 소용이 없어. 하지만 나도 자네의 미래를 말해 주지!"

그는 붕대를 감은 손을 올려서 단테를 겨누었다.

"흑당†이 승리할 것이야. 그리고 너와 네 가족을 파멸할 것이다. 나는 내 의지로 도망쳤다. 격노한 하느님조차 나를 멈추게 할 수는 없었다. 그러나 너는 불꽃의 추격을 당해 네 집에서 나

---

† 피렌체의 집권당이었던 겔프당(교황당)의 두 분파 중 하나. 흑당은 다른 분파인 백당과 치열한 권력투쟁을 벌였으며 단테는 백당에 속해 있었다.

올 것이다. 다시는 피렌체를 보지 못할 것이야."

단테는 성호를 긋다가, 곧 침대 옆에서 타고 있는 작은 램프를 잡아 힘껏 병자에게 던졌다.

"닥쳐라, 저주받은 놈아!"

단테는 소리쳤다. 그러나 원로원 의원이 그의 소매를 붙들었다.

"하데스가 너를 받아주기를 주저하니 차라리 여기서 불에 타거라!"

반니는 가슴에 정통으로 램프를 맞았다. 기름이 그의 몸에 엎어지면서 몸을 싸고 있던 붕대에 스며들었다. 천의 접힌 부분에 미끄러져 내려간 심지 때문에 기름에 불이 붙었다. 반니 푸치는 불을 끄기 위해 필사적으로 불꽃을 때리기 시작했다. 붕대를 감은 손가락으로 불꽃을 누르면서 그는 계속 웃었다. 몸에 붕대를 감고 있어 화상을 입을 염려가 없다는 듯이.

원로원 의원과 마노엘로가 놀라서 그 장면을 지켜보았다. 단테는 사투르니아노에게 몸을 돌렸다. 그는 여전히 단테를 만류하면서 소리쳤다.

"이런 산적 같은 자의 말에 귀를 기울이십니까? 사악함이 판을 치는 놈의 고향에서도 놈은 교수형에 처해질 것입니다!"

사투르니아노는 단테의 팔을 붙잡고 몇 걸음 옆으로 물러났다.

"작년에 희년을 선포했을 때부터 순례자들의 유입을 통제할 수가 없었습니다. 대개 사죄赦罪와 면죄부를 구하는 선량한 사람들이었지요. 하지만 그들과 더불어 제국의 쓰레기들이 일곱 언덕 사이에 몰려들었습니다. 문지기들이 최선을 다했지만, 군중이 너무 거대하여 위법 행위를 근절할 수가 없었습니다. 그들은 돈을 가지고 있었기 때문에 창녀들과 술집 주인들, 여관 주인들은 언제든지 문을 활짝 열어 줍니다. 이들 중 누군가가 그들의 아내를 범하거나 돈을 훔쳐간다거나 자식들의 목을 찔러서 산타젤로 성으로 달려가 불평을 하는 경우를 제외한다면 말입니다. 그들은 최고의 잠자리인 유적들 사이에 몸을 숨긴 채 국가별로 모입니다. 롬바르디아 지방 사람들은 산 조반니 성당에서, 토스카나인들은 네르바 수도의 아치 밑에서, 독일인들은 산타젤로 성의 풀밭 뒤에서 모이지요. 그리고 프랑스인들 및 풀리아인들과 그들의 뻔뻔한 여편네들도 있습니다. 그러나 다행히도 곧 우기가 시작되니 조만간 테베레 강이 범람하기를 바라야겠어요. 그래야 하수도에 숨어 있는 어중이떠중이들을 모두 쓸어내겠지요. 그래도 당신이 이런 부류의 사람을 개인적으로 알고 있을 줄은 생각도 못했습니다.”

“저런 놈의 얼굴은 한번 보면 절대 잊을 수가 없습니다.”

단테는 다시 한 번 반니 푸치를 노려보며 매정하게 말했다. 반니 푸치도 썩어가는 황폐한 얼굴에 아직도 불씨가 남아 있는 붕대를 감은 채 오만하게 그의 시선을 되돌려 주고 있었다.

“놈의 불길한 예언은 신경 쓰지 마십시오. 도살장에 끌려온 소가 흐느끼는 소리에 불과합니다.”

“제가 두려운 건 놈의 예언이 아닙니다. 놈을 보고 제 집과 피렌체를 위협하는 수많은 것들이 생각났을 뿐입니다.”

그들은 병실 끝에 열려 있는 문에 도달했다.

"나를 따르시죠."

원로원 의원이 말했다.

"여기서부터 병원의 예배당으로 가는 길입니다. 무덤에서 발굴된 여자의 사체가 여기에 있습니다."

문을 통과하니 작은 성당이 어둠 속에 잠겨 있었다. 제단 앞에 키 작은 석조 난간이 지하 납골당 입구를 둘러싸고 있었다. 계속해서 원로원 의원의 뒤를 따라 단테는 짧은 계단을 내려갔는데, 그곳은 천장이 낮고 축축한 작은 공간이었다. 계단 바닥의 타일 사이로 보이는 초록색 이끼와 벽에 생긴 검은 얼룩이 근처에 강물이 있음을 말해 주고 있었다.

납골당 중앙에는 그리핀과 비슷한 형상 두 개가 떠받치고 있는 석조 제단이 솟아 있었다. 이교도 방식으로 조각된 그리핀의 형상이었다. 바로 그 앞에 목관이 놓여 있었으며 그 주위를 수많은 철제 촛대가 둘러싸고 있었다. 누르스름한 촛불이 그 부근을 지나치게 환히 밝히고 있었다.

관 주위에는 도미니크 수도회의 흑백 수도복을 입거나 프란체스코 수도회의 회색 수도복을 입은 여섯 명의 수사들이 몸을 숙인 채 작은 목소리로 쉼 없이 의견을 나누고 있었다. 단테 일행이 들어오는 소리에 우두머리인 듯이 보이는 수사가 벌떡 일어나 다가왔다. 단테는 그가 자신들을 환영하기 위해서가 아니라 반대로 자신들의 접근을 금지하기 위해서 다가오는 것이라고 느꼈다. 원로원 의원을 알아본 수사는 곧 한쪽으로 물러서면서 경의를 표했다.

그러나 수사는 다른 사람들을 의심스러운 표정으로 계속 응시했다.

"걱정하지 마십시오, 형제님."

원로원 의원은 계속 관으로 다가가면서 그를 안심시켰다.

"전문가들이 몇 분 오실 거라 말씀드렸지요."

"원하는 대로 하시지요."

그는 의심스러운 어조로 나지막이 말했다.

"보니파키우스 교황님의 뜻이랍니다."

사투르니아노가 딱 잘라 말했다.

"사체에 관해 무엇을 발견했습니까? 정말…… 여교황의 시체입니까? 입고 있는 의상이 정말 교황의 의상인가요?"

원로원 의원은 마지막 말을 하기 전에 잠시 머뭇거렸다. 옛 스캔들 얘기를 다시 꺼낼 생각만 해도 걱정스러운 듯이 말이다.

수사는 어깨를 움츠렸다.

"그런 듯합니다. 시신을 덮고 있는 의상만으로 판단해야 한다면 말입니다. 하지만 과거에는 사기꾼들과 교황 반대자들도 사제복을 걸친 경우가 많았습니다!"

"하지만 정말로 여교황일 수도 있지요. 수백 년 전부터 그녀에 대한 이야기가 있었고, 산 피에트로 성당과 성 조반니 성당 사이의 길에 그녀가 매장되었다고……."

원로원 의원이 또 다시 말했다.

"그러나 그건 불가능합니다. 여자가 베드로의 옥좌에 등극한 적은 한 번도 없습니다. 그건 사기입니다. 악마의 마음을 지닌 적들이 꾸며낸 것입니다. 이것은 가짜이거나 조각상일 것입니다. 진짜 시체가 아닌 게 확실합니다. 우리 모두 그렇게 생각합니다.”

단테는 조용히 듣고 있었다. 이단재판관인 수사가 진짜 여자의 시체라는 유일한 가능성을 맹렬히 거부하는 것에 충격을 받았다.

“사체를 주의 깊게 검시하셨습니까?”

단테는 생각에 잠긴 채 물었다.

“의술을 행할 때처럼 신중을 기하셨습니까?”

단테도 관을 향해 몸을 숙였으며, 이미 놀라움을 안겨 주었던 그 시체를 보고 또 다시 감탄했다. 그는 조합장으로 일했을 때의 피렌체를 잠깐 떠올렸다. 그리고 자신의 말에 대한 냉담한 반응을 본능적으로 알아차리고 얼른 이단재판관을 쳐다보았다. 그는 대답할 생각이 없다는 듯 경멸의 표정으로 단테를 응시했다. 다른 수사들도 이야기를 중단하더니 불안한 표정으로 그를 관찰했다.

“이분은 피렌체에서 오신 단테 알리기에리이십니다. 시인이시며 교황청 대사로 파견되었습니다.”

원로원 의원은 자신의 권위로 단테를 보호하려는 양 옆으로 다가오면서 말했다.

이단재판관은 태연한 표정으로 그의 이야기를 들었다. 그 말에 자신감을 얻은 단테는 다시 몸을 숙였다. 이제는 환한 곳에서 더욱 자세히 볼 수 있었고, 그런 만큼 처음에 느꼈던 경이로움은 더욱 커졌다. 물론 숭고한 솜씨로 빚은, 밀랍 조각상일 수도 있을 터였다. 평범한 시체일 수는 없었다. 수백 년 동안 그런 형태로 보존될 수 있는 것은 아무것도 없었기 때문이다. 병원에서 목격했던 쇠약한 육신들이 잠깐 생각났다. 그것이 바로 육신이 물려받은 피부의 운명이었다.

진주처럼 하얀 얼굴을 살짝 만져 보고 손가락으로 뺨을 눌러 본 단테는 당황하여 얼른 손가락을 거두어 들였다. 예상치 않은 감각을 느꼈던 것이다. 피부가 뜻밖의 탄력을 보이며 그의 누름에 응답한 것이다. 정말로 살아 있는 몸을 만진 듯했다.

단테는 놀란 표정으로 다른 사람들을 다시 쳐다보았다.

"우리도 당신처럼 그렇게 놀랐습니다."

이단재판관은 차갑게 말했다.

"이런 장난을 친 사람은 자기가 무슨 짓을 했는지 알 겁니다. 밖으로 드러난 부위를 만들기 위해 부드러운 가죽을 사용한 것 같습니다. 손가락도 진짜처럼 휘어지는 것 같더군요. 로마에서 이런 재주가 있는 장인은 한두 명이 아닙니다. 제가 이미 아랫사람들에게 그들을 붙잡아 이단심문소로 데려오라고 명했습니다. 조만간 누구의 짓인지 알게 될 겁니다!"

수사의 조언을 듣고 단테도 가슴 위에 팔짱을 낀 시체의 손을 풀어서 잡아 보았다. 사지가 유연하게 움직이며 그의 행동에 반응했다. 살아 있는 육신에 거의 근접하는 반응이었다. 피렌체 최고의 장인들이 위대한 귀족 가문의 딸들을 위해 만들었던 인형처럼 일종의 관절이 구부러지는 인형이 아닌가 의심했다. 손가락도 힘을 주면 구부러졌다. 갑자기 호기심에 사로잡힌 그는 눈꺼풀을 세심하게 올려 보았는데, 정말 놀랍게도 완벽한 모양의 하늘색 눈동자가 나타났다. 인형이 맞다면, 그것을 만든 유리 제작업자는 진짜 눈에서 자연스럽게 나타나는 모든 혈관을 재료에 스며들게 할 수 있었을 것이다.

"무슨 생각을 하십니까, 메세르 알리기에리?"

원로원 의원의 목소리가 등 뒤에서 들렸다. 단테는 그를 돌아보았다.

"아직 판단이 서지 않습니다. 확실한 것은, 지금 눈앞에 보이는 것이 이상하게도 막 죽음을 맞이하여 활력이 사라진 육신과 유사하다는 점입니다. 확실히 알려면 천이 가리고 있는 몸도 검사해야 할 것입니다. 하지만 전 이것이 진짜 인간의 시체일까 봐 두렵습니다."

"두렵다니요? 왜 그리도 신중하십니까? 저것이 진짜 여교황의 시신이라면, 현재의 우리가 보면 매우 놀랍지만, 하느님께서 그 시신을 보전하려고 하셨다면 이 새로운 기적을 그분의 의지의 표현으로 받아들이고, 성자와 순교자들의 유해에 경의를 표하듯 그 기적을 믿어야 하지 않을까요?"

단테는 입을 다물었다. 처음부터 그는 기적을 보인 사체가 아니라 목관의 그림만 생각하고 있었다. 그러나 그는 사실을 확신하기 전까지는 미심쩍은 점은 말하고 싶지 않았다. 그래서 애매한 손짓만 했다.

"제 말은 이 사건이 증명되기만 하면, 모든 신자들의 감동이 더욱 커지리란 것입니다. 아무튼 모든 것을 조사해야 합니다. 의상 아래와 피부 속까지."

"그게 무슨 말입니까, 피렌체 양반?"

이단재판관이 불쑥 끼어들었다.

"피부 속이라뇨?"

"확실하게 확인하는 방법은 하나뿐입니다. 시신 속에 자연의 질서에 정확히 순응하는 내장 기관이 제대로 있는지 보는 것입니다."

"시체를 해부하자는 말씀이십니까? 그건 자연과 하느님의 법칙이 금지하는 끔찍한 행동입니다! 하느님께서 덮으셨던 것을 인간이 탐색하면 안 됩니다! 무엇이 알고 싶으세요? 하느님께서 우리에게 주신 시간에 정신의 흐름을 지탱했던 기관과 유체流體의 경이로운 구성이 알고 싶습니까?"

"볼로냐에서 해부학자들이 만든 두개골판을 본 적이 있습니다. 의대생들이 공부하는 것이지요. 전장에서 시체를 훔쳐서 비밀리에 작성한 것이었습니다. 당신은 왜 반대합니까? 그저 인형이라면, 천한 모조품이라면, 외과의사의 칼이 모욕이 될 이유도 없지 않습니까?"

단테가 날카롭게 반박했다.

상대는 화가 나서 계속 거부감을 표시하다가 원로원 의원의 시선을 느끼자 머리를 흔들었다.

"좋소. 외과의사를 부르시오!"

"우리와 함께 온 마노엘로 선생이 의사입니다."

원로원 위원이 한쪽에 떨어져 있던 사내에게 가까이 다가오라는 신호를 보내며 대답했다.

"유대인 아닙니까? 저주받은 족속을 가담시키고 싶은 겁니까?"

분개한 이단재판관은 노란색 작은 바퀴를 손가락으로 가리키며 소리쳤다.

"마노엘로는 무엇보다 의사입니다. 우린 그의 기술이 필요합니다. 그는 우리의 법을 준수하지요. 그에게 앞으로 목격하게 될 일에 대해 함구할 것을 명했습니다. 그는 분명 약속을 지킬 것입니다. 약속을 지키지 않을 경우 엄중한 보복이 그의 백성들에게 가해질 것임을 알고 있기 때문입니다. 생각해 보세요, 형제님. 신자인 외과의사는 더 못 믿습니다. 그가 말을 하면 우리는 그와 그의 가족에게 벌을 줄 수 있겠지요. 어쩌면 그의 친구들에도. 그러나 유대인과 일한다면, 복수의 범위가 종족 전체가 되는 겁니다. 게다가 당신은 보니파키우스 교황님의 분노의 화살을 면할 수 없을 겁니다."

마노엘로는 무표정한 얼굴로 그들의 대화를 듣고 있었다. 이단재판관의 경멸에 찬 시선을 받으며 꼼짝도 하지 않았다. 그러나 원로원 의원의 말이 이단재판관의 마음을 움직인 듯했다. 이단재판관은 여러 번 고개를 끄덕이면서 이렇게 말했다.

"당신의 말씀이 사실이겠지요. 그럼 시작하십시오. 안에 뭐가 들어 있는지 봅시다!"

마노엘로는 겨드랑이에 끼고 있던 가방을 바닥에 내려놓더니, 가방을 열고 일련의 도구를 꺼내기 시작했다. 단테는 처음 보는 물건들이었다. 어떤 도구들은 컴퍼스의 모양과 비슷했고, 어떤 것은 기하학의 겹자와 비슷했다. 마지막으로 크기가 다양한 칼들이 있었다. 마노엘로는 관의 가장자리에 칼을 가지런히 놓았다. 그리고 그는 단테를 쳐다보았다.

"저를 도와주시겠어요, 메세르 알리기에리?"

단테는 등줄기가 오싹했다. 앞서 밝힌 것처럼 그는 인체의 비밀을 공부하기 위해 몬디노의 연구실에서 많은 밤을 보냈다. 그리고 그 이후에는 캄팔디노 전투에서 칼에 잘려나간 팔다리와 땅바닥에 떨어진 장기에서 피가 줄줄 새어나오는 것을 보았다. 하지만 조용한 스투디움이었고, 격렬한 전쟁터였다. 상반된 상황이었지만 그때는 양심의 개입이 없었으며 큰 기쁨이나 큰 절망이 중간에 개입되어 있었다. 그러나 지금은 모든 면에서 그가 혐오하는 일에 가담을 해야 했다. 그는 용기를 내어 관으로 다가가서 특이한 도구들을 손으로 살짝 만져 보았다.

마노엘로는 그의 생각을 간파한 듯이 그의 행동을 지켜보았다.

"우리의 몸이 어떻게 생겼는지 보는 게 혐오스럽나요?"

"아닙니다. 시체를 해부하는 것이 합법적인지 확신이 서지 않아서요. 이단심문소에서 이 일을 허락한 건 단지 모조품이라는 확신 때문인 것 같습니다."

"좋아요. 곧 알게 되겠죠."

마노엘로는 칼 하나를 집어 집게손가락에 대고 칼날을 살펴보면서 대답했다. 그는 시체의 성직복을 묶은 끈을 세심하게 자르기 시작했다. 우선 두건부터 시작해서 길고 아름다운 목을 감고 있는 턱 끈을 잘랐다. 그리고 천천히 옷을 벗기기 시작했다.

작업이 진척되는 동안 시신의 벗은 몸이 나타났다. 단테는 입술을 깨물면서 혼란스러운 감정을 억제하려고 노력했다. 여인은 죽은 지 오랜 시간이 흘렀음에도 불구하고 몸매가 망가지지 않고 고스란히 보존된 듯했다. 살아생전 사랑싸움에서 항상 승리했을 터였다. 장밋빛 유두륜에 아직도 풍만하고 아름다운 유방이 꼿꼿이 서 있었는데, 마치 연인이 키스하며 막 옷을 찢은 것 같았다. 공포와 욕망이 그의 마음속에서 싸움을 벌이고 있었다. 옆에서 칼을 쥔 마노엘로가 시체로 다가가는 동안 그는 깊은 한숨을 쉬었다. 단테는 자신도 모르게 유대인 의사의 손을 붙잡아 그가 하려는 행동을 제지했다.

마노엘로는 동작을 멈추었다. 단테는 계속 그의 손목을 잡은 채 주저했다. 그는 기계적으로 머리를 흔들었다.

"이렇게 아름다운 것에 왜 상처를 내야 하지……."

그는 작게 중얼거렸다. 마노엘로는 부드럽게 팔을 빼고 성직복을 더 올려서 복부가 드러나도록 했다. 단테는 잔뜩 입을 벌렸다가 다시 피가 나도록 입술을 깨물었다. 가슴뼈 바로 아래의 완벽한 형태가 부자연스럽게 변형된 듯했다. 시신이 짓눌린 듯이 보였다. 마치 악당의 손이 광포하게 그것을 누른 것 같았다. 그리고 배꼽에서 치골까지 긴 수직의 균열이 복부를 관통하고 있었다. 속이 비어 쭈글쭈글한 번데기 같았다.

"보셨습니까?"

이단재판관이 환한 얼굴로 소리쳤다.

"단지 허수아비일 뿐입니다!"

실제로 시신을 보니 정말 형겊 인형이 연상되었다. 여자아이들 장난감을 머리와 손은 완벽하게 만들고 나머지는 톱밥을 가득 넣은 일종의 자루로 만들 듯이 말이다. 시간이 지나면서 찢어진 틈이 벌어지고 안의 충전재가 사라지는 그런 장난감 말이다.

마노엘로가 칼끝으로 기다란 틈의 한쪽 가장자리를 조심스럽게 들어 올렸다. 역시 내부가 텅 비어 있었다. 안에 칼을 넣고 휘젓는데 입구 아래에 있는 하얀 장애물과 부딪쳤다. 유대인 의사는 갑자기 손을 빼면서 주위를 둘러보았다.

"허수아비가 아닙니다. 누군가 내부 기관과 장기를 빼낸 후 뼈만 남겨 두었습니다. 여기 등뼈와 갈빗대가 있습니다."

마노엘로가 똑똑히 말했다. 성난 얼굴을 찡그린 이단재판관이 시체를 들여다보다가 갑자기 고개를 들었다.

"뼈는 가짜야!"

마노엘로는 말없이 거무스름한 섬유로 둘러싸인 척추골에 칼을 대더니 뼈 사이에 칼을 집어넣었다. 그리고 뼈에 자극을 주어 압력에 대한 반응을 살폈다. 척추골이 서로 간신히 떨어졌다. 그는 머리를 흔들었다.

"가짜가 아닙니다."

이단재판관은 입에 거품을 물었다. 그는 어느 정도 거리를 두고 서 있던 무장 군인들을 돌아보았다. 순간 단테는 병사의 개입을 명하려 한다고 확신했다. 그의 마음속에 앞으로 일어날 일이 번개처럼 빠르게 차례로 떠올랐다. 이단재판관이 교황청의 위엄에 모욕을 가하는 흔적을 지우겠다고 마음먹는다면 모든 증인들은 심각한 위험에 빠질 수가 있었다. 그는 자신감을 얻기 위해 원로원 의원을 쳐다보았지만, 그 역시 새하얗게 질린 얼굴에 당혹스러운 표정을 짓고 있었다.

모든 근육이 팽팽하게 긴장되는 동안 단테는 도망을 칠 것인지, 아니면 무장하여 저항할 것인지 고민했다. 그러나 힘이 너무나 미약한데 어떻게 저항한단 말인가?

다행히 이단재판관은 그런 명령을 내리지 않았다. 그는 다른 사람들은 무시하고 모호한 표정으로 원로원 의원을 쳐다보았다.

"치욕스러운 이것을 원래 있던 어둠 속으로 돌려보내야 합니다. 당신의 사업은 위기에 처했습니다. 허나 얼마나 많은 배신이 있을지 저는 모르겠습니다. 이 모든 것이 절대 새어나가서는 안 됩니다. 여기서 있었던 일을 감히 발설하는 자가 있어서는 안 됩니다. 부하들에게 명하여 이…… 시신을 바티칸 동굴에 다시 매장하도록 하겠습니다. 영원히 사라지도록 말입니다. 당신은 최선을 다해 이 일과 관련된 소문이 절대 퍼지지 않도록 해야 합니다. 교회는 스캔들을 원하지 않습니다. 당신이 좀 더 신중했다면, 이교도와 외국인을 부르지 않았을 겁니다. 그러나 손실은 이미 생겼습니다. 손실을 돌이킬 수 없다면 그 책임은 도시의 행정관인 바로 당신에게 있습니다."

이단재판관은 단테와 마노엘로에게 적대적으로 등을 돌린 채 말을 하고 있었다. 그들은 고려할 가치도 없다는 듯이. 그러나 단테는 그가 자신들에게서 한시도 눈초리를 뗀 적이 없으며 자신들의 반응에 계속 주의를 기울이고 있음을 확신했다.

마노엘로는 겉으로는 태연해 보였다. 그러나 처음의 두려움을 이겨낸 단테는 점점 부아가 치밀어 올랐다. 그에게 신중하기를 권하며 몰래 눈짓하는 원로원 의원을 무시하고 그는 이단재판관과 거의 맞닿을 정도로 단호하게 앞으로 나아갔다.

"당신을 방해한 외국인이 나라면, 나는 내 조국의 권리를 요구하겠습니다. 그러나 이건 기억하십시오. 보편적인 로마 교회를 위해 하느님께서 우리 머리 위에 놓으신 하늘 아래에 외국인은 없다는 것을. 바오로가 사람들에게 첫 설교를 하던 때부터 은총의 빛을 받은 모든 백성은 동일한 아버지의 자식입니다. 그렇다면 가톨릭 교의와 관련된 비밀을 누가 알고 있든 뭐가 중요합니까?"

이단재판관은 단테를 머리끝에서 발끝까지 훑어보았다. 그의 대답을 주의 깊게 판단하고 싶은 듯 오랫동안 아무 말도 하지 않다가 빈정거리는 투로 말했다.

"당신이 매우 논리정연하다는 소문이 헛소문은 아니군요, 메세르 알리기에리. 맞습니다. 교회의 자비심 앞에서 외국인은 없습니다. 그러나 보편 교회도 세상으로 내려와야 하는 순간이 있습니다. 지금이 바로 그렇습니다. 이때는 영광스러운 하느님의 체제도 세속의 타락에 맞서야 합니다. 그 타락의 밑바닥에서 제가 당신에게 말하겠습니다, 메세르 알리기에리. 당신이 목격했던 것이 단 한 마디라도 이 방 밖에서 나온다면 하느님의 분노가 무엇인지 알게 될 것입니다."

"당신은 지금 누구와 이야기를 하고 있는지 잊고 있습니다."

단테는 얼굴이 벌게지며 말했다.

"자유도시 피렌체의 권위를 대표하는 사람과 이야기하고 있는 것입니다! 내가 바로 피렌체인 것입니다! 그런 소식이 우리 피렌체에 이로운 것이라면, 나를 신임해서 대표자의 자격으로 여기에 보낸 분에게 내가 어떻게 그것을 감출 수 있겠습니까?"

"메세르 알리기에리……."

원로원 의원이 뒤에서 아주 작게 부르는 소리가 들렸다. 그러나 단테는 신경 쓰지 않고 말을 계속했다.

"당신은 내게 내 조국의 이익보다 보니파키우스 교황의 이익을 우선하라고 요구하고 있습니다!"

"메세르 알리기에리……."

원로원 의원이 간청했다.

"진정하십시오. 형제님이 일부러 당신을 존중하지 않은 게 아닙니다. 신성한 로마 교회에 복종하는 우호적인 도시의 대사인 당신의 자유로운 행동을 제한할 사람은 아무도 없습니다. 하지만 그런 소문이 갑자기 대중에게 퍼지는 건 강에 물이 가득 차 있는 것과 똑같은 형국입니다. 중용을 지키는 지혜로운 사람들이 단순한 사람들을 위해 마련한 기슭도 없는데 말입니다. 달리 말해……."

"달리 말해 비밀을 공표해야 할 것인지, 공표해도 언제 할 것인지 결정할 사람은 보니파키우스 교황이란 말씀이십니까?"

이단재판관은 어깨를 크게 들썩이는 걸로 대답을 대신했다. 단테는 화가 나서 입을 쩍 벌린 채 입술만 실룩거렸다. 더 반박할 작정이었지만 갑자기 그만두었다.

이단재판관이 자리를 옮겨 출구로 향하면서 한쪽에 기대어둔 목관의 나무 뚜껑으로 다가갔다. 단테는 뚜껑 위의 그림으로 시선을 보냈다. 관을 덮고 있던 흙을 완전히 치운 뒤라 옛사람의 얼굴 윤곽이 이제는 완전히 드러나 있었다.

문득 어떤 기억이 떠오르면서 갑자기 다른 것은 신경이 쓰이지 않게 되었다. 그럴 리가……. 맹세코 그는 그 얼굴을 알고 있었을 것이다! 그러나 그것을 한 번 더 살펴보기도 전에 그는 다른 사람들과 함께 그 방을 나와야 했다.

그들은 다시 밖으로 나왔다. 하늘에는 구름이 두꺼운 융단처럼 드리워 있었고 가랑비가 내리기 시작했다. 원로원 의원이 멀어지는 사이 둘만 남게 되자 단테는 랍비의 얼굴을 응시했다. 랍비는 당황한 듯했다.

"마스트로 마노엘로, 우리가 본 것에 대해 어떻게 생각하십니까?"

단테는 그의 의견을 들어 보기 위해 불쑥 말을 꺼냈다. 시체를 살피는 동안 랍비의 태도에서 그의 흥미를 끄는 어떤 것을 보았기 때문이다. 진짜 인간의 시신을 앞에 두고 있다는 의사로서의 확신 이면에 마노엘로가 감추고 싶어 하는, 말하지 못한 것이 있는 모양이었다.

"이번 기적이 개인에게 보여 주신 하느님의 호의를 증명하는 것이라고 생각하지 않습니까? 자연의 질서를 따른다면 그녀는 파괴될 수밖에 없었을 겁니다. 그렇다면 이것은 로마 거리에서 사람들이 소리쳤듯이 요한나의 신성함에 대한 증거가 아닐까요?"

단테는 다시 한번 그를 재촉했다.

"그분은 사망했지만, 시신은 부패하지 않았습니다."

마노엘로가 말했다.

"마치 처음의 상태로, 무기력한 진흙 덩어리로 돌아간 것 같습니다. 생명을 불어넣어 줄 하느님의 말을 기다리는 골렘†처럼. 혹은……"

---

† 유대 전설에서 박해 받는 유대인을 보호하기 위해 만들어진 거인들. 대개 돌이나 흙으로 만들어짐.

"골렘이요? 그게 뭡니까?"

단테는 모르는 용어에 관심을 보이며 끼어들었다.

랍비는 잠시 주저했다.

"우리의 옛 전설입니다. 기독교인에게는 신성모독으로 들릴 수도 있는 것입니다. 이단의 한계를 뛰어넘어서 말입니다."

랍비는 갑자기 차가운 바람을 느낀 듯 몸을 움츠렸다. 그리고 그 자리를 뜨기 위해 한 걸음 움직였다.

"설명해 주십시오."

단테는 또 다시 고집을 부렸다. 그가 가도록 그냥 내버려둘 수는 없었다.

"방금 당신이 미처 하지 못한 말은 무엇이었나요? 우리가 목격한 시신은 어떤 신비로운 이유 때문에 부패하지 않은 것입니까?"

랍비는 오랫동안 단테의 얼굴을 응시했다. 순간 단테는 이런 생각을 했다. 그가 자신의 얼굴에서 선인의 표시를 찾고 있다고 말이다. 성경에 따르면 하느님께서는 당신의 작업을 알아볼 수 있도록 사람들에게 흔적을 새겨 넣는다고 했다.

"어서요, 마노엘로."

단테가 재촉했다.

"나는 당신과 종교는 다르지만 이단심문소에 가서 당신의 비밀을 폭로하지는 않을 겁니다. 그리스도의 죽음의 책임자는 당신네 유대인이 아니라 카이파† 라고 저는 생각하거든요."

---

† Caifa, 기원후 18년에서 36년까지 유대 재판소의 우두머리이자 최고의 사제였다. 복음에 따르면 그리스도를 체포하고 십자가형을 내리게 한 음모의 주동자였다.

"라바, 하니나, 오샤야 랍비들에 대한 글이 있습니다. 출애굽 초기, 그들은 마술을 부려 살아 있는 몸체를 만들었습니다. 그리고 사람들의 허기를 채우고 하느님을 찬양하기 위해 송아지를 만들었습니다. 또한…… 사람들도 만들었지요."

"사람들을?"

"네, 사람들을. 혹은 살아 있는 형상이나 원숭이를 정말 창조했던 것이지요. 마술로 하느님의 말의 힘을 훔쳐서 그것들에 생명을 불어넣었습니다."

단테는 그가 이야기를 계속하기를 조용히 기다렸다.

"그러나 그것은 전설일 뿐입니다. 놀라움이나 교훈을 주기 위해 모든 이교도 민족에게 전승된 전설처럼."

결국 체념한 그는 이야기를 풀어냈다.

"노아처럼 홍수에서 유일하게 살아남은 데우칼리온과 피라에 대한 그리스의 전설 같습니다. 분노한 제우스가 이전 세대를 모두 파괴시킨 뒤 새로운 세대의 생명을 얻기 위해 그 두 사람이 어깨 너머로 던진 돌멩이처럼 아이들을 위한 우화입니다."

"그리스의 우화는 맞습니다. 그러나 창조의 책에는 그런 애기가 없습니다."

단테는 주의 깊게 듣고 있었다. 피렌체에서 유대인들의 그 신비로운 책에 대해 들은 적이 있었다. 유대 신비주의자들이 토라보다 더 신성하게 여기는 책이었다. 마치 금지된 것을 이야기하는 사람처럼 나지막이 그 애기를 했던 사람은 스페인에서 막 돌아온 스승, 브루네토 라티니였다. 유대어 알파벳의 마술적인 힘과 소리의 힘, 어떤 식으로든 하느님의 권능이 영향력을 보이는 성경의 힘에 관련된 것이었다. 그러나 단테는 수많은 마술사 조직들 안에서 비밀리에 유포되었던 수많은 마술서 중의 하나일 뿐이라고 확신했기 때문에 그것에 큰 관심을 두지 않았다. 단지 어리석은 자들을 속이고, 거짓 예언가들에게 지옥의 문을 활짝 열어 놓기에만 적당한 마법과 주문을 적어 놓은 책이라고 생각했기 때문이다. 마노엘로처럼 자연 과학에 정통한 사람이 그런 것을 믿을 줄은 정말 몰랐다.

그러나 마노엘로의 얼굴에는 매우 긴장한 표정이 역력했다.

"당신은 정말 생명이 없는 육신에 생명을 불어넣을 수 있다고 생각하십니까?"

단테가 갑자기 물었다.

"그러니까 우리가 목격한 시신이 이상하게도 썩지 않은 어떤 것이 아니라 생명이 입김을 받아들일 준비를 하는 형상이란 말씀이십니까?"

"네, 메세르 알리기에리. 제가 두려워하는 것은 바로 그것입니다. 무덤에서 발견된 여인이 아직은 없는 기관을 완벽히 채운 뒤에 계속 살고 싶어 하리란 것입니다."

"그건 불가능합니다!"

"예루살렘에서 이미 그런 일이 있었다고 합니다. 그리고 티투스가 신전의 보물 외에 이런 시체 중의 한 구도 옮겨왔다고 합니다."

단테는 입술을 물어뜯었다. 결국 마노엘로가 하는 말이 그의 의심을 확인시켜 주었다. 순간 단테는 그에게 속내를 털어놓을까 하다가 자제했다. 우선 자신이 간파한 것을 확인해야 했다.

자신의 직관이 옳다고 판명된다면, 연극의 배후에 유대인이 없으리라 어떻게 장담한단 말인가? 어쩌면 비밀의 책을 암시한 것은 자신을 거짓된 길로 인도하기 위한 속임수에 지나지 않을 수도 있었다. 마노엘로의 명성이 아무리 높아도 경계를 해야 할 듯싶었다.

"여인의 무덤에서 발광 액체가 담긴 작은 항아리가 불타고 있었습니다."

불현듯 단테가 그렇게 말했다.

유대인의 반응이 인상적이었다. 그는 급히 몸을 움직였다. 그는 거의 몸이 스칠 듯이 빠른 걸음으로 달려왔다. 방금 들은 애기를 확인하고 싶은 듯했다.

"빛이라뇨? 확실합니까?"

"네, 이 두 눈으로 똑똑히 보았습니다."

"그건 지금 어디에 있습니까?"

흥분한 마노엘로가 단테를 재촉했다.

"시신을 옮기려고 왔을 때 이단재판소에서 가져갔습니다."

"그럼 다른 사람들도 그것을 보았습니까?"

흥분한 마노엘로가 단테를 다그쳤다. 단테의 말에서 필사적으로 확증을 찾는 듯했다.

"저도 제가 보았던 것이 진짜인지 확신하지 못합니다. 관을 여는 순간 하늘색 빛이 발산된 것 같았습니다. 작은 항아리에서 발산된 것인데 목관의 내부를 밝히고 있었습니다."

"관의 뚜껑을 열었을 때 이미 항아리가 불타고 있었던 게 확실합니까?"

"물론입니다. 하지만 당신이 사용한 말은 적절치 않습니다. 항아리가 불타는 것이 아니라 유액을 분비하는 그림자처럼 차가운 빛을 발산하고 있었습니다. 기름램프라기보다는 차라리……. 여름밤에 반딧불이의 빛을 보셨지요? 아니면 선원들이 이야기하는데, 1년 중 특별한 순간에 바다의 수면 위로 떠오르는 발광發光은요?"

랍비는 긴 수염을 신경질적으로 만지작거리며 주의 깊게 듣고 있었다. 단테는 단테대로 주의 깊게 그를 살폈으며, 그의 표정에서 대답을 읽어 내려고 노력했다.

"제가 말하는 게 뭔지 아시겠습니까?"

"어쩌면…… 유대 민족에게 전해지는 전설이 있습니다. 바로 솔로몬의 램프이지요."

"그게 뭡니까?"

"위대한 솔로몬 왕께서는 상크타 상크토룸†의 커튼 뒤에 영원의 램프 두 개를 놓으셨습니다. 계약궤††를 보관한 예배당을 지키기 위해서였습니다. 기름이나 밀랍이 필요 없는 램프인데, 수백 년 동안 불을 밝히다가 바빌론 제국이 성전을 파괴할 때 사라졌습니다. 램프는 이집트의 포로로 있던 시절로부터 비밀 문서를 통해 왕에게 전해져 온 비밀이었지요."

"비밀을 발견한 자들이 이집트인들이었습니까?"

"이집트 사제들의 마법은 강력했습니다. 입법자를 위시하여

---

† Sancta Sanctorum, 거룩한 성소.
†† 유대교와 그리스도교에서 모세가 구약시대에 하느님으로부터 받은, 십계명 돌판을 보관했던 두 개의 나무상자.

우리 민족은 그들에게 많은 것을 배웠습니다. 어떤 사람들은 그가 하느님의 말씀보다 그들의 말에 더 귀를 기울였다고 하더군요."

"결국 기적의 램프는 어디로 옮겨졌습니까?"

"바빌론 정복자들이 나부코도노소르 왕[†]에게 선물하기 위해 가져갔다고 합니다."

"그럼 그들의 비밀이 동양에 도착했겠군요."

단테는 생각에 삼긴 채 말했다.

"그러다 나중에 로마에 왔군요. 기적을 행하기 위해……."

"당신은 그렇게 생각하십니까, 메세르 알리기에리? 하느님의 손길이 그 무덤에 있다고?"

단테는 오랫동안 말이 없었다.

"아닙니다. 그런데 당신은 뭔가 다른 생각을 하고 계시군요."

"그렇습니다."

"그게 뭡니까?"

단테는 그를 다그쳤다.

"이미 고대인들이 알고 있던 것입니다. 최초로 자연의 신비를 탐험한 자가 방심하지 않고 지키던 비밀이지요. 바로 빛의 스펀지입니다."

"루시퍼의 돌 말입니까?"

단테가 소리쳤다.

"악마의 이마에 붙어 있던 돌인데, 그가 넘어지는 바람에 떨

[†] 바빌론의 느부갓네살을 가리킨다.

어졌다고 합니다! 그저 전설일 뿐이라고 믿고 있었는데. 피렌체, 약제사 조합에서 그런 이야기를 들었지만 그냥 웃어넘겼지요. 어차피 지어낸 이야기라고 생각했으니까요."

"아닙니다, 존재합니다! 요소尿素를 증류하여 얻은 소금이지요. 어떤 신비로운 이유 때문에 빛을 끌어당기는 듯합니다. 그리고 오랫동안 빛을 내면서 불꽃 없는 차가운 불처럼 소리없이 타오릅니다."

생각에 잠긴 단테가 작은 목소리로 말했다.

"당신도 그런 생각을 했군요?"

"그렇습니다. 기적을 원하는 자가 기적을 믿는 법이지요. 그리고 사방에 기적을 외치지요."

Ⅷ 무로 토르토

11월 11일, 아침

단테는 시를 쓴 양피지를 앞에 두고 밤새도록 방에 처박혀 있었다. 이따금 어떤 단어를 찾아내기도 했지만 하나의 시행이 되기도 전에 맹렬히 지워 버렸다. 그의 마음속에서는 전날 밤에 보았던 망령들이 계속 몸부림쳤다. 전투의 고함소리와 더불어 얽혀 있던 음란한 육체들이 떠올랐다.

그는 생각을 멀리하려고 애썼지만, 새하얀 사지들이 다시금 떠올라 성가시게 따라다녔다. 때때로 피암마의 얼굴이 혼합되기도 했고, 사냥복 밑으로 드러난 그녀의 몸매가 음란한 집회를 벌이던 지하실 여인들의 그것으로 변하기도 했다. 그는 얼른 작은 탁자를 접고 양피지를 상자 안에 넣었다. 대사로서의 사명을 생각해야 했고 연설문을 준비해야 했다. 피렌체의 모든 희망이 그의 연설에 달려 있었다.

그는 가장자리가 닳아빠진 외투의 소매를 쳐다보았다. 가장자리의 벨벳도 좋은 상태가 아닌 데다가 바지는 찢겨 있기까지 했다. 그는 벽의 작은 거울에 비친 자신의 얼굴을 간신히 살펴보았다. 뾰족한 턱에 며칠 동안 깎지 못한 수염, 피곤해서 작아진 눈, 열병 환자의 그것처럼 무거운 눈꺼풀.

몇 시간 동안 휴식을 취하고 면도를 하면 얼굴은 괜찮을 터였다. 그러나 그 옷을 입고 보니파키우스를 알현할 수는 없었다. 자칫하다가는 피렌체 코무네 전체를 곤경에 빠뜨릴 터였다.

단테는 주위를 둘러보았다. 작은 방안에는 옷상자 하나 없었다. 그러나 어쩌면 그 집에서 남자 의복을 빌릴 수 있을지도 모른다. 그는 출입문에 얼굴을 내밀어 주인집 소년을 불렀다.

잠시 후 소년이 계단으로 올라왔다.

"필요한 게 있으세요, 메세르?"

단테는 소년에게 자신의 처지를 빠르게 설명했다. 이야기를 하는 동안 심각한 표정으로 자신을 관찰하는 소년의 시선을 느꼈다.

"사실 나리의 옷은 라테라노 대성당으로 가는 행렬의 다른 사람들이 입는 옷과 많이 달라요. 저희 집은 가난해서 나리께 필요할 만한 것이 아무것도 없습니다. 하지만 시장 근처에 아주 훌륭한 재봉사가 살아요. 이틀이면 나리께 필요한 옷을 만들어줄 수 있을 거예요. 마스트로 주셉페라는 그 재봉사는 극장 안에 가게가 있어요."

"극장이라니? 로마에 극장이 있나?"

"현자들은 그렇게 부릅니다. 마스트로 마노엘로께서는 그곳을 폼페이우스 극장이라고 하셨어요."

"폼페이우스 극장이라……. 바로 그곳에서 카이사르가 살해되었는데. 이제는 재봉사가 있다니……."

단테는 혼잣말을 했다.

"이렇게 세상의 영광은 지나가는구나."

"네?"

"이틀이라……. 나는 한시가 급한데."

"마스트로 주셉페의 가게에는 헌옷도 있어요. 틀림없이 나리께 도움이 될 겁니다."

그들은 함께 섬의 첫 번째 다리를 건넌 다음, 두 번째 다리 난간 근처에서 걸음을 멈추어야 했다. 무장한 병사들이 탑으로 들어가고 있었다. 단테는 병사들이 입은 갑옷에서 카에타니 가문의 문장을 보았다. 소년도 눈에 노기를 담은 채 꼼짝도 않고 그것을 쳐다보고 있었다.

"교황의 병사들이로군."

단테가 말했다.

"섬이 완전히 교황의 손아귀에 들어간 모양이군."

소년은 바닥에 침을 뱉었다.

"하나씩 하나씩 모든 것을 차지하고 있어요. 한때 탑은 피에르레오니 가문의 것이었어요. 개종하기 전에는 유대인이었대요. 그런데 교황이 그것을 사들였지요. 아니, 돈 몇 푼에 억지로 빼앗았다고 말하는 게 더 낫겠어요. 첼리오 언덕으로 가는 길에 있는 안니발디 가문의 탑도 마찬가지예요. 그 탑도 자기 요새로 만들어 버렸지요. 트라야누스 오르막길에 있는 탑도 마찬가지고요. 그곳은 아예 자기 가문의 성으로 만들고는 방비를 더욱 강화하기 위해 수많은 인력을 동원했답니다."

단테는 소년이 말한 곳이 어디인지 알려고 애썼지만 도저히 알 수가 없었다. 한 가지 확실한 것은 교황이 로마에 될 수 있는 한 많은 요새를 두려고 한다는 것이었다. 그리고 그는 특히 탑에 관심이 많았다. 마치 정상에 앉아 로마 전체를 손아귀에 넣기 위해 그물망을 펼쳐놓으려는 것 같았다.

"콜론나 가문까지 내쫓았으니 이제 감히 저항하려는 가문도 얼마 없어요."

소년의 그 말이 단테의 생각을 가로막았다. 한편 병사들이 탑에 다 들어가자 육중한 소리를 내며 무거운 떡갈나무 문이 닫혔다. 다시 다리 통행이 가능해지자 교회 앞뜰에 몰려 있던 수레와 당나귀 그리고 사람들은 고함 소리와 짐승들 우는 소리에 뒤섞여 다시 움직이기 시작했다.

마침내 단테와 소년도 건너편 강기슭까지 건널 수 있었다. 다리의 마지막 아치는 강가의 수많은 오두막들을 가로지르고 있었다. 대부분 홍수를 막기 위해 높은 장대 위에 세워져 있었다. 오두막이 끝난 지점에는 옛 성벽의 유물들이 있었으며, 일련의 아케이드 안에 응회암 마름돌들이 가득 들어 있었다. 그 위에 솟을 건물의 주춧대로 쓰일 것이었다. 단테는 옛 성벽이나 수도관의 유물이리라 생각했다. 어쨌든 제국의 흔적은 이제 거의 사라졌으며 근대 도시의 새로운 요구에 따라 여전히 소멸되고 있었다.

몇 걸음 걷지도 않았는데 거미집처럼 얽힌 넓은 골목이 되는
대로 솟은 건물들 사이로 구불구불 펼쳐졌다. 어떤 규칙도 없이
건물들이 세워졌기 때문에 옛 건물의 토대를 개발하고 싶은 마
음이 들 법도 했다. 절단된 기둥과 조각이 새겨진 귀중한 상인
방이 담 너머 여기저기에서 보였다. 어떤 상인방들은 증축하기
위해 주춧돌로 사용되기도 했다. 그러나 대부분 겉으로 보기에
는 무질서하게 흩어져 있었다. 그것을 사용하는 사람들은 시간
이나 야만인들이 파괴했던 곳에서 그 유물들을 절대 옮기고 싶
어 하지 않는 듯했다. 오히려 그들은 그 자리 위에 건축하기로
마음먹은 듯했다. 위대한 호메로스가 율리시즈에 대해, 그가 신
방을 차리기 위해 썼던 나무 주변에 왕국을 건설했다고 묘사한
것처럼 말이다.

소년의 안내를 받아 단테는 증축된 다리의 나지막한 아치를
지나갔다. 아치는 마치 술 취한 사람들처럼 서로 기대고 있는
두 건물을 연결하면서 골목을 가로지르고 있었다. 아치 밑에서
단테는 그를 향해 뻗어 나온 팔을 언뜻 보았다. 잘 만들어진 손
이었다. 그러나 손가락은 끔찍한 나병으로 문드러진 것처럼 보
였다.

순간 당황했던 단테는 그 손이 어떤 대리석 조각상의 손인 것
을 알았다. 이 조각상도 벽 속에 파묻혀 있었다. 진흙 사태에 갇
힌 로마의 옛 시민이 무관심한 행인들 속에서 절망적으로 햇빛
을 되찾으려고 애쓰는 듯했다. 절망하는 그의 외침이, 시간의
산사태에 질식한 도시 전체의 외침이 들리는 듯했다.

함께 가던 소년은 단테는 신경 쓰지도 않은 채 장애물을 통과해 지하도로 이어지는 좁은 교차로를 지나자마자 오른쪽 골목으로 돌았다. 골목에는 상점 문밖까지 나와 있는, 직물 상인들의 좌판이 가득했다. 그것들은 마치 싸울 준비를 하는 전차 같았다. 때때로 얼음처럼 쏟아지는 소나기로부터 상인들과 수많은 구매자들을 보호하기 위해 길을 가로질러 어설픈 커튼이 펼쳐져 있었다.

"다 왔습니다, 메세르 알리기에리."

소년은 그들 앞을 가리키며 소리쳤다. 그 지점에서 길은 넓게 굴곡을 이루었고, 그 길 끝에 건물의 담이 면해 있었다. 거대한 아케이드가 박자를 맞추듯 길 전체에 늘어서 있었고, 그 위에 다른 건물들이 복잡하게 솟아 있었다. 단 한 곳에서 건물의 숲은 중단되었는데, 아직도 손상되지 않은 대리석 계단이 시작되고 있었다. 계단은 하늘 끝까지 올라가는 듯하다가 건물의 꼭대기에서 갑자기 중단되었다. 단테는 그 불가해한 계단 밑에서 입을 쩍 벌리고 멈춰 섰다.

순백의 거대한 대리석 조각으로 만들어진 그 계단 위에서는 세월의 흐름도 맥을 못 추는 듯했다. 한때 위대한 로마인들이 올라갔을 때처럼 아직도 매끄럽고 단단했다. 그들은 이 계단을 통해 어디로 올라갔을까? 이보다 더 큰 것은 있을 성싶지 않은 이 계단을 통해.

"폼페이우스 극장에 도착한 것인가?"

단테가 불쑥 물었다.

"네. 저것이 마스트로 주셉페의 가게입니다."

소년은 좀 더 앞에 있는 아치형 천장을 가리키며 대답을 했지만, 걸음을 멈추지는 않았다. 그러나 단테는 꼼짝도 하지 않고 주변의 돌들을 매혹적으로 응시했다. 저 계단, 한때 저 계단을 통해 옛 교황청으로 갔을 터였다. 그 계단 위에서 공모자들이 카이사르를 기다렸던 것이다. 어쩌면 저 순백의 대리석에 카이사르의 소중한 피가 묻었을 터였다. 하느님께서 이 땅에 위대한 기독교 제국의 길을 열기 위해 불러냈던 사내의 피가 말이다.

단테는 불현듯 현기증과 함께 폭발음과 같은 이명을 느꼈다. 그는 용기를 내어 아치로 다가가 첫 번째 계단에 발을 올렸다.

소년이 부르는 소리는 신경도 쓰지 않고 단테는 온 힘을 다해 오르기 시작했다. 그도 그 계단을 올라가고 싶었다. 정상까지 올라가 마지막 생명이 섬광처럼 빛나는 동안 카이사르가 보았던 것을 자신도 보고 싶었다.

올라가는 동안 계속 몸이 흔들리고 숨이 가빴다. 게다가 무언가가 그의 옷자락을 잡아당기며 그를 제지했다. 단테는 격분하여 발길질을 하다가 걱정스럽게 고함치는 소년의 목소리를 듣고 동작을 멈추었다.

"제발 그만두세요, 메세르 알리기에리! 미친 짓이에요! 거기는 마로치 가문의 요새랍니다! 무장한 보초들이 넘치도록 많아요!"

단테는 계단의 꼭대기를 올려다보았다. 지평선 위로 일련의 모호한 형상들이 보이는 듯했다. 긴장한 탓에 시야가 흐려져서 초점을 맞출 수가 없었다. 그 형상들은 흥분한 채 점점 더 그 수가 불어나고 있었다. 그러다 불현듯 자신을 향해 겨누고 있는 석궁을 알아본 단테는 본능적으로 뒤로 미끄러졌다. 그의 머리 바로 위로 화살이 쉬익 소리를 내며 날아가 커튼 하나를 찢고 어느 가판대에 박혔다.

"어서 내려오세요, 제발!"

애원하는 청년의 목소리가 또 들렸다. 계단을 잡고 있던 손에 힘을 풀자 단테는 길바닥으로 떨어졌다. 그는 고함을 지르며 도망치는 사람들 속에 있었다. 사람들은 가판대 사이에서 우왕좌왕하며 바닥에 쌓여 있던 자투리 천 더미를 마구 밟아댔고, 그것을 본 상인들은 가게 안에 몸을 숨기며 고래고래 고함을 질러댔다. 벽에 등을 부딪치며 바닥에 몸을 던지는 동안 화살 두 개가 그 비좁은 공간을 파고들었다. 소년도 단테 옆에 몸을 눕혔으며, 그렇게 몸을 숨긴 상태에서 머리 위에서 일어나고 있는 사태를 조심스럽게 살폈다.

"길 저편에서 마로치 가문과 렌치 가문이 싸움을 하고 있어요."

청년은 숨을 헐떡이며 설명했다.

"마로치가는 이쪽 길에서 영업하는 상점들을 보호하고 있고, 반대편은 렌치가에게 맡겼어요. 그런데 렌치 가문에서 직물 소매권을 독점하려 하고 있어요. 진작부터 두 가문이 싸움을 하고 있었지요. 마로치가 병사들은 누군가 자기들의 요새를 공격한다고 생각했던 거예요!"

"로마 코무네는 이런 일을 허용하나? 교황에겐 군대가 있잖나! 왜 시민들의 싸움에 개입해서 사태를 해결하려고 하지 않나? 그런 자들이야말로 도시를 파멸로 이끄는 자들인데!"

"코무네는 권세를 부리기만 하고, 교황은 자기 재산만 지켜요. 여기 캄포 마르초에서 유일한 왕은 바로 테베레 강이에요. 백성을 용인하고 그들의 목숨을 앗아가지 않을 때까지는 말이에요. 여기에 사는 사람들의 기도를 들어주는 건 테베레 강뿐이지요. 이제 가요. 절 따라오세요."

소년은 담을 따라 몸을 움직였다. 사수들의 사정거리 밖에 있으려고 애쓰면서 고개를 숙인 채 살살 빠져나갔다. 단테도 몸을 숙이며 그를 따랐다. 보조를 맞춰야 할 때에는 두 손을 땅에 짚고 앞으로 나아갔다. 아직 도망치지 못한 주위 사람들도 모두 뒤집힌 좌판 사이를 돌아다녔다. 겁먹은 채 작은 무리를 지어 네 발로 기었는데, 가끔 간신히 고개를 들기도 했다. 앞으로 나아가는 동안 긴 옷자락을 밟히는 바람에 단테는 화가 나서 입술을 깨물었다. 로마인들이 이 지경으로 무서워서 벌벌 떠는 한 떼의 개들로 전락하다니. 단테 자신도 그런 자들과 함께 있었다.

단테는 위험은 아랑곳 않고 벌떡 일어났다. 앞으로 무슨 일이 있어도 이런 꼴은 절대 보이지 않을 터였다. 누구라도 감히 피렌체의 대사를 쏠 수는 없었다. 길 한복판에서 그는 진흙 묻은 옷을 최대한 정돈한 다음 소년을 향해 조용히 걸어갔다. 소년은 벌써 마지막 아치형 천장 밑에 도착해서 그에게 걱정스러운 신호를 보내고 있었다. 놀란 표정으로 쳐다보는 사람들 사이에서 단테는 주먹을 꼭 쥐고 목적지까지 한 걸음 한 걸음 걸어갔다.

언제 등에 고통스러운 화살이 박힐지 모른다는 생각에 겁이 났다. 그러나 다행히 위쪽은 이미 진정된 듯했다. 여전히 꼿꼿한 두 다리로 그는 소년 앞에 섰다.

"여기 왔네."

단테는 그렇게만 말했다.

상점 안에서 누르스름한 피부에 대머리인 키 작은 사내가 당황하면서도 감탄한 표정으로 그를 응시했다. 그는 활발하게 맞이하면서도 아치 밖으로는 나오려 하지 않았다.

"어서 오세요, 메세르!"

그는 단테와 청년을 번갈아보면서 열정적으로 소리쳤다.

"마스트로 주셉페."

소년이 먼저 말을 했다.

"중요한 분을 모시고 왔어요. 필요한 물건이 있으시대요. 메세르 단테 알리기에리는 피렌체 코무네의 대사이시고, 시인이세요. 교황님을 알현할 때 입을 예복이 필요하시대요."

키 작은 사내는 단테에게 의심의 눈길을 던졌다. 그의 눈에 보이는 모습이 그가 생각하는 대사의 모습과 맞지 않은 게 틀림없었다. 그러나 소년이 시인이란 말도 했으니, 어쩌면 그것이 지금 화난 표정으로 앞에 서 있는 남자의 초라한 모습을 해명해 줄 수도 있을 터였다.

"나리에게 어울리는 최고의 가게를 선택하신 겁니다, 메세르!"

사내는 매우 유쾌하게 목소리를 높였다.

"제 가게에는 기독교인들을 위한 최고의 직물이 있습니다. 나리께서는 선택만 하시면 됩니다! 먼 앙글리아에서 직접 도착한 양모, 롬바르디아산 비단, 플랑드르 지방의 면! 이 천을 좀 보십시오!"

그는 천들로 넘쳐나는 어느 선반 위를 고양이처럼 기어오르면서 말했다. 그는 폭이 좁은 천 두루마리를 안고 돌아왔다.

"제노바산인데 50브라치아[†]입니다. 피사인들이 치타베키아 바다의 갤리선을 공격하여 직접 가져온 물건이랍니다! 향기를 한번 맡아 보십시오."

그는 거리낌 없이 단테의 얼굴에 두루마리를 내밀며 말을 계속했다.

"맡아 보세요. 이 천을 짰던 여인들의 손에서 나는 향기가 느껴지지 않습니까? 최고로 고급스러운 옷을 만들어 드리겠습니다. 왕이 입어도 손색없을 만큼! 저를 믿으세요. 프랑스 미남왕, 필립보다 더 멋지게 해 드리겠습니다! "

단테는 냄새를 맡고 싶지 않아 뒤로 물러섰다. 관능적인 여인의 손길보다는 곰팡이 냄새가 코를 찔렀지만, 그런 얘기는 자제했다. 단테는 또렷한 목소리로 말했다.

"마스트로 주셉페, 나는 당신의 솜씨를 즐길 시간이 없어요. 알현 날짜가 내일이니 이미 완성된 옷 중에서 적당한 게 필요합니다. 게다가…… 코무네는 사치를 하는 데 예산을 할당하지 않아요. 아무리 관직이 높은 사람이라도 말이요. 그렇기 때문에……."

키 작은 사내의 얼굴에 그늘이 스쳤지만, 그는 얼른 미소를 지었다.

[†] 이탈리아 중, 북부 지방에서 사용하던 길이의 단위. 1브라치아는 대략 58센티미터.

"돈이 얼마 없으세요? 걱정하지 마십시오. 마스트로 주셉페
는 만인의 친구이자 기사와 순례자들의 친구입니다. 나리를 위
한 옷이 있습니다. 저쪽에."

사내는 예의 고양이 같은 몸놀림으로 그들을 상점 안쪽으로
안내했다. 그곳 선반에는 직물 두루마리 대신 완성품들이 많았
다. 일부는 등나무 바구니에 있고, 일부는 되는 대로 선반에 쌓
여 있었다. 사내는 옷더미에서 날랜 몸짓으로 옷을 꺼내기 시작
했으며, 옷을 살핀 다음 하나씩 다시 제자리에 두었다. 그의 생
각에 맞는 옷을 발견하면 그것을 한쪽으로 치워두고 다시 옷을
고르기 시작했다.

마침내 그는 만족한 듯했다. 그는 옷을 한 보따리 안고서 단
테에게로 몸을 돌렸다.

"필요한 건 여기 다 있습니다. 나리께서는 보니파키우스 교
황님을 알현한다고 말씀하셨습니다. 원로원 의원님들과 추기경
회 추기경들, 교황청의 고위 성직자들을 만나실 겁니다. 나리께
서 순례자라면 수도복에 지팡이를 짚거나, 혹은 프란체스코파
수도회 식으로 맨발로 가셔도 상관없습니다. 하지만 대사이신
만큼 겉모습도 중요합니다. 왜냐하면 사람이 곧 그의 도시이기
때문입니다. 또, 옷이 곧 사람인지라, 삼단논법에 따라서 나리
의 의상은 피렌체를 대변해 줄 겁니다."

상대의 대담한 아리스토텔레스 철학에 대해 생각하는 동안
단테는 자신의 어깨에 초록색 옷이 걸쳐지는 것을 느꼈다.

"우선 턱에 테두리를 두른 것처럼 멋진 깃이 달린 셔츠가 필
요하실 겁니다. 셔츠가 무릎까지 내려오기 때문에 끈으로 바지

에 딱 맞게 묶을 수도 있어야지요. 양말을 올리기 위해 많은 사람 앞에서 몸을 숙이는 것만큼 남자의 체면을 깎는 일도 없죠. 그것도 교황님 앞에서! 그러면 절대 안 되지요. 그래서 끈이 달린 겁니다. 얼마 전 프랑스에서 건너온, 요란하게 달린 단추로는 그럴 수 없어요. 끈이 있어야 합니다, 메세르 알리기에리!"

단테는 옷을 찬찬히 훑어보았다. 끝 부분이 많이 해졌고 갈색을 띤 얼룩 몇 개가 선명하게 보였다.

"오, 그것은 걱정하지 마십시오!"

당황하는 단테의 표정을 읽은 재봉사가 얼른 끼어들었다.

"이 옷을 입었던 사람은 전염병으로 죽은 게 아니라 너무 힘들게 오랫동안 여행하다 죽었습니다. 안에 입으니 얼룩은 보이지 않을 겁니다! 셔츠를 입고 몸에 꼭 맞는 긴 겉옷을 입으면 됩니다. 금실로 수놓은 자수를 보세요. 정말 놀랍습니다. 칼로 찢어진 부분이 있어서 제가 수선을 했는데, 입기만 하면 그 자국은 절대 찾을 수가 없습니다. 그리고 구두는 훌륭하게 무두질한 롬바르디아산 가죽으로 만들었습니다. 그 구두를 신었던 사람은 몇 마일 걸어 보지도 못했습니다. 산토 스피리토 병원에서 곧 죽었거든요. 사제들이 최고의 물건만 저를 위해 따로 보관해 두지요."

"나를 망자들의 집합체로 만들 셈입니까?"

단테는 사내가 자신의 몸에 덮고 있는 옷을 벗으려고 애쓰면서 투덜거렸다.

"오, 아닙니다. 당신의 인상은 전혀 다릅니다."

재봉사는 상냥하게 대답했다. 집합체라는 말의 뜻은 몰랐지만 망자들이란 말이 암시하는 바를 포착했던 것이다.

"나리는 대단한 분이시잖아요. 더 좋은 물건도 있습니다! 기다리세요. 거울을 보고 계세요. 놀라운 물건이 있습니다."

재봉사는 재빠르게 달려가더니 이내 가장자리에 놋쇠를 두른 반짝이는 작은 물건을 들고 다시 나타났다. 그는 단테와 조금 떨어진 거리에서 그것을 내밀었다.

"보십시오. 그림처럼 멋지게 보이실 겁니다. 이 모자를 보십시오!"

단테는 딱딱한 물건이 손에 쥐어지는 걸 느꼈다. 가장자리에 회색 털이 달린 일종의 원뿔이었는데, 망사로 만든 커다란 날개 두 개가 달려 있었다.

"독일식 모자랍니다. 성지聖地로 가는 배를 타기 위해 지나가던 기사의 가장 소중한 물건이었어요. 그 기사가 그곳에 도착했더라면, 이교도 터키 사람들의 질투와 부러움을 샀을 겁니다. 나리를 위해 일부러 만든 것 같아요!"

단테는 모자를 뒤집어 보았다. 안에 땀이 얼룩져 있었다. 그러나 핏자국은 없는 듯했다. 주인의 머리가 그 안에서 부서지진 않은 모양이었다.

"가장자리에 이 털을 두르기 위해 고양이를 몇 마리나 죽였습니까?"

단테가 빈정대는 투로 물었다.

"고양이라뇨? 저를 모욕하지 마십시오. 말씀드렸지 않습니까? 독일에서 왔다고. 그곳은 너무 추워서 고양이가 없습니다. 그건 진짜 비버 털입니다! 아, 마지막으로 제일 좋은 옷을 빼먹

었군요!"

재봉사는 다시 사라지더니 하늘색 천을 들고 돌아왔다. 상태는 제일 좋아 보였다.

"이것은 마지막 마무리를 하기 위한 옷이지요. 나리의 몸을 감싸고 칭송할 망토랍니다. 프랑스에서 온 천이에요. 몇 시간이면 나리가 원하는 시간에 맞춰 테두리를 박아 드릴 수 있어요. 자수 좀 보세요. 정교한 피렌체 백합 같지 않습니까?"

단테는 장식을 눈 가까이로 가져갔다. 횡사에 가볍게 수를 놓은 작은 마름모들이 있었다.

"백합은 아니군요."

단테가 말했다.

"맞아요. 하지만 시각 효과를 모르시는군요! 당신은 피렌체 사람이지요? 멀리서 보면 백합이라 생각할 겁니다. 나리께서 입었으니 말입니다! 옷이 곧 사람이고, 사람이 또한 옷이라고 제가 말씀드리지 않았습니까! 나리께서 엄숙하게 절을 할 때, 보니파키우스조차 그 차이를 눈치 채지 못할 겁니다! 나리께서 신고 계신 양말까지 미늘창병 부대처럼 가슴을 꼿꼿이 펼 겁니다. 그러면 나리께서는 매우 안전하게 의견을 펼칠 수 있을 겁니다. 나리는 인색한 사람이 아니라는 것을 세상에 증명하면서 말입니다. 나리의 도시가 나리와 함께 하는 것입니다!"

"망토는 놔두세요."

단테가 딱 잘라 말했다. 나머지 옷은, 모양이 피렌체에서 유행하는 것과는 매우 달랐다. 그래도 그가 방금 걸쳐 본 다른 옷보다는 상태가 좋았다.

"모두 얼마입니까?"

"원래는 로마 스쿠도로 20스쿠도를 받아야 합니다. 하지만 너무 유명한 손님이라 15스쿠도만 받겠습니다. 영광스럽게도 나리께 도움을 드리게 되었으니 말입니다."

"토스카나 돈으로는 얼마입니까?"

재봉사는 손가락을 내밀어 때로는 코를 만지기도 하고 때로는 입술을 만지기도 하면서 힘들게 암산에 몰두했다. 마침내 그가 대답했다.

"플로린 은화 두 냥입니다. 맹세코 환전할 때 빠지는 차액은 빼고 계산한 겁니다."

단테가 옆구리에 차고 있던 가방을 뒤적이는 동안 소년은 옷을 둥글게 말아 끈으로 묶은 다음 어깨에 맸다. 이윽고 두 사람이 출구로 나가는 동안 재봉사는 계속해서 머리를 숙이며 절을 했다.

이튿날 아침 단테는 성당 앞 계단에서 자신을 기다리고 있는 동료 두 명을 멀리서 알아보았다. 다섯 개의 출입문과 짝을 이룬 커다란 창문을 통해 환히 빛나는 대리석 건물 정면 앞이었다.

마조가 초조한 표정으로 다가와 그를 맞았다.

"드디어 왔군요, 메세르 알리기에리. 연설문은 준비하셨지요? 연설은 당신이 하실 거죠?"

그가 소심하게 말했다.

고개를 끄덕이기만 하고 단테는 가장 큰 문을 넘어 양쪽 창문을 통해 들어오는 강한 햇빛에 환히 빛나는 중앙의 커다란 측랑 안으로 들어갔다. 그는 잠시 걸음을 멈추더니 벽을 장식하고 있는 수많은 청동과 황금을 보고 넋을 잃었다. 성당이 건립된 이래로 여러 번 파괴되고, 심지어는 지진 때문에 완전히 부서질 뻔했음에도 불구하고 지상의 모든 보물이 지붕의 거대한 트러스† 아래로 옮겨온 것 같았다. 교회의 힘과 위엄에 경의를 표하기 위해서 말이다.

세로의 수랑††을 지나고 측랑을 닫는, 대리석으로 덮인 후진‡의 중앙에 조각을 새긴 석재 옥좌가 빛나고 있었다. 종교 예식을 진행하는 동안 교황이 앉는 자리였다.

"자리가 비어 있어도 경외감이 드는군."

옆에 있던 동료가 불안해 하며 말했다.

그 모든 아름다운 장식을 관망하며 그쪽으로 걷는 동안 동료들은 연신 귓속말로 잘 부탁한다고 중얼거렸다.

성당의 전체 길이에서 대략 중간 지점, 오른쪽 측랑에 아치가 하나 있었고, 그 밑에 계단이 나 있었다. 그곳이 그들을 기다리고 있는 라테라노 성으로 가는 입구일 터였다. 단테는 몸을 쭉 펴고 심호흡을 하면서 계단을 오르기 시작했다.

계단은 건물 위층에서 끝났으며 건물 옆으로는 성당이 있었다. 단테는 느린 걸음으로 위쪽을 향해 계속 걸었다. 그곳에 알

---

† 직선으로 된 여러 개의 뼈대 재료를 삼각형이나 오각형으로 얽어 짜서 지붕이나 교량 따위의 도리로 쓰는 구조물.

†† 袖廊. 로마네스크 건축이나 고딕 교회 건축의 십자 형태 건물에서 측랑에 십자형으로 있는 공간.

‡ 後陣. 교회당 동쪽 끝에 내민 부분

현실로 들어가는 아주 큰 문이 열려 있었다. 그는 굳은 표정으로 양쪽에 두 줄로 정렬한 무장 군인들 사이에 끼어 본의아니게 행진을 해야만 했다. 그러나 한편으로 그는 벽을 아름답게 장식한 화려한 무늬를 살피느라 오른쪽 왼쪽으로 눈길을 주기에 바빴다. 프레스코 벽화와 귀한 아라스 천이 연속해서 이어졌는데, 화려한 로마제국과 신성한 이야기가 번갈아 나타났다. 그 모습은 마치 로마의 권력과 교회의 권력이 영원히 결합하고 있음을 눈앞에서 강조하고 싶은 듯했다.

측면의 벽을 향해 열려 있는 후진後陣에서 순금으로 장식된 화려한 모자이크가 눈이 부셨다.

뒤쪽 연단 위 옥좌에 앉은 보니파키우스는 근엄한 제복에 교황관을 쓰고 있었다. 주위에는 추기경회 소속 추기경들이 그를 둘러싸고 있었는데, 그들의 제복 때문에 분위기 자체가 온통 진홍색으로 흘러넘쳤다. 한쪽에는 부제副祭들이, 다른 한쪽에는 대부분 커다란 알현 장부와 청원 장부를 든 교황청 관원들이 있었다. 더 아래쪽에는 우아한 의상을 걸친 로마의 원로원 의원들이 있었는데, 그들을 참석시켜 로마 전체가 교황의 손아귀에 있다는 것을 확인시켜 주는 듯했다.

단테는 걸음의 속도를 일정하게 유지하려고 애를 쓰면서 계속 걸었다. 그는 옥좌에 반쯤 몸이 가린 채 불안한 표정을 하고 있는, 도미니크 수도회의 수도복을 입은 수사들을 쳐다보았다. 모두 두건을 쓰고 있어서 얼굴은 볼 수 없었지만, 그들이 하는 일만큼은 똑똑히 알고 있었다. 그들은 이단심문소의 회원들이었다. 교황의 귀에 근접해 있어 매우 위험한 자들이었다.

그를 뒤따라오는 다른 두 대사가 점점 더 짜증을 불러 일으켰다. 그들은 마치 보호를 구하는 듯 그를 꼭 붙들고 있었다. 그는 자신이 늑대에게서 양떼를 지키는 목동 같다는 생각이 들었다. 한편 단테는 당당하게 서 있는 교황에게서, 나이 때문에 뺨에 탄력은 없지만 두 눈 만큼은 벌겋게 달아오른 석탄처럼 반짝이는 그 얼굴에서 시선을 떼지 않았다. 교황의 눈 안에는 그의 모든 생명의 불꽃이 축소되어 있는 듯했다. 그리하여 교황권의 상징이자 모든 사물을 잠그고 열 수 있는 능력이 자신에게 있음을 확신한 채 자신의 영토를 걸고 있는 자가 누구인지 판단하려는 듯했다.

단테는 교황의 시선이 마치 칼날처럼 자신의 몸을 통과하여 비밀을 찾기 위해 몸을 쑤셔대는 것 같았다.

그러나 그가 연단 아래에 도착하자 교황은 미소를 지었다. 초췌한 모습이 환하게 빛났고 얼굴에 생기가 돌았다. 마치 생명의 시냇물이 갑자기 그의 몸속에 흘러들어간 듯했다. 눈꺼풀도 좀 더 가벼워진 것 같았다. 교황은 큼직한 반지를 낀 손을 단테에게 내밀었다.

단테는 여기까지 오긴 했지만 자신의 행동을 전혀 계획하지 않았다. 오직 호랑이 굴에 들어가도 정신만 차리면 된다고 생각했을 뿐이다.

단테는 이제 그의 얼굴을 직접 대면할 수 있었다. 그는 자신을 괴멸시키고 있는 병 때문에 초췌해 보였다. 아마 죽음이 가까운 듯했다. 살아 있는 육체라면 영양을 섭취하여 피부를 회복할 수 있겠지만, 이제는 피부가 허약해진 것과는 상관없는 시기이므로 더욱 위험해 보였다. 속이 빈 누에고치 같았다. 서서히 부서지고 있는 원래의 피부는, 그가 이탈리아 전체에 세우고 있는 대리석 기념비보다 더욱 딱딱해 보였다.

단테의 행진을 막고 싶은 듯, 한 부제가 서둘러 그를 향해 달려 왔다. 한 걸음 정도 떨어진 곳에서 걸음을 멈추고 몸을 돌려 무릎을 꿇으면서 단테에게도 따라하라는 눈짓을 보냈다. 이윽고 그의 이름과 동료들의 이름을 알리는 소리가 들렸다.

보니파키우스는 태연하게 인사를 받으며 옆에 있는 한 수사에게 간신히 고갯짓을 했다. 수사는 무슨 말을 한 듯했고, 교황은 얼굴을 찡그리며 그 말을 듣더니 다시 단테를 쳐다보았다.

"자, 메세르 알리기에리. 우리의 사랑하는 자매 피렌체에서 어떤 소식을 가져 오셨습니까? 당신의 도시에 마침내 평화가 왔습니까? 우리는 늘 그것을 기원하고 기도했습니다. 피렌체의 시민들이 화합하도록 우리는 노력을 아끼지 않았습니다. 하늘이 코무네의 통치자라 불렀던 자들에게 우리는 똑같은 성실함을 기대하고 있습니다."

단테는 심호흡을 했다.

"평화는 하늘이 주신 최고의 선물입니다. 그리고 인간이 허약하다고 해서 불화가 심어 놓은 악을 극복할 수 없는 건 아닙니다. 피렌체 시민과 정부는 선량한 모든 사람들과 동일한 존재이며 교황님의 바람에 부응하기 위해 할 수 있는 모든 것을 하고 있습니다."

"그러나 코무네를 사랑한다던 그 동일한 존재가 주저하지 않고 우리가 보낸 두 사람을 죽였습니다. 자신들에게 유리한 음모를 꾸며 거짓 고발을 했습니다. 교회의 의지와 이익이 하느님의 양 떼 중 마지막 한 마리의 의지와 다른 것처럼 말입니다. 교회 밖에는 구원이 없나니! 교회에 대항하면 패망할것이오!"

"사형당한 두 사람은 코무네에 대항하여 음모를 꾸몄기 때문에 목숨을 잃었습니다. 치밀하고 합법적인 재판을 거쳤습니다. 교회에 충실했기 때문이 아니라 피렌체를 증오했기 때문에 죽은 것입니다."

단테는 단호하게 대답했다.

보니파키우스는 입술을 꼭 깨물었다가, 이 빠진 쪼그라진 입을 오므렸다. 처음에 충격을 주었던 노쇠한 얼굴이 더욱 두드러졌다. 그러나 그의 시선은 계속 맹렬하게 타올랐다.

"그들은 우리가 피렌체의 당파를 화합시키기 위해 보낸 정직한 사람입니다."

그는 뱀처럼 쉿소리를 냈다.

"메세르 알리기에리, 이유가 뭡니까? 왜 당신네 도시는 오만하게도 우리에게 반대하는 겁니까? 올바른 말을 하는 성자들 앞에서조차 굴복하지 않을 정도로 말입니다. 또 우리가 방어를 위해 당신네 도시에 요구했던 무기와 인력의 원조를 거부한 이유가 뭡니까?"

"이미 허약해진 우리의 방어군을 철수한 것은 라치오 지방이 더욱 황폐해져 더 버틸 수 없었기 때문입니다. 피렌체를 위한 어떤 영광도, 이익도, 효과도 없기 때문이었습니다."

"당신의 지성을 비참하게 만들지 마십시오, 메세르 알리기에리. 신성한 로마의 교회는 육체의 생명을 현명하게 통제하여 영혼의 보편적인 구원을 목표로 합니다. 단지 고향이라는 이유 때문에 수많은 다른 도시와 다른, 그 비참한 도시를 변호하는 당신이 참으로 추하군요. 마치 육체의 기원이 불후의 영혼과 관련이 있는 것처럼! 그러나 어느 하늘 아래에 있든 육신의 환영을 받는 영혼은 성령의 자식이 아닙니다. 프랑스의 치명적인 독사가 교회에 똬리를 틀고 있습니다. 또, 황제는 겁쟁이입니다. 쓸모없는 짓이겠지만, 우리는 그런 그에게 도움을 구할 수도 있습니다. 그러니 당신에게 내미는 이 손에 입을 맞추시오."

보니파키우스는 씩씩거렸다.

"나는 결코 두 번 손을 내미는 법이 없소."

교황이 내미는 큼직한 반지에 몸을 숙이는 대신 단테는 적대감을 보이며 뒤로 한 걸음 물러났다. 얼굴이 벌개진 보니파키우스는 잠깐 기다리다가 이내 노여운 표정으로 손을 거둬들였다. 참석자들은 놀라서 웅성거렸다. 피폐해진 얼굴에 감정의 동요가 지나가자 교황은 갑자기 차가운 태도를 취했다.

"알현은 끝났습니다. 두 번째 알현 시기는 시종을 통해 알리겠소. 당분간 로마를 떠나지 마십시오."

단테는 간신히 머리만 숙인 다음 다시 두 걸음 뒤로 물러났다. 그 바람에 공포에 질린 표정으로 꼼짝도 못하고 있던 마조 미네르베티의 발을 밟고 말았다.

"무슨 짓을 한 겁니까……."

귀에 대고 속삭이는 소리가 들렸다.

"옳은 일이오."

단테를 안내했던 부제가 얼른 옆으로 와서 출구까지 안내해 주었다. 그 신성한 천장 아래에서 있었던 무례함을 보상하길 바라는 듯 등 뒤에서 수련생들이 큰 소리로 찬송가를 불렀다. 그래서 소란스러운 여러 목소리가 압도되어 들리지 않았다.

라테라노 광장에서 코라차 우발디니가 단테에게 덤벼들었다. 마조 미네르베티가 말리고자 했으나 소용이 없었다.

"당신은 일부러 그랬소! 당신은 우리의 임무를 망치길 원하고 있소. 당신의 미친 반역 사상을 펼치기 위해서 말이오! 하지만 코무네는 뻔뻔한 당신의 행동을 알게 될 겁니다! 당신은 배신자입니다. 당신과 당신의 빌어먹을 가문 모두!"

단테는 고개를 숙이고 땅만 쳐다보면서 계단을 내려갔다. 코라차의 히스테리컬한 고함 소리 때문에 어지러웠지만, 겉으로 보기엔 그에게 무관심한 듯했다. 분개한 동료가 그의 옷자락을 잡더니 맹렬히 흔들었다.

단테는 그를 잡아끄는 동료에게 계속 끌려 내려갔다. 그런데 갑자기 동료의 저항이 중단되었다.

눈길을 돌리고 보니 기병장교가 코라차의 목덜미를 잡아 흔들고 있었다.

"피렌체 양반, 도움이 필요한가? 여기 도착한 후로 악한에게 늘 당하고만 있군."

마조는 두려움에 떨며 어떤 상황인지 설명하려고 애썼다.

"그럼 당신 친구들이겠군?"

코라차의 목을 놓을 기미를 보이지 않으며 기병장교가 웃었다. 그리고 그를 높이 쳐들다가 갑자기 놓아버렸다. 그 바람에 코라차는 세게 엉덩방아를 찧었다.

"좋아. 하지만 내 피렌체 친구 옆에서 떨어지시오. 그는 로마의 보호를 받는 몸이니."

당황한 두 피렌체 사람이 멀리 사라지는 동안 기병장교는 그들에게 알아들을 수 없는 욕을 퍼붓더니 다시 어슬렁거리며 단테에게 다가왔다. 그는 요란하게 하품을 하고 나서 상스럽게 자신의 성기를 오랫동안 문질렀다.

"당신이 시인이라고 합디다, 피렌체 대사님." 하고 말할 때, 그는 정말 유쾌해 보였다.

단테는 그를 귀찮은 표정으로 쳐다보면서 아무 말도 하지 않았다.

"도대체 뭘 썼기에 그렇게 유명해진 거지?"

"당신이 관심 가질 일은 아닌 것 같소."

단테는 무뚝뚝하게 말했다.

"도움을 줘서 고맙긴 하지만 그럴 필요는 없었습니다. 어리석은 사람들이긴 하지만 내 고향 피렌체에서 온 사절들을 그렇게 모욕해서는 안 되지요."

기병장교는 모자를 벗은 다음 손이 땅에 닿을 정도로 몸을 숙이며 조롱기 섞인 사과를 했다. 단테는 속으로 욕설을 내뱉었다.

하지만 그가 나타나서 마침 잘 됐다고 생각했다.

"아직도 정의와 복수의 손길이 닿지 않은, 살해된 여인들에 대한 이야기를 다시 해봅시다."

단테는 단호하게 말했다.

"그 여자들이 당신과 무슨 상관이지? 그런 여자들은 모두 그렇게 끝나기 마련인데. 일반적으로 몇 년 살다가 이내 무로 토르토에서 발견된다고. 그럼 이만."

"무로 토르토에서?"

단테는 생각에 잠겼다. 그 단어를 들은 적이 있었다. 노파의 집 캄캄한 어둠 속에서 장례식을 치른 밤이었다.

"그렇소. 포르타 플라미니아† 밖에 있지. 환영받지 못한 자들의 무덤이란 말이야. 배우, 도둑, 창녀들. 외지인들과 고아들의 무덤이지."

"어떤 고아들이죠?"

"지금 날 놀리는 건가? 당신이 시인이라서 용서하는 거야. 나도 시인이거든."

"당신도?"

빈정거림을 차마 감추지 못하고 단테가 말했다.

"물론. 피렌체에서만 시를 쓰는 줄 아는 건가? 로마에는 매년 사육제 때 시인들의 경연이 있는데, 거기에는 최고의 이야기꾼만이 오지. 나도 매년 최고의 경쟁자 대열에 끼었지. 내가 군인이 아니라 본당 신부나 추기경이었다면 벌써 여러 개의 월계관을 모았을 게야."

"정말이오?"

단테가 믿을 수 없다는 어조로 말했다.

"그럼 무슨 글을 씁니까?"

---

† 로마의 아우렐리아누스 성벽에 있는 성문의 이름. 현재의 이름은 포르타 델 포폴로.

"쓴다니? 그런 기술은 내 적성에 안 맞아. 공증인과 약재상이나 하는 일이지. 나는 마음속으로 글을 쓰지. 그리고 내 생각을 암송하는 거야."

"경연은 어떻게 진행됩니까?"

"고수가 먼저 시를 한 줄 읊으면, 각자 순서대로 운율에 맞춰 시를 발표하지. 가장 길게 말하는 자가 이기는 거고. 나는 우수한 사람들 축에 낀다고, 시인 양반."

"아, 그래요."

단테는 차갑게 말했다. 그리고 다시 살인자들에 관한 이야기를 하려 했는데, 기병장교가 그의 말을 가로막았다.

"못 믿겠나? 운을 한번 떼어 보게. 내 피를 뜨겁게 달굴 시 한 줄을 말해 보라고!"

단테는 그를 노려보았다. 그리고 빠르게 시를 읊었다.

"상냥한 마음을 재빨리 포착하는 사랑이여."

"나의 여인은 그걸 보면 좋아하지. 엉덩이 속의 그것을 보면, 그것을 잡으면! 어떤가, 내 시가?"

그는 단테를 팔꿈치로 치면서 뭐가 그리 좋은지 낄낄거렸다.

단테는 깊이 한숨을 쉬었다. 그리고 주먹을 꼭 쥐었다.

"운명이 우리의 길을 막고 있다면, 지금 하려던 이야기를 마저 끝내고 나서 당신의 시에 대해 말씀을 드리지요."

"내 시가 마음에 들지 않는 모양이군, 대사 양반. 그래도 괜찮아. 밖에서는 몰라 줘도 로마에서 좋은 평가를 받는 게 더 나으니까."

"당신은 이곳에서 지위가 높은 분입니다. 그러니 그 문제를 다시 꺼내 볼까요?"

"무슨 문제?"

"살해된 여자들 말입니다!"

단테는 화가 나서 말했다.

"아, 그거. 당신은 항상 여자들 생각뿐이군. 좋아. 알고 싶은 게 뭔가?"

"범인을 찾기 위해 무엇을 했습니까?"

"아무것도."

"뭐라고요? 당신은 사형집행인 아닙니까? 스파다 원로원 의원께서 당신에게 그 임무를 맡겼습니다!"

사내는 또 늘어지게 하품을 했다. 그리고 마침내 마지못해 성가신 일을 하는 사람처럼 말했다.

"그런 식으로 살인을 하는 사람은 악마처럼 타락한 지가 틀림없어. 조만간 또 다시 살인을 하겠지. 아마 조만간 내 관할구역에서 살인을 할 거야. 그럼 토끼의 목을 조르는 솔개처럼 놈을 꽉 잡아 버리면 돼."

"그럼 범인이 제 발로 걸어 들어올 때까지 기다리겠다는 거로군요!"

단테는 통렬하게 말했다.

"그게 아니라 찾아야지요. 살인자들을 연결하는 단서를 발견해야지요. 예를 들어 시체들이 그렇습니다. 이상한 점이 있습니다, 시체들에는……."

"왜 그렇게 신경을 쓰나, 대사 양반? 로마는 커서 하루아침에 이루어지는 일이 없어. 시간이 걸린다고."

그는 다시 몸을 벅벅 긁어대면서 말했다.

"그 사건에 대해 아는 사람이 있기는 하지. 물론 나와 내 부하들은 아니고."

"그럼 누굽니까?"

"시체들을 수거하는 자들이겠지. 붉은 옷 형제회 수사들 말이야. 버려진 시체나 테베레 강에서 죽은 시체를 매장하는 일을 하지. 그 일에 그렇게 관심을 보이니 그들을 찾아가 보자고. 강까지는 거리가 꽤 되니 내가 갈 준비를 하지. 여기서는 모든 게 강에서 끝나거든."

부하들에게 광장을 계속 순시하라고 서둘러 명하고 장교가 돌아왔다. 단테는 조용히 그를 따르면서 자신의 몸을 침해하는 담즙의 역류를 느꼈다. 지독히도 쓴 맛이 위장에서 올라와 관자놀이의 통증이 다시 느껴졌다. 피곤해서 숙소에 가서 쉬고 싶었지만 뒤처지지 않으려고 애쓰면서 성큼성큼 걸었다.

기병장교를 따라 수레에 오르자, 수레는 평소처럼 언덕을 미친 듯이 질주했고 단테의 몸은 이리저리 흔들렸다. 이윽고 수레는 그가 한 번도 보지 못했던 거리를 다시 통과하며 내려가고 있었다.

마침내 강의 자갈밭에 도착한 그들은 수로를 따라 남쪽으로 갔다. 체스티오 다리를 건너서 티베리나 섬을 통과한 그들은, 멀리 오스티엔세 거리†로 가는 길에 언뜻 보이는 또 다른 다리

---

† 로마에서 오스티아까지 이어지는 로마의 길.

로 향했다. 거기서도 방앗간과 거룻배가 끼어 있는 허름한 오두
막과 나무집 사이를 지나 계속 앞으로 달렸다. 거룻배는 강바닥
에서 튀어나온 기다란 장대에 정박되어 있었다. 멀리서 거대한
코치산이 남쪽 방향을 막고 있었으며 아벤티노 언덕[†]도 보였
다. 그 높은 곳에서 여러 개의 종탑이 성당을 왕관처럼 둘러싸
고 있었다.

"거의 다 왔군."

기병장교가 직은 성당 옆에 숏은, 낮은 벽돌 건물을 가리키며
말했다. 거의 자갈밭 근처였다. 강물 위로 길게 펼쳐진 허름한
선창에 좁고 긴 배가 묶여 있었다. 건물 앞에는 고리버들로 만
든 일종의 거대한 바구니가 올려져 있는 손수레 두 대가 세워져
있었다. 그것을 보자 단테는 피렌체에서 농부에게 구입한 상품
을 운반하던 야채장수들이 떠올랐다. 기다란 망토를 입은 사람
들이 성당 앞에서 돌아다니고 있었다. 그 망토의 색은 한때 진
홍색이었을 테지만 지금은 세탁도 제대로 안 하고 함부로 간수
한 탓에 흐릿한 갈색으로 변해 있었다.

그곳의 수사들은 말다툼을 하고 있는 듯했다. 매우 흥분한 것
처럼 보였고 축축한 대기를 통해 고함 소리가 크게 들려왔다.

"저 깡패들이 익사한 사람의 옷을 가지고 싸우고 있군."

기병장교가 나지막이 말했다. 그리고 큰 소리로 이렇게 말했
다.

"형제들이여, 수도회 대장과 할 이야기가 있다."

[†] 로마가 세워진 일곱 언덕 중의 하나.

무장한 사람을 보자 수사들은 죄지은 사람들처럼 갑자기 입을 다물었다. 그중 한 사람이 온화한 미소를 지으며 앞으로 나왔다.

"카나파님, 착한 죽음을 인도하는 형제들에게 무슨 일로 오셨습니까?"

"너하곤 상관 없는 일이야. 내 시체가 네놈들 수중에 들어가려면 시간이 좀 더 걸릴 거야. 티타 디 니콜라에게 나를 안내하라. 이른 아침인데도 그가 너무 취하지 않았다면 말이지."

사내는 비굴한 몸짓으로 뒤로 물러나 그들 앞에 서서 문을 통과했다. 그러면서 단테를 향해 미심쩍은 눈길을 던졌다. 단테는 그를 무시했지만 주변에 보이는 것에는 관심을 기울였다. 수도회의 내부 본거지를 보니 성당보다는 넝마장수의 가게가 떠올랐다. 넝마나 다름없는 옷과 구두가 되는 대로 쌓여 있었던 것이다. 우아한 건물이었다면 마땅히 제단이 놓여 있어야 할 건물 끝에는 낡은 탁자로 만든 조야한 책상이 있었다. 그리고 그 책상 앞에는 술에 취한 뚱뚱한 사내가 턱을 괴고 졸고 있었다.

그 사내 역시 기병장교를 보더니 불안한 표정으로 벌떡 일어났지만, 이내 환영의 미소를 지었다. 그러나 살이 쪄서 주름이 잡힌 무거운 눈꺼풀에 반쯤 가려진 그의 눈은 물고기의 그것처럼 냉담했다.

"로마의 사법관을 위해 제가 할 일이 무엇입니까?"

그는 서둘러 말했다.

"자네가 할 일은 올가미에 목을 집어넣는 거야. 그보다 먼저 산타젤로 성에 헌금부터 해야겠지. 토요일이 지난 지가 언제인

데. 헌금함이 세 달 전부터 곪은 위장처럼 눈물을 흘리고 있다
고.”

사내는 실망하여 얼굴을 찡그렸다.

“지난 주에 드렸는데…….”

그는 항의하려 했다.

기병장교는 탁자 위로 몸을 내밀어 철장갑을 낀 손으로 그의
목을 움켜잡았다. 큼직한 손가락이 그의 살덩이를 간신히 쥐었
고 사내는 공포에 질려 늙은 거북처럼 어깨 사이로 목을 움츠렸
다.

“내가 다리 밑으로 일곱 명을 던졌잖아.”

장교가 씩씩댔다.

“하지만 우린 네 명밖에 못 건졌다고요…….”

사내는 울먹이며 말했다.

“나머지를 도망치게 한 건 너희들 잘못이야. 보니파키우스는
한 명을 구할 때마다 로마 동전으로 2솔도를 지불하지 않는가.
그리고 섬에서 전복된 배에 타고 있던 사람들도 있잖아. 적어도
열 명은 될 텐데. 아무튼 네놈들은 내게 빚진 게 많아. 자기들
몫은 나중에 따로 챙기겠지. 자, 인사해라. 이분은 피렌체의 대
사이자 시인이시다.”

그는 어조를 바꾸며 말했다. 단테는 조롱하는 어투를 느꼈지
만 주먹을 불끈 쥐고 속으로 욕을 내뱉을 뿐이었다.

“살해된 여인들에게 무슨 일이 있었는지 알고 싶어 하시지.
배가 갈라진 채 발견된 여자들 말이야.”

“아, 그 여자들. 모두 무로 토르토에 있습니다. 강 너머에 사

는 도메니카의 딸만 빼고 말입니다. 노파가 몸값을 치르고 딸의 시체를 가져갔습니다. 장교님도 보셨지요. 장례식 때 계셨잖아요."

"시체를 발견했을 때 상태가 어땠나요?"

단테가 끼어들었다.

"장교님께서 말씀하신 대로 배가 갈라져 있었고, 창꼬치처럼 속이 비어 있었습니다."

"모든 시체가?"

"예외없이 모두."

"시체를 어디에서 발견했나요?"

사내는 속으로 생각하느라 눈을 반쯤 감았다.

"두 구는 강에서……, 다른 시체들은 들판을 돌아다니다가……."

"다른 시체라니요?"

"네, 작년부터 해서 아홉이에요."

"아홉이요?"

당황한 얼굴로 그의 얼굴을 응시하며 단테가 되뇌었다. 이윽고 단테의 시선은 허공으로 미끄러졌는데, 불현듯 무슨 생각이 난 듯했다.

"그것들도 모두 같은 상태였나요?"

사내는 어깨를 으쓱거렸다.

"그게 무슨 상관이십니까? 말씀드린 대로 모두 속이 비어 있었던 것 같습니다. 어떤 것은 토막이 나기도 했고요."

"그게 몇 구였죠?"

단테가 다그쳤다.

"불완전한 시체가 몇 구였어요?"

"그런 걸 어떻게 기억합니까?"

형제회의 우두머리가 숨을 몰아쉬며 말했다.

"아마 서너 구였을 겁니다. 그런데 왜 그걸 묻습니까? 나를 놀리시는 겁니까?"

"아홉이라……."

단테는 혼자 중얼거렸다. 그러더니 다시 기병장교를 보고 말했다.

"속지 마십시오. 살인자는 또 다시 살인을 저지를 겁니다. 열 번째 희생자가 생길 겁니다. 이 불행한 여인들 중 현재 누가 실종됐는지 아십니까? 시체들은 옷을 입고 있었습니까? 뭐라도 남아 있었나요?"

"창녀들을 일일이 다 기록하는 줄 아십니까?"

형제회 우두머리가 폭소를 터뜨렸다.

"옷이 있더라도 너무 낡고 오래 돼서 몇 푼 되지도 않습니다. 옷을 벗기느라 수고한 값도 안 되지요."

"시체들이 무로 토르토에 있다고 하셨는데, 거기가 어딥니까?"

"무로 토르토라는 그곳은 환영받지 못한 자들의 무덤이지."

기병장교가 설명했다.

"교회의 성스러운 규범에 따라 살지 않는 자들을 어떻게 처리해야 할지 모르겠단 말이야."

단테는 생각에 잠긴 채 고개를 끄덕였다.

“네, 내가 봐도 그렇더군요.”

그때 두건을 쓴 사내가 달려 들어왔다. 그는 다른 사람들은 모른 체하고 책상으로 황급히 달려가다 흥분한 목소리로 소리쳤다.

“강이에요! 부서진 다리 근처 풍차들 사이에서 시체가 발견되었어요!”

“어서 달려가 시체를 잡아야지, 이 짐승들아! 급류 때문에 테스타치오로 넘어가기 전에 말이야! 말리아나 저수지까지 가 버리면 바다로 떠내려가고 마는데!”

“편안 휴식회 형제들이 벌써 달려갔습니다. 물에 배를 띄우고 번개처럼 빠르게.”

“미친 놈들, 섬에서 코치산까지는 우리 구역인데!”

우두머리가 소리쳤다. 그가 벌떡 일어나 문으로 달려가자 단테와 기병장교는 어안이 벙벙해졌다. 단테는 장교에게 의문의 눈길을 던졌지만 그는 단지 어깨를 한 번 들썩일 뿐이었다.

“붉은 옷 형제회는 가난한 자들의 시체를 매장하는 일만 하는 게 아니야. 매우 오래된 단체인데 보니파키우스의 호의를 받고 있지. 하지만 희년에 갑자기 시체의 수가 늘어나서 다른 형제회도 그 사업에 뛰어들었어. 대사 양반, 한번 가 보자고. 재미있을 거야.”

밖으로 나가니 수사들이 교각에 몰려 있었다. 우두머리의 명령을 받은 몇 명은 벌써 조각배로 내려갔고, 다른 수사들은 배를 묶어놓은 끈을 풀려고 애쓰고 있었다. 모두가 배에 오르자 우두머리는 뱃머리에서 무릎을 꿇고 있었고, 다른 수사들은 물결을 거슬러 강의 중심으로 향하면서 열심히 노를 저었다. 단테는 기병장교를 따라 선창으로 갔다. 그곳에서는 티베리나 섬까지 흐르는 강의 흐름을 볼 수 있었다.

수사들은 선 채로 힘차게 노를 저어 목적지인 듯이 보이는 곳으로 빠르게 미끄러져 갔다. 많은 배들이 테베레 강을 둘러싸고 있었다. 돛이 다채로운 배들도 있었다. 옛 로마 시대의 다리 아치를 지나자마자 강의 중심부가 나왔다. 그곳만 공간이 넉넉해서 배들이 마음대로 항해를 했다.

"저기 있군."

기병장교는 손가락으로 가리키면서 말했다. 다른 배 한 척이 빠르게 나아가고 있었다. 붉은 옷 형제회는 물결에 역행하느라 불리한 입장이었기 때문에 우두머리의 고함 소리에 맞추어 전력으로 노를 저었다. 고함 소리가 물의 표면에 튀어 오르는 돌멩이처럼 또렷하게 들렸다. 그러나 어느새 상대편 배는 멈춰 있었다. 배에 타고 있던 사람들은 기다란 노를 가지고 무언가를 그들 쪽으로 끌어당겼다. 단테는 노를 젓던 사람 한 명이 물에 뛰어드는 걸 보았다. 시체를 끈에 묶으려는 모양이었다. 그런데 그가 작업에 몰두하는 동안 붉은 옷 형제회의 배가 그를 덮치고 말았다.

두 배는 맹렬히 충돌했다. 여러 명이 물속에 빠지는가 싶더니 양쪽의 노잡이들은 이윽고 노를 위로 치켜 들었다. 마치 비행을 준비하는 커다란 물새 두 마리처럼 보였다.

그렇게 먼 거리에서도 들릴 정도로 격렬한 소리를 내며 양 진영은 노를 부딪쳤다. 노잡이들의 머리 위로 짐승 같은 고함 소리가 합창하듯 울려 퍼졌다. 광포한 싸움에 휘말린 양 진영의 사내들은 한 사람씩 서로 붙잡고 싸웠으며, 그들이 밟고 있는 선교가 요동치는 것도 개의치 않았다. 그들은 너무 격분한 나머지 때로는 이 배로, 때로는 저 배로 뛰어들기 바빴다. 배에는 사람들이 반 정도 없어진 듯이 보이다가도 어느 순간 침몰할 정도로 많은 사람이 타 있기도 했다. 그러다가 싸우는 사람들의 몸무게 때문에 배가 다시 흔들리기도 했다. 한편 물에 빠진 사람들은 열심히 헤엄쳐 배에 다시 올라가려다가 여전히 배 위에서 저항하고 있는 자들과 충돌하기도 했다.

마치 익사자의 초라한 겉옷이 아니라 엄청난 상금이 걸린 듯, 네 편 내 편 할 것 없이 싸움이 계속되었다. 한편 강의 양쪽 연안에서 소란을 듣고 달려온 구경꾼들이 점차 늘어나 자갈밭에 몰려들어 고함을 치면서 싸움을 격려했다. 그들은 수많은 구경꾼들의 등장에 갑자기 기운이 생긴 듯, 싸움꾼들은 힘을 두 배로 발휘하여 계속 격투를 벌였다. 어느 순간, 붉은 옷 형제회의 우두머리가 뱃머리에서 부하들로부터 고립되었다. 그는 노를 마치 곤봉처럼 돌리면서 적들로부터 거리를 유지하려고 했다.

"붉은 옷 형제회가 불리하군."

어느 시점에 이르자 기병장교가 말했다. 그는 입가에 즐거운 미소를 띤 채 잠시도 싸움에서 눈길을 거두지 않았다.

단테는 그처럼 정확하게 무슨 일이 일어나고 있는지 분간할 수가 없었다. 그러나 한쪽 배가 곤경에 처해 있는 건 확실했다. 배를 타고 있던 많은 사람들이 이미 물속에 떨어져 있었기 때문이다. 다른 배에서는 승리의 함성 소리가 또렷이 들렸다. 이윽고 버려진 배 위로 패자들이 열심히 오르는 동안, 다른 배는 수면 위로 간신히 보이는 일종의 검은 보따리를 뒤로 끌면서 그곳을 떠났다.

"편안 휴식회에 가서 돈을 징수해야 되겠군."

기병장교는 그쪽에서 시선을 돌리면서 부드러운 목소리로 말했다.

"저 사람들이 기독교인들의 갤리선에서 저렇게 힘을 쏟았다면, 오늘날 터키가 예루살렘을 지배하지는 못했을 텐데."

단테는 우울하게 말했다.

"테베레 강의 뱃사공들이잖아, 대사 양반. 원래 그런 사람들이라고. 당신네 고향 사람들은 다른가 보지?"

단테는 입술을 깨물었다. 그렇다, 다르지 않았다. 그와 같은 부패가 이탈리아 전역을 휘감고 있었다. 훌륭한 정부의 재갈과 말고삐도 없이 자기 자신에게만 몰두하고 재빠른 이익만을 추구하는 쓰레기 같은 인간들이 도처에서 지옥을 향하여 질주하고 있었다. 모든 것을 집어삼키는 홍수로 들끓는 지옥을 향해서 말이다. 귀족의 성을 두르고 있는 성벽도 그것을 억제할 수 없었다. 지혜의 요새도 일반적인 상품 매매로부터 자유롭지 못했다. 법률조차 강력하지 못했고 왕국의 화폐도 위태로웠다. 화폐 위조자들은 플로린 금화에 불순물을 혼합했고 잔니 스키키[†]는 유언장을 위조했다. 그렇다, 다르지 않았다. 오직 방법이 다를 뿐이었다. 피렌체가 파멸의 길로 들어선 건 직물업 때문이었고

[†] 단테와 동시대인으로 피렌체의 카발칸티 가문 출신의 사기꾼.

로마는 시체 도둑 때문이었다.

멀리서 또 다른 고함 소리가 단테의 주의를 끌었다. 승자들의 배가 지지자들의 환영을 받으며 자갈밭을 따라 나타났다. 그들은 노를 높이 치켜들고 있었다. 마치 영광스러운 위업을 달성하고 돌아온 사람들 같았지만, 사실 그들이 가져온 것은 그들의 파렴치함을 증명할 뿐이었다. 뱃고물 뒤에 묶인 채 떠 있는 비참한 시체를 생각하니 단테는 괴로운 기분이 들었다. 그것의 불멸의 영혼이 지금 멀리 하느님의 넓은 품에서 쉬고 있기를 단테는 기도했다. 제발 아무것도 보지 말기를. 단테는 마지못해 눈을 반쯤 감으면서 속으로 말했다.

"무로 토르토에, 묘지에 가야겠어요."

단테는 별안간 말했다.

"왜 그곳에 가려고 하나?"

기병장교가 말했다.

"살해된 여인들이 거기에 묻혀 있지 않습니까? 그들에 대한 정보를 찾고 싶습니다."

"이유가 뭔가?"

장교가 고집스럽게 말했다.

"살아 있을 때도 아무 가치가 없던 자들이야. 생각해 봐. 살이 썩어 고름이 흥건할 텐데 무엇을 알 수 있겠나?"

"시체를 조사하고 싶습니다. 무덤지기와 이야기도 하고 싶고."

기병장교가 폭소를 터뜨렸다.

"무덤지기라니? 거기엔 감시인은 없어. 감시할 게 아무것도 없거든, 피렌체 양반!"

"길을 가르쳐 주십시오. 혼자라도 갈 겁니다."

단테의 고집에 싫증이 난 장교는 과장된 한숨을 쉬었다. 그러더니 항복의 표시로 양손을 허리에 짚었다.

"내가 따라가지. 캄포 마르초를 통과해야 해. 그리고 포르타 프란치아를 지나 시골로 가야 하지. 비아 라타를 지나 포폴로 성당까지 가야 하고. 트라야누스 시장에서 마차를 빌릴 거야. 그러나 우선 붉은 옷 형제회의 배를 타고 강을 거슬러 올라가 베스타 신전까지 가자. 트라야누스 시장에 가서 마차를 구해야겠어."

섬을 지나 강기슭에 도착한 그들은 배에서 내렸다. 그곳에서 원형의 신전까지 이어지는 자갈밭을 올라가자, 기병장교는 캄피돌리오 광장을 향해 빠르게 걸어갔다. 그리고 타르페아 절벽†에 도착하자 왼쪽의 포로로마노를 향해 내려가는 골목을 따라 작은 계곡으로 접어들었다. 그들 옆에서 고대 신전의 순백의 기둥들이 정오의 햇빛을 받아 하얗게 빛나고 있었다. 단테는 그들의 머리 위로 솟아 있는 육중한 아치에 매료되어 그것을 쳐다보았다. 그 위에는 세나토리오 궁††이 솟아 있었다. 그쪽에서 보니 건물이 마치 언덕 자체에서 솟아난 듯했다. 고대인들이 언덕의 암벽을 재료로 조각한 것 같았다. 단테는 관련 문제를 물어보기

---

† 카피톨리 언덕에 있는 절벽으로 로마 시대 때 변절자에게 사형을 언도한 곳.
†† 로마의 캄피돌리오 광장에서 누오보 궁전 콘세르바토리 궁전 사이에 위치하며 12세기부터 로마의 원로원으로 사용되었다.

위해 원로원 의원도 함께 갔으면 싶었다. 아니면 마노엘로처럼 교양이 높은 사람이라도 좋았을 것이다. 기병장교에게 질문을 해보았지만, 그는 무심한 눈길만 줄 뿐이었다.

"로마에는 옛날 물건이 넘쳐난다고. 그런 것에 왜 관심을 갖지?"

"뿌리를 보면 나무를 알 수 있기 때문입니다. 과거는 미래의 운명을 지시하는 법이지요."

단테는 코를 내밀고 울퉁불퉁한 땅을 계속 걸으며 말했다. 기병장교가 그의 팔꿈치를 잡는 게 느껴졌다. 덕분에 유난히 큰 구덩이에 빠지지 않았다.

"사람들이 뒤를 보거나 더 위를 보지 않고 앞만 본다면, 세상이 좀 더 나아질 텐데 말이야."

기병장교가 낄낄거렸다. 얼굴이 붉어진 단테는 그의 코를 납작하게 해 주기 위해 키케로의 멋들어진 라틴어 경구를 말하려 했지만 아무 소용없다는 생각이 들었다.

"우리는 거인의 어깨 위에 앉은 난쟁이입니다."

그는 거의 자신에게 이야기하듯 그렇게 중얼거리고 말았다.

그때 기병장교가 월계수 덤불 앞에서 바지춤을 풀고 있었다. 단테가 당황해서 몸을 돌리는 사이 그는 연방 기분 좋게 낄낄대며 오줌을 쌌다. 그리고 다시 옷을 챙겨 입으면서 깡충거리며 단테 옆으로 뛰어왔다.

"하지만 거인 어깨 위에 앉아도 보이는 건 별로 없는데……."

단테는 우울한 목소리로 중얼거렸다.

"거인이라니? 고대인들에 대해 말하는 건가? 오늘날에도 거인은 있지. 산타젤로 성의 보초병 중에서 키가 6피트가 넘는 사람이 둘이나 되는데."

단테는 계속 내려가면서 고개만 끄덕일 뿐이었다. 그들은 어느 소박한 건물에 다다랐다. 그 건물 옆에는 총안과 깃발 몇 개가 있는 아치가 있었다. 거기에 초소가 있을 터였다. 세월이 흘러 유적으로 남은 고대 로마 황제들의 옛 공회당을 지키기 위해서 말이다. 협간 사이에 나태하게 기대고 있는 사람들의 검은 윤곽이 언뜻 보이기도 했다. 그들이 누군지 물어보려는데, 기병 장교가 그가 처음에 관심을 보였던 사각의 건물을 가리키면서 먼저 말을 했다.

"저 건물은 원로원 건물이었지."

이제야 자신의 지식을 과시할 수 있는 것이 자랑스러웠는지 그는 의기양양하게 말했다. 단테는 파손된 주변의 성벽과 커다란 구멍이 뚫려 있는 지붕, 초록잎으로 건물 전체를 둘러싸고 있는 검은 나무딸기 관목을 정신없이 쳐다보느라 걸음을 멈추었다. 저곳이 로마의 운명을 결정하던 곳이란 말인가!

그는 다시 길을 걸으며 머리를 흔들었다. 이윽고 좁은 모퉁이를 지나자 그만 입이 쩍 벌어지고 말았다. 언덕 아래 평평한 땅으로 들어가는 골목에 거대한 기둥이 솟아 있었는데, 등 뒤에 있는 언덕의 정상만큼이나 높았다. 마치 그것을 세운 자들이 자연과 경쟁이라도 한 듯했다. 기둥 옆에는 그보다 작지만 장엄함에서는 뒤지지 않는 기둥들이 가지런히 배열되어 광장의 둘레를 정확하게 표시하고 있었다. 광장 앞에는 아직도 대부분 파손되지 않은 공회당의 유적이 있었다. 그 모든 건물 뒤로는 여러 층이 있는 반원형 건물이 언덕 옆을 마주보며 펼쳐져 있었는데, 수많은 입구를 뚫어 놓아 직접 요새로 진입할 수 있을 듯싶었다.

"저기가 시장이야!"

기병장교가 소리쳤다.

"저기 마부들이 있군!"

거대한 기둥 주위에는 여러 채의 오두막이 거지떼처럼 무질서하게 건물에 기대고 있었다. 그리고 건물 안의 미로처럼 복잡한 골목에 수많은 마차가 있었다. 여러 가지 화물을 가득 채운 마차가 있는가 하면 물건을 실어 주길 기다리는 빈 마차도 있었다. 짐승들의 배설물에서 나는 코를 찌르는 냄새와 더불어 말과 당나귀의 격렬한 울음소리가 바람에 날려 그들에게 날아왔다.

재빨리 마음속으로 마차를 고른 기병장교는 우아한 갈색말이 묶여 있는 작은 이륜마차로 다가갔다. 마부가 차축에 연결한 자루에서 여물을 꺼내 말에게 주고 있었다.

기병장교를 보자 마부는 벌떡 일어났다. 기병장교가 나지막이 말을 했기 때문에 단테는 무슨 이야기를 하는지 알 수 없었다. 그러나 마부의 꺼림칙해 하는 반응으로 보아 카나파가 그 부근에서 얼마나 유명한지 확실히 알 수 있었다. 마부는 얼른 마부석에 앉더니 그들에게 올라타라는 신호를 보냈다.

"타게나, 피렌체 양반. 우리를 위해 내가 찾아낸 마차라고. 마부는 프란치아 문 근처에 물건을 실으러 가야 하니 우린 차비를 내지 않아도 돼."

마차는 매우 빠르게 움직이기 시작하더니 포장도로 위로 올라갔다. 마부는 바쁜 모양이었다. 기둥을 지난 마차는 그들 앞에 놓인 언덕으로 올라가려는 듯 오른쪽으로 들어갔다. 그러나 몇 걸음 올라가지 않아 왼쪽으로 돌았는데, 알고 보니 북쪽으로 가는 길을 봉쇄한 거대한 건물을 빙 돌고 있는 셈이었다. 그들은 건물 옆을 따라가다가 왼쪽의 새로운 곡선길로 다시 들어갔다. 아마 옛날의 비아 라타였을 것이다.

그곳에서부터 길은 수평선까지 직선으로 이어졌다. 칼로 자른 듯이 가옥들 사이로 반듯하게 길이 뚫려 있었다. 마부는 고함을 쳐서 통행을 가로막는 사람들을 지체없이 비키도록 만드는 한편 계속해서 말에 채찍을 가했다. 시장에서 본 기둥처럼 육중한 두 번째 기둥을 빠르게 지나가니 갑자기 건물들이 적어지기 시작했다. 그리고 그들 앞에 돌로 만든 커다란 호박주춧돌이 나타났는데, 그 위에는 풀이 무성한 원추가 얹혀져 있었고, 원추 끝에는 또 요철벽과 깃발이 있었다. 단테는 더 작긴 하지만 산타젤로 성이 연상되었다. 그러나 그곳은 모두 허물어져 있었다. 총안은 깨지고, 부서진 기둥의 몸통이 계단 좌석 아래에 되는 대로 누워 있었다.

"콜론나 가문의 요새로군."

기병장교가 말했다.

"최후의 폭동이 끝난 뒤인데도 잘 정비되었군. 한때 그 안에 황제들의 무덤이 있었지. 네로 황제도 매장되었던 것 같은데."

마차는 계속 직진하여 그 유적을 지나쳤다. 마침내 끝을 지시하는 문의 이중 아치와 높은 성벽이 선명하게 보였다. 문에 도착하자 기병장교는 수레에서 내리지도 않고 보초병들에게 얼굴을 보였다. 곧 등화관제 시간이었으므로 커다란 문들은 이미 닫혀 있었다. 건물 양쪽의 작은 통로 두 개만이 열려 있었다. 그가 잠시 대화를 한 뒤에 문 하나가 다시 열렸고, 마차는 비아 플라미니아에 깔린 포장도로의 커다란 돌들 위를 굴러갔다. 그러나 곧 진흙길을 구르는 소리가 들리면서 마차는 오른쪽으로 회전하여 성벽을 따라 다시 올라가기 시작했다.

그들은 경작하지 않은 밭과 웅덩이, 그리고 나무딸기 덤불 사이로 난 오르막길을 달렸다. 석양 때문에 풍경이 우울해 보였다. 말이 힘이 들어 숨을 헐떡이기 시작했다. 마부가 채찍질을 하며 재촉을 해도 소리 높여 울기만 할 뿐 속도를 내지 못했다.

그들 앞에 황량한 농지가 펼쳐졌다. 드문드문 보이는 그루터기 덤불만 있을 뿐 농작물은 하나도 없었다. 땅은 대부분 기복이 심했다. 여기저기에서 아직도 메워지지 않은 웅덩이가 나타났고 그 속에서 찢긴 넝마조각들이 흘러나오기도 했으며 한때 인간의 몸이었을 지저분한 형태들이 보이기도 했다.

천 조각으로 몸을 감싼 사람들이 무덤 사이를 돌아다니고 있었다. 그들이 걸친 천 조각은 시체를 덮는 쓰레기 같은 천과 별반 다르지 않았다. 그 지역 전체에 참을 수 없는 악취가 감돌았다.

"피렌체 양반, 더 가까이 갈 필요가 있을까?"

인상을 쓰고 코를 싸쥐면서 기병장교가 말했다. 단테도 몸서리를 이겨내기 위해 싸우고 있었다. 그는 모자의 띠를 풀어서 콧구멍을 막았다.

"희생자들은 어디에 매장되어 있습니까?"

따로 입을 막는 바람에 헐떡이며 단테가 물었다. 기병장교는 어깨를 으쓱하면서 주위를 둘러보더니 주변에서 어슬렁거리는 그림자들 중 하나를 향해 단호히 손을 들어 다가오라고 명했다.

"창녀들의 웅덩이는 어디 있나?"

그자는 좀 더 앞쪽을 가리켰다. 깊은 고랑이 패어 있는 땅이었다. 단테가 먼저 그쪽으로 걸어갔다. 다가갈수록 시체 썩는 냄새가 진동했다.

웅덩이 가장자리에 도착한 단테는 숨을 쉬어 보려고 했지만 소용이 없었다. 냄새 때문에 숨을 쉴 수가 없었서 당장에라도 기절할 것만 같았다. 온 힘을 기울여 구덩이를 향해 몸을 내밀었다. 구덩이 밑에 천 조각으로 반 정도 몸을 가린, 대략 여섯 구 정도의 시체가 쌓여 있었다.

"여기 있군."

등 뒤에서 기병장교가 말했다.

"살아 생전에도 이보다 더 잘 살지는 않았겠지만, 지금은 정말 불결하군. 이런 해골 더미가 무엇을 말해 준다고 이러나?"

"이 불행한 여인들을 왜 흙으로 덮지 않습니까?"

단테가 경악해서 물었다.

"계속 시체가 늘어나잖아. 구덩이가 가득 찰 때까지 놔두는 게지. 어쨌든 당신이 구하는 것이나 빨리 찾아. 이 악취 때문에 고슴도치처럼 온 몸의 털이 곤두설 것 같아."

단테는 화가 나서 주먹을 꼭 쥐면서 입으로 올라오는 욕설을 간신히 참아냈다. 이윽고 그는 구덩이 안으로 뛰어 들어가 한 시체 옆으로 갔다. 순간 유독 가스를 참지 못할까 봐 두려운 마

음이 들었다. 격렬한 구역질이 나서 무릎을 꿇고 토악질을 하고
말았다.

"무슨 일인가, 피렌체 양반! 비위가 약한가?"

장교는 그를 비웃었다. 단념하고 다시 밖으로 나오려는 순간
무언가를 발견한 그는 경련으로 몸을 떨었다. 한 시체의 몸에
리페타 항구의 익사자와 노파의 딸에게서 보았던 것과 동일한
상처가 나 있었던 것이다.

그것에 온 정신이 팔려 그 끔찍한 냄새도 모두 잊고 말았다.
그는 다른 시체에도 다가갔다. 그것들 역시 똑같이 참혹한 상처
가 있었다. 모든 시체가 똑같이 배에 무시무시한 구멍이 나 있
었다. 살아 있을 때 장기가 들어 있던 부위였다.

순간적으로 쥐나 까마귀 같은 동물들 때문일 수 있다는 생각
도 들었다. 그러나 아무리 봐도 절단된 부위가 또렷했다. 단 한
번의 날카로운 칼날로 벤 것처럼 상처의 가장자리가 선명했다.

그것을 확인하기 위해서 단테는 자제심을 발휘하여 시체의
자세를 바꾸어야 했다. 그리하여 그는 어떤 특이한 점을 주목했
고, 덕분에 처음의 혼란이 사라졌다. 시체 썩은 물과 진흙이 섞
인, 그 비 웅덩이에 잠겨 있는 시체들은 모두 부패하고 있었다.
그런데 썩는 과정이 이상하게도 동일하지 않았다. 마치 어떤 신
비한 이유 때문에 자연이 그 비참한 시신들의 일부만이라도 구
하기로 한 듯했다.

이 시체는 다리가, 저 시체는 팔이, 그리고 세 번째 시체는 두
다리와 두 팔이 다른 부위보다 덜 손상된 것처럼 보였다. 마치
시체들 내부에 살고 싶다는 절망적인 의지가 전해지는 듯했다.

또 다른 한편으로 그 모습은 마치 그 불쌍한 여인들이 마지막까지 죽음과 사투를 벌인 흔적처럼 보이기도 했다. 처음에는 탑을, 나중에는 보루를, 그 다음에는 성문을 적군에게 차례로 내주고 만 성처럼 말이다. 생존한 병사들이 도망치지 않고 마지막까지 성을 지켰다는 전제 하에 말이다.

특히 한 시체 때문에 단테는 당황했다. 그 시체는 얼굴이 멀쩡했기 때문이다. 야윈 뼈 위의 피부가 팽팽했고 입술은 창백한 시체였음에도 불구하고 믿을 수 없을 정도로 탄력이 있었다. 반쯤 감은 눈꺼풀 아래로 눈도 마치 살아있는 사람처럼 아무 손상 없이 반짝였다.

불현듯 여교황 요한나의 불가해한 얼굴이 떠올랐다. 그녀에게 기적이 일어나 시신이 보존되었던 것처럼 자연이 그보다 작은 힘으로 그 기적을 재연하려고 하는 것 같았다. 혹시 수백 년이 지난 뒤에 이 불행한 여인들도 그처럼 불멸성을 얻을지도 모르지 않을까……

"조사가 끝났나, 피렌체 양반? 뭘 찾았나?"

기병장교의 고함 소리에 단테는 흠칫 놀랐다. 장교가 내미는 손을 무시하면서 그는 다시 힘겹게 구덩이 밖으로 나왔다. 그리고 마지막으로 동정의 눈길을 시체들에게 던졌다. 돌아서는 그의 뒤를 따르면서 장교가 물었다.

"그래서? 이렇게 역한 냄새를 참고 얻어낸 것이 있나?"

"내가 생각했던 것을 확인했습니다. 동일범의 소행입니다. 물론 이유는 단 한 가지입니다. 일종의 의식이 관련되어 있습니다. 확실합니다."

묘지를 떠나는 동안 단테는 모자이크 조각을 한데 맞추려고 애를 쓰면서 열심히 생각했다. 그리고 결론에 도달했다. 누군가 복음의 내용을 실제로 재연하려고 했던 것이다. 하느님의 말씀을 증오하는 자가 그렇듯 그 말씀을 잔인하게 조롱했던 것이다.

"돌아가세나, 피렌체 양반."

기병장교가 참지 못하고 뒤에서 말했다.

단테는 고개를 끄덕였다.

"가는 길에 판테온 신전 부근에서 내려 주십시오."

"원형건물? 마침 나도 그쪽으로 가야 해."

IX 로마의 주인

11월 12일, 늦은 오후

단테는 평소처럼 상인들의 가판대가 가득 들어찬 판테온 광장을 통과했다. 간혹 차가운 소나기가 내릴 때면 순간적으로 군중이 사라지기도 했다. 그들은 물건을 가득 담은 수레를 끌면서 신전의 주랑 아래로 피신했다.

피렌체 공사관은 멀지 않은 곳에 있을 터였다. 단테는 한 사내에게 길을 물었다. 주위를 돌아다니는 탐욕스러운 얼굴의 다른 사람들보다 외모면에서 믿음을 주는 사람이었다.

사내는 곧장 가다가 오른쪽으로 꺾이는 길을 가리켰다.

"피렌체 사람들만 모이는 성당은 없습니다."

그는 친절하게 설명해 주었다.

"게르만 사람들과 롬바르디아 사람들만 모이는 성당은 있는

데 말입니다. 하지만 피렌체 사람들은 보통 나보나 광장 부근에 모여 있어요. 저쪽으로 가면 됩니다."

"나보나† 라뇨? 배와 관련이 있습니까?"

"그렇습니다. 쉽게 찾을 수 있습니다. 잘못 찾지는 않을 거예요."

단테는 그가 가르쳐 준 대로 갔다. 백 걸음 정도 걸으니 가늘고 기다란 길은 양편에 높이가 다양한 담벼락이 서 있는 커다란 광장으로 통했다. 그는 주위를 살폈다. 실제로 그곳은 커다란 배의 선체와 비슷했다. 그러므로 그 독특한 이름의 기원이 바로 이 장소라고 생각하며 단테는 계속 목적지를 찾았다. 행인 두 명에게 길을 또 물었으나, 그들은 단지 어깨만 으쓱하거나 무관심한 눈길을 줄 뿐이었다. 마침내 머리에 물주전자를 이고 물을 채우러 가던 한 부인이 두 집 사이로 간신히 보이는 골목을 가르쳐 주었다.

"저 길 끝에 있어요. 거기가 피렌체 사람들의 광장이에요."

골목 끝에 공터가 있었고 3층짜리 작은 건물이 공터를 마주하고 있었다. 건물의 정면에 평범하게 새겨진 나리꽃이 눈에 띄었다. 단테는 상품을 두 군데로 쌓아 둔 문으로 향했다.

좁은 복도에 모직물 더미와 상자들이 가득 들어차 있었다. 작업을 하고 있던 인부 몇 명은 화물을 순서대로 쌓아 천장까지 닿게 했다. 단테는 물건 때문에 비좁은 통로를 지나 옷을 잘 차려 입은 사내에게 다가갔다. 사내는 손가락으로 비단 조각을 만

---

† 이탈리아어로 배는 나베nave이다.

지며 품질을 감별하고 있었다.

"여기가 피렌체 공사관입니까?"

단테가 물었다. 상대는 하던 일을 계속 하면서 살짝 눈을 들었다.

"피렌체 공사관이요? 모직물 상점을 말하는 모양이군요. 그런데 얼굴이 낯이 익습니다."

사내는 매우 관심있게 단테를 응시하면서 얼른 소리쳤다.

"혹시 메세르 두란테 델리 알리기에리 아니십니까?"

단테는 고개를 끄덕였다.

"맞아요. 피렌체에서 당신을 봤습니다!"

상대의 어투가 공격적으로 변했다.

"당신은 백당 사람이고 위원회 소속이죠! 로마에는 웬일입니까? 물건을 사러 오셨습니까, 아니면 팔러 오셨습니까?"

단테도 그를 알아보려고 애를 쓰면서 어깨를 움츠렸다. 낯익은 얼굴이었지만 이름은 선뜻 생각나지 않았다. 어쩌면 그가 기억하지 못할 수도 있었다. 짧은 세월이긴 했지만 피렌체의 영토가 고대 성벽의 테두리 안에 제한되었을 때, 그는 거의 모든 시민의 이름을 알고 있었을 것이다. 도시 주변부를 확장하여 수많은 외지인들과 모험가들이 피렌체를 변질시키기 전에 말이다. 물건을 살 것인가, 팔 것인가! 이 말은 저주받은 모든 피렌체 사람의 이마에 새겨진 표시나 다름없었다. 주변을 온통 차지하고 있는 천 더미 위에 새겨진 불꽃 모양의 표시처럼 말이다. 백합도 아니고 산 조반니 성당도 아니었다. 지금 새로 건축하고 있는 탑에 그들이 세워야 하는 것은 천 더미일 것이고, 그것으로 분열된 도시의 곤팔론[†]을 만들어야 할 것이다.

"내가 여기에 온 것은 우리 도시의 자유를 협상하기 위해서랍니다. 물건을 사러 온 것도 팔러 온 것도 아니지요."

"자유라고요? 당신을 보낸 단체가 포목상 조합입니까? 세금 때문에 누군가를 파견할 때가 되었군요! 우리가 들어올 때마다 계속 세금이 늘고 있으니! 지난 달만 해도 짐 하나에 카를리노[††] 두 냥이었는데, 어제는 세 냥이나 뜯어가더군요! 계속 이런 식이라면 로마까지 와도 더 이상 이익이 없겠어요. 피사를 굴복시킬 수 있다면 그곳의 항구를 이용해서 나폴리 왕국으로 직접 양모를 운반할 수 있을 텐데. 피사와는 무슨 협상을 하고 있나요? 당신네 당파에서 결정한 사안이 무엇입니까?"

"또 다른 대사들인 마조 미네르베티와 코라차 다 시냐가 이곳에 묵고 있습니까?"

상대는 질문을 이해하지 못한 듯했다. 그는 비단 조각을 기계적으로 계속 문지르고 있었다. 그리고 성가시다는 표정으로 복도 끝에 보이는 계단을 향해 고갯짓을 했다.

"2층에 코무네에서 온 두 사람이 있습니다. 나도 모르는 문서를 가지고 와서 가장 좋은 방을 요구하더군요. 당신이 찾는 사람들이 아마 그들일 겁니다."

단테는 일언반구도 없이 지시해 준 방향으로 향했다. 층계의 중간 정도에 올랐을 때 단테는 그가 찾던 한 사람과 마주쳤다.

"메세르 알리기에리!"

[†] 중세 이탈리아 도시의 깃발.
[††] 나폴리 왕국에서 사용하던 은화 혹은 금화이며, 19세기까지 다른 지역에서도 통용됨.

코라차가 그에게 고함을 쳤다.

"마침내 황공하옵게도 납셔 주셨군요! 어디에 계신지 저희는 도무지 찾을 수가 없더군요!"

"그래서 내가 온 것입니다."

"코무네는 우리가 공사관에 함께 있기를 원합니다! 우리는 늑대처럼 어슬렁거려야 하는 짐승이 아닙니다. 그런 일이 있었으니 더욱 함께 있어야죠!"

단테는 독기 어린 눈으로 그를 노려본 다음, 입 밖으로 튀어나오려는 조롱을 간신히 참았다.

"메세르 마조도 함께 있습니까?"

단테는 그렇게만 묻고 말았다.

"그분도 초조한 마음으로 위층에 있습니다. 얼른 오십시오."

코라차는 얼른 계단을 올라갔으며, 두세 계단을 오를 때마다 뒤를 돌아보았다. 단테가 다시 사라질 것 같아 두려운 모양이었다.

계단이 위층의 넓은 방까지 이어졌다. 작은 아라스 천으로 장식된 벽돌 방이었다. 아라스 천에는 거룩한 역사를 주제로 한 장면이 표현되어 있었다. 가구도 온갖 정성을 기울인 것이었다. 캐노피와 커튼을 두른 커다란 침대와 벽에 가지런히 기댄 옷상자들이 있었다. 방 끝에는 작은 피아노 책상과 서기용 의자가 있었고 그 위에 서류들이 보였다. 단테는 재빨리 시선을 돌려 자신의 개인 물품이 들어 있는 자루를 모퉁이에서 찾아냈다. 여행을 떠나기 전날 밤 여관에 두고 온 것이었다.

마조 미네르베티가 침대에서 일어나는 동안 단테는 자신의 물건을 살폈으며, 내용물이 아직 고스란히 있는 것을 확인했다. 적어도 다음에는 거지 같은 옷이 아니라 자기 옷을 입고 보니파키우스를 알현할 생각을 하니 안심이 되었다. 다음 기회가 있을지는 잘 모르겠지만 말이다.

"다행입니다!"

등뒤에서 마조의 외침 소리가 들렸다.

"조합장께 보낼 보고서를 써야 하는데…… 우리는 문학자이신 당신을 기다렸습니다."

"비록 쓸 말은 별로 없지만 말입니까."

코라차가 불신의 목소리로 끼어들었다.

"물론…… 기대하던 대로 일이 진행되지는 않았지요."

마조는 더욱 회유하는 어조로 입을 열려고 했다.

"도대체 뭘 기대하시는 겁니까, 미네르베티? 카쿠스의 소굴에 도착한 헤라클레스도 보니파키우스가 우리를 맞이한 것보다는 더 환대를 받았을 겁니다. 내가 이곳에 온 것은 협상을 하기 위해서지 무릎을 꿇기 위해서가 아닙니다."

"왜 나라고 말씀하십니까, 메세르 알리기에리? 마치 당신 혼자만 대사인 것 같군요!"

코라차가 원한에 찬 목소리로 말했다.

"피렌체는 우리 세 사람을 보냈습니다. 세 사람의 의견을 모으라고 말입니다. 그리고 판단과 평가도 세 배로 하라고 말입니다. 그런데 당신은 우리의 입을 막더니 당신 스스로 일인자라고 나서더군요. 누가 그것을 허락했습니까?"

"삼중의 신성한 자연이 증명하는 것처럼 3은 완벽한 수입니다. 그러나 셋 중 두 명이 멍청이라면, 삼위일체도 하나로 축소되고 말지요."

코라차의 얼굴이 벌겋게 달아올랐다. 그가 작은 주먹을 꽉 움켜쥐는 것을 단테는 보았다. 마조도 반감을 보였다.

"당신은 신성을 모독하고 있어요!"

그는 꾸르륵거리는 소리를 내며 말했다.

자신이 다소 과장스럽게 말한 것 같다고 단테는 생각했다. 두 사람 모두 자신의 편에서나 반대편에서 피렌체에 막강한 친구들이 있었다. 적들의 명단을 더 늘리는 게 무슨 소용이 있을까? 안 그래도 벌써 명단이 꽉 찼는데 말이다. 단테는 마치 사건을 되돌리고 싶은 듯 애매한 손짓을 했다. 마조는 서둘러 화해를 제안했다.

"우리는 다시 알현을 얻어내야 합니다. 물론 말은 당신이 해야 합니다. 그러나 이번에는 좀 더 우호적인 태도를 취하세요. 코무네는 지금 궁지에 몰려 있으니 이번에는 꼭 화해를 해야 합니다. 코무네가 벌써 무언가를 알고 있다면……."

그는 겉으로 보기엔 두 사람의 반목을 가중시키지 않으려고 노심초사하는 듯했다. 나중에 피렌체에 가면 복수할 기회가 생기리라 생각할 것이다. 단테는 그의 작고 검은 두 눈에서 그런 말을 읽은 듯했다.

"조국에서 무엇을 알고 있단 말입니까?"

단테가 그의 말을 가로막았다.

"어제 피노 델 몬테라는 상인이 도착했습니다. 시장 근처에서 전투가 있었다고 하더군요. 메세르 코르소의 부하들이 산 피에로†를 향해 줄지어 행진하는 최고 위원들의 행렬을 공격했다고 합니다. 그들은 격퇴되었지만, 밤새도록 방화와 폭동이 일어나 도시를 엉망으로 만들었답니다. 샤를 드 발루아††가 이끄는 기사들이 종국에 가서야 개입했고, 그래서 싸움이 중단되었지만 불씨가 완전히 꺼진 것은 아니지요. 이젠 교황밖에 없습니다. 그의 권위로 유혈 없이 백당을 저지할 수 있을 겁니다."

단테는 찡그린 얼굴로 입술을 깨물며 우울한 소식을 들었다.

"좋습니다."

그는 마조의 말이 끝나자 분통을 터뜨렸다.

"보니파키우스는 바티칸에 틀어박혀 있습니다. 그곳에 가서 또 다시 알현을 요청하겠습니다. 우리 같이 갑시다. 하지만 연설은 나만 하겠습니다."

단테는 자신의 보따리를 들고 나가려 했다.

"지금 어디 가십니까?"

마조가 그의 앞을 막아섰다.

"우리와 함께 공사관에 계시지요. 당신이 하실 연설에 대해 조율을 해야 합니다. 여기에 자리가 있습니다. 침대가 큽니다. 세 명이 자도 충분해요."

단테는 잠자리를 흘깃 보더니 조롱 섞인 웃음을 터뜨렸다.

"피렌체의 환대를 무시하려는 게 아닙니다, 메세르 마조. 달리 할 일이 있습니다. 숙소에 내가 쓴 작품이 기다리고 있습니

---

† 피렌체 지방에 속하는 자치도시.
†† 프랑스의 귀족 가문 중 하나이며, 1328년부터 1589년까지 지속된 프랑스의 제4왕조가 된다.

다. 그리고 다른 일도……. 알현을 요청한 결과는 나중에 알려
드리겠습니다."

"달리 할 일이라뇨?"

코라차가 툴툴거렸다.

"당신은 코무네의 대사입니다! 이 임무보다 우선하는 일이
도대체 뭡니까?"

"정의로운 일입니다."

"무슨 정의요?"

단테가 이미 계단을 내려가고 있을 때, 그가 등 뒤에서 소리
쳤다.

"무슨 정의 말입니까?"

단테는 섬에서 다리를 건넌 다음 룬가라 길을 다시 올라 바티
칸 궁의 성벽으로 향했다. 석양 무렵이 되어서야 그는 성문 근
처에 도착했다. 등화관제 시간을 넘기지 않기 위해 걸음을 서둘
렀다.

성문 근처에서 순례자로 보이는 이들이 가득 모여 웅성거리
고 있었다.

"바티칸의 문이 닫혔습니다. 지나갈 수 없어요."

무슨 일인지 물어보는 단테에게 어떤 사람이 말했다.

단테는 사람들 사이를 헤치며 입구에 다가갔다. 커다란 문이
봉쇄되어 있었다. 그 사람이 말해 준 그대로였다.

그가 망연자실하여 서 있는 동안, 사람들은 낙담한 표정으로
흩어졌다. 잠시 후 마치 마법처럼 그는 홀로 남았다. 테베레 강
의 물소리를 직접 들을 수 있을 정도로 완벽하게 황량한 곳에서

말이다.

　성벽의 테두리에 붉은 빛이 빛나는 걸 보니 누군가 탑 위에서 불을 밝힌 모양이었다. 탑이 마치 밤을 밝히는 횃불 같았다. 단테는 그것이 멀리 있는 군대에 보내는 신호일지도 모른다고 생각했다. 혹은 성벽 내에서 은밀한 일이 벌어지고 있다는 조짐일지도 몰랐다. 무심하게 오가는 보초병들의 그림자가 계단 좌석 사이에서 보였다. 단테는 그곳에서 무슨 일이 일어나고 있는지 알고 싶어 몸살이 날 지경이었다. 게다가 자기만 빠져 있는 것 같아 화가 나기도 했다.

　단테는 발치에 무언가 떨어지는 것을 느꼈다. 그것이 돌멩이임을 확인하고 나서 그는 성문으로 다가가 문을 세게 흔들었다. 세 번째로 흔들었을 때 그는 무슨 일이 있다는 것을 알아챘다. 그의 머리 위로 사람들이 열광하는 소리가 들렸다. 병사들이 마치 춤을 추듯 격동적인 동작에 빠져 있음을 그들의 그림자를 통해 알 수 있었다. 비명과 욕설, 그리고 이름을 부르는 소리가 성벽을 따라 울려 퍼졌다. 누군가 계단 좌석을 통해 얼굴을 내미는 것 같았다.

　"이 빌어먹을 문을 열어라. 나는 피렌체의 대사다!"

　단테는 자신의 명령이 더 잘 들리도록 하기 위해 뒤로 몇 걸음 물러나서 소리쳤다.

　"나는 보니파키우스 교황을 만나야 한다!"

　그러자 잠시 소란이 멈추고 조용해졌다. 요철 벽 사이로 다른 얼굴들이 보였다. 이윽고 날카로운 소리가 위에서 들려왔다.

“성문은 닫혔다. 오늘밤에는 성하의 명령 때문에 아무도 들어올 수 없다. 썩 물러가지 않으면, 가만 두지 않겠다!”

“나는 피렌체의 대사다! 어서 문을 열거라!”

“저 자에게 성 금요일의 일과를 알려 주거라.”

종전과 동일한 목소리가 계단 좌석에 있는 병사에게 지시했다. 잠시 후에 단테는 성문 꼭대기로 기어오르는 세 사람의 모습을 보았다. 그를 돌아본 세 사람은 마치 독특한 의식을 수행하려는 듯이 한꺼번에 바지춤을 풀어 맨 엉덩이를 보이더니 음탕한 몸짓으로 자랑스럽게 허리를 흔들었다.

“여기 있는 달덩이 세 개로 점이나 쳐 봐라, 대사!”

그 목소리가 소리치자 성벽에 얼굴을 내민 병사들이 박장대소했다.

“빤히 쳐다보지는 마. 메두사의 눈빛보다 더 꽁꽁 몸을 얼어붙게 만드니 말이야!”

이윽고 문 열리는 소리가 들렸다. 누군가 탑의 변소 문을 연 모양이었다. 성문 양쪽에서 똥덩이가 벽을 따라 떨어졌다. 바로 단테를 향해 악취를 풍기며 떨어지는 바람에 단테는 뒤로 껑충 물러서야 했다.

“이 더러운 악당들! 세상을 훔치는 로마의 바보같은 놈들!”

뒤로 물러서면서 단테는 입에 거품을 물고 소리쳤으나, 병사들은 조롱과 욕설만 던질 뿐이었다.

“도대체 무슨 일인가, 피렌체 양반? 독기를 품은 개처럼 말이야.”

등 뒤에서 목소리가 들려왔다.

"이번에도 카나파 당신이군!"

격노한 단테가 말했다.

"이 빌어먹을 도시에서 당신은 안 가는 곳이 없군요!"

기병장교는 단테의 시선이 향하는 곳을 쳐다보았다. 단테는 계속 조롱의 목소리가 들리는 계단 좌석을 쳐다보고 있었다.

"성벽을 보고 있나? 로마가 그게 전부는 아니지. 저곳은 교황과 추기경들이 엉덩이나 간신히 붙이고 있는 의자일 뿐이야. 나와 같이 가지. 아나클레토 주점에서 저녁을 사겠어. 그곳에 가면 현명한 로마 백성을 보게 될 것이야. 내게 복종하는 자들이지. 당신이 그렇게 신경을 쓰니 망자들에 대한 이야기도 하고 말이야. 로마의 진짜 주인이 누군지 내가 말해 주겠어."

시인은 그의 뒤를 따라가며 욕설을 퍼부었다. 그가 향하는 곳은 평야로 이어진 길로 양편에 마른 벽이 세워져 있었다. 그곳에서 단테는 작은 원형 신전을 보았다. 그 신전은 동물 모양의 조각이 새겨진 가는 기둥 장식을 가지고 있었다. 고대 기둥 사이 사이에 벽돌이 쌓여 있었다. 아마도 고대 신전을 교회로 개조한 모양이었다. 하지만 지금 그것은 교회의 역할도 하지 않고 버려진 듯했고 그 결과 신전은 거친 마구간처럼 보였다. 단테는 잠시 서서 건물을 관찰하며 피렌체에서도 기독교를 위해 신전에서 고대 여신의 흔적을 깨끗이 지웠던 적이 있음을 상기했다. 그는 문득 성 요한을 위한 조각을 세우기 위해서 베키오 다리에서 마르스†의 조각을 치웠을 때 마르스의 분노가 도시를 강타했다는 전설적인 이야기를 떠올리고 몸을 부르르 떨었다. 사실 마르스의 조각을 치운 후부터 피렌체는 끊임없이 전쟁을 했고 한시도 평온했던 적이 없었다. 로마 사람들은 그 사실을 알고 있을까? 로마에서는 나자렛 예수 한 명이 아니라 올림프스의 신들 전부를 쫓아냈는데……. 단테는 잠시 고대 신들이 자신에게 복수한 흔적을 다시 느꼈다. 전쟁에서 부상을 입었던 부위가 욱신거렸던 것이다. 피렌체라는 도시는 역사 속에서 끊임없이 살아남았지만 인간과 인간이 건설한 건물들을 끊임없이 파괴하는 무언가 숨은 힘이 있었다. 그 도시에서는 누구도 승리할 힘도, 패배할 약함도 갖지 못했다.

작은 골목을 돌아나가자 갑자기 눈앞에 게으름뱅이들이 붐비는 커다란 주점이 모습을 드러냈다. 아치가 벽을 지지하고 있는 아나클레토 주점 건물이었다. 그 아치의 모양으로 보아 위로 여러 층이 지어졌던 건물이었으리라. 위편에 있는 대들보와 부서진 벽들이 그 사실을 증명해 주고 있었다. 하지만 이제 건물은 다 쓰러져가고 마치 원형 극장처럼 널따란 공간과 벽에 사람 눈처럼 둥그렇게 뚫린 작은 고대 창문이 남아 있을 따름이었다.

그 옆에는 아직도 사용할 수 있는 수로가 있었다. 누군가 널찍한 공간 중간에 흙으로 빚은 작은 원통을 이어서 물을 아래로 흐르게 만들어 놓았다. 그 파이프는 강하게 물을 내뿜고 있었고, 다시 그 물은 아래에 있는 커다란 대리석 그릇에 떨어지고 있었다. 아마도 그 대리석 그릇은 기둥의 받침 위에 놓여 있던 건물의 부속물이었을 것이다. 그릇에서 끊임없이 물이 넘쳐 땅

---

† 그리스로마신화에 등장하는 전쟁의 신.

을 적시고 있었다.

단테는 흙탕물이 자신의 옷을 적시지 않도록 주의하면서 기병장교를 따라갔다. 그는 분수에서 물을 마시는 여인들에게는 눈길 한번 안 주고 그곳을 향해 거침없이 나아갔다. 단테는 기병장교의 그런 단호한 모습을 보면서 그가 이 지역을 매우 잘 아는 것이 분명하다고 생각했다. 기병장교는 교황의 열쇠가 그려진 엠블럼이 있는 외투를 걸치고 숨을 크게 몰아쉬면서 우쭐거리며 걸어가고 있었다.

주점의 단골 손님들은 로마의 민중이었다. 하루하루 벌어먹는 노동자의 옷을 걸친 그런 사람들이었다. 어떤 사람은 커다란 잔에 술을 퍼먹고 있고, 또 어떤 사람은 열에 들떠 논쟁을 벌였으며, 고래고래 소리를 지르기도 했다. 이곳에 있는 사람들은 어찌됐건 끊임없이 폭소를 터뜨리고 있었다. 단테는 이들의 행동을 이해할 수 없었다. 하지만 곧 그들이 여교황 요한나의 유체가 발견된 사건에 대해 서로 다른 의견을 주고받고 있다는 것을 알았다.

그가 보기에 사람들은 두 진영으로 나누어져 있었다. 한쪽은 주점 밖에서 유체의 진실성을 주장하고 있었고 주점 안에 있는 반대편은 그것이 환상에 불과하다며 반박하고 있는 듯했다.

"저 자리는 여자 엉덩이가 더 잘 어울릴 거야."

밖에 있던 사람이 자신을 지지하는 사람들의 호응에 힘입어서 소리를 질렀다. 그러고는 외설적인 말을 덧붙였다.

"구리빛으로 탄 교황 보니파키우스가 성 요한을 따라 행진하는 것보다 우리 엉덩이가 더 소중하다네."

"웬 개소리야?"

안에 있던 사람이 손에 칼을 들고 소리쳤다.

"교황도 사람인데 뭘 그러시나. 성 베드로 성당에서 교황을 만나면 그 음흉한 속을 보게 될걸."

"저놈들은 여자 옷이나 입고 뭔 짓거리를 하는 거야? 수도원 풋내기들인가? 한 놈이라도 와서 떠들어 보시지. 아니면 몰로 다리에 있는 창녀 마르타나 마리아에게나 가든가. 차라리 추기경들이 모여 노래하는 게 더 듣기 좋겠네. 그놈들은 시도 때도 없이 노래하고 대접을 받으려 하니까 말이야. 차라리 그놈들이 우리한테 와서 알랑거리는 게 더 낫겠어."

"네놈들은 포주나 찾아 꺼져 버려!"

한 사람이 주점 밖으로 나가서 소리 질렀다. 그러고는 반대편 남자의 코끝에 칼을 디밀었다. 그 남자도 지체하지 않고 칼을 뽑아 들었다. 단테가 보기에 그 칼은 시골에서 쓰는 칼과 기사용 단검의 중간 정도 길이였다.

"네놈이 신부의 거시기보다 나으면 창녀한테나 가 봐."

그가 소리치면서 상대편을 공격했다. 상대편은 한쪽으로 비켜섰다가 비틀거리며 앞으로 가서 그의 얼굴을 치려고 했다. 하지만 그가 슬쩍 피하는 바람에 주먹을 내지른 사람은 중심을 잡지 못하고 땅바닥에 미끄러졌고 사람들은 그걸 보며 비웃었다. 그러자 넘어진 사람은 고양이처럼 눈에 불을 켜고 신경질적으로 바닥에 있는 모래를 집어던지면서 공격하려고 했다. 하지만 그가 막 일어서려는 찰나 같이 싸우던 사람이 그가 일어나는 것을 도와 주며 말했다.

"리케토, 네 장난으로 내가 당할 뻔했잖아. 네 놈 배를 가르고 싶으면 아름다운 마리아의 눈동자를 보고 온 다음에나 그러라고. 괜히 교황 편 들지 말고. 어이. 다 이리로 와 봐. 돈만 있으면 괜찮아. 여자면 당연히 그냥 오고 남자면 돈을 가지고 와."

"돈이 최고야!"

누군가 소리 높여 외쳤다. 그리고 다시 누군가 신호를 보내자 손님들은 서로 얽혀서 싸우기 시작했고 한편에선 여교황 요한나가 무덤에서 살아 돌아온 듯 그 이름을 외쳐댔다.

단테는 그들이 싸우고 있는 소리에 귀를 기울였다. 시간이 흐르자 소리는 점차 잦아들었고 승리한 사람들이 다친 팔을 천으로 감으며 주점 밖으로 나왔다. 아마도 여교황의 지지자들이 싸움에서 승리한 것 같았다. 사람들이 멀어져 가고 귀에 거친 노랫가락이 들려왔다.

바티칸 주점에서
보니파키우스는 손에 거시기를 잡고 소리친다네.
"추잡한 신이여, 나도 여인의 그곳을 원한다오."

뒤쪽에서 기병장교가 폭소를 터뜨렸다.

단테가 말했다.

"저 노래를 부르는 사람은 당신을 따라다니며 노래하던 동료 같군요. 이게 당신이 나에게 말해 주려던 로마의 모습인가 보군요."

"그렇지. 그놈 참 잘 부르는군. 어쨌든 안으로 들어가세. 난 너무 배가 고프다네."

문 저편에 참나무 가지가 그려진 앰블럼이 눈에 띄었다. 주점은 지면보다 조금 낮았지만 꽤 넓었고 기름진 음식 냄새로 꽉 차 있었다.

언뜻 보기에 피렌체의 다른 주점과 다를 바가 없어 보였다.

하지만 그곳에 모인 사람들은 피렌체의 아름다운 말투를 쓰는 것이 아니라 프랑스의 미끈거리는 구어나 독일 알라마니족의 거친 말투를 쓰고 있었다. 피렌체에 있는 주점처럼 한쪽에 피워져 있는 불 위에서는 양은 솥에 담긴 음식이 끓고 있었다. 그리고 조그만 아이들이 그 옆에서 작고 큰 주걱으로 솥을 젓고 있었다.

하지만 피렌체와 가장 다른 점은 오랜 세월을 버텨온 대리석 탁자와 의자가 놓여 있다는 점이었다. 벽에는 아직 고대 프레스코화의 흔적이 남아 있었다. 붉고 노란색이 거칠게 채색된 한편으로 여전히 밑그림이 보였다. 단테는 벽에 그려진 남녀의 누드를 보고 이곳이 고대에 사랑의 향연을 벌이던 곳이라는 사실을 눈치 챘다.

한쪽에는 더 잘 보존되어 있는 프레스코화가 보였다. 월계수 옆에 한 쌍의 남녀가 성행위를 하고 있는 모습이 사실적으로 묘사되어 있었다.

과장된 그 그림 아래에서 단골손님들은 마구 뒤섞여 앉아 큰 잔으로 포도주를 벌컥벌컥 마시고 있었다. 어떤 사람들은 또 멀건 수프를 맛보거나 옆에 놓인 빵조각을 뜯고 있었다.

물론 고대 건축물의 일부도 남아 있었다. 대리석 벽돌과 그 위에 놓여 있는 옛날 하수관이 그것이었다. 대리석 표면은 일정하게 깎여 있었고 그 위에 다양한 크기의 포도주 통들이 쌓여 있었다. 단테는 이곳이 어떤 장소인지 알고 나자 잠시 당황했다. 그는 기병장교에게 투덜거렸다.

"이봐요! 당신은 이런 불결한 곳에서 식사하자고 나를 끌고 온 거요?"

"아, 그거."

기병장교가 대답했다.

"이곳은 우리 조상들이 만든 곳이야. 괜찮네. 아마 성에서 먹는 지저분한 것들보단 훨씬 나을 거야. 걱정 말게, 대사 양반. 여기 음식을 맛보면 놀랄걸. 뭐, 지금 와서 다른 곳을 찾아서 돌아다니고 싶진 않겠지. 이곳은 주인인 니코가 하는 요리로 유명한 곳이거든."

단테가 뭐라고 말하려는 순간 어떤 사람이 다른 단골이 앉아 있는 의자로 다가가더니 옆에서 짧은 튜닉을 들추었다. 그때 뚱뚱한 사람이 나타나 번개처럼 그의 목덜미를 잡았다. 뚱보는 그를 잡자마자 거칠게 엉덩이를 걷어찼다. 그리고 문까지 그를 질질 끌고 가며 그가 문 밖으로 사라질 때까지 계속 엉덩이를 발로 차댔다.

"참, 무슨 말을 하고 있었지? 아, 어쨌든 간에 모든 게 규칙대로 돌아가고 있어."

기병장교는 그 장면을 주시하다가 괜찮다는 듯이 말했다. 그 뚱보는 다시 안으로 들어왔고 다른 단골들을 거만하게 둘러보았다. 그러고서 새로 온 두 사람을 보고 얼굴에 흡족한 미소를 지으며 다가왔다.

"카나파 기병장교님. 한동안 못 뵈었군요. 혼자가 아니시네요. 제 음식을 먹이려고 다른 나라 기사님이라도 데려오신 건가요?"

그는 단테가 입고 있는 허름한 옷을 보고 혀를 차며 말했다.

"피렌체 대사야. 그 이상도 이하도 아니지. 그런 거물 앞에서 내게 실례하면 안 되지."

기병장교가 편안하게 의자에 자리를 잡으면서 버럭 소리를 질렀다.

"좋은 걸로 가져와."

"당신께는 늘 좋은 음식만 내오죠."

그는 황급히 머리를 숙이고 식당으로 뛰어들어갔다.

잠시 후에 단테는 그가 커다란 접시에 김이 모락모락 피어나는 커다란 닭고기를 두 손으로 받쳐 들고 오는 것을 보았다. 그리고 젊은 여인이 뒤에서 포도주를 한 병 들고 왔다. 기병장교는 잠시 일어나 아무 말 없이 자신의 잔에 포도주를 부어 쭉 들이켰다. 그리고 시인에게도 함께 마시자고 손짓하면서 포도주 병을 건네 주었다. 단테는 예의를 지키려는 듯 그대로 앉은 채 포도주 잔을 들었다.

"피렌체로 돌아가려면 꽤 오래 걸리겠어, 대사 양반."

기병장교가 손으로 입을 훔치며 말했다.

그는 다시 포도주를 따르면서 말했다.

"이 닭고기 좀 보게. 당신네 닭도 이렇게 포동포동한가?"

단테가 대답을 했다.

"그럼 당신들은 이 닭이 북쪽 황제의 영토에 있는 닭과도 다르다고 생각하나요?"

"잘 모르겠군. 어떤 사람은 북쪽 도시가 매우 멋지다고도 하고 어떤 사람은 바다 건너 인도가 멋지다고도 말하지. 하지만 다 멍청한 말이야. 지금은 모두 로마를 향해 오거든. 이곳에 와서 희년을 맞고 성인의 묘지를 방문해 기도하고 무언가 치유되기를 원하지. 모두가 신의 자비를 찾아서 오는 거야. 이곳으로 오는 길은 힘겨운 순례자로 꽉 차 있지. 내 부하들이 시골에서 짜증나는 놈들을 쫓아내지 않는다면 순례자들의 주머니는 아마 잠들었을 때 텅텅 비게 될걸. 난 개인적으로 멘타나 지방보다 멀리 간 적이 없어. 그러니 당신이 경험한 여행 이야기나 좀 해 보게."

"우선 내게 말해 주겠다고 한 거나 얘기해 주시죠. 도대체 누가 로마를 지배하는 거지요?"

단테가 음식을 쳐다보며 말했다. 올리브와 향신료가 어우러진 음식이 먹음직스러운 냄새를 풍기고 있었다.

"좋아."

기병장교가 허리에서 칼을 꺼내들고 익은 고기를 자르기 시작했다.

"로마는 이 닭고기 같아. 가슴살에는 기름이 흐르지. 그게 바로 교황이 지배하는 성과 탑들이 있는 곳이고, 그리고 양쪽에 있는 날개처럼 남은 고기를 주워 먹는 자들이 콜론나 가문과 오르시니 가문이지. 그들은 스스로 알아서 자신을 방어하네. 그리고 갈빗대 부위를 둘러싼 것들이 의원과 다양한 일을 하는 민중이야."

기병장교가 닭고기를 뼈에서 발라내며 말했다. 그리고 남은 뼈다귀를 뒤집으면서 말을 이었다.

"그리고 각 교회를 맡고 있는 로마의 수사 형제단이 있는데 프란체스코회와 도미니크회가 가장 규모가 크네. 그들은 수도원을 성으로 삼고 있지. 게다가 필요하면 각자 용병도 조직하지. 필요하다면 말이야."

기병장교가 자른 고기를 한 점 입에 넣고 씹으며 계속 말했다.

"음. 니코가 요리를 제대로 했군. 아, 그리고 밀리치아 탑이 있는데 그건 스파다 의원 거야. 내 상관 말이네. 그는 말하자면 민중을 관리하는 로마 시청의 원로원에 속하는 의원이지."

기병장교는 고기를 빠르게 씹어 삼키다가 다른 고기 조각을 뜯어 빵에 끼운 다음 시인에게 내밀었다.

"그는 고대 로마 시대로 돌아가고 싶어 하지. 사람들은 고대 로마 시대에 원로원이 있었다고들 하더군. 당신은 그걸 알고 있나?"

단테는 알고 있다는 뜻으로 고개를 끄덕였다.

"하지만 오랫동안 원로원은 그냥 이름뿐이었죠. 마치 노른자 없이 비어 있는 텅 빈 달걀껍질 같았습니다. 민중들은 그들을 보고 축제를 벌이기도 하고, 때로 캄피돌리오 광장 창문 아래에서 돈을 구걸하기도 하지만 뭐 그것뿐이죠."

"그렇지. 교황의 권위가 높아지면서 원로원은 힘을 잃게 되었어. 지금은 아무것도 아니지. 단지 매우 중요한 의원이 한 사람 남아 있을 뿐인데 그가 바로 로마의 관리자야. 그는 교황이 임명한 사람이고 이 도시를 관리할 권한이 있는, 바로 사투르니아노 스파다 의원이지."

단테는 손가락으로 식탁을 두드렸다. 기병장교는 깜박 잊고 있었던 듯 같이 먹자고 했다. 그러다 문득 생각난 듯 말했다.

"그보다 내가 잠시 잊은 게 있군."

"뭐가 또 있지요?"

"고기 중에서 가장 맛있는 게 이 부분이야."

기병장교가 그렇게 말하며 닭다리를 뜯었다.

"이 부위를 '주교들의 고기'라고 부르는데 그게 바로 나와 내 군대야. 성이나 의원보다 더 수입이 많지. 아마 교황보다 더 많이 벌지도 모르고."

"그건 왜 그렇죠?"

"교황이나 의원들은 그냥 스쳐가는 자리야. 죽고 나면 다른 사람하고 똑같이 무덤이나 석관에 들어가지. 하지만 교황이 되려면 세 가지가 필요하네. 우선 신의 은총과 돈이 많아야 하지. 하지만 그게 다가 아니야. 정의의 질서를 세울 사람들이 필요하지. 즉 군대가 필요한 거야. 채찍과 칼, 그리고 사람을 묶는 줄 말이지. 로마는 그렇게 살아왔고 앞으로도 변함없을 거야."

단테는 주의 깊게 그의 말을 들었고, 그가 진짜 사실을 잘 알고 말하는 것인지 아닌지를 알기 위해서 그를 유심히 관찰했다. 하지만 기병장교는 로마의 바닥까지 구석구석 잘 알고 있는 것처럼 보였다. 마치 의원이 상류층의 수뇌부를 잘 알고 있는 것처럼.

어쨌든 간에 그는 허기가 밀려오는 것을 느꼈다. 자신이 혐오하는 장소에 있다는 사실도 잊은 채 그는 닭고기를 한 점 집어서 입에 넣었다. 음식은 너무나 맛있었다. 영혼을 묶고 있던 쇠사슬과 피곤, 허기에서 그의 신체가 다시 깨어나는 것 같았다.

그는 배가 불러옴에 따라 자신을 괴롭히던 허기에서 벗어나 몸이 편해지는 것을 느꼈다. 조금씩 몸 전체로 안락한 느낌이 퍼져나갔다. 그리고 조금 전에 일어났던 폭력 사건도 금방 잊어버렸다.

몸이 좀 편해지자 단테는 주위에서 무슨 일이 일어나는지 관심을 가지고 돌아보았다. 주점 안은 점점 손님으로 붐비기 시작했고 그들은 값싼 술을 마음껏 마시고 있었다. 둘러보는 와중에 가까운 탁자에 앉아 있는 사람들의 행동이 그의 관심을 끌었다. 떠들썩한 웃음소리가 끊임없이 터져 나왔던 것이다.

일터에서 막 돌아온 듯 작업복을 입고 있는 주변 사람들과 달리 그들은 조금 이상한 옷을 입고 있었다. 그 탁자에 모인 사람들은 미리 준비한 다양한 색상의 의상을 걸치고 있었다. 그 옷은 매우 짧아서 몸만 겨우 가리는 정도였고, 뿐만 아니라 도시에서는 볼 수 없는 천을 기워 만든 것 같았다. 그런 옷 때문에 그들은 뭔가 색다른 이교도의 의식을 행하는 것 같았다. 그들은 서로에게 포도주 잔을 돌리고 있었지만 단테는 그들의 그런 행동이 무엇을 의미하는지 이해할 수 없었다.

자리에서 한 사람씩 일어나 순서대로 앉아 있는 누군가의 앞에 서면 그 사람은 많은 양의 포도주를 마셔야 하는 모양이었다. 다들 자신이 마시고 싶어 소란을 떨고 있었지만 단테는 여전히 어떤 규칙인지 알 수 없었다.

이따금 누가 일어나서 뭐라고 떠들며 술을 들이켜댔고 쫓아오는 사람을 피해 주점에서 뛰어다니기도 했다.

"저들은 누구죠?"

그들의 행동을 지켜보던 단테가 물었다.

"그리고 뭐하는 거죠?"

"이 구역의 놀이지. 그냥 농지거리를 하는 거야."

"농지거리라구요?"

"니코의 술통을 축내는 거지. 저기 있는 사람이 '주인'하고 '하인'들을 지명해. '주인' 역을 맡은 사람은 자기 마음대로 술 먹을 사람을 고를 수 있지. 어, 이제 술을 먹기 시작하는군. 저기 저 사람이 '주인'이야."

이어서 기병장교는 구석에 앉아 있는 얼굴이 거뭇거뭇한 사람을 가리키며 말했다.

"저 사람은 '올모'라고 부르지. 주인이 술을 안 주는 사람을 '올모'라고 부르거든. 그는 술을 한 방울도 못 마실 거야. 얼마나 저 농지거리를 버티나 두고보자구."

술통이 사람들 손을 타고 술꾼들에게로 옮겨졌다. '올모'로 지명된 사람은 그때마다 일어나서 항의했고 다른 사람들은 그 모습을 보며 폭소를 터뜨리기도 했다.

이 괴기한 놀이에 대해 단테는 어떤 책에서 읽었던 기억이 났다.

"저건 호라티우스도 언급한 적이 있던 '레그눔 비니'가 아닌가요!"

그가 외쳤다. 그는 갑자기 고대의 포도주를 둘러싼 놀이를 떠올리며 말했다.

"고귀한 놀이를 저렇게 패러디하다니……."

기병장교가 갑자기 말을 끊고 그의 손목을 붙잡았다.

"저걸 보게, 피렌체인. '올모'가 화가 단단히 난 것 같군!"

조용히 있던 사람이 칼을 뽑아 든 뒤 의자에서 일어나 술통을 가로채려 했다.

'주인' 역의 사람은 그 행동을 기다렸다는 듯 술통을 꽉 쥐고 뒤로 물러섰다.

술통을 뺏으려던 '올모'는 허공만 움켜쥐었다. 그는 패배를 인정하지 않고 나무 식탁 위에 올라 앉았다. 그러자 기병장교가 '하인'이라고 부른 사람이 그의 손가락 사이에 칼을 꽂았고 다른 사람들은 응원의 함성을 질러댔다.

그러자 '올모'는 소리를 지르며 적수를 향해 몸을 돌렸다.

"저들을 진정시켜야 할 것 같군요."

단테가 말하며 일어서려고 했다. 하지만 기병장교가 소매를 잡아당기며 그냥 앉으라는 시늉을 했다.

"앉게, 피렌체인"

"하지만 당신은 법을 준수해야 하지 않습니까?"

"그래서 저 놀이를 하는 거야. 이제 재미있는 장면이 등장할 거니까 두고 봐."

술을 받지 못해 창피해진 '올모'가 상대편에게 뭐라고 소리를 질렀지만 단테는 그 뜻을 이해하지 못했다. 하지만 무언가 서로를 좋지 않은 감정이 있다는 사실을 눈치 챘다. 그들은 서로 증오의 눈으로 쳐다봤고 다른 사람들은 그걸 보고 폭소를 터뜨렸다. 사람들이 자리를 만들어 주었다. 그리고 이 두 사람은 서로 마주 앉아 왼손을 탁자 위에 올려 놓았다. 두 자루의 칼이 바로 준비되었다.

"자, 봐라. 이 '하인' 놈아."

'올모'가 소리 질렀다. 그러자 하인이 식탁 옆에 침을 뱉었다. 그리고 올모는 칼로 손가락 사이를 찍어댔다. 엄지에서 새끼 손가락 사이를 움직이며 칼로 찍어댔다. 아마도 세 번쯤 왔다갔다 한 것 같았다.

단테는 그가 정신없이 칼을 움직이는 것을 보았다. 마치 칼이 뱀처럼 휘어지는 것 같아서 눈으로 분간하기가 힘들었다. 하지만 술꾼들은 나무 식탁 위에서 벌어지고 있는 장면을 주시하며 누가 먼저 손을 베게 될지 그 잔인한 현실을 즐기고 있었다.

'하인'이 두 번째로 칼로 똑같은 묘기를 부린 후, 승리의 고함을 지르면서 상대방을 자극했다. 그러자 올모가 다시 손을 탁자에 올리고 칼을 들었다. 그는 상대방보다 더 빨리 손가락 사이로 칼을 꽂아대려고 하는 것 같았다. 단테는 번개처럼 움직이는 칼을 따라 시선을 움직이면서 생각했다. 더 빨리 칼을 놀리는 사람이 승리하는 모양이군. 이윽고 한 사람이 고통스러운 비명을 지르자 모두 폭소를 터트렸고 그순간 이 싸움은 중단되었다.

'올모'가 실수로 손가락에 칼을 박은 것이다. 그는 짐승 같은 소리를 내며 다친 손가락을 입으로 빨며 피를 멈추려했다. '하인'이 일어나서 다른 사람들에게 경의를 요구했다.

그러자 술꾼들이 그의 주위로 몰려들어 목마를 태우고 식탁을 돌며 환호했다. 그리고 주점에서는 다시 노래가 울려 퍼졌다.

단테는 어수선한 사람들을 피해 구석으로 옮겨 앉았다.

"이봐, 피렌체인. 당신은 고대 영웅 같은 풍모가 없군 그래."

기병장교가 그 장면을 재미있게 바라보며 눈을 흘겼다.

"저건 저들의 타락을 알리는 시대의 징표 같군요. 폐허에 솟은 고대 신전의 잡초 같은……."

"그렇지. 아주 큰 고대의 건축물도 그래. 당신도 로마에 있는 위대한 7개의 대성당을 보지 않았나?"

"물론이지요. 그 놀라운 걸 보고 잘 살펴보았지요."

단테가 잠시 생각에 잠기며 중얼거렸다.

"하지만 무엇보다도 도시가 너무 이상했습니다. 커다란 성벽이 사람도 없는 곳을 감싸고 있었기 때문이지요. 사람들과 건물들은 모두 강 옆에 붙어 있습니다. 그곳은 낮은 땅이고 늘 물에 잠기는 곳인데 말입니다. 하지만 원래 로마에 온 사람들은 언덕에서 살았던 걸로 기억하고 있습니다. 그래서 로마는 마치 카오스 같은 혼동이 지배하고 있는 것 같습니다. 신이 세계를 질서 있게 창조하기 전에 대지와 물이 한데 섞여 있었다고 성서에서 말한 것처럼 말입니다. 교황은 이 상황을 어떻게 정돈합니까? 모든 것이 질서와 규율에서 벗어나 있는데 말이죠."

기병장교가 갑자기 크게 웃음을 터트렸다.

"당신은 매우 재미있군, 피렌체인. 하지만 북쪽에 있는 야만인들처럼 아무것도 이해하지 못해. 정 알고 싶다면 설명해 주도록 하지. 그리고 당신은 시인이니까 비유적으로 말해 주지. 로마는 마치 커다란 똥통 같은 곳이야."

"똥통이라고요? 여기 이 변기 같은 곳 말인가요? 하지만 당신은 로마가 닭고기 같다고 하지 않았나요?"

"아, 그건 로마의 신부들이나 군주들 얘기지. 하지만 이 쓰레기들에게는 다른 규칙이 있지. 아이네이아스가 언덕에서 살려고 궁둥짝을 걷어찬 그런 하층민들에게는 말이야. 자, 이제 자네에게 설명해 주지. 질서가 있는지 없는지 알게 될 걸세. 이 도시는 모두 위에서 아래로 내려간다네. 군주들과 그들의 하인들, 그리고 그들의 가족은 언덕 위의 성에 살고 민중들은 그들을 따르지. 자넨 사람들이 석회 암벽을 타면 왜 아래로 떨어지는지 아나? 그건 말이지, 인간의 본성이 늘 편한 걸 추구하기 때문일세. 사람들은 자연스럽게 적으로부터 보호받고 싶어하지. 권력자의 그늘 속에 있으면 마치 더 힘이 생기는 것 같거든. 그러니까 점점 다들 캄포 마르치오 광장에서 멀어지지. 성의 그늘에 있고 싶거든. 사실 물이 불어 오르는 테베레 강이나 적들의 칼밑이나 그게 그거인 게지. 옛날에 야만족들이 몰려왔을 때 민중은 레오 교황이 지은 성벽 밑으로 달려오곤 했고 그곳에서 한숨을 돌렸지. 그러니까 개에 쫓기는 병아리처럼 벽에 붙어 사는 거야. 그건 순례자들도 마찬가지야. 로마의 바실리카를 돌아보다가도 성 베드로의 묘지가 있는 곳으로 모여들지. 그래서 그들은 산타젤로 성 앞에 있는 다리에 떼거지로 모인다고. 그곳은 정말 더러운 똥통같은 곳이야."

"하지만 로마에는 길드도 없나요? 아무도 민중을 방어하지 않고 그냥 두나요? 그냥 원하는 대로 하게 놓아 두고 있습니까?"

기병장교는 약간 당혹스러워 하는 것 같았다.

"길드라고? 물론 로마에도 길드의 일원이 있긴 있지. 지역에 따라 다르지만. 예를 들면 캄포 디 피오리 광장에는 포주들이 살지만 다칠까봐 거의 나오지 않지. 창녀들은 그들의 보호를 받고. 반군들은 여기저기 다니지만 보통 마지오레 문이나 수로 근처에 모이고. 소매치기들은 코르소 거리나 델 폰테 거리에서 활동하지만 보통 중요한 바실리카 대성당 근처에서 네 구역으로 나눠서 활동한다네. 그놈들은 푼돈을 터는 놈들이야. 하지만 산타 마리아 성당 근처에 있는 놈들은 강도지. 그들은 돈 가방을 강탈한다네. 정직한 사람들은 대체로 법원이나 감옥 근처에서 살지. 집을 터는 도둑놈들은 포로 거리의 기둥 사이에 숨어서 지내고 부랑자들은 성 요한 대성당 앞의 풀밭에서 뒹굴지. 그들은 그곳에서 아시나라 문에서 아피아로 가는 목동을 기다리다 양들을 노리지. 유대인들은 트라스테베레 구역에 모여 사는데 고 그건 자네도 알지? 그리고 종파분리론자들은 티베리노 섬에 모여 살고 말이지. 왜, 아궁이를 지키는 베스타 여신의 신전 건너편 말이야. 방코 거리 뒤에 있는 보니파키우스의 은행 옆에는 사기꾼들이 살고. 그놈들은 보통 사람보다 더 많은 돈을 벌어대지. 노름꾼들이나 서커스 하는 놈들은 나보나 광장 양쪽에 있고 판테온 문 아래에는 점쟁이들이 살고 아우구스투스 황제의 무덤 옆에는 칼 들고 설치는 놈들이나 여자 옷을 입는 놈들이 살지. 하지만 이놈들은 수로 옆에서 사는 반군하고는 상종을 안 해."

단테는 산만하게 그의 말을 들었다.

"또 다른 사람들은 없습니까?"

"없냐고? 방황하는 예술가들도 있지. 술꾼도 있고 음식에 독을 타는 사람도 있고. 다들 술집에 있지. 마차를 공격하는 사람도 있고. 그들은 주로 라타 거리에서 활동한다네. 그리고 헐벗은 순례자들은 로마의 아그로 광장으로 가지. 어떤 놈들은 위험을 무릅쓰고 문 근처에 가 있다고. 종종 세금 징수관처럼 변장하지만 그놈들은 경계병들이 따로 관리하지."

"아. 그런 사람들도 있군요. 그밖에 또 누가 더 있나요?"

단테가 장난스럽게 말했다.

"모두를 위한 아름다운 옷자락이 있지."

"옷자락이라뇨?"

"그래. 분규, 고립, 싸움 같은 거 말일세. 뭐, 당신네들은 이 표현을 쓰지 않나?"

"가끔 떨어지는 유성처럼 쓰기도 하죠."

"그럼 우리 그 떨어지는 유성이나 찾으러 나가 보세."

그들이 나갔을 때 밖에는 다시 차가운 비가 추적거리며 내리고 있었다.

X 페데리코 황제의 필사본

11월 13일, 오전

　여관집 소년이 문에 모습을 드러냈다. 그는 불안해 보였고 단테가 말을 걸어 주기를 기다리는 것처럼 보였다. 시인은 서류를 읽다 말고 소년을 쳐다보았다.
　"의원님께서 오셨어요."
　"스파다 의원 말인가?"
　단테는 옷깃을 여미며 중얼거리듯 말했다.
　"모시고 올라오도록 해."
　"그분이 내려오라고 하셨어요. 지금 말을 타고 계시거든요."
　그 말을 들은 단테는 빠르게 베레모와 망토를 걸치고는 계단을 향해 걸어 나갔다.
　문 앞에서 의원이 아름다운 마구를 걸친 말에 앉아서 기다리는 중이었다. 그가 잡고 있는 말고삐도 매우 훌륭해 보였다. 단테는 그 모습을 바라보다가 늘 그를 뒤따르는 의장 행렬이 없다는 사실을 깨닫고 놀랐다.

"오늘 당신을 손님으로 모시고 싶습니다."

사투르니아노 스파다 의원이 시인에게 목례를 건너며 말했다.

"하지만 그 전에 십자군 원정을 위한 함대의 준비 과정을 먼저 확인할 생각입니다."

그가 말고삐를 잡아당기며 덧붙였다.

단테는 놀라움을 감추며 말했다.

"기꺼이 함께 가지요."

시인은 마구에 눈길을 주며 덧붙였다.

"어디서 배를 준비하죠? 어떻게 배를 만드는지 정말 궁금하군요."

"우리는 지금 건조장으로 가는 게 아닙니다. 당신에게 어떻게 필요한 목재를 모으는지 보여 드리지요. 로마의 북쪽에 숲이 있습니다. 따라오십시오. 분명히 처음 보시는 지역일 겁니다."

의원은 말머리를 돌려 메디치 가문의 레오 교황이 건설한, 바티칸 주변 성곽으로 통하는 도로인 룽가라 거리를 향해 나아갔다. 로마의 피라미드 옆을 지나 멀리 성벽이 보였다. 의원은 성문을 통과하지 않고 왼편으로 방향을 틀어 성벽을 따라 수풀이 무성한 북동쪽으로 가다가 다시 테베레 강변으로 들어갔다. 강변에 난 길을 따라가다 멀리 다리의 아치가 겹쳐 보일 때쯤 들판에 쓸쓸히 서 있는 어떤 성당에 도착했다.

"저기 멀리 보이는 다리가 바로 몰로 다리입니다."

의원이 아치 모양의 다리를 손으로 가리키며 말했다.

"그리고 이곳은 산 발렌티노 성당입니다. 이곳 언덕에서 목재를 모았지요. 이곳은 테베레 강이 넓어지는 곳이라 물살이 느려집니다. 그 덕에 목재를 목적지로 운반하기가 쉽습니다."

다리에서 몇 백 발자국쯤 떨어져 있는 곳에 수많은 목재가 쌓여 있었다. 강물에 흘려보내려고 이미 준비를 마친 것 같았다. 지면에 박아 놓은 말뚝이 목재들이 굴러 떨어지지 않도록 지지하고 있었다. 몇몇 일꾼이 여러 개의 나무 둥치를 끈으로 동여매고 있었고 다른 일꾼들은 막 잘라온 나무 둥치를 마차에서 내리고 있었다. 단테는 일꾼들이 외국어를 쓴다는 사실을 눈치 챘고 억양으로 보아 독일에서 왔을 거라고 판단했다. 단테는 언덕 위편을 바라보며 말했다.

"당신 영지에 있는 나무를 다 베어낸 겁니까?"

사실 이 질문은 쓸데없는 질문이었다. 황량한 언덕이 이미 그 답을 보여 주고 있었기 때문이다.

의원은 시인을 슬쩍 쳐다본 후 매우 자랑스럽게 대답했다.

"오랫동안 성지에 십자군을 파견하지 못한 건 사람이 부족하다거나 생각이 없었기 때문이 아닙니다. 사실은 통치자들의 구두쇠 베니스 상인 같은 계산속 때문이었습니다. 그리고 민중 역시 다른 여러 가지 이유 때문에 바다를 건너기를 꺼렸습니다. 하지만 우리는 이 목재로 200척의 갤리선을 건조할 겁니다. 로마에서 자란 나무로 말이죠. 그리고 모든 장애를 넘어 고대 로마인들처럼 지중해에 위명을 날릴 겁니다."

단테는 그곳의 엄청난 규모를 보고 머리가 복잡해졌다. 하지만 의원이 자신을 보고 있었기 때문에 아무 말도 하지 않았다.

단테가 침묵을 지키자 의원이 말을 이었다.

"충분하다고 생각하지 않습니까?"

"배를 건조하기 위해 이렇게 많은 나무를 한꺼번에 쌓아 둔 광경은 본 적이 없습니다. 어쩌면 베니스의 항구에서도 보기 힘들 겁니다. 하지만……."

"하지만 뭐죠?"

"나무가 많다고 배가 만들어지는 것은 아니지요. 배를 건조하려면 뛰어난 목수, 철을 잘 다루는 대장장이, 줄을 잘 꼬는 사람과 돛을 잘 만드는 사람이 필요하죠. 또 건장한 선원과 물을 잘 아는 뱃사공도 필요하지요. 의원님이 가지고 있는 나무는 다른 곳에서도 얻을 수 있습니다. 하지만 200척이나 되는 배를 준비할 수 있을까요? 교황 성하의 재정으로는 20척 정도 밖에 못 만들 것 같은데요."

그러자 의원은 시인의 눈을 뚫어지게 바라보며 거드름을 피웠다.

"허…… 알리기에리 님은 우리가 세상의 중심에 산다는 사실을 잊고 있는 겁니까? 로마는 오랜 시간을 바다와 더불어 살아왔습니다. 떠나는 배들과 입항하는 배들이 있지요. 배를 건조할 기술자는 전혀 부족하지 않습니다. 저 강변에 보이는 목재는 강을 따라 흘러갈 겁니다. 그게 우리 조상이 사용하던 방법이랍니다. 당신도 알다시피 프랑스의 북부 도시도 같은 방식을 사용합니다. 저기서 일하는 일꾼들은 북부 도시 출신입니다. 목재를 강에 띄워 운반하는 일에 있어서는 우리 목수들보다 더 익숙한 사람들이지요."

단테가 아직 놀라움에서 벗어나지 못하고 있을 때, 의원은 그를 놓아 두고 일꾼을 독려하러 갔다. 그리고 잠시 후 만족스러운 미소를 띤 채 돌아왔다.

"좋군요. 모든 게 우리 계획대로 진행되고 있어요. 이제 떠납시다. 지금 출발하면 대충 정오 전에 내 저택에 도착할 수 있을 겁니다."

의원은 다시 말을 타고 몰로 다리를 향해 나아갔다. 몰로 다리는 고대 로마 시대에는 밀비오 다리라고 불렸고 지금도 로마 제정 시대에 썼던 대리석이 남아 있는 곳이었다. 다리 옆에 있는 보초용 감시탑을 지나 무너진 고대의 문을 보수하기 위해서 아치에 새롭게 지지석을 끼운 둥근 문을 통과했다. 문의 뒤편에 나무로 보수된 부분이 보였다. 다리의 하중은 교각 중간에 있는 세 개의 아치가 받치고 있었지만 세월의 흐름은 이길 수 없는 모양이었다. 어쩌면 이 때문에 로마 사람들은 이 문을 몰로 다리라고 부르는 것일지도 몰랐다. 몰로가 이태리어로 '잠겼다'라는 뜻이었기 때문이다.

말발굽이 다시 돌 바닥을 밟아 소리를 내기 시작했을 때 그들은 플라미니아 개선문을 통과해 다시 시내로 들어가고 있었다. 단테는 의원 뒤를 쫓아가며 주변 풍경을 관찰했다. 그의 안내를 받아 굽이치는 언덕 사이의 골목과 광장을 지나 멀리 성벽이 보이는 의원의 저택에 도착했다. 단테는 영원의 도시 로마의 지형을 기억하려고 노력했다. 그가 이해한 로마의 도시구획은 불완전하기는 하지만 대체로 둥근 원 모양의 도시 외곽 안에 여러 마을들이 질서정연하게 배치되어 있었다. 저택의 외벽에 도착하자 의원은 말을 하인에게 넘기고 단테를 저택으로 안내했다. 잠시 후 수많은 방을 지나 열쇠로 단단하게 잠겨 있는 작은 문 앞에 도착했다.

"이쪽으로 오시지요, 메세르 단테. 당신에게 보여 주고 싶은 것이 있습니다. 아마 꽤 흥미로우실 겁니다."

의원이 문을 가리키며 말했다. 의원은 허리춤에서 커다란 열쇠를 꺼내 문을 연 뒤 문 앞에 있는 무거운 가로대를 들어올렸다. 그러고는 단테에게 따라오라고 손짓했다. 창문 없는 작은 방이 모습을 드러냈다. 천장에 쇠사슬로 연결해 놓은 원형 촛대 위에서 한 다스 정도의 초가 타고 있었다. 벽에 붙은 휘어진 촛대에서도 초가 타고 있었다. 바닥에는 초가 가득 채워진 상자가 있었고 여기저기 촛농 자국이 보였으며 벽은 곳곳이 그을려 있었다. 이로 미루어 보아 초가 끊임없이 타고 있었다는 사실을 알 수 있었다.

벽에는 프레스코 벽화가 채워져 있었다. 처음에 벽화를 그렸을 때는 분명히 생동감 넘치는 색채로 가득 채워져 있었으리라. 대부분의 안료는 색이 바랬지만 붉은색, 노란색, 갈색은 여전히 원래의 색채를 유지하고 있었다. 단테는 누군지 모를 거장이 펼쳐낸 그림의 이야기를 금방 이해했다. 그림이 묘사한 장소에는 고대의 아름다운 기둥과 항아리가 있는 아름다운 궁전의 왕좌가 있었다. 왕좌에 한 부부가 앉아 있고 옆에는 젊은이의 누드가 보였다. 이 부부는 곧 어두운 밤을 틈타 거친 파도가 휘몰아치는 바다에서 배를 타고 백 개가 넘는 탑이 있는 도시를 향해 나아갔다. 그 뒤로 천 척이 넘는 배가 쫓아오고 있었다. 그리고 이어서 수많은 군대가 그 도시를 둘러쌌으며 승자와 패자를 결정지을 두 영웅의 결투 장면이 펼쳐졌다. 신들은 영웅에게 무기를 나눠 주고 멀리서 웃는 얼굴로 인간의 삶과 죽음을 둘러싼 유희에 참여하고 있었다. 다음 장면에서는 성문 앞에 서 있는 커다란 목마가 보였다. 도시는 불타오르고 승자는 자신의 계획에 따라 도시를 짓밟았다. 도시의 생존자는 살기 위해서 도망치고 도시는 아비규환을 이루고 있었다. 그렇다. 이 이야기는 고대 그리스와 트로이의 전쟁 이야기였던 것이다. 그림의 마지막 장면에서는 어깨에 노인을 얹은 젊은 장수가 한 손으로는 어린 아이의 손을 끌어당기고 있었으며 옆에 있는 여인은 불타는 도시에 손을 흔들며 슬픈 작별을 나누고 있었다. 단테는 마지막 인물을 자세히 바라보기 위해 그림으로 다가갔으며 감동에 젖어 손으로 부드럽게 벽화의 그림 속 쓸어보았다.

"메세르 알리기에리. 아시다시피 이 프레스코 벽화는 위대한 시인 베르길리우스가 노래했던 영웅 아이네이아스의 이야기를 표현하고 있습니다. 어느 날 화가는 그의 이야기에서 영감을 얻어 영원으로 승화시킨 그림을 그렸지요. 이 집의 다른 벽에서도 그의 또 다른 그림을 볼 수 있을 겁니다. 물론 그가 그렸던 작품이 모두 남아 있진 않지만 말입니다. 하지만 내가 당신에게 보여 주고 싶었던 것은 이 벽화가 아닙니다."

단테가 고개를 돌리자 앞에 필사본이 가득 찬 두 개의 책장이 보였다. 대부분의 필사본이 나무로 만든 겉표지로 잘 보관되어 있었다. 언뜻 보기엔 필사본의 대부분이 양피지로 만들어져 있는 것 같았다. 순간 단테는 눈이 휘둥그레졌고 부쩍 흥미를 느꼈다. 방 안에는 약 이백 여권의 필사본이 있었는데 이는 개인이 소장하기에는 거의 불가능한 숫자였다. 그것은 왕이나 유명한 수도원이 아니면 접해 볼 수 없는 규모였다.

의원은 단테의 반응을 유심히 관찰했다.

"당신이 나의 작은 비밀을 접하고 놀랄 거라 생각했습니다. 일전에 보았던 책도 이 책과 함께 보관되어 있었던 것입니다."

의원이 손짓으로 허락하자 시인은 첫 번째 책장에 다가가 필사본 한 권을 매우 조심스럽게 꺼냈다. 그리고 땅에 무릎을 꿇고 조심조심 필사본의 첫 장을 펼쳤다. 단테는 다시 책장으로 시선을 옮기며 말했다.

"이건 아르날도 다니엘로의 책이군요. 당대에 가장 뛰어난 언어를 구사하던 작가였죠."

의원이 다른 책을 들여다보며 대답했다.

"그것은 프랑스의 여러 시인이 남긴 필사본 사이에 있었습니다."

그리고 손을 들어 단테가 뽑은 책보다 좀 더 얇은 책 한 권을 꺼냈다. 그리고 첫 장을 펼쳐 소리 내어 읽었다.

"여러분은 이 책에서 내가 기억하고 있는 작은 이야기를 읽게 될 것이다. 새로운 삶의 시작을. 이 글에는 내 작품을 관통하는 나의 의지가 표현되어 있다. 이 글이 모든 것을 표현할 수 없더라도……. 당신은 이 문장을 기억하고 있습니까?"

단테는 얼굴을 심하게 붉혔다. 그리고 숨을 깊이 몰아쉰 후에 고개를 들었다.

"내 작품이 다른 위대한 작품 옆에 있다는 사실만으로도 영광이군요."

"아닙니다. 전 이 작품이 이 책들과 함께 놓일 만한 가치가 있다고 믿습니다. 어쩌면 우리 시대의 가장 위대한 작품일 겁니다. 어쩌면 그 이상일 수도 있고. 물론 이곳에는 콘스탄티노플에서 도착한 플라톤과 아리스토텔레스의 저서도 있어요. 하지만 그 책들은 너무 어려워서 읽는 것을 포기했습니다. 모두 진본이죠. 내 딸은 그 책들보다는 당신의 책을 읽고 아름다운 언어를 사용할 줄 알게 되었답니다."

단테는 문득 슬픔이 느껴지는 목소리로 언급했다.

"기독교의 역사에서 중요한 책들을 모두 모으셨군요."

의원은 단테의 기분이 바뀐 사실을 곧 눈치 챘다.

"수많은 지식을 한번에 본다는 사실이 어쩌면 마음을 괴롭게 할 수도 있지 않겠습니까, 메세르 알리기에리. 한번에 많은 책을 보면 즐겁기보다는 놀라기가 더 쉬울 거라 생각합니다."

"어쨌든 우리 시대에 누가 고귀한 옛 영혼들과 어깨를 나란히 할 수 있을까요? 우리가 그들이 남긴 위대한 삶을 모두 이해하는 것은 불가능할 것입니다."

의원이 책을 읽으며 대답했다.

"그렇습니다. 맞는 말씀이에요. 아무리 현명해도 우리의 사고는 과거의 위대한 인간들의 정신적 교양을 따라가지 못합니다. 플라톤과 아리스토텔레스가 토론하던 시절은 얼마나 행복했겠습니까. 그들이 몸짓 하나하나에 자신의 의사를 담아 표현했을 때는 말도 필요 없었겠죠. 이 책들에는 그들이 살았던 삶의 지혜가 녹아 있습니다."

단테가 끄덕였다.

"어쩌면 유일한 지혜는 사람의 정신에 새겨져 남는 것일지도 모릅니다. 여행자가 절대 버리지 않는 자신의 배낭처럼 말이지요."

"토트 신이 설명한 것처럼 아마도 그건 사실일 것입니다."

잠시 시인의 얼굴에 당혹감이 스쳐지나갔다. 단테는 의원의 설명을 이해하지 못했다고 말하고 싶지 않았다. 의원은 마치 꿈꾸는 것처럼 계속 책장을 바라보고 있었다. 그리고 잠시 후에 단테의 당혹감을 눈치 챈 듯 말했다.

"그 이집트의 신은 인간에게 글 쓰는 방법을 가르쳐 주었다고 하더군요. 그렇게 해서 그들이 갖고 있는 생각들을 잃어 버리지 않도록 말입니다. 파피루스의 여신 세사트도 인간에게 그런 비밀스러운 기술을 전해 주었다고 합니다."

단테는 매우 흥미롭게 그의 이야기를 들었다.

"언어와 직관, 기민하고 영리한 신……. 신은 인간과 함께 즐겼고 인간을 돌봐 주었으며 동시에 인간을 속였습니다……."

"이 이야기는 마치 그리스의 헤르메스 신의 이야기를 다르게 말하는 것 같군요."

의원은 단테를 향해 고개를 돌리며 말을 끊었다.

"올바른 관찰입니다. 하지만 단 한 명의 신이 나일강의 제의를 우리에게 전해 준 것은 아닙니다. 아마 그리스의 판테온도 이런 수수께끼 같은 종교에서 유래한 것일지도 모르죠. 단지 우리가 잘 알지 못하기 때문에 이집트의 암흑의 아들일지 모르는 그리스의 위대함을 정확하게 보지 못하는 것이 아니겠습니까? 종종 알렉산더 대왕이 필립 왕의 아들이 아니라 파라오였던 넥타네보의 자식이라고 말하는 것처럼 말입니다. 어쩌면 이런 점이 알렉산더 대왕의 거대란 광기의 근원을 설명하는 것일지도 모르죠. 그의 아버지처럼 마케도니아의 군주에 만족하지 않았으니 말입니다."

"하지만 그건 단지 전설이지 않습니까."

"물론 전설이죠. 하지만 종종 그리스인이 발견했듯 신뢰가 가는 알레고리이기도 하지요. 그리스인은 자신들의 진리가 바다를 건너왔다고 했죠. 플라톤도 자기 이야기에서 비슷한 이야기를 하지 않았습니까? 현자 솔론이 이집트에서 가져온 자료를 통해 자신의 지혜를 발전시켰다는 이야기도 있습니다 많은 사람들이 이집트의 자료를 통해 많은 영향을 받았으며 모세나 다른 이들은 이집트의 지혜를 유일신의 이야기 속에 통합시켰습니다."

"의원님, 누가 어떻게 했다고요?"

단테가 되물었다.

원로원 의원이 마지막 질문에 대한 답을 회피하며 말을 이었다.

"지금 난 당신에게 토트 신에 대해 설명하고 있습니다. 그 신이 파라오인 타무스에게 글쓰기의 기술을 가르쳐 주었을 때 인간은 지식을 저장할 수 있게 되었다고 생각했지만 사실 이때부터 인간의 위대한 정신은 쇠퇴하기 시작했습니다."

354

단테가 중얼거렸다.

"이제 거의 모든 인간이 글에 의지할 수 밖에 없게 되었지요. 아마도 그 말이 맞을 거예요. 지금 우리의 정신은 과거 현자들처럼 사고하기 위해 필요한 모든 것을 갖지 못했다는 게 맞는 말이죠. 그래서 나는 정신의 향연, 지식의 개론서를 집필하려 했고 이를 통해 원하는 사람들과 천상의 지혜를 나누고자 했습니다."

"몇몇 지성인은 아직도 그것을 할 줄 알지 않습니까. 당신 같은 경우 말입니다. 당신은 아이네이아스에 관한 이야기를 모두 기억하고 있지 않나요?"

"그렇습니다."

단테가 자긍심 넘치는 목소리로 대답했다.

"하지만 어렵지 않습니다. 베르길리우스의 싯구와 문장의 달콤함과 조화는 밀랍을 녹여 찍은 인장처럼 선명하게 내 머리 속에 남아 있지요. 이를 잊기는 쉽지 않습니다. 그의 이야기는 나를 사랑으로 묶어 놓았습니다."

단테의 마지막 말을 듣고 의원의 눈이 반짝였다.

"그의 이야기를 정말 그렇게 사랑합니까?"

"그의 문구가 나를 그렇게 만들었습니다."

의원은 숨을 내쉬었다. 하지만 그의 눈에는 승리의 빛이 감돌고 있었다. 그러고 나서 의원은 벽 바로 밑에 놓인 가구로 다가갔다.

그는 매우 극적인 몸짓으로 보관함의 자물쇠를 열고 그 안의 내용물을 보여 주었다. 그것은 단테가 피렌체에서 만난 신비로운 여인에게서 받았던 것과 유사하게 조각된 목함들이었다.

단테는 어쩔 줄 모르고 떨면서 앞으로 빠르게 나아갔다.

그는 의원 옆을 지나쳐 보관함 앞에 무릎을 꿇고 손을 뻗어 목함을 들어올렸다.

목함을 가까이서 보니 세공한 부분이 눈에 들어왔다. 목함의 조각상은 그 움직임이 생생하게 느껴질 정도로 주의를 기울여 조각한 것이었다.

단테는 얼굴을 붉히며 의원을 돌아보았다.

그는 목함을 열지 못하고 손이 마비된 것처럼 온 힘을 다해 꼭 쥐고만 있었다.

"그것은…… 당신이 내게 보냈군요. 그녀는 당신 딸이었군요. 그렇죠?"

"그렇습니다."

의원이 자긍심을 드러내며 대답했다.

"우리 둘 중에서 누가 먼저 였는지 모르지만 나와 내 딸 모두 당신의 작품을 읽고 경탄했습니다. 언어와 리듬에 있어서 토스카나 사람들이 근대에 가장 뛰어난 사람들이라 확신합니다. 무엇보다도 베아트리체에 대한 당신의 헌신과 따뜻한 칭송이 내 딸 피암마의 가슴에 깊이 남았습니다."

단테는 겸손하게 고개를 숙였다. 어쩌면 너무 과장된 겸손을 표했는지도 모른다. 하지만 딸에 대한 그의 언급에 속이 탔다. 피암마가 그의 사랑의 시구를 읽고 감동을 받았다니.

단테가 갑작스럽게 질문했다.

"그런데 내게 뭘 원하시는 겁니까?"

"당신이 우리가 벌이게 될 모험을 노래해주면 좋겠습니다. 호머가 아킬레우스와 오디세우스를 노래했고 베르길리우스가 아이네이스를 노래했던 것처럼 말입니다. 당신만이 위대한 시인들의 반열에 오를 수 있다고 믿습니다."

"내 어깨에 너무 무거운 짐을 올려 놓으시는군요."

"괜찮습니다, 메세르 알리기에리."

어깨 뒤편에서 의미심장한 목소리가 들려왔다. 단테가 놀라서 고개를 돌려 보니 베네치아의 대사인 마르티노와 페르시아의 대사가 보였다. 그들은 벌써부터 그곳에서 유령처럼 조용하게 기다리고 있었던 것 같았다. 이런 장소에서 그들을 갑자기 만났다는 사실에 놀란 단테가 베네치아의 대사에게 막 인사를 하려는데 의원이 바로 말을 이었다.

"아레초 출신의 구이토네도 죽었고 귀도와 여러분의 친구였던 카발칸티도 죽었습니다. 아마 여러분이 아니라면 이탈리아에서 이런 임무를 맡을 만한 사람은 없을 겁니다. 그렇다고 생각하지 않으시나요, 메세르 마르티노?"

의원이 단테에게서 시선을 돌려 나이든 베네치아의 대사를 바라보았다. 그는 단테가 당황한 것을 눈치 챈 것처럼 보였다. 의원은 곧 다음과 같이 소개했다.

"메세르 마르티노는 교황 성하에게 많은 도움이 되고 있습니다. 그는 삶에 대한 기준이 명확하며 가치판단이 빠른 사람입니다. 그래서 베네치아 공화국은 그에게 중요한 임무를 맡겼죠. 그런데 두 분은 이미 서로 알고 있는 것 같군요. 언젠가 메세르 마르티노께서 피렌체에 임무 때문에 방문하신 적이 있으니까."

마르티노와 단테 모두 한숨을 쉬었다.

그러고 나서 마르티노가 단테에게서 눈을 떼고 허공을 바라보며 말했다.

"아마도 팔레르모에 있는 궁전에서라면 위대한 황제 페데리코가 세계에 대한 자신의 지혜를 드러냈을겁니다. 아마 그의 유파는 시와 언어에서 놀라운 업적을 남겼을 수도 있습니다. 하지만 벌써 반세기가 흘렀고 오늘날 단지 당신들만 우리가 사는 세계에 시적인 서광을 비추어 주고 있습니다. 만약 그가 살아 돌아왔다면 여러분은 아마 그의 충실한 추종자가 되었겠죠. 어쨌거나 의원께서 여러 위대한 작품을 수집한 것은 매우 훌륭한 일입니다."

단테는 그를 향해 고개를 돌렸다.

"하지만 그 일을 시작한 것은 페데리코 황제가 아닙니다, 보니파키우스 성하도 아니고요. 그러니까 나의 시가 피렌체의 자유를 위협하는 보니파키우스 교황을 도와 이 사업을 노래해야 한다는 겁니까?"

단테가 담담하게 말했다.

세 사람이 서로 빠르게 눈빛을 교환했다.

"여러분도 알다시피 이런 말이 있습니다. '작은 불꽃에서 큰 불이 일어난다.'는 말 말입니다."

의원이 다시 말했다.

"아마도 보니파키우스 성하가 그 재력과 야망으로 보아 이 계획의 우두머리일지도 모르겠습니다. 하지만 커다란 기계가 움직이기 시작했을 때 누가 그것을 처음에 작동했는지는 중요하지 않아요. 엄밀하게 천체의 움직임처럼, 그리고 그들의 완벽한 궤도처럼 그것들을 지배하는 보이지 않는 힘에 의해 움직이지 않을 수 없죠."

"하지만 십자군 운동은 대형 앞에 불타는 앰블럼이 필요하지요."

그들에게 단테는 말했다.

"하지만 이건 정의를 위한 행동이나 깊은 신앙에서 비롯된 것 같지 않군요. 이 일은 어쩌면 시몬주의자† 같은 의도에서 비롯된 게 아닙니까."

의원이 고개를 끄덕였다.

"기독교의 힘이 약해지고 여기저기 이단이 활개치고 있기는 합니다. 가슴에 호소하는 교회의 힘이 점차 사라지고 있는 것이 사실이지요. 오늘날 민중은 교회의 교리를 따르기보다 야만스러운 관습을 추종하고 있기도 합니다."

단테는 미심쩍은 듯이 물었다.

"만약 그게 여러분 생각이라면 왜 십자군을 파견하려는 겁니까?"

의원이 의자에 몸을 기댔다. 그는 마치 자신의 내부에서 속삭이는 목소리에 귀를 기울이는 것 같았다. 그리고 반쯤 뜬 눈으로 다시 말을 이었다.

---

† 최초의 영지주의 교사라 호칭되었던 시몬 마구스의 추종자들에 의해 고백된 교리를 가리킨다. 영지주의자들은 일반적으로 물질은 악하고 정신은 선하며 구원은 비밀 지식, 즉 영지를 통하여 이루어진다고 가르쳤던 이원론자들이었다. 시몬주의자는 하나님의 아들을 자처하면서 마술을 부려 사람들을 현혹시키고, 물질과 쾌락을 밝히던 영지주의자들을 가리키는 말이 되었다.

"이스라엘 민족이 이집트에서 탈출했을 때 신은 그들을 탈출 시키려고 홍해를 갈랐지요. 성서와 선지자들의 어린아이 같은 믿음은 경련을 일으키는 괴물들과 뜨겁게 끓어오르는 물벽이 있는 바다 밑바닥으로 그들을 내몰았습니다. 그들은 모세의 지도를 받았지만 아론 대사장도 의심에서 그들이 벗어날 수 있도록 등을 밀었습니다. 결국 창과 칼만이 민중으로 하여금 진정한 신의 말을 따르게 하는 것은 아닙니다. 바로 이 때문에 십자군이 매우 중요한 겁니다."

단테는 그의 이야기를 곱씹으려 했다. 하지만 문간에서 그들의 이야기를 들으며 기다리던 하인에 의해 생각이 중단되었다.

그 하인이 의원에게 다가가서 귀에 뭐라고 속삭였다. 의원은 그에게 알았다는 듯한 몸짓을 하고는 다시 시인을 쳐다보았다.

"세 번째 손님이 도착했다는군요, 메세르 알리기에리. 아마 놀랄 겁니다."

그가 아이러니한 표정을 지으며 말을 이었다. 문간에는 마노엘로가 서 있었다. 유대인 랍비는 캄피돌리오에서 입었던 것과 같은 의례용 의상을 걸치고 있었다. 마치 캄피돌리오에서 바로 이곳으로 온 것처럼 말이다.

그를 보고 단테는 이루 말할 수 없을 만큼 놀랐다.

"분명 여러분이 놀랄 거라고 말했잖습니까."

의원이 말했다.

"저는 여러분이 이스라엘 민족에게 그다지 우호적이지 않다고 생각했습니다."

단테는 말을 아끼며 그의 반응을 살폈다. 그러고 나서 유대인을 향해 모자를 벗어 인사했다. 곧 다른 사람들도 돌아가면서 그에게 인사했다.

"메세르 마노엘로는 분명히 이 도시에서 그다지 환영받는 인물은 아니지요."

의원이 그에게 다가서며 말했다.

"하지만 내 집에서는 다른 규칙이 적용된답니다. 어쩌면 법을 덜 존중하는 것일지도 모르지만. 이곳에도 나름대로의 규칙이 있고 지혜가 사람들을 판단합니다. 이곳에서 인종이나 종교는 그다지 중요한 기준이 아닙니다."

"우리 각자의 믿음이 우리의 지혜에서 부수적인 것은 아니지 않습니까."

단테가 바로 반론을 제기했다.

"그렇기도 하겠지요. 하지만 우리 앞에는 다른 중요한 일이 기다리고 있어요. 원정의 목적지가 고향인 민족의 대표자는 그곳에서 어떻게 움직여야 하는지 알고 있고 그의 도움은 좋은 결과를 내기 위해 반드시 필요합니다."

단테는 모여 있는 모든 사람을 당혹스러운 눈길로 쳐다보았다.

그는 자신의 지식과 경험으로부터 인간의 지식이 신의 섭리를 이해하고 동일한 이미지를 다시 표현하기에는 완벽하지 못하다는 것을 보아왔다. 게다가 눈앞의 세 사람은 서로 다른 전통, 서로 다른 운명, 늘 서로 다투어왔던 세 문화의 계승자들인 것이다. 그랬던 이들이 이제 와서 동일한 일을 성취하기 위해 함께 한다고? 단테의 마음 속에 끊임없는 의혹이 솟아났고 반대의 말이 목구멍까지 올라왔다.

하지만 반대의 말보다 더 간단하고 즉흥적으로 떠오른 매우 궁금한 점이 있었다.

"하지만 당신들이 노력해서 성공했을 때, 그리고 이슬람 민족을 사탄이 나타났던 아랍의 사막으로 몰아내고 예루살렘을 탈환한 후에 승자끼리 그곳을 어떻게 나눌 겁니까? 같은 도시가 여러 민족에 의해 점령당한 게 아닙니까? 그렇다면 이 여러 민족은 성지를 회복하고 어떻게 공유할 생각입니까? 기독교의 왕이었던 리처드의 시대에도 그들은 이에 대한 대답을 내놓을 수 없었습니다. 그들은 단지 자신의 성을 점령하기 위해서 경쟁했었죠. 그리고 지금은 당시처럼 요르단 강가에 프랑크인, 테우톤인 혹은 베네치아 사람만 참전하는 것도 아닙니다. 세계 각지의 사람들이 참전할 겁니다. 이들의 관계를 어떻게 조율할 수 있겠습니까? 서로 다른 인종과 언어, 이해관계 때문에 출전하기 전에 얼마나 많은 시간을 보내게 될까요?"

"당신 말이 맞습니다, 메세르 알리기에리. 하지만 이번에는 다를 겁니다. 그리고 이번 십자군의 목표는 단순히 예루살렘을 점령하는 것이 아닙니다. 예루살렘의 성벽과 탑은 돌덩어리에 다름 아니고 그곳에 뛰어난 사람들이 살긴 했지만 그들은 신의 대리자가 아니었습니다."

"무슨 말이죠?"

단테가 난처한 듯 물었다.

마르티노가 즉시 대답했다.

"아마도 의원은 고대의 현명함을 좋아하실 거요."

그는 일어나서 구석에 있는 작은 책상으로 갔다. 그 위에는 네모난 물건이 놓여 있었고 필사본들의 아름다움에 취해 있던 단테는 이를 눈치 채지 못했었다.

"나는 베네치아에서 한 가지 물건을 가져왔습니다. 여기 있는 분들은 매우 운이 좋습니다. 어쩌면 여러분의 판단을 들어볼 수도 있겠군요."

마르티노는 손을 뻗어 그 네모난 나무함을 금빛 열쇠로 열었다. 나무함 안에는 좋은 모피 가죽이 깔려 있었다. 그는 그 안에서 매우 조심스럽게 어떤 물건을 꺼냈다. 그것은 표지를 대신한 나무판에 삽화가 그려져 있는 자그마한 고서였다.

그는 손가락으로 조심스럽게 마치 성스러운 물건처럼 책을 들어 보여주었다. 앞면의 나무판에는 금색 문장이 그려져 있었고 안쪽에는 발톱을 양편으로 벌리고 있는 매서운 부리의 검은색 독수리가 왕관 아래 그려져 있었다.

그가 의원을 돌아보면서 말했다.

"이건 여러분을 위한 선물입니다. 베네치아 도서관의 풍요로움은 잘 알려져 있습니다. 나는 의원께서 제의를 했을때부터 우리의 연맹을 기념하기 위해 이 책을 선물할 생각을 했습니다. 나는 지금 이곳이 이 책을 선물하기에 가장 적당한 장소라고 생각합니다."

"이건 위대한 황제였던 페데리코의 문장입니다."

단테가 삽화에 정신이 쏙 빠져 흥분해서 말했다. 시칠리아의 페데리코 황제는 즉위 10년도 채 되지 않아 자신의 황제가 현명함과 가치로 세계를 놀라게 한 사람이며 황제가 이끄는 정치체제를 지지했던 사람이다. 그는 시인이자 법에 능통했으며 교회의 라이벌이기도 했다. 아마도 근대의 인물 중에서 가장 고전을 잘 아는 사람이었을 것이다.

"그의 도서관에서 나온 책인가요?"

마르티노는 단테의 눈을 오래동안 응시하였고 잠시 침묵을 지키다가 대답했다.

"그렇습니다."

그 말을 듣고 단테는 더 이상 참을 수 없었다. 손가락을 펴서 고서를 넘겼다. 아마도 어느 페이지에 황제의 사랑에 대한 시가 있을지도 모르고 어쩌면 근대시의 기원이 되었을 만한 시칠리아의 아름다운 방언으로 쓰여 있을지도 모른다고 생각했다. 하지만 단테는 곧 동작을 멈추고 물어보았다.

"그런데 어떻게 베네치아로 이 책이 간 거죠? 당신의 도시와 시칠리아는 그렇게 친하지 않은데."

"그렇습니다, 메세르 알리기에리. 하지만 페데리코 황제는 황제로 선출되기 전까지 항상 베네치아 공화국에 우호적인 인물이었습니다. 우리는 어려운 시기에도 서로 존경과 비밀을 교환하곤 했었습니다. 바로 이 책처럼 말이죠. 이 책은 황제가 빅토리아에서 패배한 후 파손될 뻔한 것을 우리 요원들이 구한 겁니다."

"빅토리아에서…… 패배라고요?"

칸스바르가 자신이 들은 말을 재확인하기 위해 다시 질문했다. 마르티노는 그들이 바라보고 있는 책을 쥐면서 그를 향해 고개를 돌렸다.

"빅토리아는 황제가 자신의 성을 부르던 이름입니다. 자신이 점령했던 파르마 도시 근교에 있었지요. 그곳은 매우 오랜 기간 동안 나무와 텐트로 지어져 있었습니다. 하지만 그가 원했던 것은 돌과 대리석의 성이었습니다. 그는 북쪽에 자신의 궁전이 있을 만한 곳을 찾았던 겁니다. 그곳을 팔레르모의 아름다운 자기 궁전과 같은 곳으로 만들려 했습니다. 나는 새로운 수도를 위한 그의 프로젝트를 보았습니다. 만약 운명이 페데리코 황제를 도왔다면 아마 그곳은 새로운 로마이자 파다나 평야의 심장이 되었을 것이고 테베레 강을 끼고 성장한 로마처럼 포 강을 따라 영광스러운 모습을 가지게 되었을 겁니다."

"하지만 파르마의 교황파가 하루 만에 그의 꿈을 박살냈죠. 그들이 그의 군대를 물리치고 빅토리아를 파괴했습니다. 황제의 텐트와 황제의 보물이 있던 빅토리아를 파괴했던 거지요."

의원이 이 이야기의 마지막을 장식했다.

"이 책은 그가 남긴 보물 사이에서 발견되었습니다."

마르티노가 말했다.

"하지만 아마도 그 보물 사이에서 가장 값어치가 높은 것일 겁니다."

"피사의 피보나치의 책인가요? 아니면 귀도 보나티의 친구에 대한 논문? 아니면 어두운 연금술의 비의? 아니면 예루살렘에서 십자군 원정 중에 가져온 건가요?"

단테는 궁금해서 끊임없이 질문했다.

늙은 베네치아인의 입가에 엷은 미소가 스쳤다.

"그것보다 더 중요한 작품이오."

그가 머리를 흔들며 또 말했다.

"그리고 이 책을 읽었던 사람은 거의 없습니다. 왜냐하면 복사한 필사본이 없기 때문이죠. 이 책은 원본이거든요."

그는 책표지를 넘겨 페이지를 보여 주었다. 단테와 페르시아인이 책을 바라보자 의원은 그들을 관찰했다. 마노엘로도 궁금증으로 목을 길게 빼고 그 책을 바라보았다. 마르티노는 매우 조심스럽게 책의 첫 장을 넘겼다.

단테는 짧은 문장을 읽어보았다. 획이 매우 가늘어 카롤링거 시대의 글자체로 보였지만 신경이 곤두선 느낌의 필체로 일반 필사가가 쓴 필사본과는 좀 다른 것 같았다.

"어, 이건……."

잠시 후에 믿지 못하겠다는 어투로 중얼거렸다. 갑자기 방이 고요해졌다. 이번에도 역시 단테가 정적을 깼다.

"나는 단지 전설이라고 생각했습니다."

"하지만 전설이 아닙니다. 당신들이 보고 있는 것처럼. 어쩌면 이 책은 이 세기의 가장 뛰어난 지성이 모여 기술한 것인지도 모르오. 어쩌면 가장 은밀하게 말이죠."

아이러니한 미소가 베네치아인의 입가에 스쳐갔다.

"아부 타이르, 아베로에즈, 미카엘 스코투스, 카스틸리오네의 왕 알퐁소. 그들의 목소리가 이 책의 페이지에 담겨 있습니다. 이들이 어둠에 대해서 이야기한 사람들입니까? 이들은 분명 매우 뛰어난 영혼을 가진 사람들이었습니다. 이들은 오늘날 사람들이 대면한 문제를 근본까지 파고 들었던 사람들이기도 합니다."

"하지만 위대한 영혼의 마음 속에도 가끔은 영혼의 눈을 가리는 깊은 어둠이 존재합니다."

단테가 말을 이었다. 그는 필사본을 재빠르게 집어 몇 장을 넘겨보았다. 자신이 본 게 맞는지 확인하려는 것 같았다.

그리고 책을 확 덮었다. 마치 그 책이 손을 태우기라도 하는 것처럼.

"신의 말과 신이 세계에 어떻게 모습을 드러내는지 부정하는 어둠이군요. 이 책은 그리스도를 비웃고 있으며 그보다 선지자 모세를 비웃고 있습니다. 그리고 마호메트를 종파 분리주의자와 비교하고 있습니다. 그들을 마치 거리의 세 강도처럼 묘사하고 있습니다."

"당신을 괴롭히는 것은 아마 제목일 거요. 〈세 명의 협잡꾼〉, 그렇지 않소?"

마르티노가 그에게 말했다.

"하지만 그 책의 저자가 누구인지 말한다면? 그리고 그가 이 페이지를 쓰는 것을 내 두 눈으로 보았다면? 그리고 그가 만인이 경배하던 사람이라면 어떻겠소?"

단테는 눈을 감았다. 그는 마르티노가 곧 이야기할 사람이 누구인지 알아차렸다.

"그가 맞습니까?"

마르티노의 말은 매우 짧았지만 단테에게는 대답으로 충분했다.

"이 페이지에서 페데리코 황제는 자신의 확신을 모두 뒤집었습니다."

"〈세 명의 협잡꾼〉이라……. 이 세기의 모든 불경함을 모은 책이군요."

단테가 회의에 빠져 중얼거렸다.

"그가 쓴 것이란 말이죠. 세계를 놀라게 했던 그가. 그리고 위대한 도시를 건축하기도 했던 그가……."

마르티노는 책을 집어 들었다. 하지만 의원에게 그 책을 주는 대신 다시 단테에게 건네주었다. 내켜하지 않는 그에게 도전장을 내미는 것 같았다.

"더 읽어보지 않겠습니까?"

그는 설득하는 어조로 물었다. 그리고 시인이 하고 싶은 대로 내버려 두었다. 시인의 눈앞에서 기호들이 춤추는 것 같았다. 무언가 알 수 없는 힘이 그가 내용을 이해하지 못하도록 옥죄는 것 같았다. 그는 손을 덜덜 떨며 파랗게 질린 얼굴로 책을 읽어나갔다.

"모두가 진리를 알고자 하는 희망을 가졌지만 이중 매우 적은 수의 사람들만 진리를 얻을 수 있다. 진리에 대한 앎은 영혼을 행복하게 해 주지만 수많은 역경이 진리에 도달하려는 삶의 길고 유연한 발걸음을 막기 때문이다. 인간에게 이러한 역경을 선사하는 세 사람이 있다. 폭력을 대변하는 스테노, 사기꾼을 대변하는 에리알레, 가혹한 미신을 추종하는 메두사. 이들이 주는 역경은 가장 강력하며 참혹하다."

시인은 목소리를 높여 음조를 맞추며 읽어나갔다. 마치 어두운 방에 갇혀 황제의 의상을 입고 황제가 된 듯. 그의 주변이 고요해졌다. 그는 이러한 적막을 깨기 위해 시선을 들었다.

그의 목소리를 통해 황제의 목소리가 마치 죽음에서 살아 돌아온 것 같았다. 어두운 심연을 끌고서.

"이밖에도 인간의 자유를 속박하는 세 사람의 협잡꾼이 있다. 이들은 대지 앞에서 진실을 왜곡하고 감춘다. 그리고 하늘 아래 또 다른 속임수를 인간에게 제공한다. 이들은 위선적인 모세, 중립을 지키지 못하는 그리스도, 도둑이었던 마호메트이다……."

단테는 필사본을 덮어 책상 위에 던졌다.

"좀 더 읽어보시오, 메세르 알리기에리."

마르티노가 힘주어 권했다.

"몇 페이지 안 됩니다. 하지만 이 책의 행간을 채우고 있는 진리는 그가 사용한 잉크보다 훨씬 더 값진 것입니다."

나이든 베네치아 인의 목소리가 귀에서 울려 퍼졌다. 그의 목소리는 마치 이브를 유혹하는 목소리 같았다.

단테는 회피하려 했지만 그의 목소리는 매혹적이었고 자신의 열망을 자극하는 듯했다. 더구나 강철 같이 힘찬 문장에 충격을 받아 영혼이 빨려 들어가는 것 같았다.

물론 그 필사본의 내용은 그가 프란체스코 수도회의 학교에서 들었던 것이며 수도원 학교에서 가르치던 신학자들은 내용을 폄하하고 마치 고대의 이단처럼 치부했었다.

하지만 단테는 처음으로 위대한 정신을 가졌던 사람이 쓴 글, 마치 악마 루시퍼의 교활한 머리처럼 논리적으로 반박하는 글을 읽게 되었던 것이다. 이것은 단순한 문제가 아니었으며, 그의 글은 때로 자신을 반박하던 귀도 카발칸티의 얼굴을 떠오르게 했다. 단테와 귀도는 논쟁 중에 종종 신부와 수사들에 대한 불신과 조소를 내뱉었다. 그런데 이 책은 당시 그들의 불경스러운 언사를 훨씬 초월했다. 상속받은 믿음과 진리에 복수하듯 인간의 존재에 대해 사람들에게 소리를 지르고 마치 자긍심 넘치는 사자처럼 으르렁 거렸다.

단테는 책에서 시선을 들었다. 격정으로 인해 몸을 떨고 있었으며 모든 신경이 곤두서 있었다.

다른 사람들은 침묵을 지키며 그의 행동을 주시했다.

하지만 단테는 뭔가 목에 걸린 듯 아무 말도 할 수 없었다. 온몸이 꽁꽁 얼어붙는 것처럼 이가 딱딱 마주쳤다.

"잘 모르겠소, 정말……."

간신히 말을 이었다.

"이 글의 내용은 내 영혼의 안식을 방해하는 것 같습니다."

의원이 손가락을 들었다.

"때로 모르는 문을 열게 되면 우리의 감각이 무뎌질 때가 있지요. 우리는 당신이 그렇게 느끼는 게 당연하다고 생각합니다. 뛰어난 사람들도 진실을 접할 때면 충격을 받지요."

"진실."

단테가 주억거리며 그 말을 되뇌었다.

그는 뭔가 반대 의견을 내려고 했지만 목이 메었다.

그는 의자에 주저앉아 힘없이 다리를 뻗고 두 손으로 머리를 감싼 채 가슴에 파묻었다.

그는 자신의 정신을 괴롭히고 있는 미친 생각을 다시 정리하려고 애썼다.

가늘게 뜬 눈으로 옆에 있는 세 사람의 얼굴을 살펴보았다. 그들은 수수께끼 같은 표정으로 그의 판단을 근심스럽게 기다리는 것 같았다.

이 세 사람은 권력과 자긍심을 느끼며 자신들의 사업에 그가 동참하기를 원하고 있는 것 같았다.

"이것에 대해 다시 말할 시간이 있을 겁니다."

의원이 말했다.

"칸스바르 경은 당신들이 천체의 과학에 대해서 안다는 사실을 알고 있습니다. 그 역시 당신들이 흥미를 가질 무언가를 가지고 있지요. 자, 우리에게 당신이 말했던 물건을 보여 주시오."

칸스바르는 다리에 묶어놓은 주머니에서 무언가를 꺼냈다. 그건 입구가 조그마한 가죽 주머니였다. 묶어 놓은 가죽 끈을 푼 후에 그 안에서 천으로 잘 싸 놓은 작은 물건을 꺼냈다. 그리고 그 천을 다시 걷어냈다.

네모난 상자가 나타났는데 그것은 아마도 흑단으로 만든 것 같았다. 그 안에서 동으로 만든 둥근 물체가 모습을 드러냈고 그 옆에는 작은 손잡이들이 달려 있었는데 그것 역시 금속으로 제작한 것 같았다.

페르시아인은 그 상자를 시인 앞에 내밀어 자세하게 살펴볼 수 있도록 했다.

단테는 그 앞에서 무릎을 꿇었다.

그 둥근 물체에는 매우 가는 선과 숫자들이 새겨져 있었고 중심에는 서로 길이가 다른 바늘들이 있었다.

시인은 숫자를 일곱까지 센 후에 시선을 들고 부끄럽다는 듯이 말했다.

"이건 그리스어로군요. 나는 그리스어를 잘 모릅니다."

칸스바르가 이해한다는 듯 미소를 띠었다.

단테는 그의 미소가 거슬렸지만 곧 자신이 그들보다 뛰어나지 못하다는 사실을 인정하고 질문했다.

"이건 뭐하는 물건이죠?"

그는 대답하지 않고 손잡이를 잡아서 태엽을 감았다. 그러자 바늘들이 사분면을 따라 정교하게 돌기 시작했다. 그 바늘들은 서로 다른 속도로 원의 서로 다른 방향을 지시하기 시작했다.

단테는 무엇인지 이해하지 못하면서도 이 기계의 움직임을 보고 흥미를 느꼈다.

"메세르 알리기에리, 언제 마지막으로 별의 운동을 관찰했죠?"

시인은 당혹해 하면서 대답했다.

"피렌체에서 출발하기 직전에요."

"평소에 많은 시간과 노력을 들이겠군요."

"천체의 운동은 완벽하지만 매우 복잡하죠. 서로 다른 운동과 주기를 관찰하려면 매우 많은 주의가 필요하고 늘 실수가 뒤따르죠. 매우 정교한 계산을 해야 하기 때문에 밤새도록 오랜 시간을 지켜보고 확인해야 해요."

시인이 대답했다.

"기억나는 천체 운동의 변화가 있습니까?"

"물론이죠."

단테가 눈을 크게 뜨면서 대답했다.

"염소좌에서 보름달이 뜨고 태양은 수성 옆의 천칭좌에서 빛나고 있더군요. 그리고 화성은 전갈좌 근처에 있었습니다. 하늘은 마치 어두운 숲의 그늘처럼 어두웠습니다. 물론 그것은 내가 기다리던 천체의 화합은 아니었습니다."

칸스바르가 그의 말을 주의 깊게 들었다.

그가 설명하는 천체의 움직임은 단지 차가운 기하학이 아니었다. 그것은 운명의 서술이자 삶이었다.

"좋습니다. 여기 있는 바늘을 잘 관찰해 보십시오. 여기 있는 그리스 문자가 그 의미를 설명하고 있습니다. 여기 중심이 되는 수치가 있습니다."

페르시아인이 손톱으로 원의 바깥 테두리에 나누어져 있는 단위를 가리키면서 말했다.

"춘분이었군. 이건 12성좌를 지시하는 바늘입니다. 여기에 태양이 있고."

페르시아인이 손가락으로 바늘을 가리키며 말했다.

"이건 염소좌에 있는 달을 뜻하죠. 화성은 전갈 좌에서 약 28도 정도 기울어 있군요."

단테가 눈을 크게 뜨고 중얼거렸다.

"이건 불가능해."

그는 자기가 본 것을 믿을 수가 없었다. 분명 이 이교도가 무슨 마술을 부린 것 같았다. 칸스바르는 그가 믿지 못하고 있다는 사실을 알아챘다.

"당신은 이게 우연이라고 생각하고 있군요. 다시 한 번 시험해 보시겠습니까? 당신이 기억하는 날로 시험해 보십시오. 아니면 카이사르나 페데리코 황제의 별자리를 확인해 보도록 하죠."

"하지만 그건 이미 너무 잘 알려져 있는 사실이니 어쩌면 미리 바늘을 조정할 수도 있는 것 아니겠습니까?"

단테가 의심스럽게 바라보며 말했다.

"그럼 당신의 생년월일은 어떻습니까?"

"내 생년월일이요?"

"물론입니다. 난 당신이 언제 태어났는지 모릅니다. 아마 로마에 있는 사람 중에서 당신 생일을 아는 사람은 없겠죠."

단테는 잠시 침묵했다. 자신의 별자리를 이 이교도에게 알려주는 것은 영혼의 열쇠를 알려주는 거나 마찬가지였다.

적어도 그가 태어났을 때 머리 위를 돌던 별의 일부는 그의 운명을 관장하고 있을 터였다. 하지만 눈앞에 보고 있는 것이 사실인지 확인하고 싶은 호기심이 너무 강했다.

"나는 성스러운 해인 1265년 5월 29일 밤 자정에 태어났습니다."

칸스바르는 기계 옆면을 움직였다.

그러고서 태엽을 감았다가 놓자 서로 다른 바늘이 움직이다가 새로운 방향을 가리키며 멈춰 섰다.

매우 주의 깊게 결과를 관찰한 후에 페르시아인이 말했다.

"당신이 태어난 날 밝은 공연이 펼쳐졌겠군요."

"밝은 천체들이 당신이 태어난 날에 일제히 빛을 발했습니다. 황소자리 위에서 목성이 빛났고 우울한 토성과 빠른 수성도 밤에 등장했습니다. 이들은 사분면에 줄지어 서서 빛을 발하고 있었습니다. 하지만 밝은 빛이 그렇게 좋은 징조는 아니므로 꽤 괴로웠겠군요. 목성이 당신의 삶을 어둠으로 몰아넣었고 그 어둠이 당신의 길에 펼쳐졌습니다. 하지만 역경을 헤치고 나가면서 당신은 다시 힘을 내게 될 겁니다. 금성이 게자리에 있어서 당신의 사랑은 이루어지기 힘들겠지만 화성이 사자자리에 있어 당신에게 힘을 줄 겁니다. 아마도 그게 당신이 만날 불운을 막아 줄 것 같소.”

시인은 손을 뻗어 페르시아인이 들고 있는 기계를 빼았았다. 그리고 그 기계의 움직임을 매우 자세히 살폈다. 기계의 바늘들이 가리키고 있는 것이 분명하지는 않았지만 그가 말한 것이 사실임을 알 수 있었다. 그가 이야기한 내용이 눈앞에 놓여 있었다. 상상도 할 수 없을 정도로 빨리 말이다.

그는 그 기계를 칸스바르에게 돌려주었다. 그 페르시아인과 기계를 번갈아 쳐다보았다. 이 놀라운 게 무엇인지, 그가 이걸 조작한 것이 아닌지 알고 싶어하면서.

“도대체 누가 이 걸작을 만들었죠?”

단테는 결국 힘들게 물어보았다.”

“이건 우리 민족이 제작한 게 아닙니다. 오랜 세월 전에 위대한 그리스인들이 설계한 거죠. 난 단지 바그다드의 도서관에서 이 기구에 대한 역사적 기록을 읽을 수 있었습니다. 그 고대의 파피루스 문서는 칼리프가 알렉산드리아를 점령했을 때 가져왔던 거죠.”

단테가 매우 궁금해 하면서 질문했다.

“역사는 어떻게 설명하고 있지요”

"당신들이 로디라고 부르는 섬에서 처음으로 카이사르가 세상으로 자신의 독수리들을 날려보냈던 시기에 이 기구를 만든 기술자가 살고 있었다고 합니다. 그는 죽기 전에 이와 비슷한 기구를 세 개 만들었죠. 그중 하나는 알렉산드리아로 갔습니다. 그리고 하나는 아테네로 갔다가 바다에서 잃어버렸다고 전해집니다. 다른 하나는 로마로 와서 아우구리회의 학교로 흘러 들어갔습니다. 하지만 어떤 기록도 이 기구에 대해서 언급하지 않습니다. 아우구리회의 수사들은 고대의 과학을 보고 질투를 했습니다. 그들은 그 기구를 부수려 했습니다. 천체의 흐름을 민중들이 쉽게 알 수 있을까 봐 그들은 두려워 했습니다. 그리고 그 기구는 그들이 보기에는 잘못된 원칙을 구현하는 물건이었습니다."

"잘못되었다고요? 하지만 이 기계는 행성의 움직임을 매우 정확하게 찾아내지 않았습니까?"

"그렇긴 하지요. 메세르 알리기에리, 당신은 천체의 움직임에 대해 뭘 알고 있습니까?"

"나는 위대한 아리스토텔레스의 가르침과 알렉산드리아의 프톨레마이오스의 설명을 알고 있소."

"대지는 움직이지 않으며 우주의 중심에 놓여 있고 별들은 둥근 천공에서 지구 주변을 돌고 있다는 설명 말인가요?"

"세상을 창조할 때 신은 완벽하게 움직이지 않는 세계를 만들었습니다."

"천구의 움직임은 그렇지 않습니다. 당신은 자연의 질서가 어떤지 잘 연구해 본 적이 있습니까?"

"물론 나도 물리학과 형이상학을 공부한 적이 있습니다."

단테가 고개를 주억거렸다.

"그건 단지 현자들의 목소리일 뿐이고 어떤 경우에는 자신의 선입견이 반영되기도 하지요. 자연의 질서를 잘 관찰해 보면 매우 근본적인 법칙이 있습니다. 어쩌면 제1의 원칙일 겁니다."

"그게 뭐죠?"

"자연은 가장 간결한 방식을 따라 운동합니다. 왜냐하면 자연은 신의 거울이기 때문이지요. 이 거울은 완벽하게 신의 의지에 따라 결론을 만들어 낸다는 겁니다."

단테는 잠시 침묵했다. 이 남자의 말 속에는 무언가가 있었다. 신과 자연의 관계를 설명하는 것이다. 하지만 그 말은 매우 위험한 이단의 이설처럼 보였다.

"그러니까 신이 단순하고 간결한 것을 사랑한다는 말입니까?"

그가 다시 물어보았다.

"그렇습니다. 당신들 종교에서도 말하는 것입니다. 단순한 것이 대지의 본성이라고 하지 않았나요? 천구의 운동도 다를 바가 없습니다. 하지만 아리스토텔레스와 프톨레마이오스는 그 단순한 길을 가지 않았습니다. 그들의 서로 다른 것을 사랑하는 지성은 출구 없는 길로 나아갔습니다. 다른 사람들은 그 길을 단순하게 바로 갔었는데 말입니다. 미치광이 황제까지도 진리가 무엇인지 깨달았었죠. 아, 이 말은 위대한 네로 황제를 지칭하는 말입니다."

"네로 황제 말입니까? 로마를 불태웠던? 그가 과학에 관한 뭔가를 만들었단 말입니까?"

단테가 확신할 수 없는 듯한 어조로 질문했다.

"신의 의지는 매우 신비로운 길을 가지요. 무한하고 고양된 정신을 가진 신도 가끔은 농담을 하기도 하지요. 그 고대 황제에 대해서 너무 딱딱하게 생각하지 마십시오. 당신들도 로마의 민중이 몇 세기 전에 그의 무덤을 경배했던 사실을 알고 있지 않습니까?"

"신성모독이요! 그는 기독교를 박해한 첫 번째 사람이고 성 베드로를 못 박지 않았소? 당신들이나 그의 무덤으로 가시오!"

의원은 손을 들고 잠시 기다리라는 몸짓을 보냈다.

"자, 너무 흥분하지 마시고 우선 우리 친구의 설명을 들어봅시다."

그는 페르시아인을 바라보았다.

"바그다드 도서관은 로마의 역사와 과학에 관한 수많은 증언과 책으로 가득 차 있습니다. 가보면 놀랄 겁니다, 메세르 단테. 그곳에는 여러 현자들의 보물과 오랜 시간 공부할 것들이 쌓여 있지요. 이번에 그중 하나를 가져왔죠. 내가 당신에게 보여준 이 기계는 매우 완벽하지만 아리스토텔레스나 프톨레마이오스가 믿었고 당신들 역시 믿고 있는 사실과는 다릅니다. 그걸 증명해 드리지요. 내가 메소포타미아에서 가져온 것은 진리입니다. 물론 당신이 받아들이지 않을 수도 있지만 어쩌면 메세르 마르티노께서도 과학의 일곱 분야를 다 공부하진 못했을 겁니다. 그 분도 역시 우리와 함께 갈 겁니다."

"어디로 말이오?"

단테가 물었다.

"바로 여기 로마에 있는 곳입니다. 나는 이미 당신에게 아우구리회에서 그 기계를 숨겼다고 말했습니다. 하지만 그들은 이걸 황제에게까지 숨기지는 못했습니다. 로마에서 당신들의 시대가 시작되기 60년 전에 로마를 방문했던 알렉산드리아의 에르메테우스의 여행기에서 설명하고 있는 내용입니다. 그 책은 알렉산드리아 도서관이 불탔을 때 살아남은 몇 권 안 되는 책 중에 한 권입니다. 내일 원한다면 그 내용을 당신들과 함께 확인해보도록 하겠습니다."

단테는 당혹스러웠다. 그의 정신은 그가 본 것으로 인해 괴로워하고 있었다. 무엇보다도 페데리코 황제가 쓴 책에서 읽은 내용이 마음에 걸렸다. 황제는 그가 가진 모든 확신을 뒤흔들었다. 그의 마음 속 한 켠에 있던 의심을 끄집어내고 양심 속에 있던 균열의 틈을 헤집고 있었다. 단테는 모든 것이 혼란스러웠다.

"오늘 저녁에는 내 손님으로 이곳에 머물러 주십시오, 메세르 알리기에리. 저는 이미 당신이 쉴 곳을 정리해 두라고 말했습니다. 그리고 당신이 원한다면 이 책의 다른 페이지를 읽어보도록 하시죠."

단테는 한숨을 쉬었다. 이미 그의 손에는 그의 의지와 상관없이 그 필사본이 들려 있었다. 의원은 한쪽 눈으로 장난스럽게 윙크를 했다.

하인이 그를 긴 복도로 안내했고 정원이 보이는 작은 방으로 데리고 가서 문을 열어 주었다.

그는 갑자기 피곤이 몰려와 자고 싶었다. 하지만 책을 쥐고 있는 손가락이 불타는 것 같았다. 하인은 나가기 전에 촛불을 밝혀 주었다. 그는 침대 한켠에 우두커니 앉아서 잠시 동안 무릎에 책을 올려놓았다. 그리고 화가 난 듯 책을 열어 보았다. 그리고 다른 이들과 읽었던 페이지에 다시 시선을 고정했다.

촛불이 바람에 흔들려 마치 악마의 손길이 닿은 듯 글자가 어른거렸다. 그는 다시 소리 높여 책을 읽기 시작했다.

황제의 말로 인해 머리에서 끊임없이 땀이 솟아났고 저항할 수 없이 절벽에서 나락으로 떨어지는 듯한 느낌을 받았을 뿐만 아니라 앞에 놓인 모든 것이 뒤집어지는 듯했다.

천둥 같은 수많은 목소리가 그를 혼란스럽게 했으며 진실을 향해 귀를 기울이는 자신과 격렬한 투쟁을 벌였다. 하지만 사탄이 그를 향해 던지는 빛이 그의 눈앞에서 너울거리고 있었다.

수많은 목소리 사이에서 장난스러운 승리의 목소리를 구별해 낼 수 있었다. 바로 귀도 카발칸티의 목소리였다.

'신은 존재하지 않아, 단테. 그건 너도 알고 있잖아?'

그 사실을 그도 알았을까? 아니면 항상 알고 있었던 걸까?

단테는 읽다 말고 필사본을 덮었다.

누군가 잘 알고 있는 사람의 목소리를 들은 것 같았다. 피암마의 목소리인가? 그 목소리에 이끌려 그는 방문을 나선후 정원을 바라보았다 기둥 사이에서 흰 옷이 움직이는 것이 보였다. 갑자기 목소리가 멈췄다. 그림자 속에서 누군가 기다리고 있는 것 같았다.

정원의 한 귀퉁이에 숨어 있는 흰 옷을 입은 사람을 향해 몇

걸음 다가갔다. 막 정원 한가운데로 나갔을 때 그의 귀에 은방
울이 굴러가는 것 같은 웃음소리가 들렸다. 그 인물은 가벼운
금속성의 소리를 내며 매우 빠르게 기둥 사이를 움직였다. 마치
자기를 찾아보라는 듯. 단테는 그쪽으로 다가가기 위해서 매우
빠르게 움직였다. 다시 어둠 속에서 웃는 소리가 들렸다. 분명
여인이었다.

갑자기 피암마의 모습이 앞에 나타났다. 기둥 사이에서 그녀
의 가는 팔목이 마치 그를 조용히 부르는 듯 파도처럼 흔들렸
다.

그는 저항할 수 없는 충동을 느끼고 아무 생각 없이 그녀가
있는 곳으로 달려갔다.

하지만 여인은 다시 기둥 사이로 이곳 저곳을 옮겨 다녔다.
마치 자신과 자신을 따라다니는 남자 사이에 어떤 장애를 만들
려는 것처럼 말이다. 그녀는 계속 부드럽게 웃고 있다가 뛰어다
니느라 숨이 찼는지 숨을 몰아쉬며 웃고 있었다.

그녀가 다가오자 공간이 반으로 쪼개지는 것 같았다. 시인은
어깨를 돌려 그녀의 팔을 향해 팔을 뻗었다. 하지만 그녀는 붙
들리기 전에 갑자기 얼굴을 돌리고 가만히 멈춰 섰다. 두 사람
은 숨을 멈추고 서로를 바라보았다. 단테는 그녀와 얼굴을 맞대
고 그녀의 숨결을 느꼈다. 마치 꽃향기가 전해져오는 것 같았
다.

"내게 뭘 원하죠, 메세르 알리기에리?"

그녀는 그의 얼굴에 대고 말했다. 그녀의 눈동자가 그를 괴롭
히는 장난기로 반짝이고 있었다.

　어린아이 같은 그녀의 모습으로 인해 그녀의 내면에 숨겨진 저항할 수 없는 관능미를 향한 욕구에서 벗어났다. 순간 단테는 정신이 번쩍 들었다. 이 여인은 자신을 손님으로 데려온 자의 딸이다. 이 상황을 빨리 피해야 했다. 누군가 이 장면을 본다면 자신의 명예는 땅에 떨어질 것이다. 어쩌면 자신의 생명으로 명예를 구해야 할지도 모르고 의원이 불같이 화를 낼지도 몰랐다. 그런데 갑자기 피암마가 손을 뻗어 그의 뺨을 어루만졌다. 그녀의 손가락이 자신의 얼굴에서 피어나는 것 같아 그는 마치 쇳덩어리처럼 꼼짝도 하지 못했다. 그는 매력적인 팔의 움직임에 몸을 맡기고 정신이 아득해졌다. 다리에 힘이 풀려 그는 그 자리에 주저앉았다. 여인은 웃으며 그를 향해 고개를 숙였다.

　단테는 그녀의 입술을 찾았지만 그녀는 그를 살짝 떠밀었다. 그의 귀에 여인의 크리스탈 같은 웃음소리가 들렸다. 그녀는 그를 밀어내며 갑자기 신중하게 말했다.

　"당신이 원하는 건 이루어질 수 없어요."

　그녀가 중얼거렸다.

　"아마 나도 원하는 것이긴 하겠지만."

　그녀가 한숨을 내쉬자 그녀의 향기가 느껴지는 공기가 밀려왔다.

　단테는 무슨 말인지 이해하지 못했다. 하지만 모자를 벗어 경의를 표하면서 말했다.

　"뭐든 하겠소……. 당신이 무엇을 원하든지……."

　단테가 중얼거렸다.

　"무엇이든지요? 당신 앞에는 위대한 과제가 남아 있어요."

"모두 기록할 것이오. 십자군에 대한 노래를 부를 거요."

단테는 피암마가 원하는 것이 그것이라고 생각하면서 감정을 담아 말했다.

하지만 젊은 여자는 다시 웃기 시작했다.

"아마 당신의 목소리는 그것보다 더 위대한 무언가를 노래하게 될 거예요."

그녀가 모호하게 말했다.

"더 위대한 거라뇨?"

"그 순간이 오면 나와 함께 있겠다고 약속해 줘요. 나를 버리지 마세요."

그녀는 대답 대신 덧붙였다. 그녀는 다시 슬픔에 빠진 것 같았다. 그리고 그녀는 시인의 손을 잡았다가 놓고 재빠르게 구석의 열려 있는 문으로 사라졌다. 단테는 천천히 자신의 방으로 돌아와서 침대에 몸을 눕혔다. 그 괴상한 책이 옆에서 그를 끊임없이 부르는 것 같았다.

XI 네로 황제의 우주

11월 14일, 스파다 의원의 저택

단테가 일어났을 때 태양은 이미 높게 떠 있었다. 저택은 떠들썩한 소리로 가득했다.

하인들의 발걸음, 커다란 저택에서 일할 때 종종 들을 수 있는 요란함, 불을 피울 때 나는 쌉쌀한 향내, 공기에 퍼져 나가는 빵 굽는 냄새.

어쩌면 의외로 더 많이 잔 모양이군. 단테가 침대에서 일어나며 중얼거렸다.

그가 자는 동안 누군가 방에 들어왔던 것이 분명했다. 침대 옆에 옷이 깨끗하고 가지런하게 정리되어 있었기 때문이다.

옷을 갈아 입고 집에 있는 다른 사람들을 만나려고 방을 나서는 순간 단테는 마르티노와 칸사바르와 마주쳤다. 그들은 마치 그를 기다리고 있었다는 인상을 풍겼다.

두 사람 모두 이미 움직일 준비가 되어 있었다.

"우린 당신을 기다리고 있었습니다, 메세르 알리기에리. 스파다 의원은 이미 외출했습니다. 자신이 자리를 비우는 것에 대해 당신에게 미안하다고 전해 달라더군요. 매우 중요한 일이 있다며 꼭두새벽에 원로원 건물로 갔습니다."

페르시아인이 딱딱한 목소리로 단테에게 말했다.

"피암마는요?"

단테가 조심스럽게 물었다.

"의원의 젊은 딸도 벌써 외출했습니다. 당신도 그녀가 사냥을 너무 좋아한다는 사실을 알고 있지 않습니까. 아마 노멘타나가 근처에서 사냥을 시작했을 겁니다. 어쨌든 우리를 목적지로 데려다 줄 마차가 준비되어 있습니다."

"어디로 갑니까?"

단테가 질문했다.

"가 보면 알 겁니다. 분명히 놀라운 광경을 보게될 겁니다."

단테는 당황해서 두 사람 뒤를 쫓았다. 그들은 방이 많은 미로 같은 복도를 지나쳤다. 그들은 이미 저택의 내부를 잘 알고 있는 것 같았다.

저택 밖에 마차와 마부가 대기하고 있었다.

일행이 오르자 바로 마차는 출발했다. 단테는 마차가 캄피돌리오 광장 쪽 길을 가고 있음을 눈치 챘다. 그들은 수풀을 헤치고 로마 시대의 디오클레티아누스 대중 목욕탕 옆을 지나 캄포 마르치오를 향해서 나아갔다. 캄포 마르치오에서 퀴리날레 궁까지는 도로가 직선으로 뻗어 있었다.

하지만 캄포 마르치오 옆에 있는 언덕을 넘기 전에 왼쪽으로 마차를 돌렸고 멀리 수평선에 콜로세움과 성곽이 보였다.

옆에는 또 다른 유적지가 펼쳐져 있었는데 그것은 단테가 로마에서 본 유적지 중에서 규모가 제일 컸다.

"이 외벽은 뭐죠?"

단테가 호기심에 가득 차서 질문했다.

"트라야누스 황제 때 지은 로마 공중목욕탕의 일부입니다. 거의 다 왔습니다."

세 사람 모두 왼편에 있는 공중목욕탕을 물끄러미 쳐다보았다.

오피오 언덕 아래에 낮은 벽을 따라 밭과 포도 경작지가 있는 오솔길이 보였다. 그 길의 일부는 매우 급경사로 이루어져 있어서 노새도 올라가기 힘들어 보였고 주변에서는 일꾼들이 포도주로 가득 찬 통을 옮기고 있었다. 세 사람은 이제 마차에서 내려 언덕을 오르기 시작했다. 단테는 몇 차례나 뒤로 미끄러지지 않기 위해서 주변에 있는 나무를 손으로 잡아야했다. 페르시아인과 나이든 마르티노는 단테 앞에서 매우 빠르게 언덕을 올라갔다. 그들은 지칠 줄 모르는 체력을 가진 것처럼 보였다.

"어서 갑시다, 메세르 단테."

베네치아인이 알 수 없는 표정으로 뒤를 돌아보며 단테를 격려했다.

"잠시 후에 우리는 이 노력을 보상받을 만한 무언가를 볼 수 있을 겁니다."

잠시 동안 단테는 온 힘을 다해 걸어야 했다. 앞쪽 언덕의 급경사 사이로 트라야누스 황제의 목욕탕의 폐허가 펼쳐져 있었다.

커다란 아치와 붉은 벽의 지지대가 하늘로 솟아 있었으며 고대에 지은 것으로 보이는 탑과 작은 집들이 늘어서 있었다.

이곳에 있는 로마의 폐허는 커다란 바다 괴물의 뼈 같은 인상을 주었다. 새로운 생물들이 그 위에 기생충처럼 붙어 사는 것 같았다.

"우리가 가는 곳이 저깁니까?"

시인이 헐떡이며 물었다.

"저기 말이요?"

마르티노가 성벽을 가리키며 대답했다.

"아니요. 그곳은 밀리치아 가문이 지배하지요. 그들이 저 돌산을 지배하고 있습니다. 만약 초대받지 않았다면 가까이 가지 않는 게 좋을 겁니다. 우리는 그 밑에 있는 곳으로 가야 합니다."

그가 수수께끼처럼 대답했다.

얼마 동안을 계속 올라가다가 베네치아인은 오른쪽으로 방향을 틀어 언덕에 있는 월계수와 들장미가 있는 좁은 골목을 지나갔다. 약 백 걸음 정도 가자 응회암으로 덮인 벽이 보였다.

"다 왔습니다."

칸나바르가 시인을 향해 고개를 돌리면서 덧붙였다.

"당신들의 과학에 오류가 있다는 점을 입증할 수 있는 증거가 있습니다."

단테는 늙은 페르시아인이 가리키는 방향을 조심스럽게 관찰했다.

자연이 만들어낸 벽이 아니라 네모난 벽돌을 만들어 지은 벽이었다. 시간이 흘러 비바람에 풍화되면서 날카로운 부분도 생기고 언덕의 바위 같은 느낌을 주고 있었다.

유심히 관찰해보니 아치의 실루엣이 보였다. 일부가 흙에 파묻힌 채 앞에 파편들이 쌓여 있었다.

하지만 흙덩어리들이 위에 쌓여 있어서 원래의 느낌을 지우고 있었다.

"이곳은 언덕의 다른 곳처럼 흙에 묻혀 버렸습니다."

마르티노가 말했다.

"하지만 지난 가을에 비가 많이 와서 윗부분이 드러났고 이 아래에 무언가 있다는 사실을 알게 되었습니다. 이 이야기가 널리 퍼지면서 나도 이곳이 있다는 사실을 알게 되었습니다."

"아래에 무언가 숨겨져 있다구요? 무얼 말하는 거죠?"

마르티노는 손을 여기저기 움직이며 주변 풍경을 즐기고 있었다.

"어쩌면 우리가 올라온 이곳이 로마의 보통 언덕 중 하나가 아니라는 사실에 놀라실지도 모르겠습니다. 하지만 이 거대한 건물은 어쩌면 우리 조상도 숨기고 싶었는지 모릅니다. 부끄러운 기억을 지워내기 위해서 말입니다. 이건 네로 황제의 왕궁으로 들어가는 문 중 하나였습니다. 왼편에는 그 유명한 도무스 아우레아가 자긍심을 가지고 흥망의 세월을 드러내고 있습니다."

단테는 놀라서 눈을 크게 뜨고 그가 가리키는 곳을 바라보았다. 오른편에 콜로세움이 하늘로 솟아 있어 다른 언덕을 가리고 있었다.

만약 마르티노의 말이 사실이라면 그건 거의 불가능한 일을 해낸 것이었다. 이 건물은 도시 전체를 뒤덮을 정도로 크니까 말이다. 어떻게 이런 건물이 시야에서 사라질 수 있었을까? 티탄의 신들조차 이 오래된 건물을 흙으로 다 파묻을 수 없었을 것이다. 피렌체에서 새로운 시청 건물을 짓기 위해서 움베르티 가문의 탑을 무너뜨렸을 때에도 수 개월간 일해야 했고 수백의 노새들이 그 잔해를 실어 날랐다. 어떻게 이런 일이 가능한 걸까?

"당신은 황궁 전체가 이 언덕 밑에 있다고 말하고 싶은 건가요?"

마르티노가 아이러니한 눈빛으로 그를 바라보았다.

"아직 정확하게 이해하지 못했나 보군요, 메세르 알리기에리. 확실히 이 언덕 전체가 네로 황제의 집을 훼손한 것이나 다름없습니다. 나는 여러분에게 물증을 보여 주기 위해서 이곳으로 왔소. 그리고 어쩌면 여러분은 놀라운 비밀을 알게 될 수도 있습니다."

"그게 무엇입니까?"

단테가 물었다. 페르시아인도 그의 옆에서 앞으로 나아가면서 궁금해 했다.

"보게 될 겁니다. 이제 준비한 횃불을 가지고 갑시다. 아마 앞으로 가면 횃불에 의지해서 주변을 관찰해야 할 겁니다."

단테는 짐 꾸러미를 풀어 기름을 먹인 횃대를 꺼냈다. 그리고 부싯돌을 사용해 불을 붙였다. 마른 나무는 쉽게 불이 붙었고 금세 횃불이 되었다. 횃대가 탁탁 거리는 소리를 내며 불타오르기 시작했다.

"준비되었습니다."

단테는 그 횃불은 자기가 갖고, 또 다른 횃대에 불을 붙인 후 그것은 늙은 베네치아인에게 건네 주었다.

이윽고 그들은 흙과 나무뿌리가 뒤범벅이 된 좁은 입구에 들어섰다.

아치가 있는 입구를 통과하자 곧 커다란 굴이 모습을 드러냈다. 벽의 높이는 약 20척 정도 되어 보였고 깊숙이 내려가자 곧 깜깜한 어둠이 그들을 둘러쌌다.

바닥에는 물이 고여 있어서 걷기가 불편했다.

물이 복숭아뼈 있는 데까지 차올라왔지만 단테는 앞으로 닥쳐올 상황과 구조물의 내부에 흥미를 느껴 별로 아랑곳하지 않았다.

그는 내부를 더 잘 관찰하려고 횃불을 높이 들었다. 천장을 보니 로마 시대의 십자형 아치들이 긴 회랑으로 이어지고 있었다.

횃불은 벽의 색상을 뚜렷하게 보여 주었고 여러 색깔의 대리석으로 장식된 벽은 이곳이 한때 뛰어난 장식으로 가득 차 있었다는 것을 알게 해주었다.

그곳에서 더 앞으로 나가자 내부는 더 잘 정돈되어 있었다.

물구덩이를 지나자 다양한 색상의 대리석으로 꾸며진 바닥이 나타났다.

　들어가면 들어갈수록 벽에 그려진 다양한 벽화가 보이기 시작했다. 벽에 묘사된 장난스럽고 괴기스러운 형상들이 그들에게 다가서는 것 같았다. 그리고 다양한 종류의 동물들이 묘사되어 있었다. 반인반수와 자연을 위배한 이상한 동물들도 있었다.

　이런 그림을 그리고 즐겼던 사람들은 정말 이런 꼴사나운 장면들을 좋아했을까? 단테는 잠시 생각에 빠졌다.

　정말 네로 황제는 야수 같은 인물이었으며 범죄자처럼 행동했을까? 하지만 단테는 속으로 이렇게 생각하는 것이 오히려 비이성적이라고 생각했다. 광기가 방들을 가득 채우고 있었다. 과거에는 마치 크레타 섬의 미로 같은 공간의 공포를 과시했을 것이다.

　그들 앞에 장애물이 기다리고 있었다.

　기둥이 쓰러져 있었다. 마치 대들보가 내려앉은 듯 말이다. 조각으로 장식된 커다란 기둥과 부서진 조각이 직사각형의 입구를 막고 있었다.

　칸스바르는 조심스럽게 이 장애물을 피해 그가 들고온 지도와 비교하며 앞으로 나아갔다.

　"이제 거의 다 온 것 같소."

　그가 흥분을 감추지 못하고 말했다.

　페르시아인은 주변 사물을 손으로 잡고 발과 무릎을 사용해 부서진 대리석 기둥을 빠르게 기어 올라가기 시작했다.

　같이 온 사람들이 따라오든 말든 신경을 쓰지도 않았다.

　그는 더 이상 함께 온 사람들을 신경 쓰지 않고 나아갔다. 그는 격정에 가득차서 기둥 위쪽의 좁은 틈으로 미끄러져 들어갔다.

잠시 후 마르티노도 좀 전에 보여 주었던 체력을 자랑하며 기어 올라가기 시작했다.

그리고 단테도 조심스럽게 주변을 둘러보며 올라가기 시작했다.

단테는 자기의 몸무게로 인해 발을 내디딜 때마다 떨어져 내리는 돌가루에 미끄러질까봐 매우 조심스럽게 앞으로 나아갔다. 거친 대리석과 벽돌 조각 때문에 손가락에 상처가 나서 피가 흘렀지만 계속해서 두 사람을 따라 올라갔다. 그리고 좁은 공간이 넓어지면서 올라온 방향이 더 이상 보이지 않았다.

드디어 단테도 목적지에 도착했다. 마지막으로 온 힘을 다해서 무너져 있는 대리석 판들 사이를 지나 좁은 구멍으로 머리를 내밀고 새로 나타난 공간을 보았다.

그는 경악을 느끼며 움직임을 멈췄다. 단테는 숨을 몰아쉬면서 앞에 보이는 광경에 눈을 크게 뜰 수밖에 없었다. 그의 눈 앞에는 매우 넓은 홀이 펼쳐져 있었는데 홀의 모든 경계는 어둠 속으로 빨려들어가 보이지 않았다. 이 공간을 비추는 유일한 빛은 천장에 있는 둥근 구멍에서 들어오는 햇빛이었고 그 구멍은 판테온 천장에 뚫려 있는 구멍과 비슷했다.

하지만 한정 없이 놀라고 있을 수만은 없었다. 그는 숨을 몰아쉬며 좁은 통로를 빠져나가, 안전한지 살펴보지도 않고 새로운 공간으로 미끄러져 내려갔다. 가능한 한 빨리 그 공간에 안착하기 위해서.

발이 땅에 닿으면서 온 몸이 흔들릴 정도로 큰 충격이 느껴졌다.

다른 쪽에는 넓은 공간이 펼쳐져 있었다. 8각형으로 이루어진 공간의 벽에 조각을 놓기 위한 반원형 장식 공간이 배치되어 있었고 머리 위에는 넓은 천장이 있었다.

그 공간은 피렌체의 세례당만큼이나 넓었다. 단테는 이 새로운 공간의 규모가 판테온보다 조금 작은 것 같다고 생각했지만 확신할 수는 없었다. 천장은 판테온과 매우 비슷한 방식으로 지어진 것 같았다. 그의 발치의 어두운 대리석 바닥과 위에서 쏟아지는 태양빛이 강한 대비를 이루고 있었다. 당시 이곳은 매우 눈부신 빛이 쏟아져 들어왔으리라.

그 홀의 중앙에는 대리석이 하나 솟아 있었다. 시인은 그 대리석이 황제의 의자를 받치기 위한 받침대라고 생각했다.

그곳은 마치 우아한 왕실의 접견실 같았다. 그는 화려한 대리석 벽과 반짝이는 장식으로 둘러싸인 옛날 그곳의 모습을 상상해보았다.

이어서 그는 눈을 들어 햇빛 때문에 생겨난 그림자 속 천장의 세부를 살펴보았다.

단테가 그 순간까지 무언가 잊어 버리고 있었던 게 있었다.

천장에 작은 물체들이 매달려 있었다. 마치 고대의 촛대가 흔들거리는 것 같았다. 아마 그 불빛 아래에서 네로 황제는 자신의 모습을 드러냈을 것이다.

그는 그 물체들을 자세히 살펴보았다. 그것은 매우 오랜 시간 동안 매달려 있었던 것 같았다. 늘 당시 사람들의 머리 위에서 흔들리면서 말이다. 그들이 걷는 동안 조용히 그들을 살펴보면서 위에 매달려 있었던 것이다.

그런데 대체 저건 뭘까?

동료들을 돌아보았다. 그들이 무엇을 발견하고 관심을 기울이는지 확인하기 위해서 말이다. 그들은 천장 쪽에 시선을 고정시키고 있었다.

"여기요, 메세르 단테!"

페르시아인이 외치는 소리가 들렸다.

"로마의 황제가 얼마나 놀라운 방식으로 이 기계를 만들었는지 보시오."

칸스바르는 위험을 확인하지도 않고 중얼거리며 방의 중심으로 달려갔다. 그곳에서 그는 머리 위에 있는 물건을 가리키며 말했다.

"이것 보십시오. 행성의 진정한 움직임을."

그의 고함 소리를 듣고 단테 역시 두려움이 없어졌다. 그도 곧 방의 중심에 도착했다.

다시 머리 위에 있는 천장을 살펴보니 그것은 단순히 자신이 상상했던 돌덩어리가 아니었다. 그것은 서로 다른 길이의 돌기 등으로 이루어진 커다란 기관이었고 각각의 덩어리에는 나무판이 붙어 있었다.

"빨리 다른 횃불에도 불을 붙입시다."

칸스바르가 흥분에 휩싸여서 소리쳤다.

단테 또한 긴장감이 고조되는 것을 느꼈다.

마르티노의 도움을 받아 그는 다시 가방에서 두 개의 횃대를 꺼내 불을 켰고 하나를 베네치아인에게 건네 주었다.

횃불이 많아지자 더 넓은 공간이 보였다. 그러자 그는 서로 다른 크기로 만들어진 행성들이 머리 위에 매달린 것을 확인할 수 있었다. 잠시 동안 온 몸이 마비되는 것 같았다. 엄청난 크기로 천공의 지도가 지붕 아래 설치되어 있었던 것이다.

당시 이 기관이 작동되고 있을 때 천체의 행성들은 마치 고귀한 모자이크처럼 천장을 덮고 있었을 것이다. 지금은 아주 적은 수의 행성 조각만 남아 있었지만 그래도 단테는 각각의 행성이 무엇인지 파악할 수 있었다

화성, 금성, 그리고 재빠르게 움직이는 수성. 달은 은색으로 빛나고 있었고 멀리서 외롭게 돌고 있는 위대한 목성도 눈에 들어왔다. 그것들 뒤에 더 이상 다른 행성은 없었고 멀리 있는 별들을 의미하는 유리조각들만이 박혀 있을 뿐이었다. 그럼 빛나는 태양은 어디에 있는 것일까?

프톨레마이오스가 설명하고 있는 것처럼 세 번째 궤도에는 마땅히 금빛으로 빛나는 태양이 있어야 했다.

하지만 태양이 있어야 할 자리에는 달과 함께 쇳 덩어리 같은 검은 행성이 보일 뿐이었다.

"이 기계의 극단적인 정교함을 알아보시겠소?"

페르시아인이 그를 쳐다보며 다시 물어보았다.

"매우 뛰어난 것이군요. 하지만 앞쪽에 있는 행성과 순서는 내가 아는 아리스토텔레스의 설명과는 거리가 좀 있는 것 같습니다."

하지만 말을 다 끝내기도 전에 그의 시선은 방의 중앙에 있던

그 대리석 덩어리에 눈이 갔다. 그것도 이 궤도에 포함되어 있는 것처럼 보였다.

놀라서 물었다.

"태양, 혹시 저 대리석이 태양인 겁니까?"

"그렇소, 메세르 단테. 이제 보게 될 거요! 네로 황제는 자신의 오만함 속에서 자신의 왕좌를, 우주의 중심이며 영원한 규칙의 핵심인 태양의 자리에 배치했습니다. 그의 왕좌는 별들과 다른 행성의 움직임을 즐길 수 있는 태양의 자리에 위치해 있소. 물론 그가 자신을 우주의 중심이라고 생각했기 때문이기도 할 겁니다."

"불가능해!"

"하지만 당신은 이미 그걸 보고 있지 않습니까. 이 구조는 내가 당신에게 보여 주었던 기계의 구조와 같습니다. 그리고 이 방의 기계도 그걸 확인해 주고 있습니다."

단테는 자신이 없어졌다.

"물론 고대인들도 그런 가설에 대해 이야기한 적이 있지만 그건 기하학적 가능성을 염두에 둔 가설이었을 뿐이요! 하지만 그건 의미 없는 가설입니다. 어떻게 신의 가장 뛰어난 피조물인 인간이 살아가는 지구를 의미없는 불덩어리의 주의를 도는 위성처럼 생각할 수가 있겠습니까? 천체의 움직임에 대한 이런 가설은 성서와도 배치됩니다. 성서는 피조물의 질서를 위한 가장 근본적인 요소로 지구를 묘사하고 있으며 해와 달은 단지 피조물에게 도움을 주는 요소일 뿐입니다!"

"물론 당신네 책에서는 그렇겠죠……."

칸스바르가 중얼거렸다.

"하지만 지금 당신이 이 새로운 모델을 주의 깊게 관찰한다면 아마 이성적이고 명료한 관점에 따라 의심을 지워 버리게 될 거요."

단테는 고개를 숙이고 잠시 멈춰 있었다.

단테는 거칠게 고개를 흔들었다.

"이 모든 게 한때 작동했을까요?"

"물론이오. 역사가 전하는 것처럼."

"하지만 누가 그것을 움직일 수 있었겠습니까? 아마도 엄청난 힘이 필요할 텐데. 거의 천구를 돌리는 신의 힘만큼이나 말이죠."

"노예들의 힘을 사용했다면 어림도 없었겠지요. 그리고 아마……."

페르시아 인이 갑자기 말을 멈췄다.

그리고 뭔가를 귀기울여 듣는 것 같았다.

"방금 지나온 커다란 물 웅덩이를 기억하시죠? 그곳은 고대 목욕탕이었을 겁니다. 하지만 그건 어쨌든 그곳에 수로가 연결되어 있다는 것을 의미합니다. 당신들도 멀리서 물소리가 들리지 않습니까?"

단테도 귀를 기울였다.

모두가 침묵했고 그들의 목소리의 울림이 사라지자 멀리서 물 흐르는 소리가 들렸다. 마르티노가 고개를 끄덕이며 그들의 발치에 있는 한 지점을 손으로 가리켰다.

"아마 여기인 것 같습니다. 고대의 수도관이 놓인 곳이."

　"내가 바그다드의 뛰어난 분수에서 본 것처럼 물의 힘을 빌려 작동하는 원리를 가졌다면 아마 이 기계는 풍차 바퀴와 연결되어 있을 것이고 이곳 어디에 그것을 작동시키는 부분이 있을 겁니다. 어쩌면 저기 보이는 반원형 공간의 뒤편에 풍차를 움직이게 만드는 장치가 있을 수도 있겠지요."

　칸스바르가 말했다.

　"뭐가 있는지 찾아 봅시다."

　단테와 다른 두 사람은 긴 복도를 횃불로 꼼꼼하게 살피며 걸어갔다.

　마르티노가 사람들을 불렀다.

　"이쪽으로 오세요. 여기 뭔가가 있어요."

　단테는 페르시아인과 함께 마르티노가 가리키고 있는 곳을 보았다.

　마르티노는 벽을 보고 서 있었다. 그곳의 무언가를 보기 위해서 횃불을 가져갔다. 마치 금속으로 만들어진 한 쌍의 지렛대 같은 것이 벽 속에 끼워져 있었다.

　베네치아인은 그 중 하나를 잡고 온 힘을 다해서 잡아당겼다.

　그 쇠로 된 지렛대는 그의 힘에도 꼼짝하지 않았다. 마치 세월의 흐름 속에서 벽에 묻혀 버린 것처럼. 그러자 칸스바르도 앞으로 나와서 두 번째 지렛대를 온 힘을 다해서 당겨 보았지만 아무런 반응도 없었다.

　두 남자는 의기소침한 얼굴로 서로 시선을 교환했다.

　"이건 마치 더 이상 사용할 수 없는 기계 같군요."

　마르티노가 말했다.

"이렇게 오랜 시간이 흐른 후에 다시 작동한다는 건 무리겠
지요……."

"잠시만요."

단테가 그의 말을 멈췄다.

"만약 기계가 작동하는 원리가 풍차와 비슷하다면 아마 작동
하는 방법도 비슷할 겁니다."

풍차를 움직이려면 두 개의 지렛대를 동시에 움직여야 하는
것이다.

"이 지렛대를 내 쪽으로 움직이십시오. 나는 이쪽에 있는 지
렛대를 반대로 움직이겠습니다. 그러면 이 두 지렛대는 나란하
게 될 겁니다."

시인은 온 힘을 다해서 지렛대를 당겼고 다른 두 사람도 다른
편에서 힘껏 지렛대를 끌어 당겼다.

잠시 동안 아무 일도 일어나지 않았다. 그러고 나서 매우 천
천히 벽 뒤편에 있는 쇠로 된 기관이 작동하기 시작했다. 멀리
서 녹과 벽돌이 조금씩 땅에 떨어지는 소리가 들렸다.

시인은 거칠게 숨을 몰아쉬면서 지렛대 앞에 무릎을 꿇고 있
었다.

위쪽에서 먼지가 떨어지기 시작하면서 위태롭고 커다란 소리
가 울려 퍼졌다.

다시 중앙으로 돌아가기 전에 그는 잠깐 머리를 들어 별들이
그려진 나무판을 올려다 보았다. 그것은 수많은 조각으로 분리
되어 여러 색 유리로 장식된 바닥을 비추고 있었다.

천장 전체가 조금씩 움직이기 시작했다. 무언가 삐걱거리는

마찰음이 들려왔다.

커다란 행성들이 그것들의 궤적을 따라 돌기 시작했다. 그리고 그 옆에 쌓여 있던 먼지들이 떨어지며 햇빛과 섞여 빛나기 시작했다. 그러자 그곳은 마치 천문대처럼 변해 버렸다.

잠시 단테는 자신이 피렌체의 언덕으로 돌아간 것 같다는 생각이 들었다. 언젠가 빛이 쏟아지는 여름 밤의 하늘 아래 있었던 곳으로. 하지만 단테는 칸스바르가 부르는 소리에 다시 자신이 동굴에 있다는 사실을 깨달았다. 페르시아인이 팔을 천장으로 들어 올리면서 말했다.

"보시오. 어떻게 황제의 기술자가 피타고라스와 유클리드의 생각을 옮겨 놓았는지를! 그들은 완벽한 기하학적 해석을 통해 천체의 운동을 옮겼으며 간결하고 잘 정리된 공간을 통해서 행성을 배치했고 프톨레마이오스처럼 복잡한 해석과 계산을 하지 않고도 행성의 운동을 그려냈습니다."

단테는 눈으로 그가 가리키고 있는 점들을 보았다.

그는 모든 가능한 방식을 통해서 자신의 지식을 지키려 했지만 점차 그것에 대한 확신이 사라지는 것을 느꼈다. 시선을 떼었다. 그리고 조금 혼란스러워졌다.

그 순간 다른 사람들의 고함 소리를 듣고 다시 시선을 들어 천장을 바라보았다.

천공을 움직이는 기관이 옆으로 쓰러지고 있었다. 물의 힘으로 계속 돌아가면서 말이다.

어떤 행성들은 천장의 표면과 부딪히기도 했고 또 어떤 행성들은 자신들을 천장에 매달고 있던 쇠사슬과 함께 땅으로 떨어지기 시작했다.

그들은 벽에 붙은 조각을 위한 반원형 공간으로 뛰어가서 몸을 숨겼다. 얼마 지나지 않아 수많은 먼지들이 자욱하게 내려앉으며 기관이 땅에 떨어졌다.

기관이 부서지면서 더 자욱하게 피어올랐던 먼지가 가라앉자 그 공간은 마치 미로처럼 변했다.

칸스바르가 제일 먼저 몸을 움직여 입구 쪽으로 향했다.

"이제 아무도 이 장면을 다시 볼 수 없을 겁니다. 우리가 마지막 사람들인거지요."

그가 눈을 반짝이며 말했다.

"그래서는 안 되지요."

단테가 중얼거렸다.

"그럼 지금 신은 어디에 있습니까."

"빛 속에."

페르시아인이 태양이 비추고 있는 고대의 왕좌를 가리키며 대답했다.

"그리고 어둠 속에."

마르티노가 덧붙였다. 그는 반대편의 어둠으로 이어지는 공간을 손으로 가리켰다.

그리고 그들은 다시 입구로 되돌아왔고 인사도 하지 않은 채 헤어졌다.

단테는 여관으로 돌아가는 좁고 미로 같은 길을 천천히 지나며 생각에 빠져 있었다. 그는 자신이 본 사실과 투쟁하고 있었다. 악몽을 만들어 내는 어둠의 왕국에서 빠져나오려고 노력하고 있었다. 난파된 배에서 부유하고 있는 것 같은 느낌에서 벗어나기 위해서 그는 모든 일을 다 때려치우고 다시 글을 쓰고 싶었다. 하지만 그의 영혼은 아무것에도 관심이 없는 귀머거리 같았다. 사랑의 노래는 더 이상 영혼의 내면으로부터 울려오지 않았다. 이제 어떻게 하지? 그가 상상한 모든 환상이 그의 내부에서 뒤섞이고 있을 뿐이었다. 그래, 차라리 다른 생각을 해야겠다. 하지만 뭘 생각해야 하지? 그는 절망했다.

그는 계속해서 걸었다. 고개를 숙인 채 모자와 깃에 머리를 파묻고 강가를 향해 나아갔다. 그의 앞에 커다란 광장이 나타났다. 이런저런 물건을 파는 마차들이 서 있었고 주변에는 다 무너져가는 탑처럼 높게 지어진 낡은 집이 보였다. 하지만 피렌체와는 달리 나무 대신 돌과 벽돌을 사용한 집들이었다.

건물의 네모난 형태는 마치 잘 짜인 커다란 천같은 느낌을 주었다. 1층에는 수많은 가게, 마차, 마굿간들이 복잡하게 얽히고 설켜서 악취로 가득 차 있었다.

이곳만 보면 마치 로마의 어느 지역에도 잘 정돈된 길은 없는 듯했다. 이 도로를 기획한 사람은 아마 정신 나간 사람이었을 것이다.

단테는 계속해서 사람들 사이를 걸어갔다. 그들 중 몇 사람은 길에 드러누워 있기도 했으며 가게와 가게 사이를 헤집고 다니기도 했다. 그는 그가 보고 있는 것들을 즐겼다. 지금까지 그는 로마가 커다란 기억의 무덤이며 매우 적은 인구가 살고 있다고 생각했다. 그럼 그 적은 인구가 이곳에 모여 회합이라도 하는 것일까? 이 좁은 길을 헤치고 다니면서 말이다. 여기 있는 사람들은 매우 다혈질인 것 같았다. 사람들은 서로 소리를 지르고 술을 마시기도 했으며 서로 인사하기도 했다. 또, 싸우기도 하고 이해할 수 없는 이유로 갑자기 길에서 폭소를 터뜨리기도 했다.

갑자기 마음 속에서 울화가 치밀어올랐다. 고대 로마의 황제에게 왕관을 씌워 주었던 민중은 도대체 어디에 남아 있는 것일까?

그는 주변 사람들이 하는 말을 유심히 들으며 그들의 얼굴을 살펴보았다. 하지만 그들의 주둥이에서 쏟아지는 말치고 거칠지 않은 표현은 없었다. 교양없는 토스카나 농부가 쓰는 말투와 비슷하거나 그것보다 심했으면 심했지 덜하지는 않았다.

폐허로 남은 도시가 도시의 사람들 모두에게 영향을 끼치고 있는 것일까? 한 시대를 풍미했던 이 도시에서 어떤 곳은 창틀이 부서져 있었고, 기둥이나 아치가 무너져 내린 곳도 있었으며, 간혹 부서진 수로도 눈에 띄었다. 사람들도 마찬가지 였다. 눈은 반짝이지만 입술이 비틀려 있거나 팔이 부러져 있는 이들이 부지기수였다.

단테는 이 도시의 위정자들이 대체 무슨 일을 하는지 궁금해졌다. 그들은 수많은 분수들을 열어 놓았으면서도 왜 사람들이 식수를 긷는 강은 신경쓰지 않아 계속, 홍수가 나도록 놓아 두는 것일까. 도시가 점차 파손되어가는데도 불구하고 말이다.

사실 이 도시는 너무 낡았고 수많은 기억들과 과거의 유령들로 가득 차 있었다. 어쩌면 고대 아퀼레이아의 시민들이 아틸라에게 짓밟혔을 때 다른 곳으로 가서 인간과 신이 어울리는 새

도시를 건설했던 것처럼 어디론가 멀리 떠나야할지도 몰랐다.

그때 누가 옷을 꽉 잡아 끄는 바람에 걸음을 멈춰야 했다. 그는 놀라서 주변을 둘러보았다. 아치형 문틈에서 뻗어 나온 팔이 그를 잡았던 것이다.

"선생님, 왜 그렇게 바쁘세요? 잠시 쉬어가세요. 밖에 비도 오고 있잖아요. 안에 불도 있고 포도주도 있어요."

본능적으로 이곳을 피해야 한다고 생각했다. 하지만 길이 너무 좁아서 멈출 수밖에 없었다. 오히려 움직이다가 그녀에게 더 가까이 가고 말았다. 그녀는 가슴이 보이는 알록달록하고 생동감 넘치는 옷을 입고 있었다. 얼굴에는 인상 쓸 일이 많아서 생긴 주름살이 보였다. 두터운 화장도 세월을 가리지 못했다.

"이리 와요. 뭘 그렇게 두려워해요?"

여인이 말했다. 온 힘을 다해 그를 잡으면서.

"당신 같은 남자가 말이에요. 잠시 목을 축이면서 피로를 풀고 가세요."

"날 좀 그냥 내버려 둬요."

단테가 소리쳤다.

힘으로 빠져나오려 했지만 잘 되지 않았다. 집 안쪽에서 다른 여자의 목소리가 들렸다.

"그냥 가게 놔 둬요, 마리아. 그는 우리와 어울릴 사람이 아니에요."

단테는 머리를 맞은 듯한 충격을 받았다. 지금 말한 여인의 피렌체 말투 때문이기도 했지만 그는 그 목소리를 알고 있었다.

"피에트라…… 당신이요?"

그는 너무도 놀라 입을 다물 수가 없었다.

문 옆에 두 번째 여자가 기대 서 있었다. 그녀는 더 젊어 보였고 부드러운 곱슬머리에 가는 허리, 그리고 녹색의 눈을 가졌으며 얼굴은 마치 고양이 같은 느낌을 주었다.

"아, 당신이군."

단테는 확신하지 못하고 다시 말했다.

"도대체 로마에서 뭘 하는 거요?"

젊은 여자가 웃음을 터뜨렸다.

단테는 냉소적이지만 세련되지 못한 웃음소리를 잘 알고 있었다.

그녀의 미소는 여신의 환희와는 거리가 멀었다. 그녀는 늘 도시의 구석진 골목에 있었다. 그녀는 관능적으로 보이기 위해서 웃었지만 그 소리는 신음소리로밖에 들리지 않았다.

"희년 이후에는 누구나 로마로 찾아오죠. 선생님이든 시인이든 말이에요. 그렇다면 창녀라고 이곳에 못 올 이유가 어디 있겠어요? 당신은 성스러운 당신 부인을 위해서 깨끗한 시트를 따로 준비해 놓은 모양이죠?"

단테는 드디어 먼젓번 여자의 팔에서 자유로워지는 것을 느끼며 대답했다.

"아니요…… 도대체 무슨 말을 하는 거요? 그리고 난 더 이상 피렌체의 집정관도 아니고 단지 피렌체의 대사일 뿐이오."

젊은 여인이 다시 웃기 시작했다. 그리고는 다시 허스키한 목소리로 말을 이었다.

"알고 있어요. 이불 밑에서 얼마나 많은 세상 이야기가 오가는지 알아요? 하지만 큰 일을 도모하는 장소는 아니죠. 단지 허기를 달래고 사랑을 나누는 곳일 뿐이랍니다."

"물론 나는 그 두 가지 다 필요없죠."

단테가 주변으로부터 자신을 지키려는 듯 옷을 가다듬으며 대답했다.

피에트라는 마치 단테를 연구하고 있는 듯했다. 눈을 반쯤 뜨고 입술을 다물고 있어서 마치 한 마리 고양이 같았다.

단테는 그녀에게서 악취를 느꼈다. 값싼 향수와 몸냄새가 뒤섞인 그런 냄새.

"어쨌든 안 들어갈 거예요?"

그녀가 무심하게 물었다.

"안 들어갈 거요."

"좋아요. 그럼 이제 저리 가세요. 당신 때문에 손님을 못 받고 있잖아요."

단테는 매우 신경질적으로 그곳을 떠났다. 하지만 잠시 후에 멈춰 서서 그녀를 돌아보며 말했다.

"누가 나에 대해서 얘기했소?"

"사람들. 상인들이죠."

만약 피에트라가 막 피렌체에서 도착한 사람을 만났다면 어쩌면 그가 출발한 후의 피렌체에 관한 소식을 들을 수 있을지도 몰랐다.

그는 다시 급하게 그녀에게 돌아갔다. 그는 피에트라가 하는 말을 듣고 싶었다.

"당신, 이제 욕구가 생겼나요?"

그녀가 냉랭하게 물었다.

"그런 것은 아니요. 다만 알고 싶은 것이 있소."

"피렌체에 대해서 말인가요?"

그녀가 말했다.

피에트라는 매우 냉정하고 공격적인 표정을 짓고 있었다. 그녀는 갑자기 그의 손을 꼭 잡았고 좁은 구석으로 갔다. 피에트라가 그의 얼굴을 쳐다보았다. 그는 귀에 습한 공기가 밀려오는 것을 느꼈다. 숨결을 섞어 그녀가 그의 귀에 대고 말했다.

"그럼, 안으로 들어와요."

그녀의 숨결이 그의 목을 간지럽혔다.

복도를 지나 좁은 나무계단을 올라갔다. 그곳에는 허름한 작은 방이 있었다.

낯선 느낌으로 가득 찬 공간이었다. 여인은 그에게로 돌아서며 마치 여왕이 자신의 방을 보여 주는 것처럼 말했다.

"라지아 부인의 방과 비교해도 나쁘지 않죠?"

그녀가 한 귀퉁이에 앉으면서 깔깔거렸다. 그녀는 벽에 기대어 두 다리를 손으로 감싸 안았다.

시인도 허름한 지붕 아래 앉았다. 천으로 가려진 문 뒤로 모호한 발자국 소리들이 들려왔다. 그는 자신의 얼굴을 차갑게 바라보고 있는 녹색 눈동자를 느꼈다.

"자, 이제 피렌체에 대해 아는 걸 말해줘요."

단테가 불쾌한 느낌을 받으며 말했다.

"아직도 그 개 같은 도시에 미련이 있어요?"

"무슨 말이요?"

"그 도시에서 잘 돌아가는 건 별로 없어요."

"잘 돌아가는 게 별로 없다니? 그게 무슨 말이오?"

단테는 자신에게 대사직을 맡긴 피렌체를 신뢰하고 있었다.

"아마도 안 돌아가는 게 더 좋을 거예요."

"무슨 일이 있소? 왜 그런 말을 하는 거요?

피에트라는 어깨를 움찔거렸다.

"그렇게들 말해요."

단테는 입술을 조용히 꽉 깨물었다. 하지만 곧 어깨를 으쓱였다. 피에트라가 뭘 어떻게 이해했는지, 누구를 만났는지는 알 수 없는 일이었다.

"참, 베아트리체가 누구예요?"

갑자기 그녀가 물어왔다.

단테는 잠시 딴 생각을 하느라 질문을 못 들었다.

"뭐라고?"

"베아트리체 말이에요. 당신이 쓴 글에 나오는 포르티나리의 여인."

"그녀에 대해서 뭘 알고 있소?"

피에트라는 정신없이 웃기 시작했다. 공허하면서도 뭔가 뒤틀린 듯한 웃음이었다.

입을 벌리고 크게 웃어대는 그녀의 웃음소리 때문에 단테는 괴로웠다.

"당신의 현명한 친구들만 당신 뒤에서 웃는다고 생각해요? 피렌체 라지아 부인의 집에도 글을 읽을 줄 아는 사람이 있어요. 그래서 종종 아침에 그녀 옆에서 책 읽는 것을 듣기도 하죠."

"책을, 그것도 라지아의 집에서 말이오?"

그가 갈라진 목소리로 되물었다.

"말은 멀리 퍼져요. 그리고 아주 먼 곳에 도달하기도 하죠. 당신은 말을 굉장히 많이 하잖아요. 당신이 쓴 게 사실인가요?"

"뭐가 말이오?"

"꿈, 저린 가슴, 신의 사랑. 정말 그 여자는 걸으면서 대기를 진동시키나요?"

단테는 눈썹을 꿈틀거렸고 온 힘을 다해 당시에 느꼈던 마음의 상처를 극복하려고 노력했다. 그는 두 손으로 머리를 감싸면서 말했다.

"그건 단지 시적 이미지일 뿐이오."

그가 이를 악물고 중얼거렸다. 고통스러움이 가중되면서 화가 머리끝까지 치밀어 올랐다. 화가 날수록 고통은 더 강렬해졌다.

왜 이딴 것을 창녀에게 설명해야만 하는 것일까?

"어떻게 그것을 이해했소?"

대답 없이 그 여자는 옷을 벗고 누드로 침대에 누웠다. 튜닉은 아직 걸치고 있었다.

하지만 그녀에게서 그는 아무 욕망도 느끼지 못했다.

단지 고단한 삶을 살아온 마른 육체가 놓여 있을 뿐이었다.

또 한번 그가 승리한 것이다.

"당신은 다시 고통스러운가요?"

그의 눈썹이 다시 괴롭게 꿈틀거리는 것을 보고 그녀가 그의 마음을 알아 챈 듯 물어보았다.

눈을 계속 감고 있자 그녀의 손이 이마를 쓸었다. 그리고 자기의 얼굴을 갖다 대었다. 단테는 야생의 향기가 느껴지는 여자의 부드러운 피부가 뺨에 와 닿는 것을 느꼈다.

옷을 벗기려는 여인의 손과 다투면서 그의 머릿속에 수많은 이미지의 잔상들이 스쳐지나갔다. 이 무가치한 상황에 충격을 받아 공포가 밀려오는 것 같았다. 단테는 이런 상황에서 벗어나려고 했지만 정신적으로 화가 난 것과는 달리 점차 힘이 빠졌다. 그녀가 그의 몸을 조종하고 있는 것 같았다. 어쩌면 인류 역사상 가장 오래 되었을지도 모르는 미천한 직업의 여자가 말이다.

오랫동안 여자를 잊고 지냈던 그의 육체가 참을 수 없이 무너져 내렸다.

단테는 그녀에게 그녀 자신을 사랑하라고 외쳤다. 하지만 그의 몸은 그가 어떤 감정을 느끼는지 혼동스러워하고 있었다. 아마도 화가 났으면서도 우스꽝스러운 감정 같았다.

"당신은 나를 사랑하지 않아요. 당신은 아무도 사랑하지 않죠."

XII 조토의 여인

11월 15일, 밤

단테는 피곤한 무릎을 들썩여 보았다. 그가 있는 방의 작은 창문에서는 빛이 거의 들어오지 않았다. 단지 비 오는 소리만 끊임없이 들릴 뿐이었다. 그래도 동이 터오는지 조금씩 밝아오는 방에서 그의 옆에서는 피에트라가 마치 고양이처럼 팔에 머리를 묻고 잠들어 있었다. 단테는 몇 시간 전에 자신이 느꼈던 그 매력적인 여인으로부터 몸을 떼었다. 그를 어지럽혔던 낯선 향기는 더 이상 느껴지지 않았다. 그는 어깨 너머에 있는 벽을 향해 눈을 감고 잠시 누워 허무함을 느꼈다.

어떻게 아무것도 못 할 수가 있었을까? 멈출 수 없이 찾아온 여인의 매력이 어떻게 아무 느낌도 없이 몸속에서 사라져 버렸을까?

친구 카발칸티의 시구가 떠올랐다. 사랑은 아마도 눈먼 본능이며 열정은 이성적인 영혼의 의지를 무너뜨린다.

하지만 전날 밤 일은 육체적인 격정이었다기 보다는 습기 많은 골방 속에서 일어난 투쟁이었다. 그는 잠시 피에트라의 손을 잡고 그녀를 강하게 끌어 안았다. 다시 그녀의 육체를 느끼고 싶었고 자신을 이기려 하는 비밀스러운 힘에 순응하려 했다. 그녀가 아직도 잠에 취한 눈을 떴다. 하지만 지금 무슨 일이 벌어지는지 잘 이해 못한 듯 아무 느낌 없는 평온한 눈으로 그를 쳐다보았다.

그러자 매우 화가 났다. 피에트라는 아직도 그녀의 비이성적인 영혼에 꿈을 지배당하고 있는 듯 누워 있었다.

그가 가려 했지만 결국 가지 못한 길.

그는 때리고 싶은 충동을 억누르며 그녀를 꼭 안았다. 그는 그녀의 꿈을 깨우고 현실의 고통에 대해 알려주고 싶었다. 그녀가 그를 밀어내고 있을 때 문밖에서 소리가 들렸다. 그리고 누군가 발로 문을 차서 열었다. 단테는 무기를 들고 침대를 둘러싼 남자들을 보았다. 무슨 일이 일어나고 있는지 알가 수 없었다. 그들은 손에 철장갑을 끼고 나가는 길을 막아선 채 그에게 일어나라고 손짓하며 말했다.

"당신이 피렌체 출신의 단테 알리기에리 경이요?"

우두머리로 보이는 자가 거칠게 물었다.

적어도 다섯 명은 되어 보였다. 피에트라도 짧은 비명을 지르며 정신을 차렸다. 얼굴이 공포로 하얗게 질려 있었다.

그는 한숨을 내쉬며 이 사람들이 이렇게 공격적으로 나오는 이유를 찾으려 했다.

그들의 가슴에 카에타니 가문의 파도 문양이 보였다. 아마도 기병장교와 같은 조직에 속한 성의 경계병들인 모양이었다. 그는 문양을 더 자세히 확인하고 싶어서 빠르게 눈길을 옮겼다.

그런데 문에 여섯 번째 인물이 모습을 드러냈다. 검은 옷에 흰 두건을 쓰고 있는 것으로 보아 그는 도미니크 수도회의 수사였다.

"당신이 알리기에리요?"

수사가 차가운 목소리로 다시 물었다.

"그렇소. 내게 무엇을 원하시오?"

"로마의 이단심문소에서 당신에게 몇 가지 물어볼 게 있소."

그가 매우 간단하게 말했다.

그리고 위엄 있는 목소리로 주변에 있는 사람들을 둘러보며 말했다.

"그에게 옷 입을 시간을 주어라. 도망갈 것 같지는 않으니 괜찮다."

그들은 단테의 손을 놓아 주었지만 여전히 그를 주시하고 있었다. 그제야 단테는 자신이 벌거벗고 있다는 사실을 깨닫고 부끄러움을 느꼈다. 그는 화가 나서 땅에 떨어진 옷을 주워 재빨리 입기 시작했다. 경계병들의 아이러니한 눈동자 아래에서.

갑자기 단테는 벗은 몸에 대한 부끄러움이 아마도 죄 많은 영혼에게 주어지는 고문들 중 하나일 거라는 생각이 들었다.

이 시간대면 늘 그렇듯 밖에는 행인들이 많았다. 그들이 호기심 가득한 눈으로 지켜보는 가운데 경계병이 그를 마차 안으로 밀어넣었다.

단테는 사람들이 병사들을 두려워하고 있다는 걸 알았지만 그들끼리 주고받는 냉소적인 듯한 대화는 통 알아들을 수가 없었다.

"저리들 비켜."

창으로 사람들을 밀면서 경계병 중 한 명이 외쳤다.

"이봐, 너도 법원에서 열릴 무도회에 참석하고 싶은가?"

마차가 요동치며 자갈길을 달리기 시작했다. 마차가 구부러진 골목을 미끄러져 갈 때 반라의 몸으로 얼굴을 내밀고 쳐다보는 피에트라의 모습이 보였다.

단테는 그녀가 무언가를 이야기하는 것 같았지만 어쩌면 그저 환영일 뿐인지도 몰랐다. 마차는 오래가지 않았다. 하지만 그것만으로는 경비병들의 우람한 체구들 사이에 끼어 자신이 어디로 가고 있는지 알기는 불가능했다.

단지 구부러진 골목 때문에 어렵사리 나아가고 있는 마차의 상태를 알 수 있을 뿐이었다. 때때로 마차가 멈추기 직전까지 속도를 늦춰야 하는 힘든 길도 있는 것 같았다. 그러다가 어느 순간 마차가 평탄한 길을 달리고 있음을 눈치 챘다. 그리고 잠시 후 마차가 멈췄다. 그는 마차에 탈 때와 마찬가지로 거칠게 밖으로 끌려나왔다.

단테는 네 기둥으로 둘러싸인 넓은 공간에 있는 자신을 발견했다. 마치 어느 큰 건물의 안뜰 같아 보였다. 수사가 그를 지나쳐 사라지며 빠르게 회랑의 기둥 쪽으로 나아갔다. 수사를 따라 경비병들이 위층으로 향하는 계단으로 그를 끌고갔다.

　계단 위의 복도는 불이 밝혀져 있었으며 매우 좁았고 창문이 규칙적으로 배열되어 있었다. 그 복도 끝에서 새로운 공간이 모습을 드러냈다. 크지 않은 텅 빈 방이었다.

　커다란 책상이 방 한가운데에 놓여 있었다. 마치 높은 제단처럼 말이다. 그 뒤편에 대여섯 명의 수사들이 앉아 있었다. 입고 있는 옷으로 보아 도미니크 수도회와 프란체스코 수도회의 수사들인 것 같았다. 그 중에서 한 사람만 보통 사람처럼 옷을 입고 목에 줄로 묶은 작은 십자가를 걸고 있었다. 그리고 그들 뒤에는 커다란 나무 십자가가 걸려 있었다.

　누군가 그를 눌러 그 수사들 앞에 꿇어 앉혔다. 하지만 그들이 힘을 주지 않자 그는 다시 일어섰다.

　"도대체 내게서 뭘 원하는 거요? 나는 피렌체의 대사요!"

　그가 소리쳤다.

　그들은 그의 행동을 보고 서로 짧게 시선을 교환했다.

　그러고 나서 성직자 옷을 입은 사람이 손가락으로 그를 가리키며 말했다.

　"이 법정 안에서는 오랜 세월 동안 그대가 뭘 했는지는 중요하지 않소. 당신이 하는 일이 무엇이든 여기서는 당신에게 죄에 대한 형벌을 내릴 뿐이오. 당신은 마음 속에 불경한 나무를 심고 불신, 오만, 음란함과 같은 좋지 않은 물을 주며 기르고 있소."

　"무엇에 대해서 말하는 거요? 뭘 가지고 나를 고발하는 거죠?"

　시인이 물었다.

그 사람은 책상 위에 놓여 있는 종이 뭉치를 손으로 쾅 내리쳤고 그것을 시인의 눈 앞에 내팽개쳤다.

"이것은 당신이 아끼는 작품을 베낀 필사본이오. 도대체 이 시에서 뭘 표현하려고 한 거요, 메세르 알리기에리? 어디에 당신이 이야기하는 죽음의 숲이 있지? 그리고 당신의 걸음을 막은 그 세 동물은 누구를 뜻하는 거요?"

"이 시는 죄의 숲에서 헤매는 영혼의 상실에 관한 이야기요. 그리고 동물들은 우리의 의식 속에 숨어 있는 어두운 힘에 대한 생동감 넘치는 알레고리죠."

그는 자신의 귀를 의심하며 대답했다.

"왜 당신은 고귀한 세 동물을 곡해의 용도로 사용한 거요? 이 상징은 프랑스 왕실과 로마의 상징을 머리에 떠오르게 만들지 않소? 비열한 짓이오. 아니면, 로마의 성하나 군주를 혼란스럽게 하고 명예를 땅에 떨어뜨리려고 한 거요?"

"아니오."

단테가 대답했다. 하지만 목소리가 떨리는 것은 감출 수가 없었다.

물론이다. 늑대는 교회의 부패를, 사자는 프랑스의 왕을 상징할 수도 있다. 하지만 단테는 자기 생각과는 다르게 대답했다.

"아니오. 난 그런 사실을 염두에 두고 이 글을 쓴 게 아니오……."

"그럼 왜 이 글을 쓴 거요? 민중의 보편적인 경험과는 매우 먼 이야기가 아니오? 그들은 산 자든 죽은 자든 간에 가까이에 있는 이미지만 보게 되지 않소? 우리의 믿음을 지키는 우리 신부들을 현혹시키려는 거요? 앞으로는 도대체 어떤 이야기를 덧붙일 거요?"

"뭘 쓸지는 말로 표현하기 어렵소. 왜냐하면 단어는 펜으로 쓰는 것이며 매우 정확한 음과 규칙을 따라 쓰여져 위대한 질서를 갖게 됩니다. 난 진실을 쓸 거요. 명료하고 논리적인 사고를 통해 자연의 비밀을 넘어 신의 목소리를 쓸 겁니다."

"이런, 당신 같은 평신도가 신의 목소리를 흉내내려 한단 말인가! 마치 신의 예언자나 은총을 입은 사람처럼! 거만 떠는 타락한 영혼 같으니라고!"

한 이단재판관이 목에 건 십자가를 움켜쥐며 소리 질렀다.

"그런 불경한 내용을 쓰고도 후회하지도 않고, 천벌도 두려워하지 않고, 자기 자신도 두렵지 않은가? 어둠의 스승들이 나락으로 떨어지는 길을 설교하게 하고 불행한 독자를 그 길로 인도할 건가? 고대의 권위와 여자의 꽁무니나 졸졸 쫓아다니면서 뭐하는 거지, 메세르 단테? 당신은 인간에게 새 삶을 주기 위한 신의 끝없는 가시밭길을 느끼지 못하는가? 어떻게 그런 일을 벌일 수 있는 건가. 유대인조차 자신들이 신 옆에 앉게 될 선택된 민족이라고 믿으며 삼가고 있거늘! 도대체 왜 이렇게 참람한 것인가?"

단테는 고개를 숙였다.

"그건 단지 허구적인 시로서 범죄를 저지를 사람들에게 교훈을 주기 위해 쓴 것뿐이오. 인간의 약한 모습을 지적하면서 말이오."

"우리의 약한 모습이라……. 당신은 인간이 어쩔 수 없는 범죄자라고 생각하는 거요? 그리스도처럼 빛나는 신은 불완전한 존재를 만들지 않지. 그러면 인간을 몹쓸 신이 만들었다는 거요? 우리가 부정한 무언가를 상속받았다는 말인가?"

다른 사람이 받아쳤다.

단테는 그가 하는 말들에 악의가 있다는 사실을 눈치 챘다. 이 자들은 나를 이단자 카타리의 믿음에 연루시켜 함정에 함정에 빠뜨리려는 거군. 그는 주먹을 쥔 채 자신의 말을 매우 조심스럽게 표현하려고 머리를 굴리기 시작했다.

"무얼 믿는 거요, 메세르 단테?"

다른 사람이 다시 물었다.

수사들이 빨리 말하라고 그를 재촉했다.

시인은 고개를 들고 말했다.

"나는 알려진 진실을 믿소. 교회가 수년간 지켜온 지혜로움은 매우 질서정연하고 정확한 것이오. 그리고 내가 도난당한 시는 단지 영혼의 구원에 대한 비유일 뿐이오. 인간의 죄와 합당한 벌, 선함과 신의 위대한 영광을 다루는 거요. 비유적으로 저승의 이야기를 통해 구원에 대한 교훈을 주려 한 것뿐이오. 왜냐하면 저승에서 신은 인간을 벌할 수도 옆에 앉힐 수도 있는 전지전능한 존재이기 때문이오."

이단재판관들은 재빠르게 시선을 교환했고 그들의 수장이 그에게 다시 질문했다.

"그럼 왜 당신은 이 책을 사실처럼 민중의 언어로 쓴 거요? 당신이 직접 무지한 사람들에게 호소하려고 그런 게 아니오? 그들에게 그런 저승 여행이 앞으로 진짜 일어날 것이라고 믿게 만들면서. 그리고 그 동물들을 마치 악의 상징처럼 묘사하여 당신은 혹시 새로운 아폴리나리우스의 종파를 추종하거나 마법사 시몬처럼 행동하는 것 아니오?”

“나는 단지 신부가 사용하는 것보다 덜 고귀한 언어가 잘 사용되기를 원했을 뿐이오. 또, 내 작품이 뛰어난 시로 받아들여지기를 원했을 뿐이오.”

“그럼 당신은 그 언어를 더 잘 구사할 수 있는가? 왜 당신은 문학 작품의 승리를 원하는 거요? 그것도 거짓된 예언이 아니면 아이들의 동화 같은 작품의 승리를. 지옥 여행이라. 아무리 형편없는 교회나 축제, 그리고 촌스러운 길거리 공연도 그것보다는 낫죠. 당신의 글은 괴물 같은 사기와 비슷하단 말이오.”

“뭐라고요? 사기라고요?”

단테가 힘없는 목소리로 대답했다.

“당신 글에는 속임수가 숨겨져 있소. 악마 같은 낯선 글 속에 비밀스러운 알레고리와 환상들이 있지 않소? 마치 미친 개가 로마의 늑대를 물려는 거 같소! 당신은 누구를 혼란스럽게 만들려는 것이오, 메세르 단테? 당신도 황제가 돌아오기를 바라는 거요? 마치 콜론나 가문처럼 비굴하게? 왜 당신을 이끌어주는 사람으로 이교도인 베르길리우스를 선택한 거지? 그것도 마법사처럼. 왜 당신은 성인이나 교부에게 도움을 청하지 않았소?”

“난 단지 베르길리우스의 선례를 따른 것뿐이오. 왜냐면……”

단테는 대답하려고 했지만 목에서 말이 나오지 않았다. 너무나 많은 것을 설명해야 했기 때문이다. 그는 깊이 한숨을 쉬며 다시 말했다.

"왜냐하면 악으로 가득 찬 어둠 속에서는 단지 이성의 힘만이 위안을 주기 때문이죠. 베르길리우스는 오랜 세월 동안 우리의 정신적 힘의 상징처럼 여겨졌어요. 하지만 이 여행의 이야기가 빛으로 나아갈 때는 다른 사람의 영혼이 나의 이야기에 등장할 거요."

"다른 사람이라고? 그건 누구요?"

단테는 잠시 침묵했다. 그리고 주먹을 꽉 쥐고 불확실하게 대답했다.

"아직 정하지 못했소. 아마 성 베르나르두스[†]가 될 거요⋯⋯."

그 순간 이단재판관들은 안도하는 눈빛을 비쳤고 서로 조용히 토론을 벌였다.

"왜 하필 성 베르나르두스요?"

한 수사가 의심스러워 하며 다시 물어보았다.

"왜 성 베드로나 성 요한이 아니오? 성전의 질서를 세운 사람이라 그렇소? 당신이 성인의 이름 뒤에서 찬송하려는 게 뭐요?"

단테는 대답하지 않았다. 그는 주먹을 꽉 쥐고 자랑스럽게 고개를 들었다.

방금 전까지 그를 몰아세웠던 공포가 마치 햇살 아래의 눈처

[†] 클레르보의 초대수도원장으로 개혁운동을 추진하여 베네딕트 파로부터 완전히 독립했다. 개인적으로는 금욕의 실행과 강력한 설교자의 명성으로 수도사들의 영적 충고자이자 전 수도회에서 가장 영향력 있고 유명한 인물.

럼 순식간에 녹아 없어졌다.

그는 자신의 꿈과 계획이 모두 사라지는 것을 느꼈다. 단지 아직 완수해야 할 일이 남아 있었다. 그렇지 않았다면 그는 마지막 순간까지 이들에게 복종하지 않았을 것이다.

"난 단테 알리기에리요. 피렌체의 대사요. 나는 교황 성하와 함께 내 고국의 운명을 논하기 위해 왔소. 그런 시적 표현이나 알레고리를 논하려던 게 아니오. 내가 갈겨쓴 것이 그렇게 걱정된다면 태워 버리시오."

그 이단재판관은 믿지 못하겠다는 듯 뒤에 있는 사람들을 쳐다보았고 다들 수근거렸다.

그 남자는 혀로 입술을 핥으며 천천히 주변을 돌아보고 승리의 표정을 지었다.

"그러니까 당신이 이 종이에 쓴 게 형편없는 것임을 인정하는 거요?"

단테는 간단히 머리를 끄덕였다.

그들은 서로 시선을 교환하며 당혹스러워했다.

"우리가 고발한 게 뭔지 명확해졌소?"

잠시 후에 이단재판관이 또 물었다.

단테는 그의 말과 표정에서 만족스러워 한다는 것을 느꼈다. 잠시 조용해진 후에 그가 다시 물었다.

"이 이교도적인 기록을 없애도 되겠소?"

단테는 잠시 가만 있다가 어깨를 으쓱해 보였다.

그의 반응은 이단재판관들로서는 꽤 만족스러웠다. 그들의 수장이 경계병에게 그를 데리고 나가라고 명령했다. 그는 밖으로 나올 수 있었다. 하지만 그의 정신은 아직도 불타고 있었다.

단테는 두 명의 경계병에게 이끌려 계단을 내려왔고 그들은 단테를 문밖에 두고 돌아갔다.

자유로워졌다. 어두운 하늘에서 천둥이 치고 비가 내렸다.

놀라서 몇 걸음 걷다가 그는 광장 한 가운데에서 멈춰 섰다. 그곳에는 로마 시대의 우물과 길바닥이 아직도 남아 있었다. 단테는 빗물이 자신의 피부를 타고 머리에서 목으로 흘러 옷을 적시고 있는 것도 느껴지지 않았다.

다시 멀지 않은 곳에서 뱀 같은 모양의 천둥이 쳤다. 그는 손바닥으로 눈을 가리고 하늘의 어두운 구름을 쳐다보았다. 저 위에서 무슨 일이 있는 걸까? 무엇이 저걸 녹여 홍수처럼 쏟아지게 하는 것일까? 저게 정말 신의 목소리일까?

아무것도 아니었다. 그는 허무했다. 어쩌면 그리스도는 정말 협잡꾼이었는지도 모르고 대지는 단지 의미없는 돌덩이로 고대에 여러 여신들의 놀이터였는지도 몰랐다. 이곳은 위선의 감정으로 가득한 어두운 영혼들이 살아가는 곳인지도 몰랐다.

처음부터 가치 없는 곳인지도 몰랐다.

진실에서 시선을 돌리고 전설도 방패삼으면서 말이다.

불어오는 바람을 맞으며 그는 주변에 뭐가 있는지 살펴보았다. 하지만 자신이 어디에 있는지 알 수 없었다. 그 순간 단테 앞에 귀도 카발칸티의 모습이 나타났다. 어쩌면 열이 있어 그런 건지도 몰랐지만 분명 그의 얼굴이었고 수염 또한 그가 기르던 그 수염이었다. 사자들의 그늘 속에서 살아나와 그가 살았던 시절의 영광을 자랑하듯 말이다. 그는 비가 쏟아지는 와중에 단테에게 손을 내밀었다.

"드디어 이해했군 그래."

그의 친구인 카발칸티의 영혼이 속삭이고 있었다. 마치 바다 표면에서 울려 퍼지는 메아리 같았다.

"결국 너도 비너스 여신을 충실하게 따르던 우리에게로 돌아왔군 그래. 하지만 우리가 반가워 서로 얼싸안기엔 너무 늦어버렸어."

귀도가 사라졌다. 그의 모습은 흔들리는 물의 잔상 같았다. 단테는 그의 모습을 놓치지 않으려고 주변을 둘러보았다.

우물을 지나자 옆에 교회의 입구가 보였다. 자신이 어디로 가고 있는지도 몰랐고 머리는 열이라도 나듯이 뜨거웠다. 그때 머리를 때리는 비 때문에 정신이 들었다. 잠시 정신을 가다듬었다. 천둥이 치고 있었지만 신경쓸 겨를이 없었다. 그건 정말 귀도의 유령이었을까? 정신이 사나워 꿈을 꾼 것은 아닐까? 그래서 이성을 잃었던 것은 아닐까? 만약에 그에게 귀도가 와서 무언가를 전해주고 싶었다면 그의 말 속에 어떤 숨겨진 내용이 있을 것이다.

그는 귀도의 얼굴을 떠올렸고 그가 한 말과 아이러니한 웃음, 농담, 같이 놀리던 여인들을 생각해 보았다. 그러다가 갑자기 그는 한 가지 생각이 떠올랐다. 꿈이라는 것은 최근에 보았거나 겪은 일 중에서 불확실한 기억과 무언가 놓친 것을 모호하게 담아내는 것이다. 그렇다. 만약 귀도가 그에게 무언가를 말하고 싶었다면…….

이것이다! 조토를 만나야만 한다.

주변 사람들이 알려주는 길을 따라 단테는 결국 콜로라리 거리에 도착할 수 있었다. 골목에 들어서자 대략 여섯 개 정도의 가게가 보였다. 한 소년이 비를 막아주는 천 아래에서 붉은 안료를 만들며 조각처럼 꼼짝도 않고 앉아 있었다.

"얘야, 혹시 조토의 집이 어딘지 아니?"

단테가 물었다.

"피렌체에서 온 화가 말이죠?"

소년은 일하느라 얼굴도 들지 않고 덧붙였다.

"저 끝이에요. 저기 계단 끝이요."

그 길 끝에는 2층 건물이 있었다. 매우 가파른 긴 계단 옆에 있는 그 건물은 예전에는 3층 건물이었던 것 같았다. 단테가 계단을 올라가자 문이 하나 나왔다. 원래 창문이었던 곳이 옆에 긴 계단이 놓이면서 문으로 바뀐 것 같았다. 단테는 문을 두드렸다.

안쪽에서 투덜거리는 거친 목소리가 들렸다.

"지금 일하는 중이오, 가시오!"

"문 열게, 나 단테야."

잠시 침묵이 흐르고 무언가 물건을 옆으로 치우는 소리가 들렸다. 그러고 나서 문이 열리며 조토의 얼굴이 나타났다. "어, 단테. 자네가 왔군 그래……."

그가 말을 끝내기도 전에 단테는 그를 옆으로 밀치며 앞으로 나갔다. 그곳은 매우 커다란 방이었다. 하지만 수많은 도구와 마른 먼지, 오랫동안 말려 있는 종이로 인해 작업하기가 그다지 좋아 보이지는 않았다. 나무 바닥을 밟으며 물건들 사이를 지나

가자 중앙에 둥글게 치워 놓은 공간이 입을 벌리고 있는 것처럼
나타났다.

"자네가 했지!"

"무슨 말이야?"

"여교황 요한나의 석관에 있는 얼굴 말야. 그거 자네가 그린
거잖아."

조토는 무표정하게 친구를 뚫어지게 바라보았다. 그것을 이
야기해줄 필요가 있는지 생각하고 있는 듯했다. 하지만 결국 미
소를 띠고 이 순간을 음미하듯 눈을 반짝이며 물어보았다.

"어떻게 그걸 알았지?"

"거기에 바나의 얼굴을 그렸잖아, 이 사기꾼 같은 놈아!"

"피렌체의 가장 유명한 여가수였지. 내 마음에 늘 남아 있고
살아 있기도 하며 내 피를 타고 흐르는 여자지."

단테는 잠시 상념에 빠져 시선을 돌렸고 조토는 그의 마음을
알아챘다.

"물론 자네도 그렇지만 친구. 자네도 그녀의 아름다운 모습
을 기억하고 있군 그래."

화가는 잠시 입술을 깨물다가 단테에게서 시선을 돌려 구석
에 천으로 덮인 채 놓여 있는 물건을 바라보았다. 그러고는 단
테의 손을 끌고 그곳으로 가서 자랑스러운 목소리로 말했다.

"자, 잘 봐."

그는 단숨에 천을 걷어냈다. 단테는 놀라서 눈을 크게 떴다.

이젤에 성당의 제단에나 어울릴 법한 커다란 크기의 그림이
놓여 있었다.

단테는 손가락으로 그림의 뺨을 만져보았다. 마치 살아 있는 사람처럼 생생한 그림이었다.

"그녀의 목소리가 들리는 것 같지 않나? 나, 정말 잘 그렸지?"

그가 말을 이었다.

그러나 그 작품은 그가 잘 그리던 작품과는 매우 달랐다. 그의 그림 특유의 아름다움에 대한 씁쓸한 느낌이 느껴지지 않았고 차가운 그림자도 드리워져 있지 않았다.

"그 망할 수사들은 아직도 돈을 주지 않고 있어".

그가 소리쳤다. 단테는 그의 말에 주의를 기울이지 않았다. 단지 자신의 의구심이 해소된 것에 만족했다.

단테는 잠시 후에 물어보았다.

"누가 그 그림을 주문했지?"

"몰라. 나는 얼굴을 볼 수가 없었어. 단지 그 사람 주머니에 있는 돈만 보았지. 그가 껄껄거리며 덧붙였다. 하지만 시인이 고개를 숙이고 생각에 잠긴 것을 보고 덧붙였다

"그는 두 시종과 함께 왔는데 그들도 얼굴을 보여 주지 않았어. 나는 그가 아마 장난을 치는 것 같다고 생각했어. 토르나퀴리치 가문을 위해 두 개의 귀를 그렸을 때처럼……. 어, 어디가?"

단테는 상념에 잠겨 여기저기를 걸어 다녔다. 기병장교는 대중의 심리를 말하면서 모든 게 위에서 아래로 흐른다고 했었다. 특히 도시의 아래편에 모인다고 말이다. 단테는 점차 강변으로 나아갔고 캄포 마르치오 광장에서 산타젤로 성으로 이어진 작

은 골목들의 활기를 띤 광경을 보았다. 여기저기서 도착한 순례자의 행렬이 점점 많아졌고 성벽 근처의 가난한 서민들의 집이 보였다. 가난한 사람들이 사는 질척질척한 길바닥에서 바짓자락을 들어 올려야 했다. 산타젤로 성 앞의 다리로 나아가는 중에도 어떤 귀족의 마차가 좁은 길에서 빨리 달리는 바람에 위태롭게 피해야 했다.

희년의 행사들이 이미 끝났는데도 수많은 군중들이 로마에 있는 성 베드로의 묘지로 신의 은총을 기원하거나 자신의 지은 죄를 참회하러 몰려들고 있었다. 여러 지방에서 온 그룹이 길바닥에 뒤섞여 마치 바다에서 물결이 뒤섞이는 것 같았다. 숫자가 많은 그룹이나 적은 그룹이나 길에서 오도가도 못하는 경우도 생겼다.

수많은 군중들이 노래를 부르고 소리를 질렀다. 지방의 언어적 특징이 가미된 라틴어로 기도를 암송하기도 했다. 단테는 창에 귀를 찔린 것처럼 정신이 없었다. 그의 마음속에서 분노가 치솟았다.

야만인들이 교부들의 고귀한 언어를 알아들을 수 없을 정도로 변형시켰다는 생각이 들어서였다.

개들이 비단과 금박의 커다란 태피스트리를 물어뜯은 것처럼 말이다.

집 귀퉁이에 튀어나와 있는 돌을 피해 움직이다가 그는 중심가에서 벗어나게 되었고 드디어 도시의 낮은 지역으로 가는 길을 발견했다.

눈앞에 성벽이 훤히 보였다. 그곳에서는 곧은 다리의 윤곽도 눈에 들어왔고 강 건너편 산타젤로 성도 보였다. 성의 그늘 아래 수많은 사람들이 지나가고 있는 것 같았다.

그는 잠시 멈춰 서서 숨을 몰아쉬었다. 하지만 커다란 거인의 손이 미는 것처럼 어깨를 밀어대는 군중 때문에 넘어지지 않기 위해 계속 걸어야 했다.

다른 사람을 배려하지 않고 무작정 더 빠르게 내려가려는 사람들로 인해서 그렇게 걸을 수밖에 없었다. 어쩌면 이집트에서 탈출하던 유대인들도 이렇게 움직였을지 모른다. 그들이 홍해를 만나고 앞에서 물이 갈라졌을 때도.

길 양편에서는 루마니아 사람들이 빵, 고기조각, 알 수 없는 생선, 물통, 포도주를 팔고 있었다. 그들은 매우 날카로운 눈으로 지나가는 순례자들을 바라보았다. 그리고 다른 순례자 행렬이 도착하기 전에 흥정할 수 있는 충분한 시간을 계산해 접근해 왔다.

또, 작은 손수레들이 다리 위 노변까지 늘어서서 잡다한 장신구, 유리로 만든 물건, 여러 종류의 금속으로 만든 십자가, 그리고 나무 십자가와 같은 물건 등을 늘어 놓고 팔고 있었다.

수십 명의 장사꾼들이 모습을 드러내고 큰 소리로 기념품과 다른 상품들을 팔고 있었다. 단테는 앞을 쳐다보면서 이 행렬에서 빠져나올 방법을 찾았지만 머리를 저을 수밖에 없었다.

누가 그의 손에 성화가 그려진 기념품을 쥐어 주려고 했다. 또 누구는 옷자락을 잡는 것 같았지만 단테는 옆으로 잠시 비켜 섰다가 다시 성벽을 향해 나아갔다.

그곳에서 길은 도시에서 가장 낮은 지역으로 이어졌으며 다시

다리로 가는 오르막길로 변했다. 단테는 강물이 범람해 남겨 놓은 진흙으로 인해 발 밑이 질퍽거린다는 사실을 깨달았다. 그는 중심을 잡기 위해 옆에 놓여있는 마차 귀퉁이에 의지해야 했다.

"거기 신사분, 잠시 멈추세요."

누군가의 목소리가 귀를 스쳤다.

중년의 한 남자가 그의 옷을 주의 깊게 관찰하면서 손에 무언가를 쥐고 있었다.

"의심할 여지없이 롬바르디아 지방의 신사분이군요. 이쪽으로 오세요. 분명히 관심이 있으실 겁니다."

그래서 단테는 그의 작은 수레 위에 실려 있는 물건들을 슬쩍 들여다 보았다.

여러 가지 물건이 뒤섞여 있었다. 금속이나 테라코타로 만든 화병들 설화석고로 만든 작은 항아리, 작은 조각상, 색색의 대리석, 크고 작은 두상, 녹색 대리석으로 깎은 말의 부분 조각상 같은 것들이 눈에 띄었다.

"귀하의 고상한 본성을 저는 한눈에 알아보았습니다."

단테는 그 남자의 말에 귀를 기울였다.

"저는 귀하께서 돌아가는 길에 뭔가 기념이 될 만한 물건을 갖고 가시길 바랍니다. 귀하에게 위대한 로마 민족이 만든 물건들을 보여드리겠습니다. 이 항아리를 좀 보세요."

그가 설화석고로 만든 항아리를 코에 들이대면서 외쳤다.

"이 냄새 좀 맡아 보세요. 아직도 당대의 향신료의 향기와 귀족들의 향수 냄새가 느껴지지 않습니까? 귀하도 그들처럼 고귀한 삶을 즐길 수 있습니다. 그들이 만졌던 물건을 다시 만져 보고 싶지 않습니까?"

그는 교활하게 웃었다.

단테는 그가 강제로 들려 주는 물건을 여기저기 돌려 보았다. 잠시 살펴본 후 그는 필요 없다는 몸짓을 하며 돌려 주었다.

'위대한 로마인들의 물건? 좋아하시네. 피렌체의 공방에서 만든 물건도 이것보다는 낫지. 그리고 이 물건은 설화석고를 깎아 싸구려 물감을 바른 모조품에 불과해.'

그는 싸구려 물감이 손에 묻은 것을 눈치 챘다.

그는 그 장사꾼의 사기 행각을 확신하면서 다른 물건을 둘러 보았다. 이곳이 고대 로마인들이 살았던 장소라는 사실만으로 외지인들을 등치려는 것이 분명했다. 어떻게 이런 물건을 팔 수 있을까. 그 순간 그는 마차 위에 놓인 어떤 물건에 눈길이 갔다. 그는 놀라서 소리 질렀다.

"저건!"

그는 손을 뻗어 그 검은 항아리를 잡으려 했다.

그것은 여교황의 무덤에서 발견된 신기한 유리 항아리와 똑같아 보였다. 개의 주둥이 모양으로 장식된 덮개까지 똑같았다.

"어디서 저 물건을 얻었소?"

그가 가까이 가서 그 물건을 두 손에 쥐자 상인은 매우 만족한 시선으로 그를 바라보았다.

"이건 고대의 항아리로 로마의 유적지에서 발견된 물건이죠. 아마도 로물루스가 베이아 샘에서 이 항아리로 물을 마셨을지도 몰라요……."

"닥쳐, 이 사기꾼 같으니라고! 어디서 이 항아리를 얻었소?"

시인은 그 물건을 손으로 잡고 다른 손으로 장사꾼의 목을 흔들며 말했다.

그는 뭐라고 중얼거리며 도움을 청할 사람을 눈으로 찾았다. 아마도 주변에서 이런 물건을 파는 다른 동료를 찾는 모양이었다. 하지만 군중이 많고 혼잡해서 찾기가 쉽지 않았다. 시인은 그를 거칠게 내리눌렀다. 결국 포기한 남자는 희미하게 중얼거렸다.

"안토니오가 그것을 만들었소. 캄포디피오리 근교의 가게에서 일하는 유리공이에요⋯⋯. 하지만 그건 실제 물건하고 똑같아요⋯⋯."

단테는 그를 놓아 주었다. 그의 놀란 눈으로 보아 거짓말을 하는 것 같지는 않았다.

그는 자기 주머니에서 빠르게 동전을 하나 꺼내준 뒤, 손에 항아리를 꼭 쥐고 순례자들의 행렬로 뛰어들었다.

빠른 속도로 광장을 향해 나아갔다. 그리고 그 항아리를 돌려보았다. 의심할 여지가 없었다. 그것은 그가 보았던 신비로운 항아리와 같았다. 그것은 시신과 함께 있었던 바로 그 유리 항아리였다. 도대체 안토니오는 누구이며 그는 이 일과 어떤 관계가 있을까?

단테는 골똘히 자신의 의구심에 대해 생각하며 성벽 아래쪽에서 벗어나 검회색의 짙은 연기가 올라오고 있는 건물을 찾아냈다. 얼마 후 그곳 문지방에 들어서자 내부의 뜨거운 열기가 느껴졌고 반대편에 커다란 화덕이 보였다. 벽돌을 쌓아 만든 화덕에서 불꽃이 너울거리고 있었으며 그 위에는 금속으로 된 커다란 솥이 놓여 있었다.

솥에서 반짝거리는 녹청색 유리가 녹고 있었고 주변에는 반짝거리는 유리의 잔해가 여기저기 떨어져 있었다.

한 남자가 금속봉을 갖고 도가니에서 뭔가를 만들고 있었다.

"안토니오 씨?"

시인이 물었다.

"당신이 이걸 만들었소?"

남자는 질문에 개의치 않고 하던 일을 계속했다.

그는 반짝이는 긴 유리 막대를 불에 넣고 그 중심축에 녹은 유리를 붙여가면서 작업했고 곧 일을 마무리했다. 그러고 나서 매우 만족한 얼굴로 단테를 돌아보았다.

"무엇을 원하세요?"

"이 항아리, 당신이 만든 거요?"

남자는 단테가 들고 있는 물건을 슬쩍 바라본 후 의심스러운 눈길을 보냈다.

"아마도요. 왜 그걸 물어 보세요?"

"매우 중요한 일이오. 당신 작품이 안 좋은 일에 연루되었소. 그리고 어쩌면 좋은 일과 관련이 있을지도 모르지요, 당신이 내 질문에 답해 주기만 한다면."

남자는 이해하지 못하는 것처럼 보였다.

시인의 얼굴과 의복, 그리고 단호한 자세에 기가 질린 듯했다.

"난 나쁜 일을 한 게 없어요. 일이 주어져서 한 것뿐입니다."

고개를 갸웃거리며 단테가 말했다.

"누가 당신에게 이 항아리를 만들게 했소? 누구요?"

"몰라요, 모르는 사람이었어요. 두건을 쓰고 있어서 얼굴은 보지도 못했어요. 값은 후하게 쳐주었죠."

단테는 화가 나서 주먹을 꽉 쥐었다.

이번에도 유령이라니. 조토도 누군지 알 수 없는 자로부터 초상화를 주문받지 않았던가.

하지만 왜? 왜?

그 남자는 불안에 떨고 있었다.

"그게 그렇게 중요한 일인 줄 몰랐어요. 정말 맹세해요. 저는 그 항아리를 순례자들에게 팔기 위해 두세 개 더 만들었을 뿐이에요. 제가 보기에는 매우 훌륭한 형태였거든요."

"다른 두세 개라니? 그럼 대체 몇 개를 주문받은 거요?"

"열두 개요. 모두 그가 가져온 항아리와 가능한 똑같이 만들어야 했어요. 그는 로마에서 자신을 만족시킬 수 있는 유리 세공사는 저뿐이라면서 본떠야 할 항아리를 건네줬어요."

"그럼 그걸 똑같이 만들었다는 거요?"

"아니요. 그러지는 못했어요."

"그렇지는 못했다니, 실패했다는 거요?"

"그 물건은 너무 복잡해서 똑같이 만들기가 너무 어려웠어요."

그 남자는 자신의 실패를 변명하려는 듯 힘겨운 목소리로 대답했다.

"밑 부분은 별로 어려울 게 없었어요. 하지만 마개는……. 그건 말이에요, 다시 만들기가 거의 불가능했어요. 그 마개는…… 괴물 같았어요."

"괴물?"

"그래요. 매우 이상한 동물이었어요. 그런 건 한 번도 본 적이 없었어요. 믿을 수 없는 동물의 머리였죠. 그걸 만들어 보려고 열 번도 넘게 시도했지만 성공하지 못했어요. 녹인 유리로는 그 형태를 만들기가 적당하지 않았어요. 결국 저는 두 손을 들 수밖에 없었죠. 그래서 지금 보는 그 마개가 만들어진 거예요."

"그러면 그 주문한 사람은 뭐라고 했소?"

"처음에는 미친 듯이 화를 냈어요."

그 남자는 마치 그 사람이 눈앞에서 화를 내고 있는 것처럼 몸을 부르르 떨었다.

"그러고 나서 흥분을 가라앉히고 혼자서 뭐라고 중얼거렸어요."

"뭐라고 중얼거렸소?"

시인이 조급하게 물었다.

"'신들은 형태에 연연하지 않을 거야…….' 뭐 그런 비슷한 말을 중얼거렸어요. 그는 내가 만든 항아리들을 모아 들고 돈을 지불한 다음 사라졌어요. 당신을 위해서도 그런 항아리를 하나 만들어 드릴까요?"

남자가 기대에 차서 단테에게 물어보았다.

하지만 단테는 벌써 멀리 걸어가고 있었다.

XⅢ 지옥의 도시

11월 15일, 정오 이후

단테는 피렌체의 사절단을 찾아 갔다. 지금 그에게는 시간이 필요했다. 어쩌면 뭐가 잘못된 것인지 알 수 있을 것도 같았다. 문 앞에는 한 떼의 노새와 사람들이 바구니에 짐을 싣느라고 정신이 없었다. 그들 중 한 사람이 그를 알아보고서 황급히 다가왔다.

"메세르 단테, 이제야 찾았군요. 하루 종일 당신을 찾았습니다. 어디 계셨어요?"

단테는 질문을 무시하고 말 옆으로 가서 말안장에 묶어 놓은 짐을 재빠르게 확인했다.

그러고 나서 따라오던 남자를 돌아보며 물었다.

"이건 우리 짐이군요. 무슨 짓을 하는 거죠, 메세르 코라차?

누가 출발하라는 명령을 내렸지요?"

노새 뒤편에서 마조 미네르베티가 나타났다.

"아무것도 모른단 말이요? 피렌체에서 일어난 일에 대해서?"

단테가 바로 다시 물어보았다.

"도대체 무슨 일이 일어났죠?"

"좀 전에 피렌체에서 전령이 도착했어요. 코르소 도나티[†]와 그의 추종자들이 시청을 전복시켜서 백당은 숨거나 도망가야 했답니다."

단테는 얼굴이 백지장처럼 질려 소리쳤다.

"개 같은 프랑스의 샤를 드 블로아! 그의 군대가 도착해 평화를 유지하려 했던 것 아니오?"

갑자기 끓어오르는 화에 그의 얼굴이 붉그락 푸르락해졌다.

그는 코라차의 멱살을 잡고 얼굴을 앞으로 가져갔다.

"천벌을 받을 어리석은 자들 같으니라고. 몇 날 며칠 평의회는 그 프랑스인에게 문을 열어 주지 않기로 그리 다짐을 했건만……. 두 가지 실로 보니파키우스와 얽혀 있는 자가 아니오? 황제의 자리에 오르기 위해 교황의 지지를 얻을 수만 있다면 모든 것을 팔 준비가 되어 있는 자가 아니오. 그런 자에게 문을 열어 주다니!"

"아마도 그게 옳은 일이라고 믿은 것 같소이다."

미네르베티가 소심하게 말을 이었다.

단테는 뱀처럼 고개를 휙 그에게로 돌렸다.

[†] 피렌체 흑당의 우두머리.

"옳은 일이라고? 이건 생선을 고양이한테 맡긴 거나 다름없는 일이오. 이제 도나티가의 주먹에 시의회가 놀아날 게 아닙니까?"

코라차는 시인의 손이 풀어지자 재빠르게 뒷걸음을 쳤다.

그 위치에서 고양이 같은 표정을 지으며 얼굴을 다시 들었다

"목소리를 낮추는 게 좋을 거요, 단테. 체르키 가문이 지배를 할 때라면, 당신은 백당에 문제가 생겼다고 좋아할 수도 있었을 거요. 하지만 지금은 도나티 가문이 군림하고 있으니 당신은 앞으로 글쓰는 것도 조심해야 할 거요."

그는 또 말했다.

"벌써부터 약탈과 파괴에 대한 소문이 나돌고 있소. 만약 당신의 집과 물건을 구하고 싶다면 어서 짐을 싸서 우리와 함께 갑시다."

시인은 신경질적으로 고개를 흔들었다.

"아니요. 원하면 당신들이나 떠나시오. 내겐 아직 종지부를 찍어야만 하는 일이 남아 있소."

"그렇지만 임무는 다 끝나지 않았소?"

상대방이 적의에 차서 반박했다.

"그리고 그 임무는 보나마나 성공을 못 거둘 게 뻔하오. 보니파키우스는 아예 당신의 이야기를 듣지도 않으니까. 새로운 통치자들은 보니파키우스가 당신이 거짓으로 피렌체의 대사를 자처했다고 알았으면 좋겠다고 생각하고 있소. 당신은 당신 마음대로 행동했잖소? 또 바로 당신이 원해서 시간을 끌었던 것 아니오?"

"이것 보시오, 메세르 알리기에리. 우리와 함께 갑시다."

마조 미네르베티가 달래듯이 말했다.

"무릎을 꿇는다든가 돈을 조금 바치면 도나티가도 분명히 당신 과거의 적의에 대해 이해해 줄지도 모르오. 그리고 어쨌든 당신의 부인 역시 그 가문 사람이 아니오?."

"밝은 하늘 아래 내가 한 짓을 감추기 위해 아내의 치마폭을 방패삼아야 한다는 겁니까? 아니요, 난 남을 거요. 보니파키우스에 관한 임무가 실패로 돌아갔다고 하더라도 내게는 내 양심에 아주 중요한 일이 아직 하나 더 남아 있소. 당신들은 당신들이 원하는 대로 하시오."

코라차는 시인의 암시를 알아채려고 애쓰며 이야기를 들었다. 그리고 어깨를 으쓱이더니 말했다.

"그런 식으로 자기가 아무 성과도 못 거둔 것을 인정하는 거요? 그리고 이제 손을 씻겠다는 거요? 빌라도처럼? 그리고 심판받으라고 우리를 앞장세우는 게요?"

그는 도전적인 어조로 덧붙였다.

단테는 위협적으로 그의 얼굴을 쳐다보았다.

"내게서 손을 떼시오. 그리고 내 도시의 새로운 지배자들에게 전하시오, 할 수 있는 일은 다 했다고. 보니파키우스의 악의와 촉박했던 시간, 또 인간에 대한 심판의 거짓됨을 고려하면서 말이오."

안구 뒤쪽의 심한 통증이 다시 그를 괴롭히기 시작했다. 주변이 점차 석양으로 물들면서 그 핏빛 광선이 그에게 강한 인상을 줄때, 두 동반자의 보기 싫은 그림자가 그의 눈앞에서 어른거리고 있었다. 코라차의 울부짖는 듯한 소리가 들렸다.

"왜 그리 뻣뻣하게 구는 거요? 보니파키우스 앞에 무릎을 꿇고 그 빌어먹을 손에 입을 맞출 수는 없는 것이오? 몬타페르티에서 기벨리니가가 우리를 덮쳤을 때, 당신 아버지 알리기에로는 훨씬 더 부드러운 인물이었소."

"무슨 말이 하고 싶은 거요?"

"아, 이런! 움베르티 가문의 밀가루 사건에서 당신 아버지는 황제파와 타협하고 복종하는 대가로 재산과 집을 구하지 않았소? 그건 바케레치아까지 널리 알려진 사실이오. 어쩌면 당시에 그가 대부업자였다는 점을 생각해 보면 돈을 대부하기 좋은 몇 가지 유용한 지원을 받았을지도 모르지."

그는 무언가 더 말을 하고 싶었는지도 모른다. 그러나 단테의 손에 갑자기 따귀를 맞아 그만 말문이 막히고 말았다. 코라차는 뭐라고 중얼거리며 중심을 잡으려고 했지만 단테의 일격이 너무 세서 노새의 고삐를 잡고 겨우 지탱할 수밖에 없었다.

재갈이 갑자기 당겨지자 놀란 짐승은 뒷발길질을 하면서 울부짖기 시작했다.

코라차는 미끄러져 손과 무릎을 땅에 처박았다.

이런 혼란 속에서 그 항아리는 단테의 손에서 떨어져 산산조각이 났다. 잠시 깨진 유리 파편을 응시하던 단테는 불같이 화가 나서 넘어져 있던 코라차를 덮쳤다.

"이게 필요할 것이다, 짐승같은 놈."

옆구리를 차서 코라차를 길바닥에 나뒹굴게 해 놓고 시인은 으르렁거렸다.

코라차는 진흙으로 더러워진 몸을 일으키려고 애를 썼다. 한편 마조는 재빨리 다른 당나귀 뒤에 몸을 숨겼다.

단테는 아직 못 일어난 코라차의 옆으로 가서 한 대 더 때릴 기세로 주먹을 높이 들어올렸다..

그는 온 몸에 몽둥이 세례를 받은 개처럼 두려움에 질린 고함소리와 신음 소리를 번갈아가며 냈다.

한편 싸우는 소리에 관심이 쏠린 사람들이 그들 주위로 몰려들었다. 그중에는 가게에서 다듬던 쇳덩이를 그대로 들고 뛰어나온 이도 있었다. 누가 골목을 뛰어다니며 싸움이 벌어진다고 선전이라도 한 듯 사람들이 점점 늘어 이제는 거의 완벽한 원을 이루었다.

이 급조된 극장에서 보통 로마를 가득 메운 순례자들에 던지는 무례하고 거친 말들이 이제 우스개소리와 함께 그들을 향해 쏟아졌다. 단테는 얼굴이 붉어져 주위를 바라보았다. 그런 후 두려움에 떨며 목덜미를 가리고 있던 코라차의 멱살을 잡아 일으켜 세웠다.

"일어서! 그리고 그만 좀 징징대라고."

시인은 꽉 다문 입술 사이로 말을 뱉었다.

"우리는 고귀한 피렌체의 대사들이오. 로마의 천민들에게 구경거리가 되어서는 안 될 일이오."

그의 옷에 묻은 진흙자국을 탁탁 털어 주며 시인이 덧붙였다.

"나의 피렌체지 당신의 피렌체가 아니오."

붉어진 볼을 손으로 감싸며 상대방이 반박했다.

"백당이 패배했으니 이제 체르키 가문에게 협력했던 사람들은 모두 주변을 정리해야 할 거요."

그렇게 말하면서 마조 미네르베티의 동의를 얻기 위해 눈길을 돌렸다.

그러나 마조는 그에게 동조하는 표시도 없이 노새 뒤에서 조심스럽게 이 쪽을 쳐다보고 있었다.

"이제 큰 질서를 위해 작은 질서에서 벗어나야 하오."

코라차는 그렇게 말하면서 마조로부터 시선을 돌렸다.

관중들의 왁자지껄한 우스개소리를 들으면서 단테는 맥이 풀렸다. 갑자기 온몸에서 기운이 빠져 나가는 것을 느꼈다.

지금 세 명의 대사도 한 목소리를 내는 게 불가능한데 평의회의 백 명이 모여 앉아 심의를 할 때는 무슨 일이 벌어질 것인가? 그리고 그가 피렌체로 돌아가면 그에게 해명을 요구하는 평의회가 다시 열리게 될 것이다.

그가 막 자기 심정을 토로하려 할 때, 바로 옆 골목에서 소란스러운 소리가 들렸다. 나무로 만든 십자가를 어깨에 진 몇몇 순례자들이 공터에서 다가오는 것이 보였다. 그들은 하늘을 향해 두 팔을 올리고 옛날의 것인 듯한 언어로 혼란스럽게 무언가를 외치고 있었다.

그 행렬이 시인과 두 피렌체인 사이로 지나갔다. 구경꾼들도 이 새로운 행렬을 구경하기 위해 흩어졌다.

이제 구경꾼들은 그 순례자들을 조롱하기 시작했다. 그러나 순례자들은 주변에 무슨 일이 일어나는지 모르는 것 같았다. 오히려 로마 시민들의 열렬한 환호에 기뻐하는 것 같았다. 그들은 더욱 큰 소리로 기도하여 화답했다.

단테는 급히 인파 속으로 도망치는 두 피렌체인에게 마지막 눈길을 던졌다. 그는 급격히 피곤해져 이제 숙소로 돌아가 잠자리 위에 몸을 누이고 싶을 뿐이었다.

주위에는 땅에 떨어진 문서, 두고 간 짐짝 등 급하게 도망친 흔적들이 남아 있었다. 아무런 목적 없이 강가로 실려온 난파의 잔해들. 모든 것이 붕괴되고 있었다.

학문과 연구의 소산, 용기를 북돋아 주던 신앙, 신이 자신의 영광을 위해 만든 우주의 한 부분이라는 믿음, 이 모든 것이 먼지가 되어 흩뿌려졌다.

피렌체에서 들려오는 소문은 이미 그의 존재 자체를 뒤흔든 사태에 약간의 충격을 더할 뿐이었다. 그의 정신은 각각의 생각들로 흩어져 어찌할 바를 몰랐다. 그때 그를 흔드는 부드러운 손길을 느꼈다.

화들짝 놀라 돌아보니 바로 스파다 원로원 의원이었다. 그의 옆에는 칸스바르가 언제나처럼 모호한 표정으로 서 있었다.

로마 귀족의 얼굴에는 정중한 미소가 드리워져 있었다.

"다시 보게 되어 반갑습니다, 메세르 알리기에리. 나는 로마가 우리를 엮어 줄 임무를 어떻게 수행하는지 보여 주기 위해 페르시아 대사와 함께 바다를 건너 가려고 합니다. 그곳에서 동맹의 끈을 더욱 단단하게 하려고 합니다."

"새로운 동맹인가요?"

단테가 물었다. 그러나 의원은 손짓으로 화제거리를 바꾸었다.

"나는 당신이 여기에 있을지도 모른다고 생각했는데 내가 맞

왔군요. 우리와 함께 가시죠. 피렌체도 로마가 준비사항을 어떻게 열심히 해나가고 있는지에 대해 아는 게 좋을 겁니다. 게다가 당신의 도시로 돌아가서 당신네 시민들이 적극적으로 우리에게 협조하도록 소식을 전달하는 것도 좋겠지요."

"바다에 간다고요?"

단테가 놀라서 물어보았다.

"함대가 벌써 출항할 준비가 되었단 말인가요?"

"아닙니다. 함대는 한창 준비하는 중입니다. 하지만 티레노에는 이미 기독교인의 힘이 있습니다. 고대 오스티아†가 있었던 곳에 말입니다."

그가 수평선을 바라보면서 대답했다. 단테는 오랫동안 침묵을 지켰다. 어쩌면 자기는 이 초대를 거부하고 피렌체로 가야 하는지도 모른다.

이 초대를 받아들인다는 것은 나중에 의원의 보호 아래 들어간다는 것을 의미했다. 그는 이미 피렌체의 상황을 알고 있는 걸까?

그는 의원을 따라가기로 결심하고 문을 향해 움직였다.

문 앞에는 두 쌍의 말이 끄는 마차가 대기하고 있었다. 마굿간의 인부들이 그 말에 재갈을 물리고 막 출발할 준비를 마치고 있었다. 의원은 마차를 덮고 있는 휘장을 들어올리며 다른 사람들에게 타라고 손짓했다.

---

† 로마시 근교에 있던 고대 로마의 도시로 공화정시대와 제정시대에 상업중심지로서 곡물무역에서 중요한 역할을 하던 항구였고, 로마해군이 창설되면서 해군기지, 포에니전쟁 때는 이탈리아 서해안에서 가장 큰 군항이었음.

칸스바르가 곧 가볍게 뛰어올랐고 단테도 뒤를 따랐다.

의원이 마차에 올라타 짧게 명령을 내렸다. 그러자 키 작은 마부가 마차를 몰았다.

이들은 강을 향해 갔다가 티베리노 섬을 지나 코치 구역까지 나아갔다. 이곳에서 마차와 말은 낡은 대리석의 폐허를 지나 나무로 된 다리를 넘어 포르테세 문이 있는 곳으로 갔다. 이곳에서 언덕을 올라 바다를 향해 달렸다.

그들 주변에는 경작하지 않은 밭들이 멀리 보이지 않는 곳까지 펼쳐져 있었다. 곧 단테는 마차가 매우 규칙적으로 흔들린다는 사실을 알았다.

"우리는 고대 포르투엔세 거리로 들어섰습니다, 메세르 알리기에리. 이 길을 따라 쭉 남쪽으로 가다가 중간에 우리의 목적지로 방향을 틀 겁니다."

의원이 말했다.

길가에는 고대의 흔적들과 언덕, 작은 신전과 묘지들이 있었다. 그러고 나서 커다란 아치가 있는 건물을 지났다.

"저건 한때 말리아나 성의 일부였습니다, 메세르 알리기에리. 사라센인들의 공격으로 무너지기 전에는 말이오."

단테는 마차에서 목을 내밀고 그 유적을 자세히 살펴보았다.

바위 위에 커다란 옛 성벽의 흔적이 보였지만 녹색 풀에 거의 덮여 있었다. 그리고 그 뒤편은 거의 보이지 않았다. 주변에서는 양들이 풀을 뜯고 있었다.

멀리서 천둥 소리가 들렸고 그것이 그의 관심을 끌었다. 다른 풍경을 살펴보던 중에 비가 부슬거리며 내리기 시작했다. 그 비는 곧 폭우로 바뀌었다. 단테는 마차의 천을 내렸고 밖에서는 마부가 말을 재촉하고 있었다.

"지금은 우기입니다, 메세르 단테. 로마는 가을에 비가 몰아치지요. 하지만 걱정하지 마십시오. 그래도 성은 안전하고 아무 일도 없을 테니까요."

"성이요?"

"우리는 그쪽으로 가고 있습니다. 강변으로 가서 준비할 겁니다. 로마의 폐허 근처에 있는 그레고리오 성에서 멀지 않은 곳에 가서 말입니다. 그곳에서 벌어지고 있는 광경을 보면 놀라게 될 겁니다. 그건 확실해요. 당신이 글을 쓰는 데 아주 좋은 재료가 될 겁니다."

그들은 약 십 마일 정도 비가 추적거리는 길을 따라 나아갔다.

주변에 사고가 난 마차들이 이따금 보였다.

바닥에 불규칙하게 대리석 조각이 흩어져 있어 마차가 많이 흔들렸고 잠시 후에 작은 홈이 패어 있는 길로 들어갔다. 그건 아마 고대부터 지나다니며 생긴 마차 자국일 것이다. 잠시 후에 단테는 주변이 어두워졌다는 사실을 눈치 챘다.

"의원님, 말레그로테에 도착했습니다."

밖에서 마부가 말하는 소리가 들렸다. 사투르니아노 스파다는 잠시 내려서 주변을 둘러보았고 마부에게 짧게 명령을 내린 후 다시 마차 안으로 돌아왔다. 그가 옷에 묻은 비를 털어내며 말했다.

"이 길은 이제 진흙탕이 되어 가고 있습니다. 하지만 더 이상

길로 쓸 수 없기 전에 이곳을 지나갈 수 있을 겁니다."

그는 사람들을 둘러보며 말했다.

"성지 예루살렘에서도 마찬가지 일을 당할 수 있습니다. 그곳에서는 마차가 너무 무거우면 안되겠죠. 아니면 마차를 사막에 버려두게 될 수도 있어요."

칸스바르가 말했다.

"사자왕 리처드가 이끌었던 세 번째 십자군 원정길에서도 그 때문에 거의 죽을 뻔했다고들 하지요."

의원이 고개를 돌렸다.

"믿음을 의심하는 사람 때문에 성공하지 못하는 겁니다. 그들 때문에 기독교 군주들의 의지가 흔들리는 거지요. 하지만 이번에는 그런 일이 일어나지 않을 겁니다. 왜냐하면 모든 계획이 완비되었고 한 사람이 군대를 이끄는 데다가, 굳은 의지가 있기 때문이죠. 당신은 어떻게 생각하십니까, 메세르 단테?"

단테는 천막 친 마차에서 고개를 돌려 밖을 쳐다보았다.

마차는 거친 길을 지나고 있었다. 방금 전보다는 조금 더 단단한 길을 지나고 있었다. 주변에는 수풀이 가득했다. 그곳에서 갈대들과 알 수 없는 수풀이 가득한 평야의 지평선을 볼 수 있었다.

단테는 자신이 갈 바다 건너의 땅도 이렇게 소외되어 있을까 자문했다. 수많은 나무들이 여기저기서 자라고 있어서 어디나 풍경은 비슷했고 또 작은 물 웅덩이들이 보였다.

의원은 아직도 그의 대답을 기다리고 있었다. 단테는 속으로 공손한 표현을 찾았다. 그의 열정에 대한 자신의 속내가 드러나지 않도록 말이다.

첫 번째 십자군 원정 이후에 파견된 아홉 번의 원정대는 2세기간 계속되었다. 그러나 첫 번째 원정 이후 그 누구도 원했던 성공을 거둘 수 없었다.

단지 수많은 돈과 인명이 꿈처럼 사라져 버렸을 뿐이다. 근동의 성지를 지배하는 일은 마치 모래 사막의 신기루 같은 일이었다.

"신은 원하시죠……."

이런저런 생각을 하면서 중얼거렸다. 십자군 원정이 시작될 때마다 사용된 표현이었다. 하지만 모든 군대의 기치는 그들이 패배하는 순간 무참히 짓밟히고 말았다.

"물론이죠, 신은 그것을 원하십니다!"

의원이 따라서 중얼거리며 말을 이었다.

"우리가 봐야 하는 것은 신의 질서이고 우리는 인간의 약한 본성을 가졌지만 열심히 노력해야 합니다. 신이 예견한 것을 실현해야 하지요. 이것이 당신이 노래해야 할 것입니다. 우리의 가치와 함께 말입니다! 어느 정도는 말이지요."

단테는 아무 의미가 없는 말에는 대답을 자제했다. 그는 점점 피곤해지고 있었다. 찬 기운이 뼈를 욱신거리게 했다. 마차의 창을 통해 소금기를 머금은 바다 냄새가 밀려왔다.

어쩌면 어떤 신도 예루살렘의 성전을 소유하는 것에 대해 무관심할지도 모른다. 그 도시는 단지 권력 다툼에 따라 방어하고 공격하는 사람이 바뀌는 것일 수도 있었다. 지중해를 거쳐 신비로운 아시아로 가는 길목인 예루살렘. 그곳은 모두의 도시이자 누구의 도시도 아니었다. 그 도시는 누구도 차지하지 못한 도시일 뿐이다.

이런 좌절하기 쉬운 사업을 다시 시작해야 할 필요가 있을까?

왜 보니파키우스는 성공한 후에 이 일을 벌이는 걸까? 지금 더 중요한 건 기독교의 심장으로서 로마를 고양시키는 것이 아닐까? 이미 예루살렘의 성지만큼이나 성 베드로의 무덤으로 순례 오는 사람들이 많으니까 말이다. 단테가 보기에는 단지 늙은 위선자가 성지에 자유를 주었다고 역사에 위명을 남기고 싶어 하는 것일 뿐이었다.

그는 문득 생각했다. 왜 보니파키우스 같이 뱀처럼 교활한 인간이 부를 낭비하며 자신의 권력과 지위에 아무런 도움이 되지 않는 일을 하려고 하는 걸까? 예루살렘 정복 사업은 그의 적인 프랑스의 필립 공과 이탈리아의 영주들, 황제의 친구들에게 숨 돌릴 시간을 주는 것일 뿐이었다.

어쩌면 그 늙은 도둑놈이 꿍꿍이속이 있는지도 모르지. 단테는 웃지도 못한 채 다시 상념에 빠졌다. 정말로 가잔칸이 이끄는 몽골의 도움을 받을 수 있다면 터키를 물리칠 수 있을지도 모른다. 하지만 예루살렘이 그의 진정한 목적은 분명 아닐 것이다.

단테는 몰래 다른 두 사람의 모습을 살폈다. 다들 자기 생각에 빠져 창밖을 보고 있었다. 무엇보다도 의원은 자신의 내면에 빠져들어간 것처럼 보였다. 만약 이 계획에 따라 터키를 물리칠 수 있다고 하더라도 십자군이 짓밟았던 콘스탄티노플이 다시 로마의 보호를 받고자 동맹에 응해올까?

1204년 십자군 소속의 베네치아인들과 프랑스인들은 자신들의 도시에 황금을 가져가기 위해 사흘 동안 콘스탄티노플의 집들과 교회를 공격한 적이 있었다.

원래의 원칙에서 벗어나 그들은 얼마나 많은 다른 짓들을 저질렀던가?

그는 다시 의원을 바라보았다. 그의 귀족적인 얼굴선이 마차의 어두운 공간 속에서 희미하게 보였다. 어떻게 이런 사람이 시몬주의자 같은 교황을 위해 눈먼 일을 하는 걸까?

그의 이교적인 미신, 고대 로마의 제전에 대한 지식에 따르면 오히려 자신의 입지를 다지기 위해 교황의 적이 되어야 하는 것이 아닐까? 그는 뭔가 착각하고 있는 것이 아닐까?

아니면 교황이 그에게 뭔가 깊은 믿음을 주었거나, 교황 앞에서 그가 보여 준 경의로 보아 두 사람이 인간적으로 절친한 것인지도 모른다. 만약 단테가 이해한 것이 맞다면 사투르니아노스파다는 피렌체의 초라한 집에 유패될 단테의 방패막이가 돼 줄 것이다.

밖에는 어떤 인간의 존재도 발견할 수 없었다. 집도 한 채 없고 검은 먹구름이 낀 하늘로 연기 한 줄기도 피어오르지 않았다. 바람은 서쪽에서 불어오고 있었으며 대기는 매우 습했다. 단테는 옷을 여미고 귀퉁이에 몸을 기댄 채 바퀴에서 전해지는 충격 때문에 머리를 둥글게 말은 망토에 기대고 있었다.

그는 이 제의를 수락한 것이 점점 더 마음에 들지 않았다.

십자군 원정 후에 어떤 일이 일어나도 자신을 위한 자리는 없을 것이다. 로마에서 그는 대사로서 아무것도 성취하지 못했으며 가져온 글도 완성하지 못했다. 즉 자신의 도시를 위한 공적인 일도 못하고 음악의 여신을 위한 사적인 일도 못했던 것이다.

첫 번째 일은 오랜 시간이 걸리며 다른 사람이 할 수도 있는 일이었다. 반면에 두 번째 일은 자신이 꿈꾸던 명예를 얻을 수 있는 더 중요한 일이었다. 성 요한 성당 앞에서 찬양을 받기 전에 피렌체에서 명예를 얻었어야 했는데.

단테는 시인의 월계관을 쓰고자 했다. 그 역시 민중 앞에서 재능을 드러내고 동향 사람들에게 존경을 받고 싶었다.

혹시나 전쟁에서 돌아와 보니파키우스의 신임을 얻는다면 카시아 길을 따라 로마에서 피렌체까지 많은 환영을 받으며 돌아갈 수 있을 것이다. 여인들은 그가 지나가는 길에 꽃가루를 뿌리고 창문에는 환영의 의미로 색색의 천을 걸어둘 것이다. 남자들과 아이들은 마차 주위에서 노래하고 그가 걸을 때마다 올리브 나무를 꺾어 그늘을 만들어 줄 것이다. 공화국의 모든 성문에서 그를 반기고 정중하게 세례당으로 그를 데려갈 것이다

그리고 그곳에서 그는 기다리던 여인들을 발견하게 될 것이다. 그가 늘 꿈꿔온 여인들을. 그리고 그녀들의 베일을 걷으면 그가 사랑하는 여인을 발견할 수 있을 것이다. 베아트리체, 그리고 피에트라, 그리고 피암마. 그는 돌아가며 그녀들을 포옹할 것이다. 하지만 그의 상상을 방해하는 뭔가가 있었다.

무로 토르토에 묻힌 여러 시체 사이에서 혼동스러워하는 결혼한 여인, 바로 그의 아내의 얼굴이었다. 그녀의 너덜너덜한

살 속으로 뼈가 보일 것만 같았다. 다른 사람이 아내에게 행할 폭력을 상상하다가 그만 몸이 떨려와 눈을 떴다. 그는 어이가 없었다. 마지막 장면을 상상하면서 자신이 매우 부끄러웠다.

그는 얼굴을 붉히며 주위를 둘러보았다. 다행히 주변의 누구도 그의 영광에 대한 공허한 꿈과 부끄러워 하는 모습을 눈치채지 못한 것 같았다.

"아, 저게 그레고리오 성이오."

그때 의원이 손가락으로 길 끝에 있는 성벽으로 감싸인 지붕을 가리키며 말했다.

시인은 그것을 관찰했다.

"저곳은 마치 고독하게 고립되어 있는 것 같군요."

"바로 보셨습니다, 메세르 단테. 오랜 시간 그렇게 있었지요. 위대한 그레고리오 교황이 세운 겁니다. 바다에서 오는 공격을 막기 위해 세웠죠. 하지만 오랫동안 방치되었습니다. 사라센의 해적들에게 점령당하고도 버려 두었죠. 지금은 유령들만 살 거요. 하지만 바다 멀리에서 저 성을 보면 이정표처럼 보이고 종종 두려움을 안겨 주기도 합니다. 우리의 선조들은 이곳에 죽은 자의 영혼이 모여 영원한 여행을 준비한다고 믿었죠. 밤이면 종종 적막을 깨고 날카로운 비명 소리가 들리고 갑자기 어두운 공간에 불이 켜지기도 한다고 하더군요."

"그게 사실입니까?"

시인이 놀라서 물었다.

"이곳에 사는 사람들은 다 그렇게들 말하죠. 아마도 당신들이 성에 가면 그 사실을 입증할 장면을 보게 될지도 모릅니다."

"테베레 강의 이 습지에서, 이 죽음의 땅에서 영혼이 출발한 다니."

시인이 되뇌었다.

"누가 영혼을 실어 나르는 거죠? 이곳에서 그러는 이유는 뭘까요? 꼭 이런 어두컴컴한 곳에서 영혼의 여행을 시작해야 하나요?"

의원이 아이러니한 웃음을 터뜨렸다.

"메세르 단테. 이 이야기가 당신의 환상을 자극했나 보군요. 좋소. 당신은 시를 위해서 환상을 잘 기억해 두세요. 그리고 십자군 원정대가 출항할 때 멋진 시를 읊도록 하세요. 왜냐하면 바로 이곳에서 출항할 테니까 말입니다."

"여기서 말인가요?"

시인은 믿을 수 없다는 듯 주변을 돌아보며 소리쳤다.

"근처 트라야누스 항구에서부터. 그곳에서 함대를 건조할 거요."

"로마의 고대 항구에서 말인가요? 그곳은 오랫동안 버려졌다고 알고 있는데."

그는 여행 책자에서 그런 내용을 읽은 적이 있었다. 그곳은 비싼 대리석으로 지어진, 완벽한 팔각형 틀을 갖춘 곳으로서 황제의 수군이 주둔하던 항구였다.

의원이 고개를 끄덕였다.

"그건 사실입니다. 오스티아 전체가 그런 것처럼 말입니다. 하지만 그곳이 제일 적당한 곳입니다. 대리석은 아직도 쓸만하고 완벽해요. 아침에 장인들이 만들어 낸 것처럼 말입니다. 그리고 항구와 다른 시설도 아주 잘 남아 있고. 터키 스파이들의 시선을 피하기에도 매우 적당한 곳이죠. 그들은 늘 교황을 주시하고 있죠. 한때 그곳은 순례자와 상인에게 잠잘 곳을 제공하기도 했고 필요할 때는 도회지 사람들을 강과 바다로 연결시켜 주기도 했죠. 당신은 이런 기능을 했던 그곳이 여러 번 실패한 십자군 운동의 성공을 가져다 줄 거라고 생각해본 적이 없나요?"

마차 안의 온도가 계속 내려가고 해가 저물었다. 단테는 등을 타고 스쳐가는 한기에 몸을 부르르 떨었다.

시간이 흐르자 머리가 띵해졌다. 몸에 열이 나기 시작하는 것 같았다.

그는 이를 악물고 고통을 참았다.

"나는 믿소……."

그가 중얼거렸다. 그리고 커다란 목소리로 다시 말했다.

"나는 신이 자신을 위해 싸우는 사람을 버리지 않을 거라고 믿습니다. 하지만 그 싸움은 어디까지나 신에 대한 순수한 믿음과 열정을 통해서만 수행되어야 합니다."

의원이 아이러니한 눈으로 그를 쳐다보았다.

"그렇다 해도 메세르 단테, 역사는 가르쳐 주고 있습니다. 로마제국이 이곳을 오랫동안 지배한 것은 여신의 도움 때문이 아니라 그들의 칼과 방패 때문이었습니다. 우리의 사업은 강인한 어깨와 이성적인 생각이 있기 때문에 성공할 것입니다. 먼지처럼 변해 사라진 선지자의 공허한 목소리에 바탕을 둔 것이 아니지요."

시인은 어깨를 으쓱해 보였다. 그때 밖에서 어떤 소리가 그들의 대화를 깨고 끼어들었다.

"의원님, 성이 보입니다!"

그때 마차는 매우 좁은 다리를 건너가고 있었다. 말들이 히힝거렸다. 단테는 차창의 천을 걷고 마부가 가리키는 목적지를 보려고 했다.

그 성은 의원이 말했던 것처럼 꼭 유령이라도 나올 듯이 아무것도 없는 공간에 고독하게 서 있었다.

어둠이 더 짙어졌다. 이제 성의 탑들은 하늘을 배경으로 거뭇거뭇한 윤곽을 드러내고 있었다. 그것들 사이에는 벽돌과 대리석으로 이어진 벽들이 있었다. 그리고 성은 여러 시대를 거쳐서 지어진 것 같았다. 둥글게 세워진 탑과 다른 부분이 조화를 이루지 못하고 필요에 따라 급조한 것처럼 보였다. 그래서 성으로서 짜임새가 부족해 해적에게 공격받기가 쉬워 보였다.

"결국 왔습니다!"

의원이 외쳤다.

"여기가 그레고리오 성입니다."

다리를 건너면서 마차 바퀴가 덜컹거릴 때 단테는 주변에 펼쳐진 낯설고 특이한 광경을 관찰했다.

뜰에 수많은 병사들이 있었고 그 주변에는 작은 불들이 피어오르고 있었다.

수십 필의 말들이 그들 주위에 서 있었고 몇몇 말들은 마굿간에서 건초를 먹고 있는가 하면 어떤 말들은 그 안에서 쉬고 있는 것 같았다.

한쪽에는 커다란 벽이 세워져 있었다. 그것이 내성을 이루고 있는 것 같았다.

한눈에 보기에 약 백 명 가량 돼 보였다.

그들의 무기는 다양한 색상으로 장식되어 있었는데 깃발은 마치 용병의 깃발 같았다.

그는 이들이 흰 천에 붉은 색으로 만든 십자군 복장을 하고 있을 거라고 기대했다. 하지만 이들 중에 그런 옷을 입고 있는 사람은 아무도 없었다. 다만 몇 몇 군인의 등에 튜튼 인의 표식이 보일 뿐이었다.

작은 공간에 소수의 군대가 있을 뿐이었다. 그런데도 여러 다른 국가의 병사들이 모여 있는 느낌이 드는 것은 어째서일까?

적어도 그게 군대의 새로운 유행이 아니라면 말이다. 더구나 의원의 말대로라면 지금 출항 준비가 한창이라고 했다. 하지만 그런 낌새는 거의 느껴지지 않았다. 그는 사투르니아노에게 자신의 의심을 말하기 전에 먼저 주위를 주의깊게 관찰했다.

탑의 꼭대기에 비에 젖은 군기가 보였다. 군기의 문양은 잘 보이지 않았다. 하지만 곧 다른 두 장의 깃발을 확인할 수 있었다. 하나에는 붉은 바탕에 기둥이 그려져 있었고 다른 하나에는 푸른 바탕에 황금 백합 문양이 그려져 있었다.

단테는 고개를 돌려 의원을 쳐다보았다. 그리고 자신이 본 것을 확신하고 물어보려는 찰나 그가 마차에서 땅으로 뛰어내리며 자신을 따라오라고 손짓했다.

"이곳은 콜론나 가문의 영지 아니오?"

마차에서 단테가 물었다. 그리고 깃발을 가리키며 말했다.

"그리고 저건 프랑스의 백합인 것 같은데요?"

"그래요, 메세르 단테. 당신은 군기를 구분할 줄 아는군요."

"그들의 군기를 보니파키우스 교황의 영지에서 보게 될 줄은 몰랐습니다. 그들과 교황은 서로 적이 아닙니까?"

단테가 당혹해 하면서 물어보았다.

의원은 페르시아인이 움직이는 것을 보면서 웃었다.

칸스바르는 조용하게 있다가 왜 그러는지 모르겠다는 듯 시인의 얼굴을 바라보았다.

결국 스파나 의원이 대답했다.

"당신이 왜 당혹해 하는지 알고 있습니다. 그러나 우리 계획이 진정 성공하려면 이럴 수밖에 없습니다. 이제 오랜 적과 손을 잡았습니다. 베르길리우스가 노래한 것처럼 말입니다. 커다란 사자 앞에서 두려움을 갖지 마라. 뱀과 독이 든 식물도 걱정하지 마라……. 그곳에는 아시리아의 생강이 자라게 될 것이다……."

"콜론나 가문과 카에타니 가문도 화해했나요?"

"그들의 화해는 폭풍이 몰아치는 날 이뤄질 겁니다. 우선 이쪽으로 오지요. 성으로 안내해 주겠습니다. 당신을 알고 싶어 하는 사람이 있습니다."

단테는 의원과 칸스바르를 따라 성의 위층으로 올라갔다.

긴 계단이 끝나자 문이 보였고 그 뒤는 검은 대들보로 떠받쳐진 매우 견고해 보이는 큰 방이었다.

번들거리는 벽에는 한때 이 성을 지배한 사람의 문장이 매달려 있을 뿐이었다. 그리고 커다란 벽 한가운데에서 난로가 지펴지고 있었다. 그 앞에 놓인 의자에 한 남자가 앉아 다리를 난로

쪽으로 두고 몸을 덥히고 있었다. 그러다가 그들이 걸어들어오는 소리를 듣고 고개를 돌리며 칼에 손을 댔다. 마치 공격하려고 기다렸던 것처럼 말이다.

"진정해, 시아라!"

손을 들어 평화의 표시를 보이면서 의원이 외쳤다.

"내 손님들과 인사하지. 이들은 자네를 충분히 알 권리가 있어."

단테는 의심을 지우지 못하면서 앞으로 나갔다.

자신을 막은 사람은 30대의 건장한 젊은이였다.

그 남자도 단테가 자기를 보고 있다는 사실을 알아챘다. 그는 단테의 눈동자를 주시하며 다른 의도가 없는지 조심스럽게 살피고 있었다. 그리고 둘은 이미 서로 만난 적이 있다는 사실을 알게 되었다.

"메세르 콜론나, 이 사람이 단테요. 피렌체의 철학자이자 시인이지. 우리와 함께 일할 거요."

"동료라고? 콜로세움에서 적의 창에 찔려 죽을 뻔했을 때보다는 조금 나아진 것 같군."

콜론나가 그를 깔보는 말투를 감추지 않고 대답했다.

단테는 그의 차가운 말에 주먹을 휘두를 뻔했다.

"전쟁의 행운은 알 수 없는 일이지. 함부로 사람을 판단하지 마시오."

단테 역시 차가운 말로 대꾸했다.

습지로 끌고 가서 주먹을 갈겨야 할 것 같았다. 그래서 피렌체인들의 분노가 얼마나 무서운지, 그리고 그가 얼마나 신중하지 못한 행동이었는지를 알려 주고 싶었다.

하지만 그는 단테에 대해 별로 관심이 없는 것 같았다.

"시인이자 철학자?"

그리고 이어서 말했다.

"그렇지. 나도 당신이 누군지 알고 있소. 하지만 당신은 보니파키우스를 만나러 온 대사가 아니오? 그리고 당신은 교황파의 하인이 되었던 것으로 아는데."

단테는 어깨를 으쓱해 보이고는 대답하지 않았다. 그 대신 의원을 돌아보며 말했다.

"이게 당신이 말했던 동맹인가요?"

"부분만을 보면 안됩니다. 금방 모든 것을 알게 될 겁니다. 우선 저녁을 먹도록 합시다. 요리사들이 이미 다 준비를 끝내고 기다리고 있습니다."

난로 앞에 식탁이 차려졌다. 단테는 추위를 참지 못해 우선 앉았다. 따뜻한 열기가 화를 가라앉히도록 도와주기를 바라면서 말이다.

이들은 서로 아무 말도 하지 않고 식사를 했다. 이미 할 말은 다 한 것처럼. 다른 생각으로 가득 찬 의원과 페르시아인도 침묵을 지키고 있었다. 젊은이는 음식에서 눈을 들지 않았다. 그리고 잠깐잠깐 시인을 쳐다 볼 따름이었다. 갑자기 의원이 침묵을 깼다.

"시아라, 메세르 단테께서 우리의 일을 증언할 사람으로 참여했네. 몇 세기간 울려퍼질 우리의 사업을 노래할 것이네."

콜론나가 어깨를 으쓱 했다.

"그에게 우리의 계획에 대해서 뭐라고 했소?"

그의 어조는 신랄했다.

"그가 알아야 하는 건 이야기했지."

젊은이는 시인을 눈으로 훑어 본 뒤, 다시 어깨를 들썩였다.

"원하는 대로 하시오."

단테가 그에게 말했다.

"이곳에서 당신을 만난 게 매우 놀랍군요, 메세르 콜론나. 당신은 열렬한 황제파잖소. 교황파에 의해서 제약을 받는."

그는 독하게 덧붙였다. 그리고 대답을 기다리지도 않고 사투르니아노 스파다를 향해서 말했다.

"그리고 의원님, 당신은 계시록을 믿고 있지 않습니까? 왜 바다를 건너 기독교의 앰블럼으로 가려고 합니까? 왜 아무 희망도 없이 이교도와 함께 성스러운 전투의 흔적을 쇠와 불로 지우려는 겁니까?"

시아라 콜론나가 갑자기 크게 웃음을 터뜨렸다.

"당신들은 칼을 쓰는 것보다 언어에 재능이 더 많지! 피렌체인에게 대답해 주시오, 의원. 성지에 뭐하러 가는지."

의원은 잠시 침묵에 잠겼다가 다시 입가에 웃음을 머금었다.

"분명 당신들은 카이사르의 이야기를 알고 있을 거요. 왜 그가 그의 군단을 이끌고 갈리아로 갔겠소? 척박하고 야만인들이 사는 곳인데. 그건 그들이 로마 아레나 극장에서 노는 것 외에 자신들의 근육을 갖고 로마에서 얻을 것이 없었기 때문이오. 오두막이 없으면 도시도 없고 미개한 인종들의 찢어진 옷 없이는 화려한 의상도 없었을 것이오. 그리고 쓰레기장을 뒤지지 않으면 보물도 없지. 위대한 것을 생각하지 않으면 얻는 것도 없소. 바로 이것이 어둠의 땅으로, 늘 위험이 도사리고 있는 곳으로 가는 이유지."

단테가 잠시 생각하다가 물었다.

"정복자의 운명을 말씀하시는군요. 카이사르도 그런 사람 중 하나였죠. 그러니까 당신 말은 위대한 제국을 위한 밑그림이라는 거군요. 로마인들의 가슴속에 있던 열정 같은 것 말이죠."

의원이 고개를 끄덕였다.

"그렇소, 메세르 단테. 외국인의 땅에 원정을 가는 것은 결국 돌아가기 위한 것일 뿐이지요."

"돌아간다고요?"

"그래요. 로마로, 승리를 위해서."

단테는 아래 입술을 깨물면서 생각했다.

"카이사르는 늘 미래를 상상했죠. 승리의 미래를 말이죠. 그리고 황제가 된 후에 군단을 이끌고 프랑스의 숲을 행진하고 싶어 했다고 합니다. 그 이야기를 믿습니까?"

"물론입니다. 그런 상상이 그가 일을 시작한 이유였습니다. 미래에 있을 일이 과거의 일에 바탕을 둔다는 것은 맞는 말입니다. 위대한 아리스토텔레스가 말한 것처럼 도토리나무에 도토리가 열리는 식이죠."

"그러니까 로마가 십자군의 마지막 목적지라는 겁니까?"

"그래요. 로마에서 우리가 준비하고 있는 일이 결실을 맺게 될 겁니다. 로마제국을 세웠던 카이사르와 신성로마제국을 세운 알라마니족 이후 제3의 로마제국이 7개의 언덕 사이에서 태동할 겁니다."

단테는 더 물어보고 싶었지만 의원은 고개를 돌려 페르시아인을 쳐다보았다.

"메세르 칸스바르, 곧 자정입니다. 제발 땅에 기대하는 문양이 나타나면 좋겠군요."

페르시아인이 알았다는 듯 고개를 끄덕였다. 그리고 옷 속에서 검은 가죽 주머니를 꺼냈다.

그 가죽 주머니를 열고 손을 안쪽으로 넣어 무언가를 한 주먹 움켜쥐었고 알 수 없는 기도를 중얼거리다 갑자기 손가락을 쫙 폈다. 바닥에 작은 덩어리들이 떨어졌다. 그것은 특징 없는 작은 돌멩이인 것 같았다.

의원이 불안하게 무릎을 꿇고 살펴보면서 외쳤다.

"여기 행운의 돌이 있소. 또, 어머니들과 아이들은 뭐라고 하고 있습니까?"

페르시아인은 좀 더 잘 살펴보기 위해 몸을 숙였다. 단테도 가까이 다가갔다. 단테는 고대 기예에 속한다고 듣기만 했던 광경을 눈으로 목격할 수 있었다.

"직접 읽어보십시오, 의원."

칸사바르가 말했다.

"점괘를 읽는 방법은 이미 다 설명해 드렸으니까요."

의원은 페르시아인과 빠르게 시선을 교환한 다음, 검지손가락으로 돌이 놓인 위치에 따라 돌에서 돌로 바닥에 거미줄 같은 이미지를 그려 냈다.

그의 얼굴이 갑자기 어두워졌다. 페르시아인도 불안해하는 것 같았다.

시아라는 인내하는 표정으로 그들에게 다가왔다. 그리고 돌을 발로 차며 웃기 시작했다.

"이런 돌 따위가 우리 계획을 결정하는 것은 아니오. 우리의 계획은 칼로 성취되는 것이오."

의원은 어두운 얼굴로 일어섰다. 콜론나의 무례한 행동은 아랑곳하지 않고 계속 바닥을 주시했다. 마치 뭔가 새로운 그림을 찾고 있는 듯이.

한 병사가 방이 준비되었다는 말을 전했다.

"그렇소. 맞는 말이오."

의원이 사람들에게 말했다.

"여러분이 지낼 방이 탑에 있습니다, 메세르 단테, 내 하인을 따라가십시오. 새벽에 다시 만나게 될 겁니다."

단테는 중앙에 있는 탑의 계단을 올라가기 시작했다. 하인이 어떤 방의 문을 열어 주었다. 석벽으로 둘러싸인 작은 방에는 초라한 침상과 발판이 있는 책상이 놓여 있을 뿐이었다. 모피로 된 이불이 침상에 접혀 있었다. 창문으로 들어오는 차가운 밤의 습기를 막을 수 있는 유일한 것이었다. 책상 위에는 누군가 깃펜과 잉크를 놓아 두었고 양피지 몇 장도 놓여 있었다. 피렌체의 공방에서도 찾아보기 어려운 양질의 양피지였다.

아마도 의원이 준비해 놓은 것 같았다. 단테에게 기대하는 새로운 작품, 즉 십자군 원정에 대한 글을 준비하라는 무언의 압력 같았다.

하지만 무엇을 쓸 수 있을까? 자신이 이 새로운 아르고스 호의 오르페우스가 된 것 같았다.

고독과 죽음의 성벽으로 둘러싸인 고대의 도시에서 출발해야 하나?

단테가 지옥의 중심이라고 상상했던 것을 거울처럼 비추고 있는 도시. 그 도시는 실제로 존재하는 것이다. 그의 스승이 상상했던 지옥의 신 하데스의 도시보다 몇 배는 더 지옥 같은 도시…… 어쩌면 베르길리우스는 마법사였을지도 모른다. 그는 어쩌면 마법으로 미래를 내다보았는지도 모른다. 그 시절부터 이 도시 성벽 안에서 만나는 위선과 악을 넘어서기 위해서 황금시대에 대한 기억을 끄집어낸 것인지도 모르겠다.

그렇다. 이 이야기가 좋겠다.

그는 깃펜을 잉크에 적신 후 갑자기 머리에 떠오른 착상을 양피지에 정신없이 써 내려가기 시작했다. 그렇다, 지옥의 도시는 그의 시의 마지막을 장식할 것이다. 왜냐하면 그 심연의 끝에서 탈출하여 별을 보고 하늘로 올라가는 건 불가능하기 때문이다.

어둠과 화염의 지옥에서 그의 작품이 끝날지도 모르는 것이다.

모든 것이 나락으로 떨어지는 것. 어쩌면 그것이 기병장교가 단테에게 말한 인간의 운명일지도 몰랐다. 지혜도, 지식도, 그리고 믿음도 모든 것을 잃는 절망스러운 운명에 승리할 수 없다. 그는 조급하게 양피지 위에 시구들을 정리했다. 이것이 내면에서 울리는 베르길리우스와의 마지막 만남일지도 모른다는 생각이 들었다. 하지만 먼 수평선에서 사라져 버린 신과의 마지막 만남은 아닐 것이다.

단테는 베르길리우스의 안내를 받으며 철로 만든 도시의 항
구에 도착하는 상상을 했다. 그곳에서 그는 자기 자신의 운명을
대면하게 되었다. 단테는 펜을 들고 격정에 차서 빠르게 시를
써 내려갔다. 몇 년간 경험해 보지 못한 일이었다. 시상이 끊임
없이 떠올랐다. 시구가 경이로운 힘들로 섞이기 시작했고 머릿
속에서 요정 사이렌의 멜로디가 울려 퍼졌다. 모든 것을 다 삼
켜 버리는 검고 커다란 우물에 아름답기보다는 씁쓸한 시의 서
광이 비쳐오는 듯했다. 깊은 밤, 그렇게 단테의 영혼은 고양되
었고 끝이 보이지 않는 계단을 향해 내려가듯 한 줄 한 줄 지옥
에 대한 글을 쓰기 시작했다.

XIV 악마의 연못

11월 16일, 자정 이후

그는 양피지에서 눈을 들었다. 매우 힘들었다. 광기로 가득 찬 시를 다시 읽어봐야 한다는 생각에서 벗어나려고 힘겹게 양피지를 뒤집었다. 그는 비탄에 잠겨 양피지를 바라보며 멈춰 있었다. 마치 몸이 언어에 녹아 버리고 영혼도 사라져 버린 것 같았다.

하지만 그의 감각은 아직 명확하게 살아 있었다. 왜냐하면 밖에서 걸어오는 소리가 들렸고 이어서 문을 걸어 잠그는 소리가 들렸기 때문이다. 그는 갑자기 찾아온 고소공포증을 극복하려는 것처럼 매우 느리게 일어섰다.

그는 손을 뻗어 문을 확인했다. 자신이 들은 소리를 확인했다.

아마도 누가 그의 행동을 제약하기 위해 문을 잠근 것이리라.

분명히 누군가 이 성에서 일어난 일을 숨기려는 것이다. 하지만 누가?

그는 의원을 배제했다. 만약 사투르니아노 스파다가 자신의 계획을 숨기고자 했다면 그를 이곳으로 데리고 오지도, 십자군 원정을 주장하지도 않았을 것이다.

페르시아인도 결코 자신을 방해할 가능성은 없었다.

남은 사람은 시아라 콜론나뿐이었다. 단테는 그의 행동을 곱씹어보았다. 냉정하게 다시 생각해보니 콜론나는 줄곧 뭔가를 숨기고 걱정하는 태도였다.

단테는 결국 원리 원칙적인 의문을 떠올렸다. 보니파키우스의 적이 어떻게 보니파키우스의 신뢰를 받는 사람에게 자신의 군대를 맡길 수 있었을까? 물론 두 사람 모두에게 그런 결정을 한 이유가 있었겠지만.

밖에서 문으로 다가오는 발자국 소리가 들렸다. 하지만 잠시 그의 문 앞에서 멈춘 후에 다시 멀어져 갔다. 아마 감시병이 왔다 간 것이리라. 이렇게 감시하려고 자신을 격리시킨 것이다.

단테는 이곳에서 탈출해야 한다는 생각이 들었다. 자신이 예기치 못하게 누군가의 적이 된 것이다.

그는 재빨리 양피지를 말아서 외투로 감쌌다.

단테는 작은 창문을 발견하고 가능한 한 크게 열어젖혔다. 그리고 힘들게 그 창문으로 몸을 내밀었다. 그곳에서 그는 정원을 관찰할 수 있었다. 이미 불이 다 꺼져 있고 천막 아래 병사들이 자고 있는 듯했다. 약 10자 아래 지붕이 보였으며 그곳 가까이에 빗물이 떨어지는 처마가 보였다. 아마도 거기까지 가면 땅에 내려서는 것도 그리 힘들지 않을 듯했고 누가 이런 일을 벌였는지도 확실하게 알 수 있을 듯했다. 하지만 지붕까지 높이가 꽤 돼서 조금 위험해 보였다.

그는 방법을 궁리하다가 정원에서 뭔가 움직이는 모습을 보았다. 천막 사이로 사람들의 그림자가 비치고 있었다. 청백색 천막 천이 바람에 흔들렸다. 심장이 멎는 느낌이었다.

그는 그 인물의 움직임이 피암마와 비슷하다고 느꼈다. 하지만 그녀가 그곳에 있었으면 왜 의원이 그에게 말해주지 않았을까? 그리고 그녀는 병사들 사이에서 뭘 하는 것일까? 잠시 다른 여자일지도 모른다는 생각이 들었다. 어쩌면 초대받은 다른 궁전 여인일지도 몰랐다. 그 여인은 뭔가 찾고 있었고 매우 빠르게 움직이고 있었다. 그리고 잠시 후 여인의 뒤에 크고 건장한 그림자가 나타났다. 그 남자는 팔을 끌어당겼다.

두 사람은 빠르게 말을 교환했지만 단테는 너무 멀리 있어 무슨 말인지 알아 들을 수가 없었다. 갑자기 그녀가 팔을 뿌리쳤다. 그 남자가 팔목을 잡고 키스를 하려 했던 것으로 보였다. 잠시 조용히 다툼이 벌어지다가 그녀의 머리를 덮고 있던 두건이 벗겨졌다. 단테는 피암마의 흑갈색 머리카락을 알아보았다. 그녀의 머리카락이 달빛을 받아 빛나고 있었다.

창자가 끊어지는 듯한 고통이 밀려왔다. 단테는 매우 화가 났다. 그 남자는 시아라 콜론나인 게 분명했다. 그들이 어떤 관계이든 간에 여인은 그의 거칠고 질 안 좋은 폭력에서 몸을 빼내려고 했다. 단테는 작은 창문을 빠져나가 훌쩍 밑으로 뛰어내렸고 급하게 처마로 다가갔다. 화가 치밀어 올라서 자신이 신중하지 못하다는 것도 잊어버렸다. 그는 내려설 부분이 단단한지 확인도 하지 않고 테라코타로 구운 좁은 빗물통을 타고 지붕 아래로 뛰어내렸다. 속도를 늦추기 위해 중간에 벽을 발로 차야 했다. 그는 자신이 예상한 곳에 도달해 두 사람의 그림자가 있는 곳으로 고개를 돌렸다. 남자와 여자는 아무것도 눈치 채지 못한 것 같았다. 시아라는 계속해서 피암마의 팔을 붙들고 음흉한 웃음 소리를 흘리고 있었다. 단테는 주먹을 불끈 쥐고 정원으로 뛰어가려고 했다. 하지만 곧 웃음소리가 사라지고 고통스러운 비명 소리가 들렸다. 피암마가 남자의 손목을 물어뜯고 도망치는 데 성공한 것이다. 단테는 벽의 귀퉁이에 잠시 멈춰 섰다.

시아라 콜론나는 다친 팔목을 혀로 핥았다. 그리고 단테의 귀에 그의 신경질적인 목소리가 들렸다.

"망할 창녀 같으니."

단테는 마구간 지붕 쪽으로 몸을 숨겼다. 피암마가 도망친 쪽과 반대쪽으로 시아라 콜론나가 걸어가는 것을 보았다. 그는 탑의 문쪽으로 걸어가고 있었다. 단테는 원래 뒤를 따라가 그를 공격하려고 했다. 그는 단테보다 더 젊고 강했지만 너무 화가나서 앞뒤 가리지 않고 복수를 하려 했다. 하지만 단테의 화는 곧 가라앉았다. 마치 자신의 희망이 산산조각난 것 같았다. 도대체 그에게 뭘 복수하지? 나를 살려 주었기 때문에? 피암마를 건드린 것에 대한 질투 때문에? 아니면 서로 사랑하는 대상이 같기 때문에?

어쩌면 피암마는 그의 지성보다 콜론나의 넓은 어깨를 더 좋아할지도 모른다는 사실이 그를 괴롭혔다. 콜론나는 그녀를 '망할 창녀'라고 불렀다. 단테 역시 화가 나서 그렇게 말하고 싶었다.

주변은 계속 평화로웠다. 아무도 어떤 일이 일어났는지 알아채지 못한 것 같았다. 천막에서는 잠꼬대와 코 고는 소리조차 들리지 않았다. 갑자기 단테는 의심스러운 생각이 들어 천막 가까이 다가가 살짝 입구를 들춰 보았다.

비어 있었다. 다른 천막도 비어 있었다. 조용히 모두가 빠져나간 것 같았다. 이곳을 지키던 병사들은 다 어디로 갔을까?

혹시 의원과 함께 항구로 갔을까? 그렇다면 왜? 그는 계속해서 호기심이 생겼다. 주변을 돌아보았다. 두 명의 보초만 창에 기대서 졸고 있었다. 그들은 잠에서 깨기 전까지 멍한 눈을 하고 계속 그렇게 있을 것이다.

어쩌면 어딘가에 다녀오는 의원을 마중 나갔는지도 모른다. 혹은 모든 게 문제없다고 생각하고 외출했을 수도 있다. 단테는 병사들의 부재를 틈타 행동하기로 결심하고 성문을 향해서 갔다. 어둠을 틈타 움직이던 단테는 성문에도 사람이 지키고 있지 않다는 사실을 감지하고 놀랐다. 문은 잠겨 있지 않았고 성문의 다리는 내려져 있었다. 그는 천천히 주위를 관찰하면서 앞으로 나아갔다.

어쩌면 성 밖에 무슨 일이 일어나고 있는지도 모른다고 생각했다. 이미 의원이 언급했던 것처럼 말이다.

하지만 성 밖으로 나가서도 인적이 보이지 않았다.

트라야누스 황제의 항구는 멀지 않은 곳에 있는 게 분명했다.

그렇다면 어디에 있는 걸까? 하늘에는 구름이 껴 있었고 달빛이 고독하게 대지의 풍경을 비추고 있었다. 아무 일도 없이 고요한 대지를. 단테는 단지 해변이 있는 방향이 어딘지 알 수 있을 뿐이었다. 그래서 무작정 서편으로 나아갔다. 작은 오솔길이 있었다. 그곳은 매우 어둠침침하고 끝에 성벽과 작은 집들, 그리고 눈에 띄지 않는 작은 물체들이 언뜻 보일 뿐이었다. 그는 그쪽으로 걸어가기로 결심했다. 한참을 걸어가자 제대로 된 길이 나왔다.

주변의 낡은 폐허의 벽들이 높아졌고 점점 더 커다란 건물들이 보였다. 그 길은 마치 고대 도시로 그를 이끌어가는 것 같았다. 커다란 광장이 기둥에 둘러싸여 있었고 어떤 곳은 이미 폐허로 변해 있었다. 석상들이 하늘로 양팔을 올리고 있었으며 분수와 아치도 보였다. 그는 커다란 건물의 휘어진 골목을 지나 길을 따라 걷다가 다시 울창한 수풀과 나무들이 있는 곳으로 들어섰다. 그곳은 로마인들의 커다란 극장이 있던 자리였다. 단테는 뭔가 알 수 없는 위압감을 느꼈다. 황제의 궁전의 정면이었다. 작은 창문들이 있고 기둥이 줄지어 서 있는 곳이었다. 아마도 이곳에서 한때 인간과 신들의 드라마가 펼쳐졌으리라. 그는 작은 문 틈 사이로 빛이 반짝이고 있는 것을 눈치 챘다. 손에 단검을 쥐고 조심스럽게 다가갔다. 하지만 가까이 다가서서 이내 경계를 풀었다. 아주 좁은 장소에서 사는 한 가족이 보였다. 남자와, 부인으로 보이는 여자, 그리고 주변에 아이들이 앉아 있었다. 고대 건축물은 그들의 지붕이 되어 주었다. 남자가 그를 보고 벌떡 일어섰다. 하지만 단테는 그에게 안심하라는 몸짓을 보내고 평화를 원한다는 듯이 양팔을 들어 보였다.

"난 외국인이오. 고대 로마의 항구를 찾아가는 길이오."

남자는 아무 말도 듣지 못했다는 듯 그를 노려보았고 여인은 급하게 아이들을 탁자 뒤편으로 모았다. 그 남자는 단테의 모습을 관찰하느라 대답하기까지 약간 긴 시간을 보냈다. 하지만 결국 대답하기로 결정하고 거칠고 야만스런 어투로 잘 알아들을 수 없게 대답했다.

"이곳 앞쪽으로는 항구가 없소."

"항구가 없다고?"

단테가 당혹감으로 가득 차서 되물었다.

"고대 오스티아에 배가 들어오던 곳 말이오."

"저 언덕 너머에는 아무것도 없소. 단지 바다까지 이어지는 늪이 있다고들 말하지. 나는 한 번도 본 적이 없소. 그곳에서는 살아 있는 모든 것은 다 사라져 버리지. 언덕 너머로 가지 않는 게 좋을 거요. 그곳에서 기독교인의 대지는 끝이 나니까."

그 남자가 오싹하다는 듯 어깨에 머리를 파묻으며 대답했다.

"이쪽 수로 너머로는 단지 그레고리오 교황의 성이 있을 뿐이오. 하지만 그곳도 페스트가 휩쓸고 간 이후로는 텅 비어 있소. 군인들도 다 도망쳤지."

그가 손을 내저으며 말했다.

"하지만 항구가 있지 않소? 옛날 트라야누스 황제가 지은 거 말이오. 나는 거기 이름도 들었는데."

단테는 농부의 어투에 마뜩찮아 하며 물었다.

"그곳에 항구는 없소. 단지 악마의 연못이 있지. 강이 모이는 곳에 말이오."

"악마의 연못이라니? 그게 뭐요?"

"별 모양의 호수요. 그곳에 악마 루시퍼의 머리를 장식하는 돌들이 쏟아진다고들 하지."

"호수라고? 그곳에 가는 길을 알려줄 수 있겠소?"

"강을 지나야 해요. 밤에는 매우 괴이한 곳이오."

그 남자가 머리를 절레절레 흔들며 대답했다.

단테는 주머니에 손을 넣어 은화를 하나 꺼냈다.

그 사람의 눈이 빛났다.

"당신이 나를 그곳으로 데려다 준다면 이 돈은 당신 거요."

시인이 손에 은화를 들고 내밀면서 말했다.

그 남자는 잠시 생각하다가 곧 결정을 내렸다.

"갑시다. 내 배로 가는 걸로 합시다."

그는 어깨에 외투를 걸치고는 폐허 사이에 있는 오솔길로 나아갔다. 뒤에서는 말리던 그의 아내가 체념한 채 기도를 하고 있는 모습이 눈에 들어왔다. 그곳에서 강까지는 약 백 발자국 정도의 거리였다. 그 남자는 단테를 조각배로 안내했다. 나무 둥치를 파서 만든 배여서 물에 얕게 잠겨 매우 위험해 보였다. 남자는 노를 가지고 매우 힘들게 격류를 거슬러 나아갔고 배가 강가에서 떨어지지 않도록 주의했다.

수풀과 갈대가 머리 위까지 자라 있었으며 그들은 조금씩 끊임없이 나아갔다. 그때 시인은 강이 두 갈래로 나눠지고 있다는 것을 알았다. 노 젓는 사람은 힘을 두 배로 들여 강가에 배를 붙인 채 앞으로 나아갔다.

점차 강물이 거세졌고 소용돌이가 배를 삼키려 들었다. 하지만 그 남자는 강의 흐름에 대해 잘 알고 있는 것 같았다. 천천히 움직이고 있기는 했지만 끊임없이 조금씩 원하는 방향으로 나아가고 있었다. 강은 점차 좁아지고 물살도 느려졌다. 아마 이곳에서부터 강물이 바다로 흘러가는 것이리라. 하지만 이 좁은 강은 자연이 만들어낸 것이 아니라 배가 다니기 위한 운하처럼 보였다. 아마도 테베레 강의 항구까지 파져 있을 거라 생각했다. 단테는 배가 거의 항구에 다 왔다고 생각했다. 배가 다시 강가에 정박했다.

"이곳은 죽은 자들의 도시일 뿐이오."

뱃사공이 말했다. 그는 돈을 달라고 손을 내밀었다. 단테는 갖고 있던 은화를 다시 쥐어 보이며 말했다.

"이곳에서 기다려요. 돌아갈 때 돈을 주겠소."

그러고 나서 단테는 경사진 언덕을 올라갔다. 멀리 수풀 사이로 보이는, 벽이 있는 곳으로 나아갔다. 돌들이 여기저기 깔려 있는 것으로 보아 한때는 마차를 내려보내던 경사로였던 것 같았다. 언덕을 다 올라가자 돌길이 나타났다. 바닥에 깔린 돌은 매우 섬세하게 다듬어져 있었으며 잡초가 무성하게 자라고 있었다. 그 사이로 멀리 길이 내려다 보였다.

거기에는 매우 높은 소나무가 있었다.

나무들 사이로 길이 뻗어나간 것이 보였고 그것은 수 마일 떨어진 반짝이는 바다까지 이어져 있는 게 분명했다. 약 백여 걸음 더 나아가자 건물들도 보였다. 멀리 커다란 점처럼 보였다.

길은 아래편에 있는 적황색 점으로 이어지고 있었는데 그것은 아마도 연못 물인 것 같았다.

단테는 수풀을 헤치고 앞으로 나아갔고 소나무 사이에 지어진 건물을 보았다. 아마도 이곳부터 길이 잘 조성되어 있는 것 같았고 앞에는 두 개의 코린트식 기둥이 보였다.

지붕은 구멍이 많이 뚫려 있었고 세월의 흐름에 못 견뎌 허물어질 듯 보였으며 여러 개의 아치가 시선을 가렸다. 그곳을 지나가자 적막을 깨고 들려오는 개구리 소리가 들렸다. 그러고 나서 그는 수풀을 옆으로 밀어냈다. 그의 눈에는 적막하게 고여 움직이지 않는 육각형의 연못이 모습을 드러냈다.

그 연못은 미역과 바다에서 자라는 식물들로 꽉 차 있어 적녹색을 띠고 있었다. 커다란 저수지였고 옆에는 자신이 오면서 보았던 작은 아치들이 있었다. 그곳 역시 잡초와 수풀이 무성하게 자라 있었다.

그 고대 항구의 폐허에서 그리스나 로마 시대의 군선이 막 짐을 신고 출발하고 운하 입구에 등대가 밝혀질 것 같은 인상을 받았다. 그는 잠시 폐허를 둘러보고 보에티우스가 묘사한 환영을 상상했다.

여러 색 돛을 달고 배들이 지나가는 환상은 개구리 소리에 깨어졌고 다양한 물건을 실어 나르는 사람들의 환상은 그늘의 코를 찌르는 냄새 사이로 멀어져 갔다. 하지만 단테는 동시에 또 다른 환상을 접했다. 불타는 카르타고, 여신들의 예언에 따라 불타는 바빌론. 그는 자기 몸무게를 못 이기고 무릎을 꿇었다. 너무 피곤해서이기도 했지만 그 폭력적인 환상을 못 이겨서이

기도 했다.

그리고 얼마나 시간이 흘렀는지 몰랐다. 구름이 다시 하늘을 뒤덮기 시작했다. 다시 비가 내렸다. 단테는 힘겹게 다시 일어섰다. 환상은 사라졌다. 위대한 고대의 항구는 시간의 무게를 이기지 못하고 사라졌고 물은 단테의 모습을 반사하고 있을 뿐이었다. 그는 주변을 둘러보며 십자군이 출항할 곳을 찾았다. 하지만 아무것도 없었다. 단지 세월에 닳은 벽과 대리석 조각이 흩어져 있을 뿐이었다. 십자군이 출발할 어떤 준비도 돼 있지 않았다. 그의 머릿속에 순간적으로 여러 가지 가설들이 스쳐 지나갔다. 수많은 생각의 편린들이 스쳐 지나갔고 순간 단테는 진실을 깨달았다.

모든 것이 거짓이었다. 그가 보고 생각하던 것은 환상에 지나지 않았다. 그가 보았던 것은 단지 상상이었을 뿐 눈 앞에는 냉혹한 현실만 펼쳐져 있었다.

주변을 다시 꼼꼼히 살펴본 후 단테는 좌절했다. 차갑고 가는 비가 다시 내리기 시작했다. 비가 연못을 채우고 있었다.

고대 항구는 마치 커다란 진흙탕 같았고 더 이상 그는 고귀한 감정을 느낄 수가 없었다. 그는 손으로 머리를 가리고 차갑게 떨어지는 비를 막았다. 그는 혼자였다. 적어도 도시에서 15마일 이상 떨어진 곳이며 도시로 돌아갈 수단도 없었다. 무언가 일어나기 전에 가야 하는데…….

그의 머리 속에서 또 다른 퍼즐 조각이 맞춰지고 논리적으로 관찰한 사실을 바탕으로 새로운 가설이 떠오르고 있었다.

하지만 그 자체로는 아무 의미도 없었다. 이런 문제는 증거가 필요한 법이다.

그는 종교적인 망상, 그리고 정당하지 않은 복수가 떠올랐다.

어쩌면 무고한 사람들을 죽인 살인자가 비밀스러운 덫을 설치하고 있는지도 모른다. 그가 도시에서 보았던 것처럼. 어쩌면 다른 항구에서 출항 준비를 하고 있는지도 몰랐다. 그리고 여교황의 유체는 단지 섬뜩한 느낌을 주기 위해 준비된 것인지도 몰랐다.

그는 의원에게 이 사실을 매우 빨리 알려야 한다고 생각했다. 그는 이 상황을 통제할 수 있는 유일한 인물이었다.

그런 생각이 들자 단테는 마치 도둑처럼 성을 도망쳐 나온 것이 후회되었다. 빨리 그곳으로 돌아가야 한다. 그리고 그의 믿음이 배신되었다는 사실을 알려야 한다. 그의 명령은 하나도 실행되지 않았으니까. 누군가가 이 사업의 추진금을 가로채고 선박을 건조할 목수를 다시 팔아 버린 것이다. 아마도 그가 믿는 사람 중 누군가가 이 일을 벌였을 것이다. 그는 이미 희생자의 운명이 되었는지도 모른다. 이 일을 성공하려면 그 사기꾼을 잡아 감옥에 넣는 수밖에 없을 것이다. 어쩌면 살인자가 이미 그를 죽이기 위해서 성의 병사들 사이에 숨어 있는지도 모른다. 손에 날카로운 칼을 쥐고 말이다. 그렇게 사투르니아노 의원은 로마의 흥성을 위한 자신의 꿈과 생명을 잃을지도 모르고 신의 의지로 이루고자 했던 그 위대한 사업을 광기가 대체하게 될지도 모른다. 그는 무너진 기둥 사이에 앉아서 등을 타고 내리는 빗줄기를 느끼며 고통스럽게 고개를 숙여 준비해 온 것을 포기해야 할 것이다. 그의 딸도 아버지의 폐허에서 고통받을 것이다.

위대한 영혼처럼, 천공을 나는 독수리처럼 자유로웠던 그 딸은 어쩌면 한 수도원의 어두운 방에서 슬프게 삶을 마감할 수도 있다. 한편으로 아버지의 부끄러운 일을 되씹으면서 말이다.

화가 나서 그는 다시 정신을 차렸다. 아직 그에게 사실을 알릴 시간이 있는지도 모른다.

그는 왔던 길을 되돌아갔다. 배가 정박한 장소에 도착할 때까지 거친 수풀을 헤치고 나아갔다.

그 남자는 아직도 그곳에서 그를 기다리고 있었다.

그레고리오 성은 매우 낯선 정적이 지배하고 있었다.

탑 하나에서만 불빛이 아른거리며 난로의 붉은 빛이 피워 올려지고 있었다.

성으로 들어가는 교각은 내려져 있고 문은 지키는 사람도 없이 활짝 열려 있었다. 단테는 그곳에 공격을 알리는 북이 내팽개쳐져 있는 것을 보았다. 숨 돌릴 틈도 없이 정원을 가로질렀다. 주변을 관찰했지만 여기저기 기대어 있던 작은 무기도 사라지고 없었다. 아무도 남아 있지 않았다. 마치 페스트가 휩쓸고 지나간 것처럼 성은 고즈넉하게 방치되어 있었다. 비가 와서 뜰은 미끄럽고 엉망이 되어 있었다. 힘들게 서서 숨을 몰아쉬고 있을 때 위에서 사람 소리가 들렸다. 그는 계속해서 위로 올라갔다. 문이 열리고 한 사람이 내다보며 외쳤다.

"뭘 찾고 있소, 이방인?"

그에게 이미 익숙한 이 지역 방언이었다.

"십자군 원정대! 스파다 의원은 어디에 있소?"

"십자군? 도대체 뭘 말하는지 모르겠소."

그 남자가 대답했다. 그가 손을 문가로 뻗쳐 긴 창을 잡는 모습이 눈에 들어왔다. 그는 계속 말했다.

"만약 당신이 순례자라면 아직 로마까지는 매우 멀다오. 다시 출발하시오. 당신이 묵을 곳은 없소. 그리고 이곳은 콜론나 가문의 영지요. 그들은 낯선 이방인들을 싫어하오."

그 남자는 단테가 혼자인 것을 확인하고 함부로 말했다. 하지만 시인은 그의 말에 주의를 기울이지 않았다. 피곤에 지친 단테는 자신이 맞닥뜨린 상황에 놀라 반복해서 중얼거렸다.

"스파다 의원, 도대체 당신은 어디로 간 거요?"

많은 비가 내리고 있었다. 하지만 더 이상 빗소리도 들리지 않았다.

그 남자가 창을 꼬나들고 한 발자국 앞으로 다가섰다. 이제 그의 얼굴이 잘 보였다. 회색 머리에 다듬지 않은 수염을 가진 늙은이였고 시골 사람들이 입는 거친 천으로 만든 바지를 입고 있었다. 하지만 아직 건장한 팔을 갖고 있었다.

"모두 로마로 갔소! 당신도 로마로 가시오. 아니면 후회하게 될 거요."

"로마로?"

단테가 중얼거렸다.

"하지만 왜…… 모두 항구로 간 게 아니란 말이오?"

"모두 로마로 갔소. 다시 말하지만. 어서 가시오!"

"난 말이 필요하오. 당신에게 대금을 치르겠소."

"여긴 말이 없소. 빨리 꺼지라니까!"

그 순간 번개가 쳤고 잠시 정원이 강한 빛으로 가득찼다. 잠시 후 매우 거대한 천둥 소리가 주변에 메아리쳤다.

곧 단테는 정원 건너편에 있는 철문을 바라보았다. 그쪽에서 무슨 소리가 들렸던 것이다. 공포에 떠는 짐승의 소리를 듣고 그는 그 노인이 자신을 속였다는 사실을 깨달았다. 지체하지 않고 그쪽으로 가서 철문의 빗장을 열었다. 위에 있던 노인이 계단을 내려와 단테의 뒤에서 창을 겨누었다.

"꺼져, 도둑놈아."

그가 소리를 질러 댔다. 단테는 그를 무시하고 문을 열려고 했다. 이제 한쪽 빗장만 벗기면 된다. 순간 창의 그의 옆구리를 스치고 나무에 꽂혔다. 노인이 창을 뽑으려 하자 단테는 방어 자세를 취하면서 계속 문을 열었다. 그리고 그 노인의 옆구리를 걷어찼다.

"난 이 짐승이 필요해!"

그는 확고한 목소리로 외쳤다. 그리고 창을 뽑아 무릎으로 두 동강을 낸 뒤 멀리 던져 버렸다. 그리고 아직도 헐떡거리고 있는 노인을 노려본 후에 다시 문을 열었다. 그리고 결국 문을 여는 데 성공했다.

마굿간 안에는 얼마 되지 않는 마른 짚이 깔려 있었고 마른 구유와 마른 짚도 눈에 띄었다. 아마도 말을 먹이기 위한 것이리라.

그는 주변을 둘러보았다. 안장은 없고 오래된 낡은 마구가 있을 뿐이었다. 단테는 그것을 구석에 있는 말 위에 올리고 재갈을 물렸다. 그때 단테는 옆구리에 통증을 느끼며 옆으로 쓰러졌

다. 온 힘을 다해 일어서려고 노력했지만 뒤에서 달려든 노인이
그를 짚 위에 누르고 목을 조여 왔다. 단테가 입을 벌리자 그가
입 속에 짚을 쑤셔박았다. 단테는 몸을 뒤집으며 목을 죄고 있
는 손을 치우려고 했지만 이미 노인은 그의 목을 누르고 있었
다. 노인의 손톱이 그의 살갗에 파고들었다. 그는 몸을 자유롭
게 만들기 위해서 끊임없이 싸웠다. 노인의 귀를 물어뜯고 자신
을 조이고 있는 손이 조금 느슨해진 틈을 타 문 쪽으로 다가갔
다. 문밖으로 나가 비를 맞자 정신이 번쩍 들었다. 그러자 옆구
리가 쓰려왔다. 단테는 노인의 목을 잡았다. 노인은 마치 짐승
처럼 울부짖었다. 단테가 몇 번 돌에 밀어 부딪히게 하자 그는
점차 조용해졌다. 그의 근육이 풀리는 느낌이 들었다. 젖은 짚
위에 쓰러지면서도 노인은 손으로 그를 가리키며 뭐라고 말하
는 듯했다. 눈을 가린 말은 단테가 낸 소리에 깨어 있었다. 그는
숨을 몰아쉬며 일어나서 거칠게 말 위에 올라탔다. 단테는 욱신
거리는 몸도 돌보지 않고 말에 박차를 가해 로마를 향해 달려가
기 시작했다.

XV 물속으로

11월 16일, 오전

　단테는 술 취한 사내처럼 시내를 헤맸다. 그의 마음에 뜨거운 열기가 치밀어 오르고 있었다. 말발굽을 통해 길이 거칠다는 것을 느낄 수 있었고 말 역시 숨을 헐떡이고 있었다. 단테는 종종 비와 우물의 범람 때문에 말을 세워야 했다.

　마침내 단테는 꿈꾸듯이 낮은 언덕 사이를 지나서 포르투엔세 거리에 도착했다. 멀리 로마 성곽이 보였고 옆에는 거리로 통하는 문이 있었다.

　강의 저쪽 편에는 피라미드 위로 퍼붓고 있는 비가 소용돌이를 만들고 있었으며 그것은 마치 신의 힘이 반영된 하얀 대리석 같은 느낌을 주었다. 단테는 비를 머금고 있는 공기를 들이마셨다.

기침을 하면 할수록 숨결이 더 거칠어졌다.

먹구름이 벽에 그림자를 드리웠다.

문으로 가까이 다가가자 뭔가가 타는 듯한 냄새가 코끝을 어지럽혔다.

단테는 멈춰 섰다. 경계병은 아무도 보이지 않았다. 문까지 가는 길 위에서 마주친 사람들은 매우 빠르게 짐을 나르며 마치 보이지 않는 위협에 불안을 느끼는 듯 급하게 그곳을 떠나고 있었다.

"강물의 수위가 높아지고 있소!"

누군가 외치는 소리가 들렸고 멀리 새로운 재앙이 다가오는 것이 보였다.

잠시 후 대문 옆에 있는 작은 쪽문이 개방되었다.

단테는 문을 지나쳤고 그 앞에는 다이달로스†가 만든 미로 같은 길들이 모습을 드러냈다.

주변의 모든 것들이 소실된 것처럼 보였다.

이 지역은 모두 불꽃의 희생양이 된 것 같았으며 검은 연기만이 비가 내리는 하늘로 올라가고 있었다.

하지만 그 불꽃도 어느덧 잡혀가고 있었다.

순간 단테는 자신이 묵고 있던 노파의 집과 자신의 서류들도 불탔을지 모른다는 불안에 휩싸였다.

그는 갑자기 찾아온 불안과 광기로 노파의 집을 향해서 달리기 시작했다.

____

† '명장名匠' 이라는 뜻의 이름으로 그리스 신화에 나오는 인물. 대장간의 신 헤파이스토스의 자손이다. 여신 아테네로부터 기술을 전수받은 건축과 공예의 명인.

테베레 강으로부터 도망쳐 오는 사람들의 행렬이 보였지만 단테가 가는 길을 막지는 못했다.

약 백 발자국 정도 뛰어갔을 때 화재가 나고 있는 곳에 도착했다. 불이 유대인 회당을 덮치고 있었다. 작은 무리의 사람들이 테베레 강가로 이동하고 있었다. 이들을 뚫고 마침내 노파의 집에 도착했을 때 단테는 남녀노소를 불문하고 좌절해 있는 모습을 보았다.

그들 사이에서 죽은 처녀의 동생을 발견했다.

"무슨 일인가?"

단테가 연기로 자욱한 공기 속에서 숨을 몰아쉬며 소리쳤다.

"여긴 지옥처럼 변했어요, 메세르 단테."

그는 손으로 눈에 가득 찬 눈물을 닦으면서 대답했다.

"한 무리의 사람들이 이 구역으로 와서 유대인의 집에 불을 지르고 유대인 회당을 공격했어요!"

"보니파키우스 교황의 사람들이던가?"

"아니요. 섬에서 온 사람들이었어요. 왜 그러는지는 모르겠지만 그들은 모든 우상이 파괴되어야 한다고 소리 지르면서 공격해 왔어요."

"그럼 랍비는 어디 있나?"

"마스트로 마노엘로는 집에 남아 있습니다. 아마도 유대교 성전과 서류를 지키려 하는 것 같아요."

단테는 소년에게 강을 건너서 아르젠티나 탑이 있는 쪽으로 피하라고 말했다."

"이미 그쪽 편에도 많은 유대인들이 있을 거예요. 이미 테베

레 강의 이쪽 편에는 더 이상 유대인을 찾아볼 수 없을 거고
요⋯⋯.”

“아무튼 당장 이곳을 떠나 도망가. 어서!”

단테가 뜨거운 열기에 눌려 움직이지 못하고 있는 소년에게
소리쳤다.

“강물이 모든 것을 휩쓸고 있어. 어쩌면 이번에는 섬을 잇는
다리의 기둥도 뽑아갈지 모르지. 아니 이미 티베리나 섬에 있는
배들도 부서져 항구에 그 조각들이 널려 있는지도 모르지.”

유대인 회당을 지탱하던 작은 돔 형태의 건물 내부에서 하늘
로 끊임없이 연기가 피어오르고 있었다. 그것은 마치 얼마 남지
않은 심지를 태우고 있는 초처럼 보였다.

그리고 불길은 점차 윗부분을 다 태우고 빈 원형의 공간만을
남겨둔 채 내부를 삼키려는 듯 너울거리고 있었다.

“가서 랍비를 구해 주세요, 메세르!”

소년은 유대인 회당에 붙어 있는 작은 집에 기대어 그의 손을
잡으며 말했다.

랍비가 있는 공간은 놀랍게도 그 순간까지 화마에 잡아 먹히
지 않고 고스란히 남아 있었다.

문은 잠겨 있었다. 단테는 문을 두들겼다. 안에서는 아무 대
답도 없었다. 할 수 없이 어깨로 강하게 문을 부딪자 오랜 세월
그곳에 있던 문은 결국 부서졌다.

그의 눈앞에 믿을 수 없는 광경이 펼쳐지고 있었다.

마노엘로가 작은 방에서 캄피돌리오 광장에서 보았던 유대인
사제의 옷을 입고 서 있었다. 그는 손을 높이 쳐들고 오래된 그

들의 언어로 노래를 부르고 있었다. 마노엘로 앞에는 인간 형상을 한 것이 죽은 듯이 누워 있었다.

그 물체는 거무스름하고 끈적끈적해 보였다.

단테는 그것이 희생자라고 생각했다. 그래서 그를 위한 죽음의 의식을 올리는 것이리라.

그는 가까이 다가갔다. 마노엘로가 등을 굽히고 손을 하늘로 쳐든 채 노래를 부르고 있었다.

하지만 그 인간의 형상은 시체가 아니었다. 그것은 마치 강에서 범람한 진흙으로 빚은 듯한 인간의 형상이었다. 마치 어떤 조각가가 흙으로 인간의 조각상을 빚어낸 것처럼 말이다.

랍비가 부르던 노래를 멈추었다.

"만세!"

단테는 그가 외치는 소리를 들었다. 그러고는 무릎을 꿇고 머리를 진흙탕에 박았다가 다시 일어서며 뭔가를 하고 있는 그의 동작들이 무엇을 의미하는지 도무지 알 수가 없었다. 그는 계속해서 쉰 목소리로 외쳤다.

"만세! 만세!"

단테는 그의 이상한 몸짓을 지켜보았다. 그리고 그의 곁으로 다가가서 어깨를 잡았다.

"마노엘로, 뭐하고 있습니까?"

그가 소리쳤다.

"당신 생명을 구하십시오. 불이 벌써 문까지 다가왔습니다!"

"살 것입니다. 그렇게 책에 쓰여 있었습니다……. 신이 우리를 도울 것입니다……."

단테가 그를 잡고 흔들며 더 크게 말했다.

"회당이 불타고 있습니다. 조금 후면 이곳은 화마가 휩쓸고 갈 겁니다. 당신은 당신 민족과 합쳐야 합니다. 그들은 당신의 지도가 필요합니다! 테베레 강 건너편으로 가십시오. 그들과 함께 있어야 합니다!"

하지만 랍비는 검은 연기가 자욱한 작은 방으로 달려갔다.

잠시 후 그는 자신의 입에 손을 넣고 물어뜯으며 피를 내었다.

"나의 믿음은 너무 약해. 골렘을 찬양하지 말지어다! 신이 나를 벌하는구나. 그리고 나와 내 민족에게 천벌을 내리고 있구나!"

비와 섞인 재들이 작은 집들의 담 벽에 달라 붙어 있었다.

끝내 랍비를 설득하지 못한 단테와 소년은 강가에서 헤어졌다. 유대인 회당에서 타오르는 불길은 이미 그들의 어깨에 재를 뿌리고 있었고 대들보 조각과 회당의 여기저기에 있던 기둥들도 하얀 숯으로 변해가고 있었다.

"애야, 어머니에게 가거라. 아마 지금 네 도움을 간절히 필요로 할 게야."

단테가 말했다.

"당신은 어쩌시려고요, 메세르 단테?"

"난…… 음, 솔직히 아직은 무엇을 할지 잘 모르겠다. 하지만 우선 스파다 의원을 찾아야겠어. 앞으로 벌어질 일을 그에게 알려야 해. 누군가 그를 속이고 있어……."

단테는 황급히 그가 해야 할 일을 떠올렸다.

소년이 떠나가자 매우 키가 크고 몸에 망토를 걸친 채 입을 천으로 가린 인물이 연기 사이에서 모습을 드러냈다.

"메세르 마르티노!"

그를 알아본 단테가 그를 불렀다.

"당신도 이곳에 있었나요?"

"그렇습니다. 알리기에리 당신을 찾는 중이었습니다."

"나를 찾으셨다고요?"

"내가 이 도시를 떠나기 전에 마지막으로 당신에게 주고 싶은 메시지가 있었거든요."

베네치아인이 단테의 손을 잡으며 말했다.

"베네치아는 자신의 정부를 위해서 뭘 해야 할지 알고 있습니다. 오늘 아침에 나에게 전령이 도착했어요. 다른 이탈리아의 정세도 가지고 말입니다."

단테가 뭐라고 대꾸하려 했지만 그 전에 베네치아 인이 다시 말을 이었다.

"거기에는 당신도 상상했다시피 피렌체에 대한 것도 있었습니다."

"나의 도시에 무슨 일이 일어났습니까?"

"당신이 두려워하던 일입니다. 프란체스코 코르소 도나티의 도움으로 백당이 전복되었어요. 이제 그들이 피렌체를 지배하며 복수를 시작할 것입니다. 적이었던 사람들의 집으로 쳐들어가 그들의 재산을 빼앗을 겁니다."

"내 아내…… 아이들……."

단테가 중얼거렸다.

"그들은 아직까지는 무사합니다. 복수는 낮은 계급을 중심으로 시작됐어요. 그들은 자신을 지키기가 쉽지 않거든요. 카를로 디 발로아는 여러 성향의 사람들에게 최소한의 명령만 내리며 중립을 지키는 흉내를 내고 있습니다. 하지만 그것도 시간문제입니다. 얼마 후면 가면을 벗어던지고 다른 사람들을 법정에 세우거나 유배를 보낼 겁니다. 제리 스피니, 베토 브루넬레스키, 부온달몬티 가문, 알리 가문, 토르나퀸치 가문 모두 초조해 하고 있다는 말을 들었습니다. 당신도 어서 당신의 재산을 지킬 방법을 강구하도록 하십시오. 백당 쪽에는 지도자가 없어요. 체르키 가문의 비에리가 그들의 수장이지만 무능력하고 단지 자신과 자신의 재산을 지키는 데 급급한 것으로 보입니다. 조심하십시오, 메세르 단테."

늙은 베네치아인은 갑자기 일반적인 격식을 벗어 던지며 말했다. 그의 목소리에는 친근함이 배어 있었고, 단테는 그런 마르티노의 솔직한 모습을 처음 보았다.

"보니파키우스는 당신네들을 공격할 준비가 되어 있습니다. 도망가십시오! 그는 피렌체가 어떻게 돌아가고 있는지 아직 모릅니다. 교황의 전령은 아직도 오고 있는 중일 것입니다. 몇 시간 후 보니파키우스가 그 소식을 알게 되면 확실히 가면을 벗어 던지고 당신들을 로마의 감옥에 가둘 겁니다! 제발, 도망가십시오."

"갈 수 없습니다, 마르티노."
단테가 중얼거렸다.
"내 일이 아직 끝나지 않았거든요."

"당신의 일이라뇨? 당신은 어디에서나 글을 쓸 수 있지 않습니까!"

"말씀만으로도 고맙습니다."

"이탈리아의 모든 도시가 당신 같은 사람을 받아들인다는 사실을 자랑스러워할 겁니다. 나와 같이 베네치아로 갑시다. 내 공화국이 당신의 방패가 되도록 해 주겠습니다."

단테가 고개를 저었다.

"아직 끝나지 않은 일이란 것은 당신이 생각하듯 내 시에 대한 것이 아닙니다. 내 마음속의 정의에 대한 거죠. 나는 의원에게 그의 어깨 뒤에서 움직이고 있는 사실을 말해 주어야 합니다. 그는 정직한 사람이므로 마땅히 그것을 알아야만 합니다."

"어깨 뒤에서 움직이는 사실이라고요?"

베네치아인의 의심스럽게 반복했다.

"그가 지금 준비하고 있는 십자군에 대해서 그는 아직 모르는 것이 있어요. 그의 십자군은 출정할 수 없을지도 모릅니다."

"스파다 의원은 모든 진실을 알고 있습니다."

베네치아인이 지체없이 말했다.

단테는 그 말을 듣고 그를 쳐다 보았다.

"모두? 트라야누스 항구에서 일어나는 일까지도 말입니까?"

"그는 더 이상 잃을 게 없어요. 모든 것을 그가 준비하고 있다면 말입니다."

나이든 베네치아인이 수수께끼처럼 말했다.

"도망가십시오, 당신도."

"나는 그와 약속을 했어요. 그를 버리고 갈 수는 없습니다."

단테가 중얼거렸다. 하지만 그 말을 하는 순간 자신이 처음처럼 베네치아인을 속이고 있다는 사실을 깨달았다.

그를 잡아두는 것은 피암마였다. 단테는 다시 한번 그녀를 보고 싶었다.

"당신이 그렇게 결정했다면 할 수 없죠. 일이 잘 풀리기를 바랍니다. 많은 것들이 훼방을 놓을 겁니다."

나이든 베네치아인이 앞으로 나와 팔을 잡으면서 말했다.

"하지만 우리를 만나게 하는 매우 중요한 게 한 가지 있어요. 지식에 대한 열망이 그것이죠. 내가 앞으로 더 오래 살 수 있다면 우리는 어디선가 다시 만날 수 있을 겁니다. 두 사람의 여행객처럼 우리가 서로 만나서 인사하기 위해서는 사막의 어두운 밤에 불을 밝히고 있는 것으로도 충분해요. 하지만 내가 살아온 시간은 거의 한 세기나 된답니다. 나는 페데리코 황제의 영광을 목격했어요. 그러니 어쩌면 이번에는 당신이 새로운 영광을 목격하게 될지도 모르지요."

단테는 감동해서 그를 얼싸안았다. 마르티노 역시 그를 부드럽게 마주 안은 후에 골목 안쪽으로 사라져갔다.

"도망가라고? 하지만 어디로?"

만약 마르티노의 말이 사실이라면 그의 도시는 오로지 자신의 목을 비틀기 위해서 기다리고 있을 것이다.

만약 보니파키우스가 그 일을 주도한 것이라면 그에게 매우 공격적으로 나올 수밖에 없을 것이다.

어쩌면 사투르니아노 스파다가 그를 도와줄 수 있을지도 모른다. 만약 그가 아직도 살아 있다면 말이다. 하지만 보니파키우스의 사람인 의원을 믿을 수 있을까?

그가 어느 정도 자신의 주인의 의지에 반대해서 의견을 개진할 수 있을까?

단테는 그 사람의 귀족적인 모습과 말할 때 정확하게 자신의 의견을 어느 한계까지 이야기하던 모습을 다시 생각해 보았다. 어쩌면 그는 단테를 배반할 준비가 되어 있는 것이 아닐까? 그렇다면 어떤 희망이 남아 있는 걸까?

빨리 할 일을 해야 한다. 빨리 그를 찾아가서 보니파키우스의 명령이 떨어지기 전에 자신을 비테르보까지 가는 길로 안전하게 보내 달라고 요청해야 한다. 그곳에서 토스카나 지방의 시에나로 가서 사건의 추이를 지켜보며 은신하는 게 좋을 것이다.

하지만 어디서 그를 찾을 수 있을까? 이 도시의 비정상적인 지금 상황은 분명히 원로원을 소집해야 할 상황이고 그는 그 모임에 빠질 수 없는 사람이다. 그렇다면 그는 캄피돌리오 광장에 있을 것이다. 그는 즉시 티베리나 섬과 연결된 다리가 있는 방향으로 몸을 돌렸다.

단테가 다리 쪽으로 갈 무렵 다시 하늘에서 비가 내리기 시작했다. 강가에 도착했을 때 그는 놀라운 광경을 보게 되었다.

테베레 강의 수위가 올라오면서 범람한 진흙탕이 도시의 입구를 적시고 있었다. 체스티오 다리를 받치는 아치들은 이미 다 잠겨 버렸고 경계 초소는 밀려온 진흙탕에 입구가 막혀 있었다. 단테가 서 있는 길도 순식간에 발목까지 물에 잠겨 버렸다. 그는 지붕 위로 피한 경계병을 부르며 입구까지 달려갔다.

"문 열어요! 이곳을 지나가야 하오. 난 피렌체의 대사요!"

그가 목이 쉴 정도로 크게 소리쳤다.

"이곳은 카에타노 가문이 지배하는 곳이오."

그중 한 사람이 대꾸했다. 그의 말은 간신히 들렸다.

"출입은 통제되었소."

"스파다 의원에게 급히 전해 줄 메시지가 있소. 못 듣게 된다면 당신들에게 그가 벌을 내릴 거요!"

의원의 이름을 댄 게 효과가 있는 것 같았다. 왜냐하면 잠시 후에 문의 빗장을 벗기는 소리가 들려왔기 때문이다.

아치의 문이 천천히 열렸고 그곳에는 세 사람의 경계병이 손에 무기를 들고 기다리고 있었다. 가슴에 있는 문장으로 보아 그들은 교황의 수비대인 것 같았다. 그들은 그를 의심스럽게 쳐다보고 있다가 그가 무기가 없다는 것이 확인되자 통행을 허용했다.

"고맙소."

시인이 말했다.

"의원은 어디에 계시오? 캄피돌리오에 있소?"

세 사람은 매우 빠르게 의심스러운 시선을 교환했다. 그리고 그중 나이 많은 사람이 팔을 벌리며 말했다.

"당신도 뭔가를 좀 아는 모양이군. 어쨌든 우리는 트라스테베레 구역의 수많은 사람들이 이쪽으로 오는 것을 막으라는 명령을 받았소. 우리는 이미 유대인들이 이쪽으로 지나가는 것을 막았소. 하지만 당신은 기독교인처럼 보이는군. 사람들이 산파올로 문 근처에서 황제파 군대와 교황의 군대가 싸운다고 하던데, 우리는 이곳에서 성의 다른 명령을 기다리고 있소."

"가려면 테베레 강보다 빨리 도착해야 해요."

다른 젊은이가 범람하는 물과 입구로 밀려들어가는 물을 손으로 가리키며 말했다.

"우리도 언제까지고 이곳에서 빨간 두건을 뒤집어 쓴 채 기다릴 수 없소."

세 번째 사람이 화난 목소리로 말했다.

"빨리 지나가도록 하시오!"

단테는 막아놓은 관문을 지나쳤지만 그 관문의 나무판이 위에서 아래로 너무 빠르게 내려오는 바람에 어깨를 부딪혀야 했다.

"저 관문의 나무판들로 테베레 강의 범람을 막을 수는 없겠소?"

단테가 달려가면서 말했다.

"어떤 것도 강물을 멈추게 할 수 없소, 외국인."

늙은이가 그의 어깨에 대고 말했다.

강의 다른 편에는 카에타니 가문의 탑이 서 있었다. 아마도 버려진 것 같았다. 그는 어떤 어려움도 없이 다리를 건널 수 있었다. 하지만 다리를 건넜을 때 단테는 얼마나 자신이 도시를 잘 모르고 있는지 알게 되었다. 열심히 머리를 굴리며 자신이 갔던 장소를 조합해서 로마의 지리를 정리하려고 애썼다. 하지만 그가 떠올린 것은 마치 올이 풀려 버린 태피스트리의 천 같았다. 그리고 수많은 건물들이 그의 머리 속에서 엉키기 시작했다. 도대체 어디에 있는 거지? 나는 지금 어디에 있는 걸까? 캄피돌리오 광장, 그리고 콜로세움이 있는 곳은? 산타젤로 성과 커다란 기둥들이 서 있던 곳은 어디지? 그는 단지 여러 사람들이 살고 있는 구역을 지나면 의원의 집에 도착한다는 사실만 알고 있었다. 그는 재빠르게 언덕으로 올라가서 주변을 둘러보았다. 그곳은 경작이 되어 있고 아름다운 건물들이 있는 곳이었다.

그는 세르펜티나 거리를 달렸다. 그곳에서 카피톨리노 언덕이 있는 곳까지 갔던 것이 생각났다.

"캄피돌리오로 가려면 어떻게 해야 하오?"

마침 커다란 수레를 끌고 지나가는 사람을 보고 소리쳤다. 그는 그를 의심스럽게 쳐다본 후에 그의 억양이 다르다는 사실을 깨닫고 그가 순례자라고 확신한 것 같았다.

"마르첼로 극장으로 가는 길을 따라가시오. 그곳에서 왼쪽으로 꺾어지면 아라 코엘리의 계단에 도착하게 될 거고 그곳에서 캄피돌리오 광장이 보일 거요. 하지만 주의하시오."

그는 시인이 멀어지는 뒤편에서 소리쳤다.

"테베레 강이 불어나면 캄포 마르치오로 가면 안 돼요!"

그가 가르쳐 준 길을 따라서 단테는 로마의 늑대와 로물루스, 그리고 레무스†를 표현한 조각상이 있는 기둥을 지나쳤다. 그 길을 올라가자 마차의 추돌 사고의 흔적이 보였다. 마차가 길에 거꾸로 뒤집혀 있고 그 주변에 무기를 든 남자가 무언가를 기다리고 있었다. 여기저기에 교황의 군대가 있었고 노란색과 붉은색으로 만들어진 의원의 깃발도 보였다. 그가 전투의 흔적이 남

---

† 로마의 건국 신화와 관련된, 늑대 젖을 먹고 컸다는 쌍둥이 형제를 말한다.

아 있는 아라 코엘리의 계단 아래 도착했을 때 군인들이 언덕을 점령하고 있는 모습이 눈에 들어왔다. 그는 언덕에서 내려오고 있던 장교에게 스파다 의원에 대해서 물어보았다.

"이곳에는 아무도 없습니다. 원로원은 공식적으로 폐쇄되었습니다."

"그렇다면 스파다 의원은 어디 있을까요?"

단테가 얼굴을 붉히며 물어보았다.

"교회에서 모든 의원들에게 집에서 나서지 말라고 명령을 내렸답니다. 아마 의원님의 저택에 있을 겁니다."

"그의 저택이라……. 어떻게 갈 수 있죠?"

그러자 그는 잘 모르겠다는 듯 어깨를 으쓱하고 그냥 멀어져 갔다.

단테는 주위를 둘러보았다.

말 한 마리가 힘이 빠진 채로 천천히 마차 주변을 어슬렁거리는 것이 보였다. 한 쪽 다리를 다쳤는지 이미 굳어 버린 피가 묻어 있었다. 하지만 그 순간 단테에게 그 말은 다른 어떤 보석보다도 더 귀중해 보였다. 그는 뛰어서 그 말에 다가갔고 말을 붙들기 위해서 말갈기를 움켜쥐었다.

그러자 고통스러워하며 말이 날뛰었다. 하지만 그는 지체없이 말등에 올라타고는 배를 찼다. 그러자 놀란 말이 단테 앞에 놓여 있는 길을 달려가기 시작했고 넓은 공간이 보였다. 그곳은 포로로마노 근처에 있는 유적들이 즐비한 곳으로 이어졌다.

그곳에서 겨우 트라야누스의 기둥이 보였고 의원의 집으로 이어지는 길로 접어들었다. 기둥 근처에서 그는 십여 명의 사람들이 목봉과 다른 무기를 들고 서 있는 것을 볼 수 있었다. 그중 서너 명은 보니파키우스 교황의 경비병이었다.

그들의 도와달라고 외치는 소리를 외면하고 단테는 아무도 없는 공간을 향해 달려갔다. 그리고 잠시 후 좁은 오솔길로 접어들자 플라미니아 문과 점차 멀어져갔다.

단테는 계속 달렸다. 어디에선가 사람들의 고함 지르는 소리가 들려왔다. 그는 어쨌든 그 방향과는 반대 방향으로 계속 달렸다. 달리는 도중 진흙탕 길 때문에 몇 번이나 말이 헛발질을 해야만 했다. 약 백 걸음 정도 가자 갑자기 길이 넓어지면서 커다란 광장이 나왔고 그곳에는 포로로마노에서 본 것 같은 커다란 기둥들이 서 있었다. 길을 찾아 이쪽저쪽을 살피는데 멀리 의원의 저택이 서 있는 것이 보였다.

단테는 의원의 집으로 방향을 틀고 거칠게 말을 몰았다. 그는 라타 거리를 떠나서 언덕으로 향하는 긴 길을 따라갔다. 그곳에서 캄포 마르치오가 보였다. 결국 그는 작은 과일 나무를 지나 의원의 집으로 다가갔다.

그가 막 저택에 도착했을 때 말이 그의 밑에서 힘들게 숨을 몰아쉬는 소리를 들었다.

말은 지쳤는지 무릎을 꿇었다. 시인이 다시 말고삐를 쥐어 봤지만 그대로 앞으로 고꾸라졌다.

단테는 하마터면 말의 목에 깔릴 뻔했지만 앞으로 펄쩍 뛰어 간신히 피했다. 먼 거리를 급하게 달려온 말은 완전히 힘이 빠져 꼼짝도 하지 않았다.

단테는 엄습하는 어지러움을 참으며 다리를 절면서 의원의 집 안으로 들어갔다.

그곳에는 아무도 없었다. 큰 소리로 사람들을 불러 봤지만 그의 목소리만 주변 벽에 울릴 뿐이었다. 첫 번째 방도 두 번째 방도 비어 있었다. 집 전체가 비어 버린 것 같았다.

그는 의원의 저택을 자세히 기억하지는 못했다. 그는 이 방 저 방을 지나 끊임없이 이어지는 복도를 달려갔다.

그가 지나가면서 만난 방들의 가구로 볼 때 점차 의원과 딸의 방에 가까워지는 것 같았다. 창문을 통해 비치는 빛이 강하지 않은 걸로 보아 커튼이 매우 귀한 재질이라는 사실을 알려 주고 있었다.

하지만 뭔가 잊고 있었던 것이 분명했다. 작은 정원을 가로질러 오는 동안 벽에 덮여 있던 얼룩무늬의 대리석을 보았는데 그것은 그가 처음 보는 것이었다. 다른 방들이 모습을 드러냈다. 방마다 돌아 다녔지만 아무도 없었다. 마지막에 있는 방의 문을 열자 넓은 방이 모습을 드러냈다. 천장에는 섬세하게 새들이 지저귀는 모습을 담은 프레스코화가 그려져 있었고 그 새들은 마치 사랑을 나누는 것처럼 부리를 맞대고 있었다.

방의 중앙에는 커다란 석조 의자가 있었다. 그곳에서 화려한 옷을 입고 꼼짝도 않고 있는 피암마가 보였다. 그녀는 머리에 뾰족한 관을 쓰고 있었다.

그녀는 문을 바라보고 있었지만 그가 들어온 것을 눈치 채지 못했다. 단테의 얼굴을 보지 못한 것 같았다. 그녀의 시선은 꿈꾸는 것처럼 공허했다.

단테는 지친 나머지 그 자리에 멈춰 섰다. 머릿속으로 그녀에 대한 기억들이 스쳐 지나갔다. 지금 그녀는 지하에서 발굴된 여교황의 옷과 같은 옷을 입고 있었다.

머리에 씌워져 있는 이상한 갓처럼 생긴 모자도 여교황의 것과 같았다.

은으로 만든 초승달 장식의 두건도 같은 것이었다. 그리고 그녀의 무릎 사이에 뭔가가 있었는데 그것은 마치 어머니가 아기들을 위해 준비한 우유병 같았다. 하지만 그것 역시 여교황의 무덤에서 찾아낸 유리 항아리와 매우 비슷한 형태로 만들어진 것이었다. 단지 다른 점이 있다면 병의 마개 부분에 장인 안토니오가 만든 단순한 마개와는 달리 악마의 형상이 훌륭하게 표현되어 있었다는 점이다. 악마가 인간의 탈을 쓰고 추잡한 웃음을 지으며 신이 처음 흙을 빚어 만들어낸 인간을 나쁜 길로 인도하는 모양이었다.

"이건 뭐죠?"

그가 중얼거리며 항아리를 향해 손을 뻗었다.

그제야 그녀는 처음으로 단테가 들어왔다는 사실을 눈치 챘다.

"당신이 이곳에 왔군요. 당신이 해야 할 일이 무엇인지 알았나요. 당신이 시로 노래해야 할 일이 벌어지고 있어요. 귀환을……."

"십자군은 떠나지 않을 거요."

시인이 말했다. 가능한 한 부드럽게 말해서 그녀의 마음에 상처가 되지 않도록 말이다. 하지만 여인은 항아리를 가슴에 안고 한 손으로 쓰다듬었다. 마치 아기처럼 말이다. 들을 수 없는 목소리를 들으려고 하는 것 같았다.

"그건 뭔가요?"

시인이 가까이 가면서 물어보았다.

떨어져 있는데도 그녀의 머리에서 향수 냄새가 밀려왔다. 갓처럼 생긴 머리 장식에서 풍기는 것 같았다. 자세히 들여다보니 그녀의 뺨에 얇고 반짝이는 연고가 발라져 있었고 그것은 가는 목을 따라 이어지고 있었다.

"이건 내가 죽었을 때 갈 무덤이죠."

그녀가 갑자기 대답했다.

"영혼이 육체에서 해방되면 심판을 받으러 마치 깃털처럼 날아 가죠. 어머니에게로요. 그리고 나는 그녀의 방에서 영원히 살게 될 거예요."

"어머니? 성모 마리아 말이오?"

피암마의 입에 미소가 스쳐지나갔다.

"모두의 위대한 어머니 말이에요. 이시스† 여신 말이죠. 그녀는 수천의 얼굴로 내 안에서 속삭이죠."

그리고 그녀는 뭔가 말하기 시작했다. 목소리가 점차 커졌다. 하지만 그 소리는 점점 더 멀어지는 것처럼 들렸다. 단테는 여인의 입에서 쏟아지는 말을 들었다. 그것은 일종의 종교적 제의에서나 들을 수 있는 소리 같았다.

다시 피암마는 아프리카의 고대 언어같은 말을 쏟아냈다. 마치 단테라면 그것을 어렵지 않게 이해할 수 있으리라는 듯 말이

---

† 고대 이집트 및 그리스·로마 등지에서 숭배된 최고의 여신. 아내와 어머니의 본보기가 되는 여신으로 알려졌다.

다.

아니면 그녀는 아무도 의식하지 않고 단지 그녀가 생각하는 신비의 여신을 향해서 말하고 있는 것일지도 몰랐다. 그녀는 계속 자신의 행동에만 몰두했다.

그녀는 이어서 광기 어린 시선으로 허공을 쳐다보았다.

단테는 이런 광경을 이미 본 적이 있었다. 악령에 들린 사람을 수사들이 치료할 때, 그리고 거짓 예언자들이 화형당할 때 보았던 표정이었다. 그녀의 아름다운 얼굴에서 영혼이 사라지고 사막의 모래 속에서 오랜 세월을 보내던 여신이 대신 들어간 것 같았다.

그녀의 천사 같은 얼굴이 지하에 매장되어 있던 여교황의 시체와 겹쳐졌다.

그는 절망에 휩싸였다. 그는 침묵한 채 그녀의 팔을 놓아 주었다. 피암마는 갑자기 말하던 것을 멈추고 그 이상한 유리 항아리를 쓰다듬었다.

"나는 죽지 않아!"

그녀가 갑자기 외치고는 고개를 숙였다. 대기 속으로 다시 향기가 퍼져나갔다. 단테는 그녀의 발치로 달려가 무릎을 움켜잡으며 말했다.

"당신 아버지는 배신당했소. 그것을 그에게 알려야 하오."

그는 절망의 목소리로 외쳤다.

"그는 어디 있소?"

"나는 죽지 않을 거예요."

여인이 일어나서 반복해서 외쳤다. 그녀는 작은 창문을 바라보며 뭔가를 찾고 있는 듯했다.

"지금이에요. 아버지가 나를 기다리고 있어요."

그녀는 갑자기 미동도 않던 몸을 급하게 움직여 매우 빠른 발걸음으로 문을 향해 달려갔다. 단테는 그녀를 막을 도리가 없었다.

어쩔 줄 모르고 있다가 그녀가 문간을 넘어섰을 때에야 그녀를 쫓아가기 시작했다.

그 다음 방에는 두 개의 출구가 있었다. 그는 잠시 멈추었다가 발자국 소리가 멀어지는 쪽으로 달려갔다. 하지만 그곳에서 그는 아무도 볼 수 없었다. 방들이 텅 비어 있을 뿐이었다. 그는 홀로 남았다. 출구를 찾아야만 했다. 하지만 그는 미로 같은 이 방에 어떻게 도착했는지 잘 기억나지 않았다. 그는 다른 방으로 갔다가 확신없이 다시 돌아왔다.

한참을 멈춰 서 있었다. 온 몸이 아파와 그는 그곳에 주저앉아서 아무 생각없이 뭔가 일어나기를 기다렸다. 그는 머리를 두 손에 파묻었다. 마치 머리가 텅 빈 것 같았다. 모든 것에 실패했다. 그의 머리에 피렌체 사람들의 얼굴이 떠올랐다.

그들은 자신에게 교황이 피렌체를 압박하는 것을 제지해 달라고 이 일을 맡겼다. 그는 피렌체로 돌아가서 뭐라고 말할 수 있을까? 아무런 결과도 가져가지 못하고 말이다.

보니파키우스가 자신을 이단심문소에서 재판한 것? 아니면 죽은 딸을 위해서 그가 정의를 실현해 주기를 기다리던 노파의 부탁에 대해 말할 것인가?

단테는 다시 정신을 차리고 걷기 시작했다. 어떤 방식으로든 여길 빠져 나가자. 그가 중얼거렸다. 피암마의 방에는 일종의 접견을 위한 작은 방들이 이어져 있었다. 그는 이곳에서 땅에 떨어져 있는 이불 뭉치 같은 것을 보았다. 아마도 그녀의 침대에 있던 것이겠지. 그는 건너편 문에 도착했다. 그리고 우뚝 멈춰 섰다. 어떤 자루에 누군가의 발이 삐져나와 있었던 것이다. 그의 관심은 누가 저 안에 들어 있는가 하는 점이었다. 그는 마치 유리가 깨져서 흩어지는 것처럼 가슴이 철렁했다.

단테는 누구인지 보기 위해서 그쪽으로 걸어갔다. 그가 어둠 속에서 자루라고 생각했던 것은 실은 사람의 시체였다. 그의 몸은 망토로 덮여 있었고 비단으로 만든 망토는 피로 흥건히 젖어 있었다. 손수건 같은 가는 천 위에 얼굴의 윤곽선이 보였다. 그 사람의 코가 길어서 얼굴의 윤곽선이 정확하게 보였다. 단테는 재빨리 무릎을 꿇고 그를 덮고 있는 천을 들췄다. 죽음을 맞아 차갑게 식은 칸스바르의 얼굴이 나타났다. 얼굴 아래편이 피범벅이 되어 있었다. 입 안에서 흘러내린 피가 수염을 적시고 있었다. 또한 그의 두 눈은 뭔가 놀라운 공포라도 목격한 듯 크게 벌어져 있었다.

일그러진 채 굳은 눈썹은 양들에 둘러싸인 사막의 검은 우물 같았다. 마치 그의 죽음도 그가 태어난 사막의 흔적과 비슷했다.

하지만 무엇보다 놀라운 사실은 페르시아인이 자신의 운명을 이미 꿰뚫어 보고 있었다는 점이다. 그의 시선이 똑바로 자신의 가슴을 향하고 있었던 것이다.

단검은 거의 손잡이까지 들어가 가슴에 박혀 있었고 폐에서 피가 흥건하게 넘쳐 흘렀다.

단테는 망토를 젖혔다. 그리고 그의 등에 또 다른 한기가 엄습했다.

칸스바르는 자신의 영혼을 혼란스럽게 한 긴박함을 뛰어넘어 신념을 가지고 이성적 영혼의 끈을 쥐고 있었던 것처럼 보였다.

단테는 칸스바르의 몸에 박혀 있는 단검을 잡아 뺐다. 그리고 어두워서 잘 안 보였기 때문에 눈을 가까이 가져가 관찰했다. 그 무기는 길고 가늘어서 마치 뱀의 혀처럼 보였다. 다마스코†의 철로 제련된, 너무나 강한 무기였기 때문에 그의 상처에서 마치 유리병에서 쏟아지는 기름처럼 계속 피가 흘러나왔던 것이다. 그 단검은 피렌체의 여인들이 장식용으로 꽂고 다니는 머리핀처럼 생겼다.

금속은 매우 차가웠고 적지 않은 피가 응고되어 있기는 했지만 그가 죽은 것은 불과 몇 시간 전인 것 같았다.

그는 무릎을 꿇고 앉아서 그의 죽음에 관한 몇 가지 단서를 찾아보았다. 페르시아인은 아직도 허리에 주머니를 차고 있었다. 그는 재빨리 안을 뒤져 보았다. 하지만 안에는 얼마 안 되는 동전과 그 놀라운 기계를 작동시켰던 구리 열쇠가 있을 뿐이었다. 살인자는 그의 돈을 탐내서 그를 살해했을까?

잠시 단테는 그가 이곳에 온 이유를 떠올렸다. 아마도 그의 죽음 역시 가짜 십자군 원정의 어두운 계획과 관련되어 있을 것이다.

어쩌면 그도 약조에 따라서 준비되었어야 했던 십자군 원정

---

† 시리아의 수도. 다마스쿠스라고도 함.

이 전혀 준비되지 않았다는 사실을 알았는지도 모른다. 그래서 그가 신봉하는 주인이 그 사실을 모르게 하기 위해서 그를 살해했을 수도 있다. 아니면 단순히 기독교의 적이기 때문에 살해했을 수도 있다. 십자군 원정은 그가 트라야누스 황제의 항구에서 본 것처럼 원래 계획대로 실행에 옮겨지지 않았다. 그건 분명했다. 그렇다면 이제 의원도 곧 생명을 빼앗길 운명에 처해 있을 것이다. 그의 딸도 이상한 종교에 정신을 빼앗긴 채 여전히 그 일을 믿고 있다.

그때 차가운 시아라 콜론나의 얼굴이 갑자기 눈앞에 떠올랐다.

죽은 자의 눈이 보았던 마지막 사람은 아마 그의 냉소적인 얼굴이 아니었을까? 시아라는 호전적인 사람이다. 그가 의원과 보니파키우스 교황에게 충성을 바치는 것처럼 꾸미고 반대로 복수를 꾀한 것이 아닐까? 아니면 그저 황금을 좋아해서 이런 일을 벌인 것일까?

그리고 모든 계획을 망치고 그들을 이간질해서 로마가 패망한 이후에 숲속에 숨겨 놓은 자신의 동료들로 하여금 이곳을 점령하려고 시도하는 것이 아닐까? 커다란 나무가 즐비한 숲 속에서 기회를 엿보다 말이다. 이 때문에 몽골에서 온 사신도 살해했을 것이다. 새로운 동맹은 그에게 오히려 장애물이기 때문이다.

그러고 나서 그는 자신을 믿고 있는 사투르니아노 스파다를 제거할 것이다. 그렇다면 피암마는? 그녀 역시 살해된 여인들과 같은 종말을 맺게 될까?

그의 눈에서 눈물이 흘러내렸다. 그리고 절망에 빠져 주먹을 쥐었다 폈다 했다. 그는 아직도 잘 이해할 수 없었다. 그 종교적인 광기는 갑자기 발현된 것일지도 몰랐다. 고대의 이상한 종교에 대한 맹목적인 믿음으로 인해서 말이다. 그런 그녀를 누가 방어해 줄까. 결국 그녀로부터 모두 등을 돌리게 될까? 아니면 화형장으로 끌려가게 되는 걸까? 이단심문소에서 그녀의 상태를 안다면?

그는 그녀를 따라가서 너무 늦기 전에 그녀가 비극적인 상황에 처하는 것을 막아야 했다. 하지만 그는 페르시아인의 시체에서 눈을 뗄 수가 없었다. 페르시아인의 영혼은 뭔가 말하고 싶은 게 있는 듯했다. 하지만 그는 말하지 않았다. 살아 있을 때 그는 마치 먼 곳에서 여행 온 사람처럼 자신이 발로 걸었던 낯선 도시에 대해 이야기했지만 단테는 지금 그의 영혼의 이야기를 들을 수 없었다.

그렇다. 조금 이상하다. 그는 정면에서 공격을 받았다. 그것도 일상적으로 사람들이 사용하는 무기가 아니라 더 길고 날카로운 칼이었다.

그런데도 그는 아무런 방어도 하지 않았다. 단테는 다시 생각했다.

그가 살아오면서 꼭 가지고 다녔던 언월도 역시 비단으로 만든 검 집에 그대로 꽂혀 있었다. 이것은 너무도 자명하다. 그를 죽인 것은 그가 신뢰하는 사람이다. 그리하여 그는 아무것도 두려워하지 않았다.

어쩌면 살인자가 매우 강하고 거칠어서 한 손으로도 그를 제압했을 수도 있다. 하지만 그래도 반항을 했어야 하는데 그런 흔적이 전혀 남아 있지 않은 것이다. 그리고 그의 손은 깨끗했다. 잘리거나 긁힌 흔적도 없다. 그는 움직이지도 않고 죽었단 말인가. 모든 게 의심스럽다. 그제야 단테는 이 사건의 윤곽이 어렴풋이 떠올랐다. 그는 피암마의 이름을 외쳤다.

어지러움이 다시 밀려왔고 그의 눈에서는 다시 눈물이 흘러내렸다. 적막을 깨는 노랫소리가 들려오는 것 같았다. 고대의 격언이 그의 머리 속에서 떠올랐다.

갸날픈 아이네이아스의 웃음,
유럽과 아시아에서는 알려졌지만
사막에서는 알려지지 않았다네.

베르길리우스의 시가 그를 격려했다. 그의 선생님이자 시인인 그는 고귀한 영혼으로 단테를 달래 주었다.

갑자기 단테는 새로 힘이 솟아나 몸을 움직였다. 어디에 사투르니아노의 서고가 있었지? 이 집에서 떠나기 전에 다시 한 번 그 글을 보고 싶었다. 그가 보았던 고대 거장의 글을 말이다. 그는 즉시 방에서 나와 다른 곳으로 움직였다. 그리고 텅 빈 방 이곳저곳을 아무 생각도 없이 돌아다니기 시작했다.

그는 이 방 저 방 들어가 보았지만 책이 있던 방은 사라지고 없었다.

그러고 나서야 복도 끝에 자기가 가 보지 않은 공간이 있다는 사실을 떠올렸다. 그리고 그곳에서 서고로 통하는 문을 발견했다.

그런데 서고에 들어갔을 때 그의 눈앞에 예상치 못했던 물건
이 나타났다. 커다란 두 개의 두루마리 사이에 이상한 유리 항
아리 세 개가 놓여 있었다. 그것은 피암마의 손에서도 보았던
것이었다.

다른 점이라면 섬세하게 조각된 마개의 모양이었다. 그 부분
에는 이상한 형태의 괴물들이 세각되어 있었다. 세 악마의 모습
이 가구의 그림자 안에서 그를 노려보고 있었다.

그는 잠시 두려워하다가 마개 하나를 열어 보았다. 항아리가
비어 있는 것을 보고는 안도했다. 다만 알 수 없는 향기가 그곳
에서 났다.

왜 피암마는 이 항아리를 그렇게 중요하게 여겼을까? 왜 의
원은 여러 개의 항아리를 복제해서 가지고 있었을까? 여교황의
무덤을 빛내고 있던 것도 똑같은 형태를 띠고 있었다. 칸스바르
가 동양에서 어떤 비밀을 가져왔던 것일까? 그 비밀을 지키려
다가 페르시아인은 살해되었을까? 세 번째 항아리 옆에 뭔가가
있었다. 그것은 파피루스로 만든 두루마리 같았다. 그는 갑자기
흥미를 느껴 그것을 펼쳐 보았다.

그곳에는 생생하지만 알 수 없는 작은 기호들이 적혀 있었다.
어떤 것은 알아볼 수 있는 사물들이었다. 눈, 동물, 작은 인간,
바다를 떠다니는 작은 조각배, 유리 항아리……. 하지만 다른
것들은 그가 전혀 알 수 없는 것들이었다. 검은 잉크로 작은 기
호들이 조금 커다란 인간 옆에 붉은색, 녹색, 청색으로 정확하
게 적혀 있었다.

그 마지막 장면은 마치 삶을 멀리 떠나보내고 있는 것 같았

다. 인간이 반쯤 벗은 채 이상한 행동을 하는 그림이 있었는가 하면 어떤 사람은 기도를 하고 있었고 어떤 사람은 인간의 얼굴을 그리고 있었다. 그리고 사람들이, 누워 있는 육체 근처에 모여 있었다. 그들은 모두 아주 작은 병들을 가지고 있었고 보다 큰 다른 사람들은 그들의 어깨 뒤에서 그들의 움직임을 주의깊게 지켜보고 있는 것 같았다. 커다란 새와 개의 머리를 가진 사람들은 지팡이를 가지고 서 있었다.

그는 매우 꼼꼼히 그 그림을 들여다보았다.

작은 사람 중 하나가 인간의 가슴에 몸을 굽히고 있었다. 그리고 뭔가를……, 그의 창자를 꺼내고 있었다.

그 형상은 발삼 향유로 몸을 처리하기 위해서 몸속을 비우고 있는 것이었다. 그 두루마리는 고대 이집트인들이 신비로운 미이라를 만들기 위해서 행하던 의식이었다.

그가 해석할 수 없는 이 기호들은 분명히 미이라를 만드는 복잡한 과정을 설명하는 것이었다. 바로 파라오의 신체를 통해서 말이다. 사람들은 이런 일이 거의 기독교가 시작되었을 때부터 있었던 일이라고들 말해왔다.

그때 그는 구석에 작은 문이 있다는 사실을 눈치 챘다. 그는 아무 생각 없이 자물쇠를 빼고 안을 들여다 보았다. 돌로 된 계단이 나왔고 그는 아래로 걸어 내려갔다. 조금 아래로 가니 곧 어두운 공간이 나타났다. 그는 재빠르게 주변을 둘러보았다. 방금 나온 서고 문가에 초가 있었다. 그는 주머니를 뒤져 부싯돌을 꺼냈다. 다행히 빗속에서도 젖지 않았다. 부싯돌을 몇 번 부딪힌 후에 초에 불을 붙이자 초가 타오르기 시작했다. 그는 다시 초를 들고 계단을 내려갔다. 매우 경사진 그 계단은 저택의 아래편으로 이어졌다. 다 내려갔을 때 그는 고대에 지어진 아치가 저택을 받치고 있는 매우 넓은 공간에 덩그러니 서 있었다.

그 커다란 공간은 거의 비어 있었다. 군데군데 나무 함들이 보였고 중앙에 커다란 대리석 욕조가 있었다. 낯설고 강한 냄새가 났다. 마치 커다란 동물이 어둠 속에서 숨을 몰아쉬고 있는 것 같았다. 어쨌든 그 냄새는 그가 한 번도 맡아 보지 못한 것이었다. 그리고 무언가 썩는 냄새도 났다. 단테는 그 욕조로 다가갔다. 그곳에는 소금과 비슷한 흰색 물체가 가득 채워져 있었다.

나무 함에는 항아리들이 있었다. 그것들은 서고에서 본 것과 비슷한 유리 항아리였다. 하지만 여기 있는 항아리 안에는 뭔가 검은 물체가 들어 있었다. 단테는 하나를 열어 보았다. 그것은 바다 소금으로 채워진 것 같았다. 그는 손을 뻗어 소금 속에 들어 있는 그것을 꺼내려고 했다. 하지만 그 물체는 마치 억지로 넣어놓은 것처럼 빠지지 않았다. 그는 하나를 매우 힘주어 끌어당겼다. 겨우 빼낸 그것이 문득 움직인 듯해서 감짝 놀라 소리를 지르며 떨어뜨렸다. 손가락에서 팔에 이르기까지 잔뜩 묻어 있던 소금이 떨어져 내렸다. 마치 그가 심해에 빠졌다가 살아나온 듯 말이다.

그 검은 물체는 이상한 가면처럼 변해 버린 두개골이었다. 검은 동공의 구멍은 두개골까지 패여 있었다. 이마의 주름진 피부에는 아직도 검은 머리카락이 달려 있었고 소금이 사이 사이에 채워져 있었다.

그는 놀라서 바닥에 주저앉았다.

단테는 숨을 크게 쉬었다. 심장이 얼마나 세차게 뛰는지 목구멍 밖까지 튀어나올 것 같았다.

단테는 다시 정신을 차렸다. 그동안 머릿속으로 추측해 나가던 모든 것이 어둠과 연결되어 간다는 사실을 깨달았다. 얼마나 많은 사람들이 욕조에서 죽어 갔으며 그 안에서 공포를 느꼈을까?

그는 항아리를 하나 집어 땅바닥에 내리쳤다. 깨진 항아리 사이에서 뱀처럼 생긴 커다란 갈색 물체가 꿈틀거렸다. 그는 입술을 깨물며 그것이 희생자의 창자라는 사실을 깨달았다. 살인자가 배를 가르고 죽어 가는 사람에게서 끄집어 낸 것이리라.

그는 공포에 질린 눈으로 욕조를 쳐다보았다. 그랬다. 이것들로 인해 모든 것이 밝혀졌다. 악마의 파피루스 안의 의식을 완벽하게 재현해 내기 위한 종교 의식이었다. 이 의식으로 만든 여교황의 미이라는 누구라도 속일 수 있었다. 이단심문소까지도 말이다.

얼마나 많은 사람들이 거짓된 여교황 요한나로 인해서 죽어야 했는가?

의원의 계획은 명백해 보였다. 그것은 광기였다. 그가 앞서 했던 이야기들이 퍼즐 조각처럼 맞춰지기 시작했다. 그는 고대의 제의를 준비했던 것이다. 그리고 그리스도의 설교로 지어진 로마 위에 이교의 제의를 가진 위대한 로마를 건설하려는 것이었다.

이것이 그의 계획이었던가? 자신의 딸을 여신 이시스의 제사장으로 앉히면서?

그녀의 순수함을 이용하고 그녀를 광기에 찬 비명으로 인도하여 그녀를 로마 민중의 지도자로 부각시키려 한 것이다. 이미 과거에도 여인이 교황을 맡았던 적이 있다는 사실을 알리면서 말이다.

의원은 그의 추종자들과 함께 그녀를 이시스 여신의 화신으로 만들고 주변 사람들을 미신에 빠지게 함으로써 권력을 더욱 공고히 하려 계획했던 것일까?

단테는 원로원 의원의 생각을 이해할 수 없었다. 광기에 눈멀지 않고서는 그런 계획을 짤 수 없다.

그는 정말로 오랫동안 민중이 믿어온 신앙과 위대한 사람들의 사고방식을 흔들어 신의 질서를 무너뜨리고 새로운 역사를 만들고자 했던 것일까?

그는 다시 주위를 둘러보며 다른 광기의 징후를 찾아보았다.

얼마나 많은 무고한 사람들이 죽은 걸까? 보니파키우스가 이들 모두를 종교재판에 회부하고 화형에 처하더라도 그전에 얼마나 많은 이들이 힘없이 허무하게 하늘을 바라보며 죽어갔을까? 사투르니아노는 자신의 죄에 대해서 벌을 받아야 한다. 하지만 그의 딸은? 꿈꾸며 살아가는 그녀는? 그녀 역시 구원에서 멀어져 있다 해도 그녀만큼 순수한 여자가 어디 있을까?

그런 생각은 단테의 정신을 번쩍 들게 만들었다. 그녀를 구해야만 했다. 아직 시간이 있다면. 그녀는 아버지가 그녀를 기다리고 있을 것이라고 말했다. 어디에서?

단테는 당장이라도 그녀를 찾으러 가고 싶었다. 하지만 성 밖의 로마는 너무나도 거대했다. 그녀는 혹시 그가 믿는 신전으로 돌아갔을까? 그렇다면 그곳은 어떻게 가야 할까? 어쩌면 산조반니 대성당이나 바티칸 내부로 이어지는 비밀 통로가 있지 않을까?

단테는 더 이상 생각하지 않고 무턱대고 달렸다. 그의 심장은 격하게 뛰고 있었다.

밖으로 나간 단테는 강하게 쏟아지는 폭우를 만났다. 분명 그들은 도시 중심의 거주 지역 근처에 있을 것이다. 캄포 마르치오부터 시작하기로 했다.

그는 라타 거리를 향해 언덕에서 뛰어 내려갔다.

그곳에서 그는 플라미니아 문이 격류에 휘말린 것을 보았다. 격류는 이미 아우렐리아 성벽까지 차오른 상태였다. 그의 발 밑에 커다란 우물이 놓여 있는 듯했다.

언덕 위의 진흙이 더욱 세차게 내리는 비에 흘러내리고 있었다.

마치 밭이 있던 언덕 전체가 진흙으로 뒤덮인 것 같았다. 그것은 모든 길과 주거지를 뒤덮어 마치 지난 세기, 마지막으로 야만인들이 쳐들어왔을 때를 방불케 했다.

사람들의 아우성과 무기 부딪히는 소리가 들려왔다. 도시 전체가 변해 버렸다. 그리고 비가 오고 있음에도 불구하고 기둥 사이 하늘을 향해 연기가 치솟고 있었다.

무장한 병사들이 길을 향해 마차를 쓰러뜨려 길을 막고 있었다. 단테는 매우 조심스럽게 멈춰 서서 그들이 누구인지 확인하려고 했다. 하지만 쏟아지는 폭우로 인해서 깃발이 진흙범벅이 되어 쉽게 신분을 파악하기 어려웠다.

단테는 잠시 이들이 어쩌면 귀도 성을 출발해서 본래의 임무를 수행 중인 콜론나 가문의 병사들이 아닌가 생각했다.

"어이, 피렌체인!"

그는 바리케이트로부터 들려오는 소리를 들었다.

그러고 나서 병사 중 한 사람이 창 끝으로 그의 목을 겨누면서 다가왔다.

단테는 그가 기병장교임을 알아채고 불안하게 멈춰 섰다.

그 남자는 점차 가까이 다가와 목에 창 끝을 갖다 대고 매우 의심스럽게 쳐다보았다.

"여기서 뭐하는 건가? 혹시 당신도 반역자들의 앞잡이 아냐?"

단테는 단호하게 창 끝을 옆으로 치워 버렸다.

"무슨 반역 말입니까? 피렌체는 나를 평화협정을 위해 이곳에 보냈어요. 전쟁 때문이 아니란 말이오. 도대체 무슨 일이 벌어진 거죠?"

그러나 기병장교는 여전히 미심쩍어하는 눈초리로 그를 쳐다보았다.

창을 내려 바리케이트 저편을 불확실하게 가리키며 말했다.

"로마가 미쳐 돌아가는 것 같아! 망할 놈의 순례자들이 이런 상황을 만들었겠지. 여기저기서 방화와 살인이 이어지고 있고 교황은 성문을 닫고 성벽에 병력을 배치했어. 그리고 원로원 의원의 경계병은 아라 코엘리 주변을 지키고 있고 우리는 밀리치에 탑을 지키고 있는 거지. 모든 문이 봉쇄되었고 아무도 들어

오거나 나갈 수 없네. 당신 역시 이런 망할 일과 관계가 없다면 당신의 동료들처럼 피했어야 했어. 왜냐하면 이 사건의 배후에는 악마가 있기 때문이야!"

"악마라고요?"

"여기서 멀지 않은 곳으로 미친 사람들을 쫓아 냈거든. 그들은 새로운 여신을 섬기며 그 전염병을 페스트처럼 퍼뜨리고 있네."

단테는 갑자기 생각난 듯 말을 이었다.

"무슨 여신이란 말입니까! 이곳은 그리스도와 보니파키우스 교황이 있는 곳이 아닙니까. 그렇다면 여신이란 성모에 대한 경배를 말하는 겁니까?"

"망할 놈의 비 같으니라구! 늘 그렇듯 봄에 좀 내리면 안 되나?"

"카나파!"

단테가 딴청을 피우는 듯한 기병장교의 이름을 크게 불렀다.

"어디가 반란의 중심지인가요?"

"강가에서 성으로 넘어가는 다리까지야. 그곳에서 가장 심각한 소식이 보내져 오고 있네. 보통 악마는 지식인들에게 접근하지."

단테는 무슨 말인지 주의깊게 숙고했다.

그 이야기를 들었을 때 막 다리가 차가워지는 것을 느끼고 아래를 바라보았다.

좁은 골목길은 급류가 흐르는 장소로 변해 있었고 표면에 작은 소용돌이가 생기기 시작했다. 이러한 변화를 눈치 챘는지 병사들이 크게 소리치고 있었다.

"둑이 무너졌다!"

기병장교가 걱정스러운 눈초리로 테베레 강가를 쳐다보았다.

"비가 너무 많이 오는군!"

그가 입술을 깨물면서 또 말했다.

"하지만 이렇게 비가 쏟아지면 적어도 미친 놈들을 쓸어갈 수는 있을 거야. 강물이 들뜬 머리를 안정시켰던 것이 처음은 아니지. 아이들과 옷을 구해야 한다고 생각하면 최소한 정치적인 전복은 생각할 틈도 없을 테니까."

그가 냉소적으로 덧붙였다.

이때 단테는 이쪽을 향해 빠르게 달려오는 한 사내를 보았다.

병사였다. 그는 매우 빠르게 그의 동료 얼굴을 들여다보다가 기병장교를 향해 급하게 말했다.

"카나파, 강물이 범람하기 시작했습니다!"

"나도 보고 있어, 이 멍청아!"

기병장교가 발을 구르며 대답했고 그로 인해 정강이까지 차오른 물이 물보라를 만들어 냈다.

"우선 이곳에서 잠시 더 대기한다. 그리고 잠시 후에 오르티 언덕으로 올라간다. 테베레 강가를 떠나 우리의 일을 마무리할 것이다!"

"상황이 좋지 않습니다! 강에서 홍수가 밀어닥치고 있어요! 밤 동안의 폭우로 나무들이 무더기로 뽑혀서 성의 구부러진 강가에 쌓이는 바람에 강물이 흘러가지 못하고 있어요. 항구가 물에 잠겼고 캄포 마르치오에 살고 있는 거주민들도 모두 도망쳤습니다!"

기병장교는 그 남자의 목을 흔들면서 소리쳤다.

"어디에 나무가 쌓였다는 거야? 그게 무슨 말이야?"

"카스텔로 다리에! 모든 다리의 아치가 막혀 버렸고 그래서 물이 로마 시내 전체로 흘러들어가고 있어요!"

카나파는 그 남자를 놓아 주고는 테베레 강가로 갔다.

"내가 직접 무슨 일인지 봐야겠어, 이 멍청이들!"

"나도 당신과 함께 가겠습니다."

단테가 그의 뒤를 따랐다.

이미 물이 허리까지 차올랐다.

더 이상 앞으로 나아가는 것은 불가능했다. 하지만 그들의 오른편에 홍수로 인해 부서진 건물 위로 올라가 지금 벌어지고 있는 일들을 관찰할 수 있었다.

병사가 이미 말했던 것처럼 교각의 아치에 수많은 나무둥치가 쌓여 물이 흘러가는 길을 거의 다 막고 있었다.

이곳에 또 다른 나무둥치가 밀려와 댐처럼 강물을 막고 있었다.

리페타 나루터 전체가 물에 잠겼을 뿐만 아니라 격류가 강변에 있는 가난한 사람들의 집을 휩쓸며 수많은 소용돌이와 폭포를 만들어 내고 있었다.

단테는 머리를 두 손으로 감싸고 있는 기병장교를 쳐다보았다.

기병장교는 꼼짝도 않고 앞에서 벌어지고 있는 장면을 바라보고 있었다. 마치 앞으로 일어날 엄청난 일을 상상하고 있듯이 몸이 굳어 있었다.

올이 굵은 그의 옷 사이에 두려움이라는 발자국이 찍혀 있는 것 같았다.

단테가 그의 팔을 잡아끌었고 그는 다시 움직이기 시작했다. 기병장교는 잠시 움직이다가 또 앞으로 나아갔다.

하지만 강하게 밀려오는 물살 때문에 바로 멈춰 섰는데 진흙 묻은 옷 때문에 움직이는 게 용이치 않았다. 제 정신이 아닌 듯 사람들이 눈물을 흘리고 소리를 지르며 높은 곳을 찾아 달리고 있었다. 이미 물은 성벽의 낮은 부분까지 차올라 산타젤로 성 앞의 다리는 마치 심연 속으로 미끄러져 들어가는 바다 괴물의 다리처럼 보였다.

이때 앞으로 일어날 재앙을 예견할 수 있는 장면이 눈에 들어왔다.

교각의 다리 부분에 커다란 나무둥치와 나무잎, 그리고 동물의 시체들이 쌓이고 있었고, 물이 휩쓸고 지나간 지역의 여러 가지 크고 작은 물건들이 마구 밀려들고 있었다.

그 사이에서 커다란 물레방아의 원형 나무통이 매우 빠른 물살에 끊임없이 돌아가며 급류 사이에 모습을 드러내고 있었다.

"이런 빌어먹을……. 어떻게 이런 일이……."

기병장교가 중얼거리는 소리가 들렸다.

"강이 숲 전체를 뽑아 버린 것 같군……."

하지만 단테가 지적했다.

"이 나무들은 뽑힌 게 아니에요."

그는 이 놀라운 광경을 매우 자세하게 관찰하면서 말했다.

"저기 나무둥치를 잘 보십시오. 나무둥치가 매우 잘 다듬어져 있잖습니까. 아마도 스파다 의원이 배를 건조한다는 명목으로 목수를 시켜 작업한 나무인 것 같습니다. 어쩌면 목수가 이 나무를 강에다 쏟아부었는지도 모르죠."

"누가 그런 짓을 했지? 나무를 벤 놈들을 모두 패 버릴 거야……. 목을 졸라 버리겠어."

기병장교가 단테가 말해 준 내용을 확인한 후에 극단적으로 짜증을 냈다.

"로마에서 이런 일은 한 번도 본 적이 없어. 아마도 이 나무둥치가 성문 모두를 막아 버릴 거야……."

"이 대홍수 이후에도 로마가 남아 있다면, 그때 봅시다!"

단테가 손가락을 들어 그들 앞쪽에 있는 먼 곳을 가리키며 말했다.

북쪽으로 테베레 강이 구부러지는 곳에 어두운 그림자가 드리워져 있었다. 그것은 마치 모든 것을 쓸어 버릴 듯한 기세로 다가오고 있었다.

또 새로운 나무둥치가 도착해 이미 둑처럼 막혀 있는 곳에 덧쌓였다.

"이런 망할……."

기병장교의 얼굴이 백지장처럼 하얗게 변한 상태로 간신히 중얼거렸다.

단테도 그 광경을 보고 충격을 받았고 앞으로 벌어질 일을 떠올리며 몸이 굳어 버렸다.

테베레 강의 다른 쪽에서 무슨 일이 벌어지고 있는지 알아챘을 때는 그가 막 몸을 돌려 도망가려는 순간이었다. 산타젤로 성 아래에서 파도 소리와 함께 비명과 고함 소리가 들려왔다. 그들은 손에 무기를 들고 나타났다.

잠시 둘러보니 약 백여 명 가량의 소규모 군대가 성벽을 공격하려 하고 있었다.

하지만 그들은 교황의 힘을 가늠하지 못한 것 같았다.

성벽을 저런 방식으로 공격하려 하다니. 그들은 공성용攻城用 기계도 없었고 투석기나 공성 망치도 가지고 있지 않았다. 윤곽은 거대한 성에 비해 너무나 작아 보여서 마치 신이 신비로운 놀이를 하며 아무 생각 없이 강둑에 던져 놓은 인형 같았다.

그들의 투구에 가문의 문장이 있었지만 잘 구분할 수 없었다.

"콜론나 가문의 병사들이야!"

기병장교가 외치는 소리가 들렸다. 그는 매우 날카롭게 그 광경을 주시하고 있었다.

"콜론나 가문이라고요? 저들이?"

"늪지의 쥐새끼처럼 시골에서 돌아왔어!"

그는 오스티아의 성벽에서 보았던 군대를 떠올리곤 머리가 울리는 충격을 받았다. 그렇다면 이게 바로 십자군을 조직한 진짜 이유였던 것인가!

그러고 나서 단테가 마지막으로 발견한 사실을 분석하고 있을 때 강 한가운데에서 반대쪽으로 가고 있는 조각배가 눈에 띄었다. 네 개의 노가 물을 힘차게 저어서 나아가고 있었다.

쓸려 내려오는 통나무 사이에 떠 있는 조각배에 서서 긴 모자를 쓰고 있는 키가 크고 하얀 얼굴의 인물이 보였다. 지옥의 여신이 마치 산 자와 죽은 자를 편가르고 있는 것 같았다.

피암마였다. 이미 그가 그녀에게 도달하기에는 너무 늦은 것 같았다. 그는 주변을 둘러보았다. 고대에 만들어진 다리가 자신이 건너가기 충분할 정도로 단단하기를 기대하면서 그쪽으로 갈까도 생각해 보았다. 하지만 그렇게 한다고 하더라도 피암마를 뒤쫓을 시간은 이미 부족했다.

그는 근처에서 움직이고 있는 작은 조각배를 발견했다. 그곳에는 두 사람이 있었다. 그들은 강을 잘 아는 듯했다. 그들은 형제회의 일원으로 마침 물 속에 빠진 병을 수거하고 있는 것 같았다.

"저 사람들에게 다가오라고 명령을 내려 주세요!"

단테가 기병장교에게 외쳤다.

기병장교는 당황해서 잠시 침묵했다.

처음에는 뭐라고 항의할 것 같았지만 단테의 단호한 목소리에 기가 질린 듯했다.

그는 배를 향해 손을 흔들어 이쪽 편으로 오라고 소리 질렀다.

그들이 다가오자 단테가 외쳤다.

"나는 강 저편으로 가길 원하오!"

"뭐 하려고 그러시오?"

그중 한 사람이 놀라서 갈라진 목소리로 물었다.

"조금 후에는 뭐든 다 잠겨 버릴 거요. 바티칸의 풀밭까지 말이오. 그리고 저기 콜론나 가문의 사람들이 보이지 않소? 그들에게 죽고 싶소? 아니면 그들과 싸울 거요?"

그가 의심스러운 눈으로 단테를 바라보며 덧붙였다.

단테는 아무런 대답도 하지 않고 어깨만 으쓱했다.

그의 시선은 물 위에 떠 있는 배 안의 흰 옷을 입고 있는 사람에게 집중하고 있었다.

그녀는 이미 강 저편에 정박해 강둑으로 올라가려 하고 있었다.

작은 배가 단테와 기병장교 바로 앞에 도착했다.

두 남자는 기병장교를 향해 고개를 끄덕여 인사하고 단테를 계속해서 의심스러운 눈으로 쳐다보았다.

아무 말도 하지 않고 단테는 그들이 있는 곳으로 갔다. 가슴까지 차오르는 물을 헤치고 한 손으로 나룻배를 붙들었다.

"나를 강 저편으로 옮겨다 주시오"

그가 단호한 목소리로 말했다.

두 사람은 두려운 눈으로 기병장교를 쳐다보며 영문을 몰라했다. 하지만 기병장교는 단지 어깨를 으쓱해 보이고는 다리에 묻어 있는 흙을 털어내기만 했다.

"당신 미쳤소? 급류에 떠내려오는 나무둥치가 보이지 않소? 잠시 후에는 여길 덮치게 될 거요!"

대답 대신 단테는 무릎을 사용해서 배 안쪽으로 올라갔다.

그의 행동으로 인해서 배가 뒤집어질 듯 흔들렸다. 한 사람이 놀라서 배의 균형을 맞추기 위해 재빠르게 배의 다른 방향으로 움직였다. 뿐만 아니라 노를 이곳 저곳으로 움직이다가 물에 첨벙 빠지고 말았다.

"나를 건네 주면 금화 1플로린을 주겠소!"

단테가 다른 한 사람에게 지갑을 열면서 소리쳤다.

그는 입술을 깨물면서 위험을 계산하고 있는 듯했지만 선뜻 결정을 내리지 못하고 있었다.

단테는 급하게 지갑을 뒤져서 그가 가지고 있던 유일한 금화를 찾았다.

그리고 금화를 들어 그에게 내밀어 보였다.

"금화에 새겨진 세례자를 보시오. 아마도 살면서 이런 기회는 다시 없을 거요."

그는 한편으로 단검의 손잡이를 찾았다. 만약 그들이 의뢰를 받아들이지 않는다면 사용할 생각이었다. 하지만 그 사람은 잠시 생각한 다음 돈을 받아들고 작업복에 그것을 집어넣었다. 그리고 물에 빠진 채 머리만 내밀고 있는 다른 동료와 상의를 했다. 단테는 결정을 재촉하듯 그들에게 소리쳤고, 그들 역시 뭐라고 대답했지만 사투리가 심해 대강 의뢰를 받아들이겠다는 뜻만 파악할 수 있었다.

결국 붉은 옷을 걸친 남자가 단테에게 교활한 웃음을 보이며 이를 악물고 말했다.

"시간이 없소, 신사 양반. 나 혼자 갈 테니 이리 와 앉으시오."

단테는 주먹을 쥐었고 그 남자는 옆에서 노를 저어 나가기 시작했다. 막 강가를 벗어나자 노가 강하게 물살을 때리는 것이 느껴졌다.

뱃사공이 온 힘을 다해서 노를 저었다.

복숭아뼈까지 물이 차올랐다. 뱃사공이 자신을 의심의 눈초리로 응시하는 것을 알아챘을 때 이미 단테는 다가올 위험을 감지하고 있었다.

이미 강물의 중앙에 도착해 있었다.

"1플로린 가지고는 어림도 없소."

그가 소리쳤다.

"위험이 너무 커요, 보시는 바와 같이. 난 돈을 더 받아야겠소."

"얼마나?"

"모두 주시오."

그가 소리쳤다. 아울러 돌연 노를 들어 단테를 향해 힘껏 내리쳤다.

단테는 옆구리에 통증을 느끼며 옆으로 굴렀다. 즉시 붉은 옷의 남자가 그를 일으켜 세우려고 다가왔지만, 또 맞지 않기 위해 단테는 필사적으로 그를 힘껏 밀쳐냈다.

단테의 반격에 놀란 상대방은 배 측면에 다리를 부딪히고는 균형을 되찾으려고 발버둥치다가 노를 떨어뜨렸다. 단테는 이때를 틈타 가슴을 공격했다.

그 남자는 단테의 계속된 공격에 뒤로 후퇴하다가 풍덩 소리와 함께 물 소용돌이 속으로 빠졌다. 단테는 얼마간 그가 조각배 옆에서 미끄러운 배의 측면을 잡으려고 안간힘을 쓰는 것을 지켜보았다. 그리고 잠시 후 그는 물살에 휩쓸려 소용돌이 안으로 끌려 들어가 버렸다.

시인은 가쁜 숨을 내쉬며 물에 반쯤 잠긴 몸을 다시 일으켜 세웠다. 그러나 다시 몸을 추스리기도 전에 거친 힘이 배를 뒤흔들었다.

깜짝 놀란 그는 강 쪽을 바라보았다. 강기슭에 있던 엄청난

양의 통나무들이 그를 향해 떠 내려 오고 있었다.

필사적으로 평형을 유지하려고 노력하면서 일어나 통나무가 없어 보이는 쪽으로 가기 위해 노를 힘차게 저었다. 반대편 강 기슭에 가까워지는 것을 보며 단테는 순전히 행운이었다며 스스로 위안 삼아 중얼거렸다. 또 다른 통나무가 부딪혀서 이 모든 것이 실패로 끝나기 전에 그는 배를 댈 마땅한 장소를 찾는 중이었다.

거대한 나무토막이 뱃머리에 부딪히는 바람에 배의 궤도가 바뀌었다. 다시 배를 가까이 대려고 그는 혼신의 힘을 다해 필사적으로 강기슭의 갈대 줄기를 잡아끌었다.

그러는 통에 손바닥이 찢겼지만 고통을 느낄 새도 없이 배의 밑바닥이 거의 육지에 닿을 때까지 계속해서 갈대를 잡아당겼다.

이제 더 이상 물이 깊지 않아 그는 허리까지 잠기는 얼음처럼 차가운 파도 속으로 훌쩍 몸을 날렸다. 그리고 발목을 확 잡아 떼서 앞으로 나아갔다. 그는 성의 입구에 닿았다. 거기서 물에 휩싸여 거대한 갤리선처럼 변해 버린 바위 성벽과 피라미드를 볼 수 있었다.

홍수가 파괴한 물레방아의 잔해를 넘어 마침내 그곳에 당도했다. 피라미드 주위로 성에서 날아오는 돌과 화살로부터 몸을 피하는 무장한 병사들이 떼지어 있었다.

그들 사이에서 단테는 순간 전율을 느끼며 원로원 의원의 큰 그림자를 보았다. 붉은 의복을 입은 그의 옆에는 언제나처럼 이상한 차림을 한 그의 딸이 팔을 잡고 있었다.

그 둘은 이런 전쟁의 격변이 자신들과는 아무런 관계도 없는 듯이 로마의 조각상처럼 태연한 자세로 전투 상황을 물끄러미 바라보고 있었다.

단테는 머돌과 화살을 피하며 피라미드를 향해 나아갔다. 그리고 결국 그들에게 합류하는 데 성공했다. 그는 숨을 몰아쉬며 의원의 뒤쪽으로 다가가서 그의 어깨를 쳤다. 그는 천천히 고개를 돌렸다. 그의 눈이 무덤덤하게 깜박이다가 갑자기 현실로 돌아온 듯 그를 쳐다보았다.

"메세르 단테, 이제야 찾았군요! 당신이 성에서 사라진 후에 당신이 우리를 버리고 떠났다고 생각했습니다."

거친 목소리로 말했다.

"하지만 꼭 돌아올 거라 생각했죠."

그는 고개를 끄덕이며 빠르게 말을 덧붙였다.

"이 일을 할 때 분명 우리 곁에 남을 것 같았지요. 무엇보다 우리는 당신의 노래가 필요합니다."

단테는 잠시 고개를 들어 위쪽을 쳐다보았다. 그곳에서는 돌이 쏟아지고 있었다.

돌들이 피라미드에 떨어져 피라미드를 덮고 있는 석판을 부수었다. 그들이 있는 장소에서 얼마 떨어지지 않은 곳이었다.

공포를 겨우 극복하며 단테는 의원을 노려보았다.

"당신들이 한 일은 살인자의 짓이오. 어떻게 시의 목소리를 빌려 그것을 묘사할 수 있겠소. 시는 사랑의 목소리인데."

그는 매우 화난 목소리로 말하려 했다. 하지만 그의 화는 곧 가라앉았다. 그의 딸을 보았기 때문이다. 그녀의 얼굴은 이전에 그가 보았던 그 평온하고 아름다운 모습으로 빛나고 있었다.

"살인자?"

의원이 고통스러운 목소리로 되물었다. 마치 진정으로 말하고 있는 것처럼 보였다.

"나는 여러분의 비밀을 보았소. 많은 죄없는 사람들이 당신의 계획을 위해서, 당신의 광기 때문에 죽었소. 거짓된 여교황의 신화를 만들어 민중을 혼란시켰소. 그렇게 해서 반란을 일으키기 쉽게 만들려고. 하지만 성 베드로의 도시를 좌절과 공황으로 몰아넣어 당신이 얻을 수 있는 게 뭐가 있소?"

"성 베드로 성당의 권좌! 그 자리에 나의 딸이 앉게 될 것입니다."

단테는 눈을 휘둥그레 떴다. 그의 말에 충격을 받아 무릎이 떨리고 전투의 소음도 전혀 들리지 않았다.

"당신은 미쳤소! 추기경단은 절대로 로마 교황 자리에 여인을 앉히는 것을 인정하지 않을 거요. 우리의 믿음 자체가 그것을 거부하니까. 이 세상 어떤 민족도 그런 원칙을 받아들이기 힘들 거요. 황제와 유럽의 왕들은 어쩔 거요. 누가 이런 악마적인 계획에 찬성하겠소? 이건 지금까지 봤던 사실 중에서 가장 이교도적인 사건이오! 당신들의 시도는 피를 흘리고 먼지가 되어 실패하게 될 것이오. 당신이 그렇게 시작했던 것처럼 말이오."

"보니파키우스가 전복되면 아마도 추기경단이 제일 먼저 도망칠 겁니다. 그럼 로마의 민중들이 자신들을 이끌 자를 선택하게 되겠지요. 로마에 있는 가문들의 군대는 내게 충성을 약속했

습니다. 아마도 나를 지지하기 위해 시골에서 올라오는 사람들
도 보게 될 것입니다. 그리고 이 도시에서 회의가 개최될 것이
고 위대한 어머니의 은총으로 새로운 신앙의 진실이 밝혀질 겁
니다. 그리고 내 딸은 여신의 옹호 아래 도시를 지배할 겁니다.
내 딸이 지배하는 곳은 정의와 사랑이 가득할 겁니다. 베르길리
우스가 그렇게 노래했던 것처럼. 그리고 당신의 목소리는 세상
에 이를 증거하기 위해 천둥처럼 퍼져나갈 겁니다. 로마의 위대
했던 고대 역사를 다시 재현할 것이고, 신전은 복원될 것이며,
거짓된 믿음에 대한 가르침과 거짓 예언자는 추방당하게 될 겁
니다.”

단테는 황당해 하며 그 이야기를 들었다. 그리고 피암마를 쳐
다보았다. 그녀는 늘 입던 옷을 입고 있었다. 그녀의 복장 역시
기독교 교황과는 어울리지 않는, 그 서고의 파피루스에서 보았
던 고대의 복식이었다. 그는 그녀의 뒤를 손에 탬버린을 들고
이해할 수 없는 언어로 찬송가를 부르는 신자들이 따르는 것을
상상했다.

“당신은 단지 당신의 딸이 성 베드로의 권좌에 앉는 것을 원
하는 것이 아니오.”

단테는 말을 고르며 말했다.

“이건 단지 광기일 뿐이오. 악마가 정신을 어지럽히는 거란
말이오. 당신은 당신 딸이 신 그 자체가 되기를 원하는 거요!”

의원이 한숨을 내쉬었다. 그의 눈동자는 뭔가를 결심한 듯 매
우 반짝이고 있었으며 미래에 어떤 일이 다가올지 확신에 차 있
는 것 같았다. 단테는 화형을 당하는 사람들의 눈동자에서 그런

눈빛을 보았었다. 그는 머리를 흔들었다.

그때 새로운 돌덩어리가 피라미드에 떨어지는 소리가 들렸다.

"보니파키우스 교황은 전복되지 않을 거요."

단테가 성을 가리키며 소리쳤다. 그곳에서 돌들이 그들의 머리 위로 날아오고 있었다.

"그의 성은 매우 단단하오. 이곳은 당신과 당신의 동맹군들이 피를 흘리게 될 장소일 뿐이오. 당신들에게는 희망이 없소!"

"내 계획이 실현되도록 시간을 주십시오, 메세르 단테. 그리고 내가 말한 것처럼 이 사건을 잘 관찰하도록 하세요!"

성의 테두리까지 차오른 테베레 강의 진흙탕 물을 가리키며 의원이 대답했다.

"우리가 이야기를 나누는 동안 성의 수비대는 쓸데없이 방어를 하고 있는 것뿐입니다. 가득 차오른 강물이 여교황의 가짜 무덤에 파고들 거고 그곳은 이 탑의 근간이 되는 한 귀퉁이에 있지요. 물이 흘러들면 흙이 쓸려 나갈 테고 곧 이 성은 파괴될 겁니다."

"그래서 흐르는 강물에 통나무들을 방류한 거요? 산타젤로 성 다리를 모두 막아 버려서 강물의 수위를 높이기 위해서 말이오?"

"그렇습니다. 이건 모두 예견한 일이에요. 내가 11월을 이야기했던 것은 이것 때문이었습니다. 왜냐하면 이 시기에 라치오 지방은 비가 오고 물이 끊임없이 불어나니까 말이지요."

"하지만 결과적으로 도시 전체가 잠기게 되는 거 아니오!"

의원은 침묵을 지켰다. 단테가 다시 말을 이으려 할 때 그의 딸이 외치는 소리가 들렸다.

"저기 봐요, 아버지. 성벽이요!"

벽돌로 지어진 매끄러운 성의 구석 부분에 가는 금이 생기더니 곧 먼지처럼 균열이 가기 시작했다.

점점 벽돌이 무너져 내려 성의 벌어진 틈이 더 벌어지기 시작했다.

그러고 나서 성벽의 일부가 아래로 부서지면서 위에 있는 사람이 소리를 지르며 떨어져 내렸고 성에 설치되어 있던 투석기도 하나 굴러 떨어졌다.

성이 무너지는 것을 보고 공격하던 병사들의 입에서 환호성이 쏟아졌다. 그리고 의원도 소리를 지르며 격정적으로 딸의 손을 잡았다. 그러고 나서 그는 팔을 들고 칼로 적진을 가리켰다.

"승리의 문이 열렸다! 보니파키우스의 성을 함락하고 우리의 시대를 열자!"

사투르니아노가 계속 소리를 질렀다.

콜론나 가문 사람들의 감정이 고양되었다. 한쪽 귀퉁이가 무너져 투석기가 쓸모 없어진 순간을 이용해서 그들은 성벽으로 몰려갔다.

원로원 의원도 딸의 모습을 부드럽게 지켜본 후에 움직이기 시작했다. 피암마도 아무 두려움 없이 눈을 반짝이며 그를 따랐다.

단테는 피암마의 손목을 잡고 그곳에 남으려고 했다. 하지만 그녀는 꼭 잡은 그의 손을 뿌리치고 뛰어가기 시작했다.

잠시 후에 그녀는 공격의 최전방에서 아버지 곁에 합류해 파손된 구멍을 향해서 나아갔다. 앞뒤 가리지 않고 단테도 고함치고 있는 군인 사이를 헤치고 앞으로 나아갔다.

성벽이 조금 무너졌지만 그 폭이 매우 좁아서 간신히 한 번에 몇 명의 사람들만 들어갈 수 있었다. 그는 활과 창을 들고 있는 군사들 틈에 끼어 있었다. 단테는 잠시 동안 그러다 말 거라고 생각했지만 그들이 미는 힘으로 인해 성 안으로 밀려들어갔다. 허물어진 담벽에 아프게 이마를 들이받고 잠시 멍하게 있다가 다시 가파른 정원의 계단 위에 서 있는 자신을 발견했다.

그의 눈앞에 보이는 둥근 탑은 하늘에 닿을 정도로 거대한 크기였다. 병사들이 요새로 통하는 아치 모양의 문을 두드리기 시작했다. 하지만 성은 타격에 무감각한 거인처럼 우뚝 서 있었다.

문 앞에 의원과 그의 딸이 보였다. 그는 공격하는 자신의 병사들을 독려하는 한편 서두르라고 명령하고 있었다. 그 역시 칼로 나무로 된 성문을 두드리고 있었다.

"빨리! 빨리!"

그가 외치는 소리가 들려왔다.

"아무것도 두려워하지 마라! 잠시 후면 이곳은 물에 잠겨 버린다! 그리고 우리 앞에는 천국의 문이 열릴 것이다!"

병사들이 공격하기 시작했다. 하지만 그 순간 하늘에서 돌이 쏟아지기 시작했다. 그리고 문을 부수려던 병사들의 비명이 들렸다.

잠깐 동안 단테는 원로원 의원의 예언이 실현되는 거라고, 그래서 물에 부식된 성의 중간 건축물이 허물어지기 시작하는 거라고 생각했다.

그러나 잠시 후 눈을 돌려 위를 쳐다보니 첫 번째 곤란을 벗어난 성의 수비대가 그들에게 돌을 날리기 시작했다.

단테는 하수구 뚜껑 같은 것이 열리는 것을 보았다. 잠시 후에 돌로 만든 뚜껑이 밑으로 떨어졌고 곧 이어 눈이 흩날리듯 돌들이 떨어졌다. 성벽 담에 남아 있던 수비대도 다시 활기를 띠며 성문에 붙어 있는 자들에게 활을 쏘아대기 시작했다.

의원이 계속해서 공격해 들어가는 병사들을 독려하고 있었다.

문은 곧 열릴 것 같았다. 이미 한쪽 문은 거의 부서져 가고 있었다. 성 함락의 열쇠인 문을 계속해서 커다란 통나무로 찍어댔다.

갑자기 한 사람이 정신없이 뛰어왔다. 그리고 병사들 사이에서 시아라 콜론나를 찾아 뛰어왔다.

"전 섬에서 왔습니다. 댐 역할을 하던 통나무들이 빠져나가면서 물의 수위가 원래대로 돌아갈 것 같습니다."

콜론나가 불안해 하면서 의원을 돌아보았다.

"당신네는 성이 금방 함락될 거라 하지 않았소?"

"계속 문을 부수게. 나를 믿어!"

사투르니아노 스파다가 다급하게 말했다.

"내가 말한 것처럼 물이 불어나고 있지 않은가."

성벽의 갈라진 틈에서 진흙탕으로 이루어진 소용돌이가 뿜어져 나와 아래 있는 정원을 적셨다. 그것은 마치 진흙탕으로 이

뤄진 시궁창 같았다. 주변에 다시 투석이 떨어져 내렸고 이번에는 진흙탕물이 부드럽게 출렁거렸다.

위에서 쏘아대는 투석으로 인해 물이 그들의 발목까지 차올랐다. 공격하는 군사들이 두 배로 힘을 냈다. 결국 문의 일부분이 부서지기 시작했다. 그리고 대략 열 명의 장정들이 힘을 합쳐서 문을 밀어대자 문이 안쪽으로 부서지며 넘어가 버렸다.

단테는 어둠 속으로 이어지는 깜깜한 통로를 보았고 그 안에서 몇몇 사람들이 후퇴하는 것을 알아챘다. 횃불을 들고 있던 그들은 북소리의 신호에 따라 성의 둥근 통로를 돌아 윗부분으로 뛰어가고 있었다.

"전진!"

의원이 소리쳤다.

그는 이미 입구로 진입한 콜론나를 따라 입구 근처에 있는 병사들과 합류해서 앞으로 나아갔다.

단테는 피암마 옆에 붙어 있었다. 그녀와 함께 뛰었다. 그녀의 눈은 흥분으로 가득 차 있었다. 단테의 머리 속에 그녀를 처음 만난 순간이 떠올랐다. 그녀가 좋아하는 사냥용 의상을 입고 있었던 모습을 말이다.

그녀는 숨이 찼는지 입을 벌리고 있었고 이마로 땀이 흘러내리고 있었으며 머리에 쓴 관이 거추장스러워 보였다. 그는 옆에 버려진 방패를 주워 그녀 앞으로 날아오는 화살 세례를 막으며 뛰었다. 이 광기로부터 그녀를 보호해야 한다고 느꼈다. 그녀는 아버지가 벌이는 일이 무엇인지 알기 힘들 것이고 젊은 혈기에 눈이 멀었을 것이다.

그녀의 손을 잡고 그는 병사들의 뒤를 따라 올라갔다. 그들은 횃불을 켜들고 이곳저곳 통로의 어두운 벽을 비추고 있었다. 이 때, 어둠 속에 숨어 있던 그들을 향해 화살을 날렸다.

화살에 맞은 병사들의 비명과 그들이 뒤로 나자빠지는 소리 가 들렸다. 그러나 다른 병사들은 어깨를 밀어 대며 올라갔고 쓰러진 병사들은 이들의 발자국에 짓밟혔다.

단테는 이렇게 즉흥적이고 감정적인 방식으로 전투를 벌이는 것을 본 적이 없었다. 그의 곁에 있는 병사들은 모두 위험에 신 중하게 대처하지 않고 파괴의 욕구와 증오로 눈이 먼 것 같았 다. 단테 역시 벌어지고 있는 일에 아무 대처도 못하고 그냥 따 라서 올라갔다. 갑자기 앞에 가던 병사들의 비명 소리가 들려왔 다.

그는 목을 빼고 무슨 일이 벌어지는지 보았다. 통로의 중간에 뛰어넘을 수 없는 함정이 있었다. 아마 그것은 고대에 이 성을 건축하면서 설치한 오래된 우물이거나 무덤을 성벽으로 개조하 면서 설치한 것 같았다. 선두에 있던 한 사람이 밀려드는 동료 때문에 그 긴 나락으로 떨어지면서 절규했다.

의원이 소리쳤다.

"그들이 함정을 만들었다!"

"빨리 빨리 사다리를 가져와!"

단테는 뒤에서 밀려드는 병사들로 인해 돌 벽에 몸을 부딪쳤 다.

단테는 옆으로 비켜서서 그들이 계단을 지나가도록 내버려 두었다. 곧 병사들이 함정에 사다리를 걸쳐 통로를 만들었다.

그 건너편에서는 수비병들이 방어벽을 설치하고 기다리고 있었다. 그들은 곧 활을 다시 장전했다. 선두를 지키던 두 사람이 그들과 싸우기 시작했다.

단테는 그의 방패를 스치는 날카로운 소리를 들었다. 그 화살은 다행히 방패를 스치고 그의 머리에서 몇 인치 되지 않는 곳에 박혔다.

그는 무릎을 꿇고 그녀를 끌어당겨 방패 뒤로 몸을 숨겼다. 하지만 그녀는 계속해서 일어나 앞에서 펼쳐지는 전투를 보려고 했다. 그녀는 마치 전투에 취한 것 같았다. 그리고 마치 여신들이 옆에서 자신을 지켜 주는 것을 믿는다는 듯이 전혀 두려워하지 않았다.

처음으로 통로를 지나친 병사들이 계단을 기어오르며 돌진하고 있었다. 반면 아래 쪽에 있는 사람들은 소리를 지르며 새롭게 전열을 가다듬었지만 수비병들이 엄호물 뒤에서 온 힘을 다해 계단을 밀어 넘어뜨리는 바람에 짧은 시간에 전열이 흩어졌다.

하지만 절망에 빠진 병사들은 끊임없이 기어올랐고 맨손으로 부서진 계단에 매달렸다. 그들의 분노와 고통의 함성이 메아리쳤다.

결국 그들은 일사불란하게 움직이지 못하고 뒤로 후퇴하기 시작했다. 그들은 갑작스러운 실패로 공포에 질려 있었다. 하지만 바로 뒤에 따라붙은 후미의 병사들은 반대로 그들을 밀어붙이며 앞으로 나아가려고 했다. 단테는 곧 혼란이 생길 거라고 생각해 방패를 들고 수비 자세를 취했다.

그 좁은 길에 있던 병사들은 정신을 못 차리고 서로 적으로 간주해 싸우고 있었다. 동료의 얼굴도 확인할 정신이 없었다.

"모두 멈추시오!"

그는 계단을 향해서 소리쳤다.

"퇴군 명령을 하시오. 그렇지 않으면 전멸하게 될 것이오!"

그의 머리에 피렌체의 나이든 사람들이 수없이 설명했던 몬타페르티의 전투가 유령처럼 스쳐갔다. 그때도 교황파는 적의 계략을 파악하고 성벽 안에 숨어 있다가 전투를 뒤집었다.

그때처럼 지금도 병사들은 서로의 얼굴을 확인하지 못하고 방향을 잃은 채 갈팡질팡하고 있었다. 이제 더 이상 도망치는 자가 누구인지 공격하는 사람이 누구인지 분간하기 어려웠다. 단지 주변에 사상자들만 넘쳐 나고 있었다.

눈앞에 펼쳐진 그 장면은 전투의 열기로 인해 이성적인 사고 방식이 무력하게 멈춰진 상태였다. 짧은 시간 동안 처참한 비극이 그들을 휩쓸고 지나갔다.

앞쪽에서 갑자기 생긴 흙탕물의 소용돌이에 많은 병사들이 소리를 지르며 빨려 들어갔다. 그것을 본 단테는 그쪽으로 달려가 병사들이 완전히 소용돌이에 휘말리기 전에 도착할 수 있었다. 그는 팔을 뻗어 한 병사를 위쪽으로 끌어당겼다. 그 병사는 필사적인 노력으로 자신의 몸무게를 지탱하며 주변에 있는 돌뿌리를 잡을 수 있었다. 그렇게 빠져나온 병사는 정신없이 그를 쳐다보았다. 그제야 단테는 그가 누구인지 알아보았다. 시아라 콜론나였다.

그의 얼굴에서 거드름 따위는 더 이상 찾아볼 수가 없었다. 그의 얼굴은 지칠 대로 지쳐 자색으로 변해 있었고 눈은 두려움

으로 흐릿해져 있었다. 서로의 시선이 다시 교차하는 순간 단테
는 그를 부축해서 돌이 있는 회랑으로 끌어당겨 주었다.

"당신은 당신이 한 일에 대한 합당한 벌을 받게 될 거요."

단테가 중얼거렸다. 갑자기 그의 주위로 공포에 질린 비명,
공격자의 고함 소리 후의 낯선 정적이 흘렀다. 시아라 콜론나는
자신이 이끄는 병사들을 둘러보았다. 그는 매우 재빠르게 자신
의 군대가 패배한 것을 확인했고 의원을 향해서 고개를 돌렸다.
의원도 근처에 와 있었다.

"당신은 교황의 권좌를 무너뜨리겠다고 했소. 하지만 오히려
당신은 덫에 빠지고 말았소!"

시아라는 마치 창살에 갇힌 야수처럼 이를 악물고 으르렁거
렸다. 그의 병사들이 불안한 표정으로 그의 명령을 기다리며 벽
에 붙어 있었다.

시아라는 땅에 침을 뱉었다. 그때 또 다른 화살이 쏟아졌지만
다행히 아무도 다치지 않았다.

성의 수비병들은 승리에 도취하여 더 이상 아래쪽에 있는 그
들에게 주의를 기울이지 않는 것 같았다.

"돌아간다!"

잠시 후에 시아라가 외쳤다.

"이 일은 실패했다. 우리는 이 배신자에게 귀를 기울이는 바
람에 미치광이가 돼 버렸다."

그리고 차가운 칼을 의원의 얼굴에 들이댔다.

조금 더 가까이 가면 의원의 목을 치게 될 것 같아 단테는 그
것을 막았다. 단테는 그의 팔목을 잡았다.

아마도 시아라는 단테가 잡은 팔의 힘이 의원을 죽음에서 벗어나게 할 수 있는 힘이라고 느낀 것 같았다. 그는 고개를 숙이고 마치 단테와 다툴 의지가 없다는 듯 더 이상 쳐다보지 않았다. 그리고 팔을 빼 낸 후에 아래로 내려가는 병사들을 따라 탈출구로 빠르게 멀어져 갔다.

"어디로 가는 거요?"

단테는 뒤편에서 그를 향해 소리를 질렀다. 하지만 이미 단테도 도망자의 행렬에 꼭 끼어 꼼짝달싹 못하고 있었다. 시아라는 석벽의 굽이를 돌아가면서 단테가 보이지 않게 되기 전에 그를 향해 독설을 퍼부었을 뿐이다.

잠시 낯선 정적이 흘렀다. 단테는 피암마의 손을 잡아끌었다. 그리고 의원에게도 내려가는 계단을 향해 손을 흔들어 보였다. 하지만 그는 아무것도 보지 못하는 것 같았다.

그의 얼굴은 피로 젖어 있었다. 눈썹 위로 돌에 맞아 찢어진 상처가 보였다.

그는 천천히 손을 뺨으로 가져갔다. 그리고 피를 닦아냈다. 커다란 핏방울이 그의 발치로 떨어졌고 회랑의 대리석 바닥을 적셨다.

"사투르니아노 스파다."

단테가 말했다

"당신은 이 때문에 신의 섭리를 거역한 것이오? 당신은 정의가 무엇인지 대면하게 될 거요."

의원은 핏자국에 눈을 고정시켰다. 그리고 손가락으로 그것을 가리켰다.

"저것이 미래에 대한 계획이요."

그가 중얼거렸다. 단테는 사투르니아노가 가리키고 있는 손가락을 따라 눈을 고정시켰다. 처음에는 의원이 말하고자 하는 것이 무엇인지 이해하지 못했다.

저 핏자국은 그의 실패의 흔적이다. 그에게 어떤 미래가 있을 수 있지? 유배를 피하기 위해 도망가는 것? 교수형에 처해지는 것? 혹은 보니파키우스에게 붙잡히는 것? 아니면 자신을 희생 제물로 바치는 것?

그리고 단테는 갑자기 그것을 이해했다. 그 핏자국은 단지 그 자신의 좌절된 절망일 뿐이고 그의 육체의 비유일 뿐이었다.

"당신이 하고자 하는 일에는 아무런 미래도 없소."

그의 어깨를 잡으며 말했다.

"당신의 계획은 실패했소. 나는 당신들이 지옥문을 여는 바람에 그것을 빨리 이해하지 못했소."

단테는 쓸쓸하게 말했다.

그 남자는 단테를 쳐다보았다.

"어쨌든 그것을 알고 있지 않소."

절망에 빠진 목소리로 그가 말했다.

"나의 꿈. 새로운 로마의 구원."

단테는 고개를 절레절레 저었다.

"보니파키우스의 퇴위! 그건 이탈리아에서 다른 사람들의 도움을 받을 수도 있소. 하지만 그리스도를 부정하고 허구적인 신으로 대체하려 하다니. 그녀를 성 베드로의 왕좌에 앉히고 새로운 종교의 제사장으로 만들 작정이었소? 아니면 바티칸을 없애고 십자가 대신 이시스의 우상을 놓을 생각이었소? 바로 그리스도의 피로 흥건하게 젖었던 그 반석 위에."

의원의 두 눈이 광기로 번뜩였다.

"그렇소……."

그는 중얼거렸다.

"당신은 이 모든 것을 노래하시오."

"수많은 무고한 사람들을 죽인 살인자. 그들의 시체를 밟고 올라가 여교황을 추대하려 하다니. 당신은 그리스도의 구원을 기다리는 민중을 이끌 자격이 없소."

의원이 다시 중얼거렸다.

"그렇소. 당신은 꽤나 뛰어난 표현을 사용해 내 실패를 노래하겠지……."

시인은 단호하게 말했다.

"아니오."

마치 몸에 있던 모든 에너지가 다 빠져나간 것처럼 의원은 힘없이 손을 떨구었다.

그때 시인은 갑자기 번들거리는 창날이 위에서 떨어져 내리는 것을 보았다. 그것은 마치 허공에서 나타난 것 같았다.

의원이 몸을 움직이기도 전에 그 창날은 떨어져 내려 그의 목을 꿰뚫었다.

그의 상처에서 피가 뿜어졌다. 그것은 단테의 얼굴과 주변의 대리석에까지 튀었다. 사투르니아노 스파다에게는 이제 더 이상 어떤 미래도 남아 있지 않았다. 그는 단테를 향해 의미없이 손을 뻗었다가 푹 쓰러졌다.

단테는 그가 쓰러지도록 놓아 두었다. 그리고 의원의 딸을 찾아 몸을 돌렸다. 피암마는 그 장면을 보고 눈을 크게 뜬 채 얼어 있었다.

위에서 쏟아지고 있는 창의 수가 줄어든 것으로 보아 성의 수비대는 빗장을 열고 백병전을 벌일 준비를 하는 것 같았다. 또 다른 수비대는 이미 다리를 내리고 공격 명령을 내리는 중이었다. 수비대가 그들을 덮칠 때까지 시간이 얼마 남지 않았다. 이제 이곳에서 도망칠 시간도 얼마 없었다. 하지만 젊은 여인은 아버지의 시신만을 뚫어지게 바라보고 있었다. 그녀의 눈물이 아버지가 흘린 피 위로 쏟아졌다. 그녀는 옷 속에서 작은 청동으로 된 물건을 꺼내들었다. 그리고 천천히 움직였다. 그녀에게서 희미한 향수 냄새가 밀려왔다.

그녀는 손가락으로 머리를 묶었다. 그녀의 모습은 마치 고대의 조각상 같았다. 그녀의 머리는 마치 발삼으로 만든 식초의 색처럼 윤기가 흘렀다. 그녀는 기계적으로 움직이면서 손에 쥔 그 청동제의 물건을 허무하게 주시했다. 그것은 탬버린이었다. 그러고서 그녀의 시선은 뭔가를 찾아 헤매기 시작했다. 마치 주변에 무언가 숨겨진 비밀이 있는 것처럼. 그 비밀은 그녀만 알고 있을 것이다.

"제발 내 말 좀 들어요!"

단테가 다시 외쳤다.

"나의 신전으로 돌아가야 해요. 그곳에서 여신을 만나 그녀의 팔에 안길 거예요."

그녀가 의원을 바라보면서 말했다.

"그녀는 어둠 속에서 아버지의 영혼을 찾아 육체와 다시 합쳐 줄 거예요. 이시스가 오시리스를 사랑했던 것처럼."

단테의 발끝에 그녀의 눈물이 떨어졌다.

그녀는 발치에 있는 쓰레기들을 발로 모은 후 그 위에 올라섰다.

그녀는 다시 왼편을 쳐다보며 뭔가를 들으려고 했다. 마치 여신 이시스의 관심을 끌어 그녀의 목소리를 들으려는 듯이 말이다.

"당신 아버지는 죽은 후에 진정한 신의 심판을 받게 될 거요. 그리스도 안에서 다시 태어나겠죠."

단테가 말했다.

"천둥 같은 목소리로 선과 악을 가르는 심판이 있을 거요. 사막에 묻혀 있는 아프리카의 여신들이 아닌, 그리스도와 천사들의. 지금 가야 하오. 아니면 너무 늦어요."

자신이 외치는 말을 들으면서 단테는 고통스러웠다. 마치 또 다른 무언가가 그의 내면을 흔드는 것 같았다. 그는 마음이 괴로워졌다.

무슨 신에 대해 말하고 있는 거지? 아직도 인간을 돌보는 신이 존재하기는 하는 건가? 한 번이라도 신이 인간을 도운 적이 있었나? 아니면 피조물은 단지 눈 멀고 침묵하는 대지의 먼지 같은 걸까. 마치 고대 여신이 창조한 세계가 묻혀 버린 것처럼? 죽음 위에 쌓인 또 다른 죽음처럼?

그녀는 아무 대답 없이 단테가 잡고 있는 손을 뿌리쳤다.

단테는 무릎까지 물이 차 있는 문 쪽으로 움직이면서 그녀가 마음을 돌릴지도 모른다는 희망을 갖고 그녀를 향해 고개를 돌렸다.

상황은 절망적이었다.

물은 이미 그들의 키높이만큼 차올라 있었고 입구를 막아 버린 게 분명했다.

탈출할 수 있는 모든 문들이 닫혀 있었고 단테와 피암마는 원래 고대의 무덤이었던 성 안에 갇혀 버렸다.

피암마는 탬버린을 들고 짤랑거리며 허리까지 물이 차는 곳까지 나아갔다. 그녀는 미몽에 빠져 물의 냉기조차 느끼지 못하는 것 같았다. 물이 매우 거칠게 쏟아져 들어오고 있었다. 물거품이 가득 차오르면서 피암마의 가슴까지 수위가 올라왔다.

"돌아와!"

단테가 다시 그녀의 팔목을 잡으며 소리쳤다.

"물이 다시 차오르고 있어."

그때 뒤에서 무시무시한 소용돌이가 들이닥쳤다.

피암마의 손을 잡으며 앞으로 나아갈 때 단테는 갑자기 시아라에게 와서 보고하던 병사의 경고가 머리에 떠올랐다.

섬을 막았던 통나무들이 빠져나가고 강이 원래의 수위로 돌아가고 있다고 했다.

그는 온 힘을 다해 오른쪽 석벽을 따라 걸으면서 미끄러지지 않으려고 노력했고 다른 손으로는 여인의 팔목을 꼭 쥐고 있었다.

그녀의 물에 젖은 피부가 그의 손가락 사이에서 미끄러졌다.

그는 좌절하며 더 힘껏 그녀를 잡았고 그녀에게 버티라고 소리쳤다. 하지만 그의 손은 그만 그녀를 놓쳐 버렸다.

그는 피암마가 뭐라고 소리치는 것을 들었지만 흘러 들어오는 물소리 때문에 알아들을 수가 없었다. 잠시 후 피암마의 하얀 옷이 소용돌이에 휩쓸리고 파도가 그녀의 갈색 머리를 흐트려 놓는 광경이 보였다.

하얀 옷이 잠깐 수면 위로 떠올랐지만 곧 소용돌이가 그것을 삼켜 버렸고 더 이상 아무것도 보이지 않았다.

단테는 흐느끼면서 무릎을 꿇었다. 마치 오르페우스가 하데스의 문 앞에서 울었던 것처럼 말이다. 그의 흐느낌이 공허하게 회랑을 울렸다. 그곳에 여신이 나타났다가 지금 다시 사라져 버렸다. 자신의 베일 속에 모습을 감추어 버린 것이다.

소용돌이가 단테를 들어 커다란 회랑의 아래쪽으로 쓸고 내려가기 시작했다. 그의 앞에 커다란 소용돌이가 마치 상처입은 커다란 동물처럼 입을 벌리고 있었다. 선지자 요나를 집어삼켰던 고래가 저렇게 울부짖었겠구나. 단테는 생각했다. 하지만 이제 물은 점차 느리게 흐르고 있었다. 그는 다시 그곳에서 피암마를 찾으려는 희망을 가졌다.

하지만 입구의 아치형 문에 이르기까지 그녀의 흔적은 남아 있지 않았다. 어쩌면 물이 그녀를 채갔거나 아니면 영원에 대한 그 잔인한 믿음으로 여신이 그녀를 불러 보호하고 있는지도 몰랐다.

이제 입구 쪽에는 발치까지 몇 뼘 가량의 물이 차 있었고 한 사람이 지나갈 수 있는 공간이 생겼다. 그는 그곳에 멈춰 서서 주저했다.

단테는 수영을 잘 못했다. 젊은 시절 피렌체의 아르노 강의 수영대회에도 늘 참석하지 않았다. 하지만 등 뒤에서 수비병들의 웅성거리는 목소리가 들려왔다. 그들이 성의 입구 쪽으로 오고 있는 것 같았다.

숨을 크게 들이마신 후에 차갑고 거친 물살에 몸을 맡겼다. 물은 좌절한 단테의 팔을 때렸다.

좁은 아치로 흐르는 물살이 밖으로 그를 밀어냈다. 밖에서 들어오는 빛이 너무 강해서 단테는 오랫동안 앞을 볼 수 없었다.

다시 사물을 볼 수 있게 되었을 때 단테는 자신이 꿈에서 막 깨어난 것이 아닐까 생각했다.

물이 그를 둘러싸고 있었고 커다란 나무둥치와 수많은 부유물이 흐르고 있었다.

단테의 머리 위에 성탑이 보였다.

잠시 동안 그는 살기 위해 성을 향해 헤엄쳐 가야겠다는 생각이 들었다. 하지만 물살이 너무 강해서 그를 넓은 물이 흐르는 중앙으로 밀어냈다.

단테는 물살에 저항하며 팔을 휘둘러 보았다. 하지만 간신히 머리만 물 밖으로 내놓을 수 있었고 진흙탕이 된 물을 들이켰다.

그는 바로 옆에 바다 괴물이 나타나 자기를 위협하는 것 같은 느낌을 받았다. 하지만 곧 그것이 물에 빠져 죽은 암소라는 것을 알아차렸다.

이제 공포가 엄습하기 시작했다. 자꾸 힘이 빠지는 것이 느껴졌고 물에 젖은 옷이 무겁게 변해 그를 강바닥으로 끌어내리기 시작했다.

단테는 허리에 통증을 느꼈다. 수면 아래로 몸이 가라앉았다.

다시 억지로 수면 밖으로 몸을 빼냈을 때 또 파도가 몰려왔고 그 파도는 반쯤 부서진 조각배 옆으로 그를 밀어냈다.

그 배가 눈에 들어오자 그는 거의 절망적으로 그것을 붙들었다.

마지막 힘까지 쥐어짠 그는 배 위에 몸을 올리고 죽은 듯이 누웠다. 그리고 물결에 반파된 그 배가 흘러가는 대로 내버려 두었다. 강물이 배를 후려치며 뒤집으려 했다.

격류가 빠르게 흐르고 있었다. 마치 댐이 터져 모든 물이 흘러 들어갈 길을 찾은 듯했다.

거칠게 밀어닥치는 물로 인해 그는 화살처럼 쓸려 내려가고 있었다.

그 조각배는 결국 커다란 나무둥치의 뿌리 사이에 끼었고, 이어서 그 나무둥치는 경계병이 지키는 탑의 교각에 걸렸다.

단테는 물 속에서 발버둥치면서 어떻게든 살기 위해 강가로 나가려고 노력했다.

뒤쪽 다리에서 누군가 단테를 불렀다.

단테는 시선을 들었다. 그곳에는 노파의 어린 아들이 보였다. 단테는 그의 손을 붙들었다.

꿈꾸는 듯 조각배에서 올라가 소년의 어깨에 몸을 기댄 채 소년의 집으로 향했다.

홍수가 점차 수위가 낮아져 길의 흙웅덩이들이 모습을 드러냈다. 마침내 그들은 집으로 돌아왔다. 단테는 집에 들어서자마자 나무 의자에 몸을 던졌다. 몸에 아무 감각도 느껴지지 않았다. 하지만 불꽃이 잘 피어오른 난로가에서 단테는 안도감을 느꼈다.

"이제 무엇을 할 건가요, 메세르 알리기에리?"

소년이 뜨겁게 끓인 포도주를 가져다 주면서 물었다. 단테는 떨리는 손을 멈추려고 노력했다. 곧 소년이 그의 어깨에 마른 모포를 덮어 주었다.

뜨거운 포도주가 목을 타고 넘어오면서 몸이 따뜻해지기 시작했고 그 뜨거운 기운에 점차 근육이 풀리기 시작했다.

그는 정신이 맑아졌다. 상황을 냉철하게 돌아본 후, 그는 좌절했다. 뭔가 계속 말하려고 했지만 몸 속에서 악마가 날뛰고 있는 것처럼 하고 싶은 말이 계속 입가에서 맴돌았다.

"시에나로 가서 내 편 사람들과 합류할 생각이야."

겨우 내뱉듯이 말할 수 있었다.

"아마 다들 시에나 근교에 숨었을 거야. 이 상황을 예견했다면 말이야. 그리고 그들 중에 친구가 몇 명 있겠지, 아마도."

매우 씁쓸한 목소리로 말을 이었다.

그는 더 이상 소년을 바라보지 않고 고개를 돌렸다. 단테는 한숨을 내쉬었다. 어쨌거나 소년과 그의 늙은 노모를 위해 무엇을 해줄 수 있을까? 딸이며 누이였던 그 여인을 죽인 살인자의 이름을 알려 줄 수 있을까?

한숨을 내쉬었다. 그 역시 살인자를 죽게 내버려 두고 도망자의 신세가 되었다. 어쩌면 죽은 여인의 동생인 소년이나 늙은 노모를 위해 더 잘 된 일인지도 몰랐다. 이제 와서 살인자의 이름을 밝힌들 그들이 뭘 얻을 수 있겠는가?

살인자는 법의 손을 교묘하게 벗어났고 어쩌면 단테 자신이 그가 법망에서 빠져나가도록 도와준 것인지도 몰랐다.

그때 소년이 잘 조각된 나무 원통을 내밀었다. 그것은 거장 베르길리우스의 파피루스였다.

"저는 이것이 매우 중요한 물건이라고 생각했어요. 그래서 사람들이 우리 집을 공격했을 때 잘 숨겨 놓았어요. 당신께서 제 누나의 살인범을 쫓고 있었을 때 말이죠. 누나의 살인범은 찾으셨나요?"

소년이 기대에 찬 눈초리로 물어보았다.

"그래. 하지만 처벌할 수는 없었어. 그의 이름은 알려지지 않을 것 같아."

소년이 슬프게 한숨을 쉬었다. 그리고 잠시 후 머리를 들었다.

"그건 중요하지 않아요. 왜냐하면 신께선 아실 테니까요. 아마 천국에서 누나를 만날 수 있겠죠. 죄가 없으니까요. 그렇죠?"

"그래, 아마 천국으로 갔을 거야."

단테는 앞에 놓인 원통을 만지며 기계적으로 중얼거렸다.

거장의 작품을 만질 가치가 있는 것일까? 단지 신이 그에게만 말했던 거라면. 만약 시간을 되돌릴 수 있다면, 그리고 그것을 발견할 거라는 사실을 알 수가 있었다면.

그는 옷에 손을 넣어 오스티아의 그 성에서 가져온 양피지가 있는지 확인했다. 강물에 젖어 알아보기 힘든 모양새였다. 그는 양피지를 한장 한장 펴서 확인했다. 물 때문에 잉크가 번져, 그

밤에 미친듯이 써내려간 시편을 전혀 알아볼 수 없었다. 단테는 못 쓰게 된 그 양피지를 조금씩 찢어 버렸다. 소년은 놀라서 그 광경을 바라보고 있었다.

비천한 사람이든 고귀한 사람이든 모든 사람을 위한 다른 길이 있어야만 했다.

그런 길을 찾을 수 있을지도 모른다. 그는 소년이 건네 준 원통을 삐걱 소리가 날 정도로 꽉 쥐었다.

"저기가 죄 없는 사람들이 갈 만한 곳이지."

되풀이해 중얼거리는 그의 시선은 별을 향하고 있었다.

최병진

2001년 한국외국어대학교 이탈리아어과를 졸업한 후, 로마국립대학교 인문과학부에서 미술사학
부를 졸업했다. 로마국립대학교 미술사학과 석사를 졸업했으며 로마포리임페리얼 박물관, 동양미
술 박물관에서 인턴으로 일했으며 현재 피렌체국립대학교에서 박사 과정에 재학 중이다. 역서로
는《대영 박물관》《에르미타슈 미술관》《뒤러》《마네》《모네》《루벤스》《고야》등이 있다.

김효정

한국외국어대학교 이탈리아어과를 졸업하고 동 대학원에서 석사학위를 받았으며, 동 대학원 비교
문학과를 수료했다. 현재 한국외국어대학교 및 숙명여자대학교 강사로 있다. 옮긴 책으로는《아무
도 아닌 동시에 십만 명인 어떤 사람》《약혼자들》《추억의 학교》《아름다운 여름》《당신의 고향》
《사라진 도서관》등이 있다.

단테의
비밀의집회

1판 1쇄 인쇄 2008년 10월 15일
1판 1쇄 발행 2008년 10월 21일

지 은 이 줄리오 레오니
옮 긴 이 김효정 · 최병진
펴 낸 이 정정란

책임편집 김창헌
디자인팀 문홍진
영 업 부 권태형 김용호 정성용
기획위원 김택규

펴 낸 곳 도서출판 황매
출판등록 2002년 11월 15일
주   소 (121-828)서울시 마포구 상수동 95-3
전   화 335-4179(편집부) 335-4121, 4131(영업부 외)
팩   스 335-4158

대표메일 hmbooks@hanmail.net

I S B N 978-89-91312-95-1 03880

값 13000원